Die
Goldhändlerin

Die Autorin

Unter dem Namen Iny Lorentz verbirgt sich ein Münchner Autorenpaar, das mit seinen opulenten historischen Romanen einen Bestseller nach dem anderen landet. Ihre Romane wurden in zahlreiche Länder verkauft und erreichen ein Millionenpublikum, das sich stets aufs Neue von den Autoren in die Vergangenheit entführen lässt.

Iny Lorentz

Die Goldhändlerin

Roman

Weltbild

Besuchen Sie uns im Internet:
www.weltbild.de

Genehmigte Lizenzausgabe für Verlagsgruppe Weltbild GmbH,
Steinerne Furt, 86167 Augsburg
Copyright der Originalausgabe © 2004 by Knaur Taschenbuch.
Ein Unternehmen der Droemerschen Verlagsanstalt
Th. Knaur Nachf. GmbH & Co. KG, München
Umschlaggestaltung: zeichenpool, München
Umschlagmotiv: Shutterstock (© Kokhanchikov; © Chen Ping Hung);
Bridgeman, Berlin (© Lorenzo Lippi/Musee des Beaux-Arts,
Angers, France/Giraudon)
Gesamtherstellung: CPI – Clausen & Bosse, Leck
Printed in the EU
ISBN 978-3-86800-333-8

2013 2012 2011 2010
Die letzte Jahreszahl gibt die aktuelle Lizenzausgabe an.

ERSTER TEIL

• ◆ •

Das Pogrom
1485

I.

Je näher sie ihrem Ziel kamen, umso stärker wirkten die Bäume rechts und links der Straße wie ein Spalier aus Dämonen, die jeden Moment erwachen und über die Reisenden herfallen konnten. Lea war bewusst, dass nur ihre Ängste aus den verkrümmten Stämmen und den mit langen Moosbärten behangenen Ästen Körper machten, die in Qualen erstarrt auf ahnungslose Opfer ihres Zorns warteten. Seit sie zu Hause in die Kutsche gestiegen war, plagte sie eine böse Vorahnung, so als würde die erste Reise ihres Lebens auch ihre letzte sein. Sie drückte sich tiefer in die Polster, um den unangenehmen Lichtblitzen zu entgehen, die die grelle Sonne durch das Blätterdach warf, und musterte die Gesichter ihres Vaters und ihrer Geschwister, doch keiner von ihnen schien sich ebenso unbehaglich zu fühlen wie sie.

Jakob ben Jehuda, den man in Hartenburg Jakob Goldstaub nannte, blickte versonnen lächelnd zum Fenster heraus, als genieße er die Fahrt in dem stickigen, rumpelnden Wagenkasten, während Samuel, Leas älterer Bruder, die Hände vor der Brust verschränkt hatte und sichtlich gelangweilt vor sich hinstarrte. Elieser, der zwischen ihr und ihrer Schwester saß, schien zu schlafen, und Rachel spielte mit einem Stück Faden, das sie sich um die Finger der rechten Hand wickelte. Trotz all der Gefahren, mit denen das Reisen in diesen Zeiten – insbesondere für Juden – verbunden war, schien es niemanden außer ihr zu beunruhigen, dass sie zum ersten Mal gemeinsam unterwegs waren und nur die Dienstboten das Haus hüteten. Wenn ihnen etwas zustieß, würde es keine Familie Goldstaub mehr geben.

Um ihre düsteren Ahnungen zu verscheuchen, versuchte Lea an etwas Schönes zu denken, doch ihr Blick wanderte unwillkürlich wieder nach draußen, und ihr war, als würden Schatten zwischen den Bäumen heranschleichen, um sie zu erschrecken – oder zu warnen. Sie schloss die Augen und presste die Hände vors Gesicht, um nichts mehr sehen zu müssen, doch im gleichen Moment drang grelles Licht zwischen ihren Fingern hindurch. Sie ließ die Arme wieder sinken und sah, dass der Wald zurückgetreten war und einer offenen Bauernlandschaft Platz gemacht hatte. Erleichtert seufzte sie auf, und als sie den Kopf aus dem Kutschenfenster streckte, entdeckte sie die Mauern von Sarningen.

Lea hielt überrascht den Atem an. Verglichen mit dem heimatlichen Hartenburg war die Stadt riesig. Es gab gleich vier hoch über die Stadtmauer ragende Kirchtürme, deren Kappen mit geschliffenen Schieferplatten in geometrischen Mustern geschmückt waren, und die hinter der Mauerkrone sichtbaren Dächer waren ebenso wie die Kirchen und die Türme in der Stadtmauer mit vielfarbenem Schiefer gedeckt.

Die Kutsche fuhr nun über eine gewölbte Brücke, unter der die Sarn floss, und als sie den höchsten Punkt erreicht hatte, konnte Lea die blank polierten Rüstungen mehrerer Torwächter, die vor dem Südtor standen und die Reisenden kontrollierten, in der Sonne aufblitzen sehen. Anders als die Menschen zu Hause waren die Sarninger Bürger keinem Markgrafen untertan, der wie Ernst Ludwig von Hartenburg als unumschränkter Souverän tun konnte, was ihm beliebte. Das hatte Lea Gesprächen zwischen ihrem Vater und ihren Brüdern entnommen, und sie hätte gern mehr über die Stadt erfahren. Sie sah ihren Vater fragend an, in der Hoffnung, er würde ihr erlauben, ihn anzusprechen. Sein Blick wanderte zwar ein paarmal über sie hinweg, aber er reagierte nicht auf ihre bittende Miene, sondern strich sich nur gedankenverloren über seinen langen, grauen Bart und betrachtete seine beiden Söhne mit sichtlichem Stolz.

Jakob ben Jehuda war in diesen Stunden mit sich und der Welt so zufrieden, wie es ein gläubiger Jude in dieser Zeit sein durfte. Als Hoffaktor und Bankier des Markgrafen Ernst Ludwig von Hartenburg konnte er es sich erlauben, mit einem eigenen Wagen zu reisen, auch wenn sein Gefährt die meisten Leute zu Spott und Gelächter reizte. Von außen wirkte der Wagenkasten nämlich wie eine lieblos zusammengezimmerte Holzkiste auf vier Rädern, aber er war gut ausgepolstert, und die Lederbänder, in denen er hing, waren so geschickt angebracht, dass sie die Unebenheiten der Straße besser abfingen als die Aufhängungen der meisten anderen Kutschen.

Mit der gleichen Sorgfalt, mit der Jakob ben Jehuda diese Karikatur eines Reisewagens hatte anfertigen lassen, waren auch die Pferde ausgesucht worden. Jeder, der die beiden schwerknochigen Tiere mit ihren durchhängenden Rücken und ihren schadhaften Fellen erblickte, musste davon überzeugt sein, dass die elenden Geschöpfe jeden Augenblick zusammenbrechen konnten, aber es steckte genug Kraft in ihnen, den Wagen tagelang von Ort zu Ort zu ziehen.

Jakob Goldstaub war reicher als die meisten Reisenden, die in prachtvollen Kaleschen mit Sitzkissen aus Brokat und goldverzierten Wappenbildern an ihm vorbeizogen, stolz auf ihre Vierergespanne aus gemütlich trabenden Brabantern oder windschnellen spanischen Rossen, doch ein Jude, der halbwegs unbehelligt bleiben wollte, durfte nichts von seinem Wohlstand zur Schau stellen.

Gerschom, der Leibdiener, der auch als Kutscher fungierte, klopfte auf das Wagendach. »Wir sind gleich da, Herr!«

Die Ankündigung weckte Jakob Goldstaubs jüngeren Sohn Elieser. Er schreckte hoch, entdeckte die Stadtmauern vor sich und versuchte sofort, Lea von ihrem Platz zu verdrängen, um mehr sehen zu können. Der schlanke Knabe mit großen, dunklen Augen und zierlichen Schläfenlöckchen, die noch keine Schere berührt hatte, war drei Jahre jünger als Lea. Er platzte beinahe vor Stolz, weil sein Vater die Reise seinetwegen unternahm, und wollte sich von seiner älteren Schwester, die lange Zeit Mutterstelle an ihm vertreten hatte, nichts mehr sagen lassen. Er würde bald ein Mann sein, das hatte er ihr vor der Abreise deutlich gemacht, und weil sie nur ein Mädchen war, hatte sie ihm zu gehorchen.

Da Lea ihm den Platz am Fenster nicht sofort abtrat, versetzte er ihr einen Schlag. Es juckte ihr in den Fingern, ihm dafür eine Ohrfeige zu verpassen, aber sie traute sich nicht, denn ihr Vater würde sie heftig tadeln und einen Satz aus den heiligen Schriften zitieren, der Elieser in seinen Unarten eher noch bestärkte. Daher glitt sie mit verbissener Miene in die Mitte der Bank, um Elieser die Aussicht zu überlassen, und fragte sich bitter, warum sie immer hinter ihren Brüdern zurückstehen musste. Um ihretwillen, dachte sie verärgert, würde ihr Vater keine Reise antreten.

Da die jüdische Gemeinde in Hartenburg zu klein war, um das Bar-Mizwa-Fest für Elieser so feiern zu können, wie es vorgeschrieben war, musste Jakob Goldstaub ihn nach Sarningen bringen, denn die Judengemeinde dieser Stadt besaß eine Synagoge und war groß genug, um jederzeit die vorgeschriebene Mindestzahl von elf erwachsenen Männern zusammenbringen zu können. Seit Jakob Goldstaubs Vater sich in Hartenburg angesiedelt und das erste Mal die Synagoge in Sarningen besucht hatte, zählten die dortigen Juden die Familie Goldstaub zu ihrer Gemeinde, und das Familienoberhaupt nutzte jede Gelegenheit, seine Glaubensbrüder dort aufzusuchen und mit ihnen zu beten. Samuel, Jakob Goldstaubs ältester Sohn, begleitete seinen Vater seit seiner Bar-Mizwa regelmäßig nach Sarningen und interessierte sich kaum noch für die Aussicht aus dem Fenster. Daher amüsierte ihn der Streit zwischen Lea und Elieser, während

Rachel, die jetzt schon versprach, eine Schönheit zu werden und sich wie eine empfindliche Pflanze gab, die Nase rümpfte und den beiden den Rücken zuwandte. Von ihrem Platz aus hatte sie einen weiten Blick über die von Pappeln gesäumte Sarn und die Weizenfelder, deren Grün bereits dem ersten goldenen Schein des reifenden Getreides wich.

Als die Straße eine weitere Kurve machte, zeigte Rachel hinaus. »Gleich sind wir beim Tor. Ich kann schon die Gasse dahinter erkennen.«

Elieser rutschte unruhig auf seinem Platz herum. »Ist das riesig! Viel größer als die Hartenburger Tore. Seht ihr den schwarzen Vogel auf goldenem Grund dort oben in der Mitte?«

»Das ist der Reichsadler. Er zeigt an, dass Sarningen als freie Reichsstadt nur dem Kaiser allein verantwortlich ist«, klärte Jakob ben Jehuda seinen jüngeren Sohn lächelnd auf.

Lea kniff die Lippen zusammen. Wenn sie etwas wissen wollte, überhörte der Vater zumeist ihre Fragen oder tadelte sie sogar, weil es sich nicht gehörte, dass ein Mädchen Wissbegier zeigte, Elieser hingegen erhielt jedes Mal eine Antwort. Lea fragte im Stillen Gott, warum sie als Mädchen so wenig galt, beantwortete sich das jedoch wie gewohnt selbst. Gott hatte Adam als Erstes geschaffen und Eva nur aus dessen Rippe gemacht. Deswegen war es eine Sünde, wenn sie sich über die Bevorzugung ihrer Brüder beklagte. Gerade als ihr Vater Elieser eine weitere Erklärung geben wollte, hielt der Wagen an.

Ein Torwächter steckte den Kopf herein. »Wer seid ihr?«

Seine Stimme klang so rau und unfreundlich, dass Lea zusammenzuckte, aber ihr Vater lächelte, als wäre er herzlich willkommen geheißen worden. »Ihr kennt mich doch. Ich bin Jakob, der Jude aus Hartenburg. Ich war schon oft in Eurer Stadt.«

»Ach so, du bist es.« Die Stimme des Torwächters klang um keinen Deut freundlicher.

Er trat einen Schritt zurück und klopfte mit dem Stiel seiner

Hellebarde gegen den Wagenkasten. »Herauskommen! Kein Jude fährt vierspännig in Sarningen ein, als wäre er ein großer Herr.«

Elieser warf den Kopf hoch. »Wir haben doch nur zwei Gäule vorgespannt, und was für elende!«

»Ein Jude fährt auch nicht zweispännig ein. Also, raus aus dem Wagen, sonst helfe ich nach.«

Der Soldat hob drohend die Hellebarde, aber Jakob Goldstaub hatte bereits den Schlag geöffnet und kletterte hinaus, seine Kinder folgten ihm. Er war auf seinen Reisen schon oft das Opfer von Schikanen geworden und wusste, dass es besser war, die Leute nicht zu reizen, wollte man sich nicht ein paar derbe Hiebe oder Schlimmeres einhandeln. Ein Jude galt nun einmal weniger als ein Hund, das hatte er schon oft erfahren müssen.

Es gab kein Land auf der Welt, in dem das Volk Israels frei nach seinen Sitten und Gebräuchen leben konnte, nicht hier im Heiligen Römischen Reich und noch weniger in Frankreich, wo die Christen erst vor kurzem die Talmudschriften vieler Gemeinden verbrannt hatten und die dagegen protestierenden Juden gleich mit dazu. Selbst in den Ländern des Islam, der ebenso wie das Christentum die Erzväter Abraham, Isaak und Jakob als große Propheten pries und viele seiner Weisheiten aus der Thora bezogen hatte, wurden Juden nur geduldet und galten oft genug als Ärgernis.

Jakob Goldstaub verdrängte die düsteren Gedanken schnell, denn Bitterkeit verwirrte nur die Sinne. Die Torwächter sahen so aus, als lauerten sie auf einen Grund, ihn samt seinen Kindern niederzuschlagen, doch er lächelte den Männern nach alter Gewohnheit so freundlich zu, als hätten sie ihn wie einen hochgestellten Gast begrüßt, holte einige Kreuzer aus seiner Tasche und drückte sie ihnen mit einer Verbeugung in die Hände. »Nach dem langen Dienst am Tor werdet ihr gewiss Durst haben.«

Die Torwächter grinsten, und einer klopfte Goldstaub sogar auf die Schulter. »Das kannst du laut sagen, Jude. Wir werden heute Abend einen Krug auf deine Gesundheit trinken!«

Sein Kamerad hielt sich den Bauch vor Lachen. »Auf seine Gesundheit, das ist gut! Ja, wirklich!«

Dann aber setzte er wieder eine grimmige Miene auf und hob drohend die Hellebarde. »Los, macht, dass ihr in die Stadt kommt! Ihr versperrt anständigen Christenmenschen den Weg.«

Gerschom beugte sich vom Bock. »Und was wird mit dem Wagen?«

»Du kannst vorausfahren.« Der Torwächter gab dem linken Pferd einen rüden Schlag auf die Kruppe, so dass Gerschom Mühe hatte, das wiehernde Tier unter Kontrolle zu bringen. Dann trieb er beide Pferde mit einem Zungenschnalzen an und ließ den Wagen durch das Tor rollen.

Goldstaub verneigte sich noch einmal so tief, als hätte er statt einfacher Stadtbüttel hohe Herren vor sich, und folgte mit seinen Kindern gemächlich dem Wagen. Der spitze, gelbe, durch vielen Gebrauch schon bräunlich verfärbte Hut, den er als erwachsener Mann mosaischen Glaubens tragen musste, schien ihn zur Erde zu drücken, während sich der handtellergroße, gelbe Ring, den auch seine Kinder auf der Kleidung tragen mussten, grell von dem billigen, braunen Stoff des Mantels abhob.

Erst als die kleine Gruppe das Tor passiert hatte, wandte sich Jakob Goldstaub besorgt zu seinen Kindern um. Samuels Gesicht war vor Zorn gerötet, und seine Augen blitzten kriegerisch. Ihm fiel es immer noch schwer, die ständigen Kränkungen gleichmütig hinzunehmen. Leas Augen funkelten genauso wild wie die ihres Bruders, und ihr trotzig vorgeschobenes Kinn zeigte, wie es in ihr tobte. Elieser und Rachel aber hielten die Köpfe gesenkt und drängten sich wie verängstigte Schafe an ihre älteren Geschwister.

Goldstaub drehte sich um und schüttelte ratlos den Kopf, denn er hatte nie begreifen können, dass seine Nachkommen so unterschiedlich geraten waren. In Samuel glühte der Mut eines Judas Makkabäus, den er, wenn er als Jude überleben wollte, bald würde bezähmen müssen, und zu ihrem Unglück glich Lea ihrem älteren Bruder in Aussehen und Charakter. Beide hatten ein schmales, energisches Gesicht mit einer leicht gebogenen Nase, die für ein Mädchen jedoch etwas zu lang war, einen festen Mund und dunkelblaue Augen, die Feuer sprühten, wenn ihnen etwas nicht passte. Das aufbrausende Temperament der beiden spiegelte sich in ihren rötlichen Haaren wider, doch während Samuel als hübscher, wohlgeratener Junge galt, gereichten Lea mit ihren sechzehn Jahren weder ihr Aussehen noch ihr Wesen zum Vorteil.

Im Gegensatz zu der älteren Schwester waren Elieser und Rachel ausnehmend hübsch. Beide waren von anmutiger Gestalt, hatten dunkle Augen und schwarze Haare, die durch Mütze und Kopftuch nur unvollständig verdeckt wurden. Anders als ihre jüngere Schwester verbarg Lea ihr Haar sorgfältig unter einem Tuch und trug auch schon die Tracht einer verheirateten Frau, denn sie führte an Stelle ihrer verstorbenen Mutter den Haushalt. Sie und Samuel hingen enger zusammen, als es Bruder und Schwester in Jakob ben Jehudas Augen gut tat, daher war er froh, dass das Mädchen nicht mehr lange unter seinem Dach weilen würde.

Weder Samuel noch seinen anderen Kindern hatte er verraten, dass er nicht nur wegen Eliesers Bar-Mizwa nach Sarningen gekommen war. Es wurde allmählich Zeit, seine beiden Ältesten zu vermählen, und er hoffte, in der hiesigen Gemeinde eine Braut für Samuel und einen Gatten für Lea zu finden. Für Samuels Verlobung und Heirat benötigte er ein Privileg, das er seinem Landesherrn für teures Geld abkaufen musste, und wahrscheinlich würde er auch die Heiratserlaubnis des Jünglings bezahlen müssen, der bereit war, mit Lea unter den Traubaldachin zu treten. Doch die Sorge um die Summen, die er würde aufbringen müssen, durfte ihn nicht davon abhalten, dem Gesetz Israels zu gehorchen und die wichtigsten Schritte im Leben seiner älteren Kinder in die Wege zu leiten.

Der Einzug der Juden blieb nicht unbemerkt. Die Leute drehten sich auf der Straße nach ihnen um, zeigten mit den Fingern auf sie und starrten sie an, als brächten sie unheilvolle Omen über die Stadt. Ein paar alte Frauen schlugen das Kreuz, so als müssten sie sich beim Anblick der gelben Hüte, die die männlichen Juden trugen, gegen höllische Mächte schützen. Gassenjungen liefen der Familie nach, verspotteten sie mit rüden Versen und bewarfen sie mit allem, was sie auf der gepflasterten Straße fanden. Meist waren es nur kleine Steine oder Schmutz, der von den Rädern der Fuhrwerke abgefallen war. Doch mehr als einmal wurde Jakob Goldstaub auch von den Exkrementen eines Hundes getroffen.

So viel Feindseligkeit war ihm in dieser Stadt noch nie begegnet, und er nahm sich vor, seinen Schwager Esra ben Nachum, den Vorsteher der hiesigen Gemeinde, darauf anzusprechen und ihn zu warnen, denn hier braute sich etwas zusammen. Die Situation wurde ihm so unheimlich, dass er gegen alle Gewohnheit rascher ausschritt und auch seinen Kindern winkte, sich zu beeilen. Als sie die Judengasse der Stadt erreicht hatten, drängte ihn alles, das Tor in der mehr als mannshohen Mauer, die das Wohnviertel der jüdischen Gemeinde von den übrigen Straßen trennte, so schnell wie möglich zu passieren, doch der Zugang war so schmal, dass er warten musste, bis Gerschom den Wagen hindurchmanövriert hatte. Dann erst konnte er seine Kinder durch die Öffnung schieben und ihnen folgen. Als er schon aufatmen wollte, traf ihn als letzter Gruß der Gassenjungen ein Lehmbatzen am linken Ohr.

2

Esra ben Nachum empfing Jakob Goldstaub vor seinem Haus. Er umarmte den Gast und wischte eigenhändig einige Schmutzspuren von dessen Mantel ab. »Friede sei mit dir und deinen Kindern, Jakob ben Jehuda. Ich wünschte, ihr wärt zu einer besseren Zeit gekommen. Nun aber schüttelt den Staub der Reise von euren Kleidern und erfrischt euch.«

»Friede sei auch mit dir, Esra, und den Deinen«, erwiderte Jakob Goldstaub den Gruß. Dann drehte er sich um und zeigte auf das mittlerweile geschlossene Tor der Judengasse. »Was geht in Sarningen vor? Als ich das letzte Mal hier war, erschienen mir die Leute viel freundlicher.«

Der Hausherr hob die Augen zum Himmel und breitete die Arme aus. »Morgen ist Zinstag, und viele unserer Schuldner haben ihren Unmut über unsere berechtigten Forderungen lautstark unter die Leute getragen. Andere, meist Fremde, haben das ausgenützt, um unsere christlichen Mitbewohner gegen uns aufzuhetzen. Aber du brauchst dir keine Sorgen zu machen. Es kommt an einem solchen Tag immer wieder zu gewissen Missstimmungen, wenn es diesmal auch schlimmer ist als sonst. Die Leute werden sich schon bald beruhigt haben, und dann können wir wieder in Frieden leben.«

Lea vernahm die Angst, die in der Stimme ihres Onkels mitschwang, und es kam ihr so vor, als wolle er sich selbst Mut zusprechen. »In Hartenburg haben wir doch auch Zinstage. Aber dort sind die Leute nie so aggressiv geworden wie hier.«

Samuel ballte die Fäuste. »Lea hat Recht. Die Christen benehmen sich ganz anders als bei meinen früheren Besuchen. Bist du sicher, Onkel, dass sie keinen Überfall planen?«

»In einer großen Stadt wie hier gibt es immer Aufrührer und

Schreihälse. Daran gewöhnt man sich, mein Junge«, erklärte Esra ben Nachum mit einer hilflosen Geste. »Wir können nichts anderes tun als abzuwarten, bis das Geschrei verstummt und die Leute andere Dinge im Kopf haben. Da uns die meisten Berufe verwehrt sind und nicht jeder von uns ein erfolgreicher Fernhandelskaufmann sein kann, verdienen wir unseren Lebensunterhalt hauptsächlich als Pfandleiher und Kreditgeber, und das bringt nun einmal solche Probleme mit sich. Schau, Samuel, die Menschen, die zu uns kommen, können nicht die Sicherheiten bieten, welche die Fugger in Augsburg oder die Lombarden von ihren Schuldnern fordern, und so gehen wir mit jedem Geschäft, das wir mit Christen abschließen, ein Risiko ein. Du wirst auch noch begreifen, dass es nicht jedem Juden so gut geht wie deinem Vater, der eine sichere Position als Hoffaktor eines Herzogs hat und seinen Geschäften ohne große Sorgen nachgehen kann.«

Lea hob die Hand. »Ernst Ludwig von Hartenstein ist kein Herzog, er trägt nur den Titel eines Markgrafen, Onkel.«

Esra ben Nachum warf ihr einen irritierten Blick zu und wandte sich mit einem verkniffenen Lächeln an seinen Schwager. »Deine Lea scheint mir immer noch ein wenig vorlaut zu sein.«

Lea fand diesen Vorwurf ungerecht und ärgerte sich gleich noch einmal, denn ihr Vater stimmte seinem Schwager entschuldigend zu. »Sie war noch sehr jung, als sie den Platz ihrer Mutter einnehmen musste. Daher hat sie nicht gelernt zu schweigen, wie es die Sitte von einer Frau verlangt.«

»Mirjam wird sich um sie kümmern.« Esra Ben Nachum führte die Gäste in sein Haus, einen niedrigen Fachwerkbau, der von außen windschief und heruntergekommen wirkte, sich innen aber als stabil und wohlgepflegt erwies.

Jakob ben Jehudas Schwester Mirjam erwartete die Gäste in der Wohnstube. Sie war gekleidet, als bereite sie sich auf eine weite Reise vor, und trug, wie ein leises Klingeln beim Gehen verriet, wohl ihren gesamten Schmuck bei sich. Das machte Lea hellhörig. Rachel und sie trugen ebenfalls einige Schmuckstücke von Wert unter ihrer Kleidung, die bei Bedarf in gemünztes Gold umgetauscht werden konnten. Doch wenn die Tante ihren Schmuck schon im Haus unter ihren Röcken verbarg, war die Gefahr größer, als ihr Onkel zugeben wollte.

»Habt ihr Angst, aus der Stadt vertrieben zu werden, weil du deinen Schmuck bei dir trägst?«, fragte sie besorgt. »Dann solltest du aber darauf achten, dass er beim Gehen nicht klirrt. Oder willst du die Leute darauf aufmerksam machen, was du unter deinem Kleid verbirgst?«

Mirjam hob erschrocken ihre Schürze und betastete den Rock. Nun vernahm sie es ebenfalls. »Du hast gute Ohren, Lea. Mir ist nichts aufgefallen. Aber keine Sorge, es wird schon nichts passieren. Ich bin nur etwas nervös und habe deswegen meine Sachen an mich genommen. Schau, unsere Sippe lebt schon seit mehr als zweihundert Jahren in Sarningen, und außer einem Mord an einem ortsfremden Juden ist hier noch nie etwas vorgefallen.«

Zu Hause hatte Lea etwas ganz anderes gehört, aber da die Kritik ihres Vaters noch an ihr nagte, nahm sie Mirjams Erklärung mit einem skeptischen Nicken zur Kenntnis. »Bestimmt hast du Recht. Aber habt ihr denn schon herausgefunden, was die Christen so gegen euch aufgebracht hat?«

Mirjam zuckte hilflos mit den Achseln. »Esra ist schon beim kaiserlichen Vogt vorstellig geworden, doch Rittlage hat ihn ausgelacht und gesagt, ein paar unserer Schuldner hätten im Wirtshaus Drohungen gegen uns ausgestoßen. Wir müssten uns jedoch keine Sorgen machen, denn mit betrunkenem Kopf redeten die Leute halt viel dummes Zeug.«

»Sie tun auch viel, wenn sie betrunken sind, und kennen dann kein Maß und keine Hemmungen.« Leas Stimme klang schärfer als beabsichtigt.

Mirjam winkte ab und wollte ihrer Nichte schon sagen, dass sie alles viel zu schwarz sehe, aber Lea vergaß schon wieder die ihr gebotene Zurückhaltung und ließ sie nicht zu Wort kommen.

»Ich finde es jedenfalls gut, dass du deinen Schmuck bei dir trägst, denn dann kannst du auf der Stelle davonlaufen, wenn die Leute euer Viertel stürmen.«

Mirjam nickte bedrückt, Rachel aber schürzte unwillig die Lippen. »Was redest du da für dummes Zeug? Wenn uns in dieser Stadt Gefahr drohen würde, hätte Vater uns gewiss nicht hierher gebracht.«

»Das ist kein Unsinn! Ein Jude ist immer und überall in Gefahr«, fuhr Lea sie an und biss sich auf die Lippen, als sie die mitleidig-verächtlichen Mienen ihrer Schwester und ihrer Tante auf sich gerichtet sah.

Die beiden mochten die üblen Vorzeichen nicht ernst nehmen und sich in trügerischer Sicherheit wiegen, bis es zu spät war, Lea zog es jedoch vor, Augen und Ohren offen zu halten. Nicht umsonst hatte sie stundenlang mit einer der ihr verhassten Handarbeiten in einer Zimmerecke gehockt und den Lehrern zugehört, die ihr Vater für Samuel und später auch für Elieser zu Gast geladen hatte. Auf diese Weise hatte sie nicht nur gelernt, was in der Thora stand und wie man sie auslegen musste, sondern auch viel über das Leben des jüdischen Volkes und seiner Gemeinden erfahren.

Sie lächelte ihrer Schwester besänftigend zu. »Eine gewisse Vorsicht ist für uns Juden überlebenswichtig. Wenn Onkel Esra und Tante Mirjam fliehen müssen, wird es ihnen der gerettete Schmuck ermöglichen, sich in einer anderen Stadt einzukaufen. Ein Jude ist nämlich nur dann willkommen, wenn er zahlen kann, Bettler haben die Christen selbst genug.«

Mirjams herabgezogene Mundwinkel verrieten, wie sehr es ihr gegen den Strich ging, ihre Nichte wie einen Mann reden zu hören. »Sprechen wir von erfreulicheren Dingen, Lea. Soviel ich weiß, will dein Vater unter unseren jungen Männern einen Bräutigam für dich aussuchen.«

Lea wurde rot, aber anstatt verschämt den Blick zu senken, straffte sie die Schultern und hob das Kinn. »Davon weiß ich nichts. Vater hat nur einmal erwähnt, dass er sich bald nach einer Braut für Samuel umschauen muss.«

Mirjam hob den Zeigefinger. »Du bist schon seit fast einem Jahr heiratsmündig, und wenn dein Vater noch lange wartet, wird man sich fragen, ob mit dir etwas nicht stimmt. Aber keine Angst, wir werden schon einen geeigneten Bräutigam für dich finden.«

Man konnte ihr ansehen, dass sie die Vorzüge der jungen Männer ihrer Sippe gegeneinander abwog. »Es ist schier unmöglich, einen Mann zu finden, der nicht zu dir aufblicken muss. Aber der eine oder andere dürfte über deine Körpergröße hinwegsehen, wenn er hört, wie hoch die Mitgift ist, mit der dein Vater dich ausstatten kann.«

Mirjams skeptischer Blick strafte ihre Worte jedoch Lügen. Lea war größer als alle Männer der Sarninger Gemeinde mit Ausnahme ihres älteren Bruders, und schon die Art, wie sie sich bewegte, deutete darauf hin, dass sie eine herrische Frau werden würde. Daher würde es trotz des Reichtums ihres Vaters schwer werden, sie zu verheiraten.

»Samuel ist ja auch recht hoch aufgeschossen, aber bei ihm mache ich mir keine Sorgen. Er ist ein hübscher junger Mann und wird als ältester Sohn und Erbe eures Vaters gewiss einmal dessen Stelle als Hoffaktor eures Herzogs einnehmen.«

»Ernst Ludwig von Hartenburg ist Markgraf, nicht Herzog, Tante.«

Mirjam hob in einer verzweifelten Geste die Hände zum Himmel. »Man merkt dir an, dass du ohne Mutter aufgewachsen bist. Dein Vater hätte sich eine zweite Frau nehmen sollen.«

Lea lachte hart auf. »Er wollte dem Markgrafen nicht das viele

Geld für die Erlaubnis in den Rachen stopfen. Es wird schon teuer genug werden, uns vier zu verheiraten.«

»Du tust so klug und bist doch noch so unverständig wie ein kleines Kind. Ein Mann braucht nun einmal ein Weib, so ist es von Gott beschlossen. Eine willige Magd kann keine Ehefrau ersetzen.«

Lea wollte gegen die Unterstellung protestieren, dass es in ihrem Haushalt willige Mägde gebe. Ihr Vater war über das Alter hinaus, in dem er sich noch viel aus Frauen machte. Mit dieser Erklärung hätte sie ihn jedoch vor der Verwandten beschämt, und deswegen wechselte sie schnell das Thema.

»Lebt hier in Sarningen nicht eine junge Frau, die aus Hartenburg stammt? Sie heißt Gretchen und hat einen Sarninger Magistratsbeamten namens Peter Pfeiffer geheiratet.«

»Die kenne ich. Sie wohnt keinen Steinwurf von hier entfernt in einer Nebengasse. Eine der Pforten in der Mauer, die unser Viertel umgibt, führt direkt zu ihrem Haus. Was willst du von ihr?«

»Ich soll ihr Nachrichten von ihrer Familie und Grüße von ihren Verwandten überbringen. Ihre Eltern sind unsere Nachbarn und gut mit uns bekannt. Am liebsten würde ich noch heute Abend zu ihr gehen, denn man hat mich dringend um den Besuch gebeten.«

Das entsprach nicht ganz der Wahrheit. Lea hatte Gretchens Mutter zwar versprochen, ihre Tochter bei Gelegenheit aufzusuchen, doch sie hatte ihr erst Botschaft schicken und anfragen wollen, ob sie in ihrem Haus willkommen war. Die christliche Familie, in die Gretchen eingeheiratet hatte, war möglicherweise nicht bereit, eine Jüdin über ihre Schwelle treten zu lassen. Jetzt aber bot Lea der Besuch bei Gretchen eine Chance, für eine Weile der Tante und deren Heiratsplänen zu entkommen. Am nächsten Morgen, das nahm sie sich fest vor, würde sie ihren Vater fragen, ob er sie tatsächlich hier in Sarningen an den

Nächstbesten verschachern wollte, der an ihrer Mitgift interessiert war.

Lea war sich sicher, dass Gretchen im Gegensatz zu ihrer Tante Verständnis für sie haben würde, denn sie war mit ihr und ihrer Familie immer gut ausgekommen, besser sogar, als es den christlichen Predigern in Hartenburg gefallen hatte. Ihr Vater hatte seinen Nachbarn mit einem großzügigen Kredit vor dem Schuldturm bewahrt und ihm später Gretchens Mitgift vorgestreckt, damit sie den jungen Peter Pfeiffer heiraten konnte. Deswegen hoffte Lea, Gretchens Familie würde ihr einen Schwatz mit ihrer Freundin erlauben, bei dem sie den unangenehmen Empfang in Sarningen für eine Weile vergessen konnte. Sie blickte durch das winzige Fenster ins Freie und sah, dass die Sonne nur noch eine Handbreit über den Dächern der umliegenden Häuser stand. »Wenn du nichts dagegen hast, werde ich jetzt gleich zu Gretchen hinübergehen, Tante.«

»Ich komme mit.« Rachels Gesicht zeigte deutlich, dass sie keine Lust hatte, allein der Neugier und der nörgelnden Art ihrer Tante ausgesetzt zu sein.

Mirjam überlegte kurz und nickte dann. »Geht ruhig. Noomi wird euch hinauslassen. Ich bereite unterdessen das Abendessen vor.« Sie rief nach ihrer Tochter, die schon fleißig in der Küche werkelte, und wies sie an, Lea und Rachel zur westlichen Pforte zu bringen.

Noomi war ein mageres Mädchen in Rachels Alter, das sich nervös die Hände an der Schürze abtrocknete und seine Mutter kaum anzusehen wagte. »Soll ich auf sie warten?«

»Das ist nicht nötig. Wenn Lea laut genug gegen die Pforte klopft, hört sie schon jemand und macht ihr auf.«

Als sie durch den Hintereingang des Hauses ins Freie traten, blickte Noomi Lea besorgt an. »Wollt ihr wirklich in die Stadt hinaus? Bei der schlechten Stimmung unter den Christen würde ich mich nicht aus dem Viertel hinauswagen.«

Lea winkte ab. »Mach dir um uns keine Sorgen. Bei Gretchen Pfeifferin wird uns nichts zustoßen, denn sie ist unsere Freundin.«

Sie hatte keine Lust, ihrer verhuschten Base zu erklären, dass sie den Besuch auch dazu nutzen wollte, von Gretchen etwas über den wahren Grund für die aggressive Spannung in der Stadt zu erfahren. Daher lächelte sie ihr nur aufmunternd zu und folgte ihr mit Rachel durch eine Reihe winziger, aber liebevoll gepflegter Gärten, die die Juden direkt hinter ihren Häusern angelegt hatten, bis zu einer ungewöhnlich stabil wirkenden Pforte aus eisenbeschlagenen Eichenbohlen.

Noomi bemerkte Leas Stirnrunzeln und deutete auf die massiven Türangeln. »Mein Vater hat ein festeres Tor einsetzen lassen, nachdem es vor zwei Wochen schon einmal Unruhen gegeben hat. Damals haben ein paar böse Menschen behauptet, unsere Brüder in Mainz hätten ein Christenkind geschlachtet und sein Blut getrunken, und den Leuten hier weisgemacht, wir würden auch so etwas tun.«

Lea zog unbehaglich die Schultern hoch. »Auf diese Weise haben schon etliche Massaker an unserem Volk ihren Anfang genommen.«

Noomi hob beschwichtigend die Hand. »Es ist ja nichts Schlimmes passiert. Die Leute haben nur herumgeschrien und Steine gegen unsere Mauer geworfen, aber als Alban von Rittlage seine Soldaten aufmarschieren ließ, haben sie sich sofort wieder beruhigt. Der Kaiser hat ihn hier eingesetzt, damit er in unserer Stadt für Recht und Ordnung sorgt, und er wird uns auch morgen beschützen, das hat er meinem Vater ausdrücklich versichert. Also lasst euch nicht von Mama erschrecken. Sie hat sich die Gehässigkeit der Leute zu Herzen genommen und hält es für ihre Pflicht, auf alles vorbereitet zu sein. In unserem Viertel kann uns jedoch nichts passieren.«

Lea ließ sich von der Zuversicht ihrer Base anstecken und stieß ihre Anspannung mit einem Seufzer aus. Von ihrem Bruder Samuel, der immer auf ihre Fragen einging und ihr viel erzählte, wusste sie, dass Kaiser Friedrich III. den Juden wohl gesonnen war und sie unter seinen Schutz gestellt hatte. Des Kaisers Wort mochte in einer Herrschaft wie Hartenburg nicht viel gelten, doch in einer freien Reichsstadt wie Sarningen besaß es großes Gewicht. Wahrscheinlich waren die Leute nur deshalb so unfreundlich, weil der Zinstag so knapp auf das dumme Gerede von einem ermordeten Christenkind folgte. Noomi zog den Riegel zurück und öffnete die Pforte. »Dort drüben ist das Haus der Familie Pfeiffer.«

Sie zeigte auf die Rückseite eines ansehnlichen Gebäudes, das durch eine schmale Gasse und einen üppig grünenden Garten vom Judenviertel getrennt war. Da es keinen Durchgang zwischen Gretchens Haus und der langen Reihe der Nachbarhäuser gab und Lea nicht weit durch die Stadt laufen wollte, um die Vordertür zu erreichen, beschloss sie, durch den Garten zu gehen und am Hintereingang zu klopfen.

Noomi versprach Lea noch, den Leuten, die innen neben der Pforte wohnten, Bescheid zu geben, damit sie auf ihre und Rachels Rückkehr Acht gaben, verabschiedete sich dann mit einem scheuen Lächeln und drückte das Tor hinter ihnen zu. Als Lea das Geräusch des sich schließenden Riegels hörte, fühlte sie ein Kribbeln im Magen. Ihr war, als wäre sie aus der Sicherheit der hohen Mauern in eine unbekannte, gefährliche Welt gestoßen worden.

Für einen Augenblick überlegte sie, zu klopfen und reumütig zu Tante Mirjam zurückzukehren, doch ihr Widerwille gegen diese Vorstellung gab ihr Kraft, sich zusammenzureißen, Rachel bei der Hand zu nehmen und auf Gretchens Heim zuzugehen. Der Garten, den sie nun durchquerten, war größer als alle Gärten der Judengasse zusammen, aber ebenso gut gepflegt. Zwischen den Beeten hatte man niedrige Zierhecken angepflanzt, die ein paar blühende Büsche voneinander trennten, an der Hauswand rankte sich Spalierobst hoch, und ein paar Schalen an der Hauswand enthielten bunte Frühlingsblumen, die bereits am Verblühen waren.

Als Lea vor der Hintertür stand, musste sie vor Aufregung schlucken, denn die Reaktion der Christen auf die Ankunft ihrer Familie stand ihr noch deutlich vor Augen. Dann aber hob sie die Hand und klopfte kräftig. Einige Augenblicke lang tat sich nichts, aber als sie sich enttäuscht abwenden wollte, öffnete sich die Tür und eine junge, etwas füllige Frau mit einem hübschen Gesicht sah neugierig hinaus. Beim Anblick der beiden Judenmädchen erschrak sie sichtlich und warf abwehrend die Hände hoch. »Lea, Rachel, was macht ihr denn hier?«

So einen unfreundlichen Empfang hatte Lea von Gretchen nicht erwartet, und daher fiel ihre Antwort eher vorwurfsvoll aus. »Wir sind mit Vater nach Sarningen gekommen und sollen dir Grüße von deinen Eltern überbringen.«

Da Gretchens Gesicht nicht freundlicher wurde, machte sie auf dem Absatz kehrt, doch ihre frühere Freundin hielt sie fest und zog sie und Rachel nach einem ängstlichen Blick in die Nachbarschaft ins Haus.

»Kommt schnell herein, bevor man euch hier sieht!« Ihre Stimme klang panikerfüllt.

Lea ließ sich in den dunklen Flur zerren, blieb dort aber stocksteif stehen und starrte Gretchen verärgert an. »Was ist los? Ich dachte, du würdest dich freuen, uns zu sehen.«

Gretchens Hände zitterten, und sie schien den Tränen nahe zu sein. »Ihr hättet nicht kommen sollen. Heute Abend werden die hiesigen Juden überfallen und aus der Stadt gejagt.«

Lea schüttelte den Kopf. »Das wird der kaiserliche Vogt nicht zulassen. Der Kaiser hat befohlen, die Juden zu beschützen, und das hat Herr von Rittlage ja auch schon vor zwei Wochen getan.«

»Das ist richtig. Aber hinterher ist ihm klar geworden, dass er eine Gelegenheit verpasst hat, seine Gläubiger unter den einheimischen Juden billig loszuwerden. Mein Peter steht in seinen Diensten und hat mir erzählt, dass Alban von Rittlage den bevorstehenden Zinstag und den immer noch nicht ganz verrauchten Zorn der Leute ausnutzen will, um alle Juden vertreiben zu lassen. Was für ein Unglück, dass ihr ausgerechnet zu diesem Zeitpunkt hierher kommen musstet.«

Sie drängte die beiden Besucherinnen weiter ins Haus. »Ich werde euch bei uns verstecken. Es sind schlechte Leute in der Stadt, die die jüdischen Männer umbringen und ihren Frauen schreckliche Dinge antun wollen.«

Lea versuchte, sich Gretchens Griff zu entziehen. »Ich muss Vater warnen.«

Gretchen warf einen abwehrenden Blick auf ihre jüdische Tracht. »So darfst du nicht mehr hinaus. Wartet, ich gebe euch Kleider von mir, damit man euch nicht als Judas Töchter erkennt.«

»Aber …«, begann Rachel, doch da zerrte Gretchen schon an ihrer Kleidung. Lea besann sich einen Moment und nickte.

»Es ist besser so. Wartet, ich …« Zu mehr kam sie nicht, denn in diesem Augenblick steckte eine alte Frau in schwarzer Witwenkleidung den Kopf zur Küchentür heraus.

»Wer ist denn gekommen, Gretchen?« Dann erblickte sie die beiden Judenmädchen und stieß einen schrillen Schrei aus. »Bist du übergeschnappt, diese Teufelshuren ins Haus zu lassen?«

»Schwiegermutter, das sind Lea und Rachel, die Töchter Jakob Goldstaubs aus Hartenburg, desselben Mannes, der meine Mitgift bezahlt hat. Wir müssen sie bei uns verbergen und Meister Jakob warnen.«

Das Gesicht der Alten verzog sich zu einer höhnischen Grimasse. »Einen Dreck werden wir tun! Wenn die Nachbarn mitbekommen, dass du Israels sündhafte Brut ins Haus gelassen hast, stecken sie uns das Dach über den Kopf an.«

Gretchen hob beschwichtigend die Hände. »Es hat niemand etwas gesehen. Aber wenn du die beiden jetzt aus dem Haus treibst, werden die Leute sie gewiss fragen, was sie hier zu suchen hatten.«

Die alte Pfeifferin nickte widerwillig. »Das ist wohl richtig. Da sie schon einmal im Haus sind, müssen sie auch hier bleiben. Aber die heidnischen Fetzen, die sie jetzt anhaben, kommen herunter.«

»Ich bin schon dabei, ihnen Kleider von mir zu holen«, rief Gretchen eilfertig.

Lea sah, wie viel Angst die Freundin vor ihrer Schwiegermutter hatte, doch da ihr das Schicksal ihres Vater und ihrer Brüder mehr am Herzen lag als Gretchens Wohlergehen, hielt sie sie kurzerhand zurück.

»Ich muss hinaus und meinen Vater warnen!«

Ihre Worte veranlassten die Alte zu einem weiteren Wutausbruch. »Oh nein! Glaubst du, ich lasse zu, dass du die Leute provozierst? Wenn sie dich hier herauskommen sehen, werden sie unser Haus plündern und uns Frauen Gewalt antun! Macht, dass ihr in den Keller kommt und euch umzieht. Die Lumpen, die ihr auf dem Leib habt, müssen sofort verbrannt werden, damit man keine Spur davon bei uns findet. Und wenn euch jemand anspricht, antwortet gefälligst mit ›Gelobt sei Jesus Christus!‹, und sagt kein Wort in eurer heidnischen Sprache, habt ihr mich verstanden?«

Die Frau sah so aus, als würde sie mit den Kleidern auch gleich die unwillkommenen Gäste verbrennen wollen, aber Lea ließ sich nicht einschüchtern.

»Bitte gebt mir ein anderes Gewand und lasst mich hinaus. Ich kann nicht hier herumstehen, während meine Verwandten in Gefahr sind.«

Gretchen umklammerte ihren Arm. »Dafür ist es schon zu spät! Los, versteckt euch in unserem früheren Weinkeller. Dort wird euch niemand suchen.« Dann brachte sie ihren Mund an Leas Ohr, damit die alte Frau ihre nächsten Worte nicht hören konnte. »Ich laufe hinüber und warne deinen Vater. Er ist ein guter Mensch.«

Sie drängte die beiden Schwestern in einen dunklen Winkel, hob eine Falltür an und wies nach unten.

Lea schenkte Gretchen einen dankbaren Blick und stieg vorsichtig die schmalen Stufen hinab, die steil in ein diffuses Halbdunkel führten, in dem man kaum die Hand vor Augen sehen konnte. Es gab nur ein winziges, vergittertes Fenster, welches sich an der höchsten Stelle des tonnenförmig gewölbten Raumes befand und so wenig Licht durchließ, dass der untere Teil des Raumes in tintiger Schwärze lag. Lea hörte Rachel über sich jammern und trat einen Schritt beiseite, damit ihre Schwester von der wackligen Treppe auf den Boden treten konnte. Dabei stieß ihr Schienbein gegen ein Holzgestell, das krachend umfiel. Vor Schreck und Schmerz verlor sie das Gleichgewicht und landete mit den Händen in etwas Fauligem. Angeekelt richtete sie sich auf und sah zu Gretchen hinauf.

»Bitte zieht alles aus, was euch verraten könnte. Ich bringe euch gleich andere Kleider«, hörte sie die Freundin rufen, während sich ihre Schritte entfernten.

Rachel zerrte an Leas Ärmel. »Hier stinkt es. Außerdem kann ich nichts sehen! Wie soll ich da die Bänder an meinen Sachen aufknoten?«

Lea kniff die Lider zusammen, bis sich ihre Augen so weit an die Dunkelheit gewöhnt hatten, dass sie Konturen erkennen konnte. »Hab einen Augenblick Geduld. Gleich geht es besser.«

Als Rachel nicht antwortete, löste sie die Hand der Schwester von ihrem Ärmel und begann sich mit müden Bewegungen auszuziehen. Für einen Augenblick überlegte sie, wenigstens das Hemd anzubehalten, doch die Webart des Leinens und die Stickereien würden sie genauso verraten, als wenn sie den gelben Kreis darauf trüge. Also nahm sie auch das letzte Kleidungsstück auf den Arm.

Kurz darauf stieg Gretchen die Treppe herab, in der einen Hand ein Bündel Kleider, in der anderen eine Laterne. Als sie ihre Freundin und deren Schwester nackt auf dem lehmigen Fußboden stehen sah, wandte sie verschämt den Blick ab. »Hier, zieht das an. Ich bringe das andere inzwischen weg.«

Mit einem gewissen Bedauern reichte Lea Gretchen ihre und Rachels Sachen und nahm die anderen Kleidungsstücke entgegen. Da Gretchen die Lampe wieder mit nach oben nahm, mussten die beiden Schwestern warten, bis sich ihre durch das Licht geblendeten Augen wieder an das Dunkel gewöhnt hatten. Um sie herum herrschten Schmutz und Moder, und alles, was sie anfassten, fühlte sich kalt und glitschig an, so als liefe das Gewölbe immer wieder voll Wasser.

Es dauerte eine gewisse Zeit, bis sie die ungewohnten Kleider angezogen hatten, und noch eine Weile danach zupften sie unglücklich an ihnen herum. Rachels Rock schleifte am Boden, Lea hingegen reichte das Gewand nur bis zu den Knien, war aber so weit, dass sie mindestens zweimal hineingepasst hätte.

Rachel schimpfte vor sich hin und zeigte dann anklagend auf Lea. »Mit dem Zeug fallen wir viel eher auf als in unserer eigenen Tracht.«

Lea zuckte mit den Schultern und griff unwillkürlich an ihre Brust, wo unterhalb ihres noch wenig ausgeprägten Busens ein harter Klumpen hätte hängen sollen. Aber da war nichts. In der Aufregung hatte sie vergessen, den Beutel mit dem Schmuck aus ihrem Kleid zu nehmen. Als sie Rachel fragte, musste auch ihre Schwester zugeben, dass sie die Wertsachen wie gewohnt mit dem Kleid abgelegt hatte.

»Ich muss mit Gretchen reden, bevor sie unsere Sachen verbrennt«, rief Lea erschrocken und kletterte vorsichtig tastend die wacklige Stiege hoch. Kaum hatte sie die Hälfte geschafft, hörte sie die keifende Stimme der Alten. Gretchens Antwort klang schrill und nervös, war aber durch das Holz nicht zu verstehen. Im nächsten Moment wurde die Falltür aufgerissen, und Lea sah, wie die Schwiegermutter Gretchen über die Kante stieß, so dass die junge Frau hilflos die Stiege hinunterschlitterte. Lea konnte ihre Freundin gerade noch auffangen und verhindern, dass sie beide kopfüber zu Boden stürzten. Die Alte schimpfte immer noch wüst, aber die zuschlagende Klappe ließ ihren Wortschwall unverständlich werden.

Gretchen löste sich aus Leas Armen, zog sich am Geländer hoch und stemmte sich gegen die Falltür. »Schnell, hilf mir«, rief sie Lea zu. »Ich wollte eben aus dem Haus, um deinen Vater zu warnen, aber die alte Hexe hat mir aufgelauert und mich ins Haus zurückgezerrt.«

Lea schob sich an ihre Seite und wollte sich mit dem Rücken gegen das Holz stemmen, da hörten sie, wie ein schwerer Gegenstand über den Boden gezogen wurde. Panikerfüllt versuchten sie, die Falltür aufzustoßen, aber es war zu spät.

»Gott, der Gerechte, was sollen wir jetzt tun? Mein Vater ist nicht mehr der Jüngste und kann nicht so schnell laufen. Sie werden ihn totschlagen!«

Lea schluckte ihre Tränen hinunter und sah sich um, aber hier gab es nichts, mit dem sie sich hätte befreien können. In ihrer Verzweiflung schob sie eines der Gestelle gegen die Wand, in der sich die kleine Öffnung befand, stieg darauf und untersuchte das Gitter. Es war rostig, aber noch fest verankert. Auch war das Fensterloch sogar für die zierliche Rachel zu klein. Da der Blick nicht von hohen Pflanzen behindert wurde, konnte Lea den Garten, die Gasse dahinter und die Mauer zum Judenviertel mit der Pforte darin erkennen.

Sie blickte Gretchen an und deutete mit dem Kinn nach draußen. »Vielleicht hört man uns, wenn wir schreien.«

Die junge Frau schüttelte den Kopf. »Das würde die Falschen auf euch aufmerksam machen. Horch, sie kommen schon, um das Judenviertel zu stürmen. Wenn einer von denen mitbekommt, dass ich euch beide versteckt halte, bringen sie uns alle um.«

»Aber wir können doch nicht die Hände in den Schoß legen!« Lea klammerte sich an das Gitter und weinte vor Verzweiflung.

Gretchen lehnte sich gegen das schwankende Gestell und hielt ihre Freundin fest. »Wir können nur noch beten. So, wie die Leute da draußen schreien, hört man sie in der ganzen Stadt, und das gibt deinen Angehörigen Zeit wegzulaufen. Wenn sie den Weg über den Markt nehmen, dürfen sie sich freikaufen, so hat es jedenfalls der Vogt bestimmt. Nur wer sich wehrt, soll erschlagen werden.«

Lea hörte das Trampeln vieler Füße und verstand jetzt auch einzelne Worte. Rufe wie »Schlagt die Juden tot!« und »Verbrennt das Teufelsgezücht!« gellten durch die Gasse. An das Fenstergitter gepresst sah sie, wie sich eine große Menschenmenge heranwälzte, an ihrer Spitze einige kräftige Männer, die einen Baumstamm mit sich schleppten. Sie blieben vor der Pforte stehen und ließen ihn wie einen Rammbock gegen das Holz krachen, während die anderen sie johlend anfeuerten.

Plötzlich wurde die Pforte geöffnet, und ein alter Jude trat heraus. »Liebe Leute, Friede sei mit euch …!«

Weiter kam er nicht, denn zwei vierschrötige Kerle in buntscheckiger Tracht packten ihn und stießen ihn in die Menge, die ihn mit Schlägen und Knüffen empfing.

Gretchen hatte ein weiteres Gestell herangezogen und kletterte darauf, um ebenfalls hinausschauen zu können. Oben angekommen klammerte sie sich mit der einen Hand an das Gitter und hielt mit der anderen Lea fest. »Die Männer mit dem

Baumstamm sind Soldaten des Vogts, die andere Kleider angezogen haben, damit man sie nicht gleich erkennt. Ich habe dir doch gesagt, dass Alban von Rittlage das Ganze geplant hat, um die Juden auszuplündern. Die Leute, die morgen ihre Zinsen zahlen müssten, helfen ihm dabei, und die anderen machen mit, um plündern zu können oder weil die Hetzreden der Fremden ihnen den Kopf verdreht haben.«

Gretchens Erklärung drang kaum in Leas Ohr, so hielten die Ereignisse sie gepackt. Am liebsten wäre sie weit weggelaufen und hätte sich in einer stillen, dunklen Ecke verkrochen, um nichts mehr hören oder sehen zu müssen. Gleichzeitig aber stieg eine brennende Wut in ihr hoch, so dass sie am liebsten mit den Fäusten auf die Leute draußen losgegangen wäre. Ihrem inneren Zwiespalt hilflos ausgeliefert starrte sie hinaus, ohne begreifen zu können, was ihre Sinne ihr zutrugen. Immer noch drangen mit Knüppeln, Messern und Forken bewaffnete Menschen in die Judengasse, in der die gellenden Schreie der Überfallenen den Lärm der Angreifer übertönten.

»Gott Abrahams, Isaaks und Jakobs, hilf meinem Vater und meinen Brüdern und all unseren Freunden und Verwandten aus dieser Not«, hörte Lea sich beten.

Rachel zupfte an ihrem Kleid. »Nun sag doch, was geschieht da draußen?«

»Man kann nicht viel sehen, weil die Mauer dazwischen ist«, antwortete Gretchen an Leas Stelle.

Das stimmte, doch das Krachen der Äxte, mit denen die Türen eingeschlagen wurden, und all die anderen Geräusche, die noch viel Schrecklicheres vermuten ließen, waren nicht zu überhören. Nach und nach verstummten die Schreie der Juden, und als die Dämmerung hereinbrach, war nur noch der trunkene Jubel der Plünderer zu vernehmen.

Mit einem Mal sank Lea kraftlos in sich zusammen und musste sich von Gretchen von dem wackligen Gestell herabhelfen lassen. Unten lehnte sie sich an die Wand und betete, wie sie seit der schweren Krankheit ihrer Mutter und deren Tod nicht mehr gebetet hatte. »Gott Israels, hilf uns. Beschütze Samuel und den Vater und Elieser. Lass nicht zu, dass ihnen etwas zustößt.«

Rachel schob sich zwischen Gretchen und Lea, klammerte sich an ihre Schwester und stimmte verängstigt in das Gebet ein. So blieben die drei eng umschlungen stehen, bis die Nacht hereinbrach und der Widerschein von Flammen in den Keller drang. Da keine Warnrufe ausgestoßen wurden und auch keine Hilfeschreie zu vernehmen waren, nahmen sie an, dass die Plünderer die Reste zerschlagener Möbel in den Gärten angezündet hatten.

Rachel fragte nicht nach dem Schicksal ihrer männlichen Angehörigen, sondern stieß zwischen spitzen Klagelauten immer wieder den Wunsch aus, nach Hause zu wollen. Obwohl Lea vor Angst beinahe starb, zog sie ihre Schwester an sich und versuchte, sie zu trösten. Ebenso wie Rachel hatte sie sich in Hartenburg sicher und geborgen gefühlt, obwohl es dort außer ihrer Familie und ihrem Gesinde um sie herum nur Christen gab. Jakob Goldstaub und die Seinen standen unter dem Schutz des Markgrafen, der jeden Aufruhr seiner Untertanen gegen seinen Hoffaktor und Bankier mit harter Hand unterbinden würde, davon war Lea bisher überzeugt gewesen. Nun aber kamen ihr Zweifel. Sie starrte in die von rötlichem Flackern durchbrochene Schwärze und fragte sich bang, ob Ernst Ludwig von Hartenberg sich eines Tages genauso wie Alban von Rittlage das Vermögen seiner jüdischen Untertanen mit Gewalt aneignen würde.

3.

*A*ls das Flackern verlosch und klamme Kälte durch die Kleider biss, kauerten Lea, Gretchen und Rachel eng aneinander geschmiegt auf der Treppe, dem einzig sauberen Ort in dem feuchten Gewölbe, und kämpften mit der Angst, die durch die nun eingetretene Stille und die undurchdringliche Schwärze um sie herum verstärkt wurde. Als oben eine Männerstimme aufklang, sprang Gretchen mit einem Jubelruf auf und kletterte die Stiege hoch. Gleich darauf ertönte ein Scharren, als schiebe jemand den Gegenstand beiseite, mit dem Gretchens Schwiegermutter die Falltür blockiert hatte, dann ging die Luke auf, und jemand streckte eine Lampe herein.

»Gretchen, bist du da unten?«

Gretchen schoss die letzten Stufen hoch, fiel ihrem Ehemann um den Hals und küsste ihn unter Tränen. »Oh, Peter, bin ich froh, dass du wieder da bist! Ist dir auch nichts passiert? Stell dir vor, deine Mutter hat mich einfach die Treppe herabgestoßen. Ich hätte mir die Beine brechen können!«

Wenn Gretchen gehofft hatte, ihr Mann würde sie trösten und ihr Recht geben, wurde sie bitter enttäuscht. Er packte ihre Arme so fest, dass sie vor Schmerz aufstöhnte, und schob sie mit verärgertem Gesichtsausdruck von sich weg.

»Das hast du dir selbst zuzuschreiben. Bist du denn von allen guten Geistern verlassen? Was hast du dir dabei gedacht, zwei Judenbälger ins Haus zu lassen? Wenn dich jemand beobachtet hätte, wären wir alle erschlagen oder mit dem blutsaugerischen Gesindel aus der Stadt geprügelt worden. Danke Gott, dem Allmächtigen, dass Mutter gescheit genug war, euch in den Keller zu sperren und alle Spuren zu beseitigen.«

Inzwischen war Lea ebenfalls die Kellertreppe hochgestiegen

und baute sich vor Peter Pfeiffer auf. Der Mann sah aus, als würde er sie am liebsten wieder hinunterwerfen oder gleich umbringen, aber Lea war schon jenseits aller Furcht. »Ich bin die Tochter des Hoffaktors Jakob ben Jehuda und die Nichte Esra ben Nachums. Könnt Ihr mir bitte sagen, Herr, was mit meinen Verwandten geschehen ist?«

Peter Pfeiffer musterte sie wie eine fette Gartenschnecke in seinem Salat. »Woher soll ich das wissen? Das meiste von eurem Pack hat man zum Stadttor hinausgetrieben, nachdem man ihnen weggenommen hat, was sie uns jahrelang abgepresst haben. Wer sich gewehrt hat, musste halt ins Gras beißen. Aber ob einer lebt oder tot ist, hat mich nicht interessiert. Je weniger von euch diebischem, gotteslästerlichem Gelichter auf der Welt herumläuft, umso besser ist es.«

Lea wäre dem Mann am liebsten mit den Fingernägeln ins Gesicht gefahren, um seine selbstzufriedene Miene zu zerkratzen, doch Gretchen schien ihre Gedanken zu ahnen und drängte sie von ihm weg. »Das ist Lea, deren Vater ich die Mitgift zu verdanken habe, von der wir alle so gut leben. Jetzt beleidigst du die Töchter unseres großzügigen Gönners und freust dich, weil es ihren Leuten schlecht ergangen ist. Ich schäme mich für dich!«

Peter Pfeiffer zuckte unwillig mit den Schultern. »Ich habe ja nichts gegen den Hartenburger Juden und seine Kinder. Aber es ist halt sein Pech, dass er ausgerechnet heute in Sarningen auftauchen musste.«

Lea stieß die Luft aus, die sie in ihrer Wut angehalten hatte. »Mein Vater konnte ja nicht wissen, dass der hiesige Vogt die Gesetze Kaiser Friedrichs missachtet und seine Leute an die Spitze einer Mörderbande stellt.«

Abrupt drehte sich Peter Pfeiffer zu Gretchen um und hob die Hand, als wolle er sie schlagen. »Musstest du das ausplaudern, du dummes Stück? Wenn bekannt wird, was du hier herumtratschst, trifft mich Herrn Albans Zorn, und ich verliere nicht nur meinen Posten, sondern wandere ins Turmverlies, wo man mich bei lebendigem Leib verrotten lässt. Verdammt, Weib, du weißt, was es mich gekostet hat, in kaiserliche Dienste treten zu können. Warum setzt du das alles aufs Spiel?«

Lea hob das Kinn und sah dem jungen Beamten ins Gesicht. »Wenn Ihr mir und meiner Schwester weiterhin Schutz gewährt, werden wir niemandem verraten, was hier vorgegangen ist, weder hier in der Stadt noch irgendwo anders.«

Gretchens Mann begriff Leas versteckte Drohung. Wenn er sie und ihre Schwester aus dem Haus jagte oder Rittlages Männern auslieferte, würden sie das Geheimnis so laut hinausschreien, dass es jeder hören konnte. Dem Mann war anzusehen, dass er vor Wut kochte, aber im Wissen um die Gefahr, in der er selbst schwebte, nickte er widerwillig. Er konnte ja nicht ahnen, dass Lea ihn um Gretchens Willen nicht verraten würde, denn schließlich hatte die Freundin ihr Leben aufs Spiel gesetzt, um sie und Rachel zu retten.

Als Leas Blick auf ein Bündel fiel, das weiter vorne im Flur auf einer Truhe lag und von einer rußenden Unschlittkerze beleuchtet wurde, wünschte sie Peter Pfeiffer insgeheim die Seuche an den Hals. Neben anderem Plündergut ragten eine Kapsel, die von einer Thorarolle abgerissen worden war, und ein neunarmiger Leuchter aus Silber, wie ihn wohlhabende Juden beim Chanukka-Fest verwendeten, aus dem Tuch. Gretchens Mann hatte also auch zu jenen gehört, die das Judenviertel gestürmt hatten.

Lea hätte am liebsten vor ihm ausgespuckt, aber die Sorge um ihr eigenes Leben hielt sie ebenso davon ab wie die Hoffnung, der Mann würde ihr um Gretchens willen helfen, ihren Vater und ihre Brüder zu finden. Daher wandte sie sich ab und tat, als hätte sie nichts bemerkt. Sie musste Gewissheit haben, ob ihre Verwandten dem Pogrom entkommen waren. Ohne sich weiter um Peter Pfeiffer oder dessen Mutter zu kümmern, die vor sich hin schimpfend in einem Winkel stand, nahm sie die Lampe mit der erst halb abgebrannten Kerze von der Truhe und wollte die Tür öffnen.

Die alte Pfeifferin vertrat ihr den Weg. »Was hast du vor?«

»Ich gehe hinüber und suche nach meinen Angehörigen.«

Gretchen kam ihr nach und schlang ihr die Arme um die Schultern. »Das ist zu gefährlich.«

Ihr Mann winkte ab. »Lass sie gehen. Besser sie läuft in ihr Verderben, als dass sie uns die Nachbarn zusammenschreit, weil wir sie mit Gewalt zurückhalten. Wahrscheinlich sind die meisten schon nach Hause gelaufen oder sitzen in der Wirtschaft und vertrinken ihr Beutegut. Wenn jemand sie sieht, wird er denken, sie gehöre zu den Plünderern, die auf der Suche nach Dingen sind, die die anderen übersehen haben.«

Er trat an die Hintertür, schob den Riegel zurück und winkte Lea spöttisch hinaus. Sie hob den Kopf und ging aufrecht an ihm vorbei, obwohl sie sich am liebsten geduckt hätte und wie ein Hase davongesprungen wäre. Erst als er die Tür hinter ihr verriegelte, wurde ihr klar, dass sie nun ganz auf sich allein gestellt war, und das Herz schien ihr vor Angst stehen bleiben zu wollen.

Es kostete sie einige Überwindung, einen Fuß vor den anderen zu setzen und die Pforte ins Judenviertel zu durchschreiten, die im Schein der armseligen Lampe einer klaffenden Wunde glich. Scherben knirschten unter ihren nackten Füßen und schnitten in ihre Sohlen. Sie verbiss sich den Schmerz und ging unbeirrt weiter, bis sie Esra Ben Nachums Haus erreichte. Mit seinen leeren Fensterhöhlen wirkte es auf sie wie ein Totenkopf. Sie kämpfte mit sich, ob sie hineingehen oder umkehren sollte. Etwas in ihr wollte sie glauben machen, dass es sinnlos war, in dem unruhig flackernden Licht ihrer Laterne hier herumzusuchen. Gewiss schleppten sich die Bewohner des Hauses und ihre Gäste schon längst über dunkle Landstraßen und klagten Gott ihr Schicksal.

Samuels Bild schob sich in ihre Gedanken. Als einziges Mitglied ihrer Familie hatte er sie ernst genommen und wie einen vollwertigen Menschen behandelt, ja, er hatte sie wie einen jüngeren Bruder unter seine Fittiche genommen, ihren Wissensdurst gestillt und ihr vieles beigebracht, was einem Mädchen sonst vorenthalten wurde. Sie spürte, wie ihr Herz sich wieder verkrampfte, denn ihr Bruder war stolz und aufbrausend und ließ sich nicht so schnell einschüchtern. Nur allzu gut erinnerte sie sich an die Klagen ihres Vaters, Samuel besäße zu viel Mut und zu wenig Vorsicht, um in diesem Land als Jude leben zu können. War er vor dem aufgebrachten Mob davongelaufen oder hatte er versucht, sich und die anderen zu verteidigen? Lea dachte schaudernd daran, was Peter Pfeiffer gesagt hatte, und begann zu ahnen, was sie in diesem Haus erwartete.

Bis auf ein paar Holzstücke und Tonscherben war im Hausflur und in der ersten Kammer nichts mehr zu finden. Auch in der Küche gab es nur noch den gemauerten Ofen. Sogar das Brennholz hatten die Plünderer mitgehen lassen. Lea leuchtete den Boden und die Wände ab, konnte aber keine Blutspuren entdecken und atmete auf. Ihre Erleichterung hielt jedoch nur wenige Herzschläge an, denn in der nächsten Kammer lag ein blutüberströmter Körper.

Lea presste die linke Hand auf den Mund, um ihre Wut und ihren Schmerz nicht laut hinauszuschreien. Der Tote war Samuel. Die Plünderer hatten ihm die Schläfenlocken abgeschnitten, die ihn als gläubigen Aschkenasi kennzeichneten, und ihm dabei tiefe Schnitte beigebracht. Während des Kampfes hatte man ihm die Kleider vom Leib gerissen, und sein mit Wunden und Trittspuren übersäter Leib verriet, wie heftig er sich gewehrt haben musste. Sein Widerstand war jedoch vergebens gewesen, denn man hatte ihn schließlich mit den eigenen Gebetsriemen erdrosselt, und noch im Tod zeigte sein Gesicht einen ohnmächtigen Zorn. Lea konnte sich lebhaft vorstellen, wie Samuel sich der plündernden Meute in den Weg gestellt hatte, doch ebenso gut hätte er versuchen können, die Wasser des Jordans umzuleiten oder den Tempel in Jerusalem wieder zu errichten.

Einen Augenblick verfluchte sie ihn für seine Uneinsichtigkeit, denn mit ihm verlor sie den einzigen Menschen, der ihr wirklich etwas bedeutet hatte. Dann aber schlug sie sich auf den Mund, denn sie schämte sich für ihre bösen Worte, und sprach ein kurzes Gebet. Als sie weiterging, klammerte sie sich an die Hoffnung, dass Samuel mit seinem Opfer den anderen die Flucht ermöglicht hatte. Die nächste Kammer war leer und ohne Kampfspuren, und Lea wurde etwas leichter ums Herz. Im Wohnraum aber stieß sie gleich auf mehrere Tote. Zwei davon waren ihr unbekannte junge Männer, wohl Mitglieder der Sarninger Gemeinde, und der dritte Gerschom, der Leibdiener ihres Vaters. Der alte Mann hatte offensichtlich versucht, seinen Herrn zu verteidigen, denn er war buchstäblich in Stücke gerissen worden. Hinter ihm lag Jakob Goldstaub mit ausgebreiteten Armen über einer kleinen, verkrümmten Gestalt, in der Lea erst auf den zweiten Blick ihren Bruder Elieser erkannte.

»Oh Gott Abrahams, Isaaks und Jakobs, warum lässt du zu, dass man dein Volk so quält?«, stöhnte sie auf. Da ihr Vater auf den ersten Blick unverletzt erschien, kniete sie neben ihm nieder und legte ihr Ohr auf sein Herz. Die Hoffnung, er könnte noch leben, verflog schneller, als sie aufgekeimt war. Jakob ben Jehuda, der Jude von Hartenburg, war tot.

Ein leises Jammern ließ Lea aufhorchen. Sie starrte auf ihren jüngeren Bruder und rieb sich die Augen. Elieser hatte sich unzweifelhaft bewegt. Sie rutschte auf Knien zu ihm hin und legte die Finger an seinen Hals, um den Puls zu prüfen. Er schlug schwach und stockend, aber vernehmlich. Lea unterdrückte einen Jubelruf, sprang auf und versuchte, den schon erstarrten Körper ihres Vaters von Elieser herunterzuziehen. Dabei murmelte sie Totengebete und entschuldigte sich zwischendurch, denn es gehörte sich nicht, den Leichnam eines frommen Juden so achtlos herumzuzerren. Obwohl Jakob Goldstaub ein kleiner, magerer Mann gewesen war, verging schier eine Ewigkeit, bis Lea ihn zur Seite gezogen hatte, und trotz ihrer Vorsicht stieß ihr Bruder bei jeder Bewegung des Körpers über ihm schwache Jammerlaute aus. Aber er reagierte weder auf ihre Fragen noch auf ihre tröstenden Worte.

Als Lea Elieser von der Last des Toten befreit hatte, sah sie, dass sein rechtes Bein und sein rechter Arm in unnatürlichem Winkel vom Körper abstanden. Man hatte ihm die Knochen gebrochen und mehrere klaffende Wunden beigebracht, aus denen immer noch Blut sickerte. Für einen Augenblick stand sie ratlos da und schlug vor Verzweiflung die Hände vors Gesicht. Der Junge musste so schnell wie möglich zu einem Arzt gebracht werden, doch wer würde sich in dieser Stadt noch trauen, einem Juden zu helfen? Gretchen war sicher dazu bereit, aber Lea wagte es nicht, die Freundin zu holen, denn wenn Peter Pfeiffer erfuhr, was sie im Sinn hatte, würde er sie beide so lange in den Keller sperren, bis Elieser tot war. Nein, sie musste ihren jüngeren Bruder aus eigener Kraft hier herausbringen.

Als Lea Elieser aufhob, stieß er so spitze Schreie aus, dass sie schon Angst bekam, er würde Plünderer auf sie aufmerksam machen. Sie versuchte, beruhigend auf ihn einzureden, und als das nichts half, begann sie eine Melodie zu summen, die er immer gemocht hatte. Tatsächlich verstummte er bald, aber sie nahm an, dass er vor Schmerz bewusstlos geworden war. Sie biss die Zähne zusammen und schleppte ihn aus dem Haus. Erst draußen erinnerte sie sich an ihren Onkel und dessen Familie. Sie hatte weder Esra ben Nachum noch Mirjam oder Noomi gesehen. Vielleicht lagen sie tot in den oberen Stockwerken, aber Lea hoffte, dass sie hatten entkommen können.

Als sie unter ihrer Last schwankend Gretchens Haus erreichte, erwartete die Freundin sie schon an der Hintertür und zog sie hinein. Dann legte sie den Riegel so hastig vor, als hätte sie sogar Angst vor dem Wind, der durch die Gasse strich.

»Elieser lebt noch«, rief Lea ihr keuchend zu. »Er braucht dringend einen Arzt, sonst stirbt er uns noch unter den Händen.«

Gretchen versuchte, die Angst abzuschütteln, die sie in den Klauen hielt, und wandte sich mit verbissenem Gesicht zur Vordertür. Aber ehe sie sie erreichte, vertrat ihr Mann ihr den Weg. »Bist du wahnsinnig geworden, Weib? Wenn wir jetzt einen Arzt holen, erfahren alle, dass wir hier Juden versteckt halten!«

Lea legte Elieser vorsichtig auf die Truhe und blickte Gretchens Mann herausfordernd an. »Mein Bruder stirbt, wenn seine Verletzungen nicht behandelt werden.«

»Besser er als wir alle.« Peter Pfeiffer bedachte den Bewusstlosen mit einem bösen Blick, so als mache er ihn jetzt schon für alle Schwierigkeiten verantwortlich, die noch auf ihn zukommen konnten.

Lea begriff, dass der Mann in Todesangst schwebte, und hatte gegen ihren Willen sogar Verständnis für ihn. Wenn durch seine Schuld bekannt wurde, dass der Überfall auf die Sarninger Juden von langer Hand vorbereitet worden war, würde er mit seinem Leben dafür büßen. Alban von Rittlage konnte nur dann sein Gesicht vor dem Kaiser wahren, wenn es so aussah, als wäre das Pogrom aus einer spontanen Empörung der einheimischen Christen entstanden, der er nicht mehr hatte entgegentreten können. Lea empfand das erste Mal in ihrem Leben Hass und wünschte sich, sie hätte die Macht, dem verräterischen Vogt die Maske vom Gesicht zu reißen und ihn vor das kaiserliche Gericht zu zerren. Aber ein Jude hatte weniger Chancen, dort Hilfe zu bekommen, als eine Fliege im Spinnennetz. Daher mahnte sie sich selbst, sich nicht mit Hirngespinsten abzugeben, sondern sich um Elieser zu kümmern, dessen Leben an einem dünnen Faden hing.

Sie winkte ihre Schwester zu sich, die bleich und ängstlich neben der Falltür zum Keller stand. »Komm und hilf mir, Elieser zu verbinden. Wir müssen die Blutungen stoppen und seine Knochen schienen.«

»Nicht hier im Flur! Los, schafft ihn in den Keller, wo ihn niemand sieht. Hier heroben darf er nicht bleiben.« Peter Pfeiffer hob die Hände und machte ein Gesicht, als wollte er die drei Juden am liebsten mit einem Stoß in die Hölle befördern.

Lea stampfte wütend auf. »Unten ist es feucht und schmutzig, und es gibt kein Licht.«

Froh, etwas tun zu können, eilte Gretchen in eine Kammer und kehrte mit einer Decke und einem Besen zurück. »Ich mache unten sauber. Dann kannst du deinen Bruder auf das Gestell legen. Rachel, hältst du mir die Lampe?« Sie nahm ihrem Mann die Lampe ab und reichte sie Leas Schwester.

»Du willst das gute Stück doch nicht etwa für diesen Judenbalg opfern?« Gretchens Schwiegermutter stellte sich ihr in den Weg und wollte nach der Decke greifen.

Ihr Sohn hielt sie zurück. »Lass sie! Der Hartenburger Jude war großzügig zu uns. Außerdem wird Gott es uns lohnen.«

Für einen Moment glaubte Lea, er habe begriffen, dass er sich gegen Gottes Gebote versündigte, dann aber hörte sie ihn leise auf seine Mutter einreden. »Wir müssen dem Judengesindel helfen, sonst haben wir einen Toten am Hals. Wie sollen wir denn eine Leiche beseitigen, ohne dass es jemandem auffällt? Also bete, dass der Bengel nicht in unserem Haus stirbt.«

Lea konnte nicht verstehen, was die Alte ihm antwortete, denn Gretchen tauchte aus der Falltür auf und rief ihr zu, dass sie Elieser jetzt hinunterbringen könne. Da Rachel sich strikt weigerte, ihren Bruder anzufassen, half sie Lea, den Verletzten hinunterzutragen, und als der Junge endlich auf seinem provisorischen Bett lag, waren beide am Ende ihrer Kraft.

»Wir brauchen einen Arzt«, beschwor Lea die Freundin.

»Peter lässt mich doch nicht aus dem Haus. Außerdem gibt es keinen mehr, der deinem Bruder helfen könnte. Der beste Arzt in der Stadt war der ehrenwerte Doktor Baruch ben Joschija, und den hat man auch verjagt – oder umgebracht. Die beiden christlichen Ärzte in der Stadt sind Quacksalber, die deinen Bruder schneller ins Jenseits befördern würden als seine schrecklichen Wunden.«

Lea packte Gretchen an der Schulter. »Aber ihr müsst doch einen Bader in der Stadt haben, der Knochen einrichten kann.«

Gretchen schob sie von sich weg, zog sie dann aber wieder an sich und umarmte sie tröstend. »Der Bader Bruno ist als einer der Ersten ins Judenviertel eingedrungen und wird seine ›Heldentaten‹ jetzt im Wirtshaus feiern. Wenn er von euch erfährt, haben wir ihn und seine betrunkenen Freunde am Hals. Ich mag nicht daran denken, was die mit uns Frauen anstellen werden, bevor sie uns die Kehle durchschneiden.«

Lea holte tief Luft und ließ die Schultern sinken. Sie hatte es Gretchen zu verdanken, dass sie und Rachel überhaupt noch lebten, und sie durfte nichts unternehmen, was die Freundin und damit auch sie und ihre Geschwister in Gefahr brachte. »Kannst du mir heißes Wasser und Leinwand besorgen, und dazu mehrere feste Stöcke wie diesen Besenstiel dort? Ich werde Elieser versorgen, so gut ich es kann. Wenn Gott mir gnädig ist, wird er überleben.«

»Du bekommst alles, was ich dir besorgen kann, und ich werde auch für deinen Bruder beten.«

Gretchen kletterte die Treppe hinauf, deren Falltür jetzt offen geblieben war. Kurz darauf reichte sie Lea einen Korb voll Verbandsmaterial und einen Krug heißen Wassers und kletterte mit einigen Stöcken und schmalen Brettern zu ihr hinab. Lea wies ihre Schwester an, die blass und zitternd in der Ecke stand, ihnen die Lampe zu halten, und machte sich zusammen mit Gretchen ans Werk. Sie besaß eine gewisse Erfahrung mit

Wunden und Brüchen, denn zu Hause hatte sie schon Katzen und Hunde verarztet und einmal sogar eine Eule, die sich auf ihren Speicher verirrt und bei ihren wilden Fluchtversuchen verletzt hatte, aber nie zuvor aber hatte sie ihre Fähigkeiten an einem Menschen ausprobiert. In dieser Stunde, in der ihre Welt in Trümmer gefallen war, schienen ihre Hände jedoch wie von selbst zu wissen, was sie zu tun hatten.

Eine Stunde später waren Eliesers Knochen geschient, und saubere Verbände bedeckten seine Wunden. Trotz seiner Erschöpfung hielten die Schmerzen ihn jetzt wach, er warf den Kopf hin und her, murmelte ununterbrochen vor sich hin und schien seine Schwestern nicht zu erkennen. Lea flößte ihm Wasser ein, das er brav schluckte, und stellte dabei fest, dass sein Körper glühte. »Wir brauchen fiebersenkende Arzneien und Mohnsaft, damit er die Schmerzen nicht so spürt.«

Gretchen zog ängstlich den Kopf ein. »Peter wird mich auch nicht zur Apotheke gehen lassen, aber ich will sehen, was wir noch im Haus haben.«

Lea hatte wenig Hoffnung, dass ihre Freundin die richtigen Säfte und Kräuter vorrätig hatte, blickte dann aber verblüfft auf die Flaschen und Tiegel, die Gretchen in ihrem Korb heranschleppte. Ihre Schwiegermutter, erklärte ihr die Freundin, war erst im letzten Monat nach einem schweren Sturz von dem jüdischen Arzt behandelt worden, und so waren noch eine halbe Flasche des Tranks, der gegen Fieber helfen sollte, etwas Mohnsaft und die Reste verschiedener Salben vorhanden. Zum Glück hatte der Arzt die Wirkung der Mittel in Hebräisch auf den Tiegeln notiert, so dass Lea lesen konnte, wie sie sie anzuwenden hatte.

Als Elieser endlich versorgt war, dämmerte bereits der Morgen herauf, und man konnte hören, wie Gretchens Mann und ihre Schwiegermutter aufstanden und sich anzogen. Gretchen zuckte beim ersten Geräusch zusammen, kletterte eilig aus dem

Keller und kehrte, bevor sie jemand hindern konnte, mit einer frischen Kerze für die Lampe und weiteren Decken für Lea und Rachel zurück. Dann drückte sie die Freundin noch einmal an sich und verließ das Gewölbe mit so müden Bewegungen, als würde sie auf der Stelle einschlafen.

Während sich Rachel in einer sauberen und halbwegs trockenen Ecke des Kellers zusammenkauerte und trotz der schrecklichen Ereignisse des Tages bald einschlief, hockte Lea auf der Stiege und biss sich die Fingerkuppen wund, um über dem Schmerz das Entsetzen und die Trauer über ihren Verlust ertragen zu können. Sie durfte sich nicht ihrem Kummer hingeben, sondern musste all ihre Kraft und ihren Mut zusammennehmen und einen Weg finden, ihre beiden Geschwister heil nach Hause zu bringen, auch wenn ihr das eine Aufgabe zu sein schien, die sogar einen Helden wie Samson oder David überfordert hätte.

4.

*I*n den nächsten Tagen fühlte Lea sich in einem nicht enden wollenden Albtraum gefangen, der von Eliesers Stöhnen und Jammern und Rachels Klagen erfüllt war. Sie sehnte sich nach frischer Luft und Bewegung, doch Pfeiffer und seine Mutter erlaubten weder ihr noch ihrer Schwester, das Kellerloch zu verlassen, nicht einmal in tiefster Nacht. Da man ihnen auch keine Kerze mehr gab, waren sie gezwungen, alle Verrichtungen im Dunkeln oder im Schein eines schnell abbrennenden Kienspans zu erledigen, was Rachel immer wieder zu hysterischen Ausbrüchen veranlasste.

Leas einziger Lichtblick war Gretchen, die die Geschwister mit rührendem Eifer versorgte und dafür die Beschimpfungen ihrer Schwiegermutter in Kauf nahm. Ohne sie hätte Elieser den ersten Tag nicht überstanden, und Lea war fest davon überzeugt, dass sie selbst ohne den Zuspruch der Freundin längst wahnsinnig geworden wäre.

Gretchen dachte einfach an alles. Da sie wusste, dass die unfreiwilligen Gäste nach Regeln und Gesetzen leben mussten, die einem Christenmenschen fremdartig vorkamen, reichte sie ihnen gekochtes Gemüse und frisches Obst. Einmal schlachtete sie sogar gegen den wütenden Protest ihrer Schwiegermutter ein Huhn, um eine stärkende Brühe für Elieser zuzubereiten. Unermüdlich brachte sie Essen und Trinken herbei, leerte den Eimer, in den Lea und Rachel ihre Notdurft verrichteten, säuberte die Schale, die Lea ihrem Bruder unterschob, und berichtete ihnen alles, was in der Stadt vorging.

Alban von Rittlage hatte das Judenviertel gleich am nächsten Tag von seinen Soldaten besetzen lassen und einen Boten mit der Nachricht von dem Pogrom an die kaiserliche Verwaltung geschickt. Darin hatte er den Überfall als den Ausbruch momentaner Empörung der Sarninger Bürger wegen eines jüdischen Hostienfrevels dargestellt und gebeten, eine Rückkehr der Juden vorerst unterbinden zu dürfen, da der Zorn der braven Christenmenschen noch nicht verraucht sei. Gretchens Mann, der dem Vogt als Schreiber diente, hatte den Bericht selbst zu Papier gebracht.

Gretchen erzählte ihnen auch, dass es mehr Tote gegeben hatte als die, die Lea im Haus ihres Onkels gefunden hatte. Bruno, der Bader, und mehrere seiner Spießgesellen hatten die aus der Stadt fliehenden Juden verfolgt, und die, die sie zu fassen bekamen, in die Sarn geworfen und mit Stangen unter Wasser gedrückt, bis sie ertrunken waren. Andere hatten Frauen und Mädchen abgefangen, von denen zwei jünger gewesen waren als Rachel, und ihnen auf offenem Feld Gewalt angetan.

Lea musste an Mirjam und Noomi denken und hoffte, dass die beiden hatten entkommen können. Da sie selbst trotz ihrer sechzehn Jahre kaum weibliche Formen besaß und so schnell laufen konnte wie ein Junge, war sie fest davon überzeugt, dass sie einer Vergewaltigung hätte entgehen können. Die schöne Rachel mit ihren gezierten, bedächtigen Bewegungen wäre jedoch eine leichte Beute für die entfesselte Meute gewesen. Noch während Gretchens Bericht drückte Lea ihre Schwester an sich und dankte Gott für die Gnade, die er ihnen beiden hatte angedeihen lassen. Sie und Rachel würden Gretchen, deren Freundschaft selbst einer so feindseligen Umgebung wie dieser standhielt, ihr Leben lang dankbar sein.

Am Abend das fünften Tages, als Lea schon zu glauben begann, sie müsse den Rest ihres Lebens in ewiger Düsternis verbringen, kam Gretchen ganz aufgeregt in den Keller. »Peter sagt, ihr müsst morgen früh von hier fort. In der Stadt gehen Gerüchte um, einige Bürger hielten Juden versteckt, und man hat schon mehrere Häuser durchsucht, darunter das der Witwe Hauser, der man schon lange ein ungehöriges Verhältnis mit einem Juden nachgesagt hat. Tatsächlich hat man den Mann in ihrem Keller gefunden und erschlagen. Sie selbst ist auf den Marktplatz gezerrt, dort kahl geschoren und ausgepeitscht worden, und dann hat man sie nackt und blutend aus der Stadt gejagt. Jetzt hat Peter Angst, uns könne es ebenso ergehen.«

Lea hob die Laterne, die Gretchen mitgebracht hatte, wies auf ihren Bruder, dessen Gesicht mehr einem Totenschädel als einem menschlichen Antlitz glich, und schüttelte den Kopf. »Ich würde lieber heute als morgen aus diesem Loch herauskommen, aber Elieser ist nicht in der Lage zu reisen.«

Gretchen spreizte abwehrend die Hände. »Ihr müsst aber von hier verschwinden. Wenn ihr bleibt, werden wir alle sterben.«

Lea spürte, wie die Angst ihrer Freundin auf sie übersprang, und zuckte zusammen wie unter einem Schlag. »Rachel und ich können Elieser doch nicht bis Hartenburg tragen. Wir können von Glück sagen, wenn wir ungeschoren bis zum Stadttor kommen, aber spätestens dort werden uns die Wachen festnehmen und den Männern des Vogts ausliefern.«

»Davor brauchst du keine Angst zu haben. Peter wird euch einen Passierschein beschaffen, mit dem ihr Sarningen ungehindert verlassen könnt, und für Elieser geben wir euch unseren alten Handkarren mit. Mit dem kannst du deinen Bruder bis nach Hartenburg fahren.«

»Ich möchte nach Hause!«, wimmerte Rachel, die nur den Namen ihrer Heimatstadt verstanden hatte.

Lea stieß die Luft aus. »Das möchte ich auch.«

Gleichzeitig fragte sie sich, was sie zu Hause erwarten würde. Jetzt, wo ihr Vater und Samuel tot waren, gab es niemanden mehr, der die Pflichten eines Hoffaktors erfüllen und die Geschicke der Familie leiten konnte. Auch Gerschoms Tod war ein herber Verlust, nicht nur für seine Frau Sarah und für seine beiden Kinder, sondern auch für sie, denn er hatte Jakob ben

Jehuda auf allen Reisen begleitet und kannte seine Handelspartner. Er hätte ihr helfen können, mit den wichtigsten Leuten Kontakt aufzunehmen und an das Geld zu kommen, das die Familie in der nächsten Zeit dringend benötigte. Jetzt aber würde ihre Zukunft selbst dann, wenn sie lebend nach Hause kamen, von der Gnade Gottes abhängen.

Gretchen sah, dass Lea sich Sorgen machte, und strich ihr wie einem kleinen Mädchen über die Wange. »Es wird schon alles gut gehen. Ich versorge dich und deine Geschwister für die Reise, so gut ich kann.«

Lea war klar, dass sie Gretchen nicht umstimmen konnte, und sie sagte sich, dass Sonnenwärme und frische Luft Elieser eher gesunden lassen würden als die stickige, feuchte Kälte, die ihn jetzt umgab. »Also gut, wir brechen morgen auf. Hast du inzwischen in Erfahrung gebracht, was mit den Toten drüben in der Judengasse geschehen ist? Hat man sie wenigstens begraben?«

Lea wollte nicht fragen, ob man sie den wilden Schweinen vorgeworfen hatte, wie es mancherorts geschehen war, und atmete auf, als Gretchen eifrig nickte. Das Gesicht der jungen Frau verriet jedoch, dass sie log. Verärgert grub Lea ihr die Finger in die Schulter. »Bitte, sag mir die Wahrheit!«

Gretchen lief ein Schauer durch den Körper, und sie schlang die Arme um sich, als müsse sie sich wärmen. »Es war den Soldaten zu mühsam, eine Grube auszuheben, und so hat man die Toten einfach in die Sarn geworfen. Es tut mir so Leid für dich. Ich hoffe, dein Gott wird deinen Verwandten dennoch gnädig sein und sie bei sich aufnehmen. Es ist so schrecklich, was hier geschehen ist, und ich weiß nicht, ob ich in dieser Stadt noch einmal glücklich sein werde.« Sie sah so aus, als wollte sie noch etwas sagen, biss sich aber dann auf die Lippen.

Lea ließ jedoch nicht locker. »Ich will alles wissen!«

Gretchen sah Rachel an, die verkrümmt wie eine alte Frau in

ihrem Winkel saß, und senkte ihre Stimme. »In der Kanzlei erzählt man sich, dass unser Vogt am Tag des Pogroms von der Ankunft deines Vaters erfahren und befohlen haben soll, ihn und seine Angehörigen zu erschlagen. Alban von Rittlage soll Angst gehabt haben, dass dein Vater ihn mit Hilfe eures Markgrafen in Schwierigkeiten bringen könnte, und wenn er erfährt, dass wir die Kinder des Hartenburger Hoffaktors vor seinen Mördern versteckt haben, wird er mich und meinen Mann eines grausamen Todes sterben lassen. Ich lebe Tag und Nacht in Angst, dass man euch bei uns entdecken könnte.«

Lea brauchte einen Augenblick, um Gretchens Worte zu begreifen. Dann aber überschwemmte der schon einmal mühsam gebändigte Hass auf dieses Ungeheuer in Menschengestalt ihren Geist und ließ sie taumeln. Einige heftige Atemzüge lang kämpfte sie mit dem Wunsch, sich ein Messer zu besorgen, den Vogt aufzusuchen und ihn zu erstechen, und es dauerte eine Weile, bis sie wieder klar denken konnte. Jeder Versuch, den Tod des Vaters an dem Vogt zu rächen, würde sie und ihre Geschwister jenen unmenschlichen Grausamkeiten ausliefern, für die die Henkersknechte der Christen berüchtigt waren. Kraftlos sank sie in sich zusammen und hielt sich am Treppengeländer fest. »Wir brechen morgen auf.«

Gretchen atmete auf. »Das ist vernünftig von dir. Aber ihr dürft weder als Juden noch als zwei Mädchen zu erkennen sein, die ohne den Schutz eines Mannes reisen. Wenn ihr beide Frauenkleidung tragt, seid ihr unterwegs den Zudringlichkeiten jedes besoffenen Kerls ausgesetzt. Deswegen musst du, Lea, dich als Mann ausgeben. Ich habe ein paar alte Sachen von Peter so umgeändert, dass sie dir passen müssten. Rachel bekommt eines meiner Mädchenkleider, die ich aus Hartenburg mitgebracht habe. Ich bin gerade dabei, den Rock für sie zu kürzen. Elieser kann ich nur eines von Peters langen Winterunterhemden geben, denn sonst habe ich nichts für ihn. Aber wenn wir deinen

Bruder in eine Decke wickeln und auf Stroh betten, dürfte er es warm genug haben.«

Bevor Gretchen ihre Pläne noch weiter erläutern konnte, rief ihre Schwiegermutter keifend nach ihr, und sie ließ die beiden Schwestern als Opfer widerstrebender Gefühle zurück.

Rachel stampfte mit dem Fuß auf. »Ich laufe doch nicht als Christin herum!«

Lea zuckte mit den Schultern. »Doch das wirst du, es sei denn, du willst deine Ehre und dein Leben noch in den Mauern dieser Stadt verlieren.«

»Und du? Willst du dich wirklich als Mann verkleiden?« Allein die Vorstellung verletzte Rachels Schamgefühl zutiefst. Gott hatte Männer und Frauen so geschaffen, dass man sie voneinander unterscheiden konnte, das gehörte zu den unumstößlichen Glaubensregeln ihres Volkes.

Als Lea nickte, sprang sie auf, packte ihre Schwester am Mieder und versuchte, sie zu sich herabzuziehen. »Ein Weib in Männerkleidung ist ein Gräuel vor dem Herrn. Ich werde nicht zulassen, dass man deinetwegen mit dem Finger auf unsere Familie zeigt!«

Lea löste ihre spitzen Fingernägel aus Stoff und Haut. »Willst du riskieren, dass uns jeder Strauchdieb ins Gebüsch zerrt und jeder Stallknecht aufs Stroh? Bei Gefahr für Leib und Leben ist List erlaubt. Hat nicht auch Abraham sein Weib Sarah als seine Schwester ausgegeben, um Pharao zu täuschen, und haben nicht Judith und Deborah Männerwerk getan, um das Volk Israels zu retten?«

Ihre Worte überzeugten Rachel nicht, aber da sie keine Antwort darauf wusste, wandte sie Lea mit einem missbilligenden Schnauben den Rücken zu und setzte sich zu Elieser. Der Junge dämmerte die meiste Zeit vor sich hin und hatte auch jetzt nichts von dem Streit zwischen seinen Schwestern mitbekommen. Rachel war sich jedoch sicher, dass er ihrer Meinung sein und, wenn er wach wurde, Lea den Kopf zurechtsetzen würde. Schließlich war er nach dem Tod des Vaters und ihres älteren Bruders das Oberhaupt der Familie, und ihre Schwester hatte ihm zu gehorchen.

Die Nacht wollte und wollte nicht enden. Lea schlief wie die Tage zuvor im Sitzen auf den hölzernen Treppenstufen, wachte aber immer wieder auf und starrte in die Dunkelheit, die noch nicht einmal durch das Funkeln eines Sterns hinter der Fensteröffnung durchbrochen wurde. Die Schwärze, die sie umgab, durchzog auch ihre Seele und presste ihr Herz wie mit eisernen Bändern zusammen. Sie fürchtete sich vor dem Morgen und trauerte um ihren geliebten Bruder Samuel, um ihren Vater, um Gerschom und um sich selbst und ihre beiden jüngeren Geschwister. Ihr war es, als wären sie alle schon tot und trieben als bleiche, kaum noch als Menschen zu erkennende Gestalten in einem tiefen, lichtlosen Wasser.

Als Lea die steif gewordenen Glieder streckte, wurde ihr bewusst, dass Resignation den göttlichen Geboten widersprach und ihr jede Chance nahm, den Gefahren, die nun auf sie warteten, die Stirn zu bieten. Sie kniff sich in die Arme, um sich zu beweisen, dass sie noch lebendig war, und genoss beinahe den Schmerz. Mehrmals sagte sie sich, dass sie ihre Sinne nicht von der Trauer um die Ermordeten gefangen nehmen lassen durfte, denn all ihre Sorge hatte nun ihren Geschwistern zu gelten. Wenn sie Hartenburg lebend mit ihnen erreichen wollte, musste sie stark sein und diese Stärke auch an Schwester und Bruder weitergeben.

Als sie ihre Umgebung erkennen konnte, sah sie, dass Elieser wach war, und trat an sein Lager. Im Gegensatz zu den letzten Tagen jammerte und weinte er nicht, sondern starrte sie mit großen Augen an. Sie strich ihm die verschwitzten Haare aus der Stirn und erklärte ihm leise, um die Schwester nicht zu wecken, was ihnen bevorstand und was sie tun musste, um ihn aus Sarningen hinauszubringen. Im Gegensatz zu Rachel akzeptierte er ihren Entschluss, sich als Mann zu verkleiden, und bestärkte sie sogar noch.

»Wenn wir hier bleiben, werden sie uns entdecken und uns schreckliche Dinge antun. Bitte, Lea, bring mich nach Hause! Ich weiß, dass du das kannst.«

Er streckte den gesunden Arm nach ihr aus und sank im nächsten Moment mit einem Wehlaut zurück. »Ich habe so schreckliche Schmerzen.«

»In Hartenburg wird sich ein Arzt um dich kümmern. Bis dahin musst du durchhalten.« Lea gab ihrem Bruder einen Schluck Mohnsaft, um seine Schmerzen zu lindern, und ließ ihn viel Wasser trinken. Dann blieb sie neben ihm stehen, bis er eingeschlafen war.

Gerade, als sie sich auf eine der Stufen sinken lassen wollte, wurde die Falltür hochgehoben, und rötliches Tageslicht fiel herein. Oben stand Gretchen und streckte ihr einen Packen Kleider entgegen. Als Lea ihn ihr abgenommen hatte, griff sie nach dem Korb, im dem sie die Mahlzeiten und andere Sachen herbeizuschleppen pflegte, und stieg die Treppe hinab. Unten brachte sie als Erstes eine Schere zum Vorschein. »Natürlich müssen wir dir die Haare abschneiden. Es tut mir Leid um deine schönen Zöpfe, aber als Mann würdest du so nicht durchgehen.«

Lea warf unwillig den Kopf hoch. »Wer am Leben bleiben will, muss Opfer bringen.«

Das sollte gleichmütig klingen, aber ihre Stimme verriet, wie nahe sie den Tränen war. Sie wandte ihr Gesicht ab, schob eines der Gestelle in den Lichtkegel und setzte sich darauf.

»Mach schnell!«, bat sie die Freundin.

Gretchen schnaufte verlegen und setzte die Schere an. Während Lea die Zähne zusammenbiss, schrie Rachel bei jeder abgetrennten Strähne leise auf, wagte es aber nicht, ihrer Schwester Vorhaltungen zu machen.

Als Gretchen fertig war, trat sie einen Schritt zurück, um ihr

Werk zu begutachten. »Als Mann siehst du gut aus, Lea. Hätte ich nicht meinen Peter, könnte ich mich glatt in dich verlieben.«

Lea betastete ihren kahlen Nacken und schüttelte sich innerlich bei dem Gedanken, so das Haus verlassen zu müssen, zwang sich aber zu einem Lächeln. »Das hast du gut gemacht.«

Gretchens ängstlicher Blick wich deutlicher Erleichterung. Damals in Hartenburg hatte Lea ihr einiges über jüdische Sitten und Gebräuche erzählt, und so konnte sie sich vorstellen, gegen wie viele Regeln ihre Freundin verstieß, wenn sie barhäuptig und als Mann verkleidet herumlief.

»Ich habe Übung darin, denn ich muss Peter auch immer die Haare schneiden. Esst jetzt schnell euren Morgenbrei und zieht euch an. Ich schaue inzwischen nach, wie weit mein Mann mit dem Handkarren ist.« Sie schob Lea den Korb hin und hastete die Treppe hinauf.

Lea teilte den Getreidebrei auf und reichte ihrer Schwester die größte Portion. Rachel nahm die Schale mit spitzen Fingern entgegen, so als fürchtete sie, sich an Lea zu beschmutzen, und löffelte immer noch lustlos, als Lea längst fertig war und Elieser fütterte. Um ihren Widerwillen deutlich zu machen, weigerte Rachel sich, das für sie bestimmte Kleid überzustreifen. Lea juckte es in den Fingern, ihre Schwester zu ohrfeigen, aber sie scheute eine weitere Auseinandersetzung und zog sie daher an wie ein kleines Kind. Dann bat sie sie freundlich, ihr zu helfen, Elieser den schmutzigen Kittel aus- und das frische Hemd anzuziehen. Rachel starrte angewidert auf das sackähnliche Gewand, das Gretchen ihrem Mann abgebettelt hatte und das ihren Bruder von Kopf bis Fuß einhüllen würde.

»Sag mal, bist du ganz von Gott verlassen? Du kannst ihn doch nicht nackt ausziehen. Es gehört sich nicht für eine fromme Jüdin, die Blöße eines Mannes anzusehen oder sie gar zu berühren.«

Lea schnaubte. »Ich werde ihn sogar dort waschen! Du kannst ja die Augen dabei zumachen. Das schmutzige, durchgeschwitzte Zeug muss weg, sonst erkältet Elieser sich draußen, und das wäre sein Tod. Wenn ich ihn aber ohne deine Hilfe bewege, werde ich ihm Schmerzen zufügen und vielleicht sogar seine Wunden aufreißen.«

Rachel verschränkte die Arme und zog sich in ihre Ecke zurück. »Ich fasse keinen nackten Männerkörper an. Frag doch Gretchen.«

Lea presste ihre Hände an den Leib, um den Wunsch zu unterdrücken, den Kopf der Schwester so lange gegen die Wand zu schlagen, bis das Mädchen Vernunft annahm, und beschränkte sich darauf, Rachel mit einigen Ausdrücken zu belegen, die sie von Samuel gelernt hatte.

Als Gretchen zurückkehrte, hockte Rachel immer noch laut weinend in der Ecke. Lea hatte ihr den Rücken gekehrt und zupfte an den hautengen Hosen, die Gretchen ihr besorgt hatte und die bis auf eine gewisse Stelle über dem Schritt wie angegossen saßen.

Gretchen betrachtete sie von allen Seiten und deutete auf ihre Scham. »Die Stelle müssen wir noch ausstopfen. Hier, nimm mein Kopftuch. Das dürfte reichen.«

Da Lea sich zu ungeschickt anstellte, griff sie ihr in die Hose und zog und schob den Stoff unter Rachels missbilligendem Schnauben und Schniefen so lange hin und her, bis sie mit dem Ergebnis zufrieden war.

»So gefällt es mir schon besser. Habt ihr euren Bruder schon angezogen? Nein? Dann wird es aber höchste Zeit! Komm, Lea, heb ihn an, damit ich ihn umkleiden kann.«

Lea richtete Elieser auf, der noch halb betäubt vom Mohnsaft war und schlaff in ihren Armen hing, und dann arbeiteten Gretchen und sie Hand in Hand, als hätten sie beide schon jahrelang Schwerkranke versorgt. Gretchen bemerkte die mörderischen Blicke, die Lea zwischendurch ihrer Schwester zuwarf, und fragte sich besorgt, wie die drei unter diesen Umständen den Heimweg schaffen wollten. Wenn Rachel sich weiterhin quer stellte, würden die Geschwister bald als Juden erkannt und misshandelt oder gar umgebracht werden. Für einen Augenblick überlegte sie, dem Mädchen gründlich den Kopf zu waschen, doch sie wusste noch von früher, dass Rachel nicht gewillt war, den Rat einer Andersgläubigen anzunehmen.

Als Elieser versorgt war, half Gretchen Lea, den Bruder nach oben zu tragen. Peter erwartete sie im Flur, während die alte Pfeifferin den Kopf neugierig zur Küchentür herausstreckte. Als Gretchens Mann ihnen die Hintertür öffnete, um sie in den Garten hinauszulassen, blieb Lea kurz stehen und blickte die Frau mit vorgeschobenem Kinn an.

»In unseren eigenen Kleidern waren ein wenig Schmuck und ein paar Goldmünzen eingenäht. Die möchte ich wiederhaben, da wir unterwegs Geld für Unterkunft und Essen benötigen.«

Die Alte ballte die Rechte zur Faust, als wollte sie Lea schlagen. »Willst du Judenbalg mich vielleicht eine Diebin heißen? In den Lumpen, die ihr am Leib hattet, war rein gar nichts!«

Aus den Augenwinkeln konnte Lea erkennen, dass Peter Pfeiffer beschämt den Kopf senkte. Er sagte jedoch nichts, sondern winkte ihr und Gretchen zu, sich zu beeilen, und wies dabei auf einen zweirädrigen Handkarren, der zur Hälfte mit Stroh gefüllt war. »Ich hoffe, ihr kommt damit zurecht. Etwas Besseres besitze ich nicht, und ich konnte es nicht wagen, mir einen leichteren Wagen von den Nachbarn zu borgen.«

»Wir werden es schon schaffen.« Lea war froh um das klobige Gefährt, auch wenn sie nicht wusste, ob ihre Kräfte reichen würden, den Karren über die oft steil ansteigenden Straßen bis Hartenburg zu schieben. Halb im Stroh verborgen lagen ein prall gefüllter Wasserschlauch, zwei Brote und ein alter, fest zugebundener Topf, der wohl Suppe für Elieser enthielt. Lea schämte sich ein wenig, weil sie keine Dankbarkeit für die Hilfe empfand, sondern nur Erleichterung, endlich dieses Haus verlassen zu können.

Der Verlust des Schmucks schmerzte sie, nicht wegen der hundert Gulden, die der kleine Schatz wert gewesen war, sondern wegen der Erinnerungen, die an einigen dieser Stücke hingen. Überdies hatte die alte Pfeifferin ihr vor Augen geführt, wie rechtlos sie als Jüdin war, und das war kein gutes Omen für den Heimweg und die Probleme, die zu Hause auf sie warteten.

Peter Pfeiffer schien Leas schlechten Eindruck verwischen zu wollen, denn er brachte ihnen noch einen großen Arm voll Heu und einen alten Sack als Unterlage für Elieser, damit der Kranke so bequem wie möglich liegen konnte, und er half auch, ihn vorsichtig auf den Karren zu betten. Dann drehte er sich so abrupt um, als täte seine Hilfsbereitschaft ihm Leid. Er scheuchte seine Mutter ins Haus, folgte ihr und zog grußlos die Tür hinter sich zu.

Gretchen hatte mit ängstlichem Blick gewartet, bis sie allein waren, und umarmte Lea nun bewegt. »Ich wünsche dir ganz viel Glück. Sei bitte vorsichtig und lass mich, wenn es dir möglich ist, wissen, ob ihr gut nach Hause gekommen seid. Hier, das ist für unterwegs. Ihr werdet es brauchen.«

Sie drückte Lea einen Leinenbeutel in die Hand, in dem ein paar Münzen klirrten.

Lea war noch so wütend über den Verlust ihres kleinen Schatzes, dass sie den Wunsch unterdrücken musste, ihrer Freundin das Geld vor die Füße zu werfen. Mühsam riss sie sich zusammen und steckte das Geschenk mit einem leicht gezwungenen Lächeln ein. Mit den Münzen würde sie die Herbergswirte bezahlen und hoffentlich auch frischen Mohnsaft für Elieser kaufen können. Im nächsten Moment ärgerte sie sich, weil sie nur an sich gedacht hatte. Gretchen würde es in der nächsten Zeit nicht leicht haben, denn ihre Schwiegermutter hatte so ausgesehen, als würde sie der jungen Frau den Widerstand gegen sie und die Tatsache, dass sie das Leben dreier ihr verhasster Juden gerettet hatte, noch lange nachtragen. Sie zog die Freundin an sich und stammelte ihr Dankesworte ins Ohr.

Gretchen erwiderte ihre Umarmung ebenso heftig und begann zu weinen. »Es tut mir so Leid um deinen Vater und Samuel. Ich schäme mich für meine Mitbürger, und ich werde für deine Toten beten und auch für dich und deine Geschwister. Geh mit Gott, Lea. Ich … Oh, beinahe hätte ich das Wichtigste vergessen!« Sie löste sich aus Leas Armen, trat einen Schritt zurück und nestelte ein Stück Papier aus ihrer Schürze.

»Hier ist euer Passierschein. Er besagt, dass ihr aus Sarningen ausgewiesen werdet, weil euer Bruder im Verdacht steht, unter einer ansteckenden Krankheit zu leiden. Wenn ihr diesen Pass vorweist, wird man euch gewiss in Ruhe ziehen lassen. Schließlich haben die Leute vor kaum etwas mehr Angst als vor einer Seuche.« Sie lachte spitzbübisch auf, obwohl ihr immer noch die Tränen über die Wangen liefen, reichte Lea das Papier und verschwand im Haus, bevor diese sich noch einmal bedanken konnte.

Rachel machte ein Gesicht, als wollte sie vor Ekel ausspeien. »Nichts als wohlfeile Worte! Gretchen ist auch nicht besser als die anderen Christen.«

»Du bist ein undankbares Geschöpf! Ohne Gretchen wären wir schmutzigen Kerlen zum Opfer gefallen, die uns unsere Ehre und unser Leben genommen hätten.«

Rachel deutete auf Leas Männerhosen und warf den Kopf in den Nacken. »So ein hässliches, dürres Gestell wie dich würde nicht einmal ein Christ anrühren.«

Einen Augenblick später saß ihr Leas Hand im Gesicht. »Höre mir gut zu, kleine Schwester! Wir haben einen harten Weg vor uns, und wenn du lebend und unversehrt nach Hause kommen willst, dann nimm dich zusammen, und halte vor allen Dingen den Mund. Denk daran, Eliesers Leben und seine Sicherheit hängen ganz von uns beiden ab, genau wie das Wohlergehen unserer Leute in Hartenburg, denn ohne unseren Vater sind sie wie Lämmer ohne ihren Hirten.«

Rachel schnaubte und sah mit vor der Brust verschränkten Armen zu, wie Lea die Holme packte und den Karren anschob. »Dieser Hirte willst wohl du sein?«

Lea deutete mit dem Kinn auf den schlafenden Bruder. »Elieser ist jetzt das Oberhaupt unserer Familie, und wir sind es ihm schuldig, ihn lebend nach Hause zu bringen.«

Ohne weiter auf ihre Schwester zu achten, lenkte Lea das Gefährt auf die Gasse hinaus. Zu ihrem Glück hatte Peter Pfeiffer die Naben gut eingefettet, daher ging es leichter, als sie erwartet hatte. Die eisenbereiften Räder knirschten auf dem Kopfsteinpflaster der Gasse und kündeten den Wächtern am Tor ihr Kommen schon von weitem an.

Ein vierschrötiger Kerl in hautengen, erdbraunen Hosen und einem grauen Wams unter dem stählernen Brustpanzer senkte seine Hellebarde. »Wer seid ihr, und wo wollt ihr hin?«

Es war einer der Männer, von denen Jakob ben Jehuda sich bei der Ankunft in Sarningen hatte erniedrigen lassen, und Lea musste ihren Rücken anspannen, um nicht in die gleiche kriecherische Pose zu fallen wie ihr Vater. Sie sagte sich noch einmal die Namen vor, die sie auf dem Passierschein gelesen hatte, und hielt dem Mann das Pergament hin. »Ich heiße Leopold und das ist meine Schwester Radegunde. Wir haben unseren Bruder Meinrad zu einem Sarninger Arzt gebracht. Der hat ihm einen Trunk gegeben und gesagt, wir müssten die Stadt sofort wieder verlassen, weil seine Krankheit ansteckend sein könnte.«

Es war fast lächerlich, zu sehen, wie hastig der Torwächter vor ihnen zurückwich. »Eine ansteckende Krankheit? Dann macht, dass ihr verschwindet!«

Er winkte ihnen mit der Hellebarde, schneller zu gehen, und wies seine Kameraden an, den Weg freizugeben. Dem Passierschein schenkte er keinen Blick. Das mochte an seiner Angst vor Krankheiten liegen, aber Lea vermutete, dass er wie die meisten Christen nicht lesen konnte. Sie hatte sich schon oft über die Unwissenheit der Nichtjuden gewundert. Sie selbst beherrschte nicht nur die hebräische Schrift, sondern auch die mit lateinischen Buchstaben geschriebene deutsche Sprache. Das hatte Samuel ihr wie so vieles andere hinter dem Rücken ihres Vaters beigebracht, und nun verliehen ihr die heimlich erworbenen Fertigkeiten einen unschätzbaren Vorteil.

Sie verabschiedete sich freundlich von den Torwächtern und schob den Karren aus der Stadt. Rachel hatte beim Anblick der Wächter ihre Abneigung gegen Leas Kleidung vergessen und sich an einen Ärmel des blaugrauen Wamses geklammert. Erst als das Tor ein ganzes Stück hinter ihnen zurücklag, ließ sie Lea los und atmete so heftig durch, als hätte sie die ganze Zeit keine Luft geholt.

»Gott, der Gerechte! Das waren dieselben Kerle, die uns bei unserer Ankunft in Sarningen gezwungen haben, aus dem Wagen zu steigen. Ich hatte schon Angst, sie würden uns wiedererkennen.«

»Unsinn! Wie die meisten Leute sehen auch sie nicht weiter als bis zu ihrer Nasenspitze. Bei unserer Ankunft haben die Männer nur auf unsere jüdische Tracht und nicht auf unsere Gesichter geachtet, und jetzt waren wir für sie drei unbekannte christliche Geschwister. Aber wenn du dich weiterhin so anstellst, als hättest du etwas zu verbergen, werden die Leute misstrauisch.«

Rachel verzog das Gesicht und sagte etwas, das abfällig klang, aber da Lea es nicht verstand, begnügte sie sich damit, ihrer Schwester einen warnenden Blick zuzuwerfen. Vorhin am Tor hatte die Angst auch ihr beinahe das klare Denken geraubt, doch nun war sie guten Mutes, denn sie hatten die erste und vielleicht schwerste Etappe ihres Weges nach Hartenburg hinter sich gebracht. Wenn Rachel sich zusammenriss und sie nicht in Gefahr brachte, konnten sie in vier, fünf Tagen zu Hause sein.

Da Elieser sich unruhig herumwarf und vor Schmerzen wimmerte, schritt Lea kräftig aus, damit er so bald wie möglich in ärztliche Behandlung kam. Rachel, die nicht gewohnt war, barfuß zu laufen, jammerte vor sich hin, denn es fiel ihr schwer, mit ihrer Schwester Schritt zu halten. Sie wagte es aber nicht, sich zu beschweren, denn sie hatte schmerzhaft feststellen müssen, dass Lea nicht mehr so langmütig war wie früher.

*D*ie Straße war in einem so schlechten Zustand, dass Lea Rachel schließlich mit Drohungen zwang, ihr zu helfen, den Karren um die schlimmsten Schlaglöcher herumzulenken. Später mussten sie beide sich über lange Strecken mit dem ganzen Gewicht gegen das Holz stemmen, um das Gefährt die Hänge hinaufzuschieben und zu verhindern, dass es ihnen bergab davonrollte oder umkippte. Eine Weile folgte der Weg dem Lauf der Sarn, dann bog er in eine Hügelkette ab, die dichter Wald bedeckte. Nach der schweißtreibenden Hitze der offenen Uferlandschaft erwies sich das kühle Dämmerlicht unter den Baumkronen zunächst als recht angenehm, bald aber wurden die Schatten und die Stille den beiden Mädchen unheimlich. Sie sahen sich immer wieder ängstlich um, doch die Bewegungen, die sie wahrzunehmen glaubten, stammten von Zweigen oder lang herabhängenden Moosbärten, die im Wind schaukelten.

Lea und Rachel waren nicht die einzigen Reisenden auf der Straße. Hin und wieder vernahmen sie das Knirschen großer, eisenbereifter Wägen und das Knallen der Peitschen, und kurze Zeit später forderten Fuhrleute sie mit barschen Stimmen auf, den Weg freizugeben, und einige Male sahen sie sich den neugierigen Blicken einzelner Wanderer oder kleiner Gruppen ausgesetzt. Zu ihrer Erleichterung kümmerte sich jedoch kaum jemand um einen jungen Burschen, der mit seiner Schwester und einem alten Handkarren seiner Wege zog, und allzu Neugierige wehrte Lea mit einem Hinweis auf »Meinrads« ansteckende Krankheit ab. Diese Auskunft trug ihnen jedoch noch eine Menge Ärger ein, denn als sie am Nachmittag völlig entkräftet eine Herberge erreichten und um ein Nachtlager baten, wies der Wirt sie heftig schimpfend ab.

»Macht, dass ihr weiterkommt! Oder glaubt ihr, ich will die Seuche im Haus haben?«

Lea blickte den Mann flehend an. »Wir sind so matt, dass wir kaum noch einen Schritt vor den anderen setzen können. Bitte gebt uns einen Krug Wein und etwas Brot, oder lasst uns wenigstens den Wasserschlauch am Brunnen auffüllen.«

»Nichts da! Ich hole mir nicht wegen ein paar Heller die Pest an den Hals. Verschwindet, sonst mache ich euch Beine!« Der Wirt rief nach einem Knecht, der mit einer Forke in der Hand auf Lea zukam, als wollte er sie aufspießen.

Sie hob erschrocken den Karren an und schob ihn weiter, so schnell sie konnte. Als sie die Scheune, die sich an die Herberge anschloss, schon fast hinter sich gelassen hatten, öffnete sich eine Luke in der Wand, und eine junge Magd sprang ins Freie. Sie hielt einen Weinschlauch, einen verbrannt aussehenden Leib Brot und eine Wurst in der Hand.

»Für einen halben Groschen könnt ihr das hier haben.«

Lea stellte den Karren ab, kramte die verlangte Summe aus dem Beutel und hielt sie der Frau hin. Die Magd schien Übung in solchen Geschäften zu haben, denn sie brachte es fertig, gleichzeitig das Geld an sich zu nehmen und Lea die Lebensmittel in die Arme zu drücken. Dann flüsterte sie ihr noch zu, dass nur wenige Schritte hinter einer vom Blitz getroffenen Eiche eine Quelle zu finden sei, und kletterte so flink wie ein Eichhörnchen in das Gebäude zurück. Lea überlegte einen Augenblick, warum die Frau ihnen geholfen hatte, und kam zu dem Schluss, dass sie die Unfreundlichkeit des Wirts wohl öfters ausnutzte, um sich eine kleine Mitgift zu verdienen. Da die Magd dabei aber Gefahr lief, als Diebin angeklagt, ausgepeitscht und gebrandmarkt zu werden, musste ihre Tat doch ein Werk der Barmherzigkeit sein.

»Der Gott Abrahams, Isaaks und Israels vergelte es dir«, flüsterte Lea, während sie die Sachen im Wagen verstaute und ihn weiterschob.

Als sie an der vom Blitz gespaltenen Eiche vorbeikamen, stellte Lea den Karren wieder ab und griff nach dem leeren Wasserschlauch, um ihn an der Quelle zu füllen. Sie hatte jedoch noch keine zwei Schritt zurückgelegt, da begann Rachel zu greinen wie ein kleines Kind, denn sie hatte Angst, allein bei Elieser zurückbleiben zu müssen. Lea schloss die Augen, ballte die Fäuste und atmete mehrmals tief durch, um ihren Zorn zu bändigen, und für einen Augenblick verstieg sie sich zu dem Wunsch, sie hätte ihre Schwester gar nicht erst zu Gretchen mitgenommen. In ihrem Egoismus machte Rachel nicht nur ihr das Leben schwer, sondern gefährdete auch Elieser, der jetzt mit aufgesprungenen Lippen vor sich hinweinte, weil sie den größten Teil des Wassers aus dem Schlauch für sich beansprucht hatte. Dann dachte Lea daran, was die Mörder ihres Vaters ihrer Schwester angetan hätten, und bekam ein schlechtes Gewissen.

Sie biss die Zähne zusammen und deutete auf eine Gruppe Wanderer, die den Weg hinaufkamen. »Willst du die Leute dort auf uns aufmerksam machen? Pass auf: Wenn dir einer von denen zu nahe kommt, hustest du zum Gotterbarmen, als wärest du schwer krank, sagst aber kein Wort. Hast du mich verstanden?«

Rachel schüttelte den Kopf und protestierte heftig, verstummte aber, als ihre Schwester sich ohne weiteren Kommentar umdrehte und in das Halbdunkel zwischen den Büschen hineintauchte.

Schon nach wenigen Schritten vernahm Lea das Geräusch fließenden Wassers und traf auch bald auf ein winziges Rinnsal, das aus einer kaum mannshohen Felswand austrat, über ein paar Steine sprang und sich im sumpfigen Waldboden verlor. Das Wasser war kalt und tat gut. Nachdem Lea genug getrunken hatte, füllte sie den Schlauch und lief zurück zur Straße, wo Rachel sich von einem heftigen Hustenanfall geschüttelt an den Karren klammerte.

Die Wanderer waren den beiden Kranken in weitem Bogen ausgewichen und kamen langsam außer Sicht. Als Lea keine fremden Blicke mehr auf sich gerichtet sah, nutzte sie das rasch schwindende Tageslicht, um Elieser zu säubern, seine Verbände zu erneuern und ihm mit Wasser gemischten Wein und den Rest der kalten Suppe einzuflößen. Zu ihrer nicht geringen Freude hatte der Junge immer noch Hunger, und so tauchte sie ein Stück des noch warmen Brotes in den Wein und fütterte ihn damit. Sie selbst begnügte sich mit zwei, drei Bissen und gab auch Rachel, die Gretchens Brot fast alleine aufgegessen hatte, nur ein kleines Stück ab. Die Wurst, die aus Schweineblut und Grieben gemacht war, warf sie nicht ohne Bedauern tief ins Gebüsch.

Als der Mond aufging, erreichten sie ein Haus, das im spärlichen Licht wie eine Räuberhöhle wirkte, aber eine Herberge für ärmere Reisende zu sein schien. Unter einfachen Schutzdächern standen die bunt bemalten Wagen des fahrenden Volkes neben ähnlichen Handkarren, wie Lea ihn schob. Dazwischen nächtigten Kiepenhändler, die ihren spärlichen Besitz noch im Schlaf umklammert hielten.

Lea wollte schon erleichtert aufatmen, weil sie doch noch einen sicheren Platz für die Nacht gefunden hatten, aber da stand der Knecht auf, der das kleine Wachfeuer mitten im Hof in Gang hielt, und kam mit einem brennenden Ast in der Hand auf sie zu. »He! Ihr seid doch die mit der Seuche! Hier könnt ihr nicht bleiben. Verschwindet gefälligst, ehe ihr unsere Gäste in Gefahr bringt.«

Lea sah zum Himmel, über den immer dichtere Wolken zogen. Es braute sich ein Unwetter zusammen, das sich wohl noch in der Nacht entladen würde. Daher hob sie bittend die Hände und wollte etwas sagen. Eine rundliche Frau, die gerade aus dem Haus trat und ihrer Kleidung nach die Wirtin sein musste, scheuchte den Knecht weg und musterte Lea von Kopf bis Fuß.

»Wenn ihr euch von den anderen fern haltet, könnt ihr für sechs Pfennige in dem Verschlag dort hinten übernachten. Eine Suppe kostet noch einmal sechs Pfennige, und Wasser müsst ihr draußen am Bach schöpfen, denn ich will nicht, dass ihr mir den Brunnen verseucht. Legt das Geld hier in die Schale, oder zieht weiter.«

Zwölf gute Pfennige für einen Verschlag und einen Napf dünner Suppe waren ein unverschämt hoher Preis, aber Lea hatte keine andere Wahl, als das Angebot anzunehmen, da sie Elieser keinem Wolkenbruch aussetzen durfte. So zählte sie die Münzen ab und schob ihren Karren auf den von der Wirtin bezeichneten Schuppen zu, der schon von außen durchdringend nach Ziegen roch. Die Laubschütte war jedoch noch frisch, und Lea sagte sich, dass sie froh sein konnte, nicht in einem Schweinekoben übernachten zu müssen. Im Westen gewitterte es bereits heftig, und der Wind, der kurz vorher eingeschlafen war, kehrte als Sturm zurück und riss trockenes Geäst aus den Baumkronen. Die Magd, die ihnen die Suppe und drei trockene Kanten Brot brachte, trug einen triefend nassen Regenschutz aus Stroh, der sie wie eine wandelnde Vogelscheuche aussehen ließ.

Das Mädchen zeigte keine Scheu vor der angeblichen Seuche, sondern bedankte sich mit guten Wünschen für die Münze, die sie als Trinkgeld erhielt. Zu Leas Verwunderung enthielt die alte Schüssel, die sie ihnen hingestellt hatte, keine dünne Suppe, sondern einen warmen, nahrhaften Eintopf, der sie alle drei sättigte. Lea hatte kaum den letzten Bissen über die Lippen gebracht, als sie schon einschlief, obwohl Rachel bei jedem Blitz und jedem Donnerschlag aufschrie und Elieser mit ihrem Gejammer ansteckte.

Am nächsten Morgen wurden sie durch das Rascheln dicker Tropfen auf dem Strohdach geweckt. Als Lea den Kopf ins Freie steckte, war die Welt um sie herum in ein abweisendes Grau gehüllt, und kalter Regen prasselte auf das Land. Die Magd brachte ihnen Frühstück, das aus einem Stück Brot, einem Brocken rissigem Käse und saurem, mit Wasser vermischtem Wein bestand, und bot ihnen gegen ein paar Heller drei Strohumhänge an, wie sie selbst einen trug. Lea hatte schon überlegt, an diesem Tag in der Herberge zu bleiben, doch die Angst, als Jüdin erkannt zu werden, trieb sie weiter. So nahm sie das Angebot des Mädchens an, doch als sie den Rest ihrer Barschaft wegsteckte, wurde ihr klar, dass sie die letzten Tage der Reise entweder hungern oder im Wald würden übernachten müssen.

Bald erwies sich der Strohumhang, den sie über Elieser gebreitet hatte, als zu dünn, und so brach Lea unterwegs noch ein paar dicht belaubt Zweige ab, um den Schutz zu verstärken. Das überhängende, ständig rutschende Grün machte es nicht gerade leichter, den Wagen durch den Schlamm zu schieben, aber Rachel, die in einem fort über den Weg und das Wetter schimpfte und sich beklagte, fasste zu Leas Verwunderung tatkräftig mit an.

An diesem Tag fanden sie keine Unterkunft, und es gab auch keinen Bauernhof in der Nähe, bei dem sie etwas zu Essen hätten kaufen können. Daher entschlossen sie sich, für die Nacht in einer halb verfallenen Hütte am Ufer eines Baches Unterschlupf zu suchen. Es roch durchdringend nach Schweinen, aber das Dach war dicht, und da es wie aus Kübeln goss, blieb ihnen keine andere Wahl. Um ihren völlig ausgekühlten Bruder zu wärmen, bereitete Lea aus dem trockenen Stroh, das sie auf dem Astgeflecht unter dem Dach fand, ein Lager und hob ihn ohne Rachels Hilfe vom Karren herab. Sie musste ihre Schwester jedoch nicht zwingen, sich eng an Elieser zu schmiegen, denn das Mädchen klapperte selbst mit den Zähnen. Als sie zu dritt unter dem Sack lagen, den Peter Pfeiffer ihnen als Decke für Elieser mitgegeben hatte, seufzte der Junge tief und beinahe zufrieden auf und schlief ohne Mohnsaft ganz ruhig ein.

Als sie am nächsten Morgen weiterzogen, weinte Rachel vor Hunger und Erschöpfung und hatte keine Kraft mehr, den

Karren zu schieben. Zu Leas Erleichterung klarte das Wetter jedoch rasch auf. Die tief hängenden Wolken verzogen sich, und die Sonne schien zunächst noch zaghaft, später aber mit voller Glut vom Himmel. Die Wärme tat ihren durchgefrorenen Gliedern gut, und sie kamen nun auch schneller voran.

In der nächsten Herberge wurden sie zu ihrer Verwunderung recht freundlich empfangen. Die Wirtsleute wiesen ihnen eine der Bänke vor dem Unterstand für die Zugochsen an, wo auch die Fuhrknechte saßen, und servierten ihnen für ein paar Pfennige zwei große Teller Eintopf und einen halben Laib Brot. Während Rachel heißhungrig über das Essen herfiel, zögerte Lea einen Moment. Sie wagte die Wirtin jedoch nicht zu fragen, ob in dem Essen Schweinefleisch wäre. So stocherte sie in ihrem Teller herum und versuchte, nur das Gemüse zu essen. Als sich ein winziger Brocken Fleisch zwischen ihre Zähne verirrte, schmeckte es jedoch wie Zicklein, und Lea nahm sich ganz fest vor, zu glauben, es sei tatsächlich nur Ziegenfleisch in ihrem Essen. Inzwischen war auch die Brühe fertig, die sie für Elieser erbeten hatten, und Rachel, deren Gesicht wieder Farbe bekommen hatte, fütterte ihn widerspruchslos.

Während Lea noch aß, unterhielten sich nicht weit von ihnen mehrere Männer über das Pogrom in Sarningen. Einige äußerten lautstark die Ansicht, dass die Juden noch viel zu billig davon gekommen wären, und der Rest nickte beifällig. Der größte Schreier unter ihnen, ein Mann in der unauffälligen Tracht eines reisenden Kaufmanns, drehte sich zu Lea um und sah sie herausfordernd an. »Bist du nicht auch der Meinung, dass dieses Judenpack ein Schandfleck im Reich ist?«

Lea blickte scheinbar verwundert von ihrem Teller auf. »Tja ..., ich weiß nicht so recht, denn ich kenne keine Juden. Warum sind sie ein Schandfleck?«

Der Mann lachte über so viel Unwissenheit. »Die Juden haben Christus, den Erlöser, ans Kreuz geschlagen.«

Lea zog die Schultern hoch und fragte sich verzweifelt, wie sie sich verhalten sollte. »Ja, ja, das lernt doch jedes kleine Kind. Aber das ist schon fast anderthalbtausend Jahre her und geschah in Judäa. Was haben die Juden im Reich denn damit zu tun?«

Der Kaufmann bedachte Lea mit einem missbilligenden Stirnrunzeln. »Du hast wohl während der Predigten deines Priesters mit offenen Augen geträumt, mein Junge. Die Kreuzigung des Heilands ist ein Verbrechen, das erst am Jüngsten Tag beim himmlischen Gericht gesühnt werden kann. Bis dahin sind die Juden verflucht unter den Völkern der Erde, und überdies sind sie verstockt und leugnen die Wahrheit und Weisheit der heiligen Kirche.«

»Wenn das nur alles wäre!«, setzte ein anderer hinzu. »Sie vollführen auch heimliche Zauber, um ehrliche Christenmenschen ins Verderben zu stürzen. In Sarningen haben sie zum Beispiel die Hostien, die für den Sonntag vorbereitet waren, aus der St. Kajetanskirche gestohlen und in einem schändlichen Ritual mit einem verhexten Messer durchstoßen und in Schweineblut getaucht. Die Juden bilden sich nämlich ein, der Erlöser wäre einer aus ihrem Volk gewesen, und da die Hostie ja der geweihte Leib Jesu ist, wollten sie ihm das Schimpflichste antun, was einem Juden zustoßen kann: Sie wollten ihn in Schweineblut ersäufen.«

Lea schüttelte es vor so viel Aberglauben und Dummheit, und Rachel öffnete schon den Mund zu einer heftigen Gegenrede. Lea erschrak und kniff ihre Schwester heftig in den Oberschenkel, um zu verhindern, dass sie sie verriet. Rachel sprach zwar neben Jiddisch auch recht gut Deutsch, doch ihr Akzent war unüberhörbar. Lea hingegen beherrschte den in dieser Gegend gebräuchlichen Dialekt so geläufig, als wäre sie damit aufgewachsen. Das hatte sie Gretchens Eltern zu verdanken, die die Abneigung der meisten anderen Christen gegen Juden nicht geteilt und Lea öfters eingeladen hatten, ihre Freundin zu besuchen. Dort hatte sie gelernt, wie ein Christ zu sprechen, und als sie jetzt auf die Tiraden des Kaufmanns antwortete, achtete sie besonders sorgfältig darauf, kein falsches Wort zu verwenden. »Das habe ich nicht gewusst.«

»Du bist ja auch noch jung und wirst in deinem Leben noch viel lernen.« Der Kaufmann lächelte zufrieden und erklärte ihr lang und breit, wie man seiner Meinung nach mit den Juden verfahren sollte. Seinen blutrünstigen Vortrag beendete er mit ein paar unflätigen Flüchen auf sämtliche Juden der Welt. Als er sie auffordernd anblickte, als erwarte er ein großes Lob für seine Widerwärtigkeiten, versank Lea in einem grauen Meer von Angst. Was würde passieren, wenn sie jetzt das Falsche sagte? Sie nahm sich zusammen und rang ihren widerstrebenden Lippen ein Lächeln ab. »Man sollte sie alle erschlagen.«

Das klang so giftig, dass Lea vor sich selbst erschrak. Der Kaufmann klopfte ihr zufrieden auf die Schulter und nannte sie einen guten Jungen. Lea war froh, dass er ihre Gedanken nicht lesen konnte, denn sie hatte nicht die Juden damit gemeint, sondern den abergläubischen Mob, der die Häuser unschuldiger Menschen stürmte, und ganz besonders diesen Alban von Rittlage, der die Sarninger Juden hatte überfallen lassen, um sich seiner Schulden bei ihnen zu entledigen. Erleichtert nahm Lea wahr, dass der Kaufmann Neuankömmlinge erspäht hatte und sich ihnen zuwandte, um seinen Wortschwall über sie zu ergießen. So konnte sie sich endlich ihrer kalt gewordenen Suppe widmen. Ihr blieb nicht die Zeit, über die Begegnung nachzudenken, wie sie es gerne getan hätte, denn Rachel klammerte sich an sie und wollte getröstet werden. Da die Sonne den Horizont noch nicht berührt hatte, entschloss sie sich weiterzuziehen, um den Hetzreden gegen ihr Volk zu entgehen, die nun über den ganzen Hof schallten. Noch lange, nachdem sie die Herberge verlassen hatten, drehte Lea sich alle paar Schritte um und hielt Ausschau nach Verfolgern, denn sie hatte Angst, der Mann und seine Kumpane könnten sie doch noch als Juden erkannt haben. Als die Nacht herabsank, suchten sie in einem einsamen Schuppen Zuflucht und begnügten sich mit dem Brot, das sie in der Herberge erworben hatten, und am nächsten Morgen wärmte die aufgehende Sonne schon bald ihre steifen Glieder. Die Ängste, die die Begegnung mit dem Judenhasser ihnen eingeflößt hatten, begannen jedoch erst zu weichen, als sie die Abzweigung erreichen, die nach Hartenburg führte, und sie die viel begangene Hauptstraße verlassen konnten.

Die flache, von Dörfern gesprenkelte Rheinebene blieb hinter ihnen zurück, und sie wanderten an der ihnen nun entgegenfließenden Sarn entlang in den Schwarzwald hinein, der an dieser Stelle von steilen, mit uralten Tannen bewachsenen Hängen und kleinen Weilern geprägt war. Die Häuser waren niedriger als im fruchtbareren Flachland, und ihre Dächer reichten fast bis zum Boden hinab. Lea und Rachel begegneten Bauern, die sich auf steinigen Feldern abmühten, rochen den Rauch glimmender Kohlenmeiler und vernahmen die Hörner der Sauhirten, die mit ihren Herden durch die Wälder zogen.

Die Nacht verbrachten sie bereits in der Markgrafschaft Hartenburg. Das kleine Land lag eingezwängt zwischen viel mächtigeren Nachbarn wie Württemberg, Baden und den Habsburger Besitzungen und gehörte zu den eher unbedeutenden Herrschaften im Reich Deutscher Nation. Aber die Markgrafen hatten es verstanden, sich ihre Reichsunmittelbarkeit zu erhalten und ihr Gebiet durch geschickte Politik nach und nach zu erweitern. Lea kannte den regierenden Markgrafen Ernst Ludwig nur vom Sehen, erinnerte sich aber gut daran, was ihr Vater über ihn erzählt hatte, und als die Türme der Stadt zwischen den Höhenzügen in der Ferne auftauchten, begannen ihre Ängste sich wie ein Klumpen in der Kehle zu ballen. Nichts in ihren Erinnerungen deutete darauf hin, dass ihr Landesherr ihnen in ihrem Unglück gnädig sein würde.

Das Aufenthaltsrecht und die Privilegien, die Jakob ben Jehuda, genannt Goldstaub, vom Markgrafen gegen teures Geld verliehen worden waren, hatten der Familie neben einigen besonderen Rechten und den damit verbundenen Verpflichtungen gerade das Mindeste von den Freiheiten zugestanden, die die Christen in Hartenburg ganz selbstverständlich besaßen, wie zum Beispiel die Erlaubnis, Waren gegen die normale Steuer in die Stadt bringen zu dürfen. All diese teuer bezahlten Privilegien waren ausdrücklich Jakob ben Jehuda zugestanden worden und mit seinem Tod nun erloschen. So hatte es der Vater des jetzigen Markgrafen bestimmt, als Leas Großvater Jehuda als Goldwäscher in diese abgelegene Gegend gekommen und durch Funde in der Sarn wohlhabend geworden war. Sein Sohn Jakob hatte nach Jehudas Tod all diese Rechte für teures Geld neu erwerben und dafür die Goldwäsche, die sein Vater zu Gunsten des Fernhandels aufgegeben hatte, noch einmal aufnehmen müssen. Was würde der Markgraf tun, wenn er vom Tod seines Hoffaktors erfuhr? Würde er die Privilegien auf Elieser übertragen oder ihre Familie fortjagen und einen anderen Hofjuden kommen lassen?

Die Angst, heimatlos über die Straßen ziehen zu müssen, wurde immer stärker, je näher sie der Stadt kamen. Lea konnte sich nicht vorstellen, dass der Markgraf einen schwer verletzten Jungen als Nachfolger seines Hoffaktors akzeptieren würde, und überlegte verzweifelt, was sie tun konnte, um sich dem drohenden Verhängnis entgegenzustemmen. In ihren Gedanken haderte sie mit Gott. Hätte er nicht wenigstens Samuel beschützen können? Ihr älterer Bruder hatte auch bei den Christen schon als Mann gegolten und war von seinem Vater in das lebensnotwendige Beziehungsgeflecht der jüdischen Kaufleute und Bankiers eingeweiht worden. Aber Samuel war tot, und Lea sah nur noch einen Ausweg: Sie musste so bald wie möglich zum Markgrafen gehen, ihn um Gnade anflehen und um die Übertragung der Rechte bitten.

Eigentlich wäre das Eliesers Aufgabe gewesen. Ihr Bruder hatte die Reise zwar recht gut überstanden, würde aber noch viele Wochen lang das Bett hüten müssen. Also gab es für sie keinen anderen Ausweg, als für ihn einzuspringen, und sie würde es bald tun müssen, denn wenn der Markgraf vom Tod seines Hoffaktors erfuhr, bevor sie es ihm mitteilte, bestand die Gefahr, dass er das Vermögen ihrer Familie beschlagnahmen und sie alle aus Hartenburg vertreiben ließ.

Tief in ihre Sorgen verstrickt nahm Lea kaum wahr, wie sich das enge Tal, durch das sie zogen, mit einem Mal weit öffnete und den Blick auf die Wehrmauern von Hartenburg und die über der Stadt thronende Burganlage freigab. Der Ort selbst zog sich über der hier noch recht jungen Sarn an einem Ausläufer des Rauchbergs bis zur alten markgräflichen Festung empor. Er zählte höchstens ein Viertel der Einwohner Sarningens und bestand aus schmalbrüstigen Fachwerkhäusern, die sich hinter der wuchtigen Umfassungsmauer eng um den Marktplatz und die St. Kolomanskirche scharten. Die Festung und das ebenfalls mit hohen Mauern gesicherte Schloss lagen auf einem weit vorspringenden Felssporn, ganz oben die schwer befestigte Bastei mit ihren vier mächtigen Rundtürmen, darunter die modernere Anlage, die der Vater des jetzigen Landesherrn hauptsächlich von den Abgaben des Juden Jehuda und dessen Sohn Jakob Goldstaub hatte bauen lassen. Der Markgraf wohnte in den komfortabel eingerichteten Räumen im neuen Teil, während die alte Burg nur noch als Zeughaus und als Garnison für die Soldaten genutzt wurde.

Hartenburg hatte drei Tore, eins für die Handelsstraße, über die Lea sich mit ihren Geschwistern der Stadt näherte, eins, das auf die Straße hinausging, die tiefer in den Schwarzwald führte, und ein drittes, das die markgräflichen Bauten mit der Stadt verband. Als Lea den Schatten des Straßburger Tors auf sich fallen sah, gesellte sich zu ihren Sorgen die Angst, die Wächter könnten sie abweisen. Es waren keine städtischen Büttel wie in Sarningen, sondern Reisige des Markgrafen, die die Reisenden kontrollierten und ihre Ankunft an die markgräfliche Kanzlei meldeten. Als Lea ihren Karren auf die Männer zuschob, vertrat einer von ihnen ihr mit grimmigem Gesicht den Weg.

»Wer seid ihr, und was führt ihr mit euch?« Seine Stimme klang jedoch nicht unfreundlich.

»Friede sei mir dir«, antwortete sie und bemerkte erst dann, dass sie in ihrer Anspannung den gewohnten jüdischen Gruß verwendet hatte.

Der Soldat zog verwundert die Augenbrauen hoch, musterte sie misstrauisch und wies dann auf Rachel. »Sag mal, bist du nicht die Tochter des Juden Goldstaub?«

Rachel nickte schüchtern. Der Soldat lachte und klopfte Lea auf die Schulter. »In diesem Gewand hätte ich dich beinahe nicht erkannt, Samuel. Ihr hattet wohl Angst wegen des Sarninger Pogroms. Wir haben auch schon gehört, dass Fremde das Volk dort gegen die Juden aufgewiegelt haben und es zu einer Vertreibung kam. Aber keine Sorge, jetzt seid ihr ja in Sicherheit.«

Lea war für einen Moment verblüfft, dass der Mann, der Samuel beinahe tagtäglich begegnet war, sie mit ihrem älteren Bruder verwechselte. Im ersten Impuls wollte sie den Torwächter auf seinen Irrtum aufmerksam machen, doch dann sagte sie sich, dass es besser war, wenn sie die genauen Umstände des Massakers für sich behielt, bis sie mit dem Markgrafen gesprochen hatte.

»Ja, das stimmt. Die Sarninger haben mehrere Juden erschlagen und ihre Häuser geplündert. Mir erschien es besser, meinen Bruder und meine Schwester unerkannt nach Hause zu bringen.«

Der Wächter trat an den Karren und wies auf Eliesers ausgezehrtes Gesicht. »Was hat der Junge? Hoffentlich keine ansteckende Krankheit.«

Lea schüttelte heftig den Kopf. »Nein. Er hat sich den Arm und das Bein gebrochen und muss dringend zum Wundarzt.«

»Dann mal rasch rein mit den jungen Pferden.« Der Wächter gab lachend den Weg frei und kehrte zu seinem Kameraden zurück.

»Wie du siehst, hast du umsonst gehofft, die Juden würden nicht mehr zurückkommen«, hörte Lea ihn sagen. »Also wirst du das Geld, das dir der alte Goldstaub geliehen hat, bis zum letzten Heller zurückzahlen müssen.«

Der andere winkte ärgerlich ab. »Ich hätte so oder so zahlen müssen. Wenn der Jude das Geld nicht zurückfordert, so tut es der Markgraf an seiner Stelle. Ich muss sagen, da ist mir der alte Goldstaub noch lieber, denn mit dem kann man wenigstens noch reden.«

Mehr konnte Lea nicht verstehen, denn der Lärm der Gassen schlug über ihr zusammen, und so bekam sie nicht mit, wie der Wächter seinen Kameraden anwies, ins Wachbuch einzutragen, dass der Jude Samuel, Sohn des Jakob Goldstaub, mit seinen Geschwistern von der Reise zurückgekehrt sei.

6.

Jakob Goldstaubs Haus war weder größer noch prunkvoller als die Häuser seiner Nachbarn. Die Mauern bestanden aus dem gleichen braunen Fachwerk, und das Dach war ebenfalls mit dunkelgrauen Schieferplatten gedeckt. Auch bestanden die Füllungen der Fenster nicht aus Glas, sondern aus dünn geschabtem und eingeöltem Kalbsleder. Nur der Hof war um einiges größer, und die Schuppen, die ihn umgaben, deuteten darauf hin, dass hier größere Warenladungen umgeschlagen wurden. Leas Vater hatte nicht nur den Markgrafen, sondern auch die wohlhabenden Bürger der Stadt und aus der Umgebung mit hochwertigen Gütern aus fremden Ländern versorgt, es aber sorgfältig vermieden, mit seinem auch damit erworbenen Reichtum zu prunken.

Als Lea das Hoftor erreichte, fand sie es verschlossen. Sie pochte heftig dagegen und hörte kurz darauf ein begütigendes »Ja, ja, ich komme ja schon.« Wenige Herzschläge später schwang das Tor auf, und Gerschoms Sohn Jochanan steckte seinen Kopf heraus. Es dauerte mehrere Augenblicke, bis er die abgerissenen Gestalten erkannte, die vor ihm standen.

»Beim Gott Israels, was ist geschehen?«

Lea hob warnend die Hand. »Sei still. Die Nachbarn dürfen nichts mitbekommen. Wir sind in das Sarninger Pogrom geraten. Mein Vater, Samuel und dein Vater sind tot, und wir drei konnten nur mit knapper Not entrinnen. Elieser ist schwer verletzt und braucht dringend einen Arzt. Lauf rasch zum Doktor und bitte ihn her, und hol auch den Wundarzt, damit er sich um Eliesers Knochenbrüche kümmert.«

Jochanan war ein magerer Bursche von knapp achtzehn Jahren mit gekrausten braunen Haaren und einem mehr gutmütigen als hübschen Gesicht. Normalerweise konnte ihn nichts aus der Ruhe bringen, jetzt aber riss er die Augen auf wie ein Kalb, das die Klinge des Schächters fühlt, und presste stöhnend die Hände auf den Mund. Als er Leas mahnenden Blick auf sich gerichtet sah, stieß er das Tor so weit auf, dass sie den Handkarren hindurchschieben konnte, und rief nach Saul, dem zweiten Knecht. Der Mann, der seinem Ruf widerwillig folgte, war ein Dutzend Jahre älter als Jochanan und wirkte mit seiner breiten, untersetzten Figur wie ein Bauer aus der Rheinebene. Doch im Gegensatz zu jenen bewegte er sich träge und bequemte sich erst auf die wiederholte Aufforderung des Jüngeren, Lea zu helfen.

Gerade, als Jochanan losrannte, um den Arzt zu holen, stürzte eine ältere, füllige Frau in den Hof, blieb wie angewurzelt stehen und starrte die Gruppe vor sich entgeistert an. Es war Sarah, die Mutter Jochanans und seiner Schwester Ketura, die als Wirtschafterin im Dienst der Familie stand und alles kontrollierte, was in Haus und Hof vorging. Ihre Lippen formten den Namen Samuel, aber sie brachte keinen Ton heraus. Dann ging ein Zittern durch ihren rundlichen Körper, und mit einem schrillen Aufschrei umarmte sie Lea und zog Rachel in der gleichen Bewegung an sich.

»Vorgestern erst haben wir von dem Pogrom in Sarningen erfahren und sind vor Angst um euch bald selbst gestorben. Doch ihr lebt. Der Gott Abrahams, Isaaks und Israels sei gepriesen!«

Lea ließ die Schultern sinken und zog Sarah ihrerseits an sich. »Nur wir drei konnten entkommen. Vater und Samuel sind tot und Gerschom ebenfalls. Du bist Witwe geworden.«

Die Wirtschafterin stöhnte auf und fiel sichtlich in sich zusammen. Für einen Augenblick bedeckte sie ihre Augen und ließ die Tränen über ihre Hände fließen. Als sie die Arme sinken ließ, wirkte sie grau und vor der Zeit vergreist, gleichzeitig aber auch grimmig und entschlossen, keine ihrer Pflichten zu versäumen.

Sie drehte sich zu Saul um, der sich gerade unauffällig entfernen wollte, und befahl ihm, Elieser vorsichtig mit anzuheben und ins Haus zu bringen. Zu dritt trugen sie ihn die Treppe hinauf in sein Zimmer. Als Lea Sarah helfen wollte, Elieser zu waschen und mit einem frischen Hemd zu versorgen, scheuchte die Wirtschafterin sie mit einem vernichtenden Blick auf ihre Männerkleidung aus dem Zimmer.

»Das ist keine Aufgabe für ein junges Mädchen. Außerdem bist du viel zu schmutzig. Geh ins Waschhaus! Ketura wird dir und Rachel warmes Wasser und anständige Kleider besorgen.«

Rachel verzog den Mund wie ein enttäuschtes Kind. »Ich habe Hunger!«

Sarah schüttelte abwehrend den Kopf. »Essen gibt es erst, wenn ihr sauber seid und in euren eigenen Sachen steckt.«

Lea wusste, dass Widerspruch zwecklos war, und folgte Sarahs Tochter. Auf der Treppe drehte sie sich noch einmal um. »Bitte ruf mich, wenn die Ärzte da sind. Ich muss wissen, wie es um Elieser steht.«

Sarah versprach es und schob die trotzig stehen gebliebene Rachel hinter ihr her.

Als Lea in dem Bottich mit warmem Wasser lag, kämpfte sie gegen den Wunsch an, sich mit sämtlichen Duftölen einzureiben, die auf dem Bord über ihrem Kopf standen. Sie hatte immer noch den Gestank des Kellerlochs in der Nase und das Gefühl, als hätte sich der Dreck, in dem sie hatten hausen müssen, tief in ihre Haut gefressen. So eitle Dinge wie Rosenduft, Flieder oder Lavendel widersprachen jedoch ebenso den Regeln über das Verhalten in der Trauerzeit wie der Genuss eines ausgiebig langen, warmen Bades. Daher wusch sie sich hastig, trocknete sich ab und schlüpfte mit einem Seufzer der Erleichterung in ihre gewohnte Kleidung.

Trotzdem hatte sie das Gefühl, nicht mehr jene Lea zu sein, die vor zwei Wochen abgereist war. Für einen Moment nahm sie an, sie vermisse nur die Bewegungsfreiheit der Männerkleidung, dann aber verriet ihr der Spiegel, den Ketura ihr hinhielt, was sie wirklich störte. Mit ihren kurzen Haaren glich sie eher ihrem Bruder Samuel, dem man die Schläfenlocken abgeschnitten und in ein Frauenkleid gesteckt hatte, als sich selbst. Ketura beklagte den Verlust von Leas kupferfarbenen Flechten, wie sie sie nannte, mit einer Inbrunst, als hätte man sie selbst geschoren, doch Sarah, die kurz darauf mit einem kleinen Bündel in der Hand die Kammer betrat, befahl ihrer Tochter barsch, den Mund zu halten.

»Lea hat ihr Haar dem Überleben ihrer Geschwister geopfert. Du solltest sie daher nicht beklagen, sondern lobpreisen, denn sie hat wie eine wahre Tochter Israels gehandelt. Aber es gehört sich nicht, wenn jemand sie so sieht, und man spricht auch nicht darüber.«

Sie öffnete das Bündel und brachte eine Perücke mit langen, schwarzen Haaren zum Vorschein, die einst Leas Mutter gehört hatte. Als fromme Jüdin hatte Jakob Goldstaubs Weib nie ihr eigenes Haar vor fremden Leuten gezeigt, sondern ihren Kopf mit einer Perücke anstatt mit einem Tuch bedeckt. Sarah hatte Ruth Goldstaub geliebt und verehrt und ihre persönlichen Besitztümer nach ihrem Tod wie Reliquien aufbewahrt. Jetzt opferte sie einen Teil ihres Schatzes, um Lea wieder in ein weibliches Wesen zu verwandeln.

Sie setzte ihr die Perücke auf und prüfte ihren Sitz von allen Seiten. »So, jetzt kannst du wieder unter die Leute gehen. Der sehr gelehrte Herr Doktor Petrus Molitorius ist bei Elieser.«

Sarahs Stimme verriet, wie wenig sie von dem Christenarzt hielt, der immer nur Dämonen und üble Mächte als Ursache von Krankheiten diagnostizierte. Da er der einzige Mediziner in der Stadt und zudem der Leibarzt des Markgrafen war, wurde er von jedem konsultiert, der es sich leisten konnte. Außer ihm gab es nur noch den Wundarzt Veit Steer, mit dem ihn eine herzliche Feindschaft verband, und einen Bader, der sich ebenfalls auf das Einrichten gebrochener Knochen verstand.

Lea warf noch einen Blick in den Spiegel und stellte fest, dass ihre Ähnlichkeit mit Samuel wieder verschwunden war. Ihr blieb jedoch keine Zeit, darüber nachzudenken, denn Sarah drängte sie, nach oben zu gehen.

In Eliesers Kammer war Doktor Molitorius gerade mit seiner Untersuchung fertig geworden. Er hielt Lea und Sarah einen gestelzt klingenden und mit lateinischen Worten gespickten Vortrag über die bösen Fieberdämonen, die den Kranken in ihren Klauen hielten, drückte ihnen eine Flasche mit einem graubraunen Saft in die Hand, der üble Mächte vertreiben sollte, und kassierte dafür ein stattliches Honorar. Als sich die Tür hinter ihm geschlossen hatte, roch Sarah an der Flasche und entleerte sie in den Nachttopf unter Eliesers Bett.

»Warum hast du nur diesen Quacksalber geholt, Lea? Willst du, dass er unseren Jungen mit seinem Zeug ins Grab bringt?«

»Du weißt doch, wie groß sein Einfluss bei Hofe ist. Hätten wir nicht ihn konsultiert, sondern nur den Wundarzt, würde er uns alle möglichen Schwierigkeiten bereiten.«

Die Ankunft von Veit Steer, der seine Erfahrungen als Chirurg auf den Feldzügen des kaiserlichen Heeres gemacht hatte und immer so grimmig wirkte, als hätte er ein ganzes Lazarett voll Verwundeter vor sich, hielt Sarah von weiteren bösen Bemerkungen ab. Der Wundarzt flößte dem Kranken zunächst frischen Mohnsaft ein und nahm sich dann Zeit, seine Verletzungen gründlich zu untersuchen. Nach einer Weile sah er auf und starrte Lea durchdringend an. »Wer hat dem Jungen die Schienen angelegt?«

Lea zuckte unter seinem barschen Ton zusammen, denn sie fürchtete, sie hätte alles falsch gemacht. »Ich!«, presste sie mit kläglicher Stimme hervor.

Der Chirurg nickte anerkennend und verzog seine Lippen zu

etwas, das wohl ein Lächeln darstellen sollte. »Sehr gut. Ich hätte es nicht besser machen können. Wäre dein Bruder nicht so gut versorgt worden, hätte er die Reise nicht überstanden.«

Lea errötete und murmelte einen höflichen Dank für das Lob, doch Veit Steer beachtete sie schon nicht mehr. Er inspizierte Eliesers Wunden so sorgfältig, als wollte er den Heilungsprozess mit den Augen beschleunigen, schließlich nickte er Lea anerkennend zu. »Wenn ein Mädchen Wundärztin werden dürfte, würde ich dich auf der Stelle ausbilden.«

»Der Gott Israels hat meine Hand gelenkt«, wehrte Lea sein Lob ab und sah aufmerksam zu, wie der Arzt die noch offenen Verletzungen mit einer scharf riechenden Tinktur betupfte und frisch verband.

Nachdem er ihr und Sarah noch einige Anweisungen gegeben hatte, wie sie Elieser versorgen mussten, verabschiedete sich der Arzt herzlich von Lea. »Hab ein bisschen mehr Selbstvertrauen, Mädchen. Du wirst es dringend brauchen.«

Als er das Haus verließ, blickte Lea ihm durch das geöffnete Fenster nach, bis er nicht mehr zu sehen war. Was hatte Veit Steer mit seinen letzten Worten gemeint? Hatte ihm jemand erzählt, dass Samuel tot und die Familie ohne tatkräftiges Oberhaupt war? Oder spielte er auf den Markgrafen und dessen vielleicht schon bekannt gewordene Pläne mit seinen jüdischen Schützlingen an? Für einen Augenblick wünschte sie, sie hätte den Wundarzt gefragt, aber dann sagte sie sich, dass sie sich nur auf sich selbst verlassen durfte. Da Gott ihr geholfen hatte, Eliesers Leben zu retten, würde er ihr auch beistehen, damit sie die Gnade des Landesherrn erlangte. Ihr blieb jetzt nur, all ihren Mut zu sammeln und an diesem Abend noch zur Burg hochzusteigen.

Sie schloss das Fenster und drehte sich zu Sarah um. »Ich gehe zum Markgrafen, um ihm den Tod meines Vaters zu melden.« Die Dienerin zuckte zusammen und machte ein so angewidertes

Gesicht, als hätte Lea etwas Unanständiges gesagt. »Das ist keine Aufgabe für ein Mädchen wie dich.«

»Wer sollte es sonst tun? Elieser ist nicht in der Lage dazu, und wenn wir einen Knecht schicken, würde der hohe Herr es als Beleidigung auffassen.«

Sarah schüttelte abwehrend den Kopf und beschwor Lea, sich diesen Gedanken aus dem Kopf zu schlagen. Da sie jedoch nicht bereit war, ihre Abneigung zu begründen, zog Lea ein Schultertuch über ihr Kleid, bedeckte die Perücke mit einem weiteren Tuch und verließ das Haus. Unterwegs ging ihr immer wieder Sarahs letzter, angsterfüllter Blick durch den Kopf, aber sie kämpfte entschlossen gegen die Furcht und die Unsicherheit an, die ihr die Knie zittern ließen.

Lea hatte den Markgrafen bisher nur gesehen, wenn er auf dem Weg zur Jagd durch die Straßen ritt. Er war ihr immer sehr hoheitsvoll und gnädig erschienen, aber ihr Vater hatte trotz oder gerade wegen seines Reichtums in ständiger Furcht vor ihm gelebt. »Die Huld des Markgrafen ist ein wankelmütiges Ding«, hatte Jakob ben Jehuda Samuel einige Male erklärt. »Wenn wir ihn nicht bei Laune halten, kann es passieren, dass er uns in einem Wutanfall alles nimmt, was wir besitzen, und uns als Bettler aus der Stadt treiben lässt.« An diese und andere Bemerkungen, die den Charakter des Landesherrn nicht im besten Licht erscheinen ließen, erinnerte Lea sich umso deutlicher, je näher sie der Residenz kam, und es wurde ihr klar, was für ein großes Risiko sie mit diesem Besuch einging. Doch es gab keinen anderen Ausweg. Verschwieg sie dem Landesherrn den Tod ihres Vaters, würde es so aussehen, als brächten seine Leibjuden ihm nicht genügend Achtung entgegen, und was dann geschehen würde, hatte sie den Worten ihres Vaters oft genug entnehmen können.

Vor dem Standbild mit drei steinernen Löwen, welches das Tor zur unteren Burg bewachte, blieb Lea einen Augenblick stehen, um ihr wild klopfendes Herz zu beruhigen. Die Löwen zeugten von der hohen Meinung, die der Markgraf von sich hatte, denn sie sollten jedermann kundtun, dass Ernst Ludwig seinen Stammbaum bis auf die Stauferkaiser zurückführte, wenn auch nicht über die direkte Linie.

Einer der Torwächter kam auf Lea zu und fragte sie barsch, was sie hier zu suchen hätte.

»Verzeiht den späten Besuch, aber ich möchte unseren allergnädigsten Herrn sprechen. Es ist dringend.«

Der Mann musterte ihre jüdische Tracht und verzog das Gesicht. »Was will eine wie du von Seiner Durchlaucht?«

»Ich bin Jakob ben Jehudas Tochter und muss dem hohen Herrn eine Nachricht überbringen.«

»Ach so, du bist die Tochter unseres Hoffaktors.« Der Mann tat so erstaunt, als gäbe es außer Goldstaubs Familie noch ein Dutzend anderer jüdischer Familien in der Stadt. Er tauschte einen fragenden Blick mit seinem Kameraden, und als dieser mit den Schultern zuckte, rief er einen Diener an, der eben über den Innenhof ging. »He, Heiner, komm mal her. Kannst du das Mädchen zu Seiner Durchlaucht bringen? Es ist die Tochter des Juden.«

Der Diener trat näher und musterte Lea mit verkniffenem Gesicht. »Ich glaube nicht, dass der Herr dich heute Abend noch zu sehen wünscht.«

»Ich bringe Nachrichten aus Sarningen, und ich fürchte, der Herr wird böse, wenn er sie nicht bald erfährt.« Lea hörte ihre Stimme zittern und wäre am liebsten davongelaufen. Es sah nicht so aus, als wäre Gott ihrem Vorhaben gewogen.

Der Diener ging um sie herum und schüttelte spöttisch den Kopf. »Ich glaube nicht, dass eine so dürre Ziege wie du dem Geschmack Seiner Durchlaucht entspricht. Aber wenn du unbedingt selbst erfahren willst, was er von dir hält, dann komm mit. Behaupte aber hinterher nicht, ich hätte dich nicht gewarnt. Der Herr ist im Moment ... Nun ja, du wirst es selbst sehen.«

Das seltsame Gehabe des Mannes stieß Lea so ab, dass sie den Rest ihres Mutes zusammennehmen musste, um ihm zu folgen. Er führte sie in ein schmuckloses Nebengebäude und weiter durch einen engen, schmuddeligen Flur, in dem es nach Kohl und menschlichen Ausdünstungen roch, zu einer steilen Treppe, die an einer unauffälligen Tür endete. Dahinter öffnete sich ein Korridor, der mit dicken, farbigen Teppichen belegt war und an dessen Wänden alte Rüstungen, Waffen und Fahnen hingen, Trophäen, welche die Herren von Hartenburg im Lauf der Jahrhunderte gesammelt hatten. Der Gang schien kein Ende zu nehmen, doch als Lea sich schon fragte, ob sie in ein verfluchtes Haus geraten war, aus dem niemand mehr hinausfinden konnte, blieb der Diener vor einer mit Schnitzereien überzogenen Rundbogentür stehen und klopfte. Nach kurzer Zeit erscholl eine Antwort, die sich wie ein Wutausbruch anhörte.

»Ich hatte dich ja gewarnt«, sagte der Mann, öffnete die Tür und schob Lea in den Raum. »Verzeiht, Euer Durchlaucht, aber die Tochter des Juden Goldstaub wünscht Euch dringend zu sprechen.«

Ohne eine Antwort abzuwarten, zog er sich zurück und schloss die Tür so schnell hinter sich, als befände er sich auf der Flucht. Lea blieb wie gebannt in der glitzernden, von Wachskerzen erhellten Pracht stehen und blinzelte angesichts der plötzlichen Lichtfülle. Erst nach und nach wurde ihr bewusst, dass sie in einem Schlafgemach stand, in das die Grundfläche ihres Elternhauses mindestens zweimal hineinpasste.

Die Wände waren getäfelt und abwechselnd mit seltsam unanständig wirkenden Bildern aus der christlichen Mythologie und Wandteppichen mit Jagdmotiven geschmückt. Die Mitte der Rückwand nahm eine wuchtige Bettstatt ein, die von einem hölzernen Betthimmel gekrönt wurde und mit Vorhängen aus blauem, italienischem Samt verschlossen werden konnte. An den Wänden standen große Truhen mit geschnitzten Wappenschilden und anderen kriegerischen Motiven, und in einem Alkoven, dessen Vorhänge ebenfalls hochgebunden waren, war ein weiteres Bett. Der Fußboden bestand aus verschiedenfarbenen Marmorplatten und war mit Wollteppichen bedeckt.

Mit einem Schlag wurde Lea sich der fünf Augenpaare bewusst, die sie durchdringend musterten. Zwei gehörten zu einem Paar, das eng umschlungen vor dem Alkovenbett lag, so als wäre es in wildem Spiel zu Boden gerutscht. Ein weiteres dem Hofnarren, der sich wie ein Wurm auf dem Boden herumwälzte, und die letzten beiden dem Markgrafen und einer jungen, schon arg fülligen Frau, die sich an ihn schmiegte.

Ernst Ludwig von Hartenburg war ein großer, schwer gebauter Mann um die vierzig, der im Augenblick nur wenig mit dem hoheitsvollen Herrn gemein hatte, den Lea durch die Straßen hatte reiten sehen. Er saß in hautengen, roten Hosen, die sich zwischen den Schenkeln anstößig wölbten, und einem weit offen stehenden, nicht mehr ganz sauberen Hemd auf einer Fensterbank und hielt einen Krug in der Hand. Er musste dessen Inhalt schon stark zugesprochen haben, denn sein Gesicht war hochrot angelaufen, und seine Augen glänzten wie große, gläserne Murmeln. Seinen freien Arm hatte er um die Schultern der Frau geschlungen, und seine Finger spielten mit den kindskopfgroßen Brüsten, die aus dem Mieder ihres bernsteinfarbenen Kleides quollen.

Die Frau wirkte ebenso betrunken wie der Markgraf, und auch das andere Paar schien dem Wein bereits im Übermaß zugesprochen zu haben. Erst auf den zweiten Blick erkannte Lea den Mann am Alkoven. Es war Dietrich Frischler, der Sekretär und Vertraute des Markgrafen. Die beiden Frauen waren ihr unbekannt, aber ihrer Ähnlichkeit nach musste es sich um Schwestern handeln. Der Hofnarr schien die einzig nüchterne Person im Raum zu sein und gleichzeitig auch das faszinierendste und abstoßendste Wesen, das Lea je zu Gesicht bekommen hatte. Sein Körper war so verwachsen, dass er kaum noch menschlich zu nennen war, doch sein Gesicht war so ebenmäßig und schön wie das eines Engels. Er trug ein aus bunten Fetzen zusammengenähtes Gewand, eine rote Kappe mit Messingschellen auf dem Kopf und hielt eine Peitsche aus Stoffstreifen in der Hand, mit der er im Takt einer unhörbaren Melodie auf den Boden schlug.

Der Markgraf löste sich als Erster aus seiner Erstarrung. »Was suchst du hier, Judenbalg?«

Lea begriff, dass sie sich einen sehr schlechten Zeitpunkt für ihren Besuch ausgesucht hatte, doch für einen Rückzug war es zu spät. Sie trat einen Schritt vor und versank in einen tiefen Knicks. »Verzeiht, Euer Durchlaucht, wenn ich Euch zu dieser Zeit noch störe. Ich komme, um Euren Schutz zu erflehen, denn ich bin Waise geworden. Mein Vater Jakob Goldstaub ist dem Pogrom in Sarningen zum Opfer gefallen.«

Der Markgraf schob die Unterlippe vor wie ein schmollendes Kind und zuckte mit den Schultern. »Ich habe davon gehört. Ihr Juden habt dort irgendeine Hostienschweinerei getrieben.«

»Nein, Herr, das ist nicht wahr. Wir sind verleumdet worden ...« Lea wollte ihm schon den Grund für das Pogrom nennen, kniff aber schnell die Lippen zusammen, ehe ihr ein falsches Wort entschlüpfte. Da der Markgraf selbst hohe Schulden bei ihrem Vater hatte, wollte sie ihn nicht auf die Idee bringen, sich auf die gleiche Weise wie Rittlage seiner Verpflichtungen zu entledigen.

Zum Glück fiel Ernst Ludwig ihr Zögern nicht auf. »Ihr Judenpack seid immer an allem unschuldig, was man euch vorwirft. Das muss in eurer Natur liegen. Was suchst du jetzt bei mir?«

Lea atmete tief durch und versuchte, ihrer Stimme Festigkeit zu verleihen. »Ich bin gekommen, um Euch zu bitten, die Privilegien und Rechte meines Vaters auf meinen verletzten Bruder zu übertragen.«

»Was hast du gesagt? Mein Leibjude ist tot?« Leas Erklärungen schienen erst jetzt in den umnebelten Verstand Seiner Durchlaucht gedrungen zu sein. Er schnaubte ärgerlich und warf seinem Sekretär einen Hilfe suchenden Blick zu.

Dietrich Frischler winkte ab. »Darüber sollten wir reden, wenn wir wieder nüchtern sind.«

Der Markgraf rieb die Bartstoppeln auf seinem Kinn, als könne er nicht entscheiden, was zu tun sei. Das kratzende Geräusch peinigte Leas Nerven, und sie war den Tränen nahe. »Bitte Herr, gewährt uns Eure Gnade.«

Plötzlich drehte sich die Frau, die neben dem Markgrafen stand, zu ihm um und flüsterte ihm etwas ins Ohr. Dabei kicherte sie so heftig, dass ihr fülliger Körper auf und ab wogte. Der Markgraf wirkte zuerst abweisend, lachte aber dann schallend auf und bedachte Lea mit jenem Blick, mit dem ein Metzger ein schlachtreifes Kalb taxiert.

Die Frau warf die Arme hoch und nickte auffordernd. »Lasst mich nur machen, Euer Durchlaucht. Ihr werdet sehen, das wird ein Heidenspaß!«

Als Ernst Ludwig eine zustimmende Handbewegung machte, klatschte die Frau in die Hände, winkte ihre Schwester, den Sekretär und den Narren zu sich und redete schnell und so leise auf sie ein, dass Lea nichts verstehen konnte. Als die anderen in wildes Gelächter ausbrachen, löste die Frau sich von der Gruppe, trat auf Lea zu und ging um sie herum, als müsste sie bei ihr Maß nehmen.

»Seine Durchlaucht ist bereit, deinem Wunsch zu willfahren«, sagte sie mit einem seltsamen Lächeln. »Aber es wird dich etwas kosten.«

Lea atmete erleichtert auf. »Mein Vater war nicht arm. Ihr

braucht nicht zu denken, dass wir nach seinem Tod ganz ohne Mittel sind.«

Die Frau hob die linke Augenbraue. »Hier geht es nicht um Geld.«

Sie berührte Leas Schulter, und ließ die Finger unter die bestickte Schürze wandern und strich über ihren Busen. »Seine Durchlaucht fordert für seine Gnade das Ius primae Noctis.«

Lea entzog sich ihrem Griff und sah sie verständnislos an.

Die Frau lachte schrill auf. »Das bedeutet, er fordert das Recht der ersten Nacht. Er will dich deflorieren, entjungfern. Verstehst du kein Deutsch?«

Sie lachte und formte mit Daumen und Zeigefinger der linken Hand einen Kreis, in den sie mit dem ausgestreckten rechten Zeigefinger stach. »Das will er mit dir tun!«

Lea wurde übel von dem Weindunst, den die Frau verströmte, und glaubte gleichzeitig, vor Scham im Boden versinken zu müssen. Im ersten Moment wollte sie die Forderung mit heftigen Worten zurückweisen, denn sie war nicht bereit, ihre Jungfernschaft und ihre Ehre einer Laune des Markgrafen zu opfern. Aber dann packte sie die Angst vor dem, was man ihr und ihren Geschwistern antun würde, wenn sie sich weigerte und den Markgrafen erzürnte. Wahrscheinlich würde er ihnen alles nehmen, was sie besaßen, und sie und ihr Gesinde nur mit einem dünnen Hemd auf dem Leib zum Stadttor hinaustreiben lassen, und das wäre nicht nur Eliesers Tod. Die Verantwortung für ihn und die anderen ließ ihr keine Wahl. Sie musste sich opfern, damit ihre Familie nicht unterging.

Oh, Gott meiner Väter, was habe ich getan, dass du mich von dir stößt, stöhnte sie innerlich auf. Dann senkte sie den Kopf und flüsterte: »Ich bin bereit.«

»Sehr schön!« Die Frau tätschelte ihre Wange, drehte sich um und rief: »Wir können anfangen. Sie macht mit.«

Lea erwartete, dass die Anwesenden bis auf den Markgrafen

den Raum verlassen würden. Stattdessen umringten sie sie und machten anzügliche Bemerkungen über ihr Aussehen. Ihre Größe schien ihnen zu gefallen, der Markgraf nannte sie jedoch eine dürre Ziege, und die ältere Frau spottete, das Judenweib trüge statt eines Busens ein Paar Erbsen auf der Brust. Schließlich stieß die Mätresse des Markgrafen sie an.

»Mach endlich! Zieh dich aus!« Leas entsetzter Blick reizte sie zum Lachen. »Wir wollen natürlich zusehen. Oder glaubst du, Seine Durchlaucht treibt es mit dir in einer dunklen Ecke wie ein Knecht?«

Lea glaubte einen Begriff vom Ausmaß der Demütigungen bekommen zu haben, die auf sie warteten, und löste mit steifen Bewegungen ihre Schürze. Der Mätresse ging es nicht schnell genug, denn sie zog ihr mit einem heftigen Ruck Kleid, Unterkleid und Hemd zugleich über den Kopf, so dass Lea nackt vor ihr stand. Als sie versuchte, ihre Blößen mit den Händen zu bedecken, packte die Frau ihre Handgelenke und bog ihre Arme nach hinten.

»Ich sagte, wir wollen etwas sehen!«, spottete sie und wies mit dem Kinn auf das große Himmelbett. »Leg dich dorthin, und mach die Beine breit.« Als Lea zögerte, gab die Mätresse ihr einen Stoß, der sie aufs Bett warf, und drehte sie mit harten Griffen auf den Rücken, als wäre sie nur eine Gliederpuppe.

»Wie Ihr seht, Euer Durchlaucht, ist an der Jüdin alles vorhanden, was eine Frau ausmacht. Busen hat sie zwar kaum welchen, aber zwischen den Beinen sieht sie nicht anders aus als unsereins.«

Lea schämte sich in Grund und Boden, denn die Frau berührte bei ihren Worten die Stellen, die sie beschrieb.

Der Markgraf hob seinen Krug, trank glucksend und lachte dann verächtlich. »Na, der fehlt noch viel zu einem richtigen Weib. Ihre Brustwarzen sitzen direkt auf den dürren Rippen, und sie hat kaum Haare vor der Scham.«

»Busen und Haare wachsen dem Ding schon noch, Durchlaucht«, kicherte die Frau und zupfte dabei an dem spärlichen Pelzdreieck zwischen Leas Schenkeln.

Oh Gott Israels, mach, dass es rasch vorübergeht, flehte Lea in Gedanken und schloss die Augen, um die gierig starrenden Gesichter um sich herum nicht mehr sehen zu müssen, doch die Stimme der Mätresse drang schrill und schneidend in ihren Kopf. »Ich glaube, das Judenmädchen ist doch nichts für Euch, Euer Durchlaucht. Ihr solltet die Sache von Eurem Hofnarren erledigen lassen.«

Ihre Schwester und der Sekretär stimmten ihr eifrig zu und kicherten dabei. Lea riss die Augen auf, sah das hämisch grinsende Gesicht der Mätresse über sich und begriff, dass es von Anfang an der Plan der Frau gewesen war, sie zu demütigen und ihr nicht nur die Ehre, sondern auch die Selbstachtung zu nehmen. Der Narr trat mit einem seltsam traurigen Lächeln an ihre Seite und ließ seine Fingerspitzen über ihren Bauch und Busen wandern. Dann legte er seinen Kopf gegen ihre Wange und kniff sie mit den Zähnen in ihr rechtes Ohrläppchen.

»Wie viel ist dir deine Unversehrtheit wert, Jungfer Jüdin?«, wisperte er.

Lea entzog ihm ihr Ohr und blickte ihn fragend an. Hatte wenigstens der Verwachsene Mitleid mit ihr? »Ich gebe dir fünfzig Gulden, wenn du mich unberührt lässt«, antwortete sie kaum hörbar.

Der Narr lachte schrill auf, dämpfte aber seine Stimme sofort wieder, so dass die Umstehenden, die ihn und Lea spöttisch beobachteten, nichts hörten. »Fünfzig Gulden nur? Deine Unschuld ist aber wohlfeil!«

»Du kannst auch hundert haben.«

»Zweihundert, und du bist nach dieser Stunde noch genauso Jungfrau, wie du es vorher gewesen bist.« Die Forderung war unverschämt hoch in einem Land, in dem ein Diener höchstens zwei Gulden im Jahr verdiente, aber Lea war so erleichtert, dass sie dem Mann am liebsten auf Knien gedankt hätte.

»Wenn du meine Jungfräulichkeit nicht verletzt, sollst du deine zweihundert Gulden erhalten.«

»Der Handel gilt!«, gab er zurück und blickte sie beinahe liebevoll an.

Unterdessen wurde der Markgraf ungeduldig und klopfte mit dem Fuß auf den Boden. »Was soll das ganze Getue? Zieh dich endlich aus und fang an!«

Der Narr zuckte zusammen, riss sich dann die Kappe vom Kopf und schleuderte sie in eine Ecke, so dass ihre Glöckchen misstönend auf den Fliesen klirrten und Lea schaudern ließen. Der Kappe folgte das aus Fetzen zusammengenähte Wams, und während Lea noch auf die verwachsenen Schultern und die bleiche, wie gekalkt wirkende Haut des Narren starrte, löste er seinen Gürtel und schob langsam seine Hose nach unten.

Lea sog erschrocken die Luft ein, als sie das wurmähnliche Ding sah, das schnell größer wurde und dabei trotzdem so verwachsen wirkte wie der ganze Mann. Die Augen des Narren sogen sich gierig an ihrer Nacktheit fest, und er ließ sich ohne Vorwarnung auf sie fallen, so dass er ihr die Luft aus den Lungen presste.

»Unser Handel gilt doch, nicht wahr?«, wisperte er eindringlich. Lea nickte unter Tränen. Der Narr lachte so schrill auf, als hätte er den Verstand verloren, präsentierte sein Glied dann in einer obszönen Geste und rieb es immer schneller an ihrem Oberschenkel, während seine Hände nach ihren Brüsten griffen und sie kneteten, als bestünden sie aus Teig.

Das Lachen der Mätresse verstummte in einem ärgerlichen Schnauben. Sie hob einen ihrer Pantoffel auf, der neben dem Bett des Fürsten lag, schlich sich an den Narren heran und verabreichte ihm ein paar heftige Schläge auf den Hintern. »Jetzt stecke ihn ihr endlich richtig rein, du Esel!«

Der Narr schrie vor Schmerz auf und funkelte Lea mit verzerrtem Gesicht an. »Gleich werde ich dich stoßen, bis du in Ohnmacht fällst!«

Dieser Ohnmacht war Lea schon sehr nahe. Doch statt wie befohlen zwischen ihre Schenkel zu steigen, rieb sich der Narr immer schneller an ihr und kläffte und jaulte dabei, als wäre er einer der kleinen Schoßhunde, die ihren Geschlechtstrieb an Ermangelung anderer Möglichkeiten an den Beinen ihrer Herrn austoben. Der Markgraf und sein Sekretär prusteten vor Lachen und zogen ihre Liebhaberinnen an sich und griffen ihnen ungeniert zwischen Schenkel und Brüste. Kurz darauf sank der Narr mit einem letzten Aufschrei keuchend über Lea zusammen. Klebriger Schleim netzte ihren rechten Oberschenkel, so dass der Ekel Galle in ihren Mund hochsteigen ließ.

Als der Narr zur Seite rollte, sprang Lea auf und hob abwehrend die Hände. Eine weitere Kränkung dieser Art würde sie nicht mehr ertragen, doch die beiden Paare interessierten sich längst nicht mehr für sie. Dietrich Frischler lag über der älteren Frau, die ebenso nackt war wie er, und bearbeitete sie heftig, während die Mätresse des Markgrafen mit dem Rücken auf einer Truhe lag und die weit gespreizten Beine in die Luft streckte. Sie war nicht mehr dazu gekommen, sich auszuziehen, sondern hatte ihr Kleid und die Unterröcke bis zur Taille gerafft und bot dem Markgrafen ihren bloßen Unterleib dar. Ihre fleischigen Brüste mit den blassrosa Spitzen waren nun endgültig aus dem Mieder geschlüpft und schaukelten im Takt der Stöße des Mannes hin und her.

Lea hatte noch nie so viel Abscheu vor anderen Menschen empfunden wie in diesem Augenblick. Das Gesicht das Narren drückte denselben Ekel aus. Er kroch aus dem Bett, packte ein am Boden liegendes Hemd und begann unbeholfen, Leas Bein zu säubern. Die Berührung war ihr so unangenehm, dass sie ihm das Kleidungsstück aus den Fingern wand, um sich selbst zu reinigen.

Der Narr las unterdessen ihre Sachen auf und reichte sie ihr. »Du solltest dich anziehen und verschwinden, Jungfer Jüdin. Wenn unser markgräflicher Beschälhengst so richtig in Hitze gerät, wird er dir doch noch das Häutchen sprengen wollen. Und vergiss die zweihundert Gulden nicht, sonst müsste ich es bedauern, dich nicht bestiegen zu haben.«

Lea zog sich mit bebenden Händen an und versuchte dabei das obszöne Gestammel zu ignorieren, das die kopulierenden Paare von sich gaben. Den Blick starr nach vorne gerichtet, um nichts mehr von dem gottlosen Treiben um sich herum mit ansehen zu müssen, rannte sie zur Tür und schlüpfte hinaus. Zu ihrer Erleichterung war auf dem Flur niemand zu sehen. Die Schande, von den hohen Herrschaften als Gegenstand zur Steigerung der eigenen Lust benutzt worden zu sein, fraß sich wie Säure in ihre Seele, und an der Stelle, die der Narr mit seinem Samen beschmiert hatte, brannte ihre Haut wie Feuer. Sie fühlte sich so besudelt, als hätte man sie in Schweinekot gewälzt.

Kopflos lief Lea durch ein Gewirr von Treppen und Fluren, bis sie nach einer halben Ewigkeit den Burghof erreicht hatte, und schritt dann starr und steif wie eine lebendig gewordene Statue durch das Tor. Die Wachen hielten sie nicht auf, brachen aber bei ihrem Anblick in ein höhnisches Gelächter aus. Aus Angst, die Männer könnten sie verfolgen und ihr Gewalt antun, begann sie zu rennen und hielt erst an, als sie gegen die eigene Haustür stolperte.

Jochanan, der ihr öffnete, blickte sie entgeistert an und fragte etwas, doch sie schlüpfte nur stumm an ihm vorbei und lief die Treppen hoch in ihre Kammer. Sie mochte ihr Gewand jedoch nicht in dem engen Raum auszuziehen, um nicht auch noch ihr Bett oder ihre Truhe damit zu beschmutzen. Von einem plötzlichen Impuls getrieben verließ sie das Zimmer und stieg in den Keller hinab. Am Ende des Ganges, hinter einer unauffällig in den Boden eingepassten Falltür, befand sich der Eingang zum Schachtbad, das ihr Großvater in die Erde hatte treiben lassen.

Während Lea sich mit heftigen Bewegungen die Kleidung vom Leib riss, kam Sarah herunter und starrte sie mit weit aufgerissenen Augen an, schloss aber den Mund wieder, ohne die Frage zu stellen, die ihr offensichtlich auf der Zunge lag. Lea wollte sie schon wegschicken, da sie nicht die Kraft hatte, das Erlebte jemandem mitzuteilen. Doch dann sagte sie sich, dass sie an ihrer Wut und ihrem Ekel ersticken würde, wenn sie Sarahs Trost zurückwies, und begann mit leiser Stimme zu berichten. Sarah hörte ihr mit verkniffenem Gesicht zu und hob dabei die Kleidungsstücke auf, die Lea von sich warf.

Als sie begann, die Sachen sorgfältig zusammenzulegen, winkte Lea mit beiden Händen heftig ab. »Verbrenne das Zeug! Ich werde es nie mehr anrühren.«

Sarah warf einen bedauernden Blick auf die feinen Stoffe und die Stickerei, an der Lea so lange gesessen hatte, nickte aber verständnisvoll. Die Perücke schob sie jedoch unter ihre Schürze, denn die würde Lea noch brauchen. Der Rest konnte ihretwegen vom Feuer verzehrt werden. Dann sah sie, dass Lea die Tür zum Schachtbad öffnete und so nackt, wie sie war, hineinsteigen wollte.

Schnell vertrat sie ihr den Weg. »Nein! Nicht in die Mikwe! Die darf ein Mädchen nur am Vorabend ihrer Hochzeit betreten. Ich bringe dir ein Tuch, in das du dich hüllen kannst, und schütte dir Wasser in den Badebottich ...«

In Leas Blick spiegelten sich das ganze Entsetzen, die Scham und der Ekel, die sie in der Burg empfunden hatte, und Sarah begriff, dass das Mädchen in der Dunkelheit der Mikwe allein sein wollte. So gab sie ihr mit einem tiefen Seufzer den Weg frei. In diesem Moment fühlte die Wirtschafterin sich zu alt, um all das Unglück ertragen zu können, das über die Familie hereingebrochen war. Mit schwerfälligen Bewegungen verließ sie den Vorraum zum Schachtbad und wankte den Gang entlang, während sie Gott stumm um Gnade anflehte. Als sie die Kellertreppe hochstieg, sah sie Saul draußen stehen und horchen. Kurzerhand kehrte sie um und begann, in einem der kleinen Gewölbe Vorräte umzuschichten. Auf diese Weise konnte sie wenigstens dafür sorgen, dass Lea ungestört blieb.

Unterdessen tauchte Lea in das eiskalte Wasser des Schachtbads und scheuerte ihre Haut, bis sie das Gefühl hatte, nur noch aus rohem Fleisch zu bestehen. Doch sie vermochte weder die Schande abzuwaschen noch die nagende Angst vor den Schergen des Markgrafen abzuschütteln, die jeden Augenblick erscheinen konnten, um sie und ihre Familie ins Elend zu treiben.

Zweiter Teil

•◆•

Samuel

s war so still im Haus des Juden Jakob Goldstaub, als hätte ein böser Geist die Menschen darin in körperlose Schatten verwandelt. Als Lea die Treppe hinabstieg, füllte es sich jedoch mit einem Murmeln und Raunen, das aus jeder Ecke zu kriechen schien. Sie versuchte, ihre Beklemmung abzuschütteln, schlich aber dennoch auf Zehenspitzen den Gang entlang und öffnete so lautlos wie möglich die Tür zu Eliesers Zimmer, in dem sich die anderen Angehörigen des Haushalts versammelt hatten, um der Toten zu gedenken. Rachel, die zwischen den Mägden Merab und Gomer auf einer Matte hockte, machte ein abweisend-trotziges Gesicht, denn sie war strikt dagegen gewesen, die Feier so überstürzt abzuhalten. Sarah, Jochanan und Ketura hatten Leas Wunsch jedoch lebhaft unterstützt, aus der festen Überzeugung heraus, der Markgraf würde sie binnen weniger Tage aus der Stadt jagen lassen.

Elieser, der den Streit hätte entscheiden müssen, lag meist in halber Bewusstlosigkeit da oder phantasierte im Fieberwahn, und Saul, der zweite Knecht, hatte ebenfalls für Leas Vorschlag gestimmt, denn er hatte keine Lust, eine weite, gefährliche Reise auf sich zu nehmen, um einen Rabbiner zu holen, der das Kaddisch für die Verstorbenen hätte sprechen können. Da er aber auch zu faul war, sich mit Thora und Talmud zu beschäftigen, und sich nicht selten den Ritualen und Zeremonien entzog, die für einen frommen Juden Pflicht waren, fiel Gerschoms Sohn Jochanan die Aufgabe zu, aus dem Buch Hiob zu lesen und die Hinterbliebenen zu trösten.

Lea setzte sich leise zu den anderen, um die feierliche Stimmung nicht zu stören, aber sie brachte es nicht fertig, sich dem Trost der heiligen Worte zu öffnen. Ihre Gedanken galten weniger den Toten als den Lebenden, und die Angst um die Menschen um sie herum vermischte sich in ihr mit Scham und Wut über das üble Spiel, das man auf der Burg mit ihr getrieben hatte. Aus Sarah hatte sie noch am gleichen Abend alles über die Verhältnisse dort oben herausgelockt, und was sie erfahren hatte, ließ sie für die Zukunft ihrer Familie schwarz sehen.

Der Markgraf war seit einigen Jahren Witwer, und da er einen Thronerben besaß, hatte er nicht mehr geheiratet, sondern nahm häufig wechselnde Beischläferinnen zu sich. Seine derzeitige Favoritin war die Tochter eines Gastwirts, die der Bequemlichkeit halber gleich ihre Schwester mitgebracht und zur Geliebten des Sekretärs gemacht hatte. Die beiden Frauen stachelten ihre Liebhaber zu einem ausschweifenden Lebenswandel an und gaben das Geld schneller aus, als der Steuerpächter es eintreiben konnte.

Sarah hatte mit ihren Erzählungen nicht nur Leas Ängste gesteigert, sondern sich auch ihren Zorn zugezogen, denn Lea machte es ihr zum Vorwurf, dass die Alte sie nicht vor ihrem Gang zum Markgrafen über die Zustände oben im Schloss aufgeklärt hatte.

Jetzt, wo Lea die Ausweisung aus Hartenburg für unabwendbar hielt, beunruhigte sie Eliesers schlechter Zustand noch stärker. Hatte es während der Reise noch so ausgesehen, als würde er seine schweren Verletzungen überstehen, stand nun zu befürchten, dass er dem Ende entgegendämmerte, denn in der letzten Nacht war sein rechter Unterschenkel, den der Mob in Sarningen mit einem Tischbein zerschlagen hatte, stark angeschwollen, fühlte sich heiß an und hatte sich verfärbt. Der Einzige, der Elieser vielleicht noch retten konnte, war Veit Steer, der Wundarzt, aber der war zu einem Verletzten außerhalb der Stadt gerufen worden und wurde erst gegen Abend zurückerwartet.

Ein heftiges Pochen unten an der Haustür unterbrach Jochanans Hioblesung. Die verschreckten Bediensteten rückten zusammen und starrten Lea ängstlich an. Auf ihren Wink bettete Jochanan die kostbaren Schriftrollen in ihre Tücher und verließ mit einem verzagten Lächeln den Raum. Kurz darauf kehrte er mit einem Boten des Markgrafen zurück, der eine in den Landesfarben grün und weiß gehaltene Livree mit den drei Löwen auf der Brust trug. Das Gesicht des Knechts wirkte so fassungslos, dass die anderen im ersten Schrecken annahmen, der Bote brächte ihnen den Befehl, Haus und Hof zu verlassen.

Der Mann schenkte den Anwesenden kaum einen Blick, sondern holte ein zusammengefaltetes Blatt Papier aus der Stulpe seines linken Handschuhs, schüttelte es mit einer wohl geübten Handbewegung glatt und begann zu lesen.

»Im Namen Seiner durchlauchtigsten Hoheit Ernst Ludwig, Markgraf von Hartenburg, wird dem Juden Samuel, des Jakob Goldstaubs Sohn, bei Androhung allerhöchster Ungnad befohlen, heute am Nachmittag vor seinem Herrn zu erscheinen.«

Lea sah, wie sich auf den Gesichtern der anderen Fassungslosigkeit breit machte. Rachel schüttelte stumm den Kopf, Saul aber schlug sich auf den Oberschenkel und öffnete schon den Mund, um, wie Lea annahm, mit der Wahrheit herauszuplatzen. Schnell sprang sie auf und bat den Boten, der seinem Gesichtsausdruck nach mehr auf ein Trinkgeld als auf eine Antwort wartete, mit ihr zu kommen. Es war ihr ein Rätsel, warum der Markgraf einen Toten zu sich rufen ließ, aber diese Frage durfte nicht vor einem Fremden besprochen werden.

Sie eilte in das Arbeitszimmer ihres Vaters, öffnete die Schatulle, in der das Geld für den Haushalt aufbewahrt wurde, und holte ein noch recht neu glänzendes Einguldenstück heraus. Das war zwar viel zu viel Geld für einen Laufburschen Seiner Durchlaucht, aber sie wagte nicht, ihm weniger zu geben. Der Mann grinste erfreut, verneigte sich vor ihr, als hätte er statt einer verachteten Jüdin eine Dame von Stand vor sich, und verließ mit einem höflichen Gruß das Haus.

Kaum hatte Lea die Tür hinter ihm geschlossen, starrten mehrere Augenpaare über das Treppengeländer zu ihr hinunter.

»Wie kommt der Markgraf dazu, nach Samuel zu schicken? Hast du ihm denn nicht gesagt, dass unser Bruder tot ist?«, rief Rachel keifend hinab.

»Können wir das in Eliesers Kammer besprechen? Wenn du so schreist, wird jeder, der am Haus vorbeigeht, Zeuge unserer Probleme werden.«

Wie in ihren nächtlichen Albträumen sah Lea auch jetzt wieder den schrecklich zugerichteten Leichnam ihres Bruders vor sich und kämpfte gegen einen Tränenstrom. Sie vermisste ihn noch mehr, als sie es sich hätte vorstellen können, und sie wusste nicht, wie sie es schaffen sollte, die Lücke, die er in ihrem Leben zurückgelassen hatte, je wieder zu füllen. Sie mahnte sich, ihre Gedanken auf die Lebenden zu richten, stieg mit müden Bewegungen nach oben und versuchte, sich daran zu erinnern, was sie zu dem Markgrafen gesagt hatte. Es konnte nicht viel gewesen sein, denn man hatte sie ja kaum zu Wort kommen lassen, und Ernst Ludwig von Hartenburg war weniger an ihrem Bericht als am Vergnügen mit seiner Mätresse interessiert gewesen. So konnte sie nur annehmen, dass die Wachen am Straßburger Tor »Samuels« Rückkehr für wichtig genug gehalten hatten, um sie im Wachbuch zu vermerken.

Sarah schloss Lea in die Arme und strich ihr tröstend über die Haare. »Was sollen wir jetzt tun?«

»Das ist doch klar. Wir packen alles von Wert zusammen und verschwinden von hier«, schlug Saul vor.

Lea funkelte ihn zornig an. »Das geht nicht. Elieser würde eine Flucht nicht überleben.«

Saul war anzusehen, dass ihm das wenig Gewissensbisse bereiten würde, doch er hielt den Mund, um Lea nicht noch mehr aufzubringen.

Rachel maß Lea mit vorwurfsvollen Blicken. »Du hättest dem Markgrafen sagen müssen, dass jetzt Elieser unser Familienoberhaupt ist.«

Lea lachte bitter auf. »Glaubst du, das würde nur ein Haar an unserer Situation ändern? Elieser kann noch auf Wochen das Bett nicht verlassen und vor dem Markgrafen erscheinen.«

Sarah schob ein paar Strähnen unter ihr Kopftuch. »Jochanan könnte zum Markgrafen gehen und ihm alles erklären.«

Lea spreizte abwehrend die Hände. »Wenn wir ihn schicken, wird Seine Durchlaucht denken, wir wären am Ende, und rasch zugreifen, um möglichst viel von Vaters Reichtum an sich zu raffen. Nein, wir müssen uns etwas anderes einfallen lassen.«

Rachel schnaubte. »Jetzt wird wohl wieder eine von deinen Ideen kommen, für die sich jede jüdische Frau schämen muss!«

Lea hob in einer hilflosen Geste die Arme und starrte ihre Schwester verblüfft an. Dann nickte sie versonnen, riss sich mit einem Jubelruf die Perücke vom Kopf, die sie auf Sarahs Drängen hin trug, und schleuderte sie quer durch den Raum. »Wie Recht du hast, Schwesterchen! Ich werde als Samuel gehen.«

Hätte sie den Vorschlag gemacht, die Familie solle geschlossen zum Christentum übertreten, hätte es den Rest der Anwesenden weniger erschüttert. Rachel starrte sie mit weit offen stehendem Mund an, und Sarah rief zornig: »Nein!«

Lea holte tief Luft. »Und warum sollte ich es nicht tun? Am Tor hat man mich für Samuel gehalten, und der Markgraf war nicht nüchtern genug, um sich an mich zu erinnern. Wir gewinnen auf alle Fälle Zeit für Elieser.«

Saul warf einen skeptischen Blick auf den Kranken. »Der überlebt doch die nächsten Tage nicht.«

Für diese Bemerkung erntete er von allen Seiten strafende Blicke. Sarah, die den Knecht sonst als Erste schalt, drehte ihm veräschtlich den Rücken zu und rang mit einer ähnlichen Geste wie Rachel die Hände. »Nein, Lea, das darfst du nicht. Der Markgraf wird schnell durchschaut haben, dass du kein Mann bist, und dich für deine Maskerade schwer bestrafen – und uns ebenfalls!«

»Mein Bruder und ich haben uns immer sehr ähnlich gesehen. Ich bin fast so groß wie er, und seine Stimme war nur ein wenig dunkler als die meine. Seine Tonlage müsste ich ohne Probleme treffen können.« Lea versuchte sofort, wie Samuel zu reden, brachte aber nur ein unverständliches Krächzen heraus.

»Siehst du, es geht nicht«, trumpfte Rachel auf.

»Es muss gehen!« Lea warf einen Blick auf Eliesers schweißüberströmtes Gesicht und richtete ein Stoßgebet zum Himmel. Hilf mir, Gott unserer Väter! flehte sie. Oder ist es dein Wille, uns alle ins Verderben zu stürzen?

Sarah folgte Leas besorgtem Blick und nickte seufzend. Selbst wenn der Junge am Leben blieb, würde es Monate dauern, bis er in der Lage war, vor den Landesherrn zu treten, und es mochte sein, dass der Markgraf ihn dann nicht einmal anhören würde. Elieser galt noch nicht einmal nach den Regeln der jüdischen Gemeinde als volljährig, denn es gab keine Zeugen, dass er Bar-Mizwa gefeiert hatte, und die Christen, die sich nach anderen Gesetzen richteten, würden ihn noch jahrelang als unmündigen Knaben behandeln und sich weigern, ihn als Familienoberhaupt anzuerkennen.

Sie drehte sich um und nickte widerwillig. »Uns bleibt tatsächlich nur die Hoffnung, dass Lea den Markgrafen täuschen kann. Wir sind in Gottes Hand. Mag er für uns, die in einem fremden, feindlichen Land leben und leiden, ein Wunder tun.«

Sarahs Gebet war ehrlich gemeint, das zeigte sich in den nächsten zwei Stunden, in denen sie alles tat, um Lea in einen schmucken jüdischen Jüngling zu verwandeln. Ihre Tochter Ketura, deren Haar von dunklerem Rot war als Leas, musste einige Haarsträhnen opfern, die Sarah mit Kalkwasser bleichte und mit Zucker so stärkte, dass sie sie zu den Schläfenlocken eines gläubigen Aschkenasi drehen konnte. Dann klebte sie sie mit Birkenpech unter Leas Haaransatz vor den Ohren fest. Zwischendurch suchte sie unter Samuels Sachen die geeigneten Kleidungsstücke heraus. Als das Mädchen schließlich in einem braunen Kaftan mit einem gelben Ring auf der Schulter, einem spitzen Hut von gelber Farbe und den um Ärmel und Hand gewickelten Gebetsriemen vor ihr stand, schlug die Wirtschafterin die Hände vors Gesicht.

Ketura schüttelte sich bei dem Anblick. »Das ist ja gespenstisch! Ganz so, als wäre Samuel von den Toten zurückgekehrt.«

Ihre Mutter winkte heftig ab. »Schweig, Mädchen! So etwas sagt man nicht.«

Aber sie brauchte ebenfalls eine Weile, bis sie sich wieder beruhigt hatte. Sie zupfte nervös an Lea herum und beschwor sie ein über das andere Mal, vorsichtig zu sein. »Der Gott unsrer Väter sei mit dir, Kind. Wenn er es nicht ist, möge er wenigstens unseren Seelen gnädig sein.«

Dann dämpfte sie ihre Stimme, so dass nur Lea sie verstehen konnte. »Du weißt, was du dir antust, wenn du noch einmal dort hinaufgehst. Du wirst dieselben Menschen treffen, die dich gestern in den Staub getreten haben.«

»Du meinst: in Schweinemist. Ja, ich weiß, aber mir bleibt keine andere Wahl.« Lea umarmte Sarah und Ketura und bat sie, für sie zu beten.

Der Weg zur Burg erschien ihr diesmal endlos lang. Vor dem Burgtor hielten dieselben Männer Wache wie am Vortag, fragten sie aber diesmal nicht aus und machten sich auch nicht über sie lustig, sondern riefen sofort nach einem Diener. Der Mann eilte so schnell herbei, als hätte er nur auf den Besucher gewartet, blieb dann aber stehen und musterte sie mit zusammengezogenen Augenbrauen, so dass Lea schon Angst bekam, sie sei durchschaut worden. Doch der Diener schien zu dem Schluss zu kommen, dass er tatsächlich Samuel Goldstaub vor sich hatte, und befahl ihr mit einer erleichterten Geste, ihm zu folgen.

Statt durch das Gesindehaus führte er sie quer über den Burghof zu einem Besucher minderen Ranges vorbehaltenen Seiteneingang. Dahinter begann eine Treppe, die direkt zu dem langen Korridor mit den Rüstungen an der Wand führte. Diesmal mussten sie nicht so weit gehen wie am Vortag, denn der Diener blieb nach wenigen Schritten vor einem halbrunden, doppelflügeligen Portal stehen und öffnete es ohne anzuklopfen. Dahinter befand sich ein großer, länglicher Saal, an dessen holzgetäfelten Wänden eine Vielzahl von Wappenschildern hing. In der Saalmitte stand eine schier endlos lange Tafel, die wohl für Festmähler gedacht war, jetzt aber im einfallenden Sonnenlicht wie frisch poliert glänzte. Dreißig Stühle säumten den Tisch auf beiden Seiten, und an der einen Stirnseite stand ein mit reichen Schnitzereien verzierter Sessel für den Markgrafen bereit, an der anderen ein etwas schlichterer für die Herrin des Hauses. Lea fragte sich, ob die Gastwirtstochter nun den Ehrenplatz beanspruchte, der eigentlich nur einer Dame von Geblüt zustand. Als ihr Blick dann zu den Fenstern hinüberschweifte, deren Glasfüllungen wie Honig schimmerten, öffnete der Diener eine weitere Tür und winkte sie ungeduldig in das nächste Zimmer. Der Raum war halb so groß wie der Saal, den sie eben durchquert hatte, und nur mit einem weißen Sessel möbliert, dessen Polster dick mit Gold- und Silberfäden bestickt waren und dessen Lehne aus zwei vergoldeten Löwen mit Edelsteinaugen bestand. Beinahe jede Handbreit der Wände war von Teppichen bedeckt, die das Geschlecht derer von Hartenburg bei der Jagd und im Krieg glorifizierten. In dem sanften gelben Licht, das durch die Fensterscheiben fiel, wirkten die Bilder so lebendig, als könnten die Tiere und ihre Jäger jeden Augenblick aus ihnen herauspreschen. Lea war so fasziniert von dem Anblick, dass sie erschrak, als der Diener mit lauter Stimme den Juden Samuel,

Sohn des Jakob Goldstaub, ankündete, und bemerkte nun erst den Markgrafen, der ähnlich wie am Vorabend an einem der Fenster stand.

Ernst Ludwig von Hartenburg war nicht wiederzuerkennen. Sein Gesicht wirkte beherrscht und fast ein wenig steif. Hosen und Hemd waren, soweit Lea erkennen konnte, diesmal sauber, und er trug ein vielfach gefälteltes, grün und weiß geteiltes Wams, das bis über die weiten Ärmel mit goldenen Löwen bestickt war. Auf seinem Kopf saß ein pelzgesäumtes, grünes Barett, aus dem fünf weiße Reiherfedern ragten.

Der Markgraf starrte Lea an, als wollte er sie durchbohren, bis sie schon glaubte, er habe ihre Maske durchschaut. Aber als er seine grün behandschuhte Rechte hob, an der ein protziger Siegelring aus Gold und grünem Malachit aufleuchtete, und sie zu sich winkte, verriet seine Miene kein Erkennen.

»Du bist also Samuel, der Sohn des Juden Jakob.«

Lea neigte zustimmend den Kopf, wagte aber nicht zu antworten. Die Worte waren auch nicht als Frage gedacht, sondern nur als Einleitung, denn der Markgraf sprach ohne Pause weiter.

»Dein Vater hat uns gute Dienste geleistet, auf die wir nur ungern verzichten würden.«

»Erhabener Herr, meine Familie wird sich bemühen, Euch weiterhin so zu dienen, wie mein Vater es tat.« Lea klangen die eigenen Worte hell, ja beinahe schrill in den Ohren, und sie hielt vor Schreck den Atem an. An ihrer Stimme musste man sie als Mädchen erkennen.

»Es sollte mehr als nur bloßes Bemühen sein«, antwortete ihr eine andere Stimme grimmig. Sie gehörte dem Sekretär des Markgrafen, der lautlos eingetreten war, sich nun mit verschränkten Armen neben seinen Herrn stellte und den Juden vor sich wie einen ekligen Wurm betrachtete.

Lea begriff, dass jetzt alles von ihrer Antwort abhing. Sie verbeugte sich noch einmal tief und antwortete dem Sekretär, ohne ihren Blick von dem Markgrafen zu lösen. »Ich werde die Pflichten meines Vaters übernehmen und sie so gut erfüllen, wie es Seine Durchlaucht gewohnt ist. Die Handelsbeziehungen meiner Familie haben durch das Unglück in Sarningen nicht gelitten, im Gegenteil, das Schicksal meines armen Vaters wird mir neue Türen öffnen und den Geschäften Auftrieb geben.«

»Solltest du uns enttäuschen, wird Seine Durchlaucht dich und deine Sippe mit Ruten aus Hartenburg hinaustreiben lassen und einen anderen Juden zum Hoffaktor berufen.«

Leas Herz verkrampfte sich, und sie spürte, dass sich ein Abgrund vor ihren Füßen auftat. Das, was sie über die Handelsbeziehungen ihres Vaters wusste, beschränkte sich auf die Dinge, die Samuel ihr in seinem Stolz auf den väterlichen Erfolg erzählt hatte, und das war bei weitem nicht genug, um die Geschäfte ohne Probleme weiterführen zu können. Für Samuel wäre es anders gewesen, denn der Vater hatte ihn seit seiner Bar-Mizwa in den Handel miteinbezogen und ihn auch schon einigen seiner Geschäftsfreunde vorgestellt. Nun aber waren beide tot, und sie musste eine Bürde tragen, die sie schier erdrückte. In ihrer Verzweiflung hätte sie beinahe die nächsten Worte des Sekretärs überhört.

»Seine Durchlaucht ist in seiner Gnade bereit, dir, dem Juden Samuel Goldstaub, den Schutzbrief und die Privilegien deines Vaters zu übertragen. Dafür wirst du innerhalb der nächsten vier Wochen die Summe von dreitausend Gulden bezahlen. Kannst du das nicht, fallen alle Rechte an Seine Durchlaucht zurück, und deine Sippe muss das Land verlassen.«

Lea wusste nicht, wie es ihr gelang, Haltung zu bewahren. Dreitausend Gulden waren eine gewaltige Summe. Damit konnte sich ein Christ eine Ritterburg mit einem Meierhof und Wald und Weide dazu kaufen. In Hartenburg gab es höchstwahrscheinlich keine Familie, die ein solches Vermögen ihr Eigen nannte, und es schien ihr unmöglich, auch nur einen Teil dieser

Summe heranzuschaffen, selbst wenn sie sämtliche Geschäftspartner ihres Vaters herausfand und sie um einen Kredit anging. Der Sekretär wedelte mit der rechten Hand, als wollte er eine Fliege verscheuchen. »Du kannst gehen!«

Lea war froh, entlassen zu sein. Sie verbeugte sich noch einmal vor dem Markgrafen und etwas knapper vor dem Sekretär und wollte sich schon umdrehen, als ihr einfiel, dass sie ihrem Landesherrn niemals den Rücken zuwenden durfte. Daher zog sie sich unter mehreren Bücklingen rückwärts gehend zurück, prallte gegen den Türpfosten und verließ den Audienzsaal unter dem Gelächter der beiden Männer, die sich über den ungeschickten Juden lustig machten. Draußen wurde sie von dem gleichen Diener in Empfang genommen, der sie hereingebracht hatte. Er führte sie vor das Burgtor, blieb dort vor ihr stehen und machte eine unverkennbare Handbewegung. Eine Münze wechselte den Besitzer, dann konnte Lea ihrer Wege ziehen.

Als Lea an ihr Haustor klopfte, dauerte es ungewöhnlich lange, bis Jochanan ihr öffnete.

»Veit Steer ist bei Elieser!«, rief er ganz aufgeregt.

»Der Wundarzt, endlich!« Lea raffte den Kaftan und rannte die Treppe hoch, um zu hören, wie der Arzt den Zustand ihres Bruders beurteilte. Sarah aber fing sie im Flur ab.

»Du wirst doch nicht so schamlos sein, dich in diesem Aufzug Veit Steer zu zeigen?«, schalt sie, schob Lea die zweite Treppe hoch in deren Kammer und ließ sie erst wieder gehen, nachdem sie sie in ein Mädchen zurückverwandelt hatte. Als sie Eliesers Zimmer betrat, hatte Veit Steer das geschwollene Bein schon aufgeschnitten und stocherte mit einer Zange in der Wunde herum. Saul, Gomer und Ketura hielten den Jungen fest, der sich trotz eines betäubenden Trankes vor Schmerzen krümmte. Merab stand am Fußende des Bettes und hielt eine Schale von sich, deren Inhalt Lea erst auf den zweiten Blick als eitrige Knochenstücke identifizierte.

Der Arzt warf Lea einen flüchtigen Blick zu, ohne von seiner blutigen Arbeit abzulassen. »Man hat deinem Bruder das Schienbein zertrümmert. Ich hole die Splitter aus dem Fleisch, damit sie es nicht weiter entzünden können.«

Lea presste die Hand auf ihr Herz. »Wird er wieder gesund werden?«

Der Arzt hob zweifelnd die Schultern. »Ich hoffe es. Wenn er die nächsten zwei Wochen übersteht, wird er am Leben bleiben, aber er wird sein Bein nie mehr belasten können.«

Um nicht hysterisch zu werden, nahm Lea einen Lappen, tauchte ihn in Wasser und wischte Elieser den Schweiß von der Stirn. Der Junge warf seinen Kopf abwehrend hin und her, nahm Lea dann aber wahr und versuchte zu lächeln. »Jetzt geht es mir schon besser. Ich werde nicht sterben, das verspreche ich dir.«

»Du wirst durchkommen«, bestätigte Lea ihm mit einem aufmunternden Lächeln. Sie zog einen Hocker heran und nahm Eliesers Hand, um ihn zu trösten. Doch in dem Moment, in dem sie sich setzte, fiel ihr ein, dass sie einige Dinge zu tun hatte, die für Eliesers Überleben mindestens ebenso wichtig waren wie die Kunst des Arztes oder ihre Zuwendung. Sie musste einen Weg finden, die maßlosen Forderungen des Markgrafen zu erfüllen, denn es blieb ihr nicht genug Zeit, die Flucht aus Hartenburg so vorzubereiten, dass sie und ihre Angehörigen nicht als Bettler ins Ungewisse ziehen mussten. Hastig verabschiedete sie sich von Elieser und dem Arzt und ging hinüber in das Zimmer, in dem ihr Vater gearbeitet und geschlafen hatte.

Zu Lebzeiten ihres Vaters war der Raum eine Art Refugium gewesen, das sie nur dann hatte betreten dürfen, wenn sie darin sauber machen musste. Als sie nun darin stand, kam es ihr so vor, als warte das Zimmer sehnsüchtig auf seinen Besitzer. Die Decke auf dem schmalen Bett war aufgeschlagen, als müsste Jakob ben Jehuda im nächsten Augenblick zur Tür hereinkommen, um sich niederzulegen. Dahinter blähte sich der Vorhang vor dem Fenster und präsentierte einen siebenarmigen Leuchter, den Lea selbst daraufgestickt hatte. Sie schluchzte auf, trocknete sich die Tränen aber sofort an einem Tuch aus ihrer Schürzentasche und trat zu einem schmucklosen Kasten aus Eichenholz, der zusätzlich mit schweren Eisenbändern verstärkt worden war. In ihm pflegte ihr Vater seine Geschäftspapiere und größere Geldsummen aufzubewahren.

Jetzt erinnerte Lea sich wieder an jenen Tag, an dem Samuel den Vater zum ersten Mal auf einer Reise hatte begleiten dürfen. Damals hatte er ihr gezeigt, wie der Kasten zu öffnen war. Sie hatte noch seine vor Aufregung schrill klingende Stimme im Ohr, die sich in jenem Moment wohl noch heller angehört hatte als ihre eigene. Sollte uns etwas zustoßen, hatte er ihr gesagt, musst du wissen, wie du an das Geld und die Geschäftsunterlagen kommst. Du findest Aufzeichnungen darin, die dir sagen, an wen du dich wenden musst. Jetzt schien es Lea, als hätte ihr Bruder damals schon geahnt, welches Verhängnis ihn ereilen würde.

Sie atmete tief durch und blieb noch einen Augenblick regungslos stehen, um sich zu sammeln und den nächsten Tränenstrom aufzuhalten. Wenn das so weitergeht, schalt sie sich, wirst du dich in Selbstmitleid auflösen und unfähig sein zu handeln. Du willst doch Samuel nicht enttäuschen, oder? Der Gedanke an ihren Bruder, der sie nicht wie ein dummes Mädchen, sondern wie einen guten Freund behandelt hatte, gab ihr Kraft. Sie drehte sich zu dem rechten hinteren Bettpfosten um und schraubte den oberen Teil ab. Darunter kam ein kleiner Hohlraum zum Vorschein, in dem sich ein mit Wachs festgeklebter Schlüssel befand. Lea nahm ihn heraus und schloss den Kasten auf.

Als sie den Deckel aufschlug, sah sie drei weitere Schlüssellöcher und drei fast gleich aussehende Schlüssel vor sich. Die Schlösser mussten genau in der richtigen Reihenfolge geöffnet werden, sonst würde sich ein im inneren Deckel verborgener Riegel schließen, so dass es eines Schmiedehammers und der Glut einer Esse bedurfte, ihn wieder zu öffnen. Lea las die abgegriffenen hebräischen Schriftzeichen auf den Schlüsseln und versuchte, sich an Samuels Anweisungen zu erinnern. Doch ihr Kopf war mit einem Mal so leer wie eine Tenne im Frühjahr. Unwillkürlich stieß sie das Gebet aus, mit dem ihr Vater vor Antritt einer neuen Reise Gottes Segen erfleht hatte – und wurde erleuchtet.

Die Buchstaben auf den Schlüsseln waren die gleichen wie der Beginn der ersten, der dritten und der sechsten Zeile. Schnell schob sie den ersten Schlüssel ins Loch und drehte ihn um. Statt des von ihr immer noch befürchteten Geräusches eines sich schließenden Riegels ertönte ein leises Klacken. Kurz darauf konnte Lea den inneren Deckel heben und blickte auf mehrere sorgfältig verschnürte Bündel Briefe und einige gesiegelte Pergamente.

Als sie die Unterlagen herausgehoben hatte, fand sie darunter eine Schatulle, die mit frisch geprägten Goldmünzen gefüllt war, mehrere Beutel mit Münzen verschiedener Herrschaften und ganz unten noch ein schweres Kästchen. Darin lagen zwei Stangen aus Gold und die Prägeköpfe für die Hartenburger Münze, die ihr Vater zusammen mit dem Privileg erhalten hatte, für den Markgrafen Geld prägen zu dürfen.

Sie zählte das gefundene Geld und kam auf etwas über eintausend Gulden. Das war eine unerwartet große Summe, aber immer noch zu wenig, um die Forderung des Markgrafen zu erfüllen. Mit neu erwachter Hoffnung machte sie sich daran, die Papiere zu durchsuchen. Dabei stieß sie auf einen großen, mehrfach versiegelten Umschlag, den ihr Vater mit der Anweisung, ihn im Fall seines Todes zu öffnen, versehen und an Samuel adressiert hatte.

Lea riss ihn auf und hielt dann einen aus mehreren Blättern bestehenden Brief in der Hand, der dem Datum nach kurz nach Samuels Bar-Mizwa geschrieben worden war. Mit einem tiefen Seufzer machte Lea es sich auf dem Stuhl ihres Vaters bequem und begann zu lesen. Wie sie mit wachsender Erleichterung feststellte, handelte es sich um das geschäftliche Testament ihres Vaters, in dem er seinem ältesten Sohn genaue Anweisungen erteilte, wie dieser sich nach seinem Tod zu verhalten hatte. Lea fand darin alle Geschäftspartner ihres Vaters verzeichnet mit der Art der Geschäftsbeziehung und der Summen, die er bei ihnen angelegt hatte. Zu ihrem Glück war die Liste vor knapp einem Jahr noch einmal auf den neuesten Stand gebracht worden, und wenn sie die übrigen Unterlagen sorgfältig durchsah, würde sie sich ein Bild vom jetzigen Stand der Dinge machen können.

Als sie schon überlegte, von welchem der hier aufgeführten Händler sie kurzfristig Geld zurückverlangen konnte, stieß sie auf ein einzelnes, zusammengefaltetes Blatt, das noch einmal extra versiegelt und mit dem Wort »Wichtig!« gekennzeichnet worden war. Sie erbrach das Siegel, faltete das Blatt auseinander und wäre kurz darauf am liebsten vor Freude durch das Zimmer gehüpft. Jakob ben Jehuda hatte die Reaktion des Markgrafen auf sein Ableben vorausgesehen und für diesen Fall bei zwei vertrauenswürdigen Freunden viertausend Gulden hinterlegt, die Samuel jederzeit dort abholen konnte. Sein Schwager Esra schien sein Vertrauen nicht genossen zu haben, dachte Lea mit leichter Schadenfreude, denn die hier genannten Geschäftspartner waren Ruben ben Makkabi, ein Kaufmann aus Augsburg, und der Wormser Bankier Zofar ben Naftali.

Lea kannte beide Männer vom Namen her, denn sie gehörten zu den angesehensten Mitgliedern der jüdischen Gemeinde im Reich und standen unter dem besonderen Schutz des Kaisers. Erleichtert bedeckte Lea ihr Haupt mit dem Gebetschal ihres Vaters und widmete seiner Seele ein stilles Dankgebet. Seine weise Voraussicht gab ihr das Mittel in die Hand, ihre Familie zu retten und ihre Stellung in Hartenburg zumindest so lange zu sichern, bis Elieser gesund genug war, die Stelle des Familienoberhaupts einzunehmen. Das Einzige, was sie dafür tun musste, war, sich so schnell wie möglich das Geld von den beiden Treuhändern zurückzuholen.

Während sie noch überlegte, wie sie am besten vorgehen sollte, öffnete sie ein weiteres Bündel, blätterte darin und hielt plötzlich einen Umschlag mit dem Namen ihres Onkels Esra in der Hand. Neugierig öffnete sie ihn und las das oberste Blatt. Aus dem Text ging hervor, dass Esra ben Nachum sich von ihrem Vater mehrere tausend Gulden geliehen und ihm dafür christliche Schuldverschreibungen zum Pfand gegeben hatte. Neugierig warf sie einen Blick auf die Schuldbriefe und unterdrückte einen Aufschrei. Der Name, auf den sie ausgestellt waren, würde sie ihr Leben lang verfolgen. Es war der des kaiserlichen Vogts der freien Reichsstadt Sarningen, Alban von Rittlage. Neben ihm hatten drei christliche Zeugen, ein Ritter und zwei Ratsherren der Stadt die Schuldscheine im Wert von dreitausend Gulden unterschrieben und gesiegelt. Wie aus dem beiliegenden Brief von Onkel Ezra hervorging, hatte der Vogt für dieses Geld die Herrschaft Elzsprung bei Pforzheim erworben.

Alban von Rittlage hatte die Juden in Sarningen umsonst ermorden und vertreiben lassen, denn seine Schuldbriefe hatte er dadurch nicht zurückbekommen. Wie aus Esra ben Nachums Schreiben ebenfalls hervorging, hatte der Vogt sich insgesamt fünftausend Gulden bei den Juden seiner Stadt geliehen. Das hieß, dass sie mehr als die Hälfte seiner Schuldverschreibungen in den Händen hielt. Lea bleckte die Zähne und schwor sich, dafür zu sorgen, dass der Mann jeden Heller und jeden Pfennig davon mit Zins und Zinseszins zurückzahlen musste. Einen Moment erwog sie, die Schuldverschreibungen dem Markgrafen anstelle von Bargeld anzubieten, da sie genau auf die geforderte Summe lauteten, entschied sich aber dagegen. Ernst Ludwig von Hartenburg würde es als seiner Ehre abträglich ansehen, wie ein Kaufmann Geld von einem anderen einfordern zu müssen. Außerdem bezweifelte sie, dass Rittlage seine Schulden ohne Zwang zurückzahlen würde.

Diese Gedanken brachten sie wieder auf den Kern ihrer Probleme zurück. Sie verstaute die Papiere im Kasten und behielt nur den Brief ihres Vaters und die fremden Münzen zurück, deren genauen Wert sie noch einmal studieren wollte. Da sie nicht selbst zu den beiden Treuhändern reisen konnte, würde sie Jochanan und Saul schicken müssen. Kurz entschlossen holte sie Papier und Feder und begann zu schreiben. Ihre Hand zitterte, als sie den Namen ihres toten Bruders als Absender einsetzte, doch sie wagte nicht, als Lea aufzutreten, denn sie ahnte, dass Ruben ben Makkabi und Zofar ben Naftali das Geld wohl nicht so ohne weiteres einem Mädchen aushändigen würden.

Sie beendete die Briefe, unterschrieb als Samuel und siegelte sie mit dem Petschaft ihres Vaters. Dann rief sie nach den beiden Dienern.

Wie gewohnt erschien Jochanan als Erster. »Der Wundarzt ist wieder gegangen. Meine Mutter hat Elieser einen Schlaftrunk bereitet, damit er die Schmerzen nicht so spürt. Er wird wohl nicht vor morgen früh aufwachen. Steer hat uns Hoffnungen gemacht, dass Elieser wieder ganz gesund wird.«

Hinter ihm trat Saul in den Raum und schüttelte bei Jochanans Worten den Kopf. »Das hat er nicht gesagt. Er meinte, dass Elieser, wenn er es überlebt, ein hilfloser Krüppel bleiben wird.«

Wütend über diese lose Rede spreizte Lea die Hände, überreichte Jochanan den Brief an Ruben ben Makkabi aus Augsburg und erklärte ihm, wohin er das Schreiben bringen musste. Dabei entging ihr, dass Saul das Geld auf dem Tisch mit begehrlichen Blicken betrachtete. Als der ältere Knecht den Brief an den Wormser Bankier zusammen mit Leas Anweisungen entgegennahm, tat er es mit scheinbar gleichmütigem Gesicht und niedergeschlagenen Augen.

»Ihr beide werdet morgen in aller Frühe aufbrechen, und wenn ihr bei unseren Geschäftsfreunden angekommen seid, ihnen die Briefe überreichen und so schnell wie möglich mit ihrer Antwort wieder zurückkehren.«

Saul verzog das Gesicht und starrte den Brief in seinen Händen an, als wollte er seinen Inhalt durch das feste Papier hindurch lesen. »Bis Worms ist es ein weiter Weg, vor allem, wenn man ihn zu Fuß zurücklegen muss.«

Lea hob eine Augenbraue. »Umso mehr ist Eile geboten! Wir haben nur vier Wochen Zeit, um unsere Privilegien bestätigen zu lassen. Unsere Geschäftspartner werden euch jeweils die Summe aushändigen, die mein Vater für den Fall seines Todes bei ihnen hinterlegt hat. Sie ist dafür gedacht, die Forderungen des Markgrafen zu erfüllen. Ihr müsst früh aufstehen, damit ihr bei Sonnenaufgang, wenn die Tore geöffnet werden, schon unterwegs sein könnt.«

Jochanan war offensichtlich froh, seinen Teil dazu beitragen zu können, um der Familie und mit ihr dem Gesinde die Heimat zu erhalten. Auch Saul schien sich mit seinem Auftrag abgefunden zu haben, wenn auch nur unter Vorbehalt. »Für einen Juden ist es nicht ungefährlich, in dieser Zeit zu reisen.«

»Deshalb werdet ihr beide vorsichtig sein und jegliches Aufsehen vermeiden. Küsst den Hintern eines Schweins, wenn es die Christen von euch verlangen, aber kehrt mit dem Geld zurück. Unser aller Überleben hängt davon ab.«

Jochanan nickte eifrig, während Saul skeptisch blieb. Mit einem Mal aber ging ein Lächeln über sein Gesicht, und er drängte auf einen noch früheren Aufbruch. »Es bleibt heute lange hell, und die Tore sind noch offen. Wenn wir gleich losgehen, hätten wir einige Stunden gewonnen.«

»Das ist keine schlechte Idee.« Lea öffnete einen der Beutel, die vor ihr lagen, und zählte jedem der Knechte die Summe ab, die sie für diese Reise benötigen würden. Dabei achtete sie darauf, ihnen nur Münzen geringeren Wertes zu geben, denn wenn einfach gekleidete Juden mit Gold zahlten, würde man sie des Diebstahls bezichtigen und vor einen Richter schleppen oder gleich auf der Stelle erschlagen. Die Knechte steckten das Reisegeld in ihre abgewetzten Lederbeutel und verabschiedeten sich von ihrer Herrin, um alles für ihren Aufbruch vorzubereiten.

Wenige Augenblicke später schoss Sarah mit empörtem Gesichtsausdruck ins Zimmer. »Was habe ich gehört? Du willst Jochanan und Saul fortschicken? Dann haben wir keinen Mann mehr im Haus, der das Kaddisch für die Toten und das Sabbat-gebet sprechen kann!«

Lea schob das Kinn nach vorne. »Es ist immer noch Elieser hier, und er ist, wenn du dich recht erinnerst, ebenfalls männlichen Geschlechts.«

So leicht gab die Wirtschafterin sich nicht geschlagen. »Niemand weiß, ob Eliesers Bar-Mizwa in Sarningen abgehalten worden ist. Also gilt er noch nicht als Mann.«

»Dann spreche ich die Gebete. Harte Zeiten erfordern nun einmal ein Abweichen von der Sitte, so hat es das Volk Israel schon immer gehalten. Wären Judith und Deborah nicht bereit gewesen, Männerwerk zu tun, gäbe es unser Volk längst nicht mehr.«

Leas Tonfall verriet ebenso wie ihre Miene, dass sie sich nicht umstimmen lassen würde.

Sarah wusste nicht, was sie davon halten sollte. Bisher hatte Lea alle anfallenden Probleme mit ihr besprochen und keine Entscheidung ohne ihre Zustimmung getroffen, ganz gleich, ob sie alltägliche Verrichtungen oder den Kult betraf. Seit ihrer Rückkehr aber schien der Rat einer älteren und erfahreneren Frau bei ihr ebenso wenig zu zählen wie die Traditionen ihres Volkes.

»Du begibst dich auf einen gefährlichen Pfad, mein Kind.«

»Ich werde dafür sorgen, dass wir nicht nur überleben, sondern auch unser Auskommen behalten. Oder willst du zusehen, wie der Markgraf uns ausraubt und uns aus unserem Heim vertreibt? Wenn wir mit leeren Händen an ein fremdes Stadttor klopfen, können wir froh sein, wenn wir nur mit Hohn und Spott vertrieben und nicht gleich umgebracht werden.«

Leas heftige Reaktion erschreckte die Wirtschafterin. Die Ereignisse in Sarningen, der Anblick der Toten und die Gefahr, in der sie geschwebt hatte, mussten das Mädchen in einer Art und Weise verändert haben, die sie nicht verstand. Es war, als wäre der Geist ihres eigensinnigen, aufbrausenden Bruders Samuel in

Lea gefahren, und die alte Frau befürchtete, dass dies dem Mädchen nicht zum Guten gedeihen würde.

»Möge der Gott unserer Väter Seine Hand über uns halten«, sagte sie ergeben und ging, um ihrem Sohn und Saul noch ein paar Ermahnungen mit auf den Weg zu geben.

3.

Nach der Abreise der beiden Knechte lief das Leben im Hause Goldstaub in beinahe normalen Bahnen weiter. Lea versuchte Sarah dadurch zu versöhnen, dass sie die siebentägige Trauerzeit mit allen Vorschriften einhielt, und versprach ihr zudem, zur Jahrzeit der Toten einen Rabbi holen zu lassen, der das Kaddisch für sie betete. Doch all das schien Sarah nicht zu trösten, denn die sichtlich gealterte Frau blieb stumm und abweisend. Sie schalt aber Merab, als diese Lea das Recht absprechen wollte, die Geschäfte ihres Vaters weiterzuführen. Offensichtlich gestand die Wirtschafterin das Recht, die Herrin zu kritisieren, nur sich selbst zu und duldete bei niemand anderem Zweifel an Leas Autorität.

Nach der Trauerwoche widmete Lea sich wieder den Papieren ihres Vaters. Sie war froh um die genauen Anweisungen und Erklärungen, die er für Samuel hinterlassen hatte und ohne die sie das Geflecht seiner Geschäfte niemals hätte entwirren können. Jetzt lernte sie die Geheimnisse jüdischer Handelsbeziehungen kennen, die sie aus den Gesprächen ihres Vaters mit Samuel nur bruchstückhaft kannte, ohne sie begriffen zu haben. Wohlhabende Juden teilten ihr Vermögen in möglichst viele Beteiligungen auf, um nicht bei einem einzigen Pogrom alles zu verlieren oder durch einen Schiffsuntergang oder den Überfall auf einen Handelszug zu verarmen.

Onkel Esra, Ruben ben Makkabi und Zofar ben Naftali waren zwar die wichtigsten, aber lange nicht die einzigen Geschäftspartner ihres Vaters gewesen. Lea stieß in den Listen auf Namen von Männern aus dem gesamten Reich Deutscher Nation und beinahe allen angrenzenden Ländern. Sogar nach Rom, der Hauptstadt der Christenheit, hatte er eine lukrative Handelsbeziehung unterhalten. Der Mann, der dort lebte, war dem Namen nach ebenfalls ein Jude, was man von einem Händler aus Sevilla nicht sagen konnte, denn der nannte sich Rodrigo Varjentes de Baramosta, was nach einem Christen klang. Lea wunderte sich zunächst darüber, aber dann fiel ihr ein, dass der Mann ein Konvertit sein konnte, ein spanischer Converso, der unter dem Druck der Inquisition dem Glauben seiner Väter abgeschworen hatte.

Lea blieb nicht viel Zeit, sich in die Unterlagen einzuarbeiten, denn wenn der Markgraf die Privilegien und Schutzrechte ihres Vaters auf sie, das hieß, auf Samuel Goldstaub übertrug, musste sie die Geschäfte im vollem Umfang weiterführen, um den steten Geldhunger des Landesherrn zu befriedigen. Lea schwindelte, als sie das Verzeichnis der Summen studierte, die Ernst Ludwig von Hartenburg im Lauf der Jahre aus ihrem Vater herausgepresst hatte, und es kam ihr wie ein Wunder vor, dass es Jakob ben Jehuda trotzdem gelungen war, das von seinem Vater ererbte Vermögen zu erhalten und zu mehren.

Am dritten Tag ihres Studiums war Lea so niedergeschlagen, dass sie die anderen am liebsten gebeten hätte, alles für eine heimliche Abreise vorzubereiten. Solange sie nicht über ausreichend eigenes Kapital verfügte, war es ihr schlicht unmöglich, in die Fußstapfen ihres Vaters zu treten. Als ihr die Aufzeichnungen ihres Großvaters in die Hände fielen, zeichnete sich jedoch ein Silberstreif am Horizont ab.

Jehuda ben Elieser war vor mehr als vierzig Jahren als junger Mann nach Hartenburg gekommen und hatte von dem damaligen Markgrafen das Privileg erkauft, Gold in der Sarn waschen zu dürfen. Darin war er so erfolgreich gewesen, dass er in der Folgezeit Privileg um Privileg erworben hatte und seinem Sohn Jakob den Titel eines Hoffaktors und ein stattliches Vermögen hinterlassen konnte. Auch ihr Vater hatte in seinen jungen Jahren noch Gold gewaschen, aber die Auflistungen seiner Erträge endeten wenige Monate nach dem Tod Jehudas, obwohl einige Hinweise auf den vergilbten Blättern darauf hindeuteten, dass an einigen Stellen noch Gold zu finden war.

Lea studierte eifrig die Karte, auf der ihr Großvater und ihr Vater ihre Fundstellen eingetragen hatten, und ließ sich auch nicht von den vielen Warnungen und Verhaltensmaßregeln entmutigen, die an den Rand und auf die Rückseite gekritzelt waren. Jehuda und Jakob hatten das alleinige Schürfrecht besessen, doch das hatte andere nicht davon abgehalten, die Fundstellen heimlich oder offen auszubeuten und die beiden Juden überdies noch zu verhöhnen.

Notizen ihres Vaters konnte sie entnehmen, dass jetzt nur noch ein einziger Abschnitt des Flusses reichen Ertrag versprach. Es handelte sich um eine Schlucht weiter oben in den Bergen, auf deren Grund das Wasser der Sarn wild zwischen den Felsen hindurch schoss. In einem tiefen, kreisrunden Loch mit einem Durchmesser von mehr als einer Armspanne, das so aussah, als hätte ein Riese es in den Fels gebohrt, sollte sich ein Schatz befinden, der groß genug war, als Lösegeld für einen Fürsten zu dienen. Einige Wagemutige unter den Christen hatten versucht, das Gold zu bergen, doch sie waren alle umgekommen, und die Hartenburger hatten den Ort daraufhin zu einer Eingangspforte der Hölle erklärt und mieden ihn abergläubisch. Jakob ben Jehuda war zweimal dort getaucht und hatte dieses Wagnis seinen Worten zufolge nur mit Gottes unergründlicher Gnade überlebt.

Lea verglich die Aufzeichnungen ihres Großvaters und ihres Vaters sehr sorgfältig und kam zu dem Schluss, dass es noch einige andere Stellen geben musste, an denen sich das Goldwaschen lohnte. Doch keine von ihnen würde so ergiebig sein, dass sie die benötigte Summe in absehbarer Zeit daraus gewinnen konnte, und ihre Mitbürger würden sie ganz gewiss beobachten und ihre Mühe zunichte machen, indem sie nächtens dort ihr Glück versuchten.

Der Schatz in der Schlucht geisterte in den nächsten Tagen durch Leas Gedanken und verfolgte sie bis in ihre Träume. Wenn sie ihn heben konnte, musste sie sich nicht mehr vor Angst und Sorge um Jochanans und Sauls erfolgreiche Rückkehr zerfressen. Es gab so viele Gefahren, die auf zwei einsam wandernde Juden lauerten, dass Lea schon bald nicht mehr daran glaubte, die beiden wieder zu sehen. Sie konnten beraubt werden, in ein Pogrom geraten oder einfach nur zur Belustigung einer Reisegruppe erschlagen werden. Und selbst wenn es ihnen gelingen sollte, allen Fährnissen aus dem Weg zu gehen, war immer noch nicht gesagt, ob sie früh genug zurückkamen. Vielleicht standen sie in einigen Wochen mit erschreckten Augen vor einem verlassenen Haus oder einem, in dem schon Fremde hausten.

Diese Vorstellung verfolgte Lea bei jedem Schritt, und der Gedanke, das Flussgold zu heben, schien ihr mehr und mehr von Gott gesandt zu sein. In besonneneren Momenten machte sie sich klar, dass es ihr einfach nur schwer fiel, tatenlos dazusitzen und auf ein glückliches Ende zu warten. Zu viel hing davon ab, ob der Markgraf sein Geld bekam, und so entschloss sie sich, nach dem Gold zu tauchen.

Gleich darauf wurde ihr bewusst, dass sie nicht einmal richtig schwimmen konnte, denn das war eine Kunst, die jüdischen Mädchen nicht beigebracht wurde. Sie erinnerte sich noch gut an jenen Sommer, in dem sie die Nachricht von einem Pogrom erhalten hatten, in dessen Verlauf mehrere Jüdinnen in einen Fluss geworfen worden und hilflos ertrunken waren. Um sie vor einem solchen Schicksal zu bewahren, hatte ihr Bruder sie zu einer einsamen Stelle an der Sarn mitgenommen und ihr die Grundbegriffe des Schwimmens beigebracht. Sarah hatte sie jedoch entdeckt und ihnen gedroht, es den Eltern zu berichten, die einen solchen Verstoß gegen die Sitten schwer bestraft hätten.

Mehr als alles andere wünschte Lea sich, Samuel wäre noch am Leben. Er hatte ihr näher gestanden als irgendein anderer Mensch, ja sogar näher als ihre verstorbene Mutter, und sie war fest überzeugt, dass er den Platz seines Vaters ohne größere Probleme eingenommen hätte. Aber Samuel war tot, und das Schicksal ihrer Angehörigen hing ganz allein von ihr ab. Nach einigem Zögern begann sie am zwölften Tag nach der Abreise ihrer beiden Knechte Vorbereitungen zu treffen, um dem Strudelloch in der Schlucht den Gegenwert von dreitausend Gulden zu entreißen.

Als Erstes benötigte sie Kleidung, die sie beim Schwimmen nicht behinderte. Männer tauchten in der Regel nackt oder nur mit einem Lendenschurz bekleidet. Das aber konnte sie sich trotz ihrer noch recht schmalen Hüften nicht leisten, denn sie besaß bereits genügend Busen, um auch auf eine gewisse Entfernung als Mädchen erkannt zu werden. Kurz entschlossen ging sie in Samuels Kammer, die neben dem Zimmer ihres Vaters lag, und suchte sich unter seinen Sachen ein festes Unterhemd und eine Hose mit angebundenen Beinlingen heraus, die er im Winter unter dem Kaftan getragen hatte. Der Stoff würde nicht nur ihre Figur verbergen, sondern sie auch davor bewahren, ihre Haut an den Felsen zu zerkratzen. Im Zimmer ihres Vaters zog sie sich um und räumte den Tisch ab. Sie wollte die Schwimmbewegungen, die Samuel ihr beigebracht hatte, erst einmal auf dem Trockenen üben, bevor sie ins Wasser stieg.

Angelockt von den ungewohnten Geräuschen tauchte Sarah auf und fand Lea in unziemlicher Kleidung bäuchlings auf dem Arbeitstisch liegen und mit Armen und Beinen seltsame Bewegungen vollführen.

»Aber Kind! Was ist denn in dich gefahren?« Die Wirtschafterin sah sich dabei so ängstlich um, als fürchte sie, ein Dämon hätte sich in das Zimmer des toten Hausherrn eingeschlichen, um jedem, der sich darin aufhielt, die Sinne zu verwirren.

»Ich will schwimmen lernen«, antwortete Lea, ohne innezuhalten.

»Auf dem Tisch?!« Sarah versuchte, Lea mit einem spöttischen Lachen das Verrückte ihres Tuns vor Augen zu führen, aber ein Blick ihrer Herrin ließ sie verstummen.

»Im Wasser versuche ich es heute Nachmittag. Nach dem Essen werde ich eine Stelle suchen, an der mich niemand beobachten kann. Samuel konnte schwimmen, und ich habe Angst, dass es auffällt, wenn ich es nicht kann.« Das war keine gute Ausrede, aber Lea fiel auf Anhieb keine andere ein.

»Unsinn!«, antwortete Sarah auch sofort. »Wer sollte von Samuel verlangen, dass er schwimmen geht? Ach, Kind, ich weiß ja, dass du alles perfekt machen möchtest, aber du kannst dich nicht mit Haut und Haar in Samuel verwandeln. Du solltest die Täuschung nicht länger aufrechterhalten, denn der Markgraf oder sein Sekretär werden deine Maskerade eher früher als später durchschauen.«

Lea schüttelte den Kopf. »Das glaube ich nicht. Die meisten Menschen nehmen nur das wahr, was sie zu sehen glauben, und zu denen gehört auch unser durchlauchtigster Landesherr. Er wird nur das Gold anschauen, das ich ihm bringen werde. Aber noch haben wir es nicht, und ich habe Angst, dass Jochanan und Saul nicht früh genug zurückkehren. Daher muss ich schwimmen lernen, denn ich will den Hort in der Klamm bergen.«

Sarah hatte sich gerade gebückt, um die Büchse mit den Pinseln und Schreibfedern aufzuheben, die Lea achtlos auf den Boden gestellt hatte. Bei Leas Worten glitt ihr das Gefäß aus den Händen und verteilte seinen Inhalt über den Boden. »Beim Gott Abrahams, Isaaks und Israels, bist du wahnsinnig geworden? Ich sollte dich in den Keller sperren, bis du wieder Vernunft angenommen hast. Abgesehen davon, dass allein der Gedanke, halb nackt im Fluss herumzuplanschen, ungehörig ist, willst du auch noch in die Felsenmühle eintauchen? Dort sind schon erwachsene Männer untergegangen, und die, die geborgen werden konnten, sahen aus, als wären sie von teuflischen Ungeheuern zerrissen worden. Was meinst du, was der Markgraf mit uns macht, wenn an Samuels Stelle ein totes Mädchen aus dem Wasser gezogen wird?«

Lea richtete sich auf und winkte ab. »Mir darf eben nichts passieren. Ich werde mir ein Seil um die Hüften binden, an dem Ketura mich herausziehen kann.«

»Ketura wird dich bei diesem Wahnsinn nicht unterstützen.«

»Dann musst du mich begleiten. Gomer ist nicht kräftig genug und Merab ... Nun ja, sie mag eine gute Pflegerin für Elieser sein, aber mein Leben würde ich ihr nicht anvertrauen. Sie lässt sich zu leicht ablenken und träumt meist in den Tag hinein.«

Sarah nickte widerwillig. »Darüber ärgere ich mich oft genug. Außerdem ist sie lange nicht so kräftig wie Ketura.«

Sarah hatte schon oft bedauert, dass Gott ihrer Tochter so eine kurze, breite Gestalt und ein ebenso breites, aber ehrliches Gesicht verliehen hatte. Schönheit war Ketura nicht zuteil geworden, dennoch hatte Sarah gehofft, Saul wäre so vernünftig, um sie zu werben und endlich eine Familie zu gründen. Doch der Knecht war nur an der hübschen Merab interessiert, die ihm jedoch die kalte Schulter zeigte.

Lea stand auf und zog Sarah an sich. »Schön, dass du einverstanden bist. Ketura und ich werden am frühen Abend zum Fluss gehen. Sie wird das Seil halten, während ich schwimmen übe, und wenn ich mich sicher genug fühle, holen wir gemeinsam das Gold.«

Sarah ärgerte sich, dass Lea die Bestätigung ihrer Ansicht über Merab in die Zustimmung zu einem lebensgefährlichen Abenteuer ummünzte, aber sie spürte, dass weiterer Widerstand zwecklos war. Seit ihrer Rückkehr zeigte Lea den gleichen festen Willen, wie ihn ihr Vater besessen hatte und den bisher nur Samuel geerbt zu haben schien.

»Meine Tochter wird sich aber nicht als Mann verkleiden«, erklärte sie kämpferisch.

»Natürlich wird sie das nicht tun.« Der Gedanke, Ketura würde ihre ausladend weiblichen Formen in Männerkleidung stecken, brachte Lea zum Kichern. Kein Kaftan würde die üppige Brust der jungen Magd verbergen können. Sie wurde jedoch schnell wieder ernst und scheuchte Sarah mit der Bemerkung, Hunger zu bekommen, in die Küche.

In der Zeit, in der die Bauern bereits wieder von ihren Feldern auf ihre Höfe zurückgekehrt waren, verließen Lea und Ketura das Städtchen und wanderten die Sarn hinauf, bis sie eine Stelle erreicht hatten, an der ein Steilhang sie vor fremden Blicken schützte. Dort zog Lea sich um, band sich ein langes Seil um die Hüften und stieg ins Wasser.

Ketura nahm das andere Ende und hielt es krampfhaft fest. »Woran erkenne ich denn, dass du in Schwierigkeiten bist?« Das hatte Lea ihr zwar unterwegs schon zweimal erklärt, aber sie wusste, dass sie mit der nervösen Magd Geduld haben musste. »Ich werde in den Fluss hinauswaten und dort, wo ich noch stehen kann, ausprobieren, wie lange ich es unter Wasser aushalte. Wenn ich abtreibe und nicht aus eigener Kraft zum Ufer zurückkehren kann, musst du mich herausziehen. Später in der Klamm wirst du mitzählen, wie lange ich unter Wasser bleiben darf. Wenn du die Zahl, die wir vorher ausmachen, erreicht hast, ziehst du mich einfach heraus. Stark genug bist du ja, Gott sei Dank!«

»Ja, das bin ich«, bestätigte Ketura mit kindlichem Stolz. Für eine Magd war das, was sie leisten konnte, wichtiger als gutes Aussehen, und Ketura versprach jetzt schon, eine ebenso tatkräftige, energische Frau zu werden wie ihre Mutter. Jetzt klopfte ihr Herz vor Aufregung im Hals, und ihre Hände zitterten, aber sie war fest entschlossen, über Leas Leben zu wachen, als wäre es ihr eigenes.

Im Gegensatz zu Sarah und Rachel, die viel von Sitte und Gesetz geredet und alles versucht hatten, Lea ihr Vorhaben auszureden, war Ketura von Anfang an der gleichen Meinung gewesen wie ihre junge Herrin. An deren Stelle hätte sie auch nicht zu Hause sitzen und warten mögen, ob die ausgesandten Knechte rechtzeitig mit dem Geld zurückkämen. Sie war sicher, dass ihr Bruder Jochanan alles daran setzen würde, Leas Auftrag zu erfüllen, aber auch er war den Wirrnissen des Schicksals hilflos ausgeliefert. In den Abendstunden, wenn die Schatten durchs Haus krochen, malte sie sich aus, was ihm unterwegs alles zustoßen konnte, und sie wusste, dass selbst harmlose Zwischenfälle ihn daran hindern konnten, früh genug nach Hause zu kommen.

4.

Während Lea und Ketura sich darauf vorbereiteten, die verborgenen Schätze im Bett der Sarn zu heben, gönnte Jochanan ben Gerschom sich nur die notwendigsten Pausen, denn er wollte seinen Auftrag so schnell wie möglich erfüllen. Vor zwei Jahren, als sein Vater krank geworden war, hatte er dessen Stelle bei Jakob Goldstaub eingenommen und den Weg nach Augsburg mit der Kutsche zurückgelegt. Damals hatte er sich alle Mühe gegeben, die Strecke im Gedächtnis zu behalten, denn es war sein Traum gewesen, der vertraute Leibdiener Samuel ben Jakobs zu werden und ihn auf seinen Reisen zu kutschieren. Jetzt würde er warten müssen, bis Elieser genesen und vor allen Dingen alt genug war, die Geschäfte zu übernehmen, und seine Zukunft hing ebenso wie die des jungen Herrn davon ab, ob Lea das Erbe Jakob Goldstaubs für sie alle bewahren konnte.

Was das betraf, war Jochanan nicht sehr zuversichtlich, denn Lea war ja nur ein Mädchen, das nichts von Geschäften verstand und keinerlei Erfahrung besaß. Andererseits hatte sie bereits gezeigt, welch klugen Kopf sie auf ihren Schultern trug, denn sonst hätte sie den Markgrafen nicht so mühelos täuschen können. Während Städte wie Tübingen, Reutlingen, Ulm und Günzburg wie gesichtslose Schatten auf seinem Weg zurückblieben, versuchte Jochanan, aus dieser Tatsache Zuversicht zu schöpfen. Ging es Lea und ihrer Familie gut, hatten auch die Bediensteten ein festes Dach über dem Kopf und konnten manche Annehmlichkeiten genießen. Er würde alles tun, damit es so blieb, und vor allen Dingen wollte nicht er schuld sein, wenn ihnen die Heimat verloren ging.

Gerschom hatte seinem Sohn oft genug erklärt, wie ein Jude sich auf Reisen zu verhalten hatte, und an diese Lehren hielt Jochanan sich. Nie nächtigte er im Freien, wo die Gefahr bestand, dass sich Räuber oder verspätete Reisende einen Spaß daraus machten, ihn zu quälen oder gar zu töten, und in den Herbergen bat er stets nur um einen Platz im Hof oder bei schlechtem Wetter unter einem Vordach. Dabei beklagte er sich weder über zu hohe Preise noch über schlechtes Essen und verlangte auch nicht nach koscherer Nahrung. Sein Vater hatte ihn auch vor dem Essen gewarnt, dem die Christen gerne Schweinefleisch beimischten, und so begnügte er sich mit Brot und Fisch, und Anfeindungen und derben Späßen begegnete er mit derselben freundlichen Langmut, die er bei seinem ermordeten Herrn so bewundert hatte. Jakob ben Jehuda hatte sich niemals beschwert, wenn man ihm Bier über den Kopf schüttete oder freche Burschen die von Schweinefett triefenden Hände an seinem Kaftan abwischten, sondern hatte seine Peiniger kraft seines Willens mit Freundlichkeit beschämt.

»Man muss sich biegen, wenn man nicht brechen will«, hatte Jakob ben Jehuda Jochanan auf jener Reise erklärt. »Samuel wird das noch lernen müssen, auch wenn er mehr Mut besitzt als die Ritter, die auf ihren Burgen sitzen, verächtlich auf uns Juden herabsehen und uns insgeheim glühend um den Reichtum beneiden, den Generationen unseres Volkes geschaffen haben, während sie und ihre Vorfahren ihr Hab und Gut in sinnlosen Fehden verschleuderten.«

Ja, Samuel war mutig gewesen, zu mutig vielleicht, dachte Jochanan und wünschte sich, er hätte mit Lea über ihn sprechen können. Sie verehrte ihren Bruder über jede Vernunft hinaus und hielt ihn für unfehlbar, denn sie hatte nie ein kritisches Wort über ihn hören wollen. Jochanan glaubte, Samuel besser zu kennen als sie, und grübelte tagelang über der Frage, ob sein Herr und sein Vater noch am Leben sein könnten, wenn Samuel nicht versucht hätte, sie gegen die eindringenden Christen zu verteidigen. Irgendwann aber kam er zu dem Schluss, dass auch er aufbegehrt hätte, wenn sein Vater von rauen Händen geschunden worden wäre.

Als die Türme von Augsburg vor ihm auftauchten, verbannte Jochanan seine düsteren Gedanken tief in seinem Inneren. Bisher konnte er mit sich zufrieden sein, denn er hatte sein Ziel nach nur zehn Tagen erreicht und hoffte, den Rückweg in der gleichen Zeit zu schaffen. Als er sich dem wuchtigen, aus großen Quadersteinen errichteten Stadttor näherte, warf er den Wachen einen ängstlich prüfenden Blick zu, behielt aber sein einfältiges Lächeln bei und streckte ihnen unaufgefordert einen Doppelkreuzer als Torsteuer hin. Die Torwächter der Städte spielten einreisenden Juden oft böse Streiche, aber die Männer hier, die in die Farben der Stadt gekleidet waren und ihr Wappen auf der Brust trugen, interessierten sich nicht für einen jungen Mann in einem abgetragenen Kaftan mit verblasstem Judenring auf der Schulter, sondern nahmen ihm wortlos die Münze ab und winkten ihn genauso lässig durch wie andere Wanderer. Trotzdem wagte Jochanan erst, stehen zu bleiben und sich umzusehen, als er das Tor ein Stück weit hinter sich gelassen hatte. Vor ihm öffnete sich die Straße zu einem kleinen Marktplatz, auf dem Bauern ihr restliches Gemüse und ein paar Hühner billig anboten, um endlich nach Hause zurückkehren zu können.

Jochanan zwängte sich zwischen den eng stehenden Wagen hindurch, wich unter dem Gelächter der Umstehenden einem Kasten aus, in dem mehrere Ferkel quiekten, und versuchte sich zu erinnern, welche der vier Gassen, die von dem Markt in die Stadt abzweigten, zum Judenviertel führte. Noch während sein Blick über die Häuserzeilen irrte, zupfte jemand an seinem Mantel. Er drehte sich um und sah einen Jungen vor sich, dessen Kittel das Waschen genauso dringend nötig gehabt hätte wie Hals und Gesicht.

Der Knirps starrte ihn aus blauen, unschuldig wirkenden Kinderaugen an. »Bist du fremd hier, Jude?«

Wider Willen nickte Jochanan.

»Wenn du mir sagst, wohin du willst, werde ich dich führen. Es kostet dich nur einen Heller.«

Jochanan atmete erleichtert auf und nestelte eine Münze aus dem dünnen Beutel an seinem Gürtel. »Ich will zu Ruben ben Makkabis Haus. Kennst du es?«

Der Junge machte eine wegwerfende Handbewegung. »Wer kennt es nicht? Schließlich steht der alte Jude bei den Stadtoberen in hoher Gunst, höher sogar als die meisten ehrlichen Christenmenschen.«

Einen Augenblick lang war seinem Gesicht anzusehen, wie diese Tatsache die christlichen Einwohner fuchste. Sofort aber grinste er wieder, versprach Jochanan, ihn bis vor das Haus zu bringen, und fing geschickt die Münze auf, die dieser ihm zuwarf.

Er führte Jochanan durch ein Gewirr von Straßen in ein Gässchen, in dem die hohen, schmalen Fachwerkhäuser sich mit jedem Stockwerk einander mehr zuneigten, bis die Giebel sich beinahe berührten. Unten am Boden herrschte trotz des hellen Tages ein diffuses Dämmerlicht, in dem man kaum die Hand vor Augen sehen konnte, und es stank so erbärmlich, dass Jochanan gar nicht wissen wollte, was alles auf dem weichen, glitschigen Boden herumlag. Da er sich nicht daran erinnern konnte, bei seiner Reise mit Jakob ben Jehuda durch diese schmutzige Gasse gekommen zu sein, tastete er nach seinem Führer, der vor ihm gehen musste. Doch den schien der Erdboden verschluckt zu haben.

Wütend über sich selbst, weil er trotz besseren Wissens auf einen schmierigen kleinen Jungen hereingefallen war, drehte Jochanan sich um, stapfte zum Ausgang der Gasse zurück und versuchte, das Judenviertel auf eigene Faust zu finden. Er schob sich an schwer beladenen Passanten vorbei, die ihm wütend befahlen, aus dem Weg zu gehen, oder ihn direkt gegen eine Hauswand stießen. Niemand war willens, auf seine Frage nach Ruben ben Makkabis Haus zu antworten, und so stolperte Jochanan in wachsender Verzweiflung weiter. Endlich stieß er auf einen größeren Platz, der von einer mächtigen Kirche beherrscht wurde. Er wusste nicht, ob er vor dem hiesigen Münster oder einer der geringeren Kirchen stand, so dass das Gebäude ihm auch nicht half, sich zu orientieren. Gerade, als er einen weiteren Versuch machen wollte, einen der Vorübereilenden zu fragen, fiel ihm eine Frau mit einer weißen Flügelhaube auf, die ihren Kopf völlig umschloss und nur das Gesicht freiließ. Über ihrem langen Kleid aus dunkler Wolle trug sie einen hüftlangen Übermantel, auf dessen linker Schulter deutlich der gelbe Judenkreis zu sehen war, und in der Hand hielt sie einen schweren, mit einem bestickten Tuch bedeckten Korb.

Jochanan rannte ihr nach und sprach sie an. »Gute Frau, könnt Ihr mir Rat geben? Ich suche das Haus des ehrwürdigen Ruben ben Makkabi, wurde aber von einem Gassenjungen in die Irre geführt.«

Die Frau blieb stehen und musterte Jochanan. Ihm war die lange Reise anzusehen, und seine Kleidung wies ihn als Knecht aus. Trotzdem grüßte sie ihn freundlich. »Friede sei mit dir, Bruder. Bekümmere dich nicht länger wegen des Streichs eines frechen Burschen, sondern folge mir. Meine Familie wohnt direkt neben ben Makkabi.«

Erfreut bot Jochanan der Frau an, ihr den Korb zu tragen. Die Frau schüttelte lächelnd den Kopf. »Ich werde einen Sohn Israels nach so einer langen Wanderung wie der deinen doch nicht als Lastesel benützen. Du warst gewiss großen Gefahren ausgesetzt?«

Obwohl Jochanan ihr fremd war, schien sie sich zu freuen, mit ihm reden zu können. Er antwortete höflich, dass die Reise nicht so schlimm gewesen sei, und berichtete ihr dann von dem

Sarninger Massaker, das so sehr auf seiner Seele lastete, als wäre er selbst nur mit knapper Not entkommen. Die Frau hatte bereits davon gehört und erzählte ihm, dass diese Nachrichten die Augsburger Judengemeinde in tiefe Trauer gestürzt hatten.

»Leider ist Sarningen kein Einzelfall«, fuhr sie fort. »Immer wieder erfahren wir von Vertreibungen und Morden. Gott allein weiß, warum unser Volk in diesen Tagen so furchtbar bedrängt wird. Die Christen verbreiten ständig neue Lügen über uns und behaupten, wir würden ihre Kinder schlachten und ihr Blut für unser Passahbrot verwenden. Dann wiederum machen sie einander weis, wir würden die Brunnen vergiften, damit die Christen zugrunde gehen. Mein Gott, wie können sie nur auf so etwas kommen? Es sind doch dieselben Brunnen, aus denen auch wir unser Wasser schöpfen. Außerdem sagen die Rabbiner, dass die meisten Krankheiten und Seuchen von der Unsauberkeit kommen, in der die Christen leben. Das wundert mich nicht, denn ihre Mönche und Priester predigen, dass es Sünde sei, seinen Körper zu waschen, da es Wollust erzeuge und üble Triebe. Ich kann nicht begreifen, dass die Menschen so etwas glauben. So dumm können doch selbst Christen nicht sein.«

Jochanan hatte den Christen den Tod seines Vaters noch nicht vergeben und war bereit, alles Schlechte von ihnen anzunehmen. »Ich glaube, ihre Priester verdrehen den Leuten bewusst den Kopf und sorgen so dafür, dass die Christen üblen Sinnes sind und nur Böses wollen. Dabei behaupten sie aber, sie würden sich an die überlieferten Gesetze des Mosche Rabbenu zu halten, die besagen, dass man nicht töten soll.«

Während des Gesprächs hatten sie die Judengasse erreicht und traten durch das offen stehende Tor. Die Häuser hier drinnen unterschieden sich kaum von denen der anderen Einwohner Augsburgs. Sie waren im gleichen Fachwerkstil erbaut, besaßen dieselben schiefergedeckten Dächer, und aus den Kaminen quoll ebenfalls grauer Rauch. Dennoch fühlte Jochanan sich hier sofort heimisch. Er konnte nicht sagen, ob es an den religiösen Symbolen lag, mit denen die Fensterhäute bemalt waren, oder am Geruch vertrauten Essens. Dieser Fleck hier war ein kleines Stück Juda in der Fremde, auch wenn das gekrönte Jerusalem weit jenseits aller Träume lag.

Jochanan erinnerte sich, dass es hier in Augsburg eine Synagoge gab und beschloss, sie so bald wie möglich aufzusuchen. Das Fehlen eines geweihten Raumes, in dem sie beten konnten, stellte die größte Einschränkung ihres Lebens in Hartenburg dar. Die Bestimmungen des Markgrafen hatten es Jakob ben Jehuda verboten, andere Juden nachzuholen oder einen Rabbi für mehr als ein paar Tage zu Gast zu laden. Selbst die Lehrer seiner Söhne hatten die Markgrafschaft vor Ablauf von zwölf Wochen wieder verlassen müssen.

»Dort ist das Haus des ehrenwerten Rabbi Ruben.« Die Stimme seiner Begleiterin rief Jochanan wieder in die Gegenwart zurück. Er wunderte sich, dass Ruben ben Makkabi als Rabbi bezeichnet wurde, erinnerte sich dann aber daran, dass sein verstorbener Herr ihn einen talmudkundigen Mann genannt hatte.

»Ich danke dir.« Jochanan verneigte sich vor seiner Führerin und betätigte den Türklopfer, der mit einem verschlungenen Willkommensgruß verziert war. Die Frau ging ein paar Schritte weiter, blieb vor einem anderen Haus stehen und wartete, bis Ruben ben Makkabis Haustür geöffnet wurde.

Jochanan nickte ihr noch einmal dankbar zu und grüßte dann den Diener, der ihn kritisch musterte. Der Mann schien ihn als seinesgleichen einzuschätzen und ließ ihn mit einer herablassenden Geste ein. Während Jochanan seine Schuhe auszog und den nicht weniger schmutzigen Mantel im Flur ablegte, meldete der Diener ihn seinem Herrn. Kurz darauf vernahm Jochanan eine laute, überrascht klingende Stimme, und als er sich umdrehte, kam der Hausherr auch schon auf ihn zu und begrüßte ihn überschwänglich.

Ruben ben Makkabi war ein Mann um die fünfzig, mittelgroß und von hagerer Gestalt, und sein Gesicht wirkte durch den langen, grauen Bart noch schmaler, als es bereits war. Er trug einfache Lederpantoffel und einen langen Hausmantel aus brauner Wolle und hatte seinen Kopf mit einer schlichten Kippah bedeckt. »Kommst du wirklich aus Hartenburg?«, fragte er Jochanan ganz aufgeregt. »Wir haben schon von dem schrecklichen Geschehen gehört, dem unser Bruder Jakob ben Jehuda und seine Familie zum Opfer gefallen sind.«

»Ja, mein Herr ist tot und S…, äh, mein Vater auch.« Erst im letzten Moment hatte er sich daran erinnert, dass Lea ihm eingeschärft hatte, Samuels Tod zu verschweigen, weil sie den Brief an Ruben ben Makkabi mit dem Namen ihres Bruders unterzeichnet hatte.

Der Hausherr legte die zittrigen Hände auf Jochanans Schulter. »Was ist mit den Kindern meines Freundes? Man hat mir berichtet, sie seien alle umgekommen.«

»Sie konnten dem Pogrom entkommen. Elieser wurde schwer verletzt und wird vielleicht ein Krüppel bleiben. Lea und Rachel wurden von einer Christenfreundin gerettet und Samuel ist auch irgendwie entkommen …« Das Letzte zu sagen fiel Jochanan schwer, weil sein Gewissen sich sträubte, einen Rabbiner zu belügen.

Ruben ben Makkabi achtete nicht auf seine Verlegenheit, sondern warf erleichtert die Arme zum Himmel. »Jakob ben Jehudas Schwager Esra ben Nachum und die Seinen konnten fliehen und haben bei uns Schutz gefunden, dem Gott unserer Väter sei Dank. Aber er brachte uns die traurige Nachricht, Jakob ben Jehudas gesamte Familie sei dem Pogrom zum Opfer gefallen.«

»Es freut mich zu hören, dass der Onkel meines jetzigen Herrn den Christen entkommen konnte«, antwortete Jochanan diplomatisch. Der Hinweis auf das jetzige Familienoberhaupt stellte keine Lüge dar, denn Elieser war ja ebenfalls Esra ben Nachums Neffe.

Ruben ben Makkabi seufzte kaum hörbar. »Er und die Seinen weilen vorerst noch bei mir zu Gast, bis wir eine neue Heimat für sie gefunden haben. Komm, ich bringe dich zu ihm. Er wird sich über die überraschende Neuigkeit gewiss ebenso freuen wie ich.«

Jochanan sah verwundert auf, denn die Worte des Hausherrn hatten ein wenig spöttisch geklungen. Doch er wagte nicht, nachzufragen, sondern folgte Ruben ben Makkabi stumm und mit leicht gesenktem Kopf, wie es sich für einen Knecht gehörte.

Bei Jochanans Anblick riss Esra ben Nachum vor Erstaunen die Augen weit auf, und als er von seinem Gastgeber erfuhr, dass der junge Mann von Samuel ben Jakob geschickt worden war, wirkte er verwirrt und auch etwas peinlich berührt.

»Ich ... ich war fest davon überzeugt, die gesamte Familie meines armen Schwagers Jakob sei umgekommen, nachdem Samuel sich den eindringenden Christen entgegengestellt hatte, statt uns zu folgen, wie ich es meinem Schwager zugerufen hatte. Als wir armen Vertriebenen uns außerhalb der Stadt gesammelt haben, um gemeinsam weiterzuziehen, weilte von Jakobs Familie niemand mehr unter uns, und am nächsten Tag sahen wir die Leichen einiger schrecklich entstellter Mitbrüder an uns vorübertreiben, darunter auch den Körper meines armen Schwagers. Leider konnten wir sie nicht bergen und sie begraben, wie es das Gesetz befiehlt.«

Ruben ben Makkabi zog erstaunt die rechte Augenbraue hoch. Anscheinend hatte sein Gast ihm die Geschichte vorher ein wenig anders erzählt. Aber er sagte nichts, sondern ließ ihn mit einem sanften Lächeln gewähren. Esra ben Nachum hatte die leicht zweifelnde Miene seines Gastgebers wahrgenommen und bemerkte hastig, seine Frau und seine Tochter würden die guten Neuigkeiten sicher gern selbst aus Jochanans Mund vernehmen.

Ohne auf Antwort zu warten, öffnete er die Tür zum Küchentrakt und rief nach ihnen. Die Frauen schienen hinter der Tür gewartet zu haben, denn sie traten einen Herzschlag später ins Zimmer. Während Noomi sich über Jochanans Nachricht von ganzem Herzen freute, wirkte Mirjams Miene eher säuerlich, und sie rang sich widerwillig ein paar Glückwünsche ab.

Auch Esras Gesicht wirkte wie eingefroren. Mit einem Mal aber ging ein erleichtertes Lächeln über sein Gesicht, und er legte Jochanan freundschaftlich den rechten Arm um die Schultern. »Jetzt ist also Samuel dein Herr. Ein trefflicher junger Mann fürwahr, aber in Geschäftsdingen doch noch recht unerfahren. Er wird einen treuen Freund brauchen, der ihm zur Seite steht, und wer könnte besser dafür geeignet sein als ich, der Bruder seiner Mutter? Das musst du doch auch sagen, nicht wahr?«

Ohne Jochanans Antwort abzuwarten, malte Esra ihm aus, was für wundervolle Zeiten in Hartenburg anbrechen würden, wenn er die Geschicke der Familie lenkte. Ruben ben Makkabi hörte ihm mit einem seltsamen Lächeln zu, doch das einzige Wort, das man von ihm vernahm, war die Bitte an seinen Diener, Erfrischungen für die Gäste zu bringen.

5.

Jochanan löste die Gebetsriemen von seinem Arm und legte den Gebetmantel ab, den sein Gastgeber ihm geliehen hatte. Während er ihn sorgfältig glättete und zusammenfaltete, schwangen in seinem Herzen immer noch die heiligen Worte, die er in der Gemeinschaft der anderen Gläubigen hatte sprechen dürfen. Zu dieser Stunde empfand er es als eine Strafe des Herrn, dass es in Hartenburg so wenige Juden gab und sie kein Bethaus hatten errichten dürfen, denn an diesem Tag hatte er erlebt, wie schön es war, Mitglied einer größeren Gemeinde zu sein. Zu seiner Beschämung musste er jedoch zugeben, dass er während der Gebete nicht nur an fromme Dinge gedacht hatte.

Sein Blick war ein paarmal zu der vergitterten Empore hochgewandert, auf der die Frauen und Mädchen der Gemeinde Platz genommen hatten, und für einen kurzen Moment war in ihm der Gedanke aufgestiegen, in Ruben ben Makkabis Dienste zu treten. Wenn er hier lebte, würde er sich unter den hiesigen Mägden eine Braut suchen können und sicher auch die Erlaubnis zur Heirat erhalten. Die war in dieser Stadt gewiss nicht unerschwinglich hoch, denn der Magistrat von Augsburg tat viel für das Wohlergehen der Juden, auch gegen den Willen zahlreicher christlicher Mitbürger, die gerne vergaßen, wie viele Steuern durch diese kluge Politik in das Stadtsäckel flossen.

Der Markgraf von Hartenburg verlangte von einem jüdischen Knecht mehr Geld für die Hochzeit, als dieser in seinem Leben verdienen konnte, und ließ auch nicht zu, dass eine Braut von außerhalb geholt wurde. Jakob ben Jehuda wäre bereit gewesen, die Heiratssteuer für ihn zu zahlen, aber dazu hätte er ihm eine der beiden Mägde als Braut präsentieren müssen. Für die magere, scheue Gomer empfand er jedoch nichts, und die hübsche

Merab ließ ihn deutlich fühlen, dass sie sich für einen Knecht zu schade war.

Ruben ben Makkabis Eintritt unterbrach Jochanans Grübeln. Der Hausherr musterte den Knecht mit sichtlichem Wohlgefallen, legte ihm mit einer väterlichen Geste den Arm um die Schulter und führte ihn aus der geräumigen Kammer, die er ihm zur Verfügung gestellt hatte. »Ich bin überzeugt, dass du deinem jungen Herrn ein treuer Diener bist.«

»Ich hoffe, man ist mit mir zufrieden«, antwortete Jochanan ausweichend und fragte sich, was nun kommen mochte.

Sein Gastgeber blickte ihn aufmunternd an. »Samuel besitzt einen klugen Kopf, und wird dich sicher zu schätzen wissen.«

Zu Jochanans Verwunderung brachte er ihn in die beste Stube des Hauses, die normalerweise nur Familienmitgliedern und hoch geehrten Gästen zugänglich war. Anders als in den schmucklosen und bescheidenen Räumen, die Jochanan bisher kennen gelernt hatte, waren die Wände hier mit bestickten Wandteppichen bedeckt, die religiöse Symbole und Sprüche aus dem Talmud trugen. Am schönsten fand Jochanan das Abbild eines siebenarmigen Leuchters, der von einem kunstvoll verschlungenen Schriftzug umgeben war.

»Gott wird uns auch aus diesem Ägypten befreien«, stand dort in hebräischer Schrift zu lesen.

Rubens Sohn Jiftach saß vor einem der Wandteppiche auf einem niedrigen Schemel und hielt einen Talmud in der Hand. Seine Schwester Hannah hatte in einer Ecke Platz genommen und stickte an einem weiteren Teppich, der wohl die Lücke über ihrem Kopf ausfüllen sollte.

Ruben ben Makkabi deutete mit einer weit ausholenden Geste auf die beiden. »Meine Kinder hast du ja bereits bei deinem ersten Besuch hier bei uns kennen gelernt. Sie sind nun in das Alter gekommen, in dem sie nach den Sitten unseres Volkes mit Ehegatten zusammen gegeben werden sollten. Ich hatte bereits mit Jakob ben Jehuda über eine Verbindung unserer Familien gesprochen. Wäre er nicht umgekommen, so hätten wir wohl noch heuer den Ehevertrag für Samuel und Hannah, sowie für Jiftach und Lea unterzeichnet. Samuel ist ein vortrefflicher junger Mann und der Erbe seines Vaters, und Lea wurde mir als fleißiges und energisches Mädchen beschrieben, das einen Haushalt wohl zu lenken weiß.«

Jochanan hatte von seinem Vater gehört, dass Jakob Goldstaub nicht nur wegen Eliesers Bar-Mizwa nach Sarningen gefahren war, sondern auch, um Ehegatten für seine beiden älteren Kinder zu finden, und vermutete nun, dass er Ruben ben Makkabis Drängen hatte entgehen wollen. Das wunderte den jungen Knecht, denn Jiftach ben Ruben und Hannah wären keine schlechten Partien für den Sohn und die Tochter des Hartenburger Hoffaktors gewesen. Ruben ben Makkabi ließ jedenfalls keinen Zweifel an seiner Absicht aufkommen, die von ihm ins Auge gefassten Ehen auch jetzt noch zu stiften.

Jochanan biss die Lippen zusammen. Da brauten sich Komplikationen zusammen, die Lea nicht vorausgesehen hatte und die seine Rolle als Bote überforderten. Wie hatte sein Gastgeber seine Herrin beschrieben? Fleißig und energisch? Fleiß wurde bei einem Mädchen ja gerne gesehen, aber welcher Schwiegervater wünschte sich eine besonders energische Braut für seinen Sohn? Eine solche Frau hielt allzu leicht das Heft in der Hand, degradierte ihren Ehemann zu ihrem Handlanger und bevormundete meist auch noch die Schwiegereltern.

Jochanans Blick kehrte zu Jiftach zurück, der jetzt nicht einmal mehr so tat, als würde er lesen. Er hatte die Worte seines Vaters gehört und grinste dümmlich. Sein rötliches Gesicht war leicht aufgedunsen, und seine hervorquellenden Augen und die kräftigen, aber weit vorstehenden Zähne ließen ihn wie einen Tölpel erscheinen. Jochanan begann zu vermuten, dass der Junge geistig zurückgeblieben war und das Buch auf seinem Schoß gar nicht lesen konnte, und schüttelte sich innerlich. So einen Schwachkopf sollte Lea zum Mann nehmen? Natürlich fühlte auch er sich unbehaglich bei dem Gedanken, dass Jakob ben Jehudas älteste Tochter sich wie ein Mann benahm. Die Ehe würde Lea gut tun und ihr auch jene Sicherheit bieten, nach der sie so verzweifelt suchte. Aber Jiftach ben Ruben sah nicht so aus, als wäre er imstande, für sich selbst zu sorgen, geschweige denn für Frau und Kinder.

Hannah schien geistig nicht so beschränkt zu sein wie ihr Bruder, aber verglichen mit ihr war Merab eine Schönheit, ganz zu schweigen von Rachel, die den Vergleich mit einer der Heldinnen alter Zeit nicht zu scheuen brauchte. Auf Jochanan wirkte Rubens Tochter mit ihrer bleichen Haut, dem länglichen Gesicht und den großen, etwas wässrigen Augen wie ein Schaf, und er konnte sich vorstellen, dass Jakob ben Jehuda seine ganze väterliche Autorität hätte aufwenden müssen, um Samuel zu einer Heirat mit diesem Mädchen zu bewegen. Aber wenn Hannahs Vater hartnäckig genug blieb und Elieser seine Verletzungen überlebte, würde der Junge froh sein, Hannah heiraten zu können, denn für einen verkrüppelten Mann waren Bräute mit reicher Mitgift sehr dünn gesät.

Ruben ben Makkabi schien Jochanan Zweifel zu bemerken, denn er pries die Vorteile, die Jakobs Kinder aus dieser doppelten Verbindung ziehen würden, und deutete an, dass er bereit sei, Jochanan die Erlaubnis zur Heirat und für die Ansiedlung seiner Braut zu bezahlen und ihm darüber hinaus noch eine hübsche Summe zu schenken, wenn er den jungen Samuel in seinem Sinne beeinflusste. Der junge Knecht versprach seinem Gastgeber alles, was dieser zu hören wünschte, aber er brachte nicht den Überschwang auf, den der Rabbi für sein Versprechen erwartet hatte. Daher führte Ruben ben Makkabi Jochanan in seine persönliche Studierstube, die von einem kunstvoll geschnitzten Thoraschrein beherrscht wurde. Der Vorhang vor dem Schrein war schöner und kostbarer als alles, was der junge Knecht je in seinem Leben erblickt hatte. Er zeigte einen aus Goldfäden gestickten Löwen von Juda, der seine linke Pranke auf einen silbernen Davidsstern stützte. Während Jochanan das Bild mit offenem Mund anstarrte, räumte Ruben mehrere Bücher beiseite, zog einen kleinen, mit Intarsienarbeiten geschmückten Tisch zu der gepolsterten Ruhebank, auf der er seinen Gast Platz nehmen ließ, und füllte zwei Pokale mit Wein.

»Lass uns in aller Ruhe miteinander reden, Jochanan. In einem hat Esra ben Nachum nämlich Recht: Dein Herr hat zu wenig Erfahrung, um die Geschäfte seines Vaters weiterführen zu können, und benötigt dringend eine leitende Hand. Doch sein Onkel ist nicht die geeignete Person dafür. So Leid es mir tut, aber ich muss euch vor Esra ben Nachum warnen. Ich fürchte, er würde Samuel betrügen und einen großen Teil der Gewinne in seine eigenen Taschen fließen lassen. Ben Nachum hat auch mich hintergehen wollen, denn er hat geschworen, er habe die Leichen seines Schwagers und dessen Kinder mit eigenen Augen gesehen, und mich aufgefordert, ihm Jakob ben Jehudas Anteile an meinem Geschäft auszuzahlen wie auch die Summe, die Samuels Vater für den Notfall bei mir hinterlegt hatte, weil er nun Jakobs rechtmäßiger Erbe sei.«

Im ersten Moment schüttelte Jochanan ungläubig den Kopf. Wollte Ruben ben Makkabi Leas Onkel anschwärzen, um seine eigenen Pläne ungestörter verfolgen zu können? Dann erinnerte er sich daran, dass Jakob ben Jehudas Ehefrau Ruth kein gutes Verhältnis zu ihrem Bruder gehabt und es nicht gern gesehen hatte, wenn ihr Mann Geschäfte mit ihm abschloss.

»Ich danke dir für diese Warnung und werde Le...« – er zögerte einen Augenblick und vollendete dann das Wort – »a und Samuel davon berichten.«

Ruben ben Makkabi strahlte. »Lea besitzt also großen Einfluss auf ihren Bruder. Das ist gut! Sie wird sich von Esra und Mirjam gewiss nicht blenden lassen.«

»Das wird sie ganz bestimmt nicht.« Jochanan erinnerte sich gut daran, wie erleichtert Lea jedes Mal gewesen war, wenn ihr Onkel und ihre Tante bei ihren nicht gerade seltenen Besuchen in Hartenburg das Haus wieder verlassen hatten. Mirjam hatte sie nach dem Tod ihrer Schwägerin nicht als Hausfrau akzeptiert, sondern sie so herablassend behandelt, als wäre sie eine Magd.

Ruben ben Makkabi forderte seinen Gast zum Trinken auf und zwinkerte ihm über den Rand seines eigenen Bechers verschwörerisch zu. »Lass dich von Esra auf keinen Fall überreden, ihn nach Hartenburg mitzunehmen. Er wollte mit dem Geld, das er von mir verlangt hat, dorthin reisen, um Jakob ben Jehudas Besitz einzufordern und sich bei eurem Markgrafen als neuer Hoffaktor einzukaufen. Jetzt, fürchte ich, wird er versuchen, deinen Herrn von seinem Posten zu verdrängen oder sich zu seinem Vormund aufzuschwingen und ihm seine Tochter Noomi als Gattin aufzuzwingen.«

Damit war die Katze aus dem Sack. Ruben ben Makkabi mochte Recht haben, was Leas Onkel betraf, doch er hätte herzlich wenig gegen ihn unternommen, wenn nicht seine eigenen Interessen auf dem Spiel ständen. Jetzt musste er nicht nur verhindern, dass Esras Tochter den Platz einnahm, den er seiner Hannah zugedacht hatte, sondern auch, dass ein anderer als er Einfluss auf Jakob ben Jehudas Erben nehmen konnte. Wäre Samuel noch am Leben, dachte Jochanan, würde er die Unterstützung durch einen erfahrenen, in sicheren Verhältnissen lebenden Schwiegervater wahrscheinlich sogar begrüßt haben.

Ruben ben Makkabi sprach aus, was Jochanan gerade dachte. »Ich bin reich und besitze großen Einfluss bei Kaufleuten und Bankiers unseres Volkes in ganz Europa und sogar ein wenig darüber hinaus. Daher kann ich Samuel am besten helfen, das Erbe seines

Vaters zu bewahren und zu mehren. Esra hingegen würde Samuel ausnehmen wie einen Karpfen, der für das Sabbatmahl gekocht werden soll. Sag das deinem Herrn. Es wird sein Schade nicht sein, wenn er mit meiner Tochter unter den Baldachin tritt.«

»Ich werde es ihm sagen«, versprach Jochanan leicht gereizt. »Aber auch dafür ist es wichtig, dass mein Herr das Geld bekommt, mit dem er seine Schutzbriefe beim Markgrafen erneuern lassen kann. Sei also bitte so freundlich und händige mir die Summe aus, denn ich muss bald wieder aufbrechen, damit ich nicht zu spät nach Hartenburg komme.«

Ruben ben Makkabi strich sich nachdenklich über seinen Bart. »Wäre Samuel ben Jakob persönlich zu mir gekommen, würde ich ihm die zweitausend Gulden sofort übergeben haben. Aber einem Knecht darf ich eine so große Summe nicht anvertrauen. Ich gebe dir ein Viertel. Damit kann Samuel den Markgrafen erst einmal vertrösten.«

Jochanan hatte das Gefühl, als hätte man ihn mit Eiswasser übergossen. »Aber L…, mein Herr braucht das ganze Geld. Der Markgraf wird sich auf keinen Fall mit einem Teil begnügen, sondern das restliche Hab und Gut der Familie beschlagnahmen und uns mit nichts als einem Hemd auf dem Leib aus der Stadt treiben lassen.«

Ruben ben Makkabi winkte ab. »Behauptet Samuel das? Da sieht man, dass er wirklich noch einer führenden Hand bedarf. Kein vernünftiger Mensch schlachtet die Kuh, die er melken will. Samuel hat sicher noch Geld zu Hause. Richte ihm aus, er soll dem Markgrafen ein Drittel der geforderten Summe als Anzahlung geben und ihm klar machen, dass er den Rest persönlich von seinen Schuldnern eintreiben muss. Euer Landesherr wird so froh sein um die Beutel voll Goldmünzen, die Samuel ihm zu Füßen legt, dass er gern zustimmen wird.«

Diese Überzeugung konnte Jochanan nicht teilen, aber als er seinen Gastgeber umzustimmen versuchte, blieb dieser zwar freundlich, gab aber um kein Haar nach. Für Jochanan sah es so aus, als wollte der Rabbi Samuel persönlich sprechen, um wegen der Heirat Druck auf ihn ausüben zu können, und er wollte ihm deswegen schon Vorwürfe machen. Dann aber erinnerte er sich daran, dass Jakob ben Jehuda bei dem Sohn eines seiner verstorbenen Geschäftsfreunde ähnlich gehandelt hatte.

Leas Vater hatte zuerst den Erben kennen lernen und sich ein eigenes Bild von ihm machen wollen, bevor er die gesamte Summe aus der Hand gab, denn als Treuhänder musste er sich gegen Betrüger schützen. Es war für Ruben ben Makkabi sicher angenehmer, dem Sohn eines Freundes sagen zu können: dann und dann kam ein Mann, der sich als dein Diener ausgab und dein bei mir hinterlegtes Geld von mir forderte. Ich gab ihm jedoch nur den vierten Teil, so dass dir drei Viertel verblieben sind. So vernünftig diese Sitte auch sein mochte, sie würde Lea und der ganzen Familie nun zum Verhängnis werden. Selbst wenn der Markgraf sich auf die verzögerte Zahlung einließ, konnte das Mädchen unmöglich selbst nach Augsburg reisen, um den Rest der Schuld einzufordern.

Jochanan blieb jedoch nichts anderes übrig, als sich Ruben ben Makkabis Willen zu beugen. Nach einer unruhigen Nacht, in der er alle Schrecken durchlebt hatte, die auf Jakob ben Jehudas Kinder und ihr Gesinde zukommen mochten, war er beinahe so weit, auf Esras Vorschlag einzugehen und ihn nach Hartenburg mitzunehmen. Die Angst vor Leas Zorn und vor der Reaktion des Markgrafen aber gab ihm die Kraft, sich gegen das immer energischer werdende Drängen des Mannes zu sperren.

»Ihr dürft im Augenblick nicht mitkommen, auch nicht als Gast. Der Markgraf hatte Jakob ben Jehuda strengstens verboten, weitere Juden in seine Stadt zu bringen. Erst wenn Samuel seine Schutzbriefe gekauft und einige Zeit zur Zufriedenheit des Markgrafen gearbeitet hat, kann er es wagen, die Bitte zu äußern, seine engsten Verwandten bei sich aufnehmen zu dürfen.«

Esra ben Nachum zog ein säuerliches Gesicht. »Ausgerechnet jetzt hätte Samuel meine Hilfe so nötig. Glaubst du nicht, dass der Markgraf in meinem Fall eine Ausnahme macht? Es wäre ja auch sein Gewinn, wenn die Geschäfte des jungen ben Jehuda von einem erfahrenen Mann geführt werden. Versteh doch, wie schwer es mir fällt, noch monatelang hier als Gast weilen und von milden Gaben leben zu müssen, während meine Verwandten wie einst Josef in Ägypten in einem Land wohnen, in dem Milch und Honig fließen.«

»Milch und Honig fließen nur im gelobten Land.« Ruben ben Makkabi war unbemerkt zu ihnen getreten und wies Esra scharf zurecht.

Leas Onkel starrte auf seine Pantoffel hinab, als wären sie an seinem Verhängnis schuld, hob dann aber den Kopf und blickte Jochanan flehend an. »Gib du mir wenigstens ein paar Gulden von dem Geld, das Ruben ben Makkabi dir ausgezahlt hat, damit ich einen kleinen Handel beginnen kann.«

Jochanan warf abwehrend die Hände hoch. »Das steht nicht in meiner Macht. Ich habe nur einen Teil dessen erhalten, was Samuel dringend benötigt, und ich darf diese Summe gewiss nicht angreifen.«

Esras Frau stach wie ein Geier auf Jochanan zu und blieb so dicht vor ihm stehen, dass ihr Atem warm über sein Gesicht strich. »Wenn du uns kein Geld geben kannst, dann richte Samuel aus, er soll uns die restlichen Schuldverschreibungen des Sarninger Vogts abkaufen. Aus der Sicherheit der Hartenburger Herrschaft heraus wird es ihm bestimmt gelingen, Alban von Rittlage das Geld aus den Zähnen ziehen. Wir als arme Flüchtlinge sind hingegen machtlos.«

Jochanan nahm nicht an, dass diese Schuldbriefe noch einen einzigen Heller wert waren, versicherte Esra und seiner Frau aber, seinem Herrn ihre Bitte ans Herz zu legen. Dann verabschiedete er sich höflich von seinem Gastgeber und den

Verwandten seiner Herrschaft und verließ erleichtert das Haus. Sosehr es ihm auch behagt hatte, zwei Tage in der jüdischen Gemeinde von Augsburg zu verbringen, so wenig fühlte er sich den Forderungen gewachsen, mit denen man auf ihn eingedrungen war.

6.

Auch Leas zweiter Bote erreichte unbehelligt sein Ziel. Saul hatte sich jedoch Zeit gelassen und traf erst am achtzehnten Tag seiner Reise in Worms ein, der wichtigsten jüdischen Gemeinde des Reiches. Unterwegs hatte er immer wieder über die Lage nachgedacht, in der sich die Familie seiner Herrschaft befand. Auch wenn er nur ein armer Knecht war, der außer Unterkunft, freier Verpflegung und Kleidung lumpige zwei Gulden Jahreslohn erhielt, so ging es auch um sein Schicksal, und deswegen hätte er liebend gern gewusst, was in Leas Brief stand. Sie hatte ihm gesagt, er sollte bei Zofar ben Naftali Geld abholen, das der Familie zustand, ihm aber nicht die Höhe der Summe genannt.

Jemand, der Geld besaß, galt im Heiligen Römischen Reich als angesehener Mann, selbst wenn er Jude war, andererseits mussten aber auch die reichsten Juden den gelben Ring auf dem Mantel tragen, der sie der Verachtung und der Habgier der Christen preisgab. Saul hatte von den christlichen Kaufmannsfamilien der Fugger und Welser in Augsburg gehört, die so viel Einfluss besaßen, dass selbst der Kaiser etwas auf ihr Wort gab. So hoch hätte sein toter Herr Jakob ben Jehuda nicht einmal dann aufsteigen können, wenn er alle Schätze Ägyptens sein Eigen genannt hätte.

Saul hatte auf seiner Reise beobachtet, wie die Gastwirte vor den reichen Kaufleuten buckelten, mehr sogar noch als vor Rittern und Grafen. Ein jüdischer Knecht wie er war ihnen jedoch keinen zweiten Blick wert gewesen, und sie hatten ihre Dienstboten angewiesen, ihn in einem abgelegenen Winkel unterzubringen, in dem es vor Dreck nur so stank, und das Essen, das man ihm vorgesetzt hatte, war teuer und kaum genießbar gewesen.

Als Saul das bescheiden wirkende Wohnhaus des jüdischen Bankiers Zofar ben Naftali erreichte, leckte er sich vor Aufregung die Lippen. Ob er hier eine Möglichkeit fand, sein Schicksal zum Besseren zu wenden? Er schlug den einfachen Bronzering an und konnte kaum erwarten, dass ein Diener erschien und ihn nach seinem Begehr fragte.

Saul wies Leas Brief vor und erklärte mit fester Stimme, ein Bote Samuel ben Jehudas aus Hartenburg zu sein. Der Diener bat ihn höflich zu warten und kehrte ins Haus zurück. Wenig später erschien er wieder und winkte Saul einzutreten. »Mein Herr ist im Augenblick beschäftigt. Nimm derweil in der Küche Platz. Die Köchin wird dir ein kräftigendes Mahl auftischen, damit du dich von deinem weiten Weg erholen kannst.«

In Sauls Ohren klang das abgeschliffene Jiddisch des Mannes so fremdartig, dass er nachfragen musste, weil er ihn nicht auf Anhieb verstand. In Hartenburg gingen er und Jochanan tagtäglich mit Einheimischen um, daher sprach er das dort gebräuchliche Deutsch fast besser als seine Muttersprache. Wenn er auf seine Wortwahl achtete und andere Kleidung trug, konnte er sich als Christ aus der Gegend des Schwarzwalds ausgeben, während Zofar ben Naftalis Diener schon beim ersten Wort als Jude erkannt werden würde.

Zufrieden, weil er dem anderen etwas Wichtiges voraus hatte, folgte Saul dem Mann in die Küche. Die Köchin, eine ältere, streng blickende Frau in sauberer, grauer Kleidung, stellte ihm wortlos einen Napf mit Brei und einen großen Becher Wasser hin, in den sie ein paar Tropfen Wein mischte. Saul versuchte, sie ein Gespräch zu verwickeln, um sie ein wenig über ihre Herrschaft und die jüdische Gemeinde auszuhorchen, doch die Frau blickte nicht einmal von ihrer Arbeit auf. »Iss und trink, damit du fertig bist, wenn der Herr dich rufen lässt!«

Es wurde so ungemütlich in dem blitzsauberen Raum, dass Saul froh war, als der Diener zurückkehrte und ihm an der Tür schon zurief, Zofar ben Naftali wünsche ihn auf der Stelle zu sehen. »Mein Herr ist sehr besorgt über das, was unseren Brüdern in Sarningen zugestoßen ist, und hofft, du kannst ihm einiges darüber berichten. Aber schau, dass du ihm nicht nur die Zeit stiehlst.«

»Sei unbesorgt. Ich habe einige Neuigkeiten für deinen Herrn, wenn auch keine guten.« Leicht enttäuscht von der Kargheit der Einrichtung folgte Saul dem Diener durchs Haus und wurde hinter einer unscheinbaren Tür im ersten Stock von einer prächtigen Ausstattung überrascht, die er niemals hier vermutet hätte. Es war, als betrete er eine völlig andere Welt. Dicke Teppiche in glühenden Farben bedeckten die Böden, kunstvoll bestickte Stoffbehänge die Wände, und den zierlichen Möbeln aus dunklem Holz entströmte angenehmer Kampferduft.

Zofar ben Naftali, ein älterer Herr um die sechzig, saß in einer Fülle weicher, mit kostbaren Stoffen überzogener Kissen auf einem großen Sofa. Er trug einen prachtvollen Seidenkaftan, perlenbestickte Pantoffeln und einen Turban mit einem taubeneigroßen Saphir über der Stirn. Sein weißer Bart und seine Schläfenlocken waren mit Ölen gesalbt, deren Duft den ganzen Raum füllte. Neben diesem Mann würde Jakob ben Jehuda wie ein Trödelhändler gewirkt haben, fuhr es Saul durch den Kopf, und er empfand glühenden Neid auf einen Glaubensgenossen, der sich nach außen hin so bescheiden gab, wie es einem Juden zustand, in seinen eigenen vier Wänden jedoch wie ein Fürst aus dem Morgenland lebte.

Der Knecht war so damit beschäftigt, den Hausherrn anzustarren, dass er die zweite Person im Raum erst bemerkte, als er ein leichtes Hüsteln vernahm. Unwillkürlich drehte er sich um und entdeckte einen jungen Mann mit glänzend schwarzen Haaren und einem schmalen, spöttischen Gesicht, dessen Oberlippe von einem schmalen Bärtchen beschattet wurde. Der Mann war mit Sicherheit kein Jude, denn er trug eng anliegende Strumpfhosen von hellgrüner Farbe, ein vielfach gefälteltes rotes Wams mit breiten Schultern und weiten Ärmeln, die an den Ellbogen endeten und pludrige, weiße Hemdsärmel freigaben. Die Schuhe des Mannes waren modisch eng und wohl eher zum Reiten geeignet als zum Gehen. Für einen Edelmann war seine Tracht jedoch zu schlicht, daher nahm Saul an, dass es sich um den Sohn eines städtischen Patriziers oder eines reichen Fernhandelskaufmanns handelte.

»Du kommst tatsächlich aus Hartenburg?« Zofar ben Naftali musterte Saul ungläubig. »Ich habe gehört, dass es in der Gegend große Probleme für unsere Mitbrüder gab.«

»Samuel, der Sohn von Jakob ben Jehuda, schickt mich, Herr.« Saul ging die Lüge weitaus leichter von den Lippen als Jochanan in Augsburg.

Der Bankier beugte sich interessiert vor. »Uns haben üble Nachrichten erreicht. In Sarningen soll es zu einem schlimmen Pogrom gekommen sein, gerade, als unser Bruder Jakob ben Jehuda dort zu Besuch weilte. Ist ihm etwas zugestoßen?«

»Mein Herr ist mausetot!«, antwortete Saul mit einem bitteren Auflachen. »Die Christen haben ihn wie einen Hund erschlagen und viele unserer Brüder und Schwestern mit ihm, nicht ohne ihnen vorher noch schreckliche Dinge angetan zu haben.«

»Was erzählt er?«, fragte in diesem Augenblick der Gast des Bankiers in jenem gestelzt klingenden Deutsch, das die christlichen Kaufleute im Reich zu benutzen pflegten. Seiner Aussprache nach musste er aus dem Norden stammen, aus einer der großen Küstenstädte am Meer.

Der Bankier warf seinem Gast einen leicht verwunderten Blick zu, übersetzte ihm dann aber Sauls Jiddisch in den örtlichen Dialekt, dem der junge Mann offensichtlich folgen konnte.

»Die schlimmen Dinge sind wohl eher den Schwestern angetan worden als den Brüdern«, antwortete dieser in einem Tonfall, der nicht verriet, wie er zu dem Gehörten stand.

Saul fasste die Bemerkung als Spott auf und ärgerte sich über den Hausherrn, der die Probleme seines Volkes vor einem Fremden besprach. Merkte er nicht, dass sein Gast sich am Unglück seiner Glaubensgenossen weidete? Wahrscheinlich steckte der Kerl in Schwierigkeiten und war zu Zofar ben Naftali gekommen, um Geld aufzunehmen und ein wertvolles Erbstück dafür zu versetzen, ein Geschäft, das Zofar ben Naftali, der jetzt schon in Geld schwamm, noch reicher machen würde. Der Neid schnürte Saul fast die Kehle zu, und ihn tröstete noch nicht einmal die Tatsache, dass der Bankier seine Schätze nur innerhalb seiner eigenen vier Wände präsentieren durfte. Außerhalb des Hauses musste auch er in einem schäbigen Mantel aus dunklem Stoff mit dem gelben Ring auf der Schulter und dem unbequemen spitzen, gelben Hut herumlaufen, wie es für Juden Vorschrift war.

Zofar ben Naftali bedachte die Bemerkung des jungen Mannes mit einem nachsichtigen Kopfschütteln und blickte Saul fragend an. »Du sagst, Jakob ben Jehuda sei tot. Das ist eine sehr schlechte Nachricht. Was ist mit seinen Kindern? Ihnen geht es doch hoffentlich gut?«

»Sie waren ebenfalls mit in Sarningen, konnten aber dem Massaker entkommen. Elieser wurde schwer verletzt unter einem Berg von Leichen gefunden, seine Geschwister blieben jedoch ohne Schaden, weil eine gute Freundin der Familie sie in ihrem Keller versteckt hatte.« Da Zofar ben Naftali ihn weiter auffordernd anblickte, lieferte Saul ihm einen phantasievollen Bericht über das Pogrom in Sarningen, der keine Ähnlichkeit mit dem wahren Geschehen hatte.

»Gedankt sei dem Gott Abrahams, Isaaks und Israels, der den Kindern unseres Bruders Jakob ben Jehuda in dieser schweren Stunde beistand«, rief Zofar aufatmend, als Saul seine Erzählung beendet hatte. Er winkte ihn näher zu sich heran und reichte ihm seinen eigenen Weinbecher. »Trink, du hast es dir verdient.«

Der Wein war schwer und süß und schmeckte viel besser als jener, den Jakob ben Jehuda in seinem Haushalt hatte ausschenken lassen. Im dem Moment erinnerte Saul sich an Leas Brief und leerte den Becher in einem Zug.

»Ich habe hier eine Nachricht für Euch, von Samuel.« Er reichte Zofar ben Naftali das Schreiben und gab ihm gleichzeitig den Becher zurück.

Der Bankier stellte das Trinkgefäß zu Sauls Enttäuschung auf einem niedrigen Tisch ab, nahm den Umschlag entgegen und erbrach das Siegel. »Samuel ben Jakob wünscht, dass ich dir die Summe übergebe, die sein Vater bei mir hinterlegt hat. Nun, das würde ich gern tun. Aber es ist nicht Sitte, das gesamte Geld einem Boten anzuvertrauen. Das muss der Besitzer oder sein Erbe schon persönlich abholen. Ich gebe dir fünfhundert Gulden mit. Richte Samuel bitte aus, dass er den Rest erhält, wenn er mich aufsucht.« Das klang so bedauernd, als überlege Zofar ben Naftali, ob er nicht doch mit der durch böse Erfahrung entstandenen Sitte brechen solle.

Saul schwindelte, als er die Summe vernahm. Fünfhundert Gulden waren mehr, als ein Dutzend Knechte zusammen im Lauf ihres gesamten Lebens verdienen konnten. Wenn er das Geld Lea brachte, würde es ihre Familie kaum reicher machen, als sie es bereits war. Behielt er es aber, würde er hinfort nicht mehr für geringen Lohn schuften müssen.

Er senkte den Kopf, weil er Angst hatte, seine Gedanken könnten sich auf seinem Gesicht abzeichnen. »Mein Herr benötigt das Geld sehr dringend. Ich bitte Euch daher, es mir umgehend auszuzahlen, damit ich noch heute aufbrechen kann.«

»Heute noch?«, fragte Zofar ben Naftali verwundert. »Bleib wenigstens bis morgen, denn dann kannst du den Abend unter Brüdern verbringen und mit uns in unserer Synagoge beten.«

Es gelang Saul, Enttäuschung zu heucheln. »Nichts wäre mir lieber, doch mein Herr hat mir aufgetragen, nicht zu säumen.«

Zofar stand seufzend auf. »Du entschuldigst mich für einen Moment. Ich komme gleich wieder«, sagte er zu seinem Gast und winkte Saul, ihm zu folgen.

Kurze Zeit später hielt Saul eine große Tasche aus festem Leder in der Hand, in die der Kaufherr kleine, vor seinen Augen abgezählte Päckchen mit Goldstücken gesteckt hatte. Er zog seine Oberkleidung aus und befestigte die Tasche mit Lederriemen an seinem Körper. Als er seinen Kaftan überstreifte, musste er den Wunsch bezwingen, auf der Stelle davonzulaufen. Er setzte ein devotes Lächeln auf, verneigte sich tief und bedankte sich in Samuels Namen. Dann verabschiedete er sich von Zofar ben Naftali und folgte dem Hausdiener, der ihn nach unten führte und aus dem Haus ließ. Kaum aber hatte sich die Haustür hinter ihm geschlossen, begann er zu rennen, als wäre der Teufel hinter ihm her, denn er hatte Angst, der Bankier könnte es sich anders überlegen und ihm das Geld wieder abfordern. Dabei entging ihm, dass Zofar ben Naftalis Gast oben am Fenster stand und ihm interessiert nachblickte.

7

Als der Bankier in sein Zimmer zurückkehrte, drehte sein Besucher sich mit spöttischer Miene zu ihm um. »Ich hoffe, Samuel ben Jehuda hat die Treue seines Knechts schon erprobt. Der Bursche sah mir nämlich ganz so aus, als wolle er mit dem Geld durchbrennen.«

Zofar ben Naftali schüttelte mit einem überlegenen Lächeln den Kopf. »Da musst du dich irren, Orlando. Kein jüdischer Knecht würde seinen Herrn betrügen. Täte er es doch, so wäre er von diesem Tag an ein Ausgestoßener, mit dem kein wahrer Gläubiger mehr etwas zu tun haben wollte, und ohne den Schutz der Gemeinschaft ist ein Jude in dieser Zeit verloren. Nachrichten laufen oft schneller als Pferde, wie du selbst weißt, und in den meisten Gemeinden würden unsere Brüder diesen Saul einem christlichen Richter übergeben. Nein, mein Freund, der Mann ist ein braver Diener, der alles tun wird, um das Geld so schnell wie möglich seinem Herrn zu übergeben.«

Der junge Mann war nicht so leicht zu überzeugen. »Wie viel Geld hast du diesem Saul ausgehändigt? Fünfhundert Gulden? Es kostet ihn nur zehn davon, einen Pfaffen zu finden, der ihm bescheinigt, seinem ketzerischen Glauben abgeschworen zu haben und ein guter Christ geworden zu sein. Man wird vielleicht noch ein wenig über das fehlende Stückchen Haut an seinem Glied spotten, doch keine christliche Frau würde zögern, für ihn die Beine zu spreizen, wenn es ihr zum Vorteil gereicht.«

Der Bankier ärgerte sich sichtlich über die Hartnäckigkeit, mit der sein Gast seinen Standpunkt vertrat. »Du siehst viel zu schwarz, Orlando. Saul wird seinen Herrn gewiss nicht betrügen.«

Der junge Mann schüttelte unwillig den Kopf. »Du wirst noch

erfahren, wer von uns Recht hat. Und nenn mich nicht immer Orlando! Ich bin Roland Fischkopf. Bitte denke daran, und verplappere dich nicht mehr. Es gibt da ein paar Leute, die sich die Hände reiben würden, wenn sie erführen, dass ein biederer Handelsagent aus Hamburg in Wirklichkeit jener Orlando ist, der ihnen so am Herzen liegt. Schließlich streuen sie inzwischen schon säckeweise Gulden aus, um mich in die Hände zu bekommen.«

»Du bist ein Tollkopf, Orl... eh, Roland«, antwortete sein Gastgeber mit einem gezwungenen Lachen. »Ich muss jedoch zugeben, dass mir der Name Roland Fischkopf leichter über die Lippen kommt als dieses Orlando Terrassa de Keredo ü Kunncholl, unter dem ich dich kennen gelernt habe.«

»Orlando Terasa de Quereda y Cunjol«, verbesserte Orlando seinen Gastgeber mit liebenswürdiger Miene. Er sprach die spanischen Worte so geläufig aus wie jemand, der diese Sprache bereits mit der Muttermilch eingesogen hat.

»Kein Wunder, dass du dich lieber Roland Fischkopf nennst. Das andere kann sich doch kein normaler Mensch merken.« Der Bankier hatte seinen Unmut bereits wieder vergessen und rief nach einem frischen Krug Wein.

»Spanischer Wein ist das Einzige, was ich an den Ländern Iberiens liebe«, erklärte er Orlando, während der Diener ihnen die Becher füllte.

»Das kann ich nicht beurteilen, denn ich war noch nie dort«, log der junge Mann dreist. »Aber ich gebe zu, dass dieser Trunk von einer ausgezeichneten Rebe stammt. So etwas Feines bekommt man selten zu kosten.« Er trank aus und streckte dem Diener auffordernd den Becher hin.

Dem Mann war anzusehen, dass er den besten Wein seines Herrn nur ungern an einen Menschen vergeudete, den er für einen lockeren Vogel hielt.

Orlando wartete, bis der Mann das Zimmer wieder verlassen

hatte. »Was hältst du von Sauls Bericht über das Massaker in Sarningen?«

»Es war ein schreckliches Ereignis! Warum fragst du?«

»Weil der Bursche meinem Gefühl nach ein wenig dick aufgetragen hat. Ich verstehe euer Jiddisch nicht so gut, um alles zu verstehen, doch wäre das Pogrom in Sarningen wirklich so schlimm gewesen, hättest du es als einer der Ersten erfahren. Es mag vielleicht einige Tote gegeben haben, aber kein Hinschlachten Hunderter.«

»Gebe Gott, dass du Recht hast, Roland. Mich schmerzt jeder unserer Brüder, der aus blindem Glaubenshass niedergemetzelt wird.« Zofar ben Naftali nahm den Becher zur Hand und trank, um die trüben Gedanken hinunterzuspülen. Schließlich musterte er Orlando mit einer Mischung aus Besorgnis und einer gewissen Heiterkeit.

»So, nun hast du vorhin so viel vom Geschäft geredet, dass mein armer Kopf beinahe platzt. Gott gebe, dass deine neuen Verbindungen zuverlässig sind und mir keinen Verlust einbringen.«

»Habe ich dich jemals enttäuscht oder gar betrogen?«

»Nein, das nicht. Im Gegenteil, du hast meinen Reichtum kräftig gemehrt. Aber du tust mir immer zu geheimnisvoll, und ohne Grund würdest du mir diesmal keinen so großen Anteil zubilligen. Also heraus mit der Sprache! In was für ein verrücktes Unternehmen willst du mich jetzt wieder verwickeln?«

8.

Diesmal konnte Lea sich dem Sog nicht entgegenstemmen. Die Strömung wirbelte sie herum wie ein Bündel Lumpen, Wasser drang ihr in Nase und Mund, und es war, als würde der Druck ihr den Brustkorb zerquetschen. Mit letzter Kraft hielt sie sich an einem Felsen fest und tastete nach der Höhlung, in die sie hineintauchen musste. Als sie sie fand, streckte sie die Beine hinein, um nach einem Halt für ihre Zehen zu suchen. Sofort saugte die Strömung sie in die Tiefe und warf sie so hart gegen den Grund, dass sie glaubte, ihre Rippen müssten zerspringen. Irgendwie gelang es ihr, sich an einem größeren Stein festzuhalten und den ledernen Eimer zu sich zu ziehen, den sie mit einer Leine an der Hüfte befestigt hatte.

Sie klemmte sich seinen Rand zwischen die Zähne und schaufelte mit der freien Hand das Geröll um sie herum hinein. Wenn sie heute ebenso viel Gold mit hochbrachte wie an den beiden vergangenen Tagen, würde sie ihr Leben kein weiteres Mal mehr aufs Spiel setzen. Inzwischen hatte sie verstanden, warum ihr Vater nicht mehr in dieses Loch hatte hinabtauchen wollen. Es war tatsächlich der Vorhof zur Hölle, den zu betreten nur ein Verzweifelter wagte, jemand, der wie sie keine andere Chance mehr sah, sich und seine Familie vor Elend und Tod zu bewahren.

Sie ertastete einen Brocken, der so schwer war, dass sie ihn kaum bewegen konnte. »Oh, Gott meiner Väter, lass es Gold sein. Steine haben wir schon genug herausgeholt«, flehte sie in Gedanken.

Noch während sie den Klumpen in den Eimer schob, straffte sich die Leine, die sie um ihren Leib geschlungen hatte. Anscheinend war die Zeit abgelaufen, die Ketura für vertretbar hielt. Lea zog kurz am Seil, um der Magd zu zeigen, dass alles in Ordnung war und sie noch einen Augenblick weitermachen wollte. Schnell schaufelte sie so viel zusammen, dass der Eimer voll wurde und der lederne Verschluss sich gerade noch zuziehen ließ. Halb ohnmächtig riss sie zweimal heftig an dem Seil und stieß sich mit letzter Kraft vom Boden ab, um der Magd die Arbeit zu erleichtern. Auf ihrem Weg nach oben schleuderten die wirbelnden Wasser sie gegen vorstehende Felsen und raubten ihr den letzten Atem. Sie würde heute Abend wohl kein Stück heiler Haut mehr besitzen, fuhr es ihr durch den Kopf. Dann schwanden ihr die Sinne.

Einige Zeit später kam sie auf der Felsbank über der tosenden Sarn wieder zu sich, während Ketura sich immer noch abmühte, das Wasser aus ihren Lungen herauszupressen. Lea würgte, erbrach einiges von dem, was sie geschluckt hatte, und holte dann keuchend Luft.

Ketura wischte sich den Angstschweiß von der Stirn. »Dem Gott unserer Väter sei Dank, du lebst noch. Ich habe mir schon schreckliche Vorwürfe gemacht, weil ich dachte, ich hätte zu lange gewartet.«

»Mir geht es gut«, antwortete Lea alles andere als wahrheitsgemäß. Tatsächlich war ihr übel, und sie hatte das Gefühl, keinen heilen Knochen mehr zu besitzen. Trotzdem zwang sie sich, aufzustehen, um ihre Ausbeute in Sicherheit zu bringen. Sie klammerte sich mit der einen Hand an der Felswand fest und zog mit der anderen an der Leine, an der der volle Eimer hing.

»Hilf mir bitte, ihn herauszuziehen. Wenn der Gott Israels Erbarmen mit uns hat, haben wir so viel Gold geborgen, dass ich diesen Höllenschlund niemals mehr wiedersehen muss.«

»Höllenschlund? So nennen auch die Christen diese Stelle.« In Keturas Stimme schwang abergläubischer Schauder mit, aber auch Respekt vor ihrer jungen Herrin, die ein Wagnis eingegangen war, dem sie sich selbst unter Androhung eines grausamen

Todes nicht gestellt hätte. Sie konnte Lea jedoch auf andere Weise dienen, denn als diese vor Schwäche schwankte und in den Strudel hinabzurutschen drohte, lehnte sie sie gegen die Felswand und barg allein den Eimer.

Als das Gefäß auf dem Trockenen stand, öffnete Ketura den Verschluss und starrte ungläubig auf das Gold, das ihr entgegenleuchtete. Sie holte ein paar Stücke heraus und zeigte sie Lea von allen Seiten. »Das ist mehr, als du gestern und vorgestern zusammen herausgeholt hast. Von denen hier muss jeder einige Dutzend Gulden wert sein.«

»Der hier wahrscheinlich sogar einige Hundert.« Lea deutete auf den größten Klumpen, der nicht mit Gestein verbacken war wie die meisten, die sie bei den beiden ersten Tauchgängen herausgeholt hatte und die ihr im Augenblick nicht viel nützten.

Ketura schüttete den Inhalt des Eimers auf eine Decke und las die größeren Goldstücke heraus. Lea sah ihr zu, bis sie sich so weit erholt hatte, dass sie ihr helfen konnte. Die Ausbeute war mehr als erfreulich, denn jetzt besaß sie genügend reines Gold, das sie sofort verwenden konnte. Und auch die kleinen Goldkörner und der Goldstaub, dem ihr Vater seinen Beinamen verdankte, stellten für sich schon ein kleines Vermögen dar, auf das sie später für den Handel zurückgreifen konnte.

Lea stapelte die Klumpen auf einen Haufen. »Hieraus können wir sofort Münzen schlagen, und wenn wir darauf achten, weniger Fehlprägungen zu machen als gestern, bekommen wir genug Hartenburger Gulden zusammen, um die Privilegien zu bezahlen.«

Ketura schob die Unterlippe vor. »Münzen sind Münzen. Jeder Kaufmann akzeptiert auch ein schlecht geprägtes Stück, wenn auch zu einem etwas geringeren Wert. Aber unser Herr tut so, als wäre jeder kleine Fehler ein unentschuldbares Verbrechen.«

»Seine Durchlaucht ist nun einmal kein Handelsmann, der jedes Stück eigenhändig prüft. Deswegen erwartet er, dass er einwandfreie Werte bekommt. Denk daran: Wenn wir sorgfältig arbeiten, kann ich dem Markgrafen die verlangte Summe hinlegen, und wir müssen nicht mehr bangen, ob Jochanan und Saul heil zurückkehren. Ich kann die Angst fast nicht mehr ertragen.«

Ketura nickte verständnisvoll und half ihr, die tauben Stücke auszulesen und in den Fluss zurückzuwerfen. Diesmal gab es kaum Abfall, dafür dankte Lea Gott, der sie in seiner Gnade mehr Gold als Steine in den Eimer hatte stecken lassen. Als sie die wertvollen Stücke in Ledersäcke gepackt hatten, wuschen sie vorsichtig den feinen Sand und den Schlamm von der Decke und wurden mit dem Anblick des Goldstaubs belohnt, der in den Fasern hängen geblieben war. Sie falteten das schwer gewordene Tuch zusammen und steckten es in einen weiteren Sack, den sie wie die anderen mit Stricken zusammenbanden, so dass sie ihn schultern konnten.

Als sie die Schlucht verließen, wankten sie bedenklich unter dem Gewicht ihrer Ausbeute. Es lagen nun zwei Stunden Weges vor ihnen, und Lea litt schon bei den ersten Schritten Höllenqualen vor Angst, jemand könnte sie beobachtet haben, denn die kurzen Haare und ihr Männerkaftan boten keinen Schutz vor einem Überfall. Vergebens sagte sie sich, dass die Markgrafschaft sehr abgeschieden lag und fremde Reisende, die sie hätten berauben können, sich nur selten hierher verirrten.

Die Einheimischen, die errieten, dass sie Gold gewaschen hatten, würden sich normalerweise hüten, ihnen etwas anzutun, denn wer sich am Gold des Hoffaktors vergriff, streckte seine Hand nach dem Vermögen des Markgrafen aus, und das wagte nur einer, der in diesem Land nichts mehr zu verlieren hatte. Aber jemand, der beobachtete, wie zwei junge Juden unter ihrer Last gebeugt dahinwankten, konnte sich denken, dass sie einen Schatz geborgen hatten, für den sich jedes Risiko einzugehen lohnte.

Ketura teilte Leas Befürchtungen und sah sich selbst dann noch ängstlich um, als sie das Stadttor erreicht hatten. Lea hingegen war so erleichtert, in Sicherheit zu sein, dass sie auf die launigen Worte der Wachen einging und die Männer mit ihrer Antwort zum Lachen brachte. Als sie weitergingen, stieß einer der Soldaten den anderen in die Seite.

»Dieser Samuel ist wirklich ein hübscher Bursche. Sein Glück, dass er ein Jude ist. Sonst hätte Abt Anastasius ihn gewiss unter seine Sängerknaben aufgenommen.«

»Aber weniger um seiner Stimme willen als wegen seines wohlgestalteten Hinterteils«, antwortete sein Kamerad, ohne die Stimme zu dämpfen.

Die Vorliebe des Abtes von St. Koloman für hübsche Knaben war allgemein bekannt, wurde aber hingenommen, weil er ein Onkel des jetzigen Markgrafen war. Den Wachen bot das Treiben im Kloster und auf der Burg immer wieder genügend Stoff, um die Langeweile ihres Dienstes zu vertreiben, und so drehte sich ihr Gespräch auch jetzt wieder um den oftmals durchgekauten Skandal. Der vorsichtigere der beiden Wächter zog seinen Freund näher zu sich heran und weihte ihn in das neueste Gerücht ein.

»Mein Bruder Heiner, der oben in der Burg bedient, erzählte mir, dass die Schlampe des Markgrafen gerne zusieht, wenn der Abt es mit seinen Knaben treibt. Wenn Unsere Durchlaucht danach zu ihr kommt, soll sie besonders hitzig sein.«

»Ja, das habe ich auch schon gehört. Es heißt, sie soll Ernst Ludwig sogar mit ins Kloster genommen haben, um ihn beim Zuschauen zu umarmen.«

Während die beiden Stadtwachen sich über die in ganz Hartenburg bekannten Bettgeschichten ihres Landesherrn unterhielten, stolperten Lea und Ketura über die Schwelle ihres Zuhauses und ließen erschöpft ihre Bündel fallen. Sarah, die bereits ungeduldig auf sie gewartet hatte, schlug die Hände über dem Kopf zusammen, als sie sah, wie übel Lea zugerichtet war. Sie deutete auf die frischen Abschürfungen und die Flecken, die sich in allen Schattierungen von Dunkelblau verfärbten.

»Beim Gott Israels, Kind, so geht das nicht weiter. Das war das letzte Mal, dass ich dich zur Schlucht habe gehen lassen. Merkst du denn nicht, dass du dein Leben aufs Spiel setzt? Da ist es besser, wir ziehen bettelnd von Stadt zu Stadt und nehmen Elieser im Handwagen mit uns.«

Lea zuckte zusammen, als Sarah eine blutverkrustete Schürfwunde berührte, und lächelte unter Tränen. »Keine Sorge, Sarah. Ein weiteres Mal tauche ich gewiss nicht mehr hinab. Heute habe ich genug Gold herausgeholt, um zusammen mit der Ausbeute der beiden anderen Tage alle notwendigen Privilegien erwerben zu können. Ketura und ich werden gleich in den Keller gehen und weitere Münzen prägen.«

»Heute gehst du nirgends mehr hin außer in eine Wanne mit warmem Wasser und danach ins Bett. Ich werde dir denselben Schlaftrunk bereiten, mit dem ich Elieser behandele. Er schläft danach ohne Schmerzen, und du siehst mir ebenfalls so aus, als könntest du viel Schlaf gebrauchen.«

Wenn Sarah in diesem Ton zu ihr sprach, führte Widerspruch nur zu einem unerquicklichen Streit, und Lea war viel zu glücklich für eine Auseinandersetzung. Mochte das Gold ruhig eine Nacht darauf warten, zu guten Hartenburger Zwölferstücken geschlagen werden. Spätestens am nächsten Abend würde sie dem Markgrafen die geforderte Summe überreichen können, und dann hatten sie endlich ihren Frieden.

9

Am nächsten Morgen fühlte Lea sich so steif und zerschlagen wie noch nie in ihrem Leben. Jede Bewegung tat ihr weh, und sie konnte kaum die Berührung des Kleides auf ihrer Haut ertragen. Sarah hätte sie am liebsten wieder ins Bett gesteckt und ihr eine weitere Dosis des Schlaftrunks verabreicht, doch Lea wehrte ihre Fürsorge vehement ab und stieg nach einem kargen Frühstück in den Keller, um ihren Goldschatz zu ordnen. Ketura half ihr, die Klumpen und Körner, die ihnen tauglich erschienen, abzuwiegen und in brauchbare Stücke zu sägen. Als sie genügend Rohmaterial vorbereitet hatten, wandten sie sich dem Münzstempel zu.

Als in seinem Herrschaftsgebiet Gold gefunden worden war, war der Vater des jetzigen Markgrafen nicht mehr bereit gewesen, mit Württemberger und Tiroler Gulden zu bezahlen, und hatte von Kaiser Friedrich III. das Recht erwirkt, eigene Münzen schlagen zu dürfen. Dieses Privileg und die dazugehörigen Prägestempel hatte er gegen eine hohe Summe an seinen damaligen Hoffaktor, Jehuda ben Elieser, verkauft. Leas Vater hatte auch dieses Privileg neu erwerben müssen und oft über diese Ausgabe geklagt, denn sie brachte ihm keinen Gewinn, da Ernst Ludwig ihm das Gold für die Münzen nur sehr knapp, oft genug sogar zu knapp zuteilen ließ. Lea war jedoch sehr froh um die Prägepresse, denn ohne sie hätte ihr der dem Fluss entrissene Schatz nicht viel genützt.

Das Gerät bestand aus einer handspannendicken Steinplatte, in die sechs mehrfach miteinander verbundene, armdicke Holzstreben eingelassen waren. In diesem Gestänge lief der von einem zylinderförmig zugehauenen Flussstein gekrönte Prägehammer. Um eine Münze herzustellen, musste man den Hammer an einem Seil bis zur Oberkante hochziehen, einen sorgfältig abgewogenen Goldklumpen in die Vertiefung über dem unteren Stempel legen und den Hammer herunterfallen lassen. War die Prägung geglückt, konnte man den Rand der so entstandenen Münze vorsichtig glätten und besaß ein Geldstück, mit dem man im gesamten Reich Deutscher Nation zahlen konnte. Da das Gerät von einem Meister gefertigt worden war, der sein Handwerk verstand, erhielt Lea schönere Gulden, als sie in den meisten deutschen Städten geprägt wurden, und wertvollere obendrein, da ihnen keine minderen Metalle beigemischt worden waren.

Der Prägekopf war so schwer, dass nicht einmal Ketura ihn allein hochziehen konnte, und in den letzten Tagen waren sie bald so erschöpft gewesen, dass Gomer ihnen hatte helfen müssen. Dabei war die Küchenmagd so klein und zierlich, dass ein Windhauch sie hätte forttragen können, zumindest behauptete Sarah das von ihr. Eigentlich wäre es Merabs Pflicht gewesen, sie bei der Arbeit zu unterstützen, doch die Magd war kaum noch dazu zu bewegen, Elieser allein zu lassen. Sarah hatte sie schon öfter deswegen gescholten, denn sie war der Meinung, dass Merab wenigstens einen Teil der ihr obliegenden Hausarbeit verrichten könne, wenn der Junge schlief, aber zu ihrem Ärger weigerte Lea sich aus Sorge um ihren Bruder, das Mädchen zur Arbeit zu treiben.

»Also dann: Hauruck!«, feuerte Lea sich selbst und Ketura an. Sie zogen den Prägekopf hoch, ließen ihn einrasten und legten das erste Goldkorn in die Vertiefung der Bodenplatte. Kurz darauf sauste der Prägehammer herab, und als sie ihn erneut hochzogen, leuchtete ihnen ein säuberlich geschlagener Hartenburger Zwölfergulden mit dem Kopf des Markgrafen Ernst Ludwig entgegen.

Stunde um Stunde verging im Gleichklang der gut eingespielten Handgriffe. Die Anstrengung ließ beiden Mädchen die Muskeln steif werden, doch im Angesicht des ständig wachsenden Stapels fertiger Münzen ignorierten sie ihre Schmerzen. Lea zählte immer wieder nach, wie viele Gulden noch fehlten, und kämpfte so lange mit der Angst, das Flussgold könnte nicht reichen, bis sie ein erlösendes »Dreitausend!« ausstoßen konnte. Es hätte nicht viel später sein dürfen, denn es lagen nur noch eine Hand voll passender Goldklumpen auf dem Tisch. Lea besaß zwar noch ein Säckchen mit Goldstaub und eines mit Goldkörnern, von denen keines größer war als ein Weizenkorn, doch daraus konnte sie ebenso wenig Münzen schlagen wie aus dem Rest des Schatzes, der noch von Gestein umschlossen war. Dieses Gold würde sie zu einem jüdischen Juwelier in einer der großen Städte bringen müssen, damit er es ausschmolz und in Stangen goss, die wiederum zerschnitten und zu Münzen verarbeitet werden konnten.

Lea schwankte einen Augenblick, ob sie noch aufräumen oder gleich den Markgrafen aufsuchen sollte, und entschied sich für den Gang in die Höhle des Löwen. Sie wies Ketura an, die frisch geprägten Münzen in Beutel zu packen und in das Zimmer ihres Vaters zu bringen. Dort konnten die Diener des Markgrafen sie später abholen. Sie selbst eilte nach oben und verwandelte sich unter Sarahs kundigen Händen in Samuel.

Rachel erschien an der Tür, starrte Lea an und machte das Zeichen gegen den bösen Blick. Sie hatte sich nicht überzeugen lassen, dass Leas Plan die einzige Möglichkeit war, der Familie die Heimat zu erhalten, und neidete der Schwester die Stellung, die diese nun in der Familie einnahm. Hatte Lea sie früher gescholten, war sie zu ihrem Vater gelaufen, um sich von ihm trösten zu lassen. Da Jakob Goldstaub seine schöne jüngere Tochter sehr geliebt hatte, war sie selten ohne eine Leckerei oder ein kleines Geschenk aus seinem Zimmer zurückgekehrt, und oft genug hatte ihr Vater die Ältere später getadelt, weil sie zu wenig Nachsicht mit ihrer kleinen Schwester gezeigt hatte. Rachel vermisste den Schutz ihres Vaters und war Lea gram, weil sie nun auf viele Annehmlichkeiten verzichten musste.

»Ich wollte, Elieser wäre gesund«, erklärte sie mürrisch.

»Das wünschen wir uns alle«, antwortete Lea gleichmütig, denn die Erschöpfung raubte ihr sogar die Kraft, sich zu ärgern. Sie versuchte sich vorzustellen, wie ihr jüngerer, vom Vater verwöhnter Bruder sich angesichts des geballten Hochmuts und der Forderungen des Markgrafen verhalten hätte, und kam zu dem Schluss, dass sie der Rolle des Familienoberhaupts wesentlich besser gewachsen war. Trotz dieser Erkenntnis war ihr auf dem Weg zur Burg so beklommen zumute, dass sie Angst hatte, beim ersten falschen Wort in einen Heulkrampf zu verfallen.

So war es vielleicht ganz gut, dass die schmerzenden Muskeln sie zu einem gemessenen Schritt zwangen, und der Spott der Vorübergehenden, der junge Jude habe wohl keine Zeit verloren, sich der Geschwindigkeit seines Vaters anzupassen, kränkte sie nicht, sondern gab ihr die Fassung zurück. Diesmal ließ man sie lange am Burgtor warten. Die Uhr von St. Koloman hatte schon zweimal die volle Stunde geschlagen, als endlich ein Diener erschien und sie aufforderte, ihm zu folgen. Er führte sie jedoch nicht zu den Gemächern des Markgrafen, sondern in einen Seitenflügel und schob sie ohne vorher anzuklopfen in Frischlers Kabinett.

Der Sekretär flegelte sich nachlässig in einem bequemen Sessel neben dem Schreibtisch, so als wollte er seinem Besucher zeigen, dass ein Jude ein minderes Wesen war, dem man keinerlei Höflichkeit entgegenbringen musste. Aber es war zunächst weniger der Mann, der Leas Aufmerksamkeit auf sich zog, als das mit Intarsienarbeiten verzierte Möbelstück, das durch seine wuchtigen Formen den Raum beherrschte und aus dessen unzähligen Schubfächern unordentlich zusammengelegtes, meist eng beschriebenes Papier quoll. Auf der Arbeitsfläche lagen mehrere unbeschriftete Blätter, ein Tintenfass, einige Federn sowie eines jener Büchlein, dessen Aufmachung verriet, dass seine Seiten nicht von Hand geschrieben, sondern im Holzschnittverfahren bedruckt worden waren. Sonst war der Raum nur noch mit einer bemalten Truhe, die halb durch unordentlich darüber geworfene Kleidungsstücke verdeckt wurde, einem kleinen Tisch und zwei klobigen Stühlen möbliert.

Frischler zog eine Miene, als hätte er schon ungeduldig auf Samuel gewartet, dabei hatte er sich offensichtlich in aller Eile angezogen, ohne auf die Zusammenstellung seiner Kleidung Acht gegeben zu haben, denn er trug eine hautenge, hellrote Strumpfhose, die sich in der Lendengegend unanständig wölbte, und ein mit Rüschen und Stickereien verziertes Hemd der gleichen Farbe, das wohl eher der Garderobe des Markgrafen entstammte. Die Strümpfe hatte er ganz vergessen, stattdessen schlugen sich die Zehen seines linken Fußes mit einem zierlichen rosa Pantöffelchen herum, während der andere Fuß in einem plumpen Filzpantoffel steckte.

In der halb geöffneten Tür zum angrenzenden Schlafraum stand Berta, die Geliebte des Sekretärs, und musterte Samuel ungeniert. Der Wirtstochter schien es nichts auszumachen, ihre fülligen Reize in ganzer Nacktheit zur Schau zu stellen. Lea wandte sich bei ihrem Anblick rasch ab, konnte aber nicht verhindern, dass ihr Gesicht sich vor Scham rötete. So zeigte sich eine jüdische Frau noch nicht einmal vor ihrem eigenen Mann, geschweige denn vor einem Fremden.

»Nun, Jude, hast du das Geld beschafft?« Frischlers Stimme klang unverhohlen gierig.

Lea nickte. »Ja, Herr, es steht in meinem Haus für die Boten Seiner Durchlaucht bereit.«

»Sehr gut!« Frischer nickte zufrieden, nahm das Büchlein vom Schreibtisch auf und hielt es so, dass Lea den deutsch geschriebenen Titel lesen konnte. Es hieß: »Von der Art, mit der Juden im Reich Deutscher Nation zu behandeln seien«.

»Dann kommen wir jetzt zu dem Judeneid, den du dem Markgrafen zu leisten hast.« Frischer schlug das Buch auf, blätterte ein paar Seiten vor und begann dann vorzulesen.

Lea hatte schon gehört, dass es einen Judeneid gab, aber als sie Samuel danach gefragt hatte, war ihr Bruder, der ihr sonst alles erzählt hatte, zunächst stumm geblieben wie ein Fisch und auf ihr Nachbohren ungewohnt böse geworden. Ihr Herz begann mit einem Mal unruhig zu klopfen, und ihr graute vor dem, was der Sekretär ihr mitteilen würde.

»Diesen Eid wirst du in Gegenwart Seiner Durchlaucht, des Markgrafen Ernst Ludwig, meiner Person sowie eines Priesters ablegen, der die Gültigkeit vor Gott bestätigen wird. Zu diesem Zwecke wirst du mit bloßen Füßen auf der blutigen Haut einer frisch geschlachteten Sau stehen und mit einem kurzen Hemd bekleidet sein, welches deinen Unterkörper entblößt. Während der Zeremonie wirst du dreimal auf dein Glied spucken, wie es der ehrenwerte Abt Hieronymus von Pfahlberg in seiner Anleitung vorgeschrieben hat.«

»Auf mein Glied spucken?«, japste Lea entsetzt und hörte die Bettgespielin des Sekretärs erwartungsvoll kichern. Sollte all ihre Mühe umsonst gewesen sein?, fragte sie sich verzweifelt. War sie vergebens in die gefährliche Tiefe des Höllenschlunds getaucht, den selbst ihr Vater gefürchtet hatte, um am Ende an der Bosheit der Christen zu scheitern?

Dietrich Frischler verzog keine Miene. »So ist es nun einmal der Brauch. Man kann euch Juden nicht genug ducken, um euch unten zu halten. In einem Augenblick winselt ihr und jammert uns etwas vor, aber wenn ihr zur Tür hinausgeht, hebt ihr frech eure Köpfe, als wärt ihr hohe Herren und wir ehrlichen Christenmenschen eure Knechte.«

Einen Augenblick weidete er sich an Leas wachsendem Entsetzen, dann fuhr er in versöhnlicherem Ton fort. »Du kannst dich natürlich von einigen dieser Bedingungen freikaufen. Die

Sauhaut muss sein, aber man könnte dir erlauben, deine Schuhe anzubehalten. Und was das andere betrifft« – er strich sich wohlig über sein vorspringendes Gemächt – »so habe ich keine Lust, mir einen stinkenden Judenschwanz anzusehen und Seine Durchlaucht ebenso wenig.«

Er ignorierte das enttäuschte Stöhnen seiner Geliebten im Hintergrund und beugte sich zu Lea vor. »Nun, wie steht es? Willst du den Brauch befolgen oder lieber zahlen?«

»Wie viel verlangt Ihr?« Lea wusste nicht, ob der Mann es ernst meinte oder sie nur noch mehr quälen wollte.

Die Antwort auf ihre Frage kam so schnell, dass Frischler es von Anfang an auf das Geld abgesehen haben musste. »Fünfhundert neue, fehlerlose Gulden!«

So viel Flussgold, um weitere fünfhundert Gulden schlagen zu können, besaß sie nicht mehr, und ihr war klar, dass sie nicht mehr die Kraft und den Mut aufbringen würde, ein weiteres Mal in den Höllenschlund zu tauchen. Die brauchbaren Münzen und das Stangengold, das ihr Vater in seiner Truhe aufbewahrt hatte, hatte die Grundlage zu den dreitausend Gulden gebildet, und den Rest hatte sie dazu verwendet, einige dringende Forderungen der Geschäftspartner ihres Vaters zu erfüllen. Also blieb ihr nichts anderes übrig, als auf die Rückkehr ihrer Knechte zu warten und zu hoffen, dass wenigstens einer von ihnen das bei den Treuhändern hinterlegte Gold mitbrachte.

»Ich nehme Eure Bedingung an, hoher Herr«, antwortete sie mit schwankender Stimme und sah sich mit einer zufriedenen Geste verabschiedet. Als sie die Burg verließ und in die Stadt hinunterschlurfte, machten ihr nicht nur die schmerzenden Muskeln das Gehen schwer.

Kaum hatte sie ihr Haus erreicht, eilte Ketura ihr mit freudestrahlendem Gesicht entgegen. »Jochanan ist zurückgekehrt!«

Leas Gestalt straffte sich. »Da bin ich aber froh! Hat er das Geld mitgebracht?«

»Das weiß ich nicht. Er wollte erst mit dir reden. Aber was ist mit dir? Ist der Markgraf nun zufrieden?«

Lea ballte die Fäuste. »Er will weitere fünfhundert Gulden aus uns herauspressen, und ich habe keine andere Wahl, als auf seine Forderung einzugehen. Jetzt kann ich nur hoffen, dass dein Bruder Erfolg hatte.«

Sie fand Jochanan in der Küche vor, wo seine Mutter ihn mit all jenen Leckerbissen voll stopfte, auf die er unterwegs hatte verzichten müssen. Bei Leas Anblick wischte er sich schuldbewusst die Hände an seinem Kittel sauber.

»Dem Gott Israels sei gedankt, dass er deinen Schritt unbeschadet wieder in die Heimat gelenkt hat«, begrüßte Lea ihn und starrte ihn erwartungsvoll an. »Hat Ruben ben Makkabi dir das Geld gegeben?«

Jochanan senkte den Kopf und zuckte etwas hilflos mit den Schultern. »Er hat mir nur einen Teil der Summe ausgezahlt. So wäre es Sitte, hat er gesagt. Den Rest müsstest du selbst bei ihm holen.«

In Leas Augen trat ein entschlossenes Funkeln, das nicht nur ihn das Schlimmste befürchten ließ. Sarah schlug sich vor Schreck mit den Handflächen gegen die Wangen und bat Gott, das Mädchen von weiteren Unbesonnenheiten abzuhalten. Lea achtete jedoch nicht auf sie, sondern fragte Jochanan ungeduldig, wie viel Geld er denn mitgebracht habe.

»Fünfhundert Gulden.«

Lea stieß einen Jubelruf aus. »Das ist genau die Summe, die ich noch brauche. Gott hat uns also nicht verlassen.«

Sie drehte sich mit einem erleichterten Aufseufzen zu Sarah um und befahl ihr, gut für ihren Sohn zu sorgen. »Morgen werde ich zur Burg hochgehen, den Markgrafen bezahlen und ihm den Judeneid leisten. Jochanan wird mich begleiten und mir helfen, das Gold zu tragen.«

Bei dem Wort Judeneid stöhnte der junge Knecht auf und

schlug die Hände vors Gesicht. Er wusste, zu welch abscheulichen Dingen Juden bei dieser Zeremonie gezwungen wurden, und betete stumm, aber inbrünstig, dass Gott seiner mutigen Herrin auch jetzt wieder einen Ausweg zeigen würde. Dabei fiel ihm ein, dass er Lea ja auch noch von Ruben ben Makkabis Heiratsplänen berichten musste, beschloss dann aber, diese Angelegenheit zu verschieben, bis Lea ihre augenblicklichen Probleme gelöst hatte.

10

Orlando Terasa de Quereda y Cunjol, der sich seit einigen Jahren schlicht Roland Fischkopf nannte, schlenderte zufrieden durch eine enge, schmutzige Gasse, um auf dem kürzesten Weg zu seinem Gastgeber zurückzukehren. Er hatte seinen letzten Auftrag erfüllt und konnte am nächsten Morgen unbesorgt weiterreisen. Unterwegs wich er dem Inhalt eines Nachttopfs aus, der aus dem oberen Stockwerk eines Hauses auf die Straße geleert wurde, und stand plötzlich vor einer Schenke, die etwas reinlicher aussah als die meisten in diesem Viertel. Der Anblick des gemalten Krugs auf dem sanft im Wind schwingenden Wirtshausschild machte ihm Appetit auf einen Krug des erfrischenden Trunks von den hiesigen Hängen. Zofar ben Naftali war wirklich ein aufmerksamer Gastgeber, aber seine Weine waren ihm zu schwer und zu süß.

Kurz entschlossen trat Orlando in die Gaststube und kniff die Augen zusammen, um sie an das Dämmerlicht zu gewöhnen, das durch die mit dünn geschabter Kalbshaut bespannten Fenster fiel. Der Wirt sah verwundert auf und schien sich zu fragen, was ein so gut gekleideter Herr in seiner Schenke zu suchen hatte, besann sich aber schnell und wieselte eilfertig herbei.

»Was darf es denn sein, edler Herr?«

»Das ›edler‹ kannst du weglassen und das ›Herr‹ ebenfalls. Ich bin nur ein einfacher Handelsagent«, erwiderte Orlando lachend.

»Aber ein sehr gut angezogener«, fand der Wirt mit einem achtungsvollen Blick auf die Garderobe seines Gastes.

»Schöne Kleidung ist nun einmal eine meiner kleinen Schwächen.« Orlando klopfte ihm auf die nicht ganz sauberen Schultern und forderte ihn auf, ihm einen Becher seines besten Weins zu bringen. Dabei sah er sich nach einem freien Platz um und stutzte. Ganz hinten in einer Ecke, die mehr durch den Kienspan neben dem noch kalten Kamin als durch das Tageslicht erhellt wurde, saß ein Mann in auffallend schlecht zusammenpassender Gewandung. Seine Hosen waren für die heutige Mode zu weit und hatten wohl einmal einem Rheinschiffer aus der Gegend von Köln gehört, und er trug Holzschuhe, wie man sie im Schwarzwald schnitzte. Das dunkle Wams mit den langen, vorne zugebundenen Ärmeln war von der Art, wie es die Aufseher in den Stapelhäusern großer Handelsherren trugen, und seine Mütze musste von einem wohlhabenden Bauern stammen. Es war jedoch weniger die Kleidung, die Orlando auf ihn aufmerksam machte, als vielmehr das Gesicht. Obwohl dem Mann die Schläfenlocken eines aschkenasischen Juden fehlten, die er am Vortag noch getragen hatte, erkannte Orlando in ihm doch den Boten Samuel ben Jakobs.

Er nahm dem Wirt den Becher Wein aus der Hand, schlenderte in die Ecke, in der Saul saß, und nahm an dessen Tisch Platz. Der Blick des Knechts zeigte ihm deutlich, dass er allein gelassen werden wollte.

»Auf dein Wohl, Freund.« Orlando hob Saul seinen Becher entgegen.

»Auch auf dein Wohl«, antwortete Saul unfreundlich. Er bemühte sich, ein vom jiddischen Akzent freies Deutsch zu sprechen, doch seine Stimme war ebenso unverkennbar wie seine scharf gebogene Nase.

Orlando lächelte in sich hinein. Ich hätte mit Zofar ben Naftali wetten sollen, dachte er selbstzufrieden. Seine Vermutung, dass Samuel ben Jakob seinen Knecht nicht wiedersehen würde, hatte sich schneller bestätigt, als er es sich hatte vorstellen können.

Orlando trank dem Mann zu. »Haben wir beide uns nicht schon einmal gesehen?«

Saul stellte den Becher mit einem harten Ruck hin. »Kaum, denn ich bin fremd hier.«

»Welch ein Zufall, ich auch.« Orlando setzte die entspannte Miene eines Katers auf, der noch ein wenig mit der gefangenen Maus spielen will, bevor er sie frisst.

Saul drehte seinen Kopf aus dem Licht. »Dann können wir uns auch nicht kennen.«

»Da wäre ich mir nicht so sicher. Ich habe deine Visage nämlich erst vor kurzem bei einem jüdischen Bankier gesehen, den ich aus gewissen Gründen aufsuchen musste.« Obwohl Orlandos Stimme immer noch freundlich klang, zuckte Saul zusammen. Nun war auch er sich sicher, dass er es mit Zofar ben Naftalis Gast zu tun hatte. »Ich kenne keinen Zofar oder wie er heißt, und im Übrigen habe ich nichts mit Juden zu schaffen.«

Orlando lachte fröhlich auf. »Ich bin kein Dummkopf, mein Freund, auch wenn du das zu glauben scheinst. Ich weiß genau, dass du fünfhundert Gulden in deiner Tasche trägst, abzüglich der paar Groschen, die du für deine neue Kleidung ausgegeben hast. Wenn ich dem Wirt jetzt sage, du wärest ein jüdischer Dieb, der mich um meine Barschaft gebracht hat, wäre es um dich geschehen. Auch wenn du dir die Schläfenlocken abgeschnitten hast, wird dich das fehlende Stückchen Haut zwischen deinen Beinen verraten. Auf wessen Wort, glaubst du, wird man hier mehr geben, auf das deine oder auf das meine?«

Saul erstickte fast an seiner Wut. Er hatte sich bei einem jüdischen Altkleiderhändler unter dem Vorwand seiner gefährlichen Heimreise eine unverfängliche Tracht besorgt und sich später die Locken, die er bei dem Trödler noch unter die Mütze gesteckt hatte, mit einem scharfen Messer abgeschnitten. Dann hatte er sich ein Zimmer in dieser Absteige hier genommen, um erst einmal zu überlegen, was er mit seinem unverhofften Reichtum anfangen konnte. Jetzt ärgerte er sich darüber, dass er die Stadt nicht sofort verlassen hatte.

Er ballte drohend die Fäuste. »Du willst mich wohl erpressen, du Schwein?«

Orlando grinste breit. »Ich würde mir an deiner Stelle eine höflichere Sprache angewöhnen. Und bilde dir nicht ein, du könntest mich niederschlagen. Was die Fertigkeit mit den Fäusten anbetrifft, bin ich dir gewiss über.«

Saul musste zugeben, dass sein Gegenüber Recht haben könnte, denn der Mann war einen halben Kopf größer als er und schlank, aber durchaus muskulös, wie seine eng anliegenden Beinkleider verrieten. Einen solchen Gegner durfte er nicht unterschätzen. Trotzdem war er bereit, dem Kerl das Genick zu brechen.

Sauls Gedanken spiegelten sich auf seinem Gesicht, und Orlando nahm es amüsiert zur Kenntnis. Er erinnerte sich nur allzu gut an die Ungereimtheiten in der Erzählung des Knechts, die Zofar ben Naftali nicht aufgefallen waren, und war davon überzeugt, dass mehr hinter der Sache stecken musste. Saul schien Orlando nicht der Mann zu sein, der mit dem ihm anvertrauten Geld durchbrennen würde, solange er seinen Herrn zu fürchten hatte. Vielleicht gab es keinen Samuel mehr, sondern nur noch den jungen Elieser, der schwer verletzt im Bett liegen musste, möglicherweise waren auch beide tot, so dass niemand da war, der sich um die Belange der Familie kümmern konnte. In diesem Fall hätte Saul den Brief an Zofar ben Naftali gefälscht, um an das Geld zu kommen, auch wenn Orlando dem Mann so viel Verstand nicht zutraute. Auf alle Fälle gab es da ein Geheimnis, und das reizte die Neugier des Handelsagenten.

»Keine Angst, mein Freund, ich bin nicht hinter deinem Geld her. Ich will nur wissen, warum du deinen Herrn so leichten Herzens betrügst, und vor allen Dingen, was es mit diesem auf sich hat.«

Saul warf Orlando einen schiefen Blick zu. Er misstraute diesem Christen, aber wenn der Mann ihn mitsamt dem Geld laufen ließ, würde er reden. Was kümmerte ihn Lea, dieses überhebliche Weibstück. Sie hatte sich ja selbst mit Lug und Trug in den Besitz der Gulden setzen wollen, die ihrem Bruder Samuel zugestanden hätten und nach dessen Tod dem Krüppel Elieser.

»Schwörst du mir, dass du mich unbeschadet gehen lässt, wenn ich dir die Wahrheit berichte?«

Als Orlando nickte, setzte er noch einmal nach. »Tu es bei deinem Christengott und der Jungfrau Maria!«

»Ich schwöre es auch noch bei allen Heiligen, wenn du das willst.« Orlandos Jagdinstinkte waren geweckt, und er beobachtete sein Gegenüber scharf, um aus seinem Mienenspiel Wahrheit und Lüge herauszulesen.

Saul tat so, als ringe er noch einen Augenblick mit sich, und nickte dann. »Gut, ich sage alles.«

Er stand auf, ging um den Tisch herum und setzte sich so, dass er jederzeit aufspringen und zur Tür rennen konnte.

Orlando nahm es mit einem feinen Lächeln hin. Dem Burschen schien eine ziemliche Portion Angst in den Knochen zu sitzen, und er nahm sich vor, diese gnadenlos auszunützen.

Saul dachte jedoch gar nicht daran, die Wahrheit zu verschweigen. Wenn der Fremde wirklich hinter Geld her war, so sollte er es sich von Lea holen und ihn in Ruhe lassen. Aus diesem Grund berichtete er alles, was er tatsächlich von dem Sarninger Pogrom erfahren hatte.

Orlando konnte gerade noch einen Ausdruck des Erstaunens unterdrücken, als er vernahm, dass der angebliche Samuel ben Jakob in Wirklichkeit ein sechzehnjähriges Mädchen war, ein naives Geschöpf, wie seine Handlungsweise zeigte. Statt sich in Männerkleidung zu werfen, hätte sie sich sofort an Zofar ben Naftali wenden und ihm von den Schicksalsschlägen berichten sollen. Der Bankier war einer der einflussreichsten Anführer der jüdischen Gemeinden und hätte gewiss eine Möglichkeit gefunden, Lea und ihren Angehörigen zu helfen. Stattdessen forderte sie das Schicksal geradezu heraus und würde spätestens beim Ablegen des Judeneids scheitern. So gesehen war es besser, wenn die fünfhundert Gulden nicht auch noch in ihre Hände gerieten, denn sie würden nur die Truhen des habgierigen Markgrafen füllen, während sie selbst, wenn sie die Entdeckung überlebte, samt ihrer Familie in Schimpf und Schande davongejagt wurde.

Saul sah die Situation noch viel schwärzer. »Jetzt verstehst du sicher, warum ich nicht zurückkehren kann. Den Frauen wird nicht viel passieren, selbst wenn die eine oder andere von ihnen in die Büsche gezerrt wird. Aber mich würde man mit Sicherheit umbringen, vielleicht sogar verbrennen, wie man es letztens in Konstanz getan hat.«

»Woher soll ich wissen, was man mit Juden alles treibt?« Orlando blickte bei diesen Worten auf seinen Becher, der mittlerweile leer geworden war. Er konnte sich nicht einmal an den Geschmack des Weins erinnern, so sehr hatte Sauls Bericht ihn beschäftigt. Er rief dem Wirt zu, zwei weitere Becher zu bringen, und schob einen davon Saul zu.

»Ich glaube, du hast dir eine kleine Stärkung verdient.«

Saul riss Orlando den Becher aus den Händen und stürzte seinen Inhalt hinab. »Auf deine Gesundheit!«

Orlando nickte lächelnd, überlegte aber gleichzeitig, was er tun sollte. Saul als Dieb den Behörden auszuliefern, hielt er für sinnlos, denn der Richter würde das gestohlene Geld nur in die eigene Tasche stecken. So oder so würde diese Lea keinen Gulden davon bekommen, und so entschied Orlando, dass Sauls Geschichte diesen Preis wert war.

»Wenn ich dir einen Rat geben darf, so halte dich in Zukunft von deinen Landsleuten fern. Die verstehen, was Diebstahl betrifft, noch weniger Spaß als die Christen. Am besten ist es, wenn du deine Herkunft und die des Goldes in deinen Taschen ganz vergisst. Christen denken sich nichts dabei, einen Juden um sein Geld zu bringen, und ein Dieb, der armen Waisen das

Brot vom Mund gestohlen hat, hat wenig Gnade von ihnen zu erwarten.« In Orlandos Worten schwang die Drohung mit, auch ihm nicht noch einmal zu begegnen.

Saul zuckte wie unter einem Hieb zusammen und sprang auf. »Jetzt kann ich doch wohl gehen.«

»Ich wollte, du wärst schon verschwunden.« Orlando machte eine Handbewegung, so als wollte er eine Fliege verscheuchen, und Saul rannte wie vom Teufel gehetzt aus der Schenke.

Er war kaum zur Tür hinaus, da kam der Wirt mit wutverzerrtem Gesicht auf Orlando zu. »Jetzt hat der Kerl doch glatt die Zeche geprellt.«

Der Handelsagent hob die Hand, um die beginnende Schimpfkanonade zu stoppen. »Bevor er ging, bat er mich, es für ihn auszulegen.«

Er überlegte, ob er sich noch einen Becher Wein bringen lassen sollte, entschied sich aber dagegen und kramte ein paar Münzen hervor. »Hier, das dürfte wohl reichen.«

Er drückte dem ob so viel Großzügigkeit verblüfften Wirt das Geld in die Hand und verließ nachdenklich die Schenke. Auf dem Weg zu Zofar ben Naftalis Haus überlegte er, was er mit Sauls Bericht anfangen sollte. Eigentlich wäre es seine Pflicht, seinen Gastgeber darüber aufzuklären, wer dieser Samuel ben Jakob in Wirklichkeit war, denn es war ja möglich, dass der Bankier noch etwas zur Rettung der Familie Goldstaub tun konnte. Aber Orlando kam mehr und mehr zu dem Schluss, dass das verrückte Mädchen den Karren schon zu tief in den Dreck gefahren hatte. Wenn er die Sache nicht auf sich beruhen ließ, brachte er nur die Leute in Gefahr, die Zofar ben Naftali nach Hartenburg schicken würde.

Ich kann nicht jedes Juden Hüter sein, sagte er leise zu sich selbst, am wenigsten der eines solch verdrehten Geschöpfes wie dieser Lea. Zufrieden mit seiner Entscheidung ging er weiter, merkte aber schon nach wenigen Schritten, dass sich seine Gedanken immer noch mit Jakob Goldstaubs Tochter beschäftigten. Das Mädchen schien recht einfallsreich zu sein und mochte vielleicht sogar einen Weg finden, unerkannt die Schikanen und Demütigungen zu überstehen, die mit der Ablegung des Judeneids verbunden waren. Er war auf alle Fälle gespannt, ob er in Zukunft noch etwas von »Samuel ben Jakob« hören würde.

DRITTER TEIL

•◆•

Schlechte Geschäfte

I.

Lea saß scheinbar unbeteiligt an einem Tisch in der hintersten Ecke und drehte den anderen Gästen den Rücken zu, damit keiner sehen konnte, dass sie den von vielen Zähnen gezeichneten Holzbecher starr vor Angst umklammerte. Ihre Kehle war wie ausgedörrt, doch sie bekam keinen Tropfen des mit Wein gefärbten Wassers über die Lippen, aber nicht, weil es mehr nach Pferd als nach Trauben schmeckte, sondern weil das Grauen vor dem, was sie erwartete, sie wie eine schwarze Wolke durchdrang.

In den letzten drei Jahren hatten die Geschäfte sie gezwungen, monatelang als Samuel ben Jakob umherzureisen, und dabei war sie in mehr als eine brenzlige Situation geraten. Oft hatte sie den Gefahren mit dem Instinkt eines gejagten Tieres im letzten Moment ausweichen können, und wenn ihr das nicht gelungen war, hatte sie den schlimmsten Übergriffen die Spitze nehmen können, so dass sie mit viel Spott, ein paar Knüffen und der Bekanntschaft mit Mist und Jauche davongekommen war. Diesmal aber sah sie sich einem unversöhnlichen Feind gegenüber, vor dem es kein Entrinnen gab.

»Wer einen Juden totschlägt, vollbringt ein gottgefälliges Werk!« Die Stimme des Mönches klang wie das misstönende Krächzen eines Raben. Die anderen Gäste stimmten ihm jedoch so inbrünstig zu, als spräche er von den Freuden des christlichen Paradieses.

Lea versuchte, ihre Angst zu verdrängen, um wieder klar denken zu können. Hatte sie ihren Kopf nicht schon öfter aus einer sich drohend zusammenziehenden Schlinge ziehen können? Es war ihr gelungen, den Markgrafen von Hartenburg zu täuschen und sein neuer Hoffaktor zu werden, und als sie wenig später ebenfalls als Samuel verkleidet nach Worms zu Zofar ben Naftali gewandert war, hatte sie Tag und Nacht auf der Hut sein müssen, um nicht entlarvt zu werden. Kurz darauf war es ihr gelungen, Ruben ben Makkabi zu täuschen, obwohl dieser Samuel drei Jahre zuvor kennen gelernt hatte. Ihr Entschluss, auch außerhalb von Hartenburg als Samuel aufzutreten, hatte sich auf den beiden ersten Reisen schon als kluger Schachzug erwiesen, denn ihr war es nicht nur gelungen, die bereits bestehenden Geschäftsverbindungen zu erhalten, sondern auch, die Verbindungen der beiden Männer auszunützen und die ihr zustehenden Summen in lukrativen Geschäften anzulegen. Inzwischen hatte sie das Vermögen ihrer Familie gemehrt, so dass sie nun vor dem Problem stand, den neu erworbenen Reichtum vor ihrem habgierigen Landesherrn zu verbergen.

Auch hatte sie sich bisher dem Drängen Ruben ben Makkabis nach einer Doppelhochzeit entziehen können, obwohl der Rabbi nicht locker ließ. Aber er hatte es aufgrund ihrer wortreichen Schilderungen akzeptiert, dass Samuel seine Stellung als Hoffaktor festigen musste, bevor er den Markgrafen um eine Heiratserlaubnis bitten durfte, und er hatte auch verstanden, dass Lea in dieser Zeit für die Leitung des Haushalts unentbehrlich war. Kürzlich hatte er seinem lieben Samuel jedoch zu verstehen gegeben, dass er nicht mehr lange zu warten gedachte, und Lea hatte eine neue Ausrede vorbereitet, die nicht nur stichhaltiger war als der Hinweis auf ihren Landesherrn, sondern dem Rabbi den Wind aus den Segeln nehmen würde, zumindest, was Samuel betraf. Aber wenn sie keinen Weg fand, den mörderischen Absichten des berüchtigten Judenjägers Medardus Holzinger zu entkommen, würden sich all ihre Sorgen in den Flammen eines eigens für sie errichteten Scheiterhaufens auflösen.

»Der Geruch eines brennenden Juden ist ein Wohlgeruch in

der Nase des Herrn!« Die Worte des hageren, ungewaschenen Mönches bereiteten Lea beinahe körperliche Schmerzen, und sie musste ihre Knie zusammenpressen, damit das Zittern ihrer Beine sich nicht auf die Bank übertrug, auf der sie saß.

Ein Ritter, der von drei Reisigen begleitet wurde und dem Wein schon reichlich zugesprochen hatte, stimmte Holzinger mit dröhnender Stimme zu. Lea fragte sich, ob Saul, auf dessen Rückkehr sie vergebens gewartet hatte, auf dem Heimweg von einer Rotte wie dieser hier umgebracht worden war. In Worms war er gewesen, das hatte sie von Zofar ben Naftali erfahren.

Neben ihr verlor Jochanan die Nerven. Er sprang auf, murmelte etwas von »auf den Abtritt gehen« und schlängelte sich durch die Menschen in Richtung Tür. Als er an dem Ritter vorbeikam, sprang dieser auf und schlug ihn mit der Faust nieder, die in einem metallbeschlagenen Handschuh steckte. Jochanan flog gegen die Wand, stürzte mit blutüberströmtem Gesicht zu Boden und krümmte sich wimmernd.

Lea hätte am liebsten den nächstbesten Gegenstand gepackt und wäre damit auf den Ritter losgegangen, doch seiner herausfordernden Miene und den erwartungsvollen Gesichtern der anderen Gäste war deutlich anzusehen, dass sie auf so eine Reaktion lauerten. Ein falscher Schritt von ihr, und man würde sie ergreifen und auf möglichst unangenehme Weise zu Tode bringen. Lea war klar, dass die Leute sie auch dann nicht entkommen lassen würden, wenn sie sich völlig passiv verhielt. Früher oder später würden sie den Hetzreden des Mönches folgen und sie und Jochanan ins Feuer werfen. Aber sie gedachte den Augenblick so lange wie möglich hinauszuzögern, denn solange sie lebte, konnte Gott vielleicht doch noch ein Wunder geschehen lassen. Das zustimmende Johlen der Gäste auf die nächste Bemerkung des Judenjägers zeigte Lea, dass sie wohl vergebens hoffte. Ihre Doppelexistenz als Lea und Samuel Goldstaub, die sich nach den ersten Schwierigkeiten so viel versprechend entwickelt hatte, würde in dieser kleinen, verwitterten Herberge zwischen Dillingen und Günzburg enden.

Wie bei einem Sterbenden zogen die Bilder der vergangenen drei Jahre noch einmal an ihren Augen vorbei. Sie war den Anweisungen ihres Vaters an Samuel gefolgt, hatte unter dem Namen ihres Bruders die Geschäftskorrespondenz beantwortet und war etliche neue Abmachungen eingegangen, so dass die Geschäfte ihres Vaters unter ihrer Leitung nahtlos weitergelaufen waren und sogar kräftigen Aufschwung genommen hatten. Ihr Geld arbeitete nun bis weit über die Grenzen des Reiches Deutscher Nation hinaus und mehrte sich beinahe wie von selbst, denn sie hatte bei der Wahl ihrer Beteiligungen eine glückliche Hand besessen.

Letztendlich hatten sich der Goldstaub und die kleinen Körner als Schlüssel zu ihrem Erfolg erwiesen. Als sie eine Aufstellung ihres Vermögens gemacht und dabei das Flussgold gewogen hatte, war sie beinahe auf den doppelten Wert jener Klumpen gekommen, die sie zu Hartenburger Gulden geschlagen hatte, um die Gier des Markgrafen zu befriedigen. In der Zwischenzeit hatte sie einen Teil des Goldes aus ihrer Heimat hinausgeschmuggelt, es zu verschiedenen Goldschmelzen gebracht und zu Münzen, Stangen und Barren verarbeiten lassen. Diesmal war sie zum gleichen Zweck unterwegs, und die Beutel, die in unauffälligen Hüllen in ihrem und Jochanans Gepäck untergebracht waren, wogen mehr als bei allen anderen Reisen zusammen, und nun sah es so aus, als würde das Gold, das sie unter Lebensgefahr geborgen hatte, die Taschen ihrer Mörder füllen.

Wie berauscht von den Reden des Mönches hieb der Ritter auf den Tisch, um die Aufmerksamkeit des Wirts und der anderen Gäste auf sich zu lenken. »Ich habe eine Menge Feuerholz draußen an der Hauswand aufgestapelt gesehen. Lasst uns daraus einen Scheiterhaufen errichten und das Judenpack verbrennen.« Während der Mönch sich zurücklehnte und zufrieden lächelte, wurde das Gesicht des Wirtes abweisend. »Das Holz ist für den Winter.«

Der Ritter ließ sich nicht beirren. »Willst du dich etwa sträuben, Mann, ein gottgefälliges Werk zu unterstützen? Es ist noch früh genug im Jahr, um einen neuen Vorrat anzulegen. Ich sage, wir nehmen das Holz und schicken die verdammten Juden zur Hölle.«

»Wenn Ihr mir das Holz bezahlt ...«, antwortete der Wirt mit noch verkniffenerer Miene.

Der Mönch fiel ihm ins Wort. »Wenn du das Holz spendest, auf dem die Juden verbrannt werden, ist das so viel wie der Schlüssel zum Himmelreich!«

»Das mag ja sein, aber ich muss noch den Holzfäller bezahlen, der es mir geschlagen hat, und der Grundherr bekommt auch noch eine größere Summe für die Erlaubnis, das Holz aus seinem Forst zu holen. Das sind recht handfeste, irdische Schulden, deren Begleichung ich nicht mit dem Hinweis auf das Himmelreich verweigern kann.«

Der Ritter ballte die Faust. »Du bist ein elender Geizhals!«

Der Mönch winkte ihm zu schweigen und sah den Wirt mit einem Lächeln an, das verständnisvoll wirken sollte. »Du wirst mit dem Geld entschädigt werden, das der Jude mit sich führt.«

Der Wirt warf einen Blick auf Leas abgetragenen Mantel und den alten Judenhut auf ihrem Kopf, dessen gelbe Farbe längst ins Bräunliche spielte, und schüttelte zweifelnd den Kopf. »Der Bettel, der bei denen zu holen ist, wird nicht einmal dem Holzfäller genügen.«

Ein Kaufmann sprang auf, eilte zu dem Mönch und drückte seine Lippen mit Inbrunst auf dessen schmierige Kutte, mit der Sarah nicht einmal mehr den Boden gewischt hätte. Dann wandte er sich an den Wirt und hob die Arme wie zum Gebet. »Sorge dich nicht, Mann. Wenn das Geld des Judenschweins nicht reicht, lege ich den Rest darauf, um für mich und meine Familie einen Ablass von meinen Sünden zu erlangen.«

Lea musste an sich halten, um nicht aufzustöhnen, denn sie hatte den Mann erkannt. Es war der Kaufmann, der ihr vor drei Jahren auf dem Heimweg von Sarningen erklärt hatte, wie man mit allen Juden im Reich verfahren sollte. Jetzt schien er die Gelegenheit zu wittern, sein Scherflein zur Vernichtung des ihm verhassten Volkes beizutragen. Er starrte Lea an, als wollte er sie mit seinen Blicken töten, erkannte sie aber nicht. Der Unterschied zwischen einem nach Art der Christen gekleideten Reisenden und dem in einen Kaftan gehüllten Juden war wohl doch zu groß.

Der Mönch nickte dem Kaufmann sichtlich zufrieden zu. »Damit ist die Entscheidung gefallen. Der Jude und sein Knecht kommen ins Feuer.«

Der Ritter und seine Leute jubelten bei diesen Worten auf. Es waren harte Männer, denen das Töten zum Handwerk geworden war und vielleicht sogar zur Lust. Aber auch die meisten anderen Gäste stimmten dem Beschluss des Mönches zu, wenn auch bei weitem nicht so begeistert. Keiner war jedoch bereit, es sich mit dem Klosterbruder zu verderben, dessen Stimme seit mehr als einer halben Stunde so scharf wie eine Peitsche auf sie eingeschlagen hatte. Die meisten von ihnen hatten von Medardus Holzinger gehört, der bereits Hunderte Juden auf den Scheiterhaufen gebracht haben sollte und den einen oder anderen Christen, der es gewagt hatte, sich für die Söhne Judas zu verwenden, gleich mit dazu. Man galt in diesen Landen sehr rasch als Ketzer, wenn man einem Kirchenmann wie Holzinger missfiel.

Lea hatte inzwischen mit ihrem Leben abgeschlossen. Mit bissiger Selbstverspottung dachte sie daran, dass ihr Geheimnis nun für alle Zeiten sicher war, denn einem Häuflein Asche konnte man nicht mehr ansehen, ob es von einem Mann oder einer Frau stammte. Während sie sich noch fragte, wie es ihren Geschwistern ergehen würde, wenn sie durch ihren Tod ein zweites Mal verwaisten, erhob sich ein junger Mann, der seiner schreiend bunten, städtischen Kleidung nach zu urteilen zu jenen geckenhaften Müßiggängern aus reicher Familie gehörte, die für ihre Spottlust und ihre Streiche berüchtigt waren.

Er trat neben den Mönch und wies mit einer Gebärde des Abscheus auf die an klobigen Tischen sitzenden Gäste und den Wirt, der neben dem aufgebockten Weinfass stand. »Die Verbrennung eines verdammten Juden ist gewiss eine gottgefällige Tat. Doch weiß ich nicht, ob das hier der richtige Rahmen dafür ist.«

Medardus Holzinger blickte sichtlich verwirrt auf. »Wieso denn nicht?«

»Seht Euch doch um!«, antwortete der junge Mann in mokantem Tonfall. »Was seht Ihr? Ein Dutzend zusammengewürfelter Reisender, einen fetten Wirt und ein paar tölpelhafte Knechte. Sollen nur so wenige Leute des Segens teilhaftig werden, den die Verbrennung eines Christusmörders mit sich bringt? In Spanien zum Beispiel versammeln sich Zehntausende, wenn ein Jude in die Feuer der Hölle geschickt wird.«

»Ihr wart bei einem Autodafé zugegen?«, fragte der Mönch mit unverhohlenem Neid.

»Als Agent eines großen Handelshauses kommt man weit herum.« In der Stimme des jungen Mannes lag eher Spott als Stolz. Er drehte sich zu dem Ritter um und deutete eine Verbeugung an.

»Die Verbrennung eines Juden ist keine Wirtshausunterhaltung, sondern ein großes Ereignis, welches in einer Stadt oder wenigstens in einem größeren Marktflecken stattfinden und lange vorher angekündigt werden muss, damit möglichst viele Menschen des Segens dieses Werkes teilhaftig werden können. Auch ist es Sitte, dass ein Bischof als Vertreter der Geistlichkeit dabei anwesend ist oder zumindest ein Reichsabt.«

Der Ritter zog eine säuerliche Miene. »Damit könnt Ihr schon

Recht haben. Aber wir wollen hier und heute unseren Spaß haben.«

»Sehe ich aus wie jemand, der Euch eine Freude missgönnt?«, fragte der junge Mann sichtlich verwundert und schnippte dabei ein Stäubchen von seinen hellblau und grellrot gestreiften Beinkleidern. »Edler Herr, man vermag eine Menge Spaß mit einem Juden zu haben, viel mehr, als wenn man ihn einfach ins Feuer stößt. Da quiekt er ein paarmal, dann ist es vorbei. Außerdem stinkt es erbärmlich.«

»Das sind die Wohlgerüche des Paradieses!«, warf der Mönch giftig ein.

Der junge Mann zog die Schultern hoch und ließ sie wieder fallen. »Im Paradies will ich sie gerne schmecken, aber hier auf dieser Welt ist mir ein anderer Duft lieber.«

Lea wusste nicht, was sie von dem Ganzen halten sollte. Gab es für sie und Jochanan doch noch eine Chance, das Zusammentreffen mit dem berüchtigten Judenschlächter zu überleben, oder wollte dieser Geck nur ihre Qualen verlängern? Nein, so bösartig sah er eigentlich nicht aus, eher wie jemand, dem die Hetzreden des Mönches nicht gefielen. Aber wie sollte ein gewöhnlicher Reisender es fertig bringen, sie den Klauen eines Medardus Holzinger zu entreißen?

»Wein für alle, und zwar vom besten«, rief der junge Mann dem Wirt zu. »Halt, dem ehrwürdigen Bruder reicht lieber Wasser. Er hat gewiss ein Fastengelübde abgelegt.«

Sofort traf ihn ein giftiger Blick des Mönches, der die Gäste nun vehement aufforderte, die Judenpest zu verbrennen.

»Ja, aber nicht hier und heute!«, wehrte der Ritter ab und musterte den jungen Gecken neugierig. »Nun sprecht, Mann! Erzählt uns, was man andernorts so mit Juden treibt.«

»Oh, da gibt es allerhand interessante Sitten«, antwortete der Handelsagent beflissen. »In Piombino in Italien zum Beispiel wird der Vorsteher der jüdischen Gemeinde jedes Jahr zu Ostern nackt auf eine trächtige Sau gesetzt und dreimal um den großen Markt herumgeführt.«

»Eine gute Idee«, lachte der Ritter. »Kommt, wir ziehen die Juden aus.«

Lea erbleichte. Was die rauen Kriegsleute mit ihr anstellen würden, wenn sie sie als Frau entlarvten, brauchte sie nicht zu fragen. Einige der Kerle wollten schon aufspringen und ihr Vorhaben in die Tat umsetzen, als der Buntgekleidete abwehrend die Hand erhob.

»Einen alten Juden nackt ausziehen und sich an seiner Schrumpeligkeit zu ergötzen mag ja ganz nett sein. Aber dieser da« – er zeigte dabei auf Lea – »ist jung und von angenehmer Gestalt. Ihn nackt zu sehen, könnte das Seelenheil unseres frommen Kirchenmanns hier gefährden.«

»Du meinst, er könnte versucht sein, seinen Nagel in das Loch zu schlagen, das Männern wie Frauen gleichermaßen zu Eigen ist?« Der Ritter brüllte vor Lachen und lenkte damit den Zorn des Mönches auf sich.

»Wollt Ihr etwa behaupten, ich sei so verderbt, Sodomie zu treiben?«

Der Handelsagent schüttelte energisch den Kopf. »Beim Leibe Christi, nein! Doch hat der Satan nicht auch Hiob in Versuchung geführt, genauso wie den heiligen Benedikt und die heilige Cäcilie? Dünkt Ihr Euch etwa reiner oder sicherer vor den Werken des Teufels als diese drei erhabenen Personen?«

Dem Gesicht des Mönches war anzusehen, dass er sich durchaus reiner fühlte, und er protestierte auch wütend gegen diese Unterstellung, aber seine Worte gingen in aufbrandendem Gelächter unter.

»Was können wir denn sonst mit den Juden anfangen?«, fragte der Ritter enttäuscht.

Der junge Mann lächelte herablassend. »In Birnbach in Bayern müssen sich die Juden jedes Jahr an Abrahams Geburtstag in ihrer Synagoge versammeln und eine große Portion Schweinefleisch essen.«

»Kein schlechter Gedanke! Das ist für die doch dasselbe, als wenn unsereiner seinen eigenen Kot fressen müsste.« Begeistert drehte der Ritter sich zum Wirt um und verlangte zwei Riesenportionen von dem über dem Feuer bratenden Spanferkel.

»Aber besonders fett!«, rief der Handelsagent. Dann betrachtete er Jochanan mit zweifelndem Blick und schüttelte den Kopf. »Ihr hättet dem Kerl nicht die halben Zähne ausschlagen sollen. So bringt er nichts hinunter. Wirt, für den Knecht nur ein Stück klein geschnittenen Specks. Soll doch sein Herr für ihn mitfressen.«

Das war ein Spaß genau nach dem Herzen der Reisigen und Handelsleute, die in der Herberge Unterkunft gefunden hatten. Ein paar von ihnen packten Jochanan und schleppten ihn zu Leas Tisch, um den sich nun alle versammelten. Einzig der Mönch blieb auf seinem Platz hocken und murmelte lateinische Worte, die jedoch nicht nach frommen Gebeten klangen.

Leas Erleichterung, der Aufdeckung ihres Geschlechts und einer Massenvergewaltigung durch die anwesenden Männer entgangen zu sein, währte nicht lange. Angewidert starrte sie auf das fette, dampfende Stück Schweinefleisch, das noch über das Brett hinausragte, welches der Wirt vor sie hinstellte, und kämpfte allein von dem Geruch mit Magenkrämpfen und Übelkeit. Als sie zu dem geckenhaften Mann aufsah, nahm sie ein belustigtes Grinsen wahr. Wie es schien, hatte er sie nur deswegen vor dem Feuertod bewahrt, um sich stundenlang an ihren Qualen ergötzen zu können.

Am liebsten hätte sie den Schweinebraten gepackt und ihm an den Kopf geworfen. Da die Stimmung in der Gaststube schnell wieder umschlagen konnte, zwang sie sich zu der Einsicht, dass es besser sei, Schweinefleisch zu essen und sich in den nächsten Wochen mit Gebeten und Fasten zu reinigen, als für immer tot zu sein. Widerwillig ergriff sie das Messer, das ihr der Ritter in die Hand drückte, und schnitt sich ein kleines Stück von dem Braten ab. Neben ihr fütterte der Geck Jochanan wie ein kleines Kind mit triefendem Speck. An dem Blick ihres Knechts erkannte sie, dass es auch ihm lieber war, mit Schweinefleisch besudelt als verbrannt zu werden. In dem Augenblick hasste Lea sich selbst für die Tatsache, dass sie nicht weniger am Leben hing als ihr Begleiter.

Mit einer unhörbaren Verwünschung, die den hier Anwesenden im Allgemeinen und dem Handelsagenten im Besonderen galt, begann sie zu essen. Ihr Quälgeist ließ sie jedoch auch jetzt nicht in Ruhe. »Schmeckt es dir, mein beschnittener Freund? Übrigens sagen die großen Kirchenlehrer, dass ihr Juden in der Hölle in Luzifers Schweinestall gesperrt werdet, damit der Höllenfürst sich an euren vor Abscheu verzerrten Mienen weiden kann.«

Die Leute rings um ihn lachten, und als Leas Gesicht vor Wut dunkel anlief und sie ihren Peiniger mit gefletschten Zähnen anfunkelte, schlug sich der Ritter vor Begeisterung auf die Schenkel. »Der da wartet nicht bis zur Hölle!«

»Iss weiter, mein beschnittener Freund.« Die Stimme des jungen Mannes klang sanft, aber zwingend. Da Lea nicht sofort reagierte, nahm er ihr das Messer aus der Hand, schnitt ein Stück nach dem anderen von dem Braten ab und stopfte es ihr unter dem Gejohle der Zuschauer in den Mund, und er ließ erst von ihr ab, als das Brett vor ihr fast blank geputzt war.

»Jetzt soll der Jude auf der Sau reiten«, forderte der Kaufmann, der das Holz hatte bezahlen wollen. Der Handelsagent warf einen Blick nach draußen und schüttelte den Kopf.

»Dafür ist es schon zu dunkel. Wir würden kaum etwas sehen und uns im Schweinekoben höchstens Schuhe und Gewand beschmutzen.«

»Das würde dir wohl in der Seele wehtun.« Der Ritter, der

selbst in recht buntscheckiges Tuch gekleidet war, zeigte dabei auf das dunkelblaue, vielfach gefältelte Wams des Handelsagenten, aus dessen Schlitzen rotes und grünes Futter in verschiedenen Schattierungen aufblitzte. Der junge Mann blickte auf seine Lederschuhe hinab, deren Glanz von keinem Staubkörnchen getrübt wurde, und nickte mit einem entschuldigenden Lächeln.

»Dann holen wir die Sau eben in die Wirtsstube«, schlug ein anderer Händler vor.

Der Wirt schüttelte den Kopf, dass seine Hamsterbacken flogen. »Die Sau kommt mir nicht herein. Wenn die hier was fallen lässt, stinkt es noch tagelang, und mir bleiben die Gäste weg.«

»Alte Unke«, schimpfte einer der Reisigen.

Der Handelsagent winkte lachend ab. »Eine Sau kann doch jeder Jude reiten. Ich habe vorhin Ferkel gesehen. Holen wir eines von denen herein und lassen unseren beschnittenen Freund es herzen und küssen. Das wird viel lustiger.«

»Wenn du auch dagegen Einwände hast, schlagen wir dir die Bude kurz und klein«, drohte der Ritter dem Wirt an.

Der Mann wandte sich mit einem ärgerlichen Schwung seiner überquellenden Fettmassen ab. »Macht doch, was ihr wollt!«

Mehrere Männer verließen die Gaststube und kehrten kurz darauf mit einem quiekenden Ferkel zurück. »Da haben wir ein besonders schönes Exemplar«, lachte einer. »Komm Jude, gib unserem Schatz einen Schmatz.«

Dabei hielt er Lea die rosige Schnauze des Ferkels auffordernd vor die Nase. Sie wollte angewidert das Gesicht abwenden, spürte im gleichen Moment jedoch die Finger des geckenhaften Mannes wie eine eiserne Klammer in ihrem Genick. Er bog ihren Kopf herum, bis ihre Lippen die Schnauze des Tieres berührten, und das Gelächter schien schier die Gaststube sprengen zu wollen. Lea spürte die kalte, feuchte Schweineschnauze auf ihren Lippen, und ihr wurde klar, dass sie das Tier bei weitem nicht so hasste wie den Mann, der sie zu diesen Dingen zwang.

Er ließ nun ihren Nacken los und drückte ihr das Ferkel wie ein Kind in die Arme. »So, jetzt umarme deine kleine Freundin und tanze mit ihr. Die Gäste wollen unterhalten werden.«

Lea wollte das schmutzige, sich windende Ding sofort wieder loslassen, doch ein warnender und seltsam bittender Blick ihres Quälgeists mahnte sie, weiterhin mitzumachen. Als sie die hämischen Gesichter der übrigen Gäste auf sich gerichtet sah, wurde ihr klar, dass sie, wenn sie überleben wollte, den Hofnarren für diesen Pöbel abgeben musste. Einer der Männer holte unter dem Gejohle der anderen eine Fiedel aus seinem Gepäck und spielte ihr auf.

»Was sehen wir denn da? Ein Jude, der mit seiner Braut tanzt!«, kreischte einer der jüngeren Reisigen auf.

Der Ritter schnaufte halberstickt. »Ich hoffe, ihr habt ihm ein weibliches Ferkel beschafft.«

»Freilich! Wir haben schon darauf geachtet, ein Schweinemädchen für den Schweinejuden zu holen«, gab der andere zurück.

Stunden um Stunden schienen zu vergehen, in denen Lea sich vor den immer betrunkener werdenden Zuschauern beinahe bis zur Selbstaufgabe erniedrigte. Als sie endlich aufhören durfte, lagen die meisten Gäste vom Wein überwältigt unter den Tischen. Der Ritter, der standfester war als die anderen, umarmte den Handelsagenten und lachte dabei, dass ihm die Tränen in die Augen traten.

»Das war wirklich der köstlichste Spaß seit langem, mein Freund. He, wie soll ich dir vernünftig danken, wenn ich noch nicht einmal deinen Namen kenne. Ich bin Bernhard von Ochsenmaul, ein fränkischer Reichsritter und, wie ihr alle gesehen habt, ein guter Kerl.«

»Ochsenmaul ist ja auch ein guter Name«, antwortete der Geck wie betrunken kichernd.

Der Ritter fühlte sich veralbert und lief dunkelrot an. Doch ehe er etwas sagen konnte, verneigte sich der Handelsagent schwungvoll. »Vor allem, wenn man ihn neben den meinen stellt. Darf ich mich vorstellen? Ich bin Roland Fischkopf.«

Der Ritter zog den Handelsagenten an sich. »Fischkopf? Das ist gut. Wir beide passen wirklich zusammen.«

»Das will ich meinen! Ochsenmaul und Fischkopf sind zwei wunderschöne Namen. Wer das Gegenteil behaupten will, soll es nur wagen.« Er entwand sich dem Griff des weinseligen Ritters und warf einen Blick in die Runde.

Lea hatte das Ferkel auf einen Tisch gestellt, wo es zum Gaudium einiger Leute quiekend hin und her rannte und dabei mehrfach in Gefahr geriet, herabzufallen, und sah sich forschend um. Da sich niemand mehr um sie zu kümmern schien, hob sie Jochanan auf, der noch immer aus Mund und Nase blutete, und verschwand mit ihm durch die Tür, nicht ohne noch einen letzten Blick auf den Mönch zu werfen, der wie ein gebannter Dämon in seiner Ecke hockte und die Betrunkenen mit grimmigen und anklagenden Blicken bedachte. Er schien nicht begreifen zu können, dass ihm jemand das Heft aus der Hand genommen und sein Werk zunichte gemacht hatte.

Roland Fischkopf, den seine Verwandten und besten Freunde als Orlando Terasa de Quereda y Cunjol kannten, sah sich noch einmal in dem Raum um, der nun mehr einem Schlachtfeld als einer Gaststube glich. Es stank nach verschüttetem Wein und menschlichen Ausdünstungen, und kaum einer der noch aufrecht sitzenden Gäste sah so aus, als würde er ohne Hilfe sein Bett finden. Nur der Mönch, dem der Wirt tatsächlich nur Wasser hingestellt hatte, war hellwach und starrte Orlando an, als würde er sich am liebsten an ihm für das Entkommen der Juden schadlos halten.

Orlando wusste, dass er sich an diesem Tag einen unversöhnlichen Feind geschaffen hatte, der hartnäckiger sein würde als andere Verfolger, und ihm blieb nur zu hoffen, dass Medardus Holzinger nie erfuhr, von wem er übertölpelt worden war. Jetzt ärgerte er sich über sich selbst, weil er zu Gunsten dieser Lea Goldstaub eingegriffen hatte. Die beiden Leben, die er hier gerettet hatte, konnten später einmal den Tod anderer bedeuten, die sich auf seine Hilfe verließen.

Das durfte er jedoch nicht diesem verrückten Weibsbild ankreiden, sondern nur sich selbst. Als er von Ruben ben Makkabi erfahren hatte, dass Samuel ben Jakob nach Augsburg kommen würde, hatte er für den letzten Teil des Weges die gleiche Strecke gewählt, die Lea nehmen musste. In den letzten Jahren hatte er des Öfteren von dem jungen Fernhandelskaufmann reden hören und mit Verwunderung den Lobliedern auf dessen Tüchtigkeit gelauscht, so dass er diese ungewöhnliche Frau persönlich hatte kennen lernen wollen.

Natürlich konnte er es ihr nicht zum Vorwurf machen, in diese höllische Situation geraten zu sein, denn wer hätte voraussehen können, dass der als fanatischer Judenvernichter bekannte Mönch Medardus Holzinger ebenfalls diese Straße ziehen würde? In gewisser Weise freute Orlando sich sogar, dass er Lea hatte helfen können. Es war ein herrlicher Spaß gewesen, dem Mönch die schon sicher geglaubte Beute zu entreißen, und es hatte ihm beinahe genauso viel Vergnügen bereitet, das zornige Blitzen zweier großer, dunkelblauer Augen in einem durchaus hübschen Gesicht herauszufordern. Die junge Frau hätte wohl nichts lieber getan, als ihm ihre kräftigen, weißen Zähne in die Kehle zu schlagen.

Nach einem letzten Blick auf die betrunkenen Gäste verließ er den Raum, nahm draußen eine der Laternen vom Bord und ging hinüber in den Stall, in dem der Wirt den Juden eine unbenutzte Geschirrkammer zugewiesen hatte. Es war ein primitiver Holzverschlag mit einem großen, an der Längsseite aufgerissenen Futterkasten, auf dessen Deckel ein Strohsack und eine löchrige Decke lagen. Dieses primitive Bett sah jedoch noch bequemer aus als der mit einem fadenscheinigen Leintuch bedeckte Haufen alten Strohs an der gegenüberliegenden Wand, auf dem wohl Leas Diener schlafen sollte.

Orlando empfand es als ungehörig, dass Lea und ihr Knecht im selben Raum nächtigten, und wunderte sich gleichzeitig über den Ärger, den er deswegen empfand. Jochanan hatte mit einem so treuen Hundeblick zu seiner Herrin aufgeschaut, als wäre sie sein Abgott. Das allein bewies schon, dass es zwischen den beiden keine verbotenen Vertraulichkeiten gab. Der Knecht war gewiss ein braver Kerl, aber kein Mann, der das Herz oder die Sinne einer so energischen jungen Frau entflammen konnte.

Orlando verweilte einen Augenblick in der Erinnerung an Leas seidig glatte Haut und den feinen, wenn auch sonnengebräunten Händen, und er fragte sich, wie wohl der Rest ihres Körpers aussehen mochte. Schnell schüttelte er diese Gedanken ab. Ihn hatte Lea nicht als Frau zu interessieren, sondern als das, für das sie sich ausgab, nämlich den erfolgreichen jüdischen Handelsherrn Samuel ben Jakob aus Hartenburg. Da weder Lea noch ihr Knecht irgendwo zu sehen waren, zog er das Gepäck heraus, das unter Laub und Stroh verborgen in der Futterkiste lag. Ihm war bei der Ankunft der beiden schon aufgefallen, dass die Bündel der beiden zu schwer für ihre Größe wirkten, und nun nutzte er die Gelegenheit, sich anzusehen, was Lea mit sich herumschleppte. Gespannt öffnete er die kunstvollen Knoten, mit denen die Packen gesichert waren, und starrte kurz darauf auf das Gefunkel, in dem sich das Licht seiner Laterne widerspiegelte. Die beiden armselig wirkenden Juden führten Gold im Wert von mehreren tausend Gulden mit sich.

Jetzt wurde ihm klar, warum die Hartenburger den Hoffaktor ihres Markgrafen Goldstaub nannten. Selten hatte ein Jude einen Beinamen mit mehr Berechtigung getragen als dieser Samuel, der eine Lea war. Orlando wollte die beiden Beutel schon wieder verschließen, als ihm einfiel, das hier eine Chance für ihn lag, ein Geschäft abzuschließen, mit dem er guten Gewinn erwirtschaften und gleichzeitig einem seiner Schützlinge wieder auf die Beine helfen konnte. Kurz entschlossen nahm er ein Tuch aus Leas Gepäck, breitete es auf dem Bett aus und schüttete die Hälfte des Goldstaubs und der Körner hinein. Die um einiges leichter gewordenen Beutel verschloss er mit denselben kunstvollen Knoten und schob sie wieder in den Kasten. Dann knotete er die Enden des mit Gold gefüllten Tuches zusammen, damit nichts von dem wertvollen Inhalt verloren gehen konnte, und wog es mit einem anerkennenden Lächeln in der Hand.

Während er die Beute in seine Kammer trug, überschlug er deren Wert. Er schätzte den Anteil, den er sich genommen hatte, auf eintausend bis eintausendzweihundert Gulden. So viel war die zugige, halb zerfallene Burg nicht wert, in der Ritter Ochsenmaul hausen mochte. Es war gut, dass weder der Mönch noch der Ritter etwas von diesem Schatz geahnt hatten, denn sonst hätte selbst ein Engel des Herrn Lea und ihren Knecht nicht vor dem Feuertod bewahren können.

Nachdem Orlando das Gold in seinem Zimmer versteckt hatte, machte er sich auf die Suche nach der jungen Jüdin und fand sie schließlich an einem Bach unweit der Herberge. Leas Gesicht schimmerte im hellen Mondlicht grünlich. Wie es aussah, hatte sie sich den Finger in den Mund gesteckt, um den Magen zu entleeren, und schien sich kaum noch aufrecht halten zu können. Dennoch kümmerte sie sich um ihren verletzten Knecht und reinigte ihm gerade das blutverschmierte Gesicht.

Als Orlandos Schatten über sie fiel, hob sie den Kopf und funkelte ihn hasserfüllt an. »Habt Ihr uns noch nicht genug gequält? Wollt Ihr Euch noch weiter an unserem Elend weiden?«

»Elend?« Orlando dehnte dieses Wort genüsslich. »Mein beschnittener Freund, du solltest frohlocken, dass du überhaupt noch kotzen kannst. Außerdem wäre ein wenig Dankbarkeit mir gegenüber angebracht. Schließlich habe ich dir das Leben gerettet. Oder hast du vergessen, dass man für dich und deinen Knecht den Scheiterhaufen errichten wollte? Ihr dürftet die ersten Juden sein, die dem ehrwürdigen Bruder Medardus Holzinger entkommen sind, und seid versichert, seine Freude darüber hält sich in Grenzen. Daher gebe ich euch beiden den Rat, so rasch wie möglich von hier zu verschwinden. Wenn die Leute morgen mit schweren Köpfen aufwachen, könnten sie für seine Einflüsterungen empfänglich sein und versuchen, ihre Kopfschmerzen durch den Geruch eines gerösteten Juden zu vertreiben.«

Lea erhob sich, um nicht weiter zu Orlando aufsehen zu müssen. »Ihr seid ja sehr besorgt um mich und meinen Knecht. Erwartet Ihr vielleicht noch eine Belohnung dafür?«

»Die habe ich mir bereits genommen«, antwortete Orlando grinsend. »So geschwächt, wie ihr seid, wärt ihr beide sowieso nicht mehr in der Lage, die schweren Packen mit eurem Gold zu tragen.«

Lea zuckte zusammen und starrte ihr Gegenüber fassungslos an.
»Ihr habt mir mein Gold gestohlen?«

Orlando hob abwehrend die Hände. »Gestohlen? Was für ein böses Wort! Nein, ich habe mir etwa die Hälfte davon geborgt. Deswegen bist du immer noch nicht arm, mein beschnittener Freund.«

»Ich bin weder Euer Freund noch be…« Lea biss sich auf die Zunge, denn sie hätte sich beinahe verraten. Da sie jedoch als männlicher Jude gelten wollte, durfte sie die Beschneidung nicht leugnen. »… noch sehe ich ein, Euch etwas schuldig zu sein! Schließlich habt Ihr Euch heute genug derbe Scherze mit mir geleistet.«

»Gewiss keinen derberen, als ihn der Mönch für dich plante«, erinnerte Orlando sie.

»Ihr hattet Euren Spaß und tragt dafür mein Gold mit Euch fort. Das mag Euch genügen.«

Lea drehte Orlando den Rücken zu und beugte sich wieder zu Jochanan hinab.

Orlando ärgerte sich schon wieder über dieses sturköpfige Weibsstück. Wäre sie ein vernünftig denkender Mann, hätte sie begriffen, wie knapp sie dem Tod entgangen war. Er hatte ja keinen überschwänglichen Dank für die Rettung erwartet, aber wenigstens ein paar nette Worte. Dieses Mädchen von gerade mal neunzehn Jahren tat jedoch so, als wäre er an ihrem Unglück schuld und nannte ihn zum Dank auch noch einen Dieb.

»Mein lieber beschnittener Freund«, begann er mit sanfter Stimme. »Ich habe dich mitnichten bestohlen, sondern nur eine größere Summe von dir geborgt. Ich habe nämlich die Gelegenheit zu einem viel versprechenden Geschäft, das ich sonst hätte ausschlagen müssen. Dank deines Goldes bin ich jetzt in der Lage, mich an einem größeren Unternehmen zu beteiligen. Sieh dich als mein Geschäftspartner an, denn ich werde dir die ausgeliehene Summe auf den Heller genau zurückzahlen und den Profit brüderlich mit dir teilen.« Orlando schnurrte fast vor Vergnügen, während Leas Miene immer eisiger wurde.

»Wollt Ihr mich noch weiter verspotten? Ihr seid nicht nur ein Dieb, sondern auch ein elender Lügner! Geht! Macht, dass Ihr fortkommt, bevor ich meine Beherrschung verliere. Ich bete zu dem Gott meiner Väter, Euch nie mehr begegnen zu müssen.«

»Das ist ein harsches Lebewohl, mein beschnittener Freund, aber ich gebe mich jetzt damit zufrieden.«

Orlando drehte sich um und kehrte in die Herberge zurück. Er musste an sich halten, um unterwegs nicht lauthals zu lachen. Wüsste Lea, dass er ebenfalls zu Ruben ben Makkabi unterwegs war, würde sie an ihrem eigenen Gift ersticken.

Als er am nächsten Morgen aufstand, schliefen die meisten Reisenden noch ihren Rausch aus. Vom Wirt erfuhr er, dass die beiden Juden bereits vor Anbruch der Dämmerung aufgebrochen waren, während der Mönch kurz nach Sonnenaufgang die Herberge in die andere Richtung verlassen hatte.

»Den Wein, den Ihr gestern für alle bestellt habt, braucht Ihr nicht zu bezahlen«, setzte der Wirt mit unglücklichem Gesicht hinzu. »Ich bin ja froh, dass alles so glimpflich abgegangen ist, denn andernfalls hätte ich ganz bestimmt Schwierigkeiten mit der Obrigkeit bekommen.«

Orlando klopfte dem Mann lächelnd auf die Schulter. »Hab keine Sorge um deinen Verdienst, mein Freund. Ich habe gestern Abend mit dem Juden gesprochen und fand ihn sehr glücklich, weil ihm nichts geschehen ist. Deswegen hat er mir Geld für dich zurückgelassen, so dass du seinetwegen keinen Verlust erleiden musst.«

Der Wirt sah seinen Gast verwundert an. »Davon hat mir der Jude beim Abschied aber nichts gesagt.«

Orlando hob die Augenbrauen. »Ist das nicht zu verstehen? Er ist zwar nicht reich, doch die paar Münzen in seinem Beutel hätten einige Gäste durchaus veranlassen können, ihm zu folgen und ihn auszurauben.«

»Da habt Ihr freilich Recht«, stimmte der Wirt ihm zu. »Wenn es genehm wäre, so bekäme ich zwanzig Groschen für drei große Kannen meines besten Weins, außerdem noch weitere fünf für Eure eigene Übernachtung und die Zeche.«

Orlando war sich sicher, dass der fette Wirt einen billigeren Wein ausgeschenkt hatte, zählte aber brav die geforderte Summe ab und drückte sie ihm mit einem weiteren Groschen als Trinkgeld in die Hände. »Es stimmt so, mein Guter. Aber nun schickt mir den Knecht mit heißem Wasser in meine Kammer und lasst mein Frühstück richten. Ich will ebenfalls bald aufbrechen.«

Der Wirt verbeugte sich so tief, wie seine Fülle es erlaubte, und watschelte davon, um seine Anweisungen an das Gesinde zu geben.

3.

Zu Leas Erleichterung stellte sich heraus, dass Jochanan weder den Kiefer gebrochen noch mehr als einen Zahn verloren hatte. Die Wunden in Gesicht und Mund hinderten ihn zwar daran, feste Kost zu sich zu nehmen, aber sonst verlief der Rest der Reise ohne weitere Schwierigkeiten. Trotzdem war Lea froh, als sie Augsburg vor sich auftauchen sahen, und wünschte sich, sie befände sich schon in der gewiss trügerischen Sicherheit von Ruben ben Makkabis Heim. Nachdem sie die Torsteuer bezahlt hatte, musste sie sich zwingen, gemessenen Schrittes Richtung Judenviertel zu gehen.

Ihr Gastgeber empfing sie mit sichtlicher Freude und ließ, als er Jochanans geschwollenes, von einer Platzwunde entstelltes Gesicht sah, gleich einen Arzt rufen. Während er den Knecht in die Obhut seines Gesindes gab, führte er Lea in seine beste Stube, die mit kunstvoll gewebten Teppichen aus feinster Wolle ausgelegt war und an deren Wänden von kundiger Hand gestickte Bilder von der Sehnsucht nach dem fernen Jerusalem sprachen. Rubens Sohn Jiftach hockte wie eine Kröte auf einem niedrigen Stuhl und rezitierte Thoratexte, während dessen Schwester Hannah Lea bedienen musste. Es war dem Hausherrn deutlich anzusehen, dass er seinem Plan, das Mädchen mit Samuel ben Jakob zu verheiraten, diesmal ein Stück näher kommen wollte.

»Meine Hannah ist ein hübsches Mädchen, nicht wahr?«, pries Ruben seine Tochter, als hätte sein junger Gast sie noch nie gesehen. »Sie ist folgsam, fleißig und brav und auch nicht zu ausgelassen an Purim und beim Chanukka-Fest. Gewiss wäre sie einem Handelsmann, der viel unterwegs ist, eine angenehme Gefährtin und die treue Hüterin seines Hauses.«

Lea seufzte innerlich. Die Andeutungen in ihrem letzten Schreiben hatten offensichtlich noch nichts bewirkt, also würde sie noch deutlicher werden müssen, um den eifrigen Ehestifter zu bremsen. Zu ihrer Erleichterung klopfte es an der Tür, und ein Diener meldete, dass weitere Gäste erschienen waren. Lea hätte dem Mann am liebsten ein Goldstück in die Hand gedrückt, weil er ihr eine direkte Antwort erspart hatte. Ihre Freude verlor sich jedoch rasch, denn Ruben hörte auch im Kreis seiner Freunde nicht auf, Samuel seine Tochter schmackhaft zu machen.

Kaleb ben Manoach, einer von Rubens Nachbarn, stimmte seinem Gastgeber eifrig zu. »Wie alt bist du, Samuel? Einundzwanzig, nicht wahr? Da wird es aber höchste Zeit für dich, dir ein Weib zu nehmen.«

Das Eintreten des Dieners bewahrte Lea erneut vor einer Antwort. »Es ist ein weiterer Gast eingetroffen, Herr«, wandte er sich an Ruben ben Makkabi. »Aber er ist keiner von uns, sondern ein Christ.«

»Das kann nur Roland Fischkopf sein, ein Hamburger Handelsagent, der gelegentlich für mich als Aufkäufer tätig ist. Schnell, führe ihn herein.« Der Hausherr scheuchte den Diener mit einer Handbewegung fort und lächelte über die Verblüffung seiner Gäste. Trotzdem wirkte er genauso gespannt wie sie.

Kaleb ben Manoach verzog angewidert das Gesicht. »Du arbeitest mit einem Christen zusammen?«

Ruben ben Makkabi winkte ab. »Das tun wir doch alle mehr oder weniger.«

»Ja, aber nicht so, dass man ihnen echtes Vertrauen schenken müsste.«

Im selben Augenblick trat Orlando ein. Sein Blick schweifte über die versammelte Runde und blieb auf Lea haften.

»Oh, da ist ja mein lieber Freund Samuel! Was bin ich erleichtert, dich unbeschadet wiederzusehen. Ich hatte schon Angst, man hätte dir unterwegs doch noch aufgelauert.« Seine Stimme klang so erfreut, als hätte er einen lange vermissten Verwandten vor sich.

Lea biss die Kiefer zusammen, um die Worte zurückzuhalten, die über ihre Zunge drängten. Ihr Blick irrte zwischen Ruben ben Makkabi und Fischkopf hin und her, und sie verfluchte den Zufall, der diesen heimtückischen Christen ausgerechnet in dieses Haus geführt hatte. »Wie Ihr seht, bin ich gut in Augsburg angekommen. Das allerdings war nicht Euer Verdienst.«

»Beileibe nicht. Aber glaube nicht, es wäre leicht für mich gewesen, Bruder Medardus Holzinger davon abzuhalten, dir zu folgen und dich doch noch auf den Scheiterhaufen zu bringen.«

Die übrigen Gäste erbleichten bei der Erwähnung des gefürchteten Namens. Ruben ben Makkabi schluckte und starrte Lea entgeistert an. »Was höre ich da? Du bist Medardus Holzinger, diesem Sendboten des Bösen, begegnet?«

»… und ihm entkommen!«, setzte Orlando zufrieden lächelnd hinzu.

Kaleb ben Manoach schenkte Samuel einen anerkennenden Blick. »Das ist ein Wunder! Gepriesen sei der Gott Abrahams, Isaaks und Jakobs.«

Lea erkannte mit erschreckender Klarheit, dass sie entweder ihren Peiniger loben oder das Verdienst, dem Feuertod entgangen zu sein, für sich selbst in Anspruch nehmen musste. Das Erste tun zu müssen, erbitterte sie bis ins Mark, aber sie durfte die ehrwürdigen Ältesten der Augsburger Gemeinde nicht anlügen. »Ich gebe zu, dass Medardus Holzinger sehr viel daran gelegen war, Jochanan und mich auf dem Scheiterhaufen zu sehen. Dein neuer Gast … äh, ich habe den Namen vergessen …« Lea wandte sich scheinbar gleichmütig an Orlando.

»Fischkopf, Roland Fischkopf«, half dieser lächelnd aus.

»Nun, Herrn Fischkopf gelang es, die Leute von dem Verlangen des Mönches abzulenken.«

Kaleb ben Manoach musterte Orlando wie ein lebendig gewordenes Wunder Gottes. »Wie ist Euch dies nur gelungen, werter Freund?«

»Ach, Herr Fischkopf brachte ein paar Ideen vor, wie man mehr Spaß am Judenquälen hat, als wenn man sie verbrennt. Er begeisterte die Anwesenden damit so sehr, dass sie den Reden des Mönches keinerlei Beachtung mehr schenkten, und ließ mich die halbe Nacht lang einen schweinischen Hofnarren spielen.«

Der Hass in Leas Stimme schockierte Ruben ben Makkabi und seine jüdischen Gäste, so dass sie Samuel strafend ansahen. Orlando lächelte jedoch, als hätte sie ihm Komplimente gemacht. »Es tut mir Leid, wenn dir mein Eingreifen missfallen hat. Doch mit weniger als der Unterhaltung, die du ihnen unter meiner sanften Anleitung geboten hast, hätte der Pöbel sich wohl kaum zufrieden gegeben.«

Während die übrigen Gäste verständnisvoll nickten, hatte Lea an dem Spott in Orlandos Stimme zu kauen, und sie benötigte ihre letzte Kraft, um eine diplomatische Antwort zu formulieren. »Nun, Eure Scherze waren dem Volk, das sie mit mir trieb, wohl angemessen.«

Mit Verbitterung nahm sie wahr, wie die übrigen Juden im Raum ihren Peiniger für sein Eingreifen und seine ans Wunderbare grenzende Geistesgegenwart lobten, und musste sich zurückhalten, um nicht ihrer Wut freien Lauf zu lassen. Ihr war jedoch klar, dass man ihr jedes kränkende Wort über diesen Fischkopf übel genommen hätte.

Nach einer Weile, in der das Gespräch an Lea vorbeigelaufen war, wandte Kaleb ben Manoach, der sich nicht mit Orlandos knappen Erklärungen zufrieden geben wollte, »Freund Samuel« zu. »Was musstest du denn so alles tun, mein armer Junge? Dich etwa nackt ausziehen?«

»Beim Gott Abrahams, nein!«, platzte Lea heraus. »Das ist mir erspart geblieben.«

Ruben ben Makkabis Miene zeigte eine Mischung aus Mitgefühl und unverhohlener Neugier. »Was für ein Glück für dich, Samuel, denn sonst hätten die Christen dich sicher nicht nur wegen deines beschnittenen Gliedes, sondern auch wegen der Narben verspottet, die man dir, wie du in deinem letzten Brief schriebst, beim Sarninger Pogrom zugefügt hat.«

Orlando hob den Kopf. »Welche Narben?«

»Von Wunden, über die man nicht gerne redet«, beschied Lea ihm kühl.

Die anderen Gäste, die von Ruben in Samuels Leiden eingeweiht worden waren, lachten verhalten, und Kaleb ben Manoach klärte Orlando eifrig auf. »Wisst Ihr, Herr Fischkopf, unser armer Freund Samuel geriet vor drei Jahren in das Sarninger Pogrom und erlitt dabei Verletzungen an jener Stelle, mit der Gott, unser Schöpfer, Adam ausgestattet hat.«

Orlando hob den Zeigefinger zum Zeichen, dass er verstanden hatte. »Ah, am Pimmel.«

Kaleb ben Manoach hüstelte. »Nicht nur dort.«

Orlando drehte sich zu Lea um. »Ach, mein armer Freund, da kann ich nur hoffen, dass diese Verletzung dich nicht daran hindert, Männerwerk bei deiner Ehefrau zu verrichten.«

Lea starrte Orlando so entgeistert an, dass er Mühe hatte, seine aufsteigende Heiterkeit zu verbergen, und Ruben ben Makkabi stieß einen tiefen, traurigen Seufzer aus. Seine Miene aber zeigte, wie froh er war, dass die Unterhaltung sich wieder dem Thema zuwandte, das ihm am Herzen lag. »Unser lieber Samuel hat sich noch kein Weib genommen. So bleibt mir die Hoffnung, dass er meine Hannah erwählt. Sie ist ein verständiges Mädchen, das ihm gewiss keine Vorhaltungen machen wird, wenn seine Verletzung ihn das eine oder andere Mal zur Enthaltsamkeit zwingt.«

»Wenn es nur das eine oder andere Mal sein würde, wäre es ja gut«, stichelte Kaleb ben Manoach, der Samuels Weigerung,

Hannah trotz ihrer reichen Mitgift zu heiraten, mit seiner Verletzung in Verbindung brachte.

Ruben bedachte seinen Nachbarn mit einem Blick, der diesem nichts Gutes für die Zukunft versprach, während Orlando sich mit einem hinterhältigen Lächeln an Lea wandte. »So schlimm steht es doch gewiss nicht, Samuel, oder doch?«

Lea hatte ganz vergessen, dass sie genau diesen Eindruck bei Ruben ben Makkabi hatte hinterlassen wollen, und bedachte Orlando mit einem mörderischen Blick. Reichte es dem Mann denn nicht, dass sie sich vor seinen christlichen Mitbürgern zum Narren hatte machen müssen? Warum beschämte er sie jetzt auch noch vor ihren eigenen Landsleuten? Sie schluckte die Tränen hinunter, die ihr in der Kehle brannten, und bemühte sich, so gelassen wie möglich zu antworten.

»Eure Sorge um mein Wohlergehen ehrt mich, Herr Fischkopf, doch Ihr braucht Euch keine Sorgen zu machen. Ich bin durchaus fähig zur körperlichen Vereinigung.«

Für einen Augenblick war Lea zufrieden mit sich selbst, denn ihre Worte entsprachen ja der Wahrheit. Schließlich war sie eine Frau, an der nichts fehlte. Im nächsten Moment aber verfluchte sie sich für ihre Unbedachtheit, denn Ruben ben Makkabi jubelte auf.

»Das ist die schönste Nachricht, die ich seit langem gehört habe. Damit steht der Verwirklichung unserer Wünsche nun nichts mehr im Weg. Wenn du willst, Samuel, kannst du noch heute mit Hannah unter den Baldachin treten.«

Orlando, der still vor sich hin lächelte, hatte Lust, den Dolch in Leas Brust noch ein wenig herumzudrehen. »Ich habe schon viel über eure jüdischen Hochzeiten gehört, aber noch keine miterlebt. Es würde mich freuen, daran teilnehmen zu dürfen.«

Lea lachte schadenfroh auf. »Darauf wäre ich nicht so begierig. Wie ich gehört habe, werden Christen, die mit den Söhnen

Judas feiern, von ihrer Obrigkeit hart bestraft. Das Mindeste, was Ihr zu erwarten habt, sind ein paar Tage im Karzer.«

Orlando ließ sich nicht beeindrucken. »Das würde ich für die Freude ertragen, dir und deiner jungen Braut meine Glückwünsche darbringen zu können.«

»Nein, da führt kein Weg hin.« Leas Gesicht wurde mit einem Mal hart und abweisend. Sollte Ruben ben Makkabi sie jetzt vor die Tür setzen, würde sie ihre Geschäfte nicht mehr in dem Ausmaß weiterführen können wie bisher. Das wäre ein herber Verlust für sie, aber auch für ihn. Nach dem ersten Aufwallen ihrer Wut wurde ihr jedoch bewusst, dass sie, wenn ihre Familie Hartenburg doch einmal verlassen musste, diese und manch andere jüdische Tür verschlossen finden würde.

Ruben ben Makkabi schien nicht zu wissen, was er sagen sollte, Kaleb ben Manoach hingegen schien sich zu amüsieren, denn er kicherte wie ein kleines Mädchen. »Vielleicht ist die Verletzung unseres Freundes doch nicht so gut verheilt.«

»Mein Arzt hat mich gewarnt, voreilig zu sein, und ich soll mich noch einmal von ihm behandeln lassen, bevor ich ehelichen Pflichten nachkommen kann.«

Lea hoffte, mit dieser Behauptung die Diskussion beenden zu können, und beschloss, Ruben ben Makkabis Haus in Zukunft zu meiden, auch wenn das ihren Geschäften schaden würde. Ihr Blick traf Orlando, dem sie die Schuld an dieser Entwicklung gab, und sie ärgerte sich über das sichtbare Vergnügen, mit dem er dem Gespräch gefolgt war. Sie sah sich wieder mit dem Ferkel auf dem Arm tanzen, bis sie vor Erschöpfung beinahe zusammengebrochen wäre, und hätte ihren Zorn darüber am liebsten laut hinausgeschrien. Begriff denn niemand von den anwesenden Vorstehern der jüdischen Gemeinde, dass dieser Christ ihre Gesellschaft nur suchte, um sich später über sie lustig zu machen?

Ruben ben Makkabi hatte sich schnell wieder gefasst, war aber nicht bereit, seine Pläne aufzugeben. »Wir haben auch hier in Augsburg hervorragende Ärzte. Der ehrenwerte Rechab ben Elija ist gerade bei deinem Knecht, um nach seinen Wunden zu sehen. Ich könnte ihn zu dir rufen.«

Als Lea daraufhin heftig den Kopf schüttelte, ließ er einen kleinen Laut des Unmuts hören, drang aber weiter in sie ein. »Dann sollten wir wenigstens über die Heirat deiner Schwester reden, Samuel. Wenn du schon auf die Freuden der Ehe verzichten willst, darfst du Lea deswegen den Weg zu einer eigenen Familie und einem eigenen Hausstand nicht versperren. Das ist nicht recht an ihr gehandelt. Allerdings wirst du, wenn sie dein Haus verlässt, dir ein Weib nehmen müssen, das deinem Haushalt vorsteht.«

»Hannah würde sich bedanken, wenn ihr die Freuden der Ehe verwehrt blieben.« Durch diese Bemerkung verdarb Kaleb ben Manoach es sich jetzt endgültig mit seinem Nachbarn.

Orlando bekämpfte den Wunsch, die junge Frau noch weiter in Verlegenheit zu bringen. Eigentlich sollte das Mädchen ihm Leid tun. In ihrer Rolle als Mann musste sie früher oder später bösen Schiffbruch erleiden, denn sie hatte ja nicht nur die christliche Umwelt gegen sich, sondern musste sich auch noch gegen die Männer des eigenen Volkes behaupten. Er dachte an das Gold, das er ihr abgenommen hatte, und beschloss, die Summe samt dem Gewinn so für sie anzulegen, dass ihr das Geld auch dann verblieb, wenn sich die Türen ihrer Landsleute vor ihr schlossen und sie zu einer Ausgestoßenen wurde.

Ruben ben Makkabis Gesicht zeigte nichts von seinem Ärger über Samuel ben Jakobs unzugängliche Art, sondern nur eine schier unendliche Geduld. Er blickte Lea auffordernd, ja fast ein wenig flehend an, erhielt aber keine Reaktion. Sein jüngster Geschäftsfreund schien sich durch sein Drängen oder mehr noch durch die Bemerkungen seines Nachbarn verletzt zu fühlen und hatte sich in sich selbst zurückgezogen.

Lea beschäftigte sich jedoch weniger mit den Anspielungen auf Samuels mangelnde Zeugungskraft, sondern mit der geradezu abstoßenden Vorstellung, einen Tölpel wie Jiftach heiraten zu müssen. Lieber blieb sie zeit ihres Lebens unvermählt. Solange sie als Samuel Goldstaub auftreten musste, würde das ihr Schicksal sein, denn eine Heirat kam erst dann für sie in Frage, wenn Elieser alt und erfahren genug war, um die Geschäfte selbst führen zu können. Lea ertappte sich bei dem Wunsch, dass der Zeitpunkt nie kommen möge, denn seit der Markgraf von Hartenburg und seine Mätresse sie zur Steigerung ihrer Lust gedemütigt hatten, graute ihr vor dem Gedanken an die körperliche Vereinigung von Mann und Frau. Hätte der Narr sich damals nicht gnädiger als sein Herr erwiesen, hätte sie an jenem Tag ihre Jungfernschaft und ihre Ehre verloren. Um ihre Lippen spielte ein Lächeln, als sie daran dachte, dass der Verwachsene sich kurz darauf mit den von ihr erhaltenen zweihundert Gulden aus dem Staub gemacht hatte. Der neue Narr des Markgrafen war verkommen genug, um sich willig an den obszönen Scherzen der Mätresse zu beteiligen, sollte aber bei weitem nicht mehr so witzig sein wie sein Vorgänger.

Während Leas Gedanken sich mit der Vergangenheit beschäftigten, fand Orlando, dass sie es sich zu leicht machte, indem sie ihren Gastgeber ignorierte. Er trat an ihre Seite und tippte ihr auf die Schulter. »So nachdenklich, Samuel? Glüht in deiner Brust vielleicht doch die Sehnsucht nach den zärtlichen Händen einer Ehefrau und den Wonnen, die sie dir im Bett bereiten könnte?«

Diesmal ließ Lea seine Stichelei wie Wasser von sich abperlen. »Darüber wisst Ihr sicher mehr als ich, und ob es für mich Wonnen wären, wage ich zu bezweifeln.«

»Dich schmerzen wohl deine Wunden, wenn dich das Verlangen nach einem Weib überkommt.« Orlando lächelte boshaft.

Da Lea als entmannt gelten wollte, musste sie auch den Spott ertragen lernen, der solche Leute traf.

Lea sah Orlando so abweisend an, dass Ruben ben Makkabi annahm, Fischkopf habe ins Schwarze getroffen. Daher legte er die Hand auf Samuels Schulter, um ihn zu trösten. »Gräme dich nicht weiter, mein Freund. Es gibt Mittel, diese Schmerzen zu lindern. Wenn sie dich in die Lage versetzen, einen Sohn zu zeugen, solltest du dich nicht scheuen, sie anzuwenden. Ich werde dir etwas von der Mixtur besorgen.«

Unterdessen hob einer der Gäste mit Namen Simeon ben Asser die Hand. »Die Probleme unseres jungen Freundes in allen Ehren, aber ich bin nicht hierher gekommen, um Klageweib zu spielen, sondern um über Geschäfte zu reden. Ich habe gute Nachricht für dich, Samuel. Das Schiff aus England, dessen Ankunft sich über Gebühr verzögert hat, ist endlich mit einer Ladung englischer Wolle in Amsterdam gelandet. Wie du dich erinnerst, erwarben wir einen Anteil von fünfzehn Prozent, und da mein Gewährsmann die Ware zu einem guten Preis verkaufen konnte, hat jeder von uns einen Gewinn von zweihundert Gulden gemacht. Willst du die gesamte Summe zurückhaben, oder beteiligst du dich auch an meinem nächsten Geschäft?«

Lea, die froh gewesen war, dass endlich jemand das Thema gewechselt hatte, rechnete kurz nach. Wenn sie die ständigen Forderungen des Markgrafen erfüllen und sich dennoch ein Vermögen schaffen wollte, welches es ihr und ihrer Familie ermöglichte, sich eines Tages in einer der großen Reichsstädte niederzulassen, dann konnte sie sich nicht viele schlechte Geschäfte leisten.

»Nein, ich werde mich wohl nicht mehr beteiligen, Simeon. Du hattest mir dreihundert Gulden als geringstmöglichen Gewinn versprochen – und das in einer weitaus kürzeren Zeit.«

Simeon ben Asser warf in einer verzweifelten Geste die Hände hoch. »Beim Gott Abrahams, Samuel. Kann ich für die Stürme auf dem Meer? Beim nächsten Mal kommt das englische Schiff gewiss schneller, und unser Gewinn wird größer sein.«

Lea schüttelte zweifelnd den Kopf und überlegte, wie sie ihre Ablehnung in sanfte Wort kleiden konnte.

Da griff Orlando ein. »Ihr hattet einen Siebtelanteil an dieser Ladung und nur vierhundert Gulden Gewinn daraus gezogen? Ich fürchte, da hat man Euch übers Ohr gehauen. Englische Wolle wird in Flandern immer stärker gefragt, und ich habe letztens an einem Zwölftel einer Ladung fünfhundert Gulden verdient.«

Simeon ben Asser musterte Orlando unglücklich. »Mein Gewährsmann hat das Gegenteil behauptet.«

Lea musterte Simeon ben Asser scharf und fragte sich, ob er sie betrogen haben könnte. Seine Niedergeschlagenheit schien jedoch echt zu sein. »Ist dein Handelspartner wirklich vertrauenswürdig, Simeon?«

Simeon ben Asser zuckte unschlüssig mit den Achseln und breitete die Hände aus. »Ich nehme es an. Schließlich habe ich schon mit seinem Vater zusammengearbeitet und nur die besten Erfahrungen gemacht.«

Lea schüttelte unwillig den Kopf. »Ist er ein Mann aus unserem Volk oder ein Christ?«

»Er ist keiner der Söhne Judas«, gab Simeon ben Asser zu.

»Dann war sein Vater wohl ein ehrenwerter Mann, während der Sohn glaubt, einen Juden ungestraft betrügen zu können.«

Orlando lachte hart auf. »Dann ist der Kerl ein Narr. Die großen Kaufleute wie die Fugger, Welser, Tucher und wie sie alle heißen achten genau darauf, ob ihre Geschäftspartner ehrlich sind. Wenn der Mann Pech hat, vertraut ihm bald keiner mehr einen lumpigen Heller an.«

Lea war nicht seiner Meinung. Christliche Handelsherren sahen die jüdischen Kaufleute als lästige Konkurrenz an und bekämpften sie mit allen Mitteln. »Vielleicht wird dieser Mann von

Euren Welsern und Tuchern sogar dafür bezahlt, um uns zu betrügen und auf Dauer aus dem Handel mit englischer Wolle zu verdrängen.«

»Das kann man nicht ausschließen«, musste Orlando zugeben.

»Auf alle Fälle solltet Ihr Euch einen anderen Handelsagenten in Amsterdam besorgen.«

»Wie denn?«, rief Simeon ben Asser verbittert. »Ich kenne dort niemand außer meinem jetzigen Gewährsmann, und wer weiß, ob ein anderer nicht nur mein Geld nimmt und mich dann auslacht.«

»Dann müssen wir uns aus diesem Geschäft zurückziehen«, antwortete Lea so kühl, als ginge es um ein paar Viertelbatzen. Für sie stellte der Handel mit England einen eher geringen Teil ihrer Geschäftsbeziehungen dar, Simeon ben Asser aber bezog den größten Teil seines Einkommens aus dieser Quelle. Versiegte sie, war er zwar noch kein armer Mann, spielte unter den jüdischen Kaufleuten aber keine nennenswerte Rolle mehr, und wenn er noch ein weiteres Mal Pech hatte, würde er als Tandler über die Straßen ziehen müssen.

Ruben ben Makkabi hatte interessiert zugehört und wandte sich nun an Orlando. »Wisst Ihr keinen sicheren Gewährsmann in einem der Nordseehäfen, Herr Fischkopf? Schließlich seid Ihr dort so gut wie zu Hause.«

Simeon ben Asser starrte Orlando an wie ein Ertrinkender einen Strohhalm. Lea winkte jedoch verächtlich ab und machte ein Gesicht, als wollte sie sagen: Diesem Mann vertraue ich noch nicht einmal einen Kieselstein an. Ihre Ablehnung reizte Orlando und brachte ihn dazu, auf Ruben ben Makkabis Wunsch einzugehen. Er tat so, als müsse er angestrengt nachdenken, und schnalzte dann mit dem Fingern, als sei ihm plötzlich etwas eingefallen.

»Ich glaube, ich kann Euch helfen. Ihr müsstet allerdings Eure Geschäfte von Amsterdam nach Antwerpen verlegen. Dort ist vor kurzem ein spanischer Kaufmann zugezogen, für den ich mich verbürgen kann. Er ist so ehrlich, wie man in diesem Gewerbe nur sein kann.«

»Nehmt Ihr Euch als Beispiel?«

Leas Spott konnte Orlando nicht erschüttern. »Ich glaube einen guten Ruf zu haben. Unser verehrter Gastgeber wird dir das gewiss bestätigen, denn ich habe schon etliche Geschäfte für ihn in Hamburg und Lübeck getätigt.«

Ruben ben Makkabi nickte zufrieden lächelnd. »Ich kann nur das Beste über Herrn Fischkopf berichten. Er hat immer zu meiner größten Zufriedenheit gearbeitet und die vorausgesagte Gewinnspanne meist noch übertroffen.«

»Ob das wohl alle Leute von Euch sagen können, Herr Fischkopf?« Nun war es Lea, die sticheln musste.

Orlando ließ sich von einem Diener den Weinbecher füllen, drehte das Gefäß in der Hand, ohne daraus zu trinken, und blinzelte Lea unter hängenden Lidern zu. »Ihr dürft Samuels Worte nicht übel nehmen«, bat er die Anwesenden. »Er hat sich zum Dank für meine bescheidene Hilfe in jener Herberge an einem meiner Geschäfte beteiligt, zweifelt zu meiner Betrübnis jedoch an einem guten Gelingen.«

Ruben ben Makkabi sprang Orlando bei. »Da brauchst du dich wirklich nicht zu sorgen, Samuel. Ein Geschäft, das Herr Fischkopf abschließt, gelingt immer und bringt reichen Gewinn.«

Lea war überzeugt, dass sie kein Körnchen des entwendeten Goldstaubs wiedersehen würde, aber da sie sich nicht weiter mit Roland Fischkopf streiten wollte, ignorierte sie ihn und sprach Ruben ben Makkabi auf ihre gemeinsamen Geschäfte an. Auch hier hätte der Ertrag höher sein können, doch lag dies an den äußeren Umständen und nicht an einem betrügerischen Gewährsmann. Lea selbst zahlte Ruben mit Anteilsscheinen, die sie ihm ausstellte, für einen Handel aus, der unter ihrer Federführung abgelaufen war, und überreichte auch einigen anderen Kaufleuten von ihr gezeichnete Papiere, die diese bei jüdischen

Bankiers wie Zofar ben Naftali einlösen oder direkt in neue Geschäfte stecken konnten.

Sie selbst erhielt das Recht auf die Lavendelernte eines provenzalischen Grafen, die ihr einer ihrer Geschäftsfreunde anstelle gemünzten Goldes oder einer Bankanweisung übergab. Alles in allem hätte sie mit dem Verlauf der Verhandlungen zufrieden sein können. Doch das an Roland Fischkopf verlorene Gold schmerzte sie. Es war weniger der materielle Verlust, der sie ärgerte, sondern die Art, wie er sich in seinen Besitz gesetzt hatte. Sie war ihm ja dankbar, dass er Jochanan und ihr das Leben gerettet hatte, und hätte sich gern dafür erkenntlich gezeigt. Doch er hatte wie ein Dieb gehandelt und nicht wie ein ehrlicher Kaufmann, so dass sie jetzt mit leeren Händen dastand und keine Forderung gegen ihn geltend machen konnte. Als David ben Mordechai neben ihr durchdringend hüstelte, bemerkte Lea, dass sie im Gespräch mit ihrem nächsten Geschäftspartner unaufmerksam geworden war. Sofort verbannte sie Fischkopf aus ihren Gedanken und konzentrierte sich wieder auf die Verhandlungen.

In den nächsten Stunden wechselten Waren und Güter im Wert von etlichen tausend Gulden die Besitzer. Orlando beteiligte sich nur an einigen wenigen Geschäften, hörte aber höchst interessiert den Verhandlungen der anderen zu und lächelte das eine oder andere Mal amüsiert.

Die meisten der hier versammelten Patriarchen der jüdischen Gemeinde schlossen ihre Geschäfte mit viel Witz und Temperament ab, Simeon ben Asser versuchte jedoch seine Partner mit wortreichen Klagen über andere schlechte Geschäfte mitleidig zu stimmen, und Kaleb ben Manoach schacherte um jeden Groschen, als würde man ihm das Brot vom Mund rauben. Ruben ben Makkabi blieb hingegen so ruhig und gelassen, als ginge es um ein paar Äpfel auf dem Markt, war aber bei seinen Abschlüssen sehr vorsichtig, während Lea selbst bei riskanteren

Geschäften einem Eisblock glich. Orlando wusste nicht mehr, was er von ihr halten sollte. Selbst unter Christen hatte er niemanden kennen gelernt, der so kaltblütig und nervenstark mit Summen umging, deren Verlust für die meisten Anwesenden den Ruin bedeuten würde.

Ruben ben Makkabi bemerkte Orlandos Verblüffung und klopfte Lea anerkennend auf die Schulter. »Unser Freund Samuel ist trotz seiner Jugend ein Handelsmann, wie man ihn nur selten findet. Er riecht förmlich, ob ein Geschäft Ertrag abwirft oder nicht. Ich habe ihn vor einiger Zeit zu einem scheinbar todsicheren Geschäft überreden wollen, doch er sagte nein. Ob du es glaubst oder nicht, der Handel platzte und brachte mir einen Verlust von fast achthundert Gulden. Dafür verdiente ich mehr als tausend Gulden an einem Geschäft, das ich nur abschloss, um Samuel einen Gefallen zu tun.«

Lea lächelte scheinbar geschmeichelt, doch Orlando entging weder der Spott, der in ihren Mundwinkeln zuckte, noch der leichte Ärger in Ruben ben Makkabis Worten. So konnte er sich zusammenreimen, dass sein Gastgeber sich nur an jenem Handel beteiligt hatte, um den erwarteten Verlust als Druckmittel gegen Samuel ben Jakob zu benutzen und die geplanten Ehen vorantreiben zu können. Jetzt schien ihr Gastgeber nicht zu wissen, ob er sich mehr über das gewonnene Geld freuen oder beklagen sollte, dass der ersehnte Schwiegersohn ein weiteres Mal seinem Zugriff entschlüpft war.

Kaleb ben Manoach begann zu lachen. Es klang wie das Krähen eines Hahns. »Bei einem Handel wird der gute Samuel herbe Verluste erleiden! Er hat doch tatsächlich seinem Oheim Esra ben Nachum alle Schuldverschreibungen des kaiserlichen Vogts Alban von Rittlage abgekauft. Aber aus dem wird kein Jude einen Groschen herausholen, es sei, er schafft es, bis zum Kaiser des Heiligen Römischen Reiches vorzudringen und dessen Hilfe zu erlangen.«

Während andere sich abwandten, um unauffällig mitleidige Blicke auszutauschen, zeigte Simeon ben Asser offen sein Unverständnis über ein solch schlechtes Geschäft. »Tja, mein Junge, diese Forderungen sind das Pergament nicht wert, auf dem sie stehen. Wenn du tatsächlich auf Kaiser Friedrich III. zählst, kann ich dich nur warnen. Da ist es besser, auf himmlische Gerechtigkeit zu hoffen.«

Ruben ben Makkabi bedachte die beiden Männer mit zornigen Blicken. »Samuel hat recht getan. Esra ben Nachum war nach dem Sarninger Pogrom so arm wie eine Kirchenmaus, da er den größten Teil seines Vermögens in jener Stadt angelegt hatte. Mit dem Kauf der Schuldverschreibungen hat Samuel seinen Oheim unterstützen können, ohne ihm das Gefühl zu geben, ein Bittsteller zu sein.«

Nun nickten die anwesenden Gäste zustimmend und lobten Samuels Großmut. Jeder von ihnen hatte arme Verwandte, die es zu unterstützen galt, oder Freunde, die aus ihren Städten vertrieben worden waren und dabei alles verloren hatten. Daher drehte sich das Gespräch für eine Weile um die immer wieder aufflackernden Judenverfolgungen.

Allmählich wurde es draußen dunkel. Hannah hatte längst die Öllampen angezündet und kam nun herein, um die leeren Weinkrüge zu holen. Es war offensichtlich, dass sie alles tat, um in Samuels Augen als fleißiges und gleichzeitig zurückhaltendes Mädchen zu erscheinen. Doch welchen Eindruck sie wirklich auf Samuel Goldstaub machte, ließ Lea sich nicht anmerken.

Orlando hatte nicht übel Lust, sein Opfer noch ein wenig zu necken. Die fortgeschrittene Stunde ließ ihn jedoch davon absehen, denn er hatte sich ein Zimmer im »Weißen Schwan« in der Kreuzgasse gemietet und dort auch sein Abendessen bestellt. Er erhob sich und wollte sich von seinem Gastgeber und dessen Gästen verabschieden, als Ruben ben Makkabi auf einen dunkelblauen Wandteppich wies, der in goldenen hebräischen Zeichen die Aufschrift »Unsere Heimat Jerusalem« trug.

»Es ist Zeit zum Sabbatgebet, meine Brüder. Lasst uns unseren Gast Lebewohl sagen und dann gemeinsam in die Mikwe gehen, um die Mühen des Alltags von unseren Leibern zu waschen.«

Seine Worte trafen Lea wie ein Keulenschlag. Bis jetzt war es ihr stets gelungen, der gemeinsamen rituellen Reinigung im Schachtbad zu entgehen, indem sie erst nach dem Sabbat oder den großen Festtagen bei ihren Gastgebern erschien. Ausreden fanden sich genug, denn die Straßen waren unsicher oder aus verschiedensten Gründen unpassierbar. In ihrem Ärger über Roland Fischkopfs dreisten Diebstahl und mehr noch durch den Schock, dem Judenschlächter Medardus Holzinger nur mit knapper Not entronnen zu sein, hatte sie nicht auf die Zeit geachtet und war zu früh aufgetaucht. Wenn sie sich jetzt weigerte, mit den Männern ins Bad zu steigen, würde man sie für alle Zeit verachten und sich vielleicht sogar weigern, weiterhin Geschäfte mit ihr zu machen. Das wäre das Ende von Samuels erfolgreicher Karriere, und über kurz oder lang würde sie auch ihre Stellung als markgräflicher Schutzjude und Hoffaktor verlieren.

Orlando war gerade dabei, Simeon ben Asser den Namen und die Adresse seines Antwerpener Gewährsmannes zu diktieren. Während sein Gegenüber alles aufschrieb, wanderte sein Blick verstohlen zu Lea hinüber. Er war gespannt, was sie jetzt tun würde. Da Samuel als gläubiger Jude galt, konnte sie die Aufforderung zum rituellen Reinigungsbad kaum ablehnen. War sie findig genug, sich auch aus dieser Klemme zu winden, oder würde sie es darauf ankommen lassen und versuchen, ihr wahres Geschlecht im dämmrigen Licht der Öllampen zu verbergen?

Kaleb ben Manoach beobachtete Leas Mienenspiel. »Unserem Freund Samuel scheint es peinlich zu sein, uns sehen zu lassen, was die Messer der Christen mit ihm angestellt haben.«

Ruben ben Makkabi legte den Arm um Leas Schulter. »Hab keine Sorge, Samuel. Du bist doch unter Freunden. Hier wird dich keiner verspotten.« Seinem Gesicht war jedoch deutlich anzusehen, dass er es kaum erwarten konnte, Klarheit über Samuels Ehefähigkeit zu erlangen.

Orlando bedauerte es beinahe, bei diesem Spaß nicht dabei sein zu können. Er sah, wie Lea zum Sprechen ansetzte, aber kein Wort herausbrachte. Ihr Gesicht wirkte ebenso verzweifelt wie kämpferisch. Ihm imponierte ihre Haltung, und in einer plötzlichen Eingebung hob er die Hand.

»Ich bedauere es, euch unseren Freund Samuel noch eine Weile entführen zu müssen, doch ich muss noch ein paar wichtige Dinge mit ihm besprechen. Da ich noch eine andere Verabredung an diesem Abend habe und Augsburg morgen in aller Frühe verlassen muss, duldet die Sache keinen Aufschub.« Erst als ihm die Worte über die Lippen gekommen waren, begriff er, dass er schon wieder dabei war, Lea aus einer üblen Patsche zu helfen.

Der Hausherr schnaubte enttäuscht, wollte es sich aber weder mit Samuel und noch mit dem Handelsagenten verderben. »Nun gut, wenn es denn sein muss. Aber beeilt Euch bitte, und haltet Samuel nicht zu lange von seiner Glaubenspflicht fern, Herr Fischkopf.«

Während er an der Spitze seiner Gäste in den Keller stieg, ärgerte Ruben ben Makkabi sich über seine Nachgiebigkeit und ließ den Unmut an seinem Sohn aus, der zwar die Tür zum Bad geöffnet, aber sonst das meiste von dem, was zu der Reinigungszeremonie notwendig war, vergessen hatte. Während er Jiftach einschärfte, was noch bereitzulegen war, entkleideten sich die übrigen Männer schon und äußerten dabei allerlei Vermutungen über Samuel ben Jakobs körperliche Probleme.

Kaleb ben Manoach stieß Ruben ben Makkabi an. »Du solltest dir gut überlegen, ob du deine Hannah einem Kapaun zur

Gattin geben willst. So wie Samuel sich ziert, muss man das Schlimmste annehmen.«

Simeon ben Asser strich sich über seinen schütteren Bart. »Du denkst auch, dass die Christen ihn kastriert haben, nicht wahr?«

Kaleb nickte glucksend. »Was sollte ich sonst annehmen? Hast du dir den Jungen nicht näher angesehen? Er ist jetzt einundzwanzig Jahre alt und weist nicht den geringsten Bartwuchs auf. Und seine Stimme ist auch nicht die eines Mannes. Ich gebe zu, sie klingt sehr angenehm, aber sie ist beinahe so hell wie die einer Frau. Was schließt ihr daraus?«

Ruben ben Makkabi winkte ärgerlich ab und ließ dabei beinahe seinen Hauskaftan fallen, den er gerade sorgfältig zusammenlegte. »Du siehst viel zu schwarz, Kaleb. Ich kannte einen Mann, der als Knabe ebenfalls in ein Pogrom der Christen geraten ist. Er hatte mit dreißig Jahren noch keinen Bart und eine Stimme wie ein Kind. Innerhalb weniger Wochen änderte sich dies total. Mit einunddreißig besaß er den herrlichsten Vollbart, heiratete und, ob ihr es glaubt oder nicht, ist heute Vater von sieben Söhnen.«

Kaleb ben Manoach legte sein Gewand beiseite und drehte sich mit spöttischer Miene zu seinem Gastgeber um. »Ich fürchte, du hoffst auf ein Wunder, das nie eintreten wird.«

Er hatte die Lacher auf seiner Seite, und während die Männer in das kalte Wasser stiegen, nutzte David ben Mordechai die Gelegenheit, seine Neugier zu stillen. »Wie bist du eigentlich an diesen Fischkopf gekommen?«

»Das würde ich auch gerne wissen«, warf Kaleb ben Manoach ein. »Du weißt genauso gut wie wir, dass man christlichen Handelsleuten nicht trauen kann, und du behandelst diesen Mann ja fast zuvorkommender als einen von uns. Woher willst du wissen, dass er sich nicht in dein Vertrauen einschleichen will, um dich zu verderben?«

Ruben ben Makkabi kämpfte gegen den Wunsch, den penetranten Frager zu packen und unter Wasser zu drücken, bis er halb erstickt war. »Roland Fischkopf ist absolut zuverlässig. Dafür hat sich unser ehrenwerter Bruder Zofar ben Naftali aus Worms persönlich bei mir verbürgt.«

Simeon ben Asser stieß einen überraschten Ruf aus. »Zofar ben Naftali hat dir Fischkopf persönlich empfohlen? Das ist unglaublich! Dann muss dieser junge Mann ja wie lauteres Gold sein.«

Ruben ben Makkabi nickte bestätigend und schnitt die Fragen der Übrigen ab, indem er sie ermahnte, dass sie vor lauter Reden noch das Sabbatgebet verpassen würden.

4.

*L*ea wusste nicht, ob sie Roland Fischkopf dankbar sein sollte oder misstrauisch bleiben musste, denn sie erwartete halb und halb, einem weiteren unangenehmen Scherz des Christen zum Opfer zu fallen. »Was habt Ihr mit mir zu besprechen?«

Darüber dachte Orlando gerade angestrengt nach. Er hatte ihr geholfen, ohne an die Konsequenzen zu denken. Am liebsten hätte er ja nichts mehr mit diesem schnippischen Frauenzimmer zu tun gehabt, davon war er zumindest im Augenblick fest überzeugt.

»Ich wollte dir nur noch einmal versichern, dass ich mir dein Gold nicht als Belohnung für eure Rettung angeeignet habe. Ich sehe es als ganz normales Geschäftsdarlehen an, das ich zu den üblichen Konditionen nehmen und mit Zins und Gewinnanteil zurückzahlen werde. Du wirst die Abrechnung und eine Bankanweisung bekommen, wie du es gewohnt bist.«

»Wann wird das sein? Wenn der Kaiser den ersten Juden zu seinem Kanzler ernannt hat?«

Ihr Hinweis auf den Kaiser brachte Orlando auf die erlösende Idee. Doch er konnte sich eine beißende Bemerkung nicht verkneifen. »Ich verstehe nicht, wie du einerseits wie ein ausgefuchster Geschäftsmann handeln kannst und dich andererseits wie ein kleines Mädchen benimmst, dem man seine Glasperlenkette weggenommen hat. Nein, mein lieber beschnittener Freund, niemand kann mir nachsagen, ein unzuverlässiger Geschäftspartner zu sein. Was mich dazu bringt, dir einen weiteren Handel anzubieten.«

Seine ständigen Anspielungen auf Samuels Beschneidung brachten Lea so in Wut, dass sie ihre Abneigung diesem Mann gegenüber kaum noch im Zaum halten konnte. »Für wie dumm haltet Ihr mich eigentlich?«

»Vielleicht sogar für klüger als mich, denn ich kann mit den Schuldverschreibungen Alban von Rittlages nichts anfangen, während du sie offensichtlich sammelst. Zufällig sind drei von ihnen in meinem Besitz, ausgestellt auf je einhundert Gulden. Ich könnte sie dir billig verkaufen, sagen wir mit zwanzig Prozent Gewinn für mich.«

Fassungslos über so viel Frechheit begann Lea zu lachen. »Ihr verlangt einen stolzen Preis für ein paar wertlose Papiere. Wie kommt Ihr darauf, dass ich nur einen Heller dafür ausgeben würde? Rittlage denkt nicht daran, seine Schulden bei uns Juden zu bezahlen, und dazu zwingen können wir ihn nicht.«

»Du könntest eine Petition beim Kaiser einreichen«, schlug Orlando hilfreich vor.

Lea fragte sich, ob der Mann noch alle fünf Sinne beisammen hatte. Als Handelsagent, oder was er in Wirklichkeit sein mochte, musste er über die Verhältnisse im Reich ebenso gut Bescheid wissen wie sie. »Kaiser Friedrich III. mag ein ehrenwerter Mann sein, der meinem Wunsch nicht abgeneigt wäre, aber man nennt ihn zu Recht ›des Reiches Erzschlafmütze‹. Wenn ich eine Bittschrift an den Hof sende, werden vielleicht einmal meine Enkel eine Antwort darauf erhalten.«

»So darf Ruben ben Makkabi also doch Hoffnungen hegen?« Diese Spitze konnte Orlando sich nicht verkneifen.

Lea starrte ihn verwirrt an. »Wie meint Ihr das?«

»Aus deinen Worten entnehme ich, dass du einer baldigen Heirat mit Hannah und der deiner Schwester Lea mit dem jungen Jiftach nicht abgeneigt bist.« Leas Mienenspiel amüsierte Orlando so sehr, dass er sein Lachen mit einem Hustenanfall kaschieren musste und es ihm Mühe bereitete, mit normaler Stimme weiterzusprechen.

»Was Rittlages Schuldbriefe betrifft, so hoffte ich, dass du mir sie aus Dankbarkeit für den Gefallen, den ich dir eben getan habe, abkaufen würdest. Es war doch deutlich zu sehen, wie wenig dir daran gelegen war, unserem neugierigen Gastgeber und seinen Freunden die Verwachsungen zwischen deinen Beinen zur Schau stellen zu müssen.«

»Verwachsungen?« Leas Stimme klang schrill, aber sie nahm sich schnell wieder zusammen. Wenn sie sich jetzt gehen ließ und ihrer Abscheu für diesen Mann Ausdruck gab, verriet sie sich noch. Nimm diesen Fischkopf nicht ernst, mahnte sie sich, denn er wiederholt ja doch nur die Vermutungen eines alten Narren wie Kaleb ben Manoach.

»Die Verwachsungen, wie Ihr es nennt, sind Narben von Verletzungen, die mir Christen wie Ihr zugefügt haben! Aber gut, ich gebe zu, es ist mir unangenehm, sie anstarren zu lassen, und ich will nicht undankbar sein. Also kaufe ich Euch die Schuldbriefe ab, aber nur mit zehn Prozent Aufschlag.« In dem Augenblick, in dem sie ihr Angebot abgab, tat es ihr körperlich weh, gutes Geld zum Fenster hinauswerfen zu müssen. Doch sie hoffte, diesen aufdringlichen Menschen auf diese Weise loswerden zu können.

»Der ist ja hartnäckiger als eine Schmeißfliege«, murmelte sie fast unhörbar vor sich hin.

Orlando verstand es trotzdem und musste sich wieder ein Lachen verbeißen. Gleichzeitig empfand er Mitleid mit der jungen Frau. Es war gewiss nicht leicht für sie gewesen, als Sechzehnjährige in die Rolle eines Toten zu schlüpfen und sich auf dem Platz eines durch vielerlei Erfahrungen abgehärteten Hofjuden zu behaupten. Er schüttelte diesen Gedanken jedoch sofort wieder ab, denn zu viel Mitgefühl trübte die Sinne. »Dann sind wir uns einig, mein beschnittener Freund. Ich schicke dir die Schuldbriefe und behalte dafür dreihundertdreißig Gulden von unserem ersten gemeinsamen Gewinn ein.«

Lea atmete auf. Wenigstens musste sie ihrem verlorenen Gold

nicht auch noch gutes Geld hinterherwerfen. Sie nickte zustimmend und rang sich, als Orlando sich verabschiedete, ein paar höfliche Worte ab. Während der junge Mann fröhlich vor sich hin pfeifend Ruben ben Makkabis Haus verließ, lief Lea zur Kellertür und horchte. Drinnen war es still. Also hatten die anderen Männer das Schachtbad schon verlassen. Trotzdem näherte sie sich so vorsichtig, dass sie sich rasch wieder hätte zurückziehen können. Doch drinnen wartete nur Jochanan auf sie. Sein verletztes Gesicht verschwand fast ganz unter einem sauberen Verband, und seine Stimme klang noch undeutlicher als vorher.

»Ich bin schon fertig, also kannst du jetzt hinein. Die anderen sind bereits in die Synagoge gegangen. Beeil dich, denn das Gebet fängt gleich an.« Er reichte Lea frische Kleidung und stellte sich neben dem Eingang des Schachtbades auf, um sie zu warnen, falls jemand kommen würde.

Lea schlüpfte aus ihren Kleidern und stieg in das eiskalte Wasser. Obwohl die Zeit drängte, wusch sie sich mit aller Sorgfalt. Samuel durfte nicht in den Ruf kommen, seine Pflichten als getreuer Aschkenasi nachlässig zu erfüllen. Als Jochanan kurze Zeit später warnend hüstelte, schoss sie aus dem Bad, trocknete sich rasch ab und schlüpfte fast gleichzeitig in Hemd und Kaftan. Es war keine Sekunde zu früh, denn beinahe im gleichen Augenblick steckte ihr Gastgeber den Kopf zur Tür herein.

Ruben ben Makkabi hatte gehofft, Samuel überraschen zu können, und ärgerte sich sichtlich, dass er seine Gäste zur Synagoge begleitet hatte, anstatt auf seinen Wunschschwiegersohn zu warten.

Lea schlang ein Tuch um ihre feuchten Haare, warf den Gebetsmantel über und ließ sich von Jochanan helfen, den Gebetsriemen anzulegen. Dann wandte sie sich mit einem freundlichen Lächeln an ihren Gastgeber. »Ich bin bereit.«

5.

Leider hinderte die Sabbatruhe Ruben ben Makkabi nicht, dem vermeintlichen Samuel die Tugenden seiner Kinder und die wirtschaftlichen Vorteile der doppelten Verbindung wortreich vor Augen zu führen. Während Lea all ihre Phantasie aufwenden musste, um dem Drängen ihres Gastgebers auszuweichen, beneidete sie Roland Fischkopf, der als Christ keine Rücksicht auf den Sabbat zu nehmen brauchte. Am liebsten hätte sie genau wie er Augsburg umgehend verlassen, doch Sitte und Gesetz ihres Volkes hielten sie unerbittlich fest, und sie musste neben ben Makkabis Überredungsversuchen auch noch Jiftachs leeres Geschwätz ertragen. Der Junge wollte einen guten Eindruck auf seinen zukünftigen Schwager machen und gab sich alle Mühe, Rubens geflüsterten Anweisungen zu folgen. Lea schüttelte es bei dem Gedanken, dass ihr Vater sie mit diesem unförmigen Schwachkopf ohne jegliches Einfühlungsvermögen verheiraten hätte wollen. Jetzt konnte sie niemand mehr dazu zwingen, und sie zog es vor, bis zum Ende ihrer Tage ledig zu bleiben und sich später einmal um Rachels und Eliesers Kinder zu kümmern.

Als sie endlich Abschied nehmen konnte, schärfte Ruben ben Makkabi dem lieben Samuel noch einmal ein, sich seine Vorschläge gut zu überlegen, zumal seine Schwester Lea ja auch nicht jünger würde. Es fiel Lea schwer, seine guten Wünsche ehrlichen Herzens zu erwidern, und sie atmete auf, als die Stadt hinter ihr und Jochanan zurückblieb.

Sie hatten ein gutes Stück Weg bis nach Hause vor sich und mussten diesmal doppelt wachsam sein, da sie nicht wussten, wohin sich der Judenjäger Medardus Holzinger gewandt hatte. Aber das Glück war ihnen diesmal hold, denn auf dem Rückweg durchquerten sie die zu den österreichischen Besitzungen zählenden Herrschaften Burgau und Ehingen und die württembergischen Städte Münsingen, Herrenberg und Calw, ohne auch nur einmal in Gefahr zu geraten oder Schlimmeres zu erleben als einen Herbergswirt, der sie noch nicht einmal in seinem Hof unter freiem Himmel übernachten lassen wollte. Diese Nacht blieb die einzige, die sie ängstlich zusammengekauert und mit knurrendem Magen im Schutz eines Gebüschs verbringen mussten. Nach einer einsamen Wanderung über die Höhen des Schwarzwalds, auf der ihnen nur einmal ein Sauhirt mit seiner stinkenden Herde begegnete, erreichten sie am Abend des fünfzehnten Tages Hartenburg, und als Lea auf das Tor zuschritt, nahm sie sich vor, die Stadt so bald nicht wieder zu verlassen.

Ebenso wie ihr Vater hatte Lea es geschafft, sich das Wohlwollen der einfachen Leute in Hartenburg mit Trinkgeldern und zinsgünstigen Kleinkrediten zu erhalten. Daher behandelten die Wachen sie zwar etwas von oben herab, aber nicht unfreundlich, während die raffgierigen Hofschranzen des Markgrafen alles taten, um ihr das Leben schwer zu machen, und nie mit den Waren zufrieden waren, die sie ihnen aus aller Herren Länder besorgte. Zu ihrem Glück zügelte Ernst Ludwig die Gier seines Gefolges immer wieder, wahrscheinlich, um seine eigenen Einnahmen nicht zu schmälern, verlangte dafür aber untertänigste Dankbarkeit in Worten, Gesten und zusätzlichen Geschenken.

Bei dem Gedanken an ihren Landesherrn wünschte Lea sich zum wiederholten Male, genügend Geld zu besitzen, um sich in den Schutz einer freien Reichsstadt einkaufen, dort Grund pachten und ein Haus errichten zu können. Doch als sie nun durch die Straßen ging, war sie wiederum froh, hier leben zu dürfen. Anders als in den meisten Städten, in denen auch die einheimischen Juden geringschätzig und abweisend behandelt wurden und in denen ihnen beim geringsten Zwischenfall böse

Schimpfworte nachflogen, riefen die Einheimischen ihr Grüße zu, die Lea freundlich erwiderte, und einige Nachbarn blieben stehen, um sich nach dem Wohlergehen ihres jüngeren Bruders zu erkundigen oder zu fragen, was es Neues im Reich gab. So benötigte Lea auch diesmal länger für den Weg durch die Stadt, als es notwendig gewesen wäre. Mit dem Gefühl, in die heimische Geborgenheit zurückgekehrt zu sein, erreichte sie schließlich ihr Haus. Es war, als hätte Sarah schon nach ihr Ausschau gehalten, denn sie öffnete ihr persönlich das Tor. Das Gesicht der Wirtschafterin wirkte jedoch eher verkniffen als erfreut.

Lea erschrak. »Ist etwas passiert?«

»Nichts, was man zwischen Tür und Angel berichten kann.« Die knappe Antwort verriet Lea, dass die treue Alte vorhatte, sie im Lauf des Abends mit einem Haufen Klagen zu überschütten. Das war nicht gerade das, was Lea sich für den Tag ihrer Rückkehr gewünscht hätte, und als ihre Schwester hinter Sarah auftauchte, hoffte sie für einen Augenblick, wenigstens von ihr freundlich und unbeschwert empfangen zu werden.

Rachel war in den letzten drei Jahren von einem hübschen Mädchen zu einer wunderschönen Frau erblüht und glich nun dem Bild, das ihr Volk sich von Bathseba machte, um deretwillen König David beinahe von Gott verworfen worden wäre. Schöner als Rachel konnte auch Urias Weib nicht gewesen sein. Lea war stolz auf das Aussehen ihrer Schwester, auch wenn es Sarah und ihr mehr und mehr Mühe machte, die jungen Männer von ihrer Schwelle fern zu halten, denn es handelte sich bei den Bewerbern ausnahmslos um Christen. Die meisten von ihnen hatten ehrliche Absichten, denn sie sagten offen, dass sie Rachel in den Schoß der heiligen römischen Kirche führen und sie nach christlichem Ritus zur Frau nehmen wollten.

Lea vermutete, dass nicht nur Rachels Schönheit das rege Interesse an ihr hervorrief, sondern auch die Hoffnung auf eine reiche Mitgift. Es gab Leute im Reich, die von konvertierten Juden abstammten und es nicht nur zu erklecklichem Wohlstand, sondern auch zu hohem Ansehen gebracht hatten. Gold deckte in den Augen der wohlhabenden Bürger beinahe jeden anderen Makel zu und öffnete die meisten Türen, ja sogar die zum christlichen Himmelreich. Mit Geld und noch mehr Geld hätte Lea sich von dem Markgrafen Ernst Ludwig beinahe jedes Privileg erwerben können, aber sie hielt sich zurück, um den Appetit des Landesherrn nicht unnötig zu reizen.

Schon mit einer Hand voll Hartenburger Zwölfergulden hätte sie sich zum Beispiel das Recht erkaufen können, einen oder zwei weitere jüdische Knechte nach Hartenburg zu holen, denn in ihrem Haushalt gab es mit Jochanan nur einen arbeitsfähigen Mann, und den benötigte sie als Reisebegleiter. Jetzt übernahm Ketura einen Teil seiner Arbeit, und wenn Jochanan nach Hause kam, konnte er sich nicht erholen, sondern musste all das erledigen, was liegen geblieben war.

Lea war sich bewusst, dass nicht nur die Geldgier des Markgrafen sie davon abhielt, sich weitere Knechte zu besorgen, sondern mehr noch ihre Abneigung, fremde Menschen in ihr Doppelleben einzuweihen. Christliche Tagelöhner, die man nach getaner Arbeit hätte nach Hause schicken können, gab es mehr als genug, und die meisten von ihnen wären gerne in Samuel Goldstaubs Dienste getreten, um von seiner Großzügigkeit zu profitieren, aber die Kirche verbot es ihren Gläubigen, für einen Juden zu arbeiten.

Während Leas Gedanken bereits wieder um die Probleme kreisten, die hier auf sie warteten, starrte Rachel sie naserümpfend an und wies auf ihr von der Sonne gebräuntes Gesicht. »Wie siehst du denn schon wieder aus?«

Leas Blick glitt über Rachels Alabasterhaut, um die ein Engel sie hätte beneiden können, und seufzte. Sie war Frau genug, um sich über Rachels Kritik zu ärgern, gleichzeitig aber fühlte sie sich als große Schwester, die der kleinen solche Grobheiten verzeihen musste. »Das nehme ich auf mich, um dir und Elieser ein gutes Leben zu ermöglichen.«

Rachel kniff die Lippen zu einem schmalen Strich zusammen und schüttelte heftig den Kopf. »Erzähl mir doch nichts! Du tust es nicht unseretwegen, sondern weil du Gefallen daran findest, als Mann herumzulaufen. Hast du denn gar kein Schamgefühl? Wenn dein Betrug entdeckt wird, blamierst du auch uns bis auf die Knochen! Kein Jude wird noch etwas mit uns zu tun haben wollen, denn deine Verworfenheit beschmutzt uns alle.«

Lea ließ die Schultern sinken. Ihre Schwester hatte sich in den letzten drei Jahren nicht geändert. Für Rachel war ihr Auftreten als Samuel Goldstaub eine Sünde wider den Herrn und daher verdammenswert. Das hinderte sie jedoch nicht daran, die Vorteile zu nutzen, die ihr das auf diese Weise verdiente Geld verschaffen konnte. Auch jetzt verwandelte sie sich im Bruchteil eines Augenblicks von einer zürnenden, tiefgläubigen Jungfrau in ein bettelndes Kind.

»Was hast du mir denn diesmal mitgebracht?«

Lea zog eine kleine Schatulle unter ihrem Mantel hervor und reichte sie ihr. Rachel riss sie auf und stieß einen Schrei aus. Drinnen lag eine mit Rubinen und Amethysten besetzte Brosche in Form eines Schmetterlings. Lea hatte das Schmuckstück bei einem Goldschmied gesehen und auf der Stelle erworben. Rachel ließ die Steine im Sonnenlicht aufblitzen und rief nach Gomer, die ihr helfen sollte, das richtige Gewand dazu auszusuchen.

Da Lea schon einmal begonnen hatte, ihre Geschenke zu verteilen, holte sie die Talmudniederschrift hervor, die ihr Bruder sich gewünscht hatte, und trat in Eliesers Zimmer. Der Junge zählte nun sechzehn Jahre, wirkte jedoch kaum älter als dreizehn. In einen dunklen Kaftan gekleidet und mit einer schlichten Kippah auf dem Kopf hockte er auf einem Kissen und rezitierte aus den

Schriften des berühmten Rabbis Mose ben Maimon. Obwohl er Leas Eintreten durchaus wahrnahm, beachtete er sie zunächst nicht, sondern las den Text zu Ende. Als er fertig war, küsste er inbrünstig die Schriftrolle und legte sie in einen silbernen Halter. Dann erst blickte er auf und musterte Lea, als wäre sie eine besonders hässliche Küchenschabe, die ihm gerade über die Füße kroch. »Was gibt es denn so Wichtiges, dass du alle Scham vergisst und in diesem Aufzug in mein Zimmer trittst?«

»Ich wollte dir das Buch, das du dir so sehnsüchtig gewünscht hast, gleich bei meiner Ankunft überreichen«, rechtfertigte Lea sich matt, da sie all ihre Kraft benötigte, ihren Ärger zu bezähmen.

Elieser nahm das Geschenk mit einer Selbstverständlichkeit entgegen, als wäre es ihre Pflicht, seine Wünsche zu erfüllen, schlug es auf und begann zu lesen.

Lea holte tief Luft. »Ich überbringe dir Grüße von Ruben ben Makkabi und den anderen Mitgliedern der Augsburger Gemeinde.«

Da er nicht auf ihre Worte reagierte, tippte sie ihn an. »He, ich rede mit dir!«

»Ja, ja, ich habe schon gehört. Ich hoffe, es geht unseren Brüdern in Augsburg gut.« Elieser zeigte deutlich, wie wenig er sich für Ruben ben Makkabis Wohlergehen und das der übrigen Augsburger Juden interessierte.

»Es geht ihnen gut.« Lea fragte sich, wie es weitergehen sollte, wenn ihr Bruder sich nur um geistliche Dinge kümmerte und nicht das geringste Interesse für die Geschäfte zeigte. Nach den Gesetzen ihres Volkes war er das Oberhaupt der Familie und hätte längst in die Fußstapfen seines Vaters treten müssen. Sie atmete zwei-, dreimal tief durch und trat so dicht neben ihn, dass ihr staubiger Kaftan ihn beinahe berührte. »Hast du dir in der Zwischenzeit die Geschäftskorrespondenz angesehen, wie du es mir versprochen hast?«

»Ich bin nicht dazu gekommen.« Elieser rutschte ein Stück von ihr weg und verzog angewidert den Mund, zauberte dann aber jenes Lächeln auf seine Lippen, das die anderen Frauen des Haushalts dazu brachte, ihm jede seiner Launen zu verzeihen.

Auch Lea ließ sich davon rühren. »Ich hatte dich doch so eindringlich darum gebeten. Wie soll ich dir die Geschäfte übergeben und brav zu Hause bleiben, wie du es dir wünschst, wenn du dir keine Mühe gibst, dich einzuarbeiten?«

»Wie soll ich denn die Geschäfte führen? Ich bin doch nur ein Krüppel, der das Bett kaum verlassen kann.« Elieser streckte sein rechtes Bein aus und zog den Saum seines Kaftans höher. »Sieh her!«, rief er mit klagender Stimme.

Lea betrachtete seinen dürren Unterschenkel, der mehr einem Stock glich als dem Körperteil eines Menschen. Doch unterwegs hatte sie Leute gesehen, die weitaus schlimmer verkrüppelt waren als Elieser und dennoch alles taten, um sich einen Platz im Leben zu erkämpfen. Irgendwie musste sie ihrem Bruder beibringen, dass er kein Kind mehr war, sondern ein junger Mann, der Pflichten zu erfüllen hatte.

»Du bist nicht der einzige Jude, der körperlich gezeichnet ist. Einige unserer Handelspartner leiden unter ähnlichen körperlichen Gebrechen und sind doch recht erfolgreich. Du wirst sehen, du schaffst das auch. Komm nachher in mein Zimmer und hilf mir. Ich möchte, dass du ein paar der Briefe schreibst, denn unsere Geschäftsfreunde sollen merken, dass es dich gibt.« Lea ärgerte sich über den bettelnden Klang in ihrer Stimme und gleich darauf über Eliesers Reaktion.

»Soll ich etwa mein Studium wegen ein paar lächerlicher Briefe unterbrechen, die du ohnehin schneller schreibst als ich?« Er musterte Lea von unten nach oben, drehte ihr den Rücken zu und schlug den mitgebrachten Talmud auf. Da sie sich nicht mit ihm streiten wollte, blieb ihr nichts anderes übrig, als den Raum zu verlassen.

Auf dem Weg in ihr Zimmer machte sie sich Vorwürfe, bei der Erziehung ihres Bruders völlig versagt zu haben. Sie hatte ihn wegen seiner Verletzungen und der Schmerzen, über die er ständig klagte, lange Zeit von allen Pflichten befreit und zugelassen, dass sich der gesamte Haushalt seinen Wünschen unterordnete, und nun schien er zu glauben, dass er das Leben eines verwöhnten Kindes bis an das Ende seiner Tage weiterführen konnte. Lea überlegte, was sie unternehmen konnte, um ihn zur Vernunft zu bringen, fühlte sich dieser Aufgabe aber nicht gewachsen, denn Elieser hatte sich noch nie etwas von ihr sagen lassen. Wenn es zum Streit zwischen ihr und ihm gekommen war, hatte sein Vater ihm Recht gegeben, ganz gleich, um was es ging, und da Elieser nach Sitte und Gesetz ihr Vormund war – falls es zu jener Bar-Mizwa in Sarningen gekommen war, wie er behauptete –, konnte er guten Gewissens jeden Rat von ihr in den Wind schlagen.

An diesem Tag war Lea froh, die Tür ihres Zimmers hinter sich schließen zu können. Doch sie hatte sich zu früh auf einige Augenblicke der Ruhe gefreut. Noch bevor sie Kaftan und Hemd ablegen und sich wieder in sich selbst verwandeln konnte, schlüpfte Sarah zur Tür herein.

Sie stellte eine Schüssel mit Waschwasser auf den kleinen Tisch neben dem Bett und half Lea mit flinken Fingern, sich der schmutzigen Kleidung zu entledigen. Dabei machte sie ihr die ersten Vorhaltungen. »Du solltest keine so langen und gefährlichen Reisen mehr unternehmen. Jochanan hat mir eben erzählt, wie knapp ihr dem Feuertod entronnen seid.«

»Wenn die Geschäfte weiterlaufen sollen, muss ich auf Reisen gehen. Aber im Augenblick brauchst du dir keine Sorgen zu machen, denn in den nächsten Monaten kann ich alles noch Anstehende brieflich erledigen.«

Die alte Frau wiegte zweifelnd den Kopf. »Besser wäre es, du bliebest ganz zu Hause. Rachel fehlt eine feste Hand und auch jemand, der ihr die Mutter ersetzen kann. Erinnere dich daran, wie einsam du dich nach Ruths Tod gefühlt hast.«

»Ich hoffe, ich habe mich in Rachels Alter nicht so töricht benommen wie sie.«

Sarah lächelte, winkte aber gleichzeitig ab. »Wie sich das anhört! Du bist nur zwei Jahre älter als sie, aber wenn man euch beide so ansieht, könnten es ebenso viele Jahrzehnte sein. Um Rachel mache ich mir jedoch weniger Sorgen als um Elieser.«

Ein scharfer Unterton in Sarahs Stimme ließ Lea aufhorchen. »Was kann unser frommer Talmudschüler denn schon angestellt haben? Geht er zu spät ins Bett, weil er sich nicht von seinen Texten trennen kann?«

»Frommer Talmudschüler?« Sarah winkte verächtlich ab. »Erst letzte Woche hat er Merab in den Hintern gekniffen, als sie sein Zimmer säuberte, und das dumme Ding hat auch noch gekichert, anstatt ihm eine Ohrfeige zu geben.«

Lea zuckte mit den Schultern und beugte sich tief über die Waschschüssel. Als sie sich abtrocknete, lächelte sie amüsiert. »Sei doch froh, dass Elieser endlich Interesse an anderen Dingen zeigt als nur an seinen frommen Schriften. Schließlich ist er in dem Alter, in dem junge Männer den Frauen nachschauen.«

Sarah hob mahnend den Zeigefinger. »Nimm die Sache nicht zu leicht, oder willst du, dass es zu Heimlichkeiten kommt, die man nicht dulden darf?«

»Ich werde schon aufpassen«, versprach Lea leichthin und griff nach dem Kleid, das sie sich zurechtgelegt hatte.

Zu ihrer Verwunderung legte Sarah die Hand darauf. »Nimm ein frisches Hemd und den anderen Kaftan, denn du musst sofort zur Burg. Seit zwei Wochen ist jeden Tag ein Diener des Markgrafen erschienen und hat nach Samuel Goldstaub gefragt. Ich fürchte, es geht diesmal um etwas Größeres.«

Lea runzelte die Stirn. Wenn der Markgraf nach ihr schickte, hatte es selten etwas Gutes zu bedeuten. Meist forderte er Geld und noch mehr Geld oder bestellte exotische Waren, die ihm sein Hoffaktor billig oder am besten gleich umsonst besorgen sollte. »Hat man dir verraten, warum man mich so dringend sprechen will?«

»Nein, aber ich vermute, dass es mit dem Tod seines Erben zusammenhängt. Während du fort warst, kam die Nachricht, dass der einzige Sohn des Markgrafen, der ja, wie du weißt, zur Erziehung an den Hof des Pfalzgrafen am Rhein geschickt worden war, bei einer Waffenübung vom Pferd gefallen und kurz darauf seinen Verletzungen erlegen ist. Jetzt muss der Markgraf noch einmal heiraten, um seine Dynastie zu erhalten.«

»Das ist keine gute Neuigkeit! Hochzeiten sind teuer, und wie ich Seine Durchlaucht kenne, werde ich sogar noch für die Schürzen seiner Köche aufkommen müssen.«

Lea strich sich über das kurze Haar, an das sie sich auch nach drei Jahren noch nicht gewöhnt hatte, schlüpfte mit grimmiger Miene in die schmutzigen Reisekleider und setzte ihren verschossenen gelben Hut wieder auf. Sie sah kurz an sich herab und fand, dass ihr Mantel schäbig genug aussah, um damit vor ihren Landesherrn treten zu können. So hatte es bereits ihr Vater gehalten und damit einen gewissen Erfolg gehabt. Ob ihr die ärmliche Kleidung allerdings diesmal helfen würde, den Ansprüchen des Markgrafen wirkungsvoll entgegentreten zu können, bezweifelte sie.

Mit Sarahs innigsten Wünschen versehen machte sie sich auf den Weg. Sie war noch etliche Schritte vom Burgtor entfernt, als einer der Wächter sie entdeckte, in den Burghof rannte und lauthals rief, dass der Jude endlich erschienen wäre.

Ein Diener lief ihr entgegen und forderte sie eindringlich auf, schneller zu gehen. Er führte sie jedoch nicht zum Markgrafen, sondern zu der Zimmerflucht, in der Frischler residierte. Der Sekretär ließ sie geraume Zeit vor der Tür stehen, bevor er ihr barsch befahl, einzutreten.

Frischler hockte wie ein feister Bär hinter seinem Tisch, auf dem ein großer und bereits halb geleerter Weinkrug neben einem Trinkbecher und einem Stapel dicht beschriebener Blätter stand. Die rote Hose des Mannes war schmutzig und warf Falten, und das dunkelblaue Wams war an den Ellbogen bereits fadenscheinig geworden und voller Speisereste.

Der Sekretär starrte Lea so gereizt entgegen, als wäre sie an allem schuld, was ihm das Leben schwer machte, dann goss er seinen Becher voll, trank ihn in einem Zug leer und stellte ihn hart ab. »Du hast dir verdammt viel Zeit gelassen, Jude.«

Lea verbeugte sich tief, um ihre Nervosität zu verbergen. »Um die Wünsche Seiner Durchlaucht zu erfüllen, ist es leider von Nöten, von Zeit zu Zeit auf Reisen zu gehen.«

»Papperlapapp! Wenn Seine Durchlaucht nach dir schickt, hast du hier zu sein!«

Lea beschränkte sich darauf, sich noch einmal tief zu verbeugen. Sollte der Mann sich ruhig austoben. Irgendwann musste er ihr ja sagen, was man von ihr erwartete.

Frischler stürzte den Inhalt eines weiteren Bechers in sich hinein und stellte das Gefäß auf den Blätterstapel. Dann schob er ihn mit einem Fluch beiseite, ergriff das oberste Blatt und las es kurz durch.

»Du wirst bereits von dem tragischen Verlust Seiner Durchlaucht gehört haben.«

Lea nickte. »Gerade eben habe ich es erfahren. Wenn es erlaubt ist, möchte ich Seiner Durchlaucht persönlich mein Beileid überbringen.«

»An dem Gestammel eines Juden ist ihm wohl kaum gelegen.«

Umso mehr aber an dessen Geld, fuhr es Lea durch den Kopf.

Frischler reichte ihr das Blatt mit einer Geste, als wollte er es ihr in den Rachen stopfen. »Seine Durchlaucht gedenkt, sich erneut zu vermählen, und zwar mit der Tochter des Reichsritters Ewald von Sulzburg-Hachingen. Zu diesem Zweck wirst du die

Gegenstände auf dieser Liste als Brautgeschenke für die Dame Ursula besorgen.«

Ein flüchtiger Blick auf das Blatt zeigte Lea, dass sie allein für diese Waren zweitausend Gulden benötigte, und das war nur der Anfang. Als Nächstes trug Frischler ihr auf, ein Dutzend Fässer besten spanischen Weines, pfundweise Gewürze und Spezereien für die markgräfliche Küche und Seidendraperien zur Ausschmückung des Hochzeitssaals zu besorgen. Dann händigte er ihr noch eine dritte Liste aus, auf der etliche Dutzend kleinerer Posten verzeichnet standen.

»Als vorerst Letztes«, fuhr Frischler fort, »wirst du einen großen Gasthof oder eine Herberge für die Mätresse Seiner Durchlaucht erwerben. Das Anwesen muss mindestens fünf Tagesreisen von Hartenburg entfernt sein. Sie wird noch vor der Hochzeit unseres Landesherrn zusammen mit ihrer Schwester dorthin übersiedeln.«

Ein leichtes Lächeln stahl sich auf Leas Lippen. Der Markgraf wollte seine Mätresse auf billige Art und Weise loswerden, bevor seine neue Gemahlin hier in Hartenburg Einzug hielt. In diesem speziellen Fall war sie sogar sehr gerne bereit, ihm seine Wünsche zu erfüllen. Sie hatte der Wirtstochter das üble Spiel nicht vergessen, zu dem man sie nach dem Tod ihres Vaters und Samuels gezwungen hatte, und sie kannte eine Herberge, die ihr jetziger Besitzer mit Freuden verkaufen würde. Außer einigen wenigen, besonders wagemutigen Wanderern gab es dort hauptsächlich Füchse und Bären, und das Haus diente Räubern als Zuflucht, die den Häschern Württembergs und Vorderösterreichs entgehen wollten. Den Kerlen würden zwei schamlose Weiber wie die Mätresse und deren Schwester mehr als willkommen sein.

Der Gedanke brachte sie zu Frischler zurück. Jetzt verstand sie, was in dem Mann vorging. Durch die neue Ehe des Markgrafen verlor der Sekretär neben seiner bisherigen Bettgespielin auch einen großen Teil seines Einflusses. Er war der einzige Mensch gewesen, dem der Herzog vertraut und mit dem er seine intimsten Geheimnisse geteilt hatte, und musste nun um seine Position fürchten, denn bei dem Ruf, der der Dame Ursula vorauseilte, war zu erwarten, dass sie mit dem Schlendrian und der Verschwendung im Schloss und in der gesamten Markgrafschaft aufräumen würde.

Das Letzte freute Lea, auch wenn sie sich über die Wahl des Markgrafen wunderte. Sie hatte einiges über Ursula von Sulzburg-Hachingen gehört und glaubte zu wissen, dass die Dame entsetzt wäre, wenn sie etwas über das Lotterleben ihres Bräutigams erfahren hätte. Sie war nämlich mit vier Jahren zur Erziehung in ein Nonnenkloster gegeben worden und sollte bereits die niederen Weihen erhalten haben. Durch den frühen Tod ihrer drei Brüder war sie die einzige Erbin ihres Vaters geworden, und deswegen hatte Ewald von Sulzburg-Hachingen von Papst Innozenz VIII. einen Dispens für sie erwirkt. Es war schnell bekannt geworden, dass Ursulas Äbtissin sich in Rom für sie eingesetzt und von dem dankbaren Vater mehrere Güter und ein großes Stück Wald für das Kloster erhalten hatte.

»Was ist, Jude? Hat es dir die Sprache verschlagen? Fang gar nicht erst an zu jammern, welche Schwierigkeiten du siehst, sondern schaff das Zeug heran. Die Hochzeit wird in sechs Wochen stattfinden, und wenn dann nicht alle Vorbereitungen den Wünschen Seiner Durchlaucht entsprechen, kannst du im alten Turmverlies verschimmeln.«

Lea zuckte unter Frischlers aggressivem Tonfall zusammen und verneigte sich unwillkürlich. »Das wird knapp, aber ich dürfte alles rechtzeitig genug herbeischaffen können. Sagt mir, ist Seine Durchlaucht sich über die Summen im Klaren, die er auszugeben gedenkt? Ich werde für die meisten Waren Vorauszahlungen leisten müssen und würde deswegen gern wissen, wie Seine Durchlaucht das Ganze bezahlen will.«

Der Sekretär hob die Augenbrauen. »Du wirst das Geld vorstrecken müssen, denn die Kassen Seiner Durchlaucht sind wie gewöhnlich leer. Aber er möchte seine Ehe nicht mit neuen Schulden bei einem raffgierigen Juden beginnen und bietet dir deswegen die Steuerpacht von Hartenburg an.«

So etwas hatte Lea befürchtet. Der Markgraf wollte ihr nicht nur nichts zahlen, sondern überdies noch mehr Geld aus ihr herausschlagen. Ein Steuerpächter hatte die geschätzten Einnahmen seines Gebiets im Voraus an den Landesherrn zu bezahlen, und wie Lea Ernst Ludwig kannte, würde der hohe Herr mehr Geld von ihr verlangen, als die Markgrafschaft an Steuern aufbringen konnte. Um ihre Kosten wieder hereinzubekommen, würde sie die einfachen Leute, die nicht von der Steuerpflicht befreit waren, bis aufs Blut auspressen müssen. Ein gnadenloses Eintreiben der Abgaben aber würde die Bürger von Hartenburg gegen sie und ihre Familie aufbringen, so dass es nur eines Funkens bedurfte, den Ärger in Hass und Aggression umschlagen zu lassen. Etliche Pogrome gegen die jüdischen Gemeinden hatten in solchen Zuständen ihre Wurzeln. Sie würde es sich jedoch nicht lange leisten können, die verlangten Summen aus ihrer eigenen Tasche zu bezahlen.

»Wäre es nicht besser, wenn ich die Steuerpacht in den Besitzungen der neuen Markgräfin übernähme?«

Lea zwang sich zu einem untertänig bittenden Gesichtsausdruck. Ihr war bewusst, dass ihr auch in diesem Fall üble Nachrede folgen würde, doch dann war wenigstens nicht ihre Familie in Gefahr.

Frischler sah betreten drein. »Leider ist es Seiner Durchlaucht nicht möglich, das Steuermonopol der Herrschaft Sulzburg-Hachingen aus eigener Machtvollkommenheit zu vergeben. Du wirst dich also mit Hartenburg begnügen müssen.«

Lea hätte dem Sekretär beinahe ins Gesicht gelacht. Der Vater der Dame Ursula hatte also schon vorgebaut, um nicht zusehen zu müssen, wie sein Besitz schon zu Lebzeiten unter den verschwenderischen Händen des Markgrafen zerrann. Lea fragte sich, warum Ewald von Sulzburg-Hachingen überhaupt dazu bereit war, seine Tochter Ernst Ludwig von Hartenburg zur Frau zu geben. Die Antwort lag auf der Hand: Der Sulzburger vermählte seine Erbin weniger mit dem Mann als mit seinem Titel. Seine Enkel würden keine nachrangigen Reichsritter mehr sein, sondern fürstlichen Geblüts und damit über allen Edelleuten mit Ausnahme der Kurfürsten des Heiligen Römischen Reiches stehen. Das war der Preis, für den Ewald von Sulzburg-Hachingen seine Tochter einem Wüstling auslieferte.

Etwas von dem Spott und der Verachtung, die Lea für die hohen Herrschaften empfand, musste sich auf ihrem Gesicht abgezeichnet haben, denn Frischler schlug plötzlich mit der Faust auf den Tisch. »Grinse mich nicht so frech an, du beschnittener Hund. Entweder übernimmst du die Hartenburger Steuerpacht, oder …« Er schwieg einen Moment und blickte Lea höhnisch an. »Oder du wirst eben warten müssen, bis Seine Durchlaucht gewillt ist, seine Schulden bei dir zu begleichen.«

Das wird niemals der Fall sein, dachte Lea verbittert. Selbst wenn sie darauf achtete, billig einzukaufen und es mit der Qualität nicht ganz so genau nahm, würde sie horrende Verluste erleiden. Einen Teil davon konnte sie durch überhöhte Preise für die besseren Familien in Hartenburg ausgleichen, aber alles in allem blieb es ein schlechtes Geschäft. In diesem Augenblick verfluchte sie Roland Fischkopf, an den sie ein kleines Vermögen verloren hatte. Jetzt würde sie sich aller Reserven entblößen und hoffen müssen, dass sie keine weiteren Verluste erleiden oder der Markgraf seinen Würgegriff bei nächster Gelegenheit erneuern würde. Wie es aussah, hielt er sie bereits jetzt für eine Zitrone, die man bedenkenlos ausquetschen konnte.

Mit einem Mal fühlte sie sich kraftlos und des ewigen Kampfes müde. Sie würde den Niedergang ihrer Familie nicht mehr lange

aufhalten können. Ohne auf Frischlers letzte Worte einzugehen, verneigte sie sich vor ihm. »Ich werde alles besorgen.«

»Das wird auch Zeit«, blaffte der Sekretär sie an. »Mach, dass
du verschwindest, und sorge dafür, dass nichts von der Liste
fehlt!«

»Wie Ihr befehlt.« Lea machte einen weiteren tiefen Bückling
und verließ den Raum. Auf dem Flur atmete sie erst einmal tief
durch. Frischlers aggressive Haltung und die Art, wie er dem
Wein zusprach, machten ihr Angst, und sie hoffte, dem Mann
so lange aus dem Weg gehen zu können, bis er den Ärger über
die Minderung seines Einflusses und den Verlust seiner Hure
überwunden hatte.

Als sie über den Burghof ging, wurde ihr klar, dass die Ausgaben
für den Markgrafen sie in die Lage versetzen würden, nicht nur
das Privileg für die Ansiedlung zweier jüdischer Knechte bewil-
ligt zu bekommen, sondern auch die Erlaubnis zu einer Heirat
erwerben zu können. Beides war jedoch nicht in ihrem Interesse,
und so hoffte sie, dass Rachel und Elieser sich zu wenig für die
Zusammenhänge interessierten und Ruben ben Makkabi nie
erfuhr, wie leicht sie seine Wünsche zu diesem Zeitpunkt hätte
erfüllen können. Ihm würde sie mitteilen, dass sie zu Ausgaben
gezwungen wurde, die es ihr unmöglich machten, sich von ihrem
Landesherrn die Genehmigung zu einer, geschweige denn gleich
zwei Heiraten zu erkaufen. Diese Lüge würde ihr nicht schwer
auf der Seele liegen.

6.

Sarah wartete hinter dem Tor auf Leas Rückkehr. »Was hat der Herr von dir gewollt?«

»Nicht viel«, antwortete Lea so leichthin wie möglich und versuchte zu lächeln. Gleichzeitig machte es sie traurig, weil sie niemanden hatte, mit dem sie ihre Sorgen teilen konnte. Sarah durfte sie nicht mit neuen Problemen belasten, denn die brave Alte würde vor Angst keinen Schlaf mehr finden, und sonst gab es niemanden, dem sie vertrauen konnte oder der ihre Situation verstand.

»Ernst Ludwig will sich wieder vermählen, und ich soll ein paar Sachen für ihn besorgen. Deswegen muss ich schon morgen nach Straßburg aufbrechen. Bitte lass frische Kleidung für Jochanan und mich bereit legen.«

»Du willst schon wieder fort?« Sarah schnaubte empört, wagte aber keine Widerrede, sondern eilte ins Haus, um alles für Leas Abreise vorzubereiten.

Lea folgte ihr etwas langsamer. Mit müden Bewegungen stieg sie die Stufen zum ersten Stock empor, wo die Tür zu Eliesers Zimmer weit offen stand. Ihr Bruder saß auf seinem Kissen, las konzentriert in dem neuen Talmud und schien der Welt völlig entrückt zu sein.

Lea hätte ihn in dem Augenblick am liebsten gepackt und ihn so lange geschüttelt, bis er begriff, dass die Welt nicht nur aus ihm selbst bestand. Die meisten jüdischen Männer verbrachten viele Stunden am Tag damit, die heiligen Schriften zu studieren, und sie lebten fromm und möglichst buchstabengetreu nach den Gesetzen ihres Volkes, gingen aber mit gleicher Energie ihrem Gewerbe nach. Selbst berühmte Rabbis scheuten die Arbeit nicht, die ihnen und ihren Familien Brot und Obdach gab. Elieser kümmerte sich jedoch um nichts weiter als um seine Bücher und ließ sich umsorgen wie ein kleines Kind.

Vorhin, bei ihrer Rückkehr, hatte sie sich noch fest vorgenommen, ihren Bruder bei der Hand zu nehmen und ihn, ob er wollte oder nicht, in ihre Geschäfte einzuführen. Doch dazu würde es in der nächsten Zeit nicht kommen, denn das, was sie für den Markgrafen heranschaffen musste, ließ sich nur zu einem geringen Teil durch Briefe erledigen, auch dann nicht, wenn sie diese nicht einem Handelszug mitgab, sondern sie durch die kaiserlichen Posthalter oder gar durch berittene Boten des Markgrafen befördern ließ, was ihr in diesem Fall möglich war.

Sie schüttelte die bedrückenden Gedanken ab und ging weiter. Als sie an der Tür zur guten Stube vorbeikam, sah sie Rachel drinnen am Kamin sitzen und im Licht eines Kienspans ein Bettlaken flicken. Als ein Dielenbrett unter Leas Fuß knarrte, blickte das Mädchen auf, warf ihre Arbeit auf den Boden und funkelte die Schwester zornig an.

»Dir gefällt es wohl, den Hausherrn zu spielen, während ich mich als Dienstmagd abplagen muss. Sieh her, ich habe mich sogar gestochen.« Damit streckte sie Lea ihren linken Zeigefinger entgegen, auf dem ein winziger roter Punkt zu sehen war.

Lea dachte an ihre Fingerspitzen, die oft wie ein Nadelkissen durchlöchert gewesen waren, wenn sie in einer düsteren Ecke Samuels Lehrern zugehört und dabei fleißig genäht und geflickt hatte. Um des lieben Friedens willen schluckte sie eine scharfe Bemerkung und bedauerte ihre Schwester mit ein paar tröstenden Worten.

Rachel aber wollte sich nicht beruhigen lassen. »Wenn du dich darum kümmern würdest, dass wir mehr Dienstboten bekämen, müsste ich mich nicht so abplagen und meine Finger ruinieren.«

Lea trat näher und betrachtete die wohlgeformten Hände ihrer Schwester, die keine Spuren harter Arbeit aufwiesen. Am liebsten hätte sie ihr von Ruben ben Makkabis Tochter Hannah erzählt, deren Hände keinen Moment zu ruhen schienen. Doch ihr war klar, dass Rachel ihr weniger wegen der Arbeit gram war, die sie tun musste, sondern weil sie, Lea, nicht zu Hause blieb und wieder Hausfrau und Ersatzmutter spielte wie vor Samuels Tod.

So schüttelte sie nachsichtig den Kopf. »Wir können derzeit keine neuen Dienstboten nachholen. Zum einen kostet die Erlaubnis viel Geld, und zum anderen könnten wir unser Geheimnis dann nicht mehr bewahren. Doch sobald Elieser die Geschäfte übernimmt, wird er mit unserem Landesherrn darüber verhandeln können.«

Ihre Schwester fuhr auf. »Wann sollte das sein? Du denkst doch gar nicht daran, dir das Heft aus der Hand nehmen zu lassen, sondern redest Elieser ein, er sei ein wertloser Krüppel, der gerade mal gut genug ist, das Sabbatgebet zu sprechen.«

Noch ehe sie das letzte Wort ausgesprochen hatte, riss Leas Geduldsfaden, und ihre Hand klatschte auf Rachels Wange. »Das will ich kein zweites Mal mehr hören! Bildest du dir ein, es wäre so lustig, in einer Schenke zu sitzen, sich gottlose Schmähungen anhören zu müssen und darauf zu warten, auf einem Scheiterhaufen verbrannt zu werden? Oder möchtest du ein Schwein küssen und damit vor einer Rotte grölender Betrunkener herumtanzen?«

Ihre Stimme überschlug sich, und sie sah ganz so aus, als wollte sie noch einmal zuschlagen. Rachel wich hinter die Truhe zurück und hob die Hände vors Gesicht. Als sie sah, dass Lea ihr nicht folgte, giftete sie weiter. »Den armen, hilflosen Elieser aber willst du in diese grausame Welt hinausjagen.«

Auf diese Unterstellung wusste Lea nichts zu antworten. Sie hatte schon mehr gesagt, als sie wollte. Daher drehte sie ihrer Schwester brüsk den Rücken zu und ging, ohne noch einmal nach rechts oder links zu sehen, in ihr Zimmer. Es war nicht mehr die enge Dachkammer, die sie früher bewohnt hatte, sondern der Raum, in dem ihr Vater gearbeitet und geschlafen hatte und der eigentlich Elieser als Oberhaupt der Familie zugestanden hätte. Da das Zimmer ihres Bruders luftiger und nicht mit Tischen, Truhen und Borden voller Geschäftspapiere vollgestopft war, hatte er es ihr großzügig überlassen. So brauchte sie nicht erst aus dem zweiten Stock herabzuklettern, wenn sie Unterlagen einsehen wollte, und konnte auch nachts arbeiten, ohne die anderen durch knarrende Treppenstufen zu stören.

Jetzt zog sie die Tür mit einem heftigen Ruck ins Schloss, so dass es durch das ganze Haus hallte, und schob den Riegel vor. Dann warf sie sich auf das Bett, ohne darauf zu achten, dass sie immer noch ihre schmutzige Reisekleidung trug, und ließ ihren Tränen freien Lauf. So mutlos wie an diesem Tag hatte sie sich selten zuvor gefühlt.

Lea wusste nicht, wie lange sie sich ihrer Verzweiflung hingegeben hatte. Mit einem Mal war es ihr, als hätte jemand die schwarze Decke gelüftet, die sich über ihrer Seele ausgebreitet hatte, so dass ein helles Licht in ihr aufleuchtete. Ihr Kampfgeist war wieder erwacht. Sie hatte sich und ihre Geschwister vor drei Jahren nicht gerettet, indem sie die Hände in den Schoss gelegt hatte. Damals hatte sie getan, was sie nur konnte, um sie lebend zurückzubringen und ihnen allen die Heimat zu sichern.

Jetzt machte sie sich Vorwürfe, weil sie sich zu lange an Hartenburg geklammert hatte. Die Markgrafschaft war keine sichere Bleibe mehr, denn Ernst Ludwig hatte Blut oder, besser gesagt, Geld geleckt. Er würde immer höhere Summen fordern, gegen die die Hartenburger Steuerpacht bald ein Tropfen auf dem heißen Stein sein würde. Nicht zum ersten Mal fragte Lea sich, wie es ihrem Vater gelungen war, den Geldhunger der Markgrafen und dessen Vorgänger so weit einzudämmen, dass er und seine Familie von den Resten seiner Einkünfte behaglich hatten leben können. In dem Punkt hatte sie offensichtlich versagt und bekam nun die Folgen zu spüren.

Mit einem Ruck setzte sie sich auf und bleckte die Zähne in Richtung der Burg, deren Umriss sich durch die Wachfeuer und das helle Mondlicht gegen einen schwarz werdenden Himmel abzeichnete. »Eure Gier wird Euch bald selbst treffen, Euer Durchlaucht. Wenn Ihr mich schlachten und ausnehmen wollt wie ein Hühnchen für das Sabbatmahl, schneidet Ihr Euch ins eigene Fleisch.«

Ihre Stimme war nicht so fest, wie sie gehofft hatte, denn ihr war klar, dass sie der Macht des Markgrafen nichts entgegenzusetzen hatte. Wenn sie ihn verärgerte, würde er seine Soldaten schicken, ihr Haus und das greifbare Vermögen beschlagnahmen und sie und ihre Angehörigen aus Hartenburg vertreiben. Vielleicht würde er sie auch in den Turm werfen und foltern lassen, wie es Juden andernorts schon häufig ergangen war, um alle Gelder in die Hand zu bekommen, die sie außerhalb Hartenburgs angelegt hatte.

»So weit darf es niemals kommen«, schwor Lea sich. Sie stand auf, legte den schmutzigen Mantel und den Kaftan ab und öffnete die Tür, um nach Gomer zu rufen, die ihre beiden Lampen putzen und mit frischen Dochten versehen sollte. Die Magd erschien so schnell, als hätte sie nur auf Leas Ruf gewartet. Als die beiden Öllampen brannten, dankte Lea ihr knapp, zog mit einem Ruck die Vorhänge zu und nahm die Korrespondenz zur Hand, die Sarah sorgfältig aufgestapelt hatte.

Das erste Schreiben stammte von ihrem spanischen Geschäftspartner Rodrigo Varjentes de Baramosta und war in jenem hölzernen Latein gehalten, mit dem gelehrte Kaufleute verschiedener Zungen miteinander korrespondierten. Obwohl Lea mittlerweile viele Worte dieser Sprache gelernt hatte, benötigte sie die Notizbücher, die ihr Vater und ihr Großvater in langen Jahren sorgfältig mit guter Tinte und einer klaren Handschrift gefüllt hatten. Hier fand sie nicht nur viele Ausdrücke des Handelslateins, sondern auch die wichtigsten Begriffe aus anderen Sprachen, die oft in die Briefe eingestreut waren.

Baramostas Brief enthielt eine unangenehme Überraschung. Er sei nicht mehr in der Lage, seine Geschäfte weiter von Sevilla aus zu führen, schrieb er, das Geld, das Samuel bei ihm angelegt habe, sei jedoch sicher und würde zu einem späteren Zeitpunkt mit Zins und Zinseszins zurückerstattet werden. Aber er teilte ihr nicht mit, wohin er umziehen wollte, und gab ihr auch nicht die Adresse eines anderen Gewährsmannes an, wie es sonst üblich war.

Lea konnte nur hoffen, dass der Spanier Wort hielt und sich wieder meldete. In ihrer jetzigen Situation war sie auf jeden Heller angewiesen, den sie auftreiben konnte. Sie legte Baramostas Brief ärgerlich beiseite und nahm das nächste Schreiben zur Hand. Sie las jedoch nicht, sondern versank wieder ins Grübeln. Da der Markgraf versuchen würde, so viel wie möglich aus ihr herauszupressen, musste sie sicherere Anlagen für das Geld finden, das ihr noch blieb, und über den doch recht eingeschränkten Kreis ihrer jetzigen Geschäftspartner hinweg neue Verbindungen aufbauen. Von nun an würde sie alles tun, um weit weg von Hartenburg und auch weit weg von dem Einfluss, den Ruben ben Makkabi in der ihr bekannten Geschäftswelt ausübte, neu anfangen zu können.

Als sie überlegte, wo sie ansetzen sollte, kam ihr zu ihrer eigenen Verblüffung Roland Fischkopf in den Sinn und der Rat, den er Simeon ben Asser gegeben hatte. Jetzt ärgerte sie sich, dass sie sich den Namen und die Adresse seines Antwerpener Gewährsmannes nicht notiert hatte, denn dann hätte sie sich direkt an den Mann wenden können. Im Gegensatz zu dem Augsburger Kaufmann wollte sie sich stärker am Englandhandel beteiligen, auch wenn es auf der Insel keine Juden mehr gab. Die englischen Kaufleute fragten nicht danach, ob das Geld, das sie erhielten, von christlichen Handelspartnern oder den Söhnen Judas stammte.

Wie Lea es auch drehte und wendete – es gab keinen anderen Weg. Sie durfte nicht mehr nur mit jüdischen Landsleuten Geschäfte treiben, sondern musste ihr Geld überall dort arbeiten lassen, wo es Zinsen brachte. Andernfalls würde ihr Landesherr sie bis aufs Mark aussaugen und sie davonjagen, so dass die Familie Goldstaub irgendwo im Schmutz der Landstraße endete.

Als Sarah eine Stunde später hereinkam, fand sie Lea mit einem bösen Lächeln über ihre Korrespondenz gebeugt. Die alte Frau verkrampfte die Hände vor der Brust und richtete ein Stoßgebet gen Himmel. »Gott Abrahams, schütze Lea und uns alle! Lass nicht zu, dass Jakobs Tochter sich schon wieder in Gefahr bringt!«

Leas Miene verriet nicht, ob sie die Worte gehört hatte. Aber als sie den Brief weglegte, in dem sie gerade gelesen hatte, und zu ihrer Dienerin aufsah, wirkte ihr Lächeln beinahe übermütig.

»Bring mir mein Essen hierher, Sarah. Ich muss noch arbeiten und habe keine Zeit, mit der Familie zu speisen.«

Sarah zuckte zusammen und starrte Lea an, als wäre ihr ein Gespenst begegnet. Diese Worte hatte sie so oft von Jakob ben Jehuda gehört, dass sie zu glauben begann, der Geist des Vaters sei in die Tochter gefahren.

VIERTER TEIL

●◆●

Der Herzog von Burgund

I.

Es gab Tage, an denen Lea ihre Rolle als Samuel Goldstaub verfluchte. Den heutigen aber empfand sie als besondere Strafe Gottes für ihre Vermessenheit, einen Mann darstellen zu wollen. Um ihr wahres Geschlecht vor fremden Augen zu verbergen, trug sie über ihrem Kaftan einen weiten Wollmantel, und nun brachte die schwüle Hitze, die das Land in einen Backofen verwandelte und jeden Atemzug zur Qual machte, sie beinahe um. Der Schweiß rann ihr in Bächen über den Rücken und verursachte ein höllisches Jucken zwischen ihren Schulterblättern, ihr Gesicht tropfte, und ihre Augen brannten, als hätte sie sie mit Salz eingerieben.

Für Lea war es kein Trost, dass Jochanan nicht weniger litt als sie. Er ächzte unter der Last einer doppelt so schweren Kiepe und hatte, damit seine Herrin nicht auffiel, ebenfalls darauf verzichtet, den Mantel auszuziehen. Zu leicht hätte sich ein anderer Wanderer fragen können, warum der eine Jude sich bei der Hitze vermummte und der andere nicht. Leas Kaftan klebte jedoch wie eine zweite Haut auf ihren voller gewordenen Brüsten und hätte jedem Vorbeikommenden offenbart, dass eine Frau in ihm steckte.

Am Nachmittag holten sie einen Wanderer ein, der ähnlich wie Jochanan unter einer breiten, mit allerlei billigen Waren behangenen Kiepe einher stapfte. Er hatte seine Kleidung bis auf das dünne, lange Hemd ausgezogen und sich den Kaftan um die Hüften geschlungen.

Als er Leas und Jochanans Schritte hinter sich vernahm, blieb er stehen und blickte ihnen entgegen. Sein Bart war schütter und vor der Zeit ergraut, doch seine dunklen Augen blitzten listig unter seinen dichten Brauen hervor. »Friede sei mit euch, Brüder!«

»Friede sei auch mit dir, Bruder«, antwortete Lea in einer Stimmlage, die zu tief für eine Frau klang. Sie hatte lange geübt, um Samuel ben Jakob glaubhaft darstellen zu können.

»Treibt ihr hier Geschäfte?«, fragte der Kiepenhändler misstrauisch. Anscheinend war dies hier sein Revier, und er wollte es nicht mit Konkurrenten teilen.

Lea schüttelte den Kopf. »Nein, Bruder. Wir sind auf dem Weg ins Burgundische und haben diesen Pfad nur gewählt, um den Weg abzukürzen.«

»Bis ins Burgund habt ihr aber noch ein ganzes Stück zurückzulegen. Ich bin Gideon aus Vogtsberg und habe von den Herren dieser Gegend die Erlaubnis zum Tandhandel erhalten.«

»Mein Name ist Samuel, und das ist mein Freund Jochanan«, erklärte Lea erleichtert darüber, ihren Vatersnamen nicht nennen zu müssen. Anscheinend war dies unter den Landjuden, zu denen Gideon vermutlich zählte, nicht mehr üblich.

Sie kannte Vogtsberg nicht, hielt es aber für eine jener elsässischen Herrschaften, die es hier zuhauf gab. Der Name deutete darauf hin, dass es sich um habsburgischen Besitz handelte, der jedoch nicht Kaiser Friedrich III. gehörte, sondern dessen Vetter Sigismund. Auch ihr Ziel Burgund zählte seit neuestem zu den Habsburger Erblanden, allerdings regierte dort Maximilian, der Sohn des Kaisers, als Herzog. Von der Stelle, an der sie sich jetzt befanden, bis zu den burgundischen Grenzen waren es keine zehn deutschen Meilen, und nur ein Tandhändler wie Gideon konnte diese Strecke als weit empfinden. Lea freute sich jedenfalls über das Zusammentreffen, denn der Mann kannte gewiss die Leute in dieser Gegend und würde in der Herberge die Aufmerksamkeit von ihr und Jochanan ablenken.

So kam es auch. Die Knechte des Wirtes begrüßten den Kiepenhändler mit gutmütigem Spott und schenkten den beiden Juden in seiner Begleitung keinen zweiten Blick. Gideon führte seine neuen Bekannten zu einer halb von Gestrüpp überwucherten Bank im Schatten des Ziegenstalls und besorgte dann Essen für sie alle. Es bestand aus Brot, hartem Käse und Wasser, das mit einem winzigen Schuss Wein veredelt worden war. In einem Land, in dem der Wein billig war, zeugte das am meisten von der Armut des Wanderhändlers. Er schien anzunehmen, dass seine beiden Glaubensbrüder ebenfalls nicht gut gestellt waren, und Lea hatte nicht die Absicht, ihn eines Besseren zu belehren.

Während sie ihr karges Mahl einnahmen, erzählte Gideon von seiner Frau, seinen Kindern und dem Rest seiner Sippe, die in der Herrschaft Vogtsberg ihr Auskommen und eine gewisse Sicherheit gefunden hatten. Er berichtete auch von seinen Geschäften und war sichtlich stolz darauf, neben einem schon wohlgefüllten Sack Mehl auch ein paar mindere Münzen für seine Waren eingetauscht zu haben.

So viel Armseligkeit machte Lea fassungslos. Dieser Gideon würde in seinem ganzen Leben nicht so viel verdienen wie sie bei einem einzigen ihrer Geschäfte. Er schien jedoch zufrieden zu sein und sah sein jetziges Leben in einem rosigen Licht, denn als Kind hatte er zweimal miterleben müssen, wie seine Familie all ihrer Habe beraubt und aus der Stadt vertrieben worden war.

»Auf dem Land lebt es sich um einiges besser als in einem Ghetto«, beteuerte er lebhaft. »Wir besitzen ein hübsches Gärtchen, das mein Weib und meine Kinder versorgen, und können uns sogar ein paar Hühner und eine Ziege halten. Außerdem sind die Nachbarn viel freundlicher als in den Städten, in denen die hohen Herren und die Handwerkszünfte unsereinem schier die Luft zum Atmen abschnüren.«

Lea überließ es Jochanan, die Unterhaltung mit Gideon zu bestreiten. Nach seinen Worten stammten sie von der anderen

Seite des Rheines und hatten die Erlaubnis erwirkt, im Burgundischen Handel treiben zu dürfen. Gideon wunderte sich zwar, weshalb sie so weit fortreisten, bohrte glücklicherweise jedoch nicht nach. Lea hätte ihm auch kaum erklären können, aus welchem Grund sie ausgerechnet nach Vesoul reiste. Sie war ja selbst nicht mit sich im Reinen, ob sie das Richtige tat, denn dort wollte sie sich ausgerechnet mit Roland Fischkopf treffen.

Vor nicht allzu langer Zeit hatte sie sich geschworen, jede weitere Begegnung mit diesem Menschen zu vermeiden, und jetzt reiste sie ihm sogar entgegen. Sie erinnerte sich noch gut an ihre Verblüffung, aber auch ihre Erbitterung, als sie vor gut einem Jahr einen Brief von ihm erhalten hatte, in dem er ihr von dem glücklichen Abschluss des Geschäfts berichtete, in welches er ihr Gold gesteckt hatte. Damals hatte er mitgeteilt, dass er ihren Gewinn in Höhe von eintausend Gulden für sie bei einem Bankier deponiert und die zwölfhundert, die er für das Gold erzielt hatte, in einer neuen Beteiligung angelegt hatte, über die er sich jedoch nicht auslassen wollte. Ein paar Monate später war sie angeblich noch einmal um tausend Gulden reicher geworden, aber auch davon hatte sie nichts als ein Stück Papier mit seinen Beteuerungen.

Lea wäre froh gewesen, wenigstens einen Teil der Summe in Händen halten zu können, die nun in Italien schlummerte, denn nach den Ausgaben für die markgräfliche Hochzeit waren ihre Kassen nicht mehr so gut gefüllt. Doch das Geld war für sie so fern, als läge es sich auf dem Mond. Roland Fischkopf hatte es nämlich auf seinen eigenen Namen bei einem Genueser Bankhaus angelegt, da dieses, wie er ihr mitgeteilt hatte, kein Geld von Juden annahm.

Sie war nicht so arm, dass sie am Bettelstab hätte gehen müssen, denn ihr Vermögen übertraf immer noch das der meisten jüdischen Kaufleute. Aber es war mehr denn je ihr Ziel, Hartenburg zu verlassen und sich an einem Ort im Reich anzusiedeln, wo sie nicht auf Gedeih und Verderb einem launischen, habgierigen Landesherrn ausgeliefert war, und um das zu erreichen, benötigte sie Gold und nochmals Gold. Die Kosten für die Hochzeit des Hartenburgers waren so hoch gewesen, dass sie kurzfristig Geld bei Geschäftsfreunden hatte aufnehmen müssen, um ihre laufenden Geschäfte nicht zu beeinträchtigen. Um wenigstens einen Teil der Summe wiederzubekommen, war ihr keine andere Wahl geblieben, als die Hartenburger Steuerpacht zu übernehmen. Nun hatte sie noch stärker mit der Geldgier des Markgrafen zu kämpfen und musste gleichzeitig darauf achten, dass sie seine Untertanen nicht allzu sehr gegen sich aufbrachte. Zu ihrem Glück war Samuel Goldstaub für die meisten Hartenburger ein Steuereintreiber wie die anderen vor ihm, ein Mann, den man heimlich beschimpfte und verachtete, dessen Existenz man aber hinnahm wie Geburt oder Tod. Die Leute grüßten sie nicht mehr ganz so freundlich, wenn sie durch Hartenburg ging, aber noch fluchte man ihr nicht ins Gesicht und warf ihr auch keine Steine nach.

Die meisten zahlten ihre Steuern unter viel Gejammer, aber ohne großen Widerstand, und bei denjenigen, bei denen die Soldaten, die der Markgraf ihr für ein gewisses Salär zur Verfügung gestellt hatte, hatten nachhelfen müssen, war der frühere Steuerpächter auch schon auf tatkräftige Hilfe angewiesen gewesen. Was Lea am meisten störte, war die Tatsache, dass sie etliche Wochen durch Hartenburg hatte ziehen müssen, bis sie den letzten Kreuzer eingetrieben hatte, denn das war ihren übrigen Geschäften nicht sonderlich zuträglich gewesen. Sie hoffte inständig, dass sie trotz aller Schwierigkeiten in den nächsten zwei, drei Jahren über genügend Kapital verfügen würde, um ihrer Heimat den Rücken kehren zu können, und sie setzte deswegen auch große Erwartungen in diese Reise. Wenn sie Erfolg hatte, würde sie ihrem Ziel einen großen Schritt näher kommen.

Später, als Gideon und Jochanan bereits in den Verschlag gekrochen waren, der ihnen allen als Schlafstatt zugewiesen worden war, holte Lea zwei Briefe aus ihrer Kiepe und las sie im Schein einer Stalllaterne noch einmal durch. In dem einen schwor Roland Fischkopf Stein und Bein, dass sie jederzeit über ihn an ihr Geld kommen könne. Das glaubte sie ihm jedoch ebenso wenig, wie sie einem Kirchenmann getraut hätte, der einen Juden seinen geliebten Bruder nannte.

Wichtiger als dieses Schreiben war ihr jedoch die Antwort auf eine Anfrage, die sie über Simeon ben Asser an den Handelsagenten gerichtet hatte. Da weder sie noch einer ihrer jüdischen Geschäftspartner in der Lage waren, Alban von Rittlage zum Bezahlen seiner Schulden zu zwingen, hatte sie von Fischkopf wissen wollen, ob er nicht einen christlichen Bankier kenne, der in der Lage war, diese Gelder einzutreiben. Die Notiz, die Fischkopf ihr daraufhin geschickt hatte, war kurz und wenig informativ gewesen. Er sei Anfang Juni im burgundischen Vesoul, schrieb er, und sie solle Rittlages Schuldbriefe dorthin bringen. Lange hatte sie mit sich gerungen, ob sie sich auf den Weg machen sollte. Zuerst hatte sie sich gesagt, dass es reine Zeitverschwendung sein würde, Fischkopfs Aufforderung zu folgen, doch dann hatte ihre Unternehmungslust gesiegt, denn sie sagte sich, dass sie mit jedem Gulden, den sie für ihre Schuldbriefe erhielt, Hartenburg eher verlassen konnte. Die wertvollen Dokumente trug sie gut versteckt mit sich, und doch war ihre Sorge, sie könnten ihr abhanden kommen, größer als die um das Flussgold, das sie bei früheren Wanderungen mit sich geschleppt hatte.

»Hoffentlich hält Fischkopf mich nicht ein weiteres Mal zum Narren«, murmelte sie vor sich hin, während sie die Briefe wieder verstaute. Sie ging zum Abtritt und danach zu ihrer Schlafstelle. Als sie die Tür des Verschlags öffnete, scholl ihr ein doppeltes Schnarchkonzert entgegen. Lea suchte sich ein freies

Plätzchen, wickelte sich in ihren Mantel und legte sich hin. Mehr als der Lärm um sie herum hielten ihre wirbelnden Gedanken sie jedoch noch lange wach.

2.

Am nächsten Morgen brachen sie nach einem kärglichen Frühstück auf. Zunächst hatte Gideon noch denselben Weg wie sie und unterhielt sie mit fröhlichem Geschwätz. Dabei versuchte er, sie von den Vorteilen des Landlebens zu überzeugen, das seiner Meinung nach die einzige Möglichkeit für die bedrängten Juden darstellte, den Verfolgungen und Vertreibungen in den großen Städten zu entgehen. Lea hörte ihm lächelnd zu und antwortete, dass sie da schon eher nach Polen gehen würde, wie andere, ihr bekannte Juden es bereits getan hätten. Sie dachte dabei an ihren Onkel Esra ben Nachum, der lange darauf gehofft hatte, sein Neffe Samuel würde ihn nach Hartenburg holen. Nachdem ihm der Aufenthalt bei Ruben ben Makkabi langsam verleidet wurde, hatte er Samuel um Geld gebeten, um sich beim polnischen König Kasimir IV. das Privileg zur Ansiedlung in einer seiner Städte erkaufen zu können. Der Ort hieß, wenn Lea sich richtig erinnerte, Rzeszów. In den letzten Monaten hatte auch sie schon mit dem Gedanken gespielt, ebenfalls einen Schutzbrief des Polenkönigs zu erwerben und sich im Osten anzusiedeln.

»Du bist gut«, sagte Gideon kopfschüttelnd. »Der Pole schenkt einem nichts, sondern will blanke Gulden für das Wohnrecht in seinem Land sehen. Und selbst wenn ich mir so viel Geld vom Mund absparen könnte, bliebe mir nichts, um die weite Reise zu finanzieren. Nein, Freund Samuel, ich sage dir, am besten lebt man hier bei uns als armer Mann auf dem Land. Da hat man keine Neider und trotzdem sein Auskommen.«

Lea zog die Stirn kraus. Waren ihre Landsleute, die in früheren Zeiten Kaiser und Könige mit wertvollen Waren versorgt und ihnen großzügige Kredite gewährt hatten, bereits mit so wenig zufrieden? Genügten ihnen ein Dach über dem Kopf, so windschief es auch sein mochte, und ein voller Bauch für sich und ihre Familien? Wo blieb dabei die Kultur, die sich ihr Volk in den fast anderthalbtausend Jahren in der Diaspora bewahrt hatte?

Jochanan hatte mehr Verständnis für Gideon als sie. »Unser Volk hat schon oft Zeiten der Bedrängnis erlebt und wird auch diese überstehen.«

Lea war froh, dass ihr Knecht ihr die Antwort abnahm. Sie hätte nicht gewusst, was sie hätte sagen sollen, und war erleichtert, als Gideon sich kurz vor Mittag von ihnen verabschiedete. Sein Weg führte jetzt die bewaldeten Seitenschluchten der Vogesen hinauf, wo er Bauernhöfe kannte, auf denen er mit seinen Waren höchst willkommen war. Dort hatte er seinen Worten zufolge für seine Waren häufiger ein paar Heller oder sogar einen blanken Groschen erhalten als Mehl oder Eier.

Lea wünschte ihm Glück und blickte seiner hageren Gestalt nach, bis sie zwischen den Bäumen verschwunden war. Dann wandte sie sich kopfschüttelnd ab. »So könnte ich nicht leben«, sagte sie, während sie weitergingen.

Jochanan lächelte ein wenig traurig. »Der Mensch vermag viel, wenn die Umstände es erzwingen.«

Als Knecht wusste er, mit wie wenig man zufrieden sein konnte. Lea aber, die im Wohlstand aufgewachsen war, tat sich schwer, eine andere Lebensweise zu akzeptieren. Ein Gutes hatte die Begegnung mit Gideon jedoch für sie beide, denn sie besaßen jetzt genug Gesprächsstoff, um die Meilen, die sie zurücklegten, nicht mehr so stark zu spüren und auch die Hitze nicht, die an diesem Tag noch unerträglicher geworden war. Das Gewitter, das Lea erwartet hatte, war am Vortag ausgeblieben, schrieb aber heute schon gegen Mittag seine ersten Anzeichen an den westlichen Himmel.

Der Pfad, dem Lea und Jochanan gefolgt waren, traf um die Zeit, in der sich der Horizont verdunkelte, auf eine von Norden nach Süden führende Straße, doch zu ihrem Pech gab es keinen Meilenstein in der Nähe der Einmündung, der ihnen die Richtung nach Vesoul angegeben hätte. So entschied Lea sich, nach Norden zu gehen, denn in der Ferne glaubte sie Dächer zu erkennen, und sie hoffte, in einer Herberge Unterschlupf finden zu können, ehe das Unwetter losbrach.

Die Gebäude entpuppten sich als größeres Dorf mit einer Reihe schiefergedeckter Bauernhöfe und einer kleinen Kirche mit einem wuchtigen, viereckigen Turm, dessen Spitze von einem kupferbeschlagenen Pultdach gebildet wurde. Die große Herberge am Dorfrand umgab ein mehr als mannshoher Palisadenzaun, in den ein festes, eisenbeschlagenes Tor eingelassen war und der auf Lea wie eine kleine Festung wirkte. Sie hatte das Tor noch nicht erreicht, als ein erstaunter Ruf an ihr Ohr drang. »Grüß dich, Samuel! Das ist aber eine Freude, dich hier zu treffen.«

»Ich hoffe, sie ist auch meinerseits.« Lea fletschte die Zähne und musste an sich halten, um Roland Fischkopf nicht gleich zur Begrüßung an die Kehle zu gehen, doch er schien ihre Abneigung gegen ihn nicht wahrzunehmen. Er hockte auf dem Balken einer stabilen Umzäunung, die sich an den Palisadenzaun anschloss, winkte ihr lachend zu und verscheuchte gleich darauf den Wirtsknecht, der die beiden angeblichen Kiepenhändler abweisen wollte.

Nachdem der Knecht sich mit einem Doppelpfennig in der Hand zurückgezogen hatte, musterte Orlando Leas Aufzug und schüttelte den Kopf. »Wie siehst du denn aus, Samuel? Gehen deine Geschäfte so schlecht, dass du Tandhandel betreiben musst?«

»Wenn ein guter Teil meines Kapitals samt den Gewinnen weiterhin auf Konten liegt, auf die ich keinen Zugriff habe, wird es bald dazu kommen.«

Orlando tat erstaunt. »Mein lieber beschnittener Freund, warum hast du mir nicht geschrieben, dass du dringend Geld brauchst? Ich hätte es dir durch einen vertrauenswürdigen Boten geschickt. Hunger leiden sollst du meinetwillen nicht.«

»Noch ist es nicht so weit.« Lea wandte sich ab, um diesem Menschen ihre Verärgerung nicht zu zeigen. Er nahm sie einfach nicht ernst und schien jetzt sogar an ihrem Handelsgeschick zu zweifeln. Wie hatte sie nur vergessen können, wie penetrant und boshaft er war? Wütend über sich selbst und ihre Dummheit, eine weite Reise gemacht zu haben, um diesen impertinenten Menschen zu treffen, überlegte sie, ob sie nicht auf der Stelle kehrtmachen sollte.

Immer noch breit grinsend stieg Orlando von seinem Sitz herunter und legte ihr die Hand auf den Oberarm, als wollte er sie an sich ziehen. »Wieso bist du hierher gekommen? Ich dachte, wir wollten uns in Vesoul treffen?«

Lea musste an sich halten, um nicht vor der Berührung zurückzuweichen. »Ich bin auf dem Weg dorthin.«

Orlando deutete mit dem Kopf in die Richtung, aus der sie gekommen war. »Nach Vesoul geht es aber dorthin.«

»Das mag ja sein. Aber als ich auf die Straße traf, war kein Meilenstein zu finden, der mir den Weg gewiesen hätte. Darum bin ich hierher gekommen, um mich zu erkundigen.«

Er hob die Hand und klatschte ihr anerkennend auf die Schulter. »Und hast sehr gut daran getan, mein lieber Samuel. Du wirst nämlich bald das Glück haben, den Herzog von Burgund mit eigenen Augen zu sehen. Vor wenigen Minuten sind seine Vorreiter erschienen und haben sein Kommen angekündigt. Wie du siehst, bereitet man sich bereits auf seinen Empfang vor.« Orlando wies in den Hof der Herberge, wo mehr als zwei Dutzend Knechte und Bauernburschen hektisch arbeiteten, um die Durchgänge zu den Ställen und Schuppen bis auf zwei zu verbarrikadieren. Die Mägde schlossen die Fensterläden, als stände das Gewitter, dessen erste Vorboten in der Ferne aufzogen, bereits unmittelbar bevor.

Lea sah sich verdattert um. »Das sieht so aus, als würde man einen Angriff erwarten und nicht einen Gast.«

Ehe Orlando ihr antworten konnte, kamen weitere Männer mit Dreschflegeln und Forken in den Händen auf die Herberge zu, und sein Grinsen wurde noch breiter. »Herzog Maximilian scheint hier nicht sonderlich beliebt zu sein.«

»Was hat das zu bedeuten?« Lea deutete auf den Knecht, der auf die Herberge zugerannt kam und lauthals brüllte, er habe den Zug des Herzogs kommen gesehen.

»Komm weg von hier!«, gab Orlando statt einer Erklärung zurück. Als Lea nicht gleich reagierte, packte er sie und zog sie mit sich. Jochanan, der nicht das Geringste verstand, beschloss, Lea nicht aus den Augen zu lassen, aber erst einzugreifen, wenn Fischkopf ihr so nahe kam, dass ihr Geheimnis in Gefahr geriet.

Orlando führte Lea in das Hauptgebäude der Herberge, einen lang gestreckten Bau, der über dem gemauerten Erdgeschoss zwei weitere, aus Fachwerk errichtete Stockwerke besaß, an welchen mehrere Holzbalkone entlangliefen. Während Lea auf sein Geheiß die schwere Kiepe abstreifte und in eine Ecke stellte, öffnete Orlando ungeniert einen der bereits verriegelten Zugänge zu dem Balkon im obersten Geschoss, trat hinaus und zog sie mit sich.

»Dort kommt der Herzog!« Orlando drehte Lea wie eine Puppe Richtung Norden und deutete auf die Straße, wo eben eine kleine Reiterkavalkade unter wehenden Bannern um die Ecke bog. Die polierten Harnische der Männer glänzten im Licht der sich schon nach Westen neigenden Sonne wie Silber, und die Farbenpracht ihrer federgeschmückten Helme übertraf alles, was Lea bis jetzt gesehen hatte. Den Reitern folgte ein von sechs Grauschimmeln gezogener Reisewagen von enormer Größe. Deichsel, Naben und das tonnenförmige Dach waren mit vergoldeten Verzierungen bedeckt, und die Wände trugen die Wappen von Burgund, Habsburg und dem Reich. Dem Wagen folgte eine Gruppe Berittener in buntscheckiger Kleidung, und hinter diesen tauchten nach und nach mehrere Trosswagen auf, denen sich eine kleine Schar Ritter in schimmernder Wehr als Nachhut anschloss. Alles in allem waren es mit Knechten und Bediensteten mehr als einhundert Mann, die sich der Herberge näherten.

Lea fragte sich, was die fünfzig oder sechzig nur mit Arbeitsgerät bewaffneten Bauern, die sich hier versteckt hielten, gegen all diese Leute ausrichten konnten, kam aber nicht dazu, Orlando zu fragen, denn in diesem Augenblick erreichte die Vorhut des herzoglichen Reisezugs das weit offen stehende Tor. Die Männer trabten auf den Hof und auf den Wink eines Herbergsknechts weiter durch den linken der beiden Durchgänge.

Der dichtauf folgende Reisewagen des Herzogs wurde zum rechten Durchgang geschickt, und als er ihn passiert hatte, eilten mehrere Wirtsknechte zum Tor der Herberge, schlugen die beiden mächtigen Flügel zu und versperrten sie mit drei großen Balken. Es ging so schnell, dass nur ein halbes Dutzend Reiter in den Hof gelangt waren. Noch während diese sich verblüfft umsahen, schlossen die Knechte die beiden Durchgänge und trennten den Herzog und seine Vorreiter von seinen Trabanten, die sich zum größten Teil noch vor dem Haupttor befanden.

»He! Was soll das?«, rief der Hauptmann der herzoglichen Leibwache zornig.

»Das kann ich dir sagen!«, brüllte ein Mann, der nach Orlandos Worten der Wirt war, zum obersten Fenster der Herberge hinaus. »Der hohe Herr ist mir bereits zweimal die Zeche schuldig geblieben. Ein drittes Mal lasse ich mir das nicht mehr gefallen. Entweder zahlt er auf der Stelle seine Schulden, oder meine Knechte werden ihn aus seinem Wagen holen und in den Schweinestall sperren.«

Der Hauptmann zog das Schwert. »Versuche es, und wir zünden dir deine Hütte über dem Kopf an!«

Der Wirt lachte höhnisch auf. »Das würde der Gesundheit des Herzogs aber nicht gut bekommen. Schließlich hat er mit dem Kutscher nur vier Bedienstete an seiner Seite, mit denen wir leicht fertig werden!«

»Verdammter Hund! Mögest du in der untersten Hölle braten!« Der Hauptmann stieß noch einen gotteslästerlichen Fluch aus, wagte es aber nicht, den Befehl zum Angriff zu geben, um das Leben seines Herrn nicht zu gefährden.

Der Wirt sah sich in der stärkeren Position und wagte es jetzt, sich aus dem Fenster zu lehnen. »Wenn der Herr bezahlt, erhält er Obdach und ihr ebenfalls. An seiner Stelle würde ich es mir schnell überlegen, denn es zieht ein böses Wetter auf. Der Herzog mag es in seinem Wagen trocken überstehen. Doch Ihr, Hauptmann, und der Rest Eures Trupps werdet hinterher aussehen wie ertränkte Katzen.«

Wie zur Bestätigung seiner Worte wurde der Himmel rasch dunkler, und in nicht allzu großer Entfernung zuckten die ersten Blitze auf.

Herzog Maximilian war aus seinem Wagen gestiegen und stand nun auf dem Bock neben dem Kutscher. »Verdammt, Wirt, du bekommst dein Geld schon noch. Aber dafür muss ich zuerst nach Brügge zurück. Jetzt habe ich nicht so viel bei mir.«

Der Wirt lachte höhnisch. »Vielleicht können Eure Leute zusammenlegen, Euer Durchlaucht, und für Euch geradestehen. Sorgt aber dafür, dass genug Geld zusammenkommt. Umsonst gibt es für Euch nicht einmal mehr eine Strohschütte im Pferdestall. Ich bin es leid, jedes Mal vertröstet zu werden, wenn ich meine Forderungen stelle.«

Orlando lachte Lea ins Ohr. »Ich glaube kaum, dass Herzog Maximilian und seine Leute trotz ihrer prunkvollen Erscheinung zusammen mehr als zwanzig Gulden im Beutel tragen. Die italienischen Bankiers nennen ihn nicht umsonst Massimiliano senza denaro.«

»Was heißt das?« Lea kannte zwar etliche italienische Begriffe aus ihren Notizbüchern und der Geschäftskorrespondenz, aber sie hatte sie noch nie als gesprochene Worte vernommen.

»Maximilian ohne Geld«, belehrte Orlando sie lächelnd. Er schien nachzudenken, denn er rieb sich mit dem rechten Zeigefinger über die Nase und sah Lea dann fragend an. »Wie viel gemünztes Gold hast du bei dir?«

»Vielleicht dreihundert Gulden«, antwortete sie verblüfft und ärgerte sich im selben Moment, weil sie es ihm so unbedacht verraten hatte.

»Ich habe auch noch ein paar Gulden im Beutel. Zusammen könnte es reichen. He Wirt!« Orlando winkte dem Besitzer der Herberge heftig zu.

»Was willst du, Kerl?« Der Wirt war über die Störung sichtlich verärgert.

Orlando ließ sich jedoch nicht einschüchtern. »Mit wie viel steht der Herzog bei Euch in der Kreide?«

»Mit fast fünfhundert Gulden, deren größter Teil mit Verlaub gesagt noch von der Brautfahrt des hohen Herrn stammt, und die liegt fast fünfzehn Jahre zurück.« Der Wirt schnaubte zornig und befahl seinen Knechten, ja Acht zu geben, dass ihnen der Herzog nicht entkam.

»Für fünfhundert Gulden behandelt ihr den edelsten Herrn der Christenheit wie einen Strauchdieb?« Orlandos Stimme triefte vor Abscheu.

Der Wirt winkte verächtlich ab, aber seine Stimme klang erheblich höflicher. »Für Euch mag es wenig sein, aber für mich ist es der halbe Wert meiner Herberge, und der Steuereintreiber meines Herrn ist weniger langmütig, als ich es dem Herzog gegenüber war.«

Orlando nickte verständnisvoll. »Das kann ich mir vorstellen. Trotzdem darfst du nicht so edle und vornehme Männer bei diesem Wetter im Freien stehen lassen. Es tröpfelt bereits.«

Der Wirt schnaubte wie ein Zugochse. »Ohne Geld gibt es kein Dach über den Kopf!«

»Wer sagt, dass Ihr kein Geld bekommt? Mein ephraimitischer Freund und ich werden die Schuld des Herzogs begleichen, damit er hier so aufgenommen wird, wie es einem noblen Herrn zukommt.«

Lea schnappte bei Orlandos Worten nach Luft. »Wie käme ich dazu?«

Orlando legte ihr die Rechte auf den Mund und befahl ihr, still zu sein. »Ich weiß schon, was ich tue! Es wird unser beider Schaden nicht sein.«

Dem Hauptmann der Trabanten juckte es sichtlich in den Fingern, dem renitenten Wirt eine Abreibung zu verpassen. Einer der Edelleute, die mit im Hof eingesperrt waren, befahl ihm jedoch zu schweigen. Er lenkte sein Pferd zu dem Balkon, auf dem Lea und Orlando standen, und zog seinen grauen, mit roten und blauen Federn geschmückten Hut, sah den Juden aber nicht an.

»Ich danke Euch im Namen meines Herrn. Es ist wirklich an der Zeit, diese Farce zu beenden.«

Während Orlando die Verbeugung formvollendet erwiderte, schniefte Lea empört. Orlando fasste sie am Nacken und beugte ihren Kopf. »Weißt du nicht, wie man sich vor einem hohen Herrn verbeugt?«, fragte er leise.

Leas Wut bekam dadurch noch mehr Nahrung. Sie hatte ihren Rücken so oft vor dem Hartenburger Markgrafen, dessen Sekretär und einigen seiner Hofschranzen krümmen müssen, dass sie all die hohen Herrschaften hasste, die die Ehrerbietung der einfachen Leute als ihr natürliches Recht auffassten.

Der Wirt schlug mit der Faust auf das Fensterbrett. »Erst will ich Geld sehen!«

»Das wird sogleich geschehen!«, rief Orlando zu ihm hoch und blickte Lea fordernd an. »Wo hast du deine Gulden?«

Da sie nur störrisch das Kinn vorreckte, drehte er sich um, trat in den Flur, in dem er ihr die Kiepe abgenommen hatte, und durchsuchte sie unter Jochanans heftigem Protest. Mit einem triumphierenden Ausruf brachte er ein kleines, aber schweres Säckchen zum Vorschein und öffnete es. Doch er fühlte nur Mehl.

Verärgert zog er seine Hand zurück und starrte seine weiß gefärbten Finger an. Als Lea spöttisch auflachte, hatte er sich jedoch sofort wieder in der Gewalt. »Verdammt, wir haben keine Zeit für solche Späße.«

Er wollte erneut in das Säckchen greifen, doch Lea nahm es ihm weg. »Das ist Flussgold, das ich bei einem Goldschmied eintauschen will. Ich habe es nur in den Mehlsack gesteckt, um es vor Leuten wie dir zu verbergen. Das Münzgold ist da drin.« Sie zog ein verschrammtes Kästchen unter dem Tand hervor, öffnete es und schüttete den Inhalt vor Orlando auf den Boden.

Orlando verbiss sich ein unanständiges Schimpfwort und las rasch das Geld auf. Jochanan, der ihn eben noch einen Dieb genannt hatte, half ihm, während Lea mit verschränkten Armen neben ihnen stand und innerlich gegen sich selbst wütete. Sie hätte wissen müssen, dass eine Begegnung mit diesem Fischkopf sie noch ärmer machen würde, statt ihr aus ihren Problemen herauszuhelfen. Dennoch sah sie regungslos zu, wie Orlando ihre wie neu glänzenden Zwölfguldenstücke in die Hand des beim ersten Klang des Goldes herbeigeeilten Wirts zählte. Auch die Tatsache, dass der Handelsagent den noch fehlenden Rest aus seinem eigenen Beutel dazulegte, konnte ihre innere Selbstzerfleischung kaum mildern.

»Bist du jetzt zufrieden?«, fragte Orlando den Wirt. Als dieser nickte, packte er den Mann und stieß ihn trotz seiner beträchtlichen Körperfülle auf den Balkon. »Sag deinen Leuten, dass sie sofort das Tor und die Verhaue öffnen und den Herzog und seine Männern in Haus lassen sollen, ehe uns die Wetterwand erreicht.«

Orlando hatte das letzte Wort noch nicht gesprochen, da spaltete ein greller, vielfach verästelter Blitz den dunklen Himmel. Kaum einen Herzschlag später erschütterte ein gewaltiges Donnergrollen die Herberge und ließ die Pferde der Reisenden vor Angst aufwiehern. Der Wirt warf nur einen kurzen Blick zum Himmel, dessen Schleusen sich jeden Augenblick öffnen konnten, und brüllte seine Knechte an, das Tor zu öffnen und die Verhaue zu beseitigen. Jetzt zeigte es sich, dass er die Bauern nicht umsonst zusammengerufen hatte. Jeder griff zu, um die Pferde des herzoglichen Reisezugs in die Ställe und offenen Unterstände zu bringen. Auch der große Reisewagen wurde in eine Remise geschoben, damit seine goldenen Verzierungen und farbenprächtigen Wappenbilder nicht unter dem Wetter leiden mussten.

Der Herzog versuchte, seine Würde zu wahren, und schritt steifen Schritts auf die Herberge zu, obwohl schon die ersten, beinahe faustgroßen Tropfen auf der Erde zerplatzten. Trotz der Hitze, die den Tag über geherrscht hatte, trug er ein golddurchwirktes Seidenwams und rote Handschuhe mit goldenen Säumen. Seine Hosen waren ebenfalls rot und saßen eng an seinen Schenkeln, während die Schamgegend durch goldene Stickereien besonders betont worden und stark ausgestopft war.

»Maximilian sieht aus, als hätte er das Gemächt eines Hengstes«, spottete Lea, die neben Orlando getreten war.

Er kicherte fast wie eine Frau. »Packt dich der Neid?«

Lea schüttelte heftig den Kopf. »Bei Gott, nein, welches Weib könnte ein solches Glied in sich aufnehmen?«

Orlando amüsierte sich über das Entsetzen in ihrer Stimme, lächelte ihr aber begütigend zu. »Unter Herrn Maximilians Hosenlatz steckt mehr Wolle als Fleisch. Ich glaube kaum, dass er sich an dieser Stelle mit mir messen kann.«

Lea warf ihm einen schiefen Blick zu und zog die Mundwinkel herab. »So? Muss ich Euch ab jetzt Roland, den Hengst, nennen? Dann muss man wohl die Stuten vor Euch beschützen, denn mit Frauen werdet Ihr es wohl kaum treiben können.«

Leas Spott kränkte Orlando in einer Weise, die er selbst nicht verstand, und reizte ihn gleichzeitig. Ihr angenehmes, von der Sonne leicht gebräuntes Gesicht war so dicht vor ihm, dass er sie ohne Mühe hätte küssen können, und er stellte sich unwillkürlich vor, wie sie unter ihrem alles verhüllenden Mantel aussehen mochte. Sie musste jetzt etwas über zwanzig Jahre alt sein und die weichen Formen einer erwachsenen Frau besitzen, auch wenn sie diese meisterlich zu verbergen wusste. Irritiert schüttelte er den Kopf, denn bislang hatte er sich nur für Frauen interessiert, die mindestens einen Kopf kleiner als er und schwarzhaarig waren. Lea aber konnte ihm auf gleicher Höhe in die Augen sehen und hatte einen leuchtend rotblonden Schopf.

»Hat es Euch die Sprache verschlagen?«, höhnte Lea, als Orlando stumm blieb.

»Das gewiss nicht. Nachdem du mich für fähig hältst, Stuten zu besteigen, überlegte ich, welches Tier zu dir passt. Ich vermute, eine Ziege wäre das Richtige.« Zu seiner Zufriedenheit nahm Orlando wahr, wie Leas Gesicht sich dunkel färbte.

Sie hatte sich jedoch sofort wieder in der Gewalt. »Bei einem Tier zu liegen ist ein Gräuel vor dem Herrn. Allein der Gedanke daran ist eine Sünde.«

Mit diesen Worten drehte sie Orlando den Rücken zu und wollte ins Haus zurückkehren. In dem Augenblick schlug ein Blitz krachend in eine Eiche ein, die keine fünfzig Schritt von der Herberge entfernt stand, und der ihm folgende Donner raste über den Hof und ließ das Gebäude erzittern, gerade als der Wirt Herzog Maximilian unter etlichen Bücklingen ins Haus geleitete und dabei ein so devotes Gesicht machte, als hätte er nie versucht, den hohen Herrn zu erpressen.

*W*ährend Lea sich vor Schreck an Orlando klammerte und von ihm kurzerhand zur Treppe geschoben wurde, betrat Herzog Maximilian an der Spitze seiner engsten Begleiter die Gaststube und befahl dem Wirt, aufzutragen, was Küche und Keller zu bieten hatten. Dann wandte er sich an den Edelmann, der Orlando vorhin gedankt hatte.

»Herr van Grovius, seid so gut und ladet die beiden Herren, die uns eben so behilflich waren, an meinen Tisch.«

»Den Juden auch?«, fragte Frans van Grovius verblüfft.

»Wenn wir auf Kosten dieses Mannes essen und trinken, können wir ihn kaum zusehen lassen. Also behandelt ihn so höflich wie einen Christenmenschen.«

Sein Blick traf den Wirt, der noch immer vor ihm stand, als erwarte er weitere Befehle. »Mach, dass du in die Küche kommst und ein gutes Mahl für uns bereiten lässt, du Schurke. Wenn du dir alle Mühe gibst, werde ich dir deine Unverschämtheiten vielleicht verzeihen können.«

Das klang so drohend, dass der Wirt, der jetzt nicht mehr auf seine Bauern zählen konnte, einen weiteren Bückling machte und eiligst durch die nächste Tür verschwand. Sekunden später schoss er wieder heraus und bat den Herzog und dessen Begleiter in die gute Stube der Herberge, wo bereits ein Knecht mit einem großen Zinnkrug des besten Weines auf die hohen Gäste wartete.

Der Herzog ließ sich einschenken und probierte. Der Wein schien ihm zu schmecken, denn er hielt den Pokal dem Knecht zum Nachfüllen hin. Unterdessen hatte Frans van Grovius Orlando in dem geräumigen Zimmer gefunden, das dieser für sich und seine jüdischen Begleiter zugewiesen bekommen hatte.

Artig verneigte er sich vor ihm und bat ihn, Gast seines Herrn zu sein.

»Wohl eher unser eigener Gast, da wir die Zeche bezahlen«, murmelte Lea leise und nur für Orlando verständlich.

Orlando verbeugte sich lächelnd vor dem Edelmann. »Wir nehmen dankend an und freuen uns über die hohe Ehre.«

Van Grovius bedachte Lea mit einem schiefen Blick, der ihrem schäbigen Mantel und noch mehr dem verknitterten Judenhut galt, und wandte sich zum Gehen. Lea verschränkte die Arme, hob beleidigt das Kinn und lehnte sich gegen einen der mannshohen Bettpfosten, als wollte sie dort stehen bleiben und schmollen. Orlando feixte, legte ihr den Arm um die Schulter und zog sie mit sich. »Versuche, dich gut zu benehmen, mein beschnittener Freund. Wenn wir Glück haben, lohnt sich dieser Abend für uns beide.«

Einen Moment später verfluchte er sich, weil seine Worte und ihre schmale, weiche Figur ihn daran erinnerten, dass sie eben kein beschnittenes Glied unter ihrem Kaftan trug, sondern verlockend anders geformt war. Orlando versuchte, die Reaktion seines Körpers auf diesen Gedanken zu ignorieren, und nahm sich vor, so bald wie möglich eine Hure aufzusuchen. Wie es aussah, hatte er seine Bedürfnisse zu lange nicht gestillt, denn sonst würde er nicht nach diesem Mannweib lechzen. Ein Blick auf Leas ebenmäßige Gesichtszüge brachte ihn dazu, seine Einschätzung zu berichtigen. So sah keine männermordende Megäre aus und auch keine Walküre heidnischer Sagen. Hätte sie eine weibliche Frisur und Kleider getragen, wie es sich gehörte, wären etliche Frauen vor Neid auf ihre Schönheit erblasst.

Orlando war froh, als van Grovius sie vor den Herzog führte, so dass sich seine Gedanken mit etwas anderem beschäftigen konnten als mit Leas Geschlecht. Maximilian von Burgund war knapp über dreißig und hätte ohne seine vorspringende, leicht hängende Unterlippe als hübscher Mann gelten können. Zorn verdunkelte seine hellblauen Augen, aber als er sich Orlando und Lea zuwandte, wichen die Schatten von seinem Gesicht und machten einem fröhlichen Lächeln Platz.

»Willkommen, meine Freunde. Es freut mich, in dieser abgelegenen Gegend zwei Herren von Anstand und ausgesuchter Höflichkeit getroffen zu haben.« Plötzlich stutzte er und blickte Orlando durchdringend an. »Dich kenne ich doch. Wo habe ich dich vor kurzem erst gesehen?«

Van Grovius fasste Orlando schärfer ins Auge und legte die Stirn in Falten. Plötzlich hüstelte er, um die Aufmerksamkeit seines Herrn auf sich zu lenken. »Ich erkenne den Mann, Eure Hoheit. Er kam im letzten Jahr als Bote der Antwerpener Bankiers Eelsmeer und Deventer in unser Feldlager und hat uns das Geld gebracht, das wir so dringend für die Fortsetzung der Belagerung von Rouvellier benötigten.«

»Dann sei er uns doppelt willkommen.« Maximilian klopfte Orlando freundlich auf die Schulter und bat ihn, zu seiner Linken Platz zu nehmen. Lea musste sich neben ihn setzen und fand sich so in der Nähe des Herzogs wieder.

Unterdessen tobte sich das Unwetter mit voller Wucht über dem Dorf aus. Der Himmel war so schwarz wie in einer Neumondnacht, und das Wasser fiel vom Himmel, als wollte es Mensch und Tier ersäufen. Die Wirtsknechte brachten Laternen mit duftenden Wachskerzen herein, doch trotz der Lampenschirme aus Glas flackerten die Dochte im Luftzug und drohten immer wieder auszugehen.

Nach dem dritten Becher Wein erinnerte Herzog Maximilian sich an seine Vorreiter und winkte den Wirt mit grimmiger Miene zu sich. »He, du Schurke, was hast du mit meinen Leuten gemacht, die ich zu deiner Herberge vorausgesandt habe?«

Dieser zuckte schuldbewusst zusammen. »Verzeiht, Eure Hoheit, aber wir haben sie betrunken gemacht und in den Schweinestall gesperrt. Ich werde sie sofort herausholen lassen.«

Der Herzog musste ein Lachen unterdrücken. »Tu das! Obwohl ich sagen muss, die Kerle hätten es ob ihrer Dummheit verdient, die Nacht dort zu verbringen. Doch jetzt lass endlich auffahren. Reisen macht hungrig.«

Der Wirt verneigte sich devot und wieselte davon. Kurz darauf öffnete sich die Küchentür, und zwei Knechte erschienen mit einem riesigen Tablett, das sie wie eine Bahre zwischen sich trugen. Andere Knechte ergriffen die Platten und Schüsseln und boten sie dem Herzog als Erstem an. Orlando und Lea wurden direkt nach Maximilian bedient.

Lea winkte einem Knecht, der ihr ein Stück knusprig gebratenes Spanferkel vorlegen wollte, mit einer Geste des Abscheus beiseite. Auch Orlando lehnte das Ferkel ab und ließ sich stattdessen eine große Portion gedünsteten Karpfens auf seinen Teller laden. Lea wählte ebenfalls den Fisch und danach den in Pfeffer gewälzten Schenkel eines Kapauns. Das war nur der Beginn eines reichlich bemessenen Mahles. Lea konnte sich nicht erinnern, jemals so gut gespeist zu haben, aber sie musste sich sagen, dass dies nur recht und billig war. Schließlich hatte sie reichlich für die hohe Ehre bezahlt, am Tisch des Herzogs sitzen zu dürfen.

Ihr Blick streifte Orlando, der sich seinem Gesichtsausdruck nach sehr wohl zu fühlen schien. Der Handelsagent beachtete sie nicht weiter, sondern unterhielt sich angeregt mit dem Herzog, mit van Grovius und einigen anderen Herren aus Maximilians Begleitung. Dabei wechselte er mühelos von der deutschen Sprache ins Französische und brachte es sogar fertig, auf eine Frage Grovius' in Flämisch zu antworten. Lea, die außer Jiddisch und Hebräisch nur Deutsch sprach, beneidete ihn glühend um diese Kenntnisse und fragte sich gleichzeitig, wer dieser Mann wirklich sein mochte.

In jener Wirtschaft, in der man sie hatte verbrennen wollen, hatte er sich als Beauftragter eines großen Handelshauses ausgegeben, und damit wäre er der nachrangige Angestellte eines Kaufherrn. Ruben ben Makkabi hatte ihn jedoch als Handelsagenten aus Hamburg vorgestellt, der auf eigene Rechnung arbeitete und Beteiligungen an Schiffsladungen und Handelszügen vermittelte, und hier bezeichnete man ihn nun als Geldboten eines Antwerpener Bankiers. Lea hatte mit einem Mal das Gefühl, dass es nicht gut wäre, zu genau zu wissen, was dieser Mann so alles trieb. Sie wäre nicht überrascht, zu erfahren, dass er mit Kaperkapitänen und den Seeräubern der nördlichen Meere im Bunde stände. Auf alle Fälle war er eine schillernde Figur und ein Unglück für sie, denn er hatte sie erneut um mehrere hundert guter Gulden erleichtert.

Eine Weile unterhielt Orlando sich mit dem Herzog auf Französisch. Plötzlich wechselte Maximilian ins Deutsche und sah Lea auffordernd an. »Gibt es eine Gunst, die ich Euch gewähren kann?«

Lea hob in einer hilflosen Geste die Hände, denn sie hatte keine Ahnung, was sie sich wünschen konnte, außer dem Geld natürlich, das sie für ihn ausgelegt hatte.

Orlando aber setzte eine fröhliche und gleichzeitig bittende Miene auf. »Eure Hoheit könnten Seine Gnade über ein paar Freunden von mir leuchten lassen. Die Herren würden sich gern in Antwerpen ankaufen, und das fiele ihnen leichter, wenn Ihr so freundlich wärt, sie dem dortigen Magistrat zu empfehlen.«

»Gerne«, antwortete Maximilian erleichtert darüber, so billig davongekommen sein, und wandte sich Lea zu. »Und welche Gunst kann ich dir erweisen?«

Lea wusste nicht, was sie sagen sollte. Da mischte sich Orlando zum zweiten Mal ein. »Was erfreut das Herz eines Sohnes Ephraims mehr als Geld, hoher Herr?«

Maximilians Miene wurde abweisend, ja geradezu drohend, doch Orlando hob begütigend die Hand. »Und nichts betrübt ihn mehr als eine Schuld, die nicht beglichen wird. Mein Geschäftspartner besitzt Schuldbriefe über mehrere tausend Gulden, die er selbst nicht einfordern kann.«

Maximilian war sichtlich verblüfft. »Einige tausend Gulden, sagst du? So sieht er ja nun wirklich nicht aus. Mein Gott, mit dem Geld könnte ich meinen nächsten Feldzug gegen Karl VIII. von Frankreich beginnen.«

Orlando nickte geradezu auffordernd. »Es handelt sich um den Gegenwert der Herrschaft Elzsprung, die Alban von Rittlage sich mit von Juden geliehenem Geld gekauft hat. Wie bekannt ist, gelang es dem ehemaligen kaiserlichen Vogt vor mehreren Jahren nicht, das Judenpogrom in Sarningen zu verhindern. Umso mehr erbost es meinen Geschäftspartner, dass er sich weigert, seine Schulden bei den Söhnen Judas zu begleichen.«

»Mein Vater kam damals in Sarningen um.« Leas Stimme klang leise, aber schneidend scharf.

Ein dröhnender Donnerschlag verhinderte, dass der Herzog sofort antworten konnte. Als die Elemente sich wieder beruhigt hatten, rieb er sich mit dem rechten Daumen nachdenklich über das Kinn und musterte Lea zweifelnd. »Hat Rittlage sich tatsächlich seine Herrschaft mit dem Gold der Juden erkauft?« Sie nickte. »So ist es, Euer Gnaden.«

»Und jetzt will er seine Schuldbriefe nicht mehr auslösen?«, setzte Maximilian nach.

»So ist es, Euer Gnaden«, wiederholte Lea.

»Die Summe, die du zu fordern hast, beträgt mehrere tausend Gulden?« Die Neugier des Herzogs war mit Händen zu greifen. Lea hätte gar zu gerne gewusst, warum ihn die Sache so brennend zu interessieren schien. »Es sind genau viertausendzweihundert Gulden.«

»Eine Summe, bei der ich nicht Nein sagen würde, wenn man sie mir anbietet«, antwortete Maximilian lachend. »Damit könnte ich einige Kompanien Landsknechte besolden. Es wird bald wieder Krieg mit Frankreich geben, wenn Karl VIII. nicht wider Erwarten einlenkt.«

»Vielleicht wären Eure Bankiers in der Lage, Rittlages Schuld einzufordern«, warf Orlando mit einem leicht amüsierten Lächeln ein.

Maximilians Augen glitzerten. »Das wären sie ganz bestimmt.«

Lea sah, dass der Herzog danach gierte, die Schuldbriefe in seine Hände zu bekommen, und verfluchte Orlando im Stillen, weil er die Rede darauf gebracht hatte. Hätte sie die Wechsel bei einem christlichen Bankier eingetauscht, würde sie wenigstens einen Teil der Summe erhalten haben. Herzog Maximilian würde die Papiere einstreichen, ohne auch nur Dankeschön zu sagen. Sie bedachte Orlando mit einem bitterbösen Blick, den dieser jedoch mit einem Augenzwinkern beantwortete.

»Hol die Schuldbriefe, mein beschnittener Freund«, forderte er sie auf. »Dir gibt Rittlage keinen lumpigen Heller, doch für Herrn Maximilian sind sie blanke viertausend Gulden wert.«

Lea schob den Teller mit dem vierten Gang, einem in roter Marinade gebeizten Kaninchenrücken zurück und stand seufzend auf. Ihr tat es Leid, Rittlages Schuldverschreibungen aus der Hand zu geben, denn sie hatte bis zuletzt gehofft, ihm damit das Genick brechen zu können. Wenn sie Pech hatte, würde Maximilian ihm nur leutselig auf die Schulter klopfen und die Wechsel verbrennen.

Als sie mit dem Bündel gesiegelter Pergamente zurückkehrte, drehte sich das Gespräch am Tisch um Werbeoffiziere, Söldner und Ausrüstung. Orlando empfing sie mit einem zufriedenen Lächeln, nahm ihr die Unterlagen aus der Hand und reichte sie an van Grovius weiter. Dieser schnitt die Schnur durch, faltete jedes einzelne Blatt auf und zählte die Summen zusammen.

Schließlich wirkte er geradezu fassungslos. »Der Jude hat die Wahrheit gesagt, Eure Hoheit. Die Wechsel lauten genau auf viertausendzweihundert Gulden, und kein Einziger davon ist als eingelöst gekennzeichnet.«

»Dann werden meine Bankiers mir diese Summe auch übergeben.« Maximilian wandte sich fröhlich an Orlando. »Gut gemacht, mein Freund. Es bleibt damit bei der Vereinbarung, die wir eben getroffen haben.«

»Mein Geschäftspartner wird sich gewiss darüber freuen.« Orlando verneigte sich und blinzelte dann Lea zu.

»Was für eine Vereinbarung?«, fragte sie misstrauisch.

»Seiner Gnaden, dem Herzog von Burgund, beliebt es, dir als Dank für diese Schuldbriefe für drei Jahre das Monopol für den Handel mit spanischen Weinen in der Grafschaft Flandern zu übertragen.« Man sah Orlando an, wie stolz er auf diese Abmachung war. Lea selber starrte ihn hilflos an. Tausend bittere Worte ballten sich in ihrer Kehle, und nur die Anwesenheit des Herzogs und seiner Begleiter hinderte sie daran, sie Fischkopf ins Gesicht zu schleudern.

Orlando achtete jedoch nicht weiter auf sie, sondern verbeugte sich erneut vor dem Herzog. »Mein Geschäftsfreund wird einen Geleitbrief brauchen, um sein Monopol durchsetzen zu können, Euer Gnaden. Wie Ihr wisst, werden Juden nicht überall gerne gesehen.«

Maximilian hatte gut gespeist, einen ausgezeichneten Burgunder getrunken und eben den Gegenwert von über viertausend Gulden eingestrichen. So nickte er Orlando und Lea so selbstzufrieden zu, als hätte er den Sieg über den Franzosen schon in der Tasche, und wies dann seinen Sekretär an, die erbetenen Dokumente auszufertigen. Orlando erhielt seinen Brief an den Magistrat der Stadt Antwerpen, dem bei Androhung der Ungnade ihres Landesherrn die Ansiedlung von Orlandos Bekannten befohlen wurde. Lea bekam die Urkunde für ihr Weinmonopol überreicht, und als Letztes stellte der Sekretär den Geleitbrief für sie aus.

»Welchen Namen soll ich einsetzen? Ich weiß ja nicht, wie der Jude heißt«, fragte er mürrisch.

»Samuel ben Jakob, genannt Goldstaub«, antwortete Lea so ruhig, wie sie es vermochte.

Bevor der Mann die Feder auf das Papier setzen konnte, bat Orlando ihn zu warten. »Ich weiß nicht, ob es so glücklich wäre, wenn mein Geschäftspartner durch diesen Geleitbrief auf den ersten Blick als Jude erkannt würde. Die Söhne Ephraims haben viele Neider und Feinde, und nicht jeder wird das Siegel des Herzogs von Burgund so achten, wie es sich gehört.«

»Dann lass dir einen Namen einfallen«, murrte der Sekretär, während er ärgerlich die Feder beiseite legte.

»Muss dies denn gleich heute sein?«, fragte Orlando den Herzog mit einem beinahe koketten Augenaufschlag.

Maximilian winkte lachend ab. »Natürlich nicht. Ich werde den Geleitbrief siegeln und unterzeichnen. Unser jüdischer Freund kann den gewählten Namen ruhig später einfügen.«

»Ich danke Euch.« Orlando verbeugte sich ein weiteres Mal und brachte Lea mit einem Griff dazu, es ebenfalls zu tun.

Unterdessen hatte das Unwetter sich ausgetobt. Es regnete zwar noch stark, doch die Front der Blitze war weitergezogen und der Donner nur mehr als leichtes Dröhnen aus der Ferne zu vernehmen. Die Reise in der Hitze und das reichliche Mahl mit dem guten Wein forderten nun ihren Tribut. Maximilian stand auf und verabschiedete sich, um sich in sein Zimmer zurückzuziehen, und die meisten seiner Begleiter taten es ihm gleich.

Orlando und Lea suchten ebenfalls die Kammer auf, die man ihnen zugewiesen hatte. Es handelte sich um ein luftiges Gemach mit zwei großen Betten an der Wand und einem Feldbett davor, auf dem Jochanan bereits schlief. Seine und Leas Kiepen lehnten an der Wand, ebenso Orlandos um einiges leichteres Reisegepäck.

Lea hatte auch jetzt kein Auge für die Annehmlichkeiten des

Zimmers, sondern wartete nur, bis die Schritte des Wirtsknechts auf dem Flur verhallt waren. In dem Moment verzerrte sich ihr Gesicht vor Wut, und sie stemmte die Arme in die Hüften. »Herr Fischkopf! Ihr seid noch mein Untergang. Durch Euch habe ich heute erneut gutes Geld verloren – und zwar mehr als je zuvor.«

Orlando lachte schallend. »Immerhin hast du auf drei Jahre das Weinmonopol für Flandern erhalten, und dafür würde dich mancher deiner Landsleute glühend beneiden.«

»Was will ich mit einem Monopol, das ich nicht nutzen kann? Ich bin weder in der Lage, spanische Weine nach Flandern zu bringen, noch kann ich verhindern, dass diese nach Herzenslust ins Land geschmuggelt werden.« Lea ballte die Fäuste und maß ihr Gegenüber mit einem geradezu mörderischen Blick.

Orlando lächelte beinahe schon mitleidig. »Jetzt schau doch ein Mal über deinen judäischen Tellerrand hinaus, mein beschnittener Freund. Du wolltest doch Rittlage am Boden sehen, nicht wahr? Sei versichert, Herzog Maximilian ist genau der Mann, der dir deine Rache verschaffen kann. Wenn jemand im Reich mächtig genug ist, um Rittlage von Elzsprung zu vertreiben, so ist er es. Mit seiner militärischen Macht im Rücken werden seine Bankiers, allen voran die Fugger, jeden lumpigen Heller, der in deinen Schuldbriefen steht, aus Rittlage herauspressen, dessen kannst du versichert sein.«

»Eine arg teure Rache«, höhnte Lea. »Außerdem wird Rittlage danach derselbe sein, der er vorher war, nämlich ein Edelmann des Reiches, und wenn er seine Herrschaft verliert, kann er jederzeit wieder in die reich belohnten Dienste eines hohen Herrn treten.«

Orlando lächelte spitzbübisch. »So leicht wird ihm das bestimmt nicht fallen, nachdem er sich Maximilians Feindschaft zugezogen hat. Er wird von einem reichsunmittelbaren Ritter, der sein Knie nur vor dem Kaiser zu beugen hat, zum abhängigen Diener eines weniger mächtigen Herrn absteigen, und wenn er Pech hat, als Vogt einer zugigen, halb verfallenen Burg irgendwo abseits der Handelsstraßen enden.«

»Das mag ja sein. Aber das bringt mir nicht das Geld zurück, das ich für die Schuldverschreibungen bezahlt habe.«

»Womit wir wieder beim flandrischen Weinmonopol wären. Höre mir gut zu, mein beschnittener Freund. Die Urkunde des Herzogs ist sicher das Dreifache der viertausend Gulden wert, die du dafür bezahlt hast. Dafür brauchst du noch nicht einmal selbst deinen Wein von Spanien nach Flandern zu transportieren. Es reicht, wenn du das herzogliche Privileg den flandrischen Ständen vorlegst. Von dem Augenblick an wird man drei Jahre lang auf jedes Fass spanischen Weines, das ins Land gebracht wird, eine Abgabe für dich einfordern und Groschen für Groschen mit dir abrechnen.«

Lea zeigte ihm die Zähne. »Was Ihr nicht sagt, Meister Fischkopf! Euren Worten zufolge muss ich nur mit dem Finger schnippen, und die Gulden fallen mir in den Schoß.«

Orlando hob die Hände zum Himmel, als wollte er von dort Beistand erflehen, und holte tief Luft. »Ich sehe, du hast keine Ahnung, wie so ein Monopol gehandhabt wird. Pass auf, ich erkläre es dir.«

In der nächsten halben Stunde hielt Orlando Lea einen ausführlichen Vortrag darüber, wie die christlichen Herrscher zu Geld kamen. Die Herren belegten den Handel und das Manufakturwesen nämlich oft willkürlich mit Steuern, die sie an Dritte vergaben, bevor sie überhaupt fällig geworden waren.

»An der Küste wird nicht viel geschmuggelt, zumindest keine Waren, die von so weit her kommen«, beruhigte Orlando sie zuletzt. »Die Behören in Antwerpen, Brügge, Blankenberge und Ostende kontrollieren alle Ladungen, die in ihren Häfen umgeschlagen werden, und ziehen die Steuern ein. Wenn du Angst hast, man würde dir die Gelder nicht auszahlen, so will ich dir auch da behilflich sein – gegen eine gewisse Beteiligung, versteht sich. Freunde von mir, die in Flandern ansässig sind, werden gerne bereit sein, deine Interessen zu vertreten.«

»Das sind wohl ähnliche Schurken wie Ihr!«

Orlando setzte eine künstlich betrübte Miene auf. »Ich ein Schurke? Das tut weh, mein Lieber. Wenn ich daran denke, wie oft ich dir den Hals gerettet habe …«

»Ein Mal! Und das wird mich wohl bis ans Ende meines Lebens verfolgen«, behauptete Lea.

»Und was ist mit der Sache in Augsburg, wo Ruben ben Makkabi und seine Gäste beinahe …« Orlando unterbrach sich im letzten Augenblick, denn er hatte eben sagen wollen, dass jene Leute hinter ihr Geheimnis gekommen wären, wenn er nicht eingegriffen hätte. Er räusperte sich und setzte den Satz mit einer unverfänglicheren Behauptung fort. »… dich wie ein Tier im Käfig betrachten wollten? Du warst doch froh, dass sie keine Möglichkeit hatten, sich über dich lustig zu machen. Wie steht es eigentlich mit deinen Verletzungen zwischen den Beinen? Sind sie mittlerweile abgeheilt?«

»Das geht Euch überhaupt nichts an.« Lea fühlte, dass sie diesem Mann nicht gewachsen war, und drehte ihm abrupt den Rücken zu.

Orlando wanderte durch die Schlafkammer, strich über die sauberen, nach Blüten duftenden Laken und blickte zuletzt sogar unter die Betten. »Wir wohnen hier wirklich feudal. Es steht sogar Nachtgeschirr bereit, damit wir nicht zum Abtritt gehen müssen. Das wäre bei über hundert Leuten, die heute hier übernachten, gewiss nicht so einfach. Das Häuschen und die Mistgruben werden ständig besetzt sein.«

Lea gab keine Antwort, sondern setzte sich auf das Bett, das der Tür am nächsten stand, verschränkte die Arme und überlegte, was sie jetzt tun sollte. In den Verschlägen, in denen Jochanan und sie bislang untergekommen waren, hatte es genügt, sich in den Mantel zu hüllen und einen Teil des eigenen Gepäcks als Kopfkissen zu benützen. Decken hatte es selten gegeben – und wenn, hatten sie nach Pferden gerochen oder gar nach Schweinen, weil missgünstige Herbergsknechte sie in deren Mist getaucht und in der Sonne getrocknet hatten. Sie konnte sich Orlando jedoch nicht im Hemd zeigen, weil ihm dann sofort klar werden würde, was es mit ihren angeblichen Verletzungen am Unterleib auf sich hatte.

»Hast du noch Lust, dir einen Namen für deinen Geleitbrief auszusuchen?«, fragte Orlando in ihre Überlegungen hinein.

»Samuel ben Jakob ist ein guter Name, und ich gedenke keinen anderen zu tragen«, erklärte sie störrisch.

»Es gibt genug Gegenden, die ein Jude heutzutage meiden muss, in denen sich ein Mann in der Kleidung eines normalen Reisenden aber ungefährdet aufhalten kann. Du solltest dir einen christlich klingenden Namen und die dazu passenden Gewänder zulegen.«

Lea wies auf ihren Mantel und den Judenhut. »Soll ich etwa so zu einem Schneider gehen?«

»Das ist nicht nötig. Ich bin bereit, dir unverfängliche Kleidung zu besorgen.«

Lea beantwortete sein Angebot mit einem grimmigen Schnauben, und Orlando begriff, dass an diesem Tage nicht mehr mit ihr zu reden war. Er zuckte mit den Schultern und wollte sie schon auffordern, sich endlich ins Bett zu legen, als ihre verkrampfte Haltung ihm verriet, dass genau das ihr Problem war. Schließlich konnte sie sich ja aus mehreren Gründen nicht vor seinen Augen ausziehen. Er beschloss, ihr die Sache leichter zu machen, gähnte ausgiebig und begann, sich bis auf die Unterhose zu entkleiden, an der seine Beinkleider nach alter Art mit Schnüren befestigt waren.

»Ich weiß nicht, was du noch zu tun beabsichtigst. Aber ich bin müde und will jetzt schlafen. Blase das Licht aus, wenn du dich hinlegst.« Mit diesen Worten kroch er unter die Decken und drehte ihr den Rücken zu. Der flackernde Schatten, den die Kerze an die Wand warf, zeigte ihm, dass sie sich jetzt ebenfalls ihrer Kleidung entledigte. Leider bemerkte sie den verräterischen Umriss hinter ihr und löschte rasch das Licht.

»Gute Nacht«, murmelte Orlando wie schlaftrunken, obwohl er sich alles andere als müde fühlte.

Für einen Augenblick hatte er Leas Formen zumindest erahnen können. Das Bild verfolgte ihn nun und erzeugte eine Spannung in seinen Lenden, die nach Erfüllung schrie. Beinahe war er versucht, zu ihr hinüberzugreifen und sie zu lehren, eine Frau zu sein. Jochanans ununterbrochenes Schnarchen erinnerte ihn jedoch daran, dass sie nicht allein waren. Er fürchtete den Burschen nicht, doch selbst wenn er zum Ziel kam, würde Lea ihn danach noch mehr verabscheuen als Rittlage und die von ihm gesandten Mörder ihres Vaters. Mit einem entsagungsvollen Seufzer schloss Orlando die Augen und richtete seine Gedanken auf andere Dinge. Doch sie kehrten noch viele Stunden lang zum Objekt seiner Begierde zurück.

4.

Als Herzog Maximilian zur dritten Morgenstunde aufbrach, winkte er Orlando und Lea, die auf den Hof getreten waren, um seiner Abreise zuzusehen, noch einmal huldvoll zu. Während er seinen Reisewagen bestieg und gleichzeitig einen scharfen Disput mit dem Hauptmann seiner Wache begann, verabschiedete Orlando sich von van Grovius und einigen anderen Herren aus Maximilians Begleitung in ihrer jeweiligen Muttersprache. Lea hörte ihm interessiert zu und brachte später, als sie in der still gewordenen Herberge beim Frühstück saßen, die Rede auf seine Sprachkünste.

»Eines gibt es, um das ich Euch beneide, Herr Fischkopf, nämlich Euer Talent, Euch in fremden Zungen auszudrücken.«

»Das ist keine Naturgabe, die einem zufliegt, und auch nichts, was man sich von heute auf morgen aneignen kann, sondern das Ergebnis langen Lernens und steter Übung. Du könntest es in dieser Fertigkeit ebenfalls weit bringen.«

Ein herber Zug legte sich um Leas Mund. »Dazu müsste ich einen Lehrer finden, der bereit ist, sich mit einem Juden abzugeben.«

»Ich könnte dir den Grundwortschatz der bedeutendsten Sprachen dieser Welt beibringen.«

Lea hielt Orlandos vergnügtes Auflachen für Spott und Herablassung und hob abwehrend die Hände. »Das wird wohl kaum möglich sein, da Ihr ja nach Vesoul weiterreist, während ich mich auf den Weg nach Worms mache, um mein Flussgold an einen Geschäftsfreund zu verkaufen.«

»Das Ziel meiner Reise war nicht Vesoul, sondern eine Begegnung mit dem Burgunderherzog, und das Geschäft habe ich mit Erfolg abgeschlossen. Jetzt ist die Straße nach Worms ebenso gut wie jede andere. Also kann ich dich eine Weile begleiten.«

»Ihr habt Maximilian aufgesucht, um für einige Leute das Privileg zu erwerben, sich in seinem Reich niederlassen zu dürfen? Aber was hattet Ihr davon?«

Er lächelte selbstzufrieden. »Sie zahlen gut dafür.«

Lea zog die Stirn kraus. »Aber warum sind sie nicht selbst an den Herzog herangetreten?«

»Es wäre ja möglich, dass sie seine Sprache nicht verstehen.«

Lea war sich jetzt sicher, dass Roland Fischkopf sich über sie lustig machte. Sie schwankte noch zwischen Empörung und Neugier, als er die Hand hob. »Fehlende Sprachkenntnisse könnten auch dir zum Problem werden. Auf alle Fälle solltest du Italienisch lernen, denn das ist die Sprache der großen Bankiers. Etwas Französisch wäre auch nicht schlecht, aber wichtiger noch ist Spanisch, insbesondere, da du das spanische Weinmonopol in Flandern besitzt.«

Orlando war klar, dass Lea weniger über Sprachen reden wollte als über den Grund, warum er so weit reiste, um sich für fremde Leute zu verwenden, doch das durfte er ihr nicht auf die Nase binden. Er sah, wie sie Luft holte, um ihm Fragen zu stellen, und setzte seinen Vortrag fort. »Die drei Sprachen sind miteinander verwandt, und wenn du eine von ihnen beherrschst, fällt es dir leichter, die beiden anderen zu lernen. Zum Beispiel heißt Guten Tag auf Französisch ›bonjour‹ und auf Italienisch ›buongiorno‹. Es wird ähnlich geschrieben und klingt auch recht ähnlich. Auf Spanisch lautet dieser Gruß ›buenos dias‹. Das hört sich, wenn man die anderen Begriffe kennt, schon ein wenig vertraut an. Ich bin sicher, dass du mit allen Sprachen zurechtkommen wirst, wenn du dir nur ein wenig Mühe gibst.«

Orlando amüsierte sich über Leas zweifelnde Miene, wurde dann aber nachdenklich. »Du solltest auch in anderer Hinsicht an dir arbeiten. Mir hat es gestern gar nicht gefallen, wie du dich von mir hast herumstoßen lassen. Auch wenn du ein Jude bist, solltest du ein bisschen Rückgrat zeigen und dich zur Wehr setzen, wenn man dir quer kommt.«

»Gestern wart Ihr aber recht zufrieden mit meiner Duldsamkeit.«

»Gestern war auch ein anderer Tag«, antwortete Orlando ungerührt. »Was hätte es für einen Eindruck auf den Herzog gemacht, wenn wir uns gezankt und vielleicht sogar geprügelt hätten? Aber ich fürchte, du ziehst bei jedem, der dich hart anfasst, den Schwanz ein.«

Er amüsierte sich über das Gesicht, das Lea bei der Anspielung auf ihr nicht vorhandenes männliches Geschlechtsteil zog, und sagte sich, dass es nur recht und billig war, wenn er sie ein wenig damit quälte. Schließlich war es sehr ungehörig, als Mann herumzulaufen und mit Fremden im selben Zimmer zu schlafen. Gleichzeitig erregte ihn der Gedanke, ihr beizubringen, wie sie sich verteidigen konnte, und sie dabei zu berühren.

»Ich werde dir zeigen, wie man sich gegen Übergriffe und Belästigungen wehrt und sich Respekt verschafft.«

»Ich weiß nicht, ob das so gut ist«, wandte Lea zögernd ein. »Ein Jude, der sich zur Wehr setzt, wird oft erschlagen wie ein toller Hund.«

»Du sollst ja auch nicht gegen eine ganze Rotte ankämpfen. Aber es wäre besser, wenn du einen Räuber, der dich um dein Geld bringen, oder einen betrunkenen Lümmel, der nur sein Mütchen an dir kühlen will, in die Schranken weisen kannst.«

Jochanan, der sich seit ihrer Ankunft so unauffällig verhalten hatte, als wäre er überhaupt nicht vorhanden, hob mit einem Mal den Kopf und nickte eifrig. »Herr Fischkopf hat Recht. Ich bin unterwegs oft genug vor Angst fast gestorben, und ich fände es gut, wenn wir uns nicht alles bieten lassen müssten.« Er sah Orlando mit einem hoffnungsvollen Lächeln an. »Könnt Ihr vielleicht auch mir etwas beibringen?«

Orlando klopfte ihm gönnerhaft auf die Schulter. »Freilich, Jochanan. Vier Fäuste sind immer besser als zwei. Aber nun beeilt euch mit dem Essen, denn wir wollen heute noch aufbrechen.«

Lea ärgerte sich, dass Orlando sie nicht nur begleiten wollte, sondern sich auch gleich zum Anführer der kleinen Gruppe aufgeschwungen hatte, aber sie wusste nicht, was sie dagegen tun konnte. Sie war wegen des Weinprivilegs und der neuen Handelsverbindungen, die sie über ihn knüpfen wollte, vorerst auf sein Wohlwollen angewiesen und musste für eine Weile gute Miene zum bösen Spiel machen.

In ihren Gedanken überschlug sie die Strecke nach Worms. Sie würden mindestens drei, vielleicht sogar dreieinhalb Wochen unterwegs sein. So lange würde sie den Mann ertragen müssen, ganz gleich, wie schwer es ihr fallen mochte. Sie nahm sich vor, die Zeit zu nutzen und so viel wie möglich von ihm lernen. Wenn es ihr gelang, ihm den einen oder anderen Tipp zu entlocken, der den Handel mit Leuten außerhalb der ihr bekannten jüdischen Gemeinschaft betraf, mochte sich der ihr noch bevorstehende Ärger sogar bezahlt machen.

5.

Zwei Wochen später war Lea am Ende ihrer Kraft. Ihr Körper schien nur noch aus Abschürfungen und blauen Flecken zu bestehen, die sie sich bei den Kampfübungen mit Orlando zugezogen hatte, und unter ihrem linken Auge verblasste ein Veilchen, das ihm seit mehreren Tagen Anlass zu Spott gab. Ihr wäre es ein Hochgenuss gewesen, auch einmal sein Gesicht zeichnen zu können, doch all ihre Versuche scheiterten an der in ihren Augen fast übermenschlichen Leichtigkeit, mit der er ihren Angriffen auswich oder sie so unterlief, dass sie diejenige war, die wieder einmal im Dreck saß und nicht wusste, wie ihr geschehen war.

Zwar beschränkten die Selbstverteidigungsübungen sich auf die wenigen Stunden, die sie unterwegs auf stillen Waldlichtungen abseits der Straßen verbringen konnten, doch Ruhe fand Lea nur während der kurzen Nachtstunden. Orlando traktierte sie beinahe ununterbrochen mit Sprachunterricht, so dass ihr der Kopf schwirrte, weil er so viele neu gelernte Worte, Redewendungen und Sätze in Italienisch, Spanisch, Französisch und gelegentlich auch in Latein aufnehmen musste. Schon wenige Stunden nach ihrem Aufbruch hatte Orlando begonnen, sich als unerbittlicher Zuchtmeister aufzuführen, der Lea ohne Vorwarnung mit Anweisungen und Fragen in einer anderen Sprache traktierte und ihr, wenn sie nicht rasch genug die richtige Antwort darauf wusste, zur Strafe eine Kopfnuss verpasste oder einen Knuff gegen den Arm. Abends beim Einschlafen malte Lea sich aus, wie sie es diesem impertinenten Menschen irgendwann einmal heimzahlen würde, tat es aber stets in einer anderen Sprache, um in Übung zu bleiben. Ein paarmal hatte sie ihrem Peiniger Beleidigungen in verschiedenen Sprachen ins

Gesicht geschleudert und war prompt wegen ihrer flüssigen Aussprache gelobt worden.

Jochanan hatte sich weitaus weniger schinden lassen müssen als sie. Allerdings war er mit dem kleinsten Lob für seine Versuche zufrieden, sich Orlandos Ringergriffen zu entziehen, und er besaß nicht den geringsten Ehrgeiz, seinen Lehrmeister übertreffen zu wollen. Bei den Sprachen tat er sich im Gegensatz zu Lea schwer, würde aber, wie Orlando es ausdrückte, in Zukunft weder in Spanien noch in Italien, Frankreich oder Burgund verhungern, solange er noch Geld besaß, um sich etwas kaufen zu können.

Da sie an diesem Tag die kleine Stadt Hannosweiler erreichen wollten, hatten sie ihre Übungen etwas abgekürzt, was auch daran liegen mochte, dass Orlando ausnahmsweise Rücksicht auf Leas Verletzungen nahm. Diesmal war sie bei einer überhasteten Attacke auf ihn etwas zu schwungvoll auf ihrem Hinterteil gelandet und hatte sich die rechte Hüfte geprellt. Nun humpelte sie mit zusammengebissenen Zähnen hinter ihren Begleitern her und fluchte stumm über ihren Quälgeist, der sie wieder einmal ausgelacht und verspottet hatte.

Während Orlando hurtig ausschritt, um die gute halbe Meile nach deutscher Rechnung schnell hinter sich zu bringen, blieb Jochanan stehen, um auf seine Herrin zu warten und sie zu stützen. Orlando war fast schon außer Rufweite, als er bemerkte, dass die anderen ihm nicht so rasch folgen konnten, und drehte sich kurz nach ihnen um. »Ihr findet mich im ›Blauen Karpfen‹. Soll ich schon etwas für euch bestellen?«

Lea rief ihm einen klangvollen spanischen Fluch nach und blieb erschöpft stehen. Für einen Augenblick überlegte sie, ob sie und Jochanan Hannosweiler nicht umgehen und sich anderswo eine Unterkunft suchen sollten. Sie kannte die Gegend jedoch nicht gut genug, um ungefährdet auf eigene Faust weiterreisen zu können, und musste zugeben, dass Roland Fischkopf sie bisher gut geführt hatte. Zu ihrer Verwunderung hatte er den Weg so gewählt, dass sie in Herbergen unterkommen konnten, in denen Juden nicht über das übliche Maß hinaus schlecht behandelt wurden.

Auf Jochanan gestützt hinkte sie weiter und schimpfte dabei in allen Tonarten auf diesen eingebildeten Menschen vor ihr und wünschte ihm alle Schrecken der Hölle auf den Hals, bis Jochanan, dessen Geduld sonst beinahe unbegrenzt zu sein schien, aufbegehrte.

»Du bist selbst schuld, dass Herr Fischkopf dich so hart anfasst, Herrin. Was musst du ihn auch die ganze Zeit bis aufs Blut reizen? In seiner Gegenwart verwandelst du dich in ein keifendes, altes Marktweib.«

Lea blieb ob dieses schnöden Verrats für einen Augenblick die Sprache weg. Sie funkelte ihren Knecht empört an und suchte nach Argumenten, mit denen sie Jochanans gute Meinung von ihrem Peiniger zerschmettern konnte. »Nicht ich reize ihn, sondern er gibt keine Ruhe. Er verachtet uns, weil wir Juden sind, und macht sich über uns lustig.«

Jochanan hob beleidigt den Kopf. »Nein, das glaube ich nicht, denn dann würde er sich nicht so viel Mühe mit uns geben. Es war auch bestimmt nicht Herrn Fischkopfs Schuld, dass du so böse gestürzt bist. Du hast ihn überhastet angegriffen und versucht, ihn mit dem Knie an der Stelle zu treffen, wo es einem Mann wehtut. Er ist nun einmal ein großer Kämpfer, der mit einem Dutzend von uns zugleich fertig wird.«

Die Tatsache, dass Jochanan Recht hatte, dämpfte Leas schlechte Laune nicht gerade. Sie hatte die Chance gesehen, Roland Fischkopf einmal wimmernd zu ihren Füßen liegen zu sehen. Stattdessen war sie im hohen Bogen durch die Luft geflogen und mit ihrer rechten Hüfte hart auf einer vorstehenden Wurzel gelandet. »Er ist ein Christ und ein gemeiner Schurke! Denke doch nur daran, wie oft er mich um Gold und Geld gebracht hat.«

»Jetzt bist du aber sehr ungerecht, Herrin. Schließlich hat Herr Fischkopf weit mehr als den Wert des Goldes, welches er damals mitgenommen hat, bei der Banco San Giorgio in Genua für dich einbezahlt. Das hast du mir selbst gesagt.«

»Aber ohne ihn komme ich nicht an das Geld heran«, gab Lea erregt zurück.

»Selbst wenn er es behielte, wärest du noch nicht arm, denn der Handel mit England und den spanischen Staaten, den du auf seinen Rat hin ausgebaut hast, hat dir schon hohe Gewinne gebracht. Bestimmt wärst du in der Lage, die Einfuhr spanischen Weines nach Flandern ganz allein zu übernehmen.«

Jochanans Vorstellungen ihrer Gewinne waren allzu übertrieben, doch eines stimmte: Lea hatte sich im letzten Jahr aller Verbindungen bedient, zu denen ihr Roland Fischkopf verholfen hatte, und sie ausgenutzt, um weitere Geschäftspartner zu finden, denen nicht daran gelegen war, einen Juden zu betrügen. So hatte sie im Gegensatz zu einigen anderen Geschäftsfreunden Ruben ben Makkabis, die dem christlichen Handelsagent misstraut hatten, keine empfindlichen Einbußen im Handel mit England und Spanien hinnehmen müssen.

Durch die Gewinn bringenden Anteile an verschiedenen christlichen Handelsfahrten hatte sie einen Teil der Summen wieder hereingebracht, die sie für die Hochzeit des Markgrafen hatte ausgeben müssen. Daher tat ihr der Verlust der Rittlagewechsel nicht sonderlich weh, denn sie hatte nicht damit gerechnet, sie je einlösen zu können. Wenn Roland Fischkopf Recht behielt – was er zu ihrer Erbitterung meistens tat –, würde sie über den geschriebenen Wert hinaus einen erklecklichen Gewinn machen und käme dadurch ihrem Wunsch, sich in einer der großen Reichsstädte einkaufen zu können, wieder ein Stück näher.

Anders als er angenommen hatte, kannte sie die Art der hohen Herren, für rasches Geld Privilegien zu vergeben, die über die Dauer ihrer Wirksamkeit hinweg mehr wert waren als die dafür gezahlte Summe, denn sie konnte die Gerechtsamen, die sie Ernst Ludwig von Hartenburg abgekauft hatte, kaum noch zählen. Obwohl der Markgraf der geldgierigste Mensch war, den sie kannte, zog sie aus den meisten noch ein wenig Gewinn, auch wenn sie mit mühseliger Arbeit verbunden waren wie das Steuerpatent der Markgrafschaft.

Während Leas Gedanken sich um ihre Situation und die nächsten Geschäfte drehten, hinkte sie auf Jochanan gestützt auf Hannosweiler zu. Sie erreichten den Ort schneller, als Lea erwartet hatte, doch als Jochanan stehen blieb und seinen Arm zurückzog, zuckten starke Schmerzen durch ihre Hüfte, so dass sie sich auf die Lippen biss, um nicht laut aufzustöhnen, denn angesichts des Torwächters, der mit grimmiger Miene auf sie zustach, wollte sie keine Schwäche zeigen.

Es war ein vierschrötiger Kerl in abgetragener Kleidung, deren Farben man nur noch erahnen konnte. Seine militärische Ausrüstung bestand aus einem flachen Helm, gegen dessen Beulen und Rostflecken er einen vergeblichen Kampf auszufechten schien, und einer Hellebarde, die mehr einem Sauspieß glich, der einem Jäger nicht mehr gut genug gewesen war. Das Wappen auf seiner Brust war so verblasst, dass man dem Reichsadler, der eines der Felder zierte, nicht mehr entnehmen konnte, ob Hannosweiler eine reichsfreie Stadt war oder zu einer Reichsgrafschaft gehörte.

Der Mann wanderte einmal um die beiden Juden herum und rümpfte die Nase. »Euresgleichen hat bei uns eigentlich nichts verloren.«

Das Wort »eigentlich« verriet Lea, dass der Wächter nur auf eine nicht allzu kleine Münze aus war. Ein württembergischer Doppelkreuzer wechselte den Besitzer, dann trat der Mann beiseite und wies mit seinem Spieß in die Stadt. »Ihr dürft hier keine heidnischen Rituale in aller Öffentlichkeit abhalten noch Weibsleute und Kinder beschwatzen, an solchen teilzunehmen«, erklärte er noch und ging dann einem Bauern entgegen, der sich mit einem von einer mageren Kuh gezogenen Wagen dem Tor näherte.

Während Lea und Jochanan die Stadt betraten, warfen sie dem Turm und der Wehranlage einen zweifelnden Blick zu. Der Ort schien einmal bessere Tage gesehen zu haben. Jetzt aber bröckelte der Mörtel von den Wänden, und überall fehlten Steine in den Mauern. Das Holz des Fachwerks zeigte tiefe Risse und Löcher an den Stellen, an denen die Holzdübel herausgefallen waren, und die aufgemalten Wappen waren so verblasst, dass nur noch ihr Umriss zu erkennen war.

Lea hatte schon andere Städte dieser Art gesehen. Meist verarmten sie, wenn die Handelsstraßen, die sie reich gemacht hatten, durch veränderte Besitzverhältnisse in den umliegenden Ländern plötzlich anders verliefen. Hannosweiler schien es so ergangen zu sein, denn der Ort wirkte so, als würde er von seiner Vergangenheit träumen und die Gegenwart nach Möglichkeit ignorieren. Die Straße, die zum Marktplatz führte, war einmal mit Feldsteinen gepflastert gewesen, von denen nur noch Reste existierten, und einige der verfallenen Häuser rechts und links von ihr trugen noch vergilbte Herbergsschilder. In einem der einst stattlichen Gebäude hatten sich dem Geruch und dem Aussehen nach zu urteilen arme Leute eingenistet, die mit ungeeigneten Mitteln versuchten, ihre Bleibe zu erhalten, doch bei den anderen waren Fensterstöcke und Türen herausgebrochen worden und die Dächer zum Teil schon eingestürzt.

Lea fröstelte, als sie unweit des Marktes durch eine Gasse kam, die mit einem längst verfallenen Tor verschlossen gewesen war und an deren Hausmauern verblasste Zeichen darauf hindeuteten, dass hier früher einmal Juden gelebt hatten. Die Häuser waren dem Verfall preisgegeben worden und teilweise so zerstört, dass Lea sich bang fragte, was ihren Bewohnern zugestoßen sein mochte.

Jochanan interessierte sich nicht für Hausruinen, sondern hielt eifrig nach dem »Blauen Karpfen« Ausschau, den Orlando ihnen genannt hatte. Daher achtete er ebenso wenig wie Lea auf den untersetzten Mann mit dem hageren Gesicht, der aus einer Seitengasse kam und so schnell stehen blieb, als wäre er gegen eine Wand gelaufen. Er riss Augen und Mund weit auf und machte Miene, auf die beiden Reisenden zuzugehen. Dann aber zog er sich wieder in den Schatten der Gasse zurück und starrte ihnen nach. In dem Augenblick, in dem Jochanan auf ein niederes Fachwerkhaus mit einem schiefen, aber noch stabil aussehenden Dach zeigte, über dessen Eingangstür ein Schild mit einem blauen Fisch hing, folgte der Mann ihnen so vorsichtig, als wollte er nicht entdeckt werden, aber als Lea sich der Tür des Gasthauses näherte, trat er hinter sie und legte seine Hand auf ihre Schulter.

Erschrocken drehte sie sich um und sah sich einem schmutzigen Subjekt in einem vielfach geflickten Kittel und löchrigen Hosen gegenüber. »Was willst du?«, fuhr sie ihn an.

Der Kerl entblößte seine schadhaften Zähne. »Lea Jakobstochter! Hol mich der Teufel, wenn das keine Überraschung ist.«

Lea empfand Panik, als sie mit ihrem eigenen Namen angesprochen wurde, beruhigte sich aber sofort wieder, als Jochanan einen erfreuten Schrei ausstieß. »Saul! Dem Gott unserer Väter sei Dank, du lebst.«

Lea rieb sich die Augen. Es war tatsächlich der Knecht, den sie vor gut fünf Jahren nach Worms geschickt hatte. Da auch sie angenommen hatte, er sei einem Raubmord zum Opfer gefallen, atmete sie erleichtert auf. »Welch eine Freude, dich zu sehen, Saul. Ich dachte schon, dir wäre etwas Schlimmes zugestoßen.«

»Wie man's nimmt«, antwortete Saul mit verkniffener Miene.

Lea erwartete nun von Saul zu hören, dass er das von Zofar ben Naftali erhaltene Geld an Räuber verloren und sich anschließend geschämt hätte, mit leeren Händen vor ihr zu erscheinen.

Daher wehrte sie sich im ersten Moment nicht, als er sie packte und in eine mit verwildertem Efeu überwucherte Laube schob, die sich an den »Blauen Karpfen« anschloss.

»Was für ein Glück für mich, dich getroffen zu haben«, sagte er mit einem hämischen Kichern und zeigte dann auf Leas Kiepe. »Besonders gut scheint es auch dir nicht ergangen zu sein. Doch ich hoffe, du hast noch ein wenig Geld übrig.«

»Nur ein paar Kreuzer für die Reise«, antwortete Lea verblüfft. »Mehr ist mir nicht geblieben.« Zu ihrer Erbitterung war das die Wahrheit, denn ihre Goldmünzen hatte sie für den Herzog von Burgund ausgeben müssen.

Saul stieß einen unanständigen christlichen Fluch aus. »Ein paar Kreuzer sind mir zu wenig!«

Er sah sich kurz um, ob er mit Lea und Jochanan, der ihnen gefolgt war und ihn nun verständnislos anstarrte, allein war. Dann brachte er sein Gesicht so nahe an Leas, dass ihr von seinem stinkenden Atem übel wurde.

»Höre mir ganz genau zu, du Miststück. Entweder gibst du mir genug Geld, damit ich aus dieser Drecksstadt verschwinden und mich anderswo als geachteter Bürger niederlassen kann, oder ich werde den Behören melden, dass sich eine als Mann verkleidete Jüdin in ihre Stadt geschlichen hat, um ihre Brunnen zu vergiften. Man würde dich sofort einsperren, und was die Kerkerknechte dann mit dir machen, kannst du dir sicher vorstellen. Vielleicht lassen sie mich sogar als Ersten ran, zur Belohnung, weil ich dich entlarvt habe.«

Lea schob Saul von sich weg und öffnete den Mund, um ihn zu fragen, was in ihn gefahren wäre, da stieß Jochanan, der aus seiner Erstarrung erwacht war, ein wütendes Schnauben aus und ging auf den Mann los. Saul drehte sich nur leicht und verpasste ihm einen Tritt, der ihn zurückstolpern ließ, zog dann ein Messer und setzte es Lea an die Kehle.

»Vorsicht, Jochanan. Sonst steche ich Lea ab und lasse dich als

Brunnenvergifter in den Kerker werfen. Also seid vernünftig und gebt mir, was ich fordere, dann könnt ihr diese Stadt unversehrt wieder verlassen.«

»Du bist kein Jude mehr, du bist ein Schwein!«, presste Lea voller Grimm heraus.

Sie hätte Saul, so heruntergekommen wie er wirkte, wieder als Knecht aufgenommen, allein schon um Ketura zu entlasten, die sich zu Hause fast zu Tode schuftete. Stattdessen hing sie hilflos in seinen Händen, denn das Messer an ihrer Kehle hinderte sie daran, sich mit einem der Tricks zu befreien, die Roland Fischkopf ihr beigebracht hatte. Ihr war klar, dass ihr auch die geschickteste Gegenwehr nicht würde helfen können, denn solange Saul lebte, stellte er eine Gefahr für sie dar. Am liebsten hätte sie ihn in Sicherheit gewiegt und ihn in einem passenden Augenblick umgebracht, doch sie wusste, wie die Behörden mit Juden umsprangen, die einen Bewohner ihrer Stadt ermordeten, selbst wenn es sich nur um ein verkommenes Subjekt wie Saul handelte. Ganz gleich, wie sie es wendete, sie war ihrem einstigen Knecht hilflos ausgeliefert, und das wusste er genauso gut wie sie.

»Los, mach dein Maul auf, Weib! Wie viel Geld kannst du mir geben? Es sollten mehr als die fünfhundert Gulden sein, die ich von deinem Wormser Prachtjuden erhalten habe.«

»Du hast also mein Geld unterschlagen. Aber wieso läufst du dann so zerlumpt herum?«

Saul spuckte wütend aus. »Um den größten Teil hat mich ein christlicher Kaufmann gebracht, mit dem ich einen Handel aufziehen wollte. Den Rest verlor ich in einem Hurenhaus, denn das Schweineweib, das ich gerade besteigen wollte, hat das Schreien angefangen und mich von den Knechten ihres Hurenwirts als Juden auf die Straße werfen lassen. Wahrscheinlich hatte sie nach einem Blick in meine Börse eine Möglichkeit gesucht, mein Geld an sich zu bringen.«

Man konnte Saul ansehen, dass er sich noch immer über seine Unvorsichtigkeit ärgerte. Jetzt sprudelte er seine Geschichte hervor, als wäre er froh, willige Zuhörer gefunden zu haben. Der Versuch, sein Geld zurückzubekommen, war an den Behörden gescheitert, und er hatte die Stadt nur mit einem Tuch um die Lenden verlassen müssen. Nach zwei hungrigen Nächten war er auf einen Studenten gestoßen, der ohne den Schutz einer Reisegruppe durch das Waldgebirge wanderte, und hatte ihn umgebracht, um an Kleidung und ein paar Münzen zu kommen. Leider war die Beute zu gering gewesen, um noch einmal neu anfangen zu können, und so war er in Hannosweiler hängen geblieben und lebte nun von kleinen Besorgungen für Wirte und ehrbare Bürger und gelegentlich auch von Diebstahl.

»Du siehst, unsere Begegnung kommt mir sehr gelegen«, schloss er seinen Bericht.

Lea begriff, dass der Mann bereit war, zum Äußersten zu gehen, und kämpfte einen weiteren Panikanfall nieder. »Ich besitze wirklich nur ein paar Münzen. Du kannst ja in meinem Beutel nachschauen.«

»Dann hast du eben Pech gehabt.« Saul drückte das Messer fester gegen Leas Hals und ritzte ihre Haut. Ein roter Blutstropfen quoll heraus und rann langsam an ihrer Kehle herab, bis er vom Kragen ihres Mantels aufgesogen wurde.

Jochanan konnte seine Wut kaum mehr beherrschen. »Verdammter Kerl! Wenn du sie umbringst, reiße ich dich in Stücke!«

Saul spuckte ihm vor die Füße. »Entweder bekomme ich Geld, oder ich rufe die Stadtbüttel. Die haben sicher nichts gegen ein wenig Spaß mit einem Judenweib.«

Lea stieß ein ersticktes Fauchen aus. »Verstehst du denn nicht? Ich habe kein Geld, aber ich kann dir eine Schuldverschreibung ausstellen, die du in der nächsten jüdischen Gemeinde einlösen kannst.«

»Für wie blöd hältst du mich? Du brauchst doch nur diesen Trottel Jochanan vorausschicken, um die Leute deines Geschäftspartners zu warnen. Ich habe keine Lust, als Wasserleiche in einem Fluss zu landen.«

»Ich habe nichts dergleichen vor. Immerhin bist du ein Glaubensbruder, und Juden töten einander nicht. Also sei vernünftig, und nimm eine Anweisung entgegen«, beschwor Lea ihn.

Jochanan deutete auf seine Kiepe. »Vielleicht gibt die Ratte sich mit dem Flussgold zufrieden.«

Bei dem Wort Gold flammten Sauls Augen begehrlich auf, und sein Griff löste sich etwas. »Ihr habt Gold dabei? Wie viel?«

Lea schnaubte. »Genug, um eine Kreatur wie dich kaufen zu können.«

»Los, Jochanan, zeig mir das Zeug«, befahl Saul. »Und versuche keine Tricks. Es würde deiner Herrin nicht gut bekommen.«

Die Spitze seines Messers bohrte sich erneut in Leas Haut. Diesmal lief ein dünner, nicht enden wollender Faden ihren Hals hinunter. Jochanan zerrte an seiner Kiepe und brachte schließlich den Mehlsack zum Vorschein. Als er ihn öffnete, bellte Saul ihn an.

»Du willst mich wohl verarschen. Das ist doch nur Mehl.«

»Nicht nur.« Jochanan zog einen prall gefüllten Lederbeutel heraus, öffnete mit zitternden Händen die Schnur und hielt Saul die Öffnung hin.

Als Saul das goldene Geriesel sah, musste er einen Aufschrei unterdrücken. Gleich darauf starrte er Jochanan wieder drohend an. »Gut, das nehme ich. Binde den Beutel zu und lege ihn dort auf den Sims. Dann kommst du in die Laube zurück und wirfst dich flach auf den Boden, verstanden?«

Jochanan zögerte einen Moment, aber Leas Blick ließ ihn tun, was der untreue Knecht von ihm verlangte. In dem Moment, in dem er sich hinwarf, stieß Saul Lea zu Boden, so dass sie über Jochanan fiel, und stürzte aus der Laube. Obwohl sie sofort wieder auf die Beine kam und trotz ihrer Verletzungen wie ein Pfeil aus der Laube herausschoss, war Saul nirgends mehr zu sehen.

Jochanan lief schnüffelnd wie ein Hund die Gasse auf und ab, ohne eine Spur des Gesuchten zu finden, und kehrte dann mit hängendem Kopf zu Lea zurück. »Sollte ich den Kerl in die Hände bekommen, bringe ich ihn um.«

»Du wirst schneller sein müssen als ich.« Leas Stimme klang beinahe gleichmütig, doch ihre Miene verriet, wie ernst sie es mit dieser Drohung meinte. Einen Augenblick überlegte sie, ob sie Roland Fischkopf bitten sollte, ihr bei der Suche nach Saul zu helfen. Aber dazu hätte sie ihm erklären müssen, dass sie und Jochanan nach all den Kampfübungen nicht in der Lage gewesen waren, mit einen einzigen Straßenräuber fertig zu werden. Sie konnte sich Fischkopfs Gelächter lebhaft vorstellen. Nein, sie würde ihm nicht noch eine weitere Gelegenheit geben, sich über sie lustig zu machen. Lieber verzeichnete sie einen weiteren Verlust in dem Buch, in dem sie Einsatz und Ertrag ihrer Geschäfte eintrug.

Gleichzeitig wurde ihr klar, dass sie nichts gegen Saul unternehmen durfte, so schwer es ihr auch fiel. Natürlich konnte sie ihre Bekannten und Geschäftspartner in den jüdischen Gemeinden informieren und sie bitten, den Mann dingfest zu machen und als Dieb und Straßenräuber den Behörden zu übergeben. Doch wenn ihr ehemaliger Knecht sich in die Enge getrieben sah, würde er versuchen, sich mit dem Verrat ihres Geheimnisses aus der Schlinge zu ziehen.

Lea rieb sich die Hüfte, die bei dem Sturz erneut geprellt worden war, und drehte sich zu Jochanan um. »Kein Wort zu Fischkopf, ich bitte dich! Unser Ärger geht diesen arroganten Christen nichts an.«

Jochanan sah Lea verständnislos an. »Wäre es nicht besser …? Nein …? Ich verstehe. Saul würde ihm sagen, wer du wirklich bist, und wer weiß, ob Herr Fischkopf dich dann nicht auch damit erpresst.«

»Ich hasse es, eine Frau zu sein.« Lea packte den Sack, in dem sich nur noch ein wenig weißes Mehl befand, und schleuderte ihn in eine Ecke der Laube. Dann humpelte sie zum Tor der Herberge, in der Hoffnung, sich in einer dunklen Ecke verkriechen zu können. Sie wollte niemanden mehr sehen und mit niemandem mehr sprechen, am wenigsten mit Roland Fischkopf.

6.

Im Gegensatz zu Lea hatte Orlando den »Blauen Karpfen« ohne Probleme erreicht und sich ein reichliches Mahl auftragen lassen. Während er aß, wanderte sein Blick immer wieder durch ein offen stehendes Fenster die Gasse entlang, und so bemerkte er den Mann, der Lea und Jochanan nachschlich, ohne ihn jedoch zu erkennen. Als er sah, wie der Fremde Lea mit sich zog, sprang er auf und lief ins Freie. Da die Hausecke die Laube seinem Blick entzog, wollte er schon in die falsche Richtung laufen, aber Leas Stimme und der Name Saul brachten ihn auf die richtige Spur. Er stürzte auf die Laube zu, um sie zu warnen und ihr vom Verrat ihres ehemaligen Knechts zu berichten. Doch als er den Efeu beiseite schob, sah er, wie Saul das Messer zog und es ihr an die Kehle setzte.

Um Lea nicht zu gefährden, blieb er stehen und lauschte. Ein-, zweimal überlegte er, ob er den Mann nicht mit einem schnellen Wurf seines Dolches außer Gefecht setzen sollte, doch zum einen war er sich seiner Kunst nicht so sicher, und zum anderen waren ihm die Folgen einer solchen Tat durchaus bewusst. So beobachtete er in sicherer Deckung, wie Saul Jochanan das Gold abpresste. Für einen Augenblick befand sich der Beutel fast in seiner Reichweite, doch ehe er zugreifen konnte, hatte Saul das Säckchen gepackt und rannte davon, als wäre der Teufel hinter ihm her. Orlando lief ihm nach, sah, wie Saul keine zehn Schritte weiter einen Haken schlug und durch eine Türöffnung in ein halb eingestürztes Haus sprang, und folgte ihm ohne zu zögern. So kam es, dass Lea weder ihn noch den räuberischen Knecht erblickte.

Saul schien das Gold blind und taub gemacht zu haben, denn er bemerkte seinen Verfolger nicht. Seine Beute fest an die Brust gedrückt verließ er das Haus auf der anderen Seite, schlug erneut einen Haken und rannte eine Gasse entlang, in der sich der Dreck kniehoch stapelte. Erst als er die Einmündung einer weiteren Gasse erreicht hatte, blieb er kurz stehen und sah sich um. Orlando verbarg sich rasch unter einem leeren Torbogen, lugte aber sofort wieder hinaus, um den Dieb nicht aus den Augen zu verlieren. Saul aber war so schnell verschwunden, als hätte ihn der Erdboden verschluckt.

Orlando unterdrückte den Ärger über seine zu große Vorsicht und ging angespannt weiter. Doch weder in dieser noch in der Quergasse war eine Spur von dem Mann zu finden, und er sah sich schon sämtliche Ruinen dieser Stadt durchsuchen. Da vernahm er Sauls Stimme, und ein frischer, schmutziger Fußabdruck vor einer schief in den Angeln hängenden Tür verriet ihm, welches Haus der Mann betreten hatte. Orlando schob des Türblatt vorsichtig beiseite, schlich durch einen mit Unrat bedeckten Flur und folgte Sauls Stimme zu einem Raum am anderen Ende.

Da Orlando annahm, der Knecht würde mit einer anderen Person reden, näherte er sich so lautlos wie möglich. Durch einen Riss in dem Sack, der die Tür ersetzte, konnte er in die schmuddelige Kammer sehen, in der Saul sich häuslich eingerichtet hatte. Eine einfache Schlafstelle, ein aus Ziegelsteinen aufgeschichteter Tisch, den eine zerbrochene Marmorplatte deckte, ein primitiv gefertigter Hocker und ein paar in die Wand geschlagene Haken bildeten die ganze Einrichtung.

Während Orlando nach einer zweiten Person Ausschau hielt, wurde ihm klar, dass Saul in triumphierenden Selbstgesprächen schwelgte. Der Knecht pries die unerwartete Wendung seines Schicksals und spottete über Lea, die er auch weiterhin ausnehmen wollte wie einen Sabbatkarpfen. Als der Mann sich von dem kleinen Fenster entfernte, durch das er hätte fliehen können, riss Orlando den Vorhang beiseite und sprang in den Raum.

Saul trat schützend vor den Sack mit dem Gold, der halb ausgeleert auf seinem Bett lag, und brüllte den ungebetenen Besucher an. »Raus hier! Das ist meine Wohnung!«

Orlando grinste. »Oh, ich gehe wieder, sobald du mir den Beutel ausgehändigt hast, den du gerade zu verbergen suchst, und zwar mit jedem Stäubchen, das hineingehört.«

Saul richtete sich drohend auf. »Das hättest du wohl gern! Ich sagte: Verschwinde, sonst …!«

»Möchtest du dem Richter erklären, wie du zu dem Gold gekommen bist?« Orlandos Stimme klang sanft und weckte gerade deswegen in Saul die Erinnerung an ihre Begegnung in der Augsburger Schenke.

»Du schon wieder!«

»Ja, ich«, antwortete Orlando mit einem Lächeln, das mehr einem Zähnefletschen glich. »Aber diesmal lasse ich dir die Beute nicht.«

»So, das tust du nicht? Wie willst du mich denn daran hindern?«, fragte Saul höhnisch, während seine Hand an seinem Rücken entlang zu der Messerscheide glitt, die in seinem Hosenbund verborgen war. Er lachte kurz auf, drehte sich leicht zur Seite, um seinen Gegner zu täuschen, und riss die Waffe heraus. Als die Klinge auf Orlando zufuhr, wich dieser mit gewohnter Schnelligkeit aus. Doch der Raum bot ihm nicht genug Platz, und so schrammte die Spitze des Messers über seine Rippen.

Noch ehe Orlando den Schmerz spürte, trat er mit aller Kraft zu. Er traf Saul so hart am Knie, dass der Mann einknickte und nach hinten stürzte. Dabei schlug sein Hinterkopf mit einem hässlichen Knirschen gegen die Tischplatte. Ein Zittern ging durch seinen Körper, der haltlos an den Ziegelsteinen herabrutschte, und das Messer entglitt seinen Händen. Orlando trat auf die Waffe und zog im gleichen Moment seine eigene Klinge, um gegen den nächsten Angriff gewappnet zu sein. Dann aber stellte er fest, dass sein Gegner sich bei seinem Sturz das Genick gebrochen hatte. Dieser Mann würde Lea nie mehr erpressen.

Orlando atmete hörbar auf und horchte kurz, ob der Lärm Neugierige angelockt hatte. Als sich nichts rührte, schob er das Gold, das Saul auf einem alten Dachziegel ausgebreitet hatte, in den Beutel zurück, presste seinen linken Unterarm auf den blutenden Schnitt über seinen Rippen und verließ das Gemäuer. Ehe er die Straße betrat, sah er sich vorsichtig um, aber zu seinem Glück hasteten die wenigen Menschen, die sich auf den Gassen bewegten, grußlos an ihm vorbei oder wichen ihm genauso ängstlich aus wie den anderen Passanten. Das ungewöhnliche Misstrauen, welches diese Stadt beherrschte, kam Orlando ebenso zugute wie die schnell hereinbrechende Dämmerung, die dafür sorgte, dass man in der Herberge nur so weit sehen konnte, wie das Licht der beiden in der Gaststube brennenden Kienspäne reichte. So entging dem Wirt, der ihm entgegenkam, seine Verletzung.

»Sind die Juden angekommen, die ich unterwegs überholt habe?«, fragte Orlando ihn.

Der Wirt nickte. »Gerade vorhin. Sie haben sich gleich in ihre Kammer zurückgezogen.«

»Gut, dann werde ich mich ebenfalls in mein Zimmer begeben.«

Der Wirt deutete auf den Tisch, auf dem noch Orlandos Mahl stand. »Ist mein Essen Euch nicht gut genug? Soll ich es abräumen lassen?«

»Nein, nein, ich habe nur noch etwas zu erledigen. Seid so gut und haltet die Fliegen fern, bis ich wieder da bin.«

Orlando nickte ihm zu und stieg schnell nach oben, bevor ein Wirtsknecht auftauchte, um ihm den Weg auszuleuchten. In seiner Kammer konnte er sich endlich um seine Wunde kümmern. Es war ein glatter Schnitt, der an einer Stelle den Muskel verletzt hatte und stark blutete. Orlando sah sich gezwungen, sein bestes Unterhemd, das aus besonders fein gewebtem Leinen bestand, zu zerreißen, um Verbandsmaterial zu gewinnen. Dieser Umstand hob seine Laune ebenso wenig wie die schmerzhaften Verrenkungen, die er machen musste, um sich einen festen Verband anzulegen. Das Hemd, das ebenfalls aus bestem Leinen für ihn angefertigt worden und noch so gut wie neu gewesen war, hatte einen langen Riss. Am liebsten hätte er es verbrannt, aber wegen der sommerlichen Hitze gab es kein Feuer im Kamin und es lag auch keine Asche darin. Einfach wegwerfen wollte er es nicht, denn das blutige Kleidungsstück konnte die Büttel auf ihn aufmerksam machen, und so rollte er es zusammen und stopfte es tief in sein Bündel. Er würde das Hemd seiner Mutter geben, damit sie es flickte und dem alten Hausdiener schenkte. Vorsichtig streifte Orlando sich sein Ersatzhemd über und steckte es in die Hose. Die Bewegungen bereiteten ihm Schmerzen, und doch fühlte er sich mit einem Mal recht zufrieden. Er hatte einen widerwärtigen Schuft zur Hölle geschickt und Lea davor bewahrt, ständig in Angst vor einem Erpresser leben zu müssen. Bei dem Gedanken überlegte er, ob er nicht gleich zu ihr gehen und ihr das Gold zurückgeben sollte. Er hob den Beutel auf, entschied sich dann aber anders, denn er wusste nicht, wie er die Sache erklären sollte. Wenn er ihr erzählte, was geschehen war, würde er in ihren Augen als Mörder dastehen, und das wollte er nicht.

Er beschloss, das Gold selbst einzutauschen, weitere Geschäfte in ihrem Namen zu betreiben und die Gewinne auf ihr italienisches Konto einzuzahlen. Irgendwann, in ein oder zwei Jahren, das versprach er ihr im Stillen, würde er den Wert des Goldes verdoppelt oder gar verdreifacht haben und ihr jeden Heller davon ohne die üblichen Abschläge zurückzahlen. Mit diesem Vorsatz verließ er seine Kammer und stieg in die Wirtsstube hinab, um sein unterbrochenes Abendessen fortzusetzen.

7

Als Orlando am nächsten Morgen erwachte, stand die Sonne schon so hoch über dem Horizont, dass ihre Strahlen auf die gegenüberliegende Hauswand fielen. Seine Verletzung gestattete ihm immer noch keine schnellen Bewegungen und so benötigte er mehr Zeit als gewohnt, bis er sich gewaschen und angezogen hatte. Dennoch war er vor Lea in der Gaststube, und als sie erschien, trank er bereits sein Morgenbier. Sie wirkte übernächtigt, und ihre Lippen waren zu schmalen Strichen zusammengepresst.

Orlando winkte ihr fröhlich. »Einen schönen Guten Morgen, mein lieber Samuel.«

»Guten Morgen«, kam es mürrisch zurück.

Orlando hob scheinbar verwundert den Kopf. »Welche Riesenlaus ist denn dir über die Leber gelaufen, mein beschnittener Freund?«

Bis jetzt hatte Lea immer gereizt reagiert, wenn er sie so genannt hatte. Heute zuckte sie jedoch nur mit den Schultern. »Warum sollte mir etwas über die Leber gelaufen sein? Ich habe mich nur entschlossen, nicht nach Worms weiterzureisen, sondern nach Hause zurückzukehren. Also werden sich unsere Wege hier trennen müssen.«

Orlando musste sich ein wissendes Lächeln verkneifen. »Aber warum? Du hast mir doch selbst erklärt, dass du dort Gold umtauschen und einige Geschäfte mit Zofar ben Naftali und seinen Freunden aushandeln wolltest.«

Er las Lea vom Gesicht ab, dass der Verlust des Goldes ihr diese Pläne vereitelt hatte und sie sich wie ein verwundetes Tier in die trügerische Sicherheit ihres Heims zurückziehen wollte. Wenn sie jetzt den Mund auftat und sich wenigstens in dieser Sache ihm anvertraute, würde er ihr das Gold zurückgeben und ihr sagen, dass sie den Erpresser nicht mehr fürchten musste. Doch ihr abweisender Gesichtsausdruck machte ihm klar, dass er zu viel von ihr erwartete.

»Ein Traum hat mich davor gewarnt, weiterzureisen. Deshalb habe ich mich heute Morgen zur Umkehr entschieden«, behauptete Lea, ohne rot zu werden, und forderte im gleichen Atemzug den Wirt auf, ihr Brot und Milch zu bringen.

Der Mann verzog angewidert das Gesicht. »Was willst du denn mit Milch, Jude? Zu einem kräftigen Frühstück gehört Bier.«

»Und vielleicht auch noch ein Schweinebraten?«, fragte Lea bissig. »Bringe mir, was ich verlangt habe, und kümmere dich um deine eigenen Angelegenheiten.«

Orlando machte ein tadelndes Geräusch mit der Zunge. »Aber Samuel! Du beleidigst den guten Mann, denn er ist zu Recht stolz auf sein Bier. Auf dieser Reise habe ich noch kein besseres getrunken.«

Lea rümpfte die Nase. »Bei all dem Bier, welches Ihr in Euch hineinschüttet, bezweifle ich, dass Ihr den Unterschied noch erkennen könnt.«

Sie scheuchte den Wirt mit einer Handbewegung in die Küche und setzte sich zu Orlando an den Tisch, der ihr seinen Bierkrug entgegenstreckte.

»Hier trink, das kräftigt und vertreibt die Sorgen.«

»Wie kommt Ihr darauf, dass ich Sorgen hätte?«

Orlando hob die Handflächen zum Himmel und lächelte sanft. »Jeder Mensch hat irgendwann Sorgen, und du siehst mir so aus, als hättest du sie heute.«

»Wenn ich es genau betrachte, ist heute eher ein Freudentag für mich, denn ich werde Euch endlich los.« Leas Stimme klang herb, doch es schwang ein so erleichterter Unterton darin, dass Orlando sie konsterniert musterte.

»Das meinst du doch nicht im Ernst, mein lieber beschn... Freund Samuel.«

»Ja, sagt es doch frei heraus. Gebt zu, dass ich für Euch doch nur ein verachtenswerter Jude bin«, forderte Lea ihn in scharfem Ton auf.

Orlando warf in einer verzweifelten Geste die Hände hoch und zuckte zusammen, weil die hastige Bewegung an seiner Wunde riss. »Du verkennst mich, Samuel. Ich verachte keine Juden – und ganz besonders dich nicht. Ganz im Gegenteil! Ich bewundere deinen Mut und deine Findigkeit, und ich bin überzeugt, dass sich nur wenige Menschen mit dir messen können.«

»Ich glaube, Ihr habt zu viel von dem Zeug da genommen.« Lea zeigte auf den Steinguttopf mit Gänseschmalz, der neben anderen Töpfen und Schüsseln vor Orlando stand.

Orlando seufzte tief und wandte sich dann Jochanan zu, der eben die Wirtsstube betrat. »Sag mir, wie kann ich deinen Herrn davon überzeugen, dass meine Absichten ihm gegenüber nur die besten sind?«

»Woher soll ich das wissen? Bitte lasst ihn in Ruhe, denn er hat eine sehr schlechte Nacht hinter sich.« Der Verrat des Mannes, den Jochanan für seinen Freund gehalten hatte, und die Scham, dass er seine Herrin nicht vor dem Strauchdieb hatte schützen können, ließen ihn die gewohnte Sanftmut und Zurückhaltung vergessen.

»Eurer Laune nach zu urteilen hattet ihr wohl beide schlechte Träume.« Orlando lachte kurz auf und wandte sich wieder seinem Frühstück zu. In seinen Gedanken aber wirbelten tausend Worte, die er Lea hätte sagen wollen. Doch bei jedem Satz hätte er ihr vorher beichten müssen, dass er ihr Geheimnis bereits seit fünf Jahren kannte. Er versuchte, sich ihre Reaktion darauf vorzustellen. Kratzbürstig und überempfindlich, wie sie war, würde das Geständnis in ihr nur Zorn, Hass und Verachtung auslösen. In diesem Augenblick verfluchte er sich, weil er ihr gegenüber nicht von Anfang an mit offenen Karten gespielt hatte. Aber zu Beginn ihrer Bekanntschaft hatte er sie nicht ernst genommen und sie zum Opfer jener Scherze gemacht, für die ihn sein Vater immer wieder tadelte, und jetzt war es zu spät. In seiner Überheblichkeit hatte er eine Mauer zwischen sich und ihr errichtet, die unüberwindlich hoch geworden war.

Nach einer Weile hob er den Kopf und blickte Lea seufzend an. »Es ist wirklich besser, wenn unsere Wege sich trennen.«

Lea glaubte Verachtung in seinen Worten mitschwingen zu hören und kniff die Lippen noch fester zusammen. Wie hätte sie auch wissen können, dass der Widerwille, den sie bei ihrem Gegenüber spürte, diesem selbst galt.

»Sehr richtig! Juden sollen unter Juden bleiben und Christen unter Christen. Zwischen uns gibt es einfach keine Gemeinsamkeit.«

Orlando hob müde die Schultern. »Wir beten zum selben Gott und sollten die gleichen Gesetze beachten.«

Leas Gesicht wurde zu einer höhnischen Maske. »Das Wort ›sollten‹ ist typisch für euch Christen. Ihr führt das eine im Munde und tut in Wahrheit genau das Gegenteil. Ihr mordet und schändet in Gottes Namen und wisst gar nicht, wie sehr ihr ihn damit erzürnt. Eure Werke und Taten sind ein Gräuel vor Seinen Augen.«

Orlando lachte bitter auf. »Da muss wohl doch eine ganz große Laus auf deiner Leber krabbeln. Komm, trink ein Bier, damit du dich wieder beruhigst.«

Lea wollte auffahren, doch Jochanans Hüsteln machte sie darauf aufmerksam, dass der Wirt in die Stube zurückgekehrt war. Er hätte ihr die flammenden Anklagen gegen die Christenheit, die ihr noch auf der Zunge lagen, mit Sicherheit sehr übel genommen. So drehte sie Orlando den Rücken zu, nahm ihr Frühstück entgegen und schlang es so rasch hinunter, als hätte sie seit Tagen gehungert.

»Los, lass uns aufbrechen!«, befahl sie Jochanan, als sie fertig war.

Der Knecht starrte entsagungsvoll auf seinen halb vollen Teller, stand aber widerspruchslos auf, denn er kannte Leas Stimmungen und wusste, wann es besser war, ihr nicht zu widersprechen. Hinter ihrem Rücken stopfte er sich noch schnell ein paar Brocken in den Mund und spülte sie mit einem letzten Schluck Milch herunter, ehe sie die Tür erreicht hatte.

»Verzeiht meinem Herrn. Er meint es nicht so«, raunte er Orlando im Vorübergehen zu.

Dieser blickte lächelnd zu ihm auf. »Samuel wird in mir immer einen guten Freund finden, das verspreche ich dir. Achte auf ihn und sorge dafür, dass er weder seine Kampfübungen noch die fremden Sprachen vernachlässigt.«

Jochanan nickte eifrig. »Das werde ich tun.«

Im selben Augenblick rief Lea ungeduldig nach ihm. Jochanan eilte hinaus und kam kurz darauf mit der Kiepe auf dem Rücken an der Türöffnung vorbei. Er winkte Orlando kurz zu, während Lea, die mit missmutigem Gesicht hinter ihrem Knecht herstapfte, dem Zurückbleibenden keinen Blick schenkte.

Orlando trat ans Fenster, um den beiden hinterher zu sehen. Dabei wurde ihm klar, dass auch er nicht mehr lange verweilen durfte. Er musste Hannosweiler verlassen haben, bevor Sauls Leichnam gefunden wurde, denn es mochte Zeugen geben, die ihn mit blutverschmiertem Hemd aus der Hausruine hatten kommen sehen. Daher zahlte er seine Zeche und machte sich auf den Weg. Vor der Tür überlegte er, ob er seine Planungen nicht umstoßen und Lea folgen sollte. Schließlich schüttelte er den Kopf. Es gab Menschen, die auf ihn warteten und sich auf seine Hilfe verließen. Die durfte er nicht enttäuschen.

Um sich abzulenken, ging er noch einmal die Pläne durch, die er für die nächsten Aktionen geschmiedet hatte, aber es gelang ihm nicht so recht, denn bald schon vermisste er Lea. Ihm fehlte sogar ihre tiefe, ihm gegenüber jedoch meist hell und keifend klingende Stimme, und so zweifelte er langsam an seinem Verstand. Was, fragte er sich, fand er eigentlich an diesem Weib, das ihn behandelte, als wäre er der schlechteste Mensch auf Gottes Erdboden? Aber wie er es auch drehte und wendete, er kam immer zu dem Schluss, dass er noch keiner Frau begegnet war, die ihr auch nur ansatzweise das Wasser reichen konnte.

8.

Die ersten Tage ihrer Reise legte Lea schweigend zurück. Jochanan versuchte zwar mehrmals, ein Gespräch anzuknüpfen, doch ihr abweisender Gesichtsausdruck ließ ihn jedes Mal wieder verstummen. Dabei hätte er sich gewünscht, sie würde ihm ihr Herz ausschütten, denn in ihren Augen lag so viel Schmerz und Zorn, dass er sich fragte, was sie so tief getroffen hatte. Allein der Verlust des Goldes, welches sie nach der Hochzeit des Markgrafen noch einmal unter großer Gefahr aus dem Fluss geholt hatte, konnte es nicht sein.

Er ahnte nicht, wie Recht er hatte. Leas Gedanken galten tatsächlich nur am Rande dem verlorenen Gold. Was ihr Sorgen machte, war die Gefahr, die von Saul ausging. Mehr als einmal überlegte sie, ob es nicht besser wäre, nach Hannosweiler zurückzukehren, den ungetreuen Knecht zu suchen und zu töten. Aber sie verwarf den Plan, so oft sie ihn fasste, denn sie wusste, dass sie nicht in der Lage war, einen Menschen umzubringen, und Jochanan war es noch weniger.

Zwischendurch schwelgte sie in Selbstvorwürfen. Sie hätte damals, nach dem Tod ihres Vaters, alles packen und vor dem Ablauf der vier Wochen mit ihren Geschwistern und den Bediensteten Hartenburg verlassen sollen. Hätten sie sich damals in einer Reichsstadt angesiedelt, die unter dem Schutz des Kaisers stand, wären sie zwar nach den notwendigen Zahlungen bettelarm gewesen und hätten von der Mildtätigkeit anderer Juden leben müssen, doch sie wäre nicht gezwungen gewesen, ein solch unnatürliches Leben zu führen und sich immer wieder in Gefahr zu begeben. Elieser wäre in die jüdische Gemeinschaft hineingewachsen und hätte sich ein Beispiel an anderen jüdischen Männern nehmen können. Mit Hilfe der anderen Gemeindemitglieder wäre es ihm vielleicht sogar möglich gewesen, einen kleinen Handel anzufangen und der Familie ein bescheidenes Auskommen zu sichern, und Rachel wäre längst mit einem frommen Mann verheiratet. Vielleicht hätte auch sie selbst einen Ehemann und mit ihm zusammen die Liebe gefunden.

Ihre Selbstzweifel wuchsen mit jeder Meile, die sie zurücklegten. Hatte sie wirklich nur ihre Familie retten wollen? fragte sie sich. Oder hatte Rachel Recht, die ihr vorwarf, sie und Elieser beherrschen zu wollen? Hätte sie weniger Kraft und Zeit in ihre Geschäfte stecken und sich stattdessen um die Erziehung ihrer Geschwister kümmern sollen? Lea wusste keine Antwort auf all die quälenden Fragen, und mit Jochanan darüber zu reden, hatte in ihren Augen keinen Sinn, denn er war genau wie seine Mutter und seine Schwester gewohnt, der Herrschaft in Glück und Not gleichermaßen zu gehorchen und deren Entscheidungen nicht in Frage zu stellen.

Immer öfter kehrten ihre Gedanken zu Roland Fischkopf zurück. Sie wusste selbst nicht, warum sie ihn so schlecht behandelte, denn trotz seines Spottes und seiner Überheblichkeit hatte er ihr aus mehr als einer misslichen Lage herausgeholfen und auch sein Wort gehalten, das Gold, das er ihr vor zwei Jahren abgenommen hatte, mit Gewinn zurückzuzahlen. Mit dem Geleitbrief Herzog Maximilians war es ihr jetzt möglich, nach Genua zu reisen und die Anweisung, die Fischkopf ihr auf die Banco San Giorgio ausgestellt hatte, einzulösen. Natürlich konnte sie das Papier auch mit einigen Abschlägen an einen christlichen Bankier im Reich verkaufen, aber dazu musste sie ebenfalls an einen Ort reisen, an dem sie niemand kannte, und dort als Christ auftreten. Es reizte sie jedoch, nach Italien hinunterzufahren und sich das Geld selbst zu holen. Der Wunsch löste neue Gewissensbisse in ihr aus, denn ihr war klar, dass sie ihre Geschwister dann schon wieder für längere Zeit allein lassen musste, anstatt dafür zu sorgen, dass die beiden zu guten Menschen jüdischen Glaubens heranwuchsen. Das war ihre eigentliche Aufgabe – und nicht die, Geld zu scheffeln und einen gierigen Landesherrn damit zu füttern. Sie sah die Kluft, die zwischen ihrem Wunsch, nach Sitte und Brauch zu leben, und der Wirklichkeit lag und lachte bitter auf.

Doch bevor sie erneut in einem schwarzen Sumpf voller Selbstvorwürfe eintauchen konnte, griff Jochanan ein. Er legte die Hand auf ihre Schulter und zwang sie, ihm in die Augen zu sehen. »Herrin, ist es Saul, der dir so viele Sorgen bereitet? Dann ist es wohl besser, ich kehre um und versuche, den Kerl unschädlich zu machen.«

Lea holte tief Luft und blickte Jochanan das erste Mal seit Tagen bewusst an. »Nein! Ich will nicht, dass du ihn tötest und dafür von den christlichen Behörden gefoltert und hingerichtet wirst.«

»Aber du und die anderen hättet Ruhe vor diesem Schuft.«

»Wenn du Erfolg hast, ist der Preis zu hoch, und wenn du scheiterst, bringst du ihn erst recht gegen uns auf, und er wird sich an uns heften wie ein Blutegel. Also vergiss die Sache.«

Jochanan atmete erleichtert auf. Er wäre bereit gewesen, sein Leben für Lea und seine Familie zu opfern, fühlte sich jedoch nicht zum Rächer berufen. Als sie weitergingen und Lea erneut ins Brüten versank, empfand er seine Hilflosigkeit stärker als je zuvor. »Herrin, ich mache mir Sorgen um dich.«

Lea sah ihn irritiert an. »Sorgen um mich? Aus welchem Grund?«

»Seit Hannosweiler wirkst du so gequält. Ich dachte, es wäre wegen Saul, aber es muss mehr sein.«

»Du bist ein braver Bursche, Jochanan, und der treueste Diener, den man sich wünschen kann. Aber auch du kannst mir meine Probleme nicht abnehmen.«

Jochanan begriff durchaus, dass sie nicht reden wollte, aber er musste sie aus diesem unguten Zustand herausreißen, selbst wenn er sich dafür ihren Zorn zuzog. So bohrte er weiter, bis Lea vor seiner Hartnäckigkeit kapitulierte.

»Es ist wegen Elieser und Rachel. Ich hätte mich mehr um sie kümmern müssen und fürchte, ich habe bei ihrer Erziehung versagt.«

Jochanan schüttelte energisch den Kopf. »Das hast du bestimmt nicht. Wenn man jemandem Vorwürfe machen müsste, dann deinem Vater. Er hat Samuel sehr streng erzogen und auch dich übermäßig hart angefasst, obwohl du ihm die Hausfrau ersetzt hast. Aber seine beiden jüngeren Kinder hat er nach dem Tod eurer Mutter so verwöhnt, dass es uns Bediensteten euch Älteren gegenüber mehr als ungerecht erschien. Ich höre von meiner Mutter und meiner Schwester gewiss mehr über das, was im Haus vorgeht, als du. Elieser spielt dir den eifrigen Talmudschüler nur vor. In Wirklichkeit liegt er, wenn du weg bist, faul herum und lässt sich sogar noch füttern. Und was Rachel betrifft, so sitzt sie am liebsten am Stadtgraben und genießt die Bewunderung der dort flanierenden Männer. Meine Mutter ärgert sich sehr darüber, denn das gehört sich wirklich nicht für eine fromme Jüdin, und da Rachel Gomer auf ihre Spaziergänge mitnimmt, muss meine Schwester auch noch deren Arbeit tun.«

Lea wurde blass vor Zorn. »Warum erfahre ich das erst jetzt?«

Jochanan kroch unter ihrem Blick in sich zusammen. »Mutter hat uns verboten, dir noch mehr Sorgen aufzuhalsen. Ihrer Ansicht nach sind Elieser und Rachel alt genug, um zu wissen, was sie tun.«

»Elieser ist ein launisches Kind«, widersprach Lea.

Jochanan wandte den Kopf ab und murmelte etwas Unverständliches vor sich hin, aber Lea sprach aus, was er meinte. »Elieser ist jetzt achtzehn und damit so alt wie Samuel, als dieser in Sarningen ermordet wurde.«

»Rachel ist noch ein Jahr älter und hätte längst verheiratet werden müssen«, setzte Jochanan hinzu.

Lea zuckte in einer komisch-verzweifelten Geste mit den Schultern. »Irgendwie ist mir die Zeit unter den Händen zerronnen.

Wenn wir nach Hause kommen, werde ich etwas unternehmen.«

»Es wird dir kaum gelingen, Elieser zu verheiraten, denn er wird nicht auf dich hören, und bei Rachel wirst du ebenfalls kein Glück haben, denn sie wird sich hinter Elieser stecken, wie sie es auch sonst immer tut.«

Lea schlug mit der geballten Faust in die offene Hand. »Noch geschieht in unserem Haus das, was ich bestimme!«

Trotz ihres scharfen Tonfalls lächelte sie. Das Gespräch mit Jochanan hatte die Schatten aus ihrem Gemüt vertrieben und ihren Kampfgeist wieder geweckt. Als sie weitergingen, kreisten ihre Gedanken um die Zukunft ihrer Geschwister und all die Dinge, die sie tun musste, um ihnen eine bessere Heimat zu verschaffen und ihren Lebensunterhalt zu sichern. Elieser würde die Geschäfte noch einige Jahre lang nicht alleine führen können, also musste sie die Zügel in der Hand halten, bis er in einer anderen Stadt die Hilfe von Glaubensgenossen in Anspruch nehmen konnte. Für sie galt es jetzt, neue Kräfte zu sammeln, um ihrem Bruder einen neuen Anfang zu verschaffen und Rachel eine Mitgift, mit der sie jedem frommen und wohlhabenden Juden als Schwiegertochter willkommen war.

9

Kurz nach diesem Gespräch erreichten Lea und Jochanan ein Stück oberhalb Straßburgs den Rhein. Eine Weile überlegte sie, ob sie nicht ihre Geschäftspartner in der elsässischen Metropole besuchen sollte, entschied sich jedoch dagegen. Sie wollte auf dem kürzesten Weg nach Hause, um dort nach dem Rechten zu sehen. So beschloss sie, die Fähre bei Dietheim zu nehmen.

Das Haus der Fährleute lag auf einem künstlich aufgeschütteten Hügel etwas abseits des Ufers und hatte seinem verwitterten Aussehen zufolge wohl schon etlichen Rheinhochwassern getrotzt.

Als Lea und Jochanan sich dem Ufer näherten, sahen sie den Prahm hoch auf einer Kiesbank liegen. Er wirkte wie eine übergroße, beinahe quadratische Schachtel mit flach über das Wasser ragendem Bug und Heck. Der Fährmann stand in seinem Gefährt und trieb Wergschnüre in eine Fuge zwischen den Planken, während seine Knechte angeschwemmte Äste zu Brennholz hackten und vor dem Haus aufstapelten.

Als Lea die Fähre erreichte, unterbrach der Fährmann seine Arbeit und musterte sie und Jochanan mit zusammengekniffenen Augenbrauen. »Wollt ihr hinüber?«

»Wenn es genehm ist.« Lea strich über ihren Geldbeutel und ließ die Münzen klirren.

Der Fährmann spuckte den Grashalm aus, auf dem er gerade kaute, und rief nach seinen Knechten. »Küni, Urs, kommt her! Arbeit gibt's.«

Die beiden Burschen ließen ihr Holz liegen, stemmten sich gegen den Kahn, und schoben ihn wieder ins Wasser. Während sie die Ruder ergriffen, beugte der Fährmann sich über die

Befestigungskette. Doch bevor er sie löste, streckte er fordernd die Hand aus.

»Zwei Juden, das macht für die Überfahrt vier Groschen, im Voraus zu bezahlen.«

Lea reichte ihm die verlangten Münzen. Es war ein unverschämt hoher Preis, doch sie war froh, dass der Fährmann sich überhaupt herabließ, die Überfahrt zu machen. An anderen Fähren hatte sie schon stundenlang warten müssen, bis christliche Reisende auftauchten, und einige Male hatte man sie nur mitgenommen, nachdem sie sich bereit erklärt hatte, den Fährpreis für alle zu bezahlen.

Der Fährmann löste die Kette, packte dann eine lange Stange und stieß die Fähre vom Ufer ab. Während seine Knechte sich gegen ihre Ruder stemmten, lenkte er den Prahm auf den Rhein hinaus. Jochanan, der schaukelnden Booten wenig abzugewinnen mochte, setzte sich auf den Boden, während Lea stehen blieb. Die Fährleute arbeiteten gut. Die Strömung des Flusses trug den Prahm nur unwesentlich ab, und sie näherten sich rasch dem gegenüberliegenden Ufer. Lea sah bereits die Landestelle vor sich, als der Fährmann mit einem Mal das Steuer herumriss und das Boot der Strömung preisgab.

»Die restlichen zehn Schritte könnt ihr schwimmen, Judenpack«, rief er höhnisch.

Jochanan zog erschrocken den Kopf ein. Lea hingegen zuckte nur lächelnd mit den Schultern. »Dann werde ich den Tiroler Silbergroschen, den ich dir als Trinkgeld geben wollte, wohl wieder einstecken müssen.«

Die Augen des Fährmannes flammten begehrlich auf. »Wenn du ihn nicht zahlst, schlage ich dir den Schädel ein«, drohte er und schnauzte seine Männer an, den Kahn ans Ufer zu bringen. Innerhalb kürzester Zeit scharrte der Bug des Prahms über den Kies. Jochanan sah die Stange, die der Fährmann drohend schwang, sprang vor Schreck über Bord und landete in knöcheltiefem Wasser. Lea zog den Tiroler Groschen hervor und ließ ihn in ihrer Hand aufblitzen, doch sie hielt ihn fest, bis sie auf trockenem Boden stand. Dann legte sie die Münze auf die Bordwand. Fluchend bückte der Fährmann sich danach. Anscheinend hatte er die Fähre in dem Augenblick, in dem Lea ausstieg, vom Ufer abstoßen wollen, um wenigstens einen der beiden Juden zu Fall zu bringen. Da auch keine weiteren Reisenden auf dieser Uferseite in Sicht kamen, schickte er Lea einen weiteren Fluch hinterher und befahl seinen Knechten, wieder abzustoßen.

Lea seufzte und schob die Kiepe zurecht. »Noch so ein Zwischenfall, und ich werde Roland Fischkopfs Ratschlag annehmen und in Zukunft als Christ verkleidet reisen.«

Jochanan, der ihr half, die steile Uferböschung hochzuklettern, sah sie erschrocken an. »Aber Herrin, das kannst du nicht tun, denn wenn du erkannt wirst, wird man dich töten. Außerdem müsstest du deine Schläfenlocken abschneiden, und dann kannst du dich bei keinem frommen Juden mehr sehen lassen.«

»Deine Mutter hat sie mir schon einmal angeklebt«, gab Lea übermütig zurück. Dann sah sie Jochanans gequältes Gesicht und klopfte ihm auf die Schulter. »Jetzt beruhige dich wieder. Ich habe ja nicht gesagt, dass ich es tue.«

Jochanan nickte zwar, doch in seinen Augen lagen Zweifel. Er kannte seine Herrin gut genug, um zu wissen, dass sie ihre Worte früher oder später in die Tat umsetzen würde.

10

*W*ährend Leas Abwesenheit verlief das Leben in Hartenburg in seinen altgewohnten Bahnen. Der Markgraf war
nun seit zwei Jahren verheiratet und seit kurzem wieder Vater
eines Sohnes. Doch man munkelte allenthalben, dass er seiner
bigotten Gemahlin überdrüssig war und unter den Schönen
seines Ländchens Ausschau hielt, um eine zu finden, die ihn
über seine liebesleere Ehe hinwegtröstete. Dabei fasste er die
jüngere Schwester des Juden Samuel Goldstaub ins Auge, die
ihm ausnehmend gut gefiel.

Ausgerechnet bei der schönsten Frau, die er je gesehen hatte,
überfielen Ernst Ludwig von Hartenburg jedoch Skrupel. Normalerweise interessierte er sich nicht für seinen Schutzjuden,
außer wenn dieser ihm wieder einmal Geld beschaffen musste,
aber man hatte ihm berichtet, dass diese Leute nach heidnischen
Regeln lebten und engstirnige Ansichten hatten. Trotzdem hätte er vor seiner zweiten Vermählung die junge Jüdin wie jedes
andere Bauern- oder Bürgermädchen, das ihm gefiel, auf seine
Burg mitgenommen und benutzt. Jetzt aber regierte dort seine
Frau und hatte seinen Besitz mit Dutzenden ihr hündisch er-
gebenen Höflingen bevölkert, die ihr alles zutrugen, was im
Land geschah. Die einzige Zuflucht, die ihm noch geblieben
war, bot ein altes Jagdhaus, das sein Großvater erbaut hatte und
das von einer ihm treu gebliebenen Dienerschaft versorgt wurde.
Wenn er die schöne Jüdin dorthin entführte, würde er sich
jedoch Ärger mit seiner Gemahlin einhandeln und sich gleichzeitig seinen Hoffaktor zum Feind machen, und das konnte er
sich finanziell immer weniger leisten. Er hatte den Juden schon
einige Male bis zur Schmerzgrenze geschröpft und gedachte
es auch weiter zu tun, denn der junge Goldstaub war noch ein

größeres Genie im Geldbeschaffen als sein Vater. Aber wenn er die Familienehre des mickrigen Kerlchens angriff, riskierte er, dass sein Goldesel auf Nimmerwiedersehen verschwand und auch kein anderer seine Stelle einnahm. Wie man so hörte, verfügte das Judenpack über ein besseres Nachrichtensystem als der Kaiser, und wenn es unter den Söhnen Judas hieß, der Markgraf von Hartenburg stelle ihren Töchtern und Schwestern nach, würde er keinen Hoffaktor mehr finden, der seine Kasse in Ordnung hielt. Trotz dieser Überlegungen ritt er so oft wie möglich an der Stelle vorbei, an der die Jüdin in der Sonne saß.

Rachel war bald schon klar geworden, dass sie das Interesse des Landesherrn auf sich gezogen hatte. Im Allgemeinen verachtete und hasste sie die Christen, doch die Blicke, die Ernst Ludwig ihr zuwarf, prickelten auf ihrer Haut. So saß sie an jedem Tag, an dem das Wetter es zuließ, auf einem Mauervorsprung am Stadtgraben und wurde selten enttäuscht. Bald beließ es der Markgraf nicht mehr bei Blicken, sondern winkte ihr zu und zügelte sein Pferd neben ihr, um sie eingehend zu betrachten.

Rachel fühlte, dass Ernst Ludwig sie begehrte, und ihr Körper reagierte auf seine Nähe mit ihr bisher unbekannten Gefühlen. Es war, als entfache der Anblick dieses Mannes ein Feuer in ihr. Nach außen hin tat sie schüchtern, schon um Gomer nicht Verdacht schöpfen zu lassen. Aber in ihr drehte sich alles nur noch um den Markgrafen und die Frage, welche Vorteile sie sich durch eine Verbindung mit ihm verschaffen konnte. Eine Liaison mit ihrem Landesherrn war die einzige Möglichkeit für sie, ihre Schwester zu übertrumpfen und eine Stellung zu erlangen, in der sie Lea das Heft aus der Hand nehmen und Elieser an deren Stelle setzen konnte.

Wenn ihr Gewissen ihr das Ungehörige dieser Pläne vor Augen hielt, dachte sie an Esther, die ja ebenfalls das Weib eines fremdländischen Potentaten geworden war. Dabei schob sie großzügig die Tatsache beiseite, dass Ernst Ludwig von Hartenburg nicht in der Lage war, seine Gemahlin zu verstoßen, wie König Ahasver es mit der Herrin Vashti getan hatte, und dass der christliche Klerus niemals eine Jüdin als Gemahlin des Landesherrn akzeptieren würde.

Als Sarah von dem Interesse des Markgrafen für Rachel erfuhr, machte sie sich Sorgen um sie, denn sie traute Ernst Ludwig zu, das Mädchen zu entführen und es entehrt in ihr Elternhaus zurückzuschicken. Auf den Gedanken, dass Rachel selbst mit der Überlegung spielte, sich dem Markgrafen hinzugeben, kam sie nicht, da sie deren Hass auf Christen kannte.

»Du bist viel zu unvorsichtig, Kind«, schalt sie sie, als Rachel an einem schönen Nachmittag Ende Juni heimkehrte.

Das Mädchen schüttelte mit einem ärgerlichen Lachen den Kopf. »Das ist lächerlich! Lea reist durch aller Herren Länder, und das heißt du gut. Mir aber machst du Vorwürfe, wenn ich durch die Straßen meiner Heimatstadt schlendere.«

»Ich habe nicht gesagt, dass ich Leas Verhalten gutheiße! Aber da sie als Mann verkleidet auf Reisen geht, ist ihre Tugend weniger in Gefahr als die deine. Was ist, wenn dir irgendein Kerl auflauert und dich in die Büsche zerrt, um dich zu schänden?«

Rachel ahnte, dass Sarah mit dem Kerl den Markgrafen meinte und mit den Büschen die Burg, und verkniff sich ein spöttisches Lächeln. »Du bist zu ängstlich, Sarah. Schließlich ist Gomer stets bei mir, und außerdem meide ich einsame Stellen, an denen mir ein Mann Gewalt antun könnte. Draußen am Graben sitze ich in Hörweite der Torwachen, die mir sofort beistehen würden.«

Sarah stellte nicht zum ersten Mal fest, dass Rachel jeden ihrer Ratschläge missachtete, und wandte sich enttäuscht ab. Lea muss ihr den Kopf zurechtsetzen, wenn sie nach Hause kommt, sagte sie sich, fürchtete sich aber gleichzeitig vor einer erneuten Auseinandersetzung zwischen den Schwestern. Rachel wollte auf niemand mehr hören, am wenigsten auf sie oder Lea.

»Sie muss verheiratet werden, sonst treibt ihr hitziges Blut sie noch in den Untergang«, sagte Sarah kurz darauf zu ihrer Tochter.

Ketura brachte gerade die Warenballen in die Halle, die nicht abgeholt worden waren, um sie von dort aus mit einem Seil auf den Speicher zu befördern, in dem sie vor Dieben sicher waren. Jetzt setzte sie die Schubkarre ab, wischte sich mit einem Tuch den Schweiß aus dem Gesicht und nickte seufzend. »Du sprichst von Merab?«

Sarah hob misstrauisch den Kopf. »Was ist mit Merab?«

»Sie streicht um Elieser herum wie eine rollige Katze.«

»Ach was! Elieser ist ein Krüppel und dürfte nicht anziehend genug sein für eine junge Frau.«

»Aber er ist der einzige Mann im Haus – außer meinem ständig abwesenden Bruder, und aus dem hat Merab sich noch nie etwas gemacht.«

»Im Gegensatz zu Gomer, aber die sieht Jochanan nicht einmal an.« Sarah versuchte zu lachen, aber es war, als schlügen ihr die Sorgen über dem Kopf zusammen und nähmen ihr den Atem. »Ich wünschte, Lea wäre zurück.«

Ketura winkte ab. »Was würde das schon nützen? Elieser und Rachel tun in ihrer Gegenwart so, als wären sie noch Kinder, und dann gibt sie in allem nach.«

»Sie liebt sie eben.«

»Liebe ist etwas Schönes, aber zu viel davon ist Dummheit.«

Sarah nickte bedauernd und schob sich an der Schubkarre vorbei, um in die Küche zu gehen. Unter der Tür drehte sie sich noch einmal um. »Ich meinte aber nicht Merab, sondern Rachel. Sie führt sich so schamlos auf, dass ich das Schlimmste befürchte. Ich habe Angst, dass sie den Markgrafen reizt, und zu was Ernst Ludwig fähig ist, hat die arme Lea am eigenen Leib erfahren müssen.«

Ketura zuckte zusammen. »Hat er sie an jenem Abend im Schloss geschändet?«

Sarah schüttelte den Kopf und erzählte ihrer Tochter die Geschichte, die sie die ganzen Jahre mit sich herumgetragen hatte. »Nein, so weit ist es nicht gekommen. Der Hofnarr, der sie vergewaltigen sollte, hat sich von ihr mit zweihundert Gulden bestechen lassen und sie unversehrt gelassen, obwohl er deswegen Schläge bekam und in Ungnade fiel. Er hat dann das Geld, das Lea ihm bezahlt hat, benutzen müssen, um aus Hartenburg zu fliehen. Seit jenem Abend aber trägt Lea tiefe Narben auf ihrer Seele, und ich hab Angst, dass sie zeit ihres Lebens alle Männer verabscheuen wird.«

Ketura zog die Schultern hoch, als fröstelte sie. »Trotz dieser bösen Erfahrung ist Lea wieder zum Schloss hochgegangen und hat uns davor bewahrt, vertrieben zu werden.«

»Ich glaube, nicht einmal Samuel wäre gelungen, was sie vollbracht hat«, stimmte Sarah ihrer Tochter zu und drehte sich weg, um die Tränen zu trocknen, die ihr bei der Erinnerung an jene Ereignisse in die Augen gestiegen waren.

Dann dachte sie an das, was sie über Merab erfahren hatte, und beschloss, sofort mit der Magd zu reden. Sie fand sie jedoch weder in der Küche, in der sie um diese Zeit hätte sein müssen, noch in den anderen Wirtschaftsräumen. So stieg sie die Treppe empor, um in den Wohnräumen nach ihr zu suchen. Aus Eliesers Zimmer drangen keuchende Laute, gefolgt von einem Stöhnen, das sich zu immer größeren Höhen aufschwang.

Sarah öffnete vorsichtig die Tür, die sich erstaunlich lautlos in ihren Angeln bewegte. Zuerst bemerkte sie nur zwei Schatten an der Wand, von denen einer still lag, während der andere sich hastig auf und ab bewegte. Als sie näher trat, stellte sie fest, dass Elieser und Merab sich nackt ausgezogen hatten und sich dem ältesten Spiel der Menschheit hingaben, bei dem die junge Magd den Part übernommen hatte, der eigentlich den Männern zukam.

Sarah stampfte auf und stemmte die Fäuste in die Hüften. »Sagt mal, schämt ihr beiden euch denn nicht? Wenn ich Lea davon berichte, wird sie außer sich sein.«

Merab sprang mit einem quiekenden Laut aus dem Bett und griff nach ihren Kleidern. Elieser packte sie jedoch am Arm und hielt sie zurück. »Du bleibst hier, und du alte Hexe verschwindest aus meinem Zimmer. Was hier geschieht, geht dich überhaupt nichts an.«

Sarah hob den Zeigefinger. »Lea wird das nicht dulden.«

Elieser lachte höhnisch auf. »Meine Schwester ist auch nur ein Weib, und sie darf mir keine Vorschriften machen. Ich bin das Familienoberhaupt, falls du das vergessen haben solltest. Ich warne dich, Alte! Wenn du nur ein Wort zu Lea sagst, stehen du und deine beiden Kinder am nächsten Tag auf der Straße. Hast du mich verstanden?«

Sarah starrte Elieser mit offenem Mund an. So hatte er noch nie mit ihr gesprochen. Dann wurde ihr klar, was er gesagt hatte. Tatsächlich war er der eigentliche Hausherr und hatte die Macht, sie, Ketura und Jochanan fortzuschicken. Lea würde zwar versuchen, es zu verhindern, aber dann würde sich Elieser bei der nächsten Reise seiner Schwester bitter an ihr und Ketura rächen.

»Gott gefällt nicht, was ihr beide tut«, mahnte sie niedergeschlagen.

Elieser schenkte ihr nur einen verächtlichen Blick. Zutiefst verletzt drehte Sarah den beiden den Rücken zu und schlurfte mit hängenden Schultern hinaus. So mutlos wie heute hatte sie sich noch nicht einmal bei der Rückkehr der Überlebenden aus Sarningen gefühlt. Mehr denn je wünschte sie, Lea wäre da und sie könnte ihr ihr Herz ausschütten. Doch selbst das durfte sie nicht mehr, wenn sie sich selbst und ihrer Tochter die Heimat bewahren wollte.

Elieser genoss den soeben errungenen Sieg und gönnte Merab ein sehr selbstzufriedenes Lächeln. »Komm her, wir sind noch nicht fertig.«

Der Magd saß der Schreck noch in den Gliedern, so dass sie am ganzen Leib zitterte und abwehrend die Hände hob. Doch ein paar bissige Bemerkungen von Elieser brachten sie zum Lachen, und so überließ sie sich wieder ganz der Lust.

Nachdem beide zur Erfüllung gekommen waren und Merab das Zimmer wieder verlassen hatte, lag Elieser still auf seinem Bett und dachte nach. So mutig und souverän, wie er sich Sarah gegenüber gegeben hatte, fühlte er sich bei weitem nicht. Lea war nicht mehr das Mädchen, das er mit einem Fausthieb von seinem Platz am Fenster hatte vertreiben können. Sie würde niemals zulassen, dass er Sarah und ihre Kinder davonjagte, und so blieb ihm nur zu hoffen, dass er der Alten genug Angst eingejagt hatte und sie den Mund hielt.

Dann aber fragte er sich, was Lea mit ihm machen würde, wenn sie auf andere Weise erfuhr, was Merab und er trieben. Für einen Augenblick überlegte er, ihr in diesem Fall wortreiche Vorwürfe zu machen, weil sie ihm noch keine Ehefrau verschafft hatte. Er brauchte von Zeit zu Zeit einen weichen, willigen Leib, der sich ihm öffnete, aber er konnte sich kaum vorstellen, dass Lea ihn ernst nehmen würde, denn sie gab ihm jedes Mal, wenn sie ihn ansah, das Gefühl, immer noch der dreizehnjährige Knabe zu sein, den sie in Sarningen gerettet hatte. Bevor sie merkte, was er mit Merab trieb, musste er ihr beweisen, dass er ein erwachsener Mann war.

Jetzt erinnerte Elieser sich wieder daran, wie oft Lea ihn gebeten hatte, sich in die Geschäfte einzuarbeiten. Bisher hatte er sich vor dieser Aufgabe gedrückt, doch das musste sich nun ändern. Es ärgerte ihn zwar, dass er als der eigentliche Erbe seines Vaters bei seiner älteren Schwester gut Wetter machen musste, aber es war die einzige Chance für ihn, ihren Zorn im Zaum zu halten.

Kurz entschlossen stand er auf, kleidete sich an und ging in Leas Kammer. Mit dem bitteren Gedanken, dass das eigentlich sein Zimmer sein müsste, setzte er sich auf den Sessel und nahm den ersten Brief von dem Stapel, den Sarah für Lea bereitgelegt hatte. Schon nach den ersten Zeilen ließ er ihn sinken. Das hölzerne, mit Worten anderer Sprachen und vielen Abkürzungen durchsetzte Handelslatein wirkte auf ihn wie sinnloses Gebrabbel. Er legte den Brief beiseite, erbrach das Siegel des nächsten und faltete ihn auseinander. Doch mit dem Inhalt dieses Schreibens erging es ihm nicht besser. Schließlich warf er das Blatt wütend beiseite und fragte sich, was seine Schwester sich dabei gedacht hatte, sich solche Briefe schicken zu lassen.

Für einen Moment war es ihm, als würde ihm der Boden unter den Füßen weggezogen. Er würde seine Schwester niemals davon überzeugen können, dass er fähig war, seinen Teil zum Familienunterhalt beizutragen. Da fiel ihm ein, dass sie ihn vor ihrer Abreise gebeten hatte, sich um die Steuerlisten von Hartenburg zu kümmern. Er entdeckte die Papiere in Griffweite auf einem Bord, auf dem Lea sie für ihn bereitgelegt hatte, nahm sie herunter und las sie aufmerksam durch.

Diese Arbeit ging ihm leichter von der Hand, denn er kannte die meisten Hartenburger Familien und wusste sie einzuschätzen. Auch half ihm die Steuerliste des letzten Jahres, die Lea hinzugelegt hatte. Während er die beiden Listen miteinander verglich, erinnerte er sich daran, dass Lea und Jochanan im letzten Jahr mehr als zwei Monate damit beschäftigt gewesen waren, die Steuern einzutreiben. Schon damals hatte er ihre lange Anwesenheit als einengend empfunden, doch heuer wäre es ihm mehr als lästig, wenn sie sich länger zu Hause aufhielt. Er konnte es nicht wagen, Merab zu benutzen, wenn seine Schwester hier alles kontrollierte, aber er war nicht bereit, monatelang auf die körperlichen Dienste der Magd zu verzichten.

Während Elieser die einzutreibende Summe unter den Hartenburger Familien aufteilte, erschien ein Lächeln auf seinen Lippen. Jetzt wusste er, wie er sich gleichzeitig bei Lea beliebt machen und sie schnell wieder loswerden konnte: In diesem Jahr würde er die Steuern einziehen. Da der Markgraf ihm einige Soldaten als Schutz zur Verfügung stellen würde, hatte er keine Übergriffe verärgerter Bürger zu fürchten, und Merabs willige Schenkel würden ihn für diese Arbeit belohnen. Jetzt musste er sich nur etwas einfallen lassen, um Lea öfter als bisher auf Reisen zu schicken.

11

Hartenburg war nicht mehr weit, als Lea auf eine größere Reisegruppe traf. Die Leute saßen um den Brunnen einer kleinen, aus roh behauenen Holzstämmen errichteten Herberge herum, deren moosbedecktes Strohdach dringend der Erneuerung bedurfte. Vor dem Haus verteilte eine Wirtsmagd Suppe aus einem dampfenden Kessel. Der Geruch verriet Lea, dass der Wirt nicht mit Schweinefleisch gegeizt hatte, und so würden Jochanan und sie sich auch hier mit Brot und etwas Käse zufrieden geben müssen.

Wie gewohnt stellte Lea ihre Kiepe an der Hauswand ab und ging auf den Brunnen zu, um sich zu erfrischen. Die Leute, die dort saßen, musterten die sich nähernden Juden mit verächtlichen Blicken und dachten nicht daran, ihnen den Weg freizugeben. Einige hoben sogar Dreckklumpen auf, um sie zu verjagen. Die Wirtsmagd, die Samuel Goldstaub kannte und sich auf ein gutes Trinkgeld freute, schimpfte lauthals und scheuchte ein paar von ihnen beiseite.

Lea dankte ihr, trat an den mit Holz eingefassten Brunnen und wusch sich unter den bösen Bemerkungen einiger Umstehender am Abfluss Gesicht und Hände. Dann wollte sie zu der am einströmenden Wasser angebundenen Schöpfkelle greifen, um zu trinken, aber einer der Reisenden riss sie ihr aus den Händen.

»Nimm gefälligst deine Hände, Jude. Oder glaubst du, ehrliche Christenmenschen wollen ein Gefäß benutzen, das du mit deinen schmutzigen Lippen besudelt hast?«

Da der Mund des Mannes vor Schweinefett triefte, beugte Lea sich schnell über den Wasserstrahl, um ihren angewiderten Gesichtsausdruck zu verbergen. Nach dem Anblick war es ihr lieber, das Wasser aus ihren Händen zu trinken. Auf der anderen Seite tat es ihr eine hübsche, junge, aber schon sehr füllig gewordene Frau gleich, und als sich ihre Blicke kreuzten, stieß die Fremde einen Schrei aus und schlug die Hände vors Gesicht, so dass das Wasser über ihr Kleid lief. Sie schüttelte sich und rannte dann so schnell um den Brunnen herum, dass sie wie eine rollende Kugel wirkte.

»Gott im Himmel! Das kann doch nicht wahr sein! Samuel! Bist du es wirklich, oder narrt mich ein Spuk?«

Lea erkannte ihr Gegenüber erst an der Stimme. »Gretchen? Gretchen Pfeifferin?«

Die Frau nickte. Es war tatsächliche die Freundin aus Sarningen, die Lea und ihren Geschwistern das Leben gerettet hatte. Gretchen schluchzte vor Freude und umarmte Lea ungeachtet der empörten Blicke ihrer Reisegenossen. Dann musterte sie Lea zweifelnd und riss dabei Mund und Augen auf. Eine scharfe Falte erschien auf ihrer Nasenwurzel, und sie strich wie suchend über Leas Gesicht.

»Du bist ja Lea! Aber wieso …« Zum Glück sprach sie so leise, dass kein anderer ihre Worte hörte.

Lea zuckte zusammen und sah sich hastig um. »Bitte schweig, sonst bringst du mich in größte Schwierigkeiten.«

Da ihre Verkleidung auf den langen Wanderungen noch nie angezweifelt worden war, hatte sie beinahe schon vergessen, in welcher Gefahr sie beständig schwebte. Wenn aufkam, dass Samuel tot war und sie die Geschäfte unter seinem Namen und in Männerkleidung führte, würden sie und die Ihren Hartenburg nicht rasch genug verlassen können, um dem Zorn des Markgrafen zu entgehen.

Gretchen wirkte genauso ängstlich wie damals und handelte ebenso kaltblütig, denn sie zog Lea ein Stück zur Seite, lachte dabei so laut, dass es in Leas Ohren viel zu unecht klang, und schüttelte verblüfft den Kopf. »Warum läufst du als dein Bruder herum?«

»Weil ich Elieser ersetzen muss. Er war noch lange krank und ist ein …« Lea brach ab, denn sie wollte das Wort Krüppel vor ihrer Freundin nicht gebrauchen. »Er leidet immer noch unter den Folgen seiner schweren Verletzungen.«

»Deswegen musst du dich als Mann verkleiden?«

»Erinnere dich, dass du mich in Männerkleidung gesteckt hast. Die Torwächter haben mich bei unserer Rückkehr prompt für Samuel gehalten, und kurz darauf hat der Markgraf meinen Bruder unter Androhung schwerer Strafe zu sich rufen lassen. Ich habe mir einen Kaftan übergestreift und bin hingegangen. Damals habe ich nicht erwartet, dass ich diese Rolle noch viele Jahre lang würde spielen müssen, aber Eliesers Schwäche zwingt mich dazu. Bitte nenne mich auch in Zukunft Samuel, wenn du mich in Männerkleidung siehst. Wenn herauskommt, wer ich wirklich bin, wird es mich und die Meinen das Leben kosten.«

Gretchen nickte. »Oh ja, das glaube ich auch. Man würde dich aller möglichen Verbrechen anklagen und auf den Scheiterhaufen binden. Keine Sorge, Samuel, ich verplappere mich nicht. Mein Gott, was bin ich froh, dich schon hier getroffen zu haben.«

Lea lächelte ein wenig über den Überschwang, der aus den Worten ihrer Freundin sprach. »Ich nehme an, du bist unterwegs, um deine Eltern zu besuchen.«

»Ja, das auch. Aber in erster Linie wollte ich zu dir. Meine Schwiegermutter ist nämlich gestorben, und wir haben etwas unter ihren Sachen gefunden, das dir gehört.« Gretchen griff in die Tasche und holte einen Beutel heraus, in den sie Lea blicken ließ. Es lagen mehrere Schmuckstücke und ein paar Goldmünzen darin.

Das Pogrom von Sarningen lag so weit hinter ihr, dass Lea den kleinen Schatz, den die alte Pfeifferin ihnen in Sarningen vorenthalten hatte, erst auf den zweiten Blick erkannte. Gerührt reichte sie Gretchen die Hand. »Ich danke dir. Damit machst du mir eine große Freude. Die Brosche hier gehörte bereits der Großmutter meiner Großmutter, und ich war sehr traurig, sie verloren zu haben.«

Gretchen senkte beschämt den Blick. »Peter und ich hätten damals darauf bestehen müssen, dass die Alte die Sachen herausrückt. Aber ...«

Sie brach ab und seufzte. Lea lächelte aufmunternd, denn ihr war klar, dass ihre Freundin und deren Mann die alte Frau gefürchtet und es nicht gewagt hatten, ihr den Schmuck wieder abzunehmen.

Jochanan tauchte neben Lea auf und hielt ihr ein Brett hin, auf dem zwei Becher verdünnten Weines, zwei kleine Brote und zwei Stücke Käse lagen. Leas Blick zeigte dem Knecht, dass sie nicht gestört werden wollte, und so stellte er das primitive Tablett auf einen Baumstumpf in ihrer Nähe, nahm sich seinen Teil und setzte sich ein Stück entfernt ins Gras. Lea trank einen Schluck Wein und begann hungrig zu essen.

Gretchen knetete nervös ihre Finger und sah Lea mit einem beinahe bettelnden Blick an. »Ich bin vor allem deswegen nach Hartenburg unterwegs, um mit dir zu sprechen. Du hast nach deiner glücklichen Rückkehr einen so lieben Brief geschrieben, dass ich noch oft an dich denken musste. Meine Eltern haben mir auch einmal geschrieben und dabei auch den Hartenburger Leibjuden erwähnt, der noch reicher sein sollte als sein Vater. Ich habe angenommen, es handele sich um Elieser, und wollte dich bitten, ihn zu überreden, uns ...«

Sie schluchzte auf und trocknete einen Tränenschwall.

Lea lächelte ihr aufmunternd zu. »Sag frei heraus, was dir auf der Seele brennt. Du hast uns damals gerettet, und ich werde für dich tun, was ich kann.«

»Schuld an allem ist Alban von Rittlage, dieser gemeine Verräter!«, brach es aus Gretchen heraus. »Peter hat viele Jahre in seinen Diensten gestanden, bis Rittlage vor einem halben Jahr sein Amt als kaiserlicher Vogt in Sarningen niedergelegt hat, um sich als einer der Hauptleute des schwäbischen Kreises in seiner Herrschaft Elzsprung niederzulassen. Seine Gefolgsleute und seinen Stab an Schreibern und Bütteln hat er jedoch nicht mitgenommen, sondern sie allesamt vor die Tür gesetzt. Vorher aber hat er den Sarninger Bürgern noch zweitausend Gulden als Strafe für die Vertreibung der Juden auferlegt, und die Leute, die es wagten, ihn daran zu erinnern, dass er selbst der Anstifter dieser Tat gewesen war, als Verleumder in den Kerker geworfen. Nachdem er Sarningen verlassen hatte, hat sich der Hass der Bürger gegen die Männer gerichtet, die in den Diensten des Vogts gestanden hatten. Man hat Peter angedroht, uns das Haus über dem Kopf anzuzünden, wenn wir Sarningen nicht bald verlassen, und im letzten Monat ist er überfallen und zusammengeschlagen worden. Wir müssen fort, aber ohne Empfehlung oder eine größere Summe gemünzten Goldes wird uns keine Stadt als Bürger aufnehmen. Wir besitzen weder das eine noch das andere, und meine Eltern verfügen auch nicht über so viel Vermögen oder Einfluss am markgräflichen Hof, dass wir nach Hartenburg übersiedeln und Peter dort eine Stelle bekommen könnte.«

Lea hatte zunächst nur den Namen Rittlage verstanden, denn im gleichen Moment stieg ihr das Blut in die Ohren, so dass sie nichts anderes vernahm als ihren Herzschlag. »Du sagst, Rittlage wäre zu einem der Hauptleute des schwäbischen Reichskreises aufgestiegen?«

Gretchen nickte bedrückt. »So ist es. Man sagt, er würde bereits nach einer passenden Erbin suchen, um seinen Besitz durch eine Heirat zu vermehren.«

Tausend Gedanken schossen Lea gleichzeitig durch den Kopf. Sie hielt es für einen Fehler Rittlages, sich seiner alten Gefolgsleute entledigt zu haben und die Bürger von Sarningen für etwas bezahlen zu lassen, für das er selbst verantwortlich war. Anscheinend fühlte er sich nach den Jahren, die seit dem Sarninger Pogrom vergangen waren, sicher vor üblen Nachreden oder Racheakten.

Sie dachte an Herzog Maximilian, dem sie Rittlages Schuldverschreibungen übergeben hatte, und lächelte selbstzufrieden. Der Geldbedarf des Herrn war allgemein bekannt, und er würde über seine Bankiers jeden Kreuzer der Summe und noch Etliches an Zinsen von Rittlage eintreiben lassen. Für einen Augenblick fragte sie sich, was geschehen würde, wenn der ehemalige Vogt sich weigerte zu zahlen. Maximilian, der Sohn und designierte Nachfolger des Kaisers, würde das höchstwahrscheinlich als Beleidigung auffassen und ihm die Fehde antragen. Ihr schien es unwahrscheinlich, dass Rittlage seine reichsfreie Herrschaft Elzsprung gegen eine solche Macht halten konnte, und mit seinem Besitz würde er auch all seine neuen Ämter verlieren und froh sein müssen, wenn ihn ein anderer Adeliger in seine Dienste nahm. Lea hoffte, dass er tief genug sinken würde, um ein Opfer der Feinde zu werden, die er sich mit seinen Ränken geschaffen hatte.

Gretchen bemerkte das Lächeln auf Leas Lippen und blickte sie verdattert an. »Du freust dich wohl noch, dass es uns so schlecht geht.«

Lea schüttelte den Gedanken an Rittlages Schicksal ab und lachte. »Du Schaf, ich dachte doch an etwas ganz anderes. Natürlich helfe ich euch. Sag mir, wie viel Geld ihr braucht, um euch woanders anzusiedeln. Warte …! Dein Peter ist doch Schreiber?«

Gretchen nickte eifrig. »Oh ja, er beherrscht die Amtssprache, versteht es, ein Stadtarchiv zu führen, und kennt die Geheimzeichen der kaiserlichen Post. Er hat auch dem Kämmerer assistiert und kann sehr gut rechnen. Glaub mir, er ist sehr klug und kennt sich in vielen Dingen aus.«

Lea blickte auf die sich im warmen Sommerwind wiegenden Wiesenblumen und dachte kurz nach. »Ein Geschäftsfreund von mir hat das Monopol für den Handel mit spanischen Weinen für die Grafschaft Flandern erhalten und bräuchte jemand, der dieses Monopol für ihn überwacht. Wenn dein Peter dazu bereit wäre, müsstet ihr jedoch nach Flandern reisen und euch dort niederlassen.«

»Das Angebot wird er bestimmt annehmen!« Man sah Gretchen an, wie glücklich sie über die Aussicht war, Sarningen nicht als Bettlerin verlassen und heimatlos über die Landstraßen ziehen zu müssen.

Während des Gesprächs hatte sich die Reisegruppe, mit der Gretchen gezogen war, zum Aufbruch bereitgemacht. Eine alte Frau trat mit einem etwa zweijährigen Knaben auf dem Arm auf Gretchen zu und machte eine auffordernde Geste. »Komm endlich, Gretchen. Wir ziehen weiter.«

»Danke, Katharina, aber ich werde euch hier verlassen und mit Samuel Goldstaub, dem Nachbarn meiner Eltern, auf dem kürzesten Weg nach Hartenburg gehen.« Gretchen streckte die Arme nach dem Kind aus, welches die andere noch einmal herzte, ehe sie es ihr mit einem bösen Seitenblick auf den Juden reichte.

»Das ist Peters und mein größter Schatz«, sagte Gretchen stolz. Lea starrte das Kind an und musste den Wunsch unterdrücken, es an sich zu nehmen und auf ihren Armen zu wiegen. Der glückselige Gesichtsausdruck, mit dem Gretchen ihren Sohn betrachtete, erinnerte sie schmerzlich daran, worauf sie verzichten musste. Für einen Augenblick verfluchte sie das Schicksal, das sie wie eine entwurzelte Pflanze vor sich hertrieb, und wünschte sich, ebenfalls einen braven Mann und ein hübsches Kind zu besitzen. Dann aber holte sie tief Luft und straffte die Schultern. Sie hatte ihren Weg doch halb und halb freiwillig gewählt und würde ihn weitergehen müssen bis zum bitteren Ende.

»Was waren das für Leute?«, fragte sie Gretchen, als die Gruppe weitergezogen war.

»Pilger auf dem Weg nach St. Maria am Stein. Die großen Handelszüge, unter deren Schutz man als Frau auch allein reisen kann, nehmen zu viel Geld, und so habe ich mich diesen Leuten angeschlossen. Ich hatte vor, mich oben bei Briesthal von ihnen zu trennen, weil die Fuhrleute von dort aus den Weg nach Hartenburg nehmen. Aber jetzt habe ich ja dich und deinen Knecht als Begleiter.«

»Wenn wir jetzt aufbrechen und stramm gehen, können wir die Stadt noch vor dem Abend erreichen.« Lea wartete Gretchens Antwort nicht ab, sondern steckte sich das letzte Stück Käse in den Mund und ging die Zeche zahlen. Als sie sich ihre Kiepe auf den Rücken lud, hatte Gretchen schon ihr Bündel auf den Rücken und das Kind in einem Tuch vor die Brust gebunden. Die beiden Frauen gingen voran, während Jochanan ihnen im Abstand von ein paar Schritten folgte.

Wie Lea vorausgesagt hatte, erreichten sie Hartenburg, kurz bevor die Stadttore geschlossen wurden. Sie brachte die Freundin zu ihren Eltern, die ihre Tochter und ihr Enkelkind unter Freudentränen in die Arme schlossen und sich wortreich bei Samuel Goldstaub bedankten, weil er sie sicher zu ihnen geleitet hatte. Als Lea endlich nach Hause kam, war es bereits dunkel, und sie hatte nur noch den Wunsch, sich zu waschen und nach einem leichten Mahl ins Bett zu gehen. Doch dazu kam sie so schnell nicht, denn ihren Geschwistern gelang es zum ersten Mal, sie freudig zu überraschen.

Als sie das Wohnzimmer betrat, kniete Rachel auf dem Teppich und sortierte einen Haufen Münzen, während Elieser neben ihr auf einem Stuhl saß und die Summen, die sie ihm nannte, in eine Liste eintrug. Bei Leas Anblick huschte ein verlegenes Lächeln über das Gesicht ihres Bruders.

»Fein, dass du zurück bist, Schwester. Schau, wir haben versucht, dich während deiner Abwesenheit zu entlasten, damit du dich auch einmal von der Reise erholen kannst. Wie du siehst,

habe ich den größten Teil der Hartenburger Steuern schon eingezogen.«

»Ich habe Elieser dabei geholfen«, erklärte Rachel mit unge-
wohntem Eifer und ohne Leas Männerkaftan auch nur eines Blickes zu würdigen. »Schließlich muss jeder von uns etwas zum
Unterhalt der Familie beitragen, nicht wahr? Wir möchten, dass
du dir auf deinen vielen Reisen keine Sorgen mehr um uns
machen musst.«

»Ich danke euch.« Lea umarmte ihre Geschwister, ohne die
Blicke zu bemerken, die die beiden wechselten, und wischte sich
Freudentränen aus den Augenwinkeln.

12.

*A*ls Orlando dieses Mal nach Hamburg zurückkehrte, das ihm in den letzten Jahren zur Heimat geworden war, tat er es mit sehr zwiespältigen Gefühlen. Er liebte den Anblick der Schiffe im Hafen und die mit Schnitzwerk, Figuren und Bildern verzierten Häuser, die den Reichtum seiner Bewohner nach außen trugen. Doch diesmal freute er sich nicht so wie sonst, nach Hause zu kommen, denn ein Teil seines Herzens war in der Ferne geblieben. Er schlenderte ein Stück an der Elbe entlang, durchquerte dann das Hafentor und folgte dem schmalen Weg, der die Gebäude zu seiner Linken von einem Kanal trennte, der vom Hafen zu den Speichern und Wohnhäusern der Kaufleute führte.

Am Ufer des künstlichen Wasserarms lagen Dutzende von Schuten, die von eifrigen Schauerleuten entladen wurden. Dort stand auch Orlandos Vaterhaus, dessen Hauszeichen, ein großer, weit vorspringender Fischkopf, seinen neuen Bewohnern ihren deutschen Namen verliehen hatte. Vor dem Haus entluden Arbeiter einen großen Prahm und schafften die Waren in die Speicherräume im Dachgeschoss. Dazu benutzten sie einen Flaschenzug, der an einem aus dem Maul des Fisches vorkrängenden Giebelbalken befestigt war und über einer Luke endete, durch die die Ballen und Körbe in den Speicher gebracht wurden und die sich ebenfalls im Maul des Fisches befand.

Orlando sah den Männern eine Weile zu und erwiderte ihre fröhlichen Grüße. Dann trat er durch das offene Tor ins Innere des Gebäudes und stieg die Treppe zu den Wohnräumen hoch, die sich in den beiden Obergeschossen befanden. Alisio, der alte Hausdiener seiner Eltern, hatte ihn bereits kommen sehen und beeilte sich, ihm Wams und Reisesack abzunehmen. »Gott, dem Erhabenen, sei Dank, dass Ihr heil zurückgekommen seid, Don Orlando«, begrüßte er ihn in kastilischer Sprache.

Orlando legte den Kopf schief und musterte den Alten. »Das klingt ja fast so, als würdest du dich freuen, mich zu sehen, Aloysius«, antwortete er auf Deutsch.

»Freilich, Don Orlando. Die Doña wartet bereits voller Sehnsucht auf Euch.«

Orlando fühlte sich mit einem Mal so angespannt wie ein Tau im Sturm. Wenn Alisio nicht murrte, weil er ihn auf Deutsch und auch noch mit dem hier gebräuchlichen Namen Aloysius ansprach, und wenn seine Mutter ihn sogar herbeisehnte, musste etwas Unangenehmes vorgefallen sein. »Was ist mit meinem Vater? Ihm geht es doch hoffentlich gut.«

Orlando atmete auf, als Alisio ihm versicherte, dass Don Manuel sich wohl befinde. Mehr konnte Alisio nicht berichten, denn in dem Augenblick öffnete sich eine Tür, und Orlandos Mutter Léonora blickte hinaus. Als sie ihren Sohn im Flur stehen sah, lief sie ihm entgegen und schloss ihn die Arme. Sie war eine kleine, etwas mollige Person mit schwarzem, leicht angegrautem Haar und einem immer noch anziehend schönen Gesicht.

»Bin ich froh, dass du endlich wieder daheim bist, Orlando. Es ist etwas Schreckliches geschehen. Dein Onkel Ammon ist in die Fänge der Inquisition geraten.«

»Ammon?« Orlando begriff erst im zweiten Augenblick, dass sie ihren Bruder Rodrigo meinte. Im Allgemeinen verwendeten sie auch innerhalb der Familie keine jüdischen Namen und hatten hier in Hamburg sogar die spanischen Namen abgelegt, die in ihrer Familie üblich gewesen waren, seit sein Großvater Ephraim vor beinahe fünfzig Jahren nicht ganz freiwillig zum Christentum übergetreten und auf den Namen Ramón Terasa getauft worden war. Obwohl sein Vorfahr heimlich am jüdischen Glauben festgehalten hatte, war er später sogar in den Stand eines Hidalgo aufgestiegen, doch die christlichen Adeligen hatten ihn als Converso beschimpft und nie als ihresgleichen anerkannt.

Orlando schüttelte die Erinnerung an eine Zeit ab, die er nur aus Erzählungen kannte, und löste sich aus den Armen seiner Mutter. »Was ist mit Onkel Rodrigo?«

»Er wurde beschuldigt, immer noch den Gesetzen Judas zu gehorchen. Zwar konnte er aus Sevilla entkommen und zusammen mit seiner Familie im Konvent von San Juan de Bereja Zuflucht suchen, doch auch da sind sie nicht sicher. Jeden Tag kann man sie herausholen und in die Kerker der Inquisition schaffen, und was dort mit ihnen geschieht, weißt du ja selbst. Wenn du kein Wunder geschehen lässt, wird man ihn so lange foltern, bis er Freunde und Nachbarn mit in den Untergang reißt, und ihn dann bei lebendigem Leib verbrennen.«

Orlando sah seiner Mutter an, dass sie außer sich vor Angst und Sorge um ihren Bruder war, und er konnte es ihr nicht verdenken. Wer einmal in die Fänge der Inquisition geriet, hatte kaum eine Chance, ihr lebendig zu entrinnen. »Das ist wirklich eine schlimme Nachricht, Mama. Aber ich verspreche dir, es wird alles gut werden. Ich werde Onkel Rodrigo herausholen.«

»Nein, das wirst du nicht! Ich verbiete dir, noch einmal nach Spanien zu fahren.« Don Manuel Terasa de Quereda war an die Tür getreten. Mit der einen Hand stützte er sich auf eine Krücke, mit der anderen klammerte er sich an den Türrahmen, um aufrecht stehen zu können. Er war ein hagerer, mittelgroßer Mann mit einem scharf geschnittenen Gesicht und schwarzen Augen, in denen jetzt ein lichtloses Feuer zu flackern schien.

»Hast du mich verstanden, Orlando? Du gehst nicht noch einmal nach Spanien, nie mehr!« Da Orlando immer noch nicht antwortete, stieß er die Krücke auf den Boden, so dass er beinahe sein Gleichgewicht verlor.

Alisio eilte an seine Seite, um ihn zu stützen. »Herr, Ihr dürft doch nicht alleine aufstehen, und noch viel weniger Euch aufregen.«

»Beides ist manchmal notwendig«, antwortete Don Manuel mit sanfter Stimme, während sein Blick Frau und Sohn durchbohrte. »Rodrigo kannte das Risiko, das er einging, aber er wollte unbedingt in Spanien bleiben. Hätte er auf meinen Rat gehört, würde er schon seit Jahren bei uns in Frieden leben und brauchte weder die Qualen der Folter noch die Flammen eines Autodafés zu fürchten.«

So leicht war Doña Léonora jedoch nicht zum Schweigen zu bringen. Sie klammerte sich an ihren Sohn und starrte Don Manuel vorwurfsvoll an. »Orlando hat vielen uns unbekannten Glaubensbrüdern die Flucht ermöglicht und soll nun sein eigenes Blut den Henkersknechten überlassen? Ich habe meinen Vater an die grausamen Mönche verloren und will nicht, dass mein Bruder dessen Schicksal teilt.«

»Aber deinen Sohn willst du ohne Bedenken opfern, Weib!«, brach es aus Don Manuel heraus. »Begreifst du denn nicht, dass das Ganze eine Falle der Spanier ist, um Orlandos habhaft zu werden? Man hätte Rodrigo nie aus Sevilla entkommen lassen, wenn man ihn hätte sofort verhaften wollen. Nein, Orlando ist ihr Ziel. Er hat den Herren der Inquisition schon zu viele Juden und Conversos aus Spanien herausgeschafft und ihnen geholfen, den größten Teil ihres Vermögens in Sicherheit zu bringen. Wir wissen doch alle, dass es den Inquisitoren und denen, die hinter ihnen stehen, nur zum geringsten Teil auf die angeblichen Ketzer selbst ankommt, sondern auf das Gold und die Güter, die sie bei ihnen erbeuten. Ich habe sichere Kunde, dass der Herzog von Montoya und seine Freunde dreitausend Reales auf Orlandos Kopf ausgesetzt haben. Dein Bruder hat davon erfahren und ist trotzdem in Spanien geblieben. Soll unser Sohn wegen Rodrigos Dummheit sterben?«

Orlando breitete die Arme aus. »Vielleicht hat die Sache tatsächlich nichts mit mir zu tun. Ich habe von dem Herzog von Burgund erfahren, dass Königin Isabella und ihr Gemahl einen Feldzug gegen Granada planen. Kastilien und Aragon haben schon oft Juden und Conversos festgesetzt, um Geld für ihre Kriege von ihnen zu erpressen.«

»Das ist möglich.« Don Manuels Miene war nicht zu entnehmen, welche Annahme ihm wahrscheinlicher erschien.

Doña Léonora warf die Arme hoch und begann zu schluchzen. »Sie werden Ammon nicht freilassen, und wenn er ihnen sein ganzes Vermögen in den Rachen steckt. Nein, sie werden ihm die Glieder unter der Folter brechen und ihn dann bei einem ihrer schrecklichen Autodafés zur Belustigung des Pöbels verbrennen, so wie sie es mit meinem Vater gemacht haben. Orlando ist seine einzige Rettung!«

Don Manuel schlug mit der linken Hand gegen den Türbalken und verlor das mühsam bewahrte Gleichgewicht. Die Tatsache, dass Alisio ihn auffing, hob seine Laune nicht gerade. »Orlando wird gar nichts sein. Er geht nicht nach Spanien. Und damit Schluss.«

»Aber er ist doch ein so kluger Junge. Erinnere dich daran, wie er dich gerettet hat, obwohl er noch ein Kind war.«

Don Manuels Gesicht verzerrte sich, als er sich jener schrecklichen Tage entsann, in denen neidische Nachbarn ihn als heimlichen Juden angeklagt hatten. Die kirchlichen Behörden hatten ihn daraufhin verhaftet und wochenlang gefoltert, um ihn zu einem Geständnis zu zwingen. Orlando, der damals gerade zwölf geworden war, hatte seinen Beichtvater José Albañez, den Bruder des Almosengebers der Königin Isabella, dazu gebracht, ihn aus dem Kerker herauszuholen. Der Pater, der im Gegensatz zu anderen Klerikern kein Judenfeind gewesen war, hatte ihm geraten, Spanien sofort zu verlassen, da er nicht mächtig genug sei, ihn und seine Familie auf Dauer vor dem Zugriff der Inquisitoren zu bewahren. Diesem Rat hatte Don Manuel schneller folgen können, als seine Verfolger erwartet hatten, denn der junge Orlando hatte in einer Voraussicht, die niemand einem Knaben dieses Alters zugetraut hätte, bereits alles für eine heimliche Abreise vorbereitet gehabt.

Auf der Suche nach einer neuen Heimat hatten sie weit reisen müssen, denn ein entkommener Converso konnte sich in jenen Regionen des Reiches Deutscher Nation, zu deren Bischöfen und Äbten die Inquisitoren gute Verbindungen hatten, nicht sicher fühlen. So hatten sie ihr Glück im Norden gesucht und waren in Hamburg aufgenommen worden. Die Bürger dieser Stadt kümmerte es zum Glück nicht, ob ein spanischer Kaufmann seinen christlichen Glauben bereits mit der Muttermilch eingesogen hatte oder heimlich jüdischen Riten frönte.

Don Manuel schüttelte schwer atmend den Kopf. »Ich habe es nicht vergessen, Weib. Wie könnte ich auch, denn schließlich hat die Gefangenschaft mich die Gesundheit und den Gebrauch meiner Glieder gekostet. Damals bestand für Orlando jedoch keine Gefahr für Leib und Leben. Die kirchlichen Judenjäger hätten ihn höchstens in ein Kloster gesteckt und einen Geschorenen aus ihm gemacht. Doch jetzt würden sie ihn zum höheren Lobe Gottes und im Angesicht der Majestäten auf einem möglichst langsam schwelenden Scheiterhaufen verbrennen.«

Warnend hob er die Krücke und schüttelte sie gegen seinen Sohn. »Wage es nicht, dich heimlich davonzuschleichen, und höre endlich mit deinen verrückten Abenteuern auf. Ich will, dass du wie ein ehrlicher Kaufmann lebst, dir ein Weib suchst und mir Enkel verschaffst.«

Doña Léonora lachte bitter auf. »Wie soll er denn hier eine Frau finden? Außer uns lebt niemand von unserem Volk in dieser Stadt, und was die Aschkenasim aus Altona betrifft, so verachten sie uns Conversos noch mehr als die Christen.«

Don Manuel wies mit dem Kinn durch das kleine Flurfenster

auf den Giebel jenseits des Kanals. »Dann soll er mir eben einen der Flachsköpfe aus dieser Gegend ins Haus bringen.«

»Nein! Ich dulde keine Christin im Haus!«

»Gott hat Männer und Frauen geschaffen, aber keine Juden und Christen. Ein hiesiges Mädchen wird Orlando eine ebenso gute Frau sein wie eine Jüdin aus Sevilla oder Toledo.«

»Oder eine genauso schlechte.« Orlando hielt es an der Zeit, sich in Erinnerung zu bringen, denn schließlich ging es ja um ihn.

Sein Vater bedachte ihn mit einem zornigen Blick, sagte jedoch nichts, während die Mutter sichtlich aufatmete. »Nur ein jüdisches Mädchen wird dich glücklich machen können, mein Sohn.«

Leas Bild stieg in Orlandos Gedanken auf, und er stellte sich vor, wie es wäre, wenn er sie in ihrer Männerkleidung hereinbringen und seinen Eltern sagen würde, dass sie die einzige Frau sei, die er heiraten wolle. Seine Mutter würde wohl in Ohnmacht fallen, und sein Vater … Nun – dessen Reaktion mochte er sich lieber erst gar nicht vorstellen.

»Ich weiß nicht, ob ich überhaupt zur Ehe tauge«, sagte er leichthin. »Und was Onkel Rodrigo betrifft, Mutter« – er ignorierte dabei den warnenden Blick seines Vaters – »so habe ich genug Freunde in Spanien, die ihm helfen können. Ich werde ihnen umgehend schreiben.«

»Das ist aber auch alles, was du tun wirst! Ich dulde keine gefährlichen Eskapaden mehr, hast du mich verstanden?«

Die Mutter lächelte Orlando unter Tränen an und sagte nur ein Wort. »Danke.«

Orlando drückte sie an sich und deutete dann auf die Treppe. »Ich gehe nach oben und ziehe mich um. Kann mir jemand Waschwasser hochbringen? Dann möchte ich essen, denn ich komme um vor Hunger.«

Seine Mutter verwandelte sich von einem Augenblick zum anderen in eine umsichtige Hausfrau. »Frisches Wasser steht täglich für dich bereit. Geh nur! Ich sage derweil Elmira Bescheid, dass sie dir einen Imbiss machen soll.«

Sie strich ihrem Sohn wie einem kleinen Jungen über die Haare und verschwand dann in der Küche. Don Manuel öffnete den Mund, als wollte er noch etwas zu Orlando sagen, forderte stattdessen jedoch Alisio auf, ihn zu seinem Sessel zurückzubringen. Orlando wollte dem alten Diener helfen, wich aber vor dessen beleidigtem Blick zurück. Don Manuel zu versorgen war eine Aufgabe, die Alisio sich von niemandem abnehmen ließ.

Orlando stieg über zwei schmale, steile Treppen bis ins Dachgeschoss. Zum größten Teil diente es als Speicher für wertvolle und nicht allzu schwere Waren, die man nicht im Erdgeschoss lagern wollte, da man dort nicht sicher vor Dieben war. Er ging an den Arbeitern vorbei, die unter der Aufsicht eines Hausknechts gerade einen Stapel Tuchballen umschichteten, um mehr Platz zu gewinnen, und warf noch einen Blick auf den Kanal. Dann wandte er sich dem hinteren Teil des Dachbodens zu, auf dem sich die Truhen mit Leinen, Winterkleidung und anderen privaten Gütern stapelten. Sie verbargen die Tür zu einer Kammer, in der die Mägde des Vorbesitzers geschlafen hatten.

Der Raum war nicht besonders groß, und man sah ihm an, dass Orlando sich nicht häufig hier aufhielt. Das ganze Mobiliar bestand aus einem bequemen Bett, einem kleinen Tisch, einem Stuhl, dem Ständer für Krug und Waschschüssel, einem Bord an der Wand und einer Truhe für seine Kleidung. Auf dem Bord lagen fein säuberlich zusammengerollt mehrere Landkarten, flankiert von einem Tintenfass, einem Gestell mit frischen Schreibfedern und ein Stoß Papier, das so weiß in der Sonne schimmerte, als hätte seine Mutter Alisio eben erst damit beauftragt, es ihrem Sohn hinaufzubringen.

Orlando hätte statt dieser Dachkammer auch ein größeres

Zimmer im Wohntrakt wählen können. Doch da das Haus zum Fischkopf höher war als die umliegenden Gebäude, hatte er von hier oben einen wunderbaren Ausblick auf den Hafen und die Schiffe, die an den Elbkais vertäut lagen. Auch jetzt ging er zuerst zum Fenster und blickte hinaus. Im Sommer herrschte reger Betrieb auf dem Fluss. Neben dickbäuchigen Koggen gab es holländische Kuffs und englische Segler, die Waren aus aller Herren Länder brachten und auf neue Ladung warteten, die von großen, plumpen Elbkähnen in Form von Getreide, Bier und Vieh aus dem Hinterland in die Stadt geschafft wurde. Die Kähne übernahmen ihrerseits die Waren aus Übersee und wurden dann flussaufwärts getreidelt.

Der Anblick einer Nao unter den portugiesischen Farben erinnerte Orlando an seinen Onkel. Seiner Erfahrung nach schwebte Rodrigo Varjentes de Baramosta tatsächlich in Lebensgefahr, denn selbst wenn er versuchte, sich freizukaufen, würde man ihn nur laufen lassen, wenn er den letzten Maravedi hergegeben hatte, um ihn dann nach einigen Tagen oder Wochen wieder gefangen zu setzen und der Folter zu unterwerfen. Ganz gleich, was sein Onkel tat, er war verloren.

Gleichzeitig war er der gleichen Meinung wie sein Vater. Die Tatsache, dass man Rodrigo aus Sevilla hatte fliehen lassen, ließ keine andere Erklärung zu, als dass man einen gewissen Orlando Terasa endlich in die Hände bekommen wollte. Aber er würde ihnen nicht den Gefallen tun und in die Falle gehen, die man mit Sicherheit für ihn gelegt hatte. Andererseits durfte er auch nicht die Hände in den Schoß legen, denn dann würde er bis ans Ende seiner Tage den Vorwurf in den Augen seiner Mutter sehen, am Tod ihres Bruders mitschuldig geworden zu sein. Lange überlegte er, welche seiner spanischen Freunde und Gewährsleute in der Lage waren, Rodrigo und seine Gruppe aus dem Konvent zu schaffen und an die Küste zu bringen, wo ein Schiff sie aufnehmen konnte. Doch solange er auch grübelte, er kannte niemanden, der bereit war, sich für seinen Onkel in Lebensgefahr zu begeben.

Es musste jemand sein, der die Flucht planen und vorbereiten konnte, ohne dass die Inquisitoren Verdacht schöpften. Freunde, die ihm oder einem Boten von ihm für ein, zwei Tage Unterschlupf gewährten, Nachrichten weiterreichten oder mit Geld und Pferden aushalfen, besaß er genug. Aber einen Mann zu finden, der mutig, nein, verrückt genug war, der Inquisition ihr Opfer unter der Nase wegzuschnappen, war schier unmöglich. Wenn er Rodrigo helfen wollte, musste er es selbst tun, aber wenn er nach Spanien ging, konnten die Aufregung und die Angst um ihn seinen Vater das Leben kosten.

Orlando ging all die Namen und Gesichter jener durch, die er gerettet und denen er eine neue Heimat verschafft hatte. Er musste jemanden finden, der gleichzeitig draufgängerisch und besonnen war, jemand, dem es zur zweiten Natur geworden war, seine Umwelt zu täuschen.

Ein Mann wie Samuel Goldstaub. Ja, Lea würde er es zutrauen, Sand in die ewig misstrauischen Augen der spanischen Inquisitoren zu streuen.

Schnell schüttelte er diesen Gedanken ab. Natürlich durfte er Lea keiner solchen Gefahr aussetzen, selbst wenn sie, was unwahrscheinlich war, diesem halsbrecherischen Unternehmen zustimmen würde. So nahm er ein Blatt Papier und schrieb die Namen aller in Frage kommenden Männer auf und ging die Liste dann sorgfältig durch. Als er mehr als zwei Drittel von ihnen wieder ausgestrichen hatte, spürte er, wie die Verzweiflung seinen Geist wie ein schwarzes Tuch einhüllte.

Fünfter Teil

•◆•

Spanien

I.

Lea starrte Roland Fischkopf fassungslos an. Diesen Vorschlag konnte er nicht ernst gemeint haben. Aber sein flehender Blick und seine angespannte Miene verrieten ihr, dass seine Frage kein schlechter Witz gewesen war. So gab es nur eine andere Erklärung: Der Mann musste verrückt geworden sein!

Sie hatte sich schon gewundert, als ein Bote bei ihr erschienen war, um ihr mitzuteilen, dass Roland Fischkopf an der Grenze der Hartenburger Markgrafschaft in einer Kutsche auf sie wartete. Sein Auftauchen war ihr gerade recht gekommen, denn sie hatte weder eine Nachricht erhalten, wie das flandrische Weinmonopol sich entwickelte, noch wusste sie, ob Fischkopfs Gewährsleute Peter Pfeiffer als ihren Beauftragten akzeptiert hatten. Aus diesem Grund hatte sie sich wieder in Samuel verwandelt und war dem Boten gefolgt.

Jetzt saß sie in einer engen, schmalen Kutsche, die nur wenig Ähnlichkeit mit dem großen, bequemen Reisewagen hatte, den der Herzog von Burgund benutzte, sondern auf Schnelligkeit getrimmt war. Die vier angespannten Pferde waren so temperamentvoll, dass sie keinen Augenblick ruhig standen und der Kutscher und sein Knecht alle Mühe hatten, sie zu bändigen.

Lea musterte ihr Gegenüber, um Spuren beginnenden Wahnsinns zu entdecken, aber der Handelsagent wirkte nur müde und abgespannt wie nach zu vielen durchwachten Nächten.

»Könntet Ihr noch einmal wiederholen, was Ihr da eben gesagt habt, Herr Fischkopf?«

»Ich bitte dich, an meiner Stelle nach Kastilien zu reisen – und zwar als Christ verkleidet.« Orlandos Stimme klang schroff, doch sein Unmut galt nicht Lea, sondern sich selbst. Er verachtete sich, weil er keine andere Lösung gefunden hatte, als einer jungen Frau etwas zuzumuten, für das nur er allein sich in Gefahr hätte begeben dürfen.

»Beim Gott Abrahams, Isaaks und Jakobs, hat ein Dämon Eure Sinne befallen? Da kann ich mich ja gleich freiwillig auf einen Scheiterhaufen binden lassen!«

Orlando ballte die Fäuste. »Glaubst du, ich würde dich darum bitten, wenn ich die Angelegenheit selbst erledigen könnte? Ich versichere dir, dass man dich kaum beachten wird, weil gewisse Herrschaften nach mir Ausschau halten.«

»Geht es wieder um eines Eurer Schurkenstücke?«

»Wenn es ein Schurkenstück ist, unschuldige Menschen vor einem grässlichen Tod zu retten, dann ja.« Orlando ärgerte sich über Leas Kratzbürstigkeit, die sie nur ihm gegenüber an den Tag zu legen schien, und hätte sie am liebsten gleich wieder nach Hause geschickt. Doch sie war der einzige Mensch, dem er zutraute, seinen Onkel Rodrigo samt seinen Angehörigen aus der Falle herauszuholen, in der sie den Köder für ihn spielen mussten. So holte er tief Luft und erklärte ihr die Situation in aller Ruhe.

»Es sind doch Leute deines Volkes, die deiner Hilfe bedürfen«, schloss er seinen Bericht.

Lea winkte verächtlich ab. »Es sind Konvertiten, die sich vom Glauben der Erzväter abgewandt haben.«

»Sie sind nicht freiwillig Christen geworden!«

Lea rümpfte die Nase. »Pah!«

Orlando packte sie an den Oberarmen, hob sie halb von ihrem Sitz und schüttelte sie. »Jetzt höre mir gut zu, mein beschnittener Freund! Ich kenne da jemand, der eine Riesenportion Schweinefleisch vertilgt und ein Ferkel geküsst hat, um nicht von einer grölenden Rotte ins Feuer geworfen zu werden. Also rede nicht schlecht von Menschen deines Glaubens, die nichts anderes wollten, als in Frieden leben und ihren Geschäften nachgehen.«

Lea fühlte, wie sie gegen ihren Willen rot wurde. Roland Fischkopf hatte ihr damals das Leben gerettet, und wenn sie sich nun weigerte, seine Bitte zu erfüllen, würde sie sich den Rest ihres Lebens wie ein Schwein vorkommen.

»Es fängt schon mit der Frage an, unter welchem Vorwand ich nach Bereja reisen soll. Soviel ich weiß, ist man sowohl in Frankreich als auch in Aragon und Kastilien sehr argwöhnisch, was fremde Reisende betrifft.«

Orlando lächelte bitter, denn einerseits war er froh, dass Lea angebissen hatte, andererseits aber vertiefte ihre Zustimmung seinen Zwiespalt.

»Es ist kein Vorwand nötig. Herzog Maximilian von Burgund rüstet eine Gesandtschaft aus, die in die Spanischen Königreiche reisen soll, denn er will seine Tochter Margarete mit dem Infanten Juan, dem Erben der Kronen Kastiliens und Aragons, vermählen und seinen Sohn Philipp mit dessen Schwester Juana. Maximilian wünscht, dass ein christlicher Bankier diese Gesandtschaft begleitet, um den Botschafter bei den finanziellen Transaktionen zu beraten, die die zu erwartenden Vereinbarungen mit sich bringen, und ist dabei auf mich verfallen. Ich kann mich jedoch nicht mehr jenseits der Pyrenäen sehen lassen, weder offiziell noch heimlich. Dir wird man als Mitglied der Delegation keinen zweiten Blick schenken. Dazu müssen wir aber einen Christen aus dir machen. Hast du den Geleitbrief des Herzogs mitgebracht?«

Lea klopfte gegen ihren Bauch, auf dem eine unter ihrem Kaftan verborgene Ledertasche hing. »Er ist hier.«

»Sehr gut. Zuerst müssen wir uns einen christlichen Namen für dich ausdenken. Ich hatte zunächst an einen deutschen Namen gedacht, doch ein französischer Name scheint mir unverfänglicher zu sein. Was kann man aus Samuel ben Jakob, genannt

Goldstaub, machen? Den Goldstaub lassen wir weg. Ben Jakob? Hmm …«

Orlando kratzte sich nachdenklich am Kinn. »Warum nicht? Wir nennen dich de Saint Jacques, das hat auch für Spanier einen guten Klang. Der Vorname Samuel passt allerdings nicht dazu. Nehmen wir doch den deiner Schwester. Sie heißt Lea, nicht wahr? Daraus machen wir einen Léon de Saint Jacques. Bei einem so heiligen Namen werden nicht einmal die Herren der heiligen Inquisition misstrauisch werden.«

Orlando grinste Lea dabei an, als erwarte er ein Lob. Lea ging das Ganze zu schnell. Doch bevor sie Einwände machen konnte, sprach er weiter.

»Wie steht es mit deinen Spanischkenntnissen?« Er warf ihr ein paar Sätze hin und fluchte, als Lea ihren Sinn nicht sofort begriff. »Hatte ich dir nicht gesagt, du solltest jeden Tag üben?«

»Ich habe geübt, sooft ich konnte«, fuhr Lea auf. »Aber ich habe nur Jochanan, mit dem ich spanisch reden kann, und er hat beinahe alles wieder vergessen.«

»Dann wirst du auf der Reise nach Antwerpen, wo du auf den Rest der Gesandtschaft triffst, viel üben müssen. Ich werde dich bis dorthin begleiten und dir alles beibringen, was du wissen musst, auch die Namen der Menschen, die dir weiterhelfen werden. Erwarte aber nicht zu viel von ihnen. Man wird dir Obdach gewähren, Ratschläge erteilen und dir mit Geld aushelfen, falls du welches brauchst. Der Auftrag wird sich übrigens für dich lohnen. Wenn du Baramosta und die Seinen in Sicherheit bringen kannst, erhältst du von ihnen mindestens fünftausend Gulden, vielleicht sogar mehr, je nachdem, wer sich noch bei der Gruppe befindet.«

»Baramosta? Ich hatte einen Geschäftspartner namens Rodrigo Varjentes de Baramosta. Reden wir von demselben Mann?«

»Ja! Das trifft sich doch gut. Wenn du ihn herausholst, gewinnst du einen treuen Gewährsmann in einer der Hafenstädte in

Flandern oder im Norden des Reiches, je nachdem, wo er sich niederlassen wird.«

Lea nickte. Mit fünftausend Gulden würde sie sich in jeder Stadt des Heiligen Römischen Reiches, in der Juden leben durften, einkaufen können, ohne ihr Geschäftskapital angreifen zu müssen, und mit Baramosta hatte sie bisher nur die besten Erfahrungen gemacht. Also war sie geradezu gezwungen, sich auf dieses verrückte Unternehmen einzulassen. Sie legte die Hände an die Wangen und sackte ein wenig nach vorne, so als wäre ihre Kraft zum Widerstand aufgezehrt.

»Also gut, ich mache mit.«

2

Orlando ließ Lea nur eine Nacht Zeit, die wichtigsten Angelegenheiten zu ordnen. Um pünktlich an ihrem Treffpunkt zu sein, musste sie am nächsten Morgen die Stadt in dem Moment verlassen, in dem die Tore geöffnet wurden. Als sie über die Landstraße wanderte, wurde ihr klar, dass sie zum ersten Mal ohne Jochanan unterwegs war, und fühlte sich plötzlich verunsichert. Das Gefühl steigerte sich, als sie die enge Kutsche bestieg und Orlando sie auf Spanisch begrüßte. Er wartete ihre Antwort nicht ab, sondern hielt ihr, fast ohne Atem zu holen, einen Vortrag in der gleichen Sprache, und da sie nur zum Teil verstand, was er meinte, bedachte er sie erneut mit herzhaften Flüchen.

Gegen Abend war ihre Unsicherheit kochender Wut gewichen, denn ihr Begleiter behandelte sie wie einen Leibeigenen, der auf jeden Wink springen musste. Nachdem er sie den ganzen Tag mit Sprachübungen traktiert und ihr einiges an Wissen über Kastilien in dem dort gebräuchlichen Idiom eingetrichtert hatte, ließ er spät am Nachmittag den Wagen bei einer Quelle anhalten. Während der Kutscher und sein Knecht umständlich und langsam die Pferde tränkten, zog er eine Schere heraus, schnitt ihr kurzerhand die Schläfenlocken ab und kürzte auch ihre Haare im Nacken. Dann legte er ihr ein Bündel Kleider hin und befahl ihr, sich umzuziehen. Zu ihrer Erleichterung stieg er ohne Erklärung aus und gesellte sich zu den beiden Männern, mit denen er sehr vertraut zu sein schien. Lea wunderte es nicht mehr, dass er Spanisch mit ihnen sprach.

Sie brauchte eine Weile, um sich umzuziehen, denn sie musste das Band, mit dem sie ihren Busen flachdrückte, fester schnüren, damit sich keine verräterischen Formen unter dem ungewohnten Wams abzeichneten. Als sie die Kutsche verließ, um auszuprobieren, wie sie in den hochhackigen Lederschuhen gehen konnte, deutete nichts mehr an ihr auf den Juden Samuel Goldstaub hin. Sie sah nun aus wie ein Christ, dessen einfache, aber gut gearbeitete Kleidung einen gewissen Wohlstand verriet. Ein wenig schämte sie sich für diesen Aufzug, denn die dunkelgrauen Strumpfhosen lagen wie eine zweite Haut auf ihren Schenkeln, und das braune Wams reichte ihr gerade bis zu den Hüften. Dafür hatte man ihr ein Polster im Schritt eingenäht, welches ein größeres Geschlechtsteil vortäuschte.

Als Lea im Hellen an sich herabblickte, erschrak sie zunächst. Ahnte Fischkopf, dass sie kein Mann war? Sie beruhigte sich aber sofort wieder, denn er glaubte ja zu wissen, dass Samuel mehr fehlte als das, was man ihm bei der rituellen Beschneidung weggenommen hatte. Um die anderen nicht merken zu lassen, womit sie sich beschäftigt hatte, untersuchte sie den Dolch, der an ihrem Gürtel hing, und den Geldbeutel, der Münzen mit den Köpfen der spanischen Könige Isabella von Kastilien und Ferdinand von Aragon enthielt.

Orlando ging mit prüfenden Blicken um sie herum, lobte »Léon« und deutete auf die Kutsche. »Steig ein. Wir fahren weiter.«

Drinnen aber hatte er einiges an ihrer Haltung auszusetzen und der Art, wie sie sich bewegte – natürlich auf Spanisch. Es erleichterte ihr die Sache nur wenig, dass er ihr einige neue Begriffe und Redewendungen ins Deutsche übersetzte. Als sie gegen seine unbarmherzigen Forderungen aufbegehrte, erklärte er ihr, dass sie in der Lage sein müsse, sich notfalls auf eigene Faust auf der gesamten Iberischen Halbinsel durchzuschlagen. In dieser Nacht, die sie zu ihrer Erleichterung allein in einer Kammer verbrachte, träumte sie schon auf Spanisch, und als sie am nächsten Tag aufbrachen, kam es ihr so vor, als wäre ihr bisheriges Leben schon unerreichbar ferne Vergangenheit.

Da die burgundische Delegation aufgrund der Spannungen

zwischen ihrem Herrn und Karl VIII. nicht über Frankreich nach Spanien reisen konnte, sondern den Weg übers Meer nehmen musste, sollte sie in Antwerpen ein Schiff besteigen. Der Abfahrtstermin stand fest, und es war nicht zu erwarten, dass der Kapitän auf einen unbedeutenden Nachzügler warten würde. Das erklärte Orlando Lea, als sie sich darüber beschwerte, wie rücksichtslos der Kutscher die Pferde trotz der schlechten Straße antrieb, denn das leichte Gefährt hüpfte oftmals hoch wie ein Ball, und Reisende, die beiseite springen mussten, schimpften lautstark hinter ihnen her. Trotz der Geschwindigkeit, mit der sie fuhren, erschien es Lea wie ein Wunder, dass sie schon am nächsten Tag die Fähre über den Rhein und wenig später Straßburg erreichten.

Orlando ließ den Wagen bis zum Hafen fahren und in der Nähe einer ungewöhnlich hochbordigen Barke anhalten, die bis unter den Mastbaum mit Waren beladen war. Die Bauweise und die Art der Besegelung verrieten Lea ebenso wie die bunten Wimpel mit verschiedenen Kaufmannszeichen am Mast, dass es sich um ein Boot aus Holland handelte, das im Auftrag einer der großen Handelsgesellschaften unterwegs war. Orlando ließ Lea keine Zeit, sich weiter umzusehen, sondern sprang aus der Kutsche und hieß den Knecht, sein und Jacques' Gepäck auf das Schiff zu bringen. Dann schnauzte er Lea an, ihm zu folgen. An Deck der Barke stellte er ihr Marinus van Duyl vor, den Kapitän der »Marijkje«, des schnellsten Frachtschiffs auf Rhein, Maas und Schelde.

Lea hörte nur mit halbem Ohr hin, denn ein kurzer Blick hatte ihr verraten, dass sie auf diesem Kahn kaum genug Abgeschiedenheit finden würde, um sich zu waschen und ihre Notdurft zu verrichten. Während der Kutschfahrt hatte ihr Begleiter in der Hinsicht erstaunlich viel Rücksicht auf sie genommen, aber hier gab es für die Passagiere nur einen Schlafplatz unter dem offenen Vordeck, den man mit Segeltuch gegen Wind und Spritzwasser geschützt hatte. Jetzt erst wurde ihr klar, dass sie keinen Gedanken daran verschwendet hatte, wie sie sich hier – oder später auf einem von Menschen wimmelnden Seeschiff – sauber halten und ihr Geschlecht verbergen konnte.

Während ihrer Überlegungen hatte die Barke mit ihrem brüllenden und auf seine Leute fluchenden Kapitän den Hafen verlassen und legte sich nun unter dem Druck des Windes so stark auf die Seite, dass Lea gegen ihren Begleiter stolperte. Orlando hielt sie fest, schob sie ein Stück auf das ebenfalls offene Achterdeck zu und wies auf einen Kasten an der Reling, der ein Stück über die Bordwand ragte.

»Ich glaube, unser Kapitän wäre am liebsten der Eigner einer der großen Koggen, denn er hat einen Abtritt einbauen lassen, wie man ihn auf den Nordlandfahrern findet. Du brauchst also keine Angst zu haben, dass man deine Narben entdeckt und dich ihretwegen verspottet.«

»Gibt es so ein Ding nur auf Nordlandfahrern?«, fragte Lea scheinbar harmlos.

Orlando schüttelte den Kopf. »Nein, solche Örtchen gibt es auf allen größeren Schiffen, die für Passagiere eingerichtet sind.«

»Na fein, da wird man wenigstens nicht mit den Stuhlproblemen überfressener, alter Männer konfrontiert.«

Orlando kommentierte ihre Worte nicht, sondern verschwand bis zur Brust in dem Kasten und zeigte Lea damit ohne viele Erklärungen, wie sie diesen Ort benutzen konnte. In den nächsten Tagen hatte sie immer wieder Grund, ihrem ansonsten ruppigen und ungeduldigen Begleiter für seine persönliche Rücksichtnahme zu danken.

Van Duyl ließ tatsächlich jedes andere Frachtschiff, das den Rhein abwärts fuhr, hinter sich. Auch hielt er sich nicht lange bei den zahllosen Zollstationen auf, sondern legte seine Mautgebühren in einen Lederbeutel, der an der Spitze einer Stange befestigt war, und reichte sie im Vorbeifahren den Wächtern der Rheingrafen, die ihn offensichtlich gut kannten und die Summe jedes Mal akzeptierten.

Erst in Bingen unterbrach der Holländer seine Fahrt für einen Tag, um ein paar Ballen auszuladen und auf die Weinfässer zu warten, die er von hier aus mitnehmen sollte. Lea und Orlando nützten die Zeit, um sich die Beine zu vertreten und in einer Taverne ein gutes Mahl zu sich zu nehmen. Lea nahm an, dass Roland Fischkopf auf ihrer Begleitung bestand, um zu sehen, ob sie sich auch beim Essen wie ein Christ benahm. Sie schwor sich gerade, keinen Bissen Schweinefleisch anzurühren, ganz gleich, was er unternehmen würde, um sie dazu zu zwingen, als sie im Hintergrund der Taverne die hagere Gestalt eines Mönches entdeckte, der in einer schmuddeligen, schwarzen Kutte steckte.

Es war kein anderer als Medardus Holzinger, der sie und Jochanan hatte verbrennen lassen wollen. Im ersten Impuls wäre sie am liebsten aus der Taverne gestürzt und hätte sich so lange im Bauch der Rheinbarke versteckt, bis das Schiff wieder auf dem Strom schwamm, doch mit ihrer Flucht würde sie den Mann erst recht auf sich aufmerksam machen. Es war auch zu spät, um Roland Fischkopf zu warnen, denn er war schon ein Stück vorausgeeilt und wurde eben von dem dienernden Wirt empfangen. So blieb ihr nichts anderes übrig, als ihrem Begleiter zu folgen und so zu tun, als betrachte sie die holzgetäfelten Wände der Taverne und die gelblichen Butzenscheiben in den Fenstern. Ihr Blick wanderte dabei immer wieder zu dem Judenjäger, und ihr fiel auf, dass er den Handelsagenten mit offenem Mund anstarrte. Roland Fischkopf hatte ihn immer noch nicht bemerkt, denn er stand neben einem freien Tisch und blickte Lea mit leicht verärgerter Miene entgegen.

Sie straffte die Schultern und legte die letzten Schritte beherzt zurück. »Ah, da seid Ihr ja, mein Freund!«, sagte sie zu Fischkopf, als hätte sie ihn eben erst getroffen.

Orlando zog verwundert die Augenbraue hoch, nahm aber wortlos Platz. Lea ging um den Tisch herum und setzte sich so, dass sie Holzinger im Auge behalten konnte.

»Vorsicht! Da drüben hockt der Satansmönch, der mich damals verbrennen wollte.«

Orlando schob die Unterlippe vor. »Ach ja? Hab keine Sorge. Der erkennt dich bestimmt nicht wieder, und solange du nicht mit jiddischen oder hebräischen Worten um dich wirfst, hast du nichts zu befürchten.«

Ihn schien die Anwesenheit des Mönches nicht zu stören, Lea aber machte der Mann mit dem ausgezehrten Gesicht und den fanatisch funkelnden Augen Angst. Seufzend entsagte sie dem Gedanken an eine appetitliche Rheinbarbe und trug dem Wirt auf, ihr einen Stück Braten und einen Krug Wein zu bringen. Einen Augenblick wiegte sie sich in der Hoffnung, das nicht gerade kleine Stück Fleisch, das der Wirt ihr daraufhin servierte, könne von einem Rind oder einer Ziege stammen. Doch als ihr der Geruch in die Nase stieg, musste sie ihren Magen daran hindern, zu ihrer Kehle hochzusteigen, und sie hoffte verzweifelt, dass sie es fertig bringen würde, jeden Bissen mit einer Miene größten Genusses in den Mund zu stecken und ohne Würgen herunterzuschlucken. Sie sah ihren Begleiter wissend lächeln und schrieb die Qual, die nun vor ihr lag, auf seine Rechnung. Der Mann hatte ihr zwar das Leben gerettet, hielt sich dafür jedoch oft genug schadlos.

Während sie aß, spähte sie immer wieder aus den Augenwinkeln zu dem Mönch hinüber und stellte jedes Mal fest, dass Holzinger hinter seinen Händen, die er wie zum Gebet gefaltet vor sein Gesicht hielt, ihren Begleiter musterte. Hie und da bewegten sich seine Lippen, als bete er, doch das bösartige Lächeln um seinen Mund wirkte alles andere als fromm. Offensichtlich hatte er den Mann erkannt, der ihm eine bereits sicher geglaubte Beute entrissen hatte, und schien zu überlegen, wie er sich an ihm rächen konnte. Nach einer Weile wandte er sich einer Gruppe von Gästen zu, die an einem Tisch in seiner Nähe saßen, und sofort nahm sein Gesicht einen sanftmütigen Ausdruck an. Er nickte einem der Männer zu, sprach den Segen über das Essen der Gruppe und erhielt dafür einen Krug Wein als Dank, den er bedächtig und genussvoll leerte.

Orlando bemerkte zwar, dass Lea die Augen kaum von dem Mönch lassen konnte, nahm aber nur zur Kenntnis, dass sie Haltung bewahrte und ihre Rolle als junger Christ glaubhaft ausfüllte. Als sie zahlten, sah er sich zum ersten Mal selbst nach dem Mönch um, doch der lauschte gerade interessiert den Bemerkungen eines Mannes, der eine Jakobsmuschel, das Zeichen eines Santiago-Pilgers, am Hut trug.

Holzinger schien gar nicht zu bemerkten, dass der Mann, für den er sich eben noch so stark interessiert hatte, gerade die Taverne verließ. Doch als Lea und Orlando die Straße hinuntergingen, glitt er wie ein Schatten zum Fenster und starrte ihnen nach. Die gelblichen, bleigefassten Scheiben waren kaum handtellergroß und wenig geeignet, jemand zu beobachten. Trotzdem konnte der Mönch feststellen, dass der ihm verhasste Handelsagent und sein Begleiter in die Gasse einbogen, die zum Rhein hinabführte. Er machte eine Bewegung, als wollte er ihnen folgen, schüttelte dann aber den Kopf, kehrte an seinen Platz zurück und winkte den Sohn des Wirtes zu sich.

»Du willst dir doch sicher Gottes Segen und den Ablass von zwanzig Jahren Fegefeuer erwerben, nicht wahr, mein Junge? Dazu musst du nur dem Mann, der gerade die Stube verlassen hat, folgen und in Erfahrung bringen, wohin er reist. Er ist unterwegs zum Hafen. Also lauf dorthin.«

Der Junge verzog das Gesicht, denn ihm wäre eine Silbermünze lieber gewesen als ein Lohn, den er erst im anderen Leben im Empfang nehmen konnte. Er wagte es jedoch nicht, dem Mönch zu widersprechen. »Welchen meint ihr, den Gecken im blauen Wams? Oder den Jüngeren in Braun?«

»Den Gecken! Der andere ist uninteressant. Beeile dich gefälligst, sonst findest du den Kerl nicht mehr!«

Holzinger versetzte dem Jungen einen Stoß und sah ihm nach, bis sein Schatten draußen am Fenster vorbeihuschte. Dann lehnte er sich zufrieden zurück. Mit halb geschlossenen Augen, gefalteten Händen und sich bewegenden Lippen wirkte er wie im Gebet versunken. Aber seine Lippen formten die Worte aus reiner Gewohnheit, während sich seine Gedanken mit der unerwarteten Begegnung beschäftigten.

Er brauchte das Flugblatt, das spanische Ordensbrüder an ihn und andere deutsche Gewährsleute verteilt hatten, nicht anzusehen, um zu wissen, dass er den darauf beschriebenen Mann gefunden hatte. Der Geck in den auffallenden Hosen war Orlando Terasa de Quereda y Cunjol, der sich auch Orlando Cabeza de Pez oder auf Deutsch Roland Fischkopf nannte und sich verdächtig oft in jüdischen Kreisen bewegte. Es würde ihm im Diesseits Ansehen und Ehre und im Jenseits gewiss noch eine besondere Belohnung einbringen, wenn er half, diesen gefährlichen Ketzer und Judenfreund seiner gerechten Bestrafung zuzuführen.

Die Rückkehr des Wirtsjungen ließ Holzingers Anspannung ins Unerträgliche steigen. »Nun, hast du erfahren, wohin der Mann unterwegs ist?«

Der Junge nickte eifrig und hielt unauffällig die Hand auf, in der Hoffnung, der Mönch möge sich doch noch als großzügig erweisen. »Er fährt geradewegs nach Antwerpen. Ein Schifferknecht von der Barke, auf der er reist, hat mir erzählt, der Mann hätte seinem Patron fünf Gulden extra geboten, wenn er die Stadt vor der Abfahrt der burgundischen Spaniengesandtschaft erreichen würde.«

Holzinger empfand ein Gefühl wilden Triumphes, das seiner zur Schau getragenen Demut Hohn sprach, und musste sich dazu zwingen, seine sanfte Miene beizubehalten, während er das

Kreuz über dem Jungen schlug. »Das hast du gut gemacht! Geh mit Gottes Segen.«

Dann drehte er sich zu dem Vater des Kindes um. »He, Wirt, bring mir Papier, Tinte und Schreibfedern – und zwar schnell!«

Dem Wirt gefiel der herrische Ton wenig, noch dazu, da er wusste, dass er gewiss kein Geld von dem Mönch sehen würde. Aber wenn er sich weigerte, würde Holzinger ihn für gottlos erklären, seine Taverne als Dämonenhort bezeichnen und ihn so in den Ruin treiben, wie er es schon mit anderen Wirten gemacht hatte. Aus diesem Grund kniff er die Lippen zusammen und brachte ihm das Gewünschte.

Holzinger setzte einen Brief auf, in dem er Orlandos Ankunft in Antwerpen ankündigte, faltete ihn und schrieb die Adresse eines Klosters darauf. Dann versiegelte er ihn mehrfach mit dem Wachs einer Kerze, die der Wirt ihm anzünden musste, und drückte dem Mann das Schreiben in die Hand. »Sorge dafür, dass diese Nachricht auf dem schnellsten Weg nach Antwerpen gelangt.«

»Ich werde sie einem Rheinschiffer mitgeben müssen«, antwortete der Wirt ärgerlich.

»Tu das, und zwar sofort. Es eilt.«

»Der Schiffer, der als Erster dort ankommen wird, ist Marinus van Duyl. Aber der wird einige Silbergroschen für den Transport verlangen.« Wenn der Wirt gehofft hatte, Holzinger würde ihm wenigstens dieses Geld geben, sah er sich getäuscht.

»Die Groschen werden dir die Türen des Himmelreichs öffnen«, erklärte der Mönch und zeichnete auch die Stirn des Wirtes mit dem Kreuz.

Als die »Marijkje« am nächsten Morgen ablegte, ahnten Orlando und Lea nicht, dass die Nachricht von ihrer Ankunft in den Niederlanden sie in der Mappe des Kapitäns begleitete.

3

*D*as gemeinsame Delta von Rhein, Maas und Schelde mit seinem Inselgewirr, den unzähligen Sandbänken und seinen schier unberechenbaren Gezeitenströmungen war alles andere als für eine Rheinbarke geeignet. Marinus van Duyl kannte sich jedoch gut darin aus und war vor allem nicht bereit, seinen Profit zu schmälern, indem er seine Fracht auf der letzten Strecke nach Antwerpen einem anderen Kapitän übergab. Seine »Marijkje« tanzte auf den unruhigen, von Wind und den Gezeiten aufgewirbelten Wasserläufen wie ein Korken und gab Lea einen Vorgeschmack dessen, was sie auf offener See erwarten mochte. In den Stunden, in denen sie von Brechreiz und Krämpfen geplagt auf ihrer Matte lag, wünschte sie, Jochanan wäre bei ihr, denn er hätte Verständnis für ihren Zustand gehabt. Zudem setzte ihre Monatsblutung ein. Auf früheren Reisen war das kein Problem gewesen, da sie überall trockenes Moos finden und leicht wieder entsorgen konnte, während ein Lederbeutel im Korb die blutigen Stoffstreifen aufnahm, aber sie wusste noch nicht, wie sie sich in der Enge des Schiffes unauffällig sauber halten konnte.

Orlando schien gegen die Seekrankheit immun zu sein, brachte Lea jedoch fürsorglich eine Schüssel, in die sie sich übergeben konnte, und kühlte ihre schweißnasse Stirn mit einem in scharfe Essenzen getauchten Lappen, dessen Geruch ihre bohrenden Kopfschmerzen linderte.

»Kopf hoch, Léon«, sagte er am Nachmittag eines düsteren und wolkenverhangenen Tages zu Lea. »Der Schiffer sagt, dass wir unser Ziel noch heute vor Sonnenuntergang erreichen werden.«

Die Nachricht brachte Lea dazu, ihren Weltschmerz für einige

Augenblicke zu vergessen. »Dem Gott meiner Väter sei Dank!«, flüsterte sie mit grauen Lippen.

»Rufe die heilige Jungfrau, den heiligen Christophorus oder sonst einen der unzähligen Heiligen der Christenheit an, aber sage nichts, was dich in den Verdacht bringen könnte, ein heimlicher Jude zu sein. Die Spitzel der Inquisition lauern auch in den Küstenhäfen, von denen Schiffe nach Spanien abgehen«, wies Orlando sie zurecht.

»Bei der heiligen Jungfrau von Guadeloupe, ich wollte, wir hätten Antwerpen schon erreicht. Reicht dir das?« Leas Stimme klang ärgerlich und erstaunlich kräftig für ihren elenden Zustand. Trotz seiner Hilfsbereitschaft war ihre Meinung von Roland Fischkopf auf einen Tiefpunkt gesunken, und sie hasste ihn sogar dafür, dass er von ihr verlangt hatte, ihn zu duzen. Für sie war das ein Verlust an Distanz zu einem Mann, der in ihren Augen aus schnöder Geldgier handelte und sie nun zum Kumpanen seiner krummen Geschäfte machte. Während er ihr die Geografie, die Sitten und die wichtigsten Worte aus anderen Dialekten der Iberischen Halbinsel beigebracht hatte, war in ihr immer wieder die Frage aufgetaucht, wie viele Juden und Konvertiten er gegen Gold und edle Steine aus Kastilien und Aragon hinausgeschmuggelt und was er mit den Leuten gemacht hatte. Manchmal fürchtete sie sogar, sie könne es mit einem Menschenhändler zu tun haben, und sie war bereit anzunehmen, dass er auch Sklaven verkaufte.

Orlando ignorierte Leas bohrenden Blick und ihre schlechte Laune. »Ja, die heilige Jungfrau von Guadeloupe ist eine starke Nothelferin«, sagte er laut. »Du solltest ihr eine Kerze opfern, wenn wir heil ankommen.«

Er strich ihr über das schweißnasse Haar und deutete nach oben. »Ich gehe wieder an Deck und schaue, ob ich erkennen kann, wo wir jetzt sind. Wenn wir in den Hafen von Antwerpen einlaufen, hole ich dich.«

»Sag mal, bin ich für dich nur ein Gepäckstück, das du hier verstaut hast und nach Belieben wieder mitnehmen kannst?«

Orlando grinste wie ein übermütiger Junge. »Für was ich dich halte, will ich lieber nicht sagen. Aber sei versichert, ich habe eine hohe Meinung von dir.« Damit zog er den Segeltuchvorhang hinter sich zu und zurrte ihn fest, so dass niemand in das kleine Abteil hineinschauen konnte. Schnell kämpfte Lea sich auf die Beine, nahm den Trinkwasserschlauch und ein Tuch aus ihrem Gepäck und versorgte sich, so gut es ging. Dann wickelte sie ihr Brustband neu, das sich gelockert hatte, und streifte ihr von der Reise schon arg schmutziges Hemd mit spitzen Fingern über. Um wie viel leichter war es doch gewesen, sich unterwegs im Schutz eines Gebüschs an einem Bachlauf zu waschen, während Jochanan aufpasste, dass sie nicht überrascht wurde.

Währenddessen war Orlando aufs Hinterdeck gestiegen und zu van Duyl getreten, der ihn zu sich gewinkt hatte.

»Seht Ihr, Mijnheer Fischkopf? Da schält sich Antwerpen aus dem Dunst, und es gibt eine gute Nachricht für Euch. Von einem Fischer habe ich gerade erfahren, dass sich die Gesandtschaft des Herzogs noch in der Stadt befindet. Daher werdet Ihr Euch von Euren fünf Gulden trennen müssen.«

»Nichts, was ich lieber täte.« Orlando klopfte dem Kapitän gönnerhaft auf die Schulter und trat an die Reling, um bei der Einfahrt Ausschau nach ihm bekannten Schiffen zu halten. Es mochten befreundete Kapitäne darunter sein, Männer, von denen er Neuigkeiten erfahren konnte, aber auch andere, die Lea als verdächtige Person an die Spanier verraten würden, wenn sie »Léon de Saint Jacques« in seiner Gesellschaft erblickten. Die Rheinbarke kämpfte sich durch hohe Wellen, deren Kämme über das Deck liefen und Orlandos Stiefel durchnässten, bevor sie durch die Speigatten wieder abflossen. Orlando sah kurz an sich herab und seufzte, als ihm klar wurde, dass er sein Schuhwerk kräftig würde bürsten müssen, um die weißen Salzränder wieder loszuwerden. Dennoch blieb er stehen, den Blick auf die Stadt gerichtet, die sich immer deutlicher aus dem trüben Himmel schälte.

Die steife Brise aus Nordwest half der »Marijkje« zusammen mit der auflaufenden Flut, gegen die Strömung der Schelde anzukämpfen, so dass Orlando bald schon den hoch aufragenden Turm der Pauluskerk und die stark bewehrte Burg des herzoglichen Pflegers erkennen konnte, die sich schützend neben den Hafenanlagen ausbreitete.

Die »Marijkje« war das kleinste Schiff, das sich von See her Antwerpen näherte. Gegen die wuchtigen Koggen und Karacken, die diese Strecke befuhren, wirkte sie beinahe wie ein Beiboot. Als sich ein englischer Segler ihr von achtern näherte, um sie zu überholen, flogen Spott und Beleidigungen herüber. Marinus van Duyl spuckte nur ins Wasser und legte das Ruder einen Strich herum, damit das braunrote Großsegel seiner Barke mehr Wind fasste. Innerhalb kürzester Zeit wurde die »Marijkje« schneller, und der anmaßende Engländer blieb hinter ihnen zurück.

Wie versprochen, machte die »Marijkje« noch vor Einbruch der Nacht am Kai fest. Orlando bezahlte dem Schiffer die vereinbarte Summe plus der fünf Gulden und einem Trinkgeld für die Mannschaft und bedankte sich für die schnelle Fahrt. Dann stieg er unter das Vorderdeck, um Lea zu holen. Im Schein der Laterne, die ein Matrose mittschiffs aufgehängt hatte, wirkte ihr Gesicht immer noch grünlich, doch sie stand auf ihren Füßen und hielt ihren Reisesack in der Hand.

»Komm, ich trage deine Sachen«, bot Orlando ihr an, erntete aber nur ein abwehrendes Kopfschütteln.

»Dann eben nicht.« Er nahm sein eigenes Gepäck und bedeutete Lea mit einer Geste, vorauszugehen, damit er ihr helfen konnte, wenn sie auf der Leiter strauchelte. Es war jedoch nicht nötig, denn ein Matrose streckte ihr die Hand entgegen und half ihr an

Deck. Als Orlando oben ankam, hatte sie das Schiff bereits verlassen und stand mit erleichtertem Gesicht auf festem Boden.

Marinus van Duyl verhandelte bereits mit einem Gehilfen des Hafenmeisters, der sich die Ausführungen des Holländers gut gelaunt anhörte. Orlando unterbrach das Gespräch und meldete sich und Léon de Saint Jacques als Passagiere an. Da der Beamte ihn kannte, wünschte er ihm nur einen guten Aufenthalt und erfolgreiche Geschäfte.

Als sie den Hafen verließen, sah Lea ihren Begleiter neugierig an.

»Treffen wir heute noch auf die Gesandtschaft?«

»Nein, wir suchen Freunde auf, die uns Obdach gewähren werden«, antwortete Orlando, während er auf einen der beiden Wächter des Hafentors zuging, ihm die Torsteuer mit einem Trinkgeld in die Hand drückte und lachend auf eine für Lea unverständliche Bemerkung im gleichen Dialekt antwortete.

4.

Als Lea am nächsten Morgen erwachte, starrte sie verwirrt auf die Wände des Holzkastens, in dem sie lag. Zu ihrer Linken ließ ein handtellergroßes Fenster Luft und fernen Straßenlärm hinein, und auf der anderen Seite gab es zwei Türflügel, die mit einem primitiven, auch von außen zu öffnenden Riegel zusammengehalten wurden. Jetzt dämmerte es ihr, dass sie sich in einem landesüblichen Alkovenbett befand, löste die Türen, die wie von selbst aufschwangen, und streckte die Füße ins Freie. Dann aber bemerkte sie, dass sie sich ja bis auf das dünne Hemd ausgezogen hatte und zog die Bettdecke bis zum Kinn hoch. Wenn jemand sie so sah, würde er sofort erkennen, dass der angebliche Bankier in Roland Fischkopfs Begleitung in Wirklichkeit eine Frau war.

Sie richtete sich so auf, dass die Decke weiterhin ihre Gestalt verhüllte, und sah sich um. Zu ihrer Erleichterung befand sie sich allein im Raum. Doch eine Schüssel mit Wasser, Handtücher und Rasierzeug wiesen darauf hin, dass ein dienstbarer Geist im Raum gewesen war, um dem Gast die Morgentoilette zu ermöglichen.

Lea warf die Decke ab, huschte zur Tür und klemmte einen der beiden Stühle unter die Klinke, um vor unverhofft auftauchenden Besuchern sicher zu sein. Danach zog sie sich aus, wusch sich und kleidete sich mit aller Sorgfalt an. Um keinen Verdacht zu erregen, nahm sie das Rasierzeug, schäumte den Pinsel kräftig ein und spülte ihn dann nachlässig aus, damit es so aussah, als hätte sie ihn gebraucht. Nach einem kurzen Blick in den Kupferspiegel, der über dem Waschtisch hing, klebte sie ein paar Seifenflocken an das Rasiermesser und ihr rechtes Ohrläppchen und verließ dann mit einem zittrigen Seufzer das Zimmer.

Ein Diener zeigte ihr den Weg zum Frühstückszimmer, in dem sie ihren Begleiter und den Hausherrn im Gespräch vertieft vorfand. Am Tag zuvor war sie zu erschöpft gewesen, um ihren Gastgeber richtig wahrzunehmen. Jetzt sah sie einen mittelgroßen, hageren Mann an der Schwelle zum Greisenalter vor sich, der mit einem einfachen braunen Hausmantel bekleidet war, Filzpantoffeln trug und eine Wollkappe auf seinen grauen Schopf gestülpt hatte. Der Mann umklammerte Roland Fischkopfs Hände und schüttelte sie mit offensichtlicher Begeisterung. Ohne sich umzudrehen rief er nach jemanden mit dem Namen Marita. »Komm her, Töchterchen, und begrüße unseren Retter.«

Ein schlankes Mädchen von etwa siebzehn Jahren in einem schlichten Kleid schlüpfte an Lea vorbei ins Zimmer, eilte auf Roland Fischkopf zu und küsste die Hand, die ihr Vater eben losließ. »Don Orlando! Welche Freude, Euch zu sehen.«

Lea starrte ihren Begleiter verwundert an und trat neugierig näher. Wieso trug Roland hier einen spanischen Vornamen?

Orlando begrüßte das Mädchen mit jenem Lächeln, mit dem man Kinder bedenkt.

Marita hingegen verschlang ihn geradezu mit verliebten Blicken. »Don Orlando, ich habe jeden Tag gebetet, dass Ihr bald wieder zu uns kommen werdet.«

Lea fragte sich, warum das Mädchen sich bei Rolands – nein, bei Orlandos – Anblick so töricht benahm. Führten sich christliche Jungfrauen beim Anblick eines jungen, unverheirateten Mannes immer so auf, oder war tatsächlich etwas Besonderes an dem angeblichen Hamburger Handelsagenten, der hier mit einem spanischen Adelstitel angeredet wurde? Unwillkürlich musterte Lea Orlando mit den Augen einer Frau und fand, dass er ein ausgesprochen gut aussehender Mann war, mit einer Spur Draufgängertum und Verwegenheit in den Zügen, die wohl besonders anziehend auf heiratsfähige Mädchen wirkten. Der Gedanke versetzte Lea einen Stich, obwohl sie jeden Verdacht, sie könne sich für diesen Mann oder irgendeinen anderen interessieren, weit von sich gewiesen hätte. Sie war froh, für die Außenwelt als Mann zu gelten, und hatte nicht vor, etwas daran zu ändern.

Mit einem spöttischen Lächeln hörte sie zu, wie Marita Don Orlandos Mut, seine Klugheit, seine Entschlossenheit und einige andere Eigenschaften, die Lea bis jetzt noch nicht an ihm entdeckt hatte, in höchsten Tönen pries, während ihr Vater jedes ihrer Worte enthusiastisch bestätigte. Zunächst amüsierte sie sich darüber, aber dann begriff sie, dass Orlando diese beiden Menschen tatsächlich vor den Folterkellern der Inquisition bewahrt hatte, und schämte sich für ihre abwertenden Gedanken. Auch wenn Orlando es für Geld tat, so hatte er, wie sie jetzt erfuhr, schon vielen Menschen jüdischen Glaubens oder jüdischer Herkunft das Leben gerettet.

In dem Moment bemerkte Orlando, dass Lea an der Tür stand, und löste sich sanft von Marita, deren Anbetung ihm offensichtlich peinlich war. Sein Blick blieb einen Moment mit einem um Verzeihung bittenden Ausdruck auf Lea haften, so als wollte er sich für das Benehmen der Tochter seines Gastgebers entschuldigen.

»Du bist ja schon aufgestanden, Léon. Nachdem es dir gestern so schlecht ging, hatte ich nicht erwartet, dich so früh zu sehen.« Er trat neben Lea, fasste sie bei den Schultern und schob sie auf den Gastgeber zu. »Señor Lorresta, Ihr habt meinen Begleiter Léon de Saint Jacques bereits gestern Abend gesehen, doch er ist erst jetzt in der Lage, Euch für Eure Gastfreundschaft zu danken.«

»Eure Freunde sind mir stets willkommen, Don Orlando, und wenn sie sich bei uns wohl fühlen, ist das der größte Dank«, wehrte Lorresta ab.

»Don Orlando?« Lea hob interessiert die Augenbrauen. »Wie es scheint, seid Ihr ein Mann mit vielen Namen, Herr Fischkopf.«

»Herr Fischkopf?« Orlando krauste missbilligend die Nase. »Auf dem Schiff waren wir per du, mein lieber Léon. Und was meinen Namen betrifft, so wollte ich dir schon seit einigen Tagen erklären, dass man mich hier ebenso wie in Spanien unter dem Namen Orlando Terasa kennt. Den wirst du dir merken müssen, denn meine Gewährsleute wissen nichts von dem Namen, den man mir in Hamburg verpasst hat.«

Plötzlich kniff er die Augen zusammen und trat auf Lea zu. »Du hast noch Rasierschaum am Ohr, Léon.« Er streckte die Hand aus, strich über ihr Ohrläppchen und hielt ihr ein Flöckchen Seifenschaum vor die Nase.

Innerlich atmete er erleichtert auf. Wie es aussah, fiel Lea die doppelte Verwandlung in einen Mann und einen Christen leichter, als er zu hoffen gewagt hatte. Er bewunderte die junge Jüdin, die jeder Wendung des Schicksals zu begegnen wusste und auf jedes Problem eine Antwort fand. Trotzdem war er sich nicht sicher, ob sie die Gefahren meistern würde, die nun auf sie warteten. Eine für ihn wichtige Probe stand noch aus.

Während Marita auf einen Wink ihres Vaters in die Küche eilte, um das Frühstück auftragen zu lassen, fädelte Orlando ein Gespräch in kastilischer Sprache über den Seehandel zwischen dem Mittelmeer und den Hansestädten und die darin engagierten Kaufmannsgesellschaften und Bankhäuser ein. Lea ging sofort darauf ein und saugte die Informationen wie ein Schwamm auf, so dass die Unterhaltung bald nur noch von ihr und Señor Lorresta bestritten wurde. Orlando selbst zog sich bis an die holzgetäfelte Wand zurück, lehnte sich dagegen und beobachtete die beiden. Lorresta war ein Mann, dem man so schnell nichts vormachen konnte, und wenn er nur den geringsten Zweifel an »Léons« Person erkennen ließ, würde er Lea nicht nach Spanien schicken.

Einen Mann darzustellen war für sie zur zweiten Natur geworden, aber Orlando zweifelte immer noch daran, ob sie es fertig brachte, ihre Herkunft zu verbergen. Sollte Lorresta jedoch nicht entdecken, dass sein junger Gesprächspartner Jude war, würden auch die Schergen der Inquisition keinen Verdacht schöpfen. Einerseits wünschte er sich geradezu, Lorresta würde etwas auffallen, denn es bereitete ihm beinahe körperliche Schmerzen, sich auszumalen, was Lea in Spanien alles widerfahren konnte. Andererseits hoffte er natürlich, dass sie diese letzte Prüfung bestand, denn er hatte sonst niemanden, den er an ihrer Stelle schicken konnte – außer sich selbst. Verriet Lea sich, würde er das väterliche Verbot ignorieren und das Wagnis eingehen, auch wenn es wahrscheinlich seinen Tod bedeutete.

Je länger das Gespräch dauerte, umso offensichtlicher wurde es, dass ihr Gastgeber sogar bedauerte, dass Léon nicht zu jener Gruppe von Conversos und wieder zum Glauben der Vorväter zurückgekehrten Juden gehörte, deren Handelsbeziehungen sich langsam die Küsten von Flandern, Holland und dem Reich entlang spannten, denn einen solchen hätte er in das Netzwerk eingebunden, dessen Basis persönliche Freundschaften und gegenseitiges Vertrauen waren. So aber behandelte er seinen jungen Gast eben wie den christlichen Vertreter eines bekannten Bankhauses, lobte Léons Wissen über die Geschäftswelt und mehr noch seine Bereitschaft, so viel wie möglich dazulernen zu wollen.

Nach dem Frühstück, das aus Bier, Brot, Käse und Fisch bestand, ließ Lorresta seine Gäste allein, und Orlando wollte die Gelegenheit nutzen, Lea letzte Anweisungen und Ratschläge zu geben. Zunächst wanderte er unruhig im Zimmer hin und her und überlegte, was in der Kürze der Zeit am wichtigsten war.

»Dein Kastilisch ist mittlerweile so gut geworden, dass du dich in Spanien zurechtfinden wirst«, begann er, um das ihm unangenehme Schweigen zu durchbrechen.

Lea zuckte mit den Schultern. »Was man von meinem Französisch nicht behaupten kann. Hältst du es für richtig, mich unter einem französischen Namen auftreten zu lassen?«

»Ich versichere dir, es gibt viele Familien im Reich, deren Vorfahren aus Frankreich eingewandert sind und die ihr Französisch längst verlernt haben. Also wird sich niemand wundern, solange du bei der Geschichte bleibst, die wir besprochen haben. Jetzt aber möchte ich mit dir noch einmal die Leute durchgehen, die ich dir genannt habe. Hast du dir ihre Namen und ihr Aussehen gut eingeprägt? Und auch die Losungsworte, die dich als meinen Freund ausweisen?«

»Du hast mich an den Herzog von Medicaneli und an Alonso de Quintanilla, den Berater des Königspaars, verwiesen. Ich frage mich allerdings, wie ich an Vertreter des kastilischen und des aragonischen Hochadels herankommen soll. Auch kann ich mir nur schwer vorstellen, dass jener Juan Perez als Abt von La Rábida mich unterstützen wird. Als früherer Schatzmeister der Königin Isabella von Kastilien müsste er doch auf Seiten der Inquisitoren stehen, oder nicht? Für mein Gefühl kann ich ihm ebenso wenig trauen wie diesem José Albañez aus dem Kloster San Juan de Bereja. Christliche Äbte, die verfolgten Juden helfen, kann ich mir einfach nicht vorstellen.«

Orlando ignorierte ihren Einwurf. »Die wichtigsten Namen hast du dir also gemerkt. Jetzt nenne mir die Losungsworte, die du aber nur bei ihnen selbst aussprechen darfst, und die Namen und Kennworte der anderen Gewährsleute.«

Während er ihr Wissen abfragte, lief er wie ein gefangenes Tier durch den Raum und wirkte einige Male so abwesend, als wären seine Gedanken ganz woanders. Mit einem Mal aber ging ein Ruck durch seine Gestalt, und er wies auf die Tür. »Gut gemacht. Du hast dir tatsächlich alles gemerkt. Nun aber geh und hol deine Sachen. Es ist Zeit für dich aufzubrechen. Der Wind steht gut, und das Schiff der Botschafter wird mit der nächsten Flut auslaufen.«

»Kommst du nicht mit? Es muss mich doch jemand bei den Herren einführen.«

Orlando hob die Augenbrauen, die sich auf seinem ungewohnt bleichen Gesicht wie Kohlestriche abzeichneten. »Nein, denn dann würde man mich fragen, warum du an meiner Stelle mitfährst. Weise einfach die Schreiben vor, die ich dir mitgegeben habe. Sie werden dich ausreichend legitimieren.«

»Und was soll ich sagen, wenn man mich nach dir fragt?«

Orlando dachte kurz nach und lachte in komischer Verzweiflung. »Sag ihnen, ich wäre krank geworden, und deswegen hätten die Herren Eelsmeer und Deventer dich geschickt.«

»Dann wollen wir hoffen, dass alles so klappt, wie du es dir vorstellst.«

Der Spott in Leas Stimme verriet Orlando, dass Zweifel an ihr nagten. In seinen Augen schadete das ihrer Mission nicht, denn sie würde noch wachsamer und vorsichtiger sein, als sie es schon gewohnt war, und alles tun, um nicht aufzufallen. Während er sie zur Tür schob, gab er ihr noch ein paar völlig überflüssige Ratschläge mit auf den Weg und zeigte dann auf den Mann, der draußen auf dem Flur wartete.

»Wie ich sehe, hat Señor Lorrestas Hausdiener dein Gepäck schon nach unten gebracht. Er wird es für dich zur ›Zwaluw‹ tragen, denn es sähe seltsam aus, wenn du deine Sachen selbst schleppen müsstest.«

»Wünsche mir Glück!«, bat Lea ihn leise.

»Mehr als du dir vorstellen kannst. Möge Gott dir beistehen.« Orlandos Stimme klang so belegt, als müsse er Tränen zurückhalten.

Lea konnte nichts mehr sagen, denn gerade kehrte Lorresta zurück und verabschiedete sich wortreich von Herrn de Saint Jacques und wünschte ihm eine gute Reise. Lea antwortete ihm so artig, wie sie es mit halbzugeschnürter Kehle vermochte, und winkte Orlando noch einmal kurz zu.

Als sie die Straße betrat, öffnete er das Fenster, um ihr nachzusehen. Neben dem kräftigen Knecht wirkte sie so klein und schutzlos, dass Orlando sich am Fensterrahmen festhielt, um ihr nicht auf der Stelle nachzulaufen und sie zurückzuhalten.

5

*E*twa zur selben Zeit, in der sich Lea auf den Weg zu dem Schiff machte, das Herzog Maximilian für seine Gesandtschaft angemietet hatte, klopfte der Eigner der »Marijkje« an das Tor des Dominikanerklosters in der Sint Bavostraat nahe des Paardenmarkts. In der Hand hielt er den Brief, den er von einem Bingener Gastwirt erhalten hatte.

Die kleine Luke in Augenhöhe öffnete sich, und ein Pförtner blinzelte mit vom vielen Wachen und Beten rotgeränderten Augen hinaus. »Was wünschst du, mein Sohn?«

»Verzeiht, ehrwürdiger Vater, doch ich habe eine Botschaft für Euren spanischen Mitbruder Miguel Esquedra zu überbringen.« Marinus van Duyl hielt den Brief dabei so, dass der Pförtner die Anschrift lesen konnte. Für einen Augenblick sah es so aus, als wollte der Mönch durch die Luke langen und den Brief an sich nehmen, doch dann bat er den Kapitän zu warten und schlurfte davon. Kurz darauf hörte van Duyl ihn mit einem Begleiter zurückkommen. Die kleine, im Tor eingelassene Pforte schwang auf, und man winkte ihm einzutreten.

Van Duyl sah sich einem mageren Mönch mit dunklem, kurz geschorenem Bart und fanatisch glühenden Augen gegenüber, der ihn verächtlich musterte.

»Du sagst, du hättest eine Botschaft für mich?«

Man konnte dem Holländer ansehen, dass er Esquedra das Schreiben am liebsten in den Mund gestopft hätte, denn er war eine solch herablassende Behandlung nicht gewöhnt. Aber er begnügte sich damit, ihm das zusammengefaltete und mit Wachstropfen verschlossene Papier hinzuhalten.

Das Wachs zerbröckelte unter den Fingern des Spaniers, und er riss den Brief auseinander, als wollte er die Störung rasch beenden. Sein verkniffenes Gesicht nahm schon nach den ersten Zeilen einen überraschten Ausdruck an, und als er fertig war, spielte ein Lächeln um seine Lippen.

»Du bist in diesen Tagen rheinabwärts gefahren?«

»Ja!«, antwortete der Kapitän knapp und bequemte sich dann zu einer genaueren Auskunft. »Ich kam von Straßburg.«

Der Mönch starrte ihn an wie einen Braten nach der Fastenzeit. »Es fahren nicht viele Schiffe rheinabwärts bis nach Antwerpen. Sag, hattest du einen Passagier mit dem Namen Roland Fischkopf an Bord?«

Van Duyl sah, wie die Hand des Mönches unter seine Kutte glitt, und hörte Münzen klirren. Sofort wurde er freundlicher. »Sehr wohl, ehrwürdiger Vater. Der Mann versprach mir ein gutes Trinkgeld, wenn ich die Stadt vor der Abfahrt der burgundischen Gesandtschaft erreichen würde.«

Esquedras Lächeln schwankte zwischen Triumph und demütiger Dankbarkeit. »Der Himmel scheint unsere Gebete erhört zu haben. Hab Dank, mein Sohn, dass du diese Botschaft so rasch besorgt hast. Im Himmel ist dir reicher Lohn gewiss.«

Er streckte dem konsternierten Kapitän, der eine andere Belohnung erwartet hatte, die Hand zum Kuss hin. Von Duyl drückte seine Lippen darauf und wollte sich schon enttäuscht abwenden, als Esquedra ihn zurückhielt.

»Deine Botschaft ist nicht nur ihren Lohn im Himmel wert, sondern auch auf Erden«, sagte er mit salbungsvoller Stimme und zählte dem Schiffer sechs kastilische Reales in die Hand. Der Kapitän nickte zufrieden, denn damit hatte sich das Trinkgeld, das er von Orlando erhalten hatte, beinahe verdoppelt.

Bevor er sich bedanken konnte, hatte Esquedra sich zurückgezogen, und der Pförtner winkte ihn hinaus und schloss hinter ihm die Tür. Van Duyl starrte auf das Geld und kratzte sich am Kopf. Die Nachricht musste ungewöhnlich wichtig gewesen sein, denn die Diener Gottes fielen sonst eher durch ihre offenen Hände auf als durch Freigiebigkeit.

Esquedra rannte unterdessen wenig würdevoll den Kreuzgang des Klosters entlang, bog in einen dunklen Korridor ein und riss eine Tür auf. Der Raum dahinter war so mit Pergamentrollen und gebundenen Büchern vollgestopft, dass die Wände kaum noch zu erkennen waren, und den einzig freien Platz in der Mitte nahm ein Schreibpult ein, an dem ein Mönch den Text eines vergilbten und teilweise schon löchrigen Pergaments auf weißes Papier übertrug. Der Mann blickte verärgert auf, doch bevor er ein Wort des Tadels von sich geben konnte, überreichte Esquedra ihm den Brief. »Lies, Bruder Jaime. Der Fisch ist dabei, uns in die Reuse zu schwimmen.«

Bruder Jaime legte vorsichtig die Gänsefeder zur Seite, nahm Holzingers Brief entgegen und überflog ihn. Seine Augen weiteten sich vor Überraschung. »Das ist unglaublich. Nein, so verrückt kann nicht einmal Orlando Terasa sein. Glaubst du, dass dieses Schreiben echt ist?«

»Ganz bestimmt! Der Schiffer, der mir diese Nachricht überbrachte, hat mir erzählt, er habe einen Roland Fischkopf nach Antwerpen gebracht, der sich der Delegation der Burgunder anschließen wollte. Orlando Terasa scheint sich einzubilden, er wäre unter den Gesandten des Herzogs vor unserem Zugriff sicher. Doch da hat er sich getäuscht. Wir werden seine Ankunft mit einem schnellen Schiff nach Spanien melden, damit unsere Brüder ihm einen warmen Empfang bereiten können.«

Esquedra lachte hämisch, während sein Klosterbruder ein unbeschriebenes Blatt Papier vom Stapel nahm und zu schreiben begann.

»Gott hat diesen Dämon mit Blindheit geschlagen, um ihn in unsere Hände zu geben«, sagte er dabei.

6.

Als Lea die »Zwaluw« vor sich sah, atmete sie erleichtert auf. So ein großes Schiff hatte sie noch nie gesehen, auch wenn man ihr diesen Schiffstyp schon beschrieben hatte. Es handelte sich um eine dreimastige Karacke, deren Bauweise die der Koggen allmählich ablöste. In diesem Typ hatte sich die Schiffsbaukunst der nördlichen Meere mit dem Können und den Erfahrungen des Südens vereinigt und eine Schiffsform geschaffen, die in der Lage war, weite Strecken zu segeln und große Lasten zu tragen.

Die »Zwaluw« war auch für diese Fahrt mit Handelsgütern beladen worden, wenn auch nicht mit so vielen, wie Kapitän Jan Ruyters normalerweise mitgenommen hätte. Die Mitglieder der burgundischen Gesandtschaft brauchten viel Platz, und so hatte Ruyters das Zwischendeck durch dünne Wände unterteilen lassen und auf diese Weise Kabinen für seine Passagiere geschaffen. Der Bauch des Schiffes war jedoch den Handelsgütern vorbehalten. Der Kapitän hoffte auf ein zweifaches Geschäft, auch wenn er nicht sicher war, wann er die Passage für seine Gesandtschaft erhalten würde, denn der Herzog war als säumiger Zahler bekannt. Ruyters war jedoch nicht unzufrieden, denn sein Anteil an der »Zwaluw« betrug nur ein Achtel, und die Eigner der anderen Teile würden ihre Ausgaben durch herzogliche Privilegien doppelt und dreifach hereinbringen und ihn dabei nicht vergessen.

Dem jungen Burschen, der von einem schwer beladenen Knecht begleitet wurde, schenkte er zunächst keine Beachtung. Erst als dieser auf das Deck der »Zwaluw« kletterte und sich forschend umsah, bequemte er sich, seinen Platz vor dem Steuerhaus zu verlassen.

»Wenn Ihr dieser Bankenmensch Fischkopf seid, dann habt Ihr Euch aber reichlich Zeit gelassen.« Es klang bärbeißig, denn wäre die »Zwaluw« nicht durch einen Sturm im Hafen festgehalten worden, so hätte Ruyters wegen dieses Mannes warten müssen und dabei Zeit und Geld verloren.

»Léon de Saint Jacques zu Diensten«, stellte Lea sich mit einer angedeuteten Verbeugung vor. »Auf Herrn Fischkopf wartet Ihr vergebens. Ich bin an seiner Stelle hier.«

»Das müsst Ihr mit den Herren des Herzogs ausmachen. Ich verlasse den Hafen, sobald die Flut abläuft.« Ruyters schnaubte verärgert über diese neue Verwicklung und übergab seinen Passagier der Obhut seines Zahlmeisters, der eilig herangewieselt kam.

Lea ließ sich von dem Mann in die Tiefen des Schiffes führen. Da sie als Letzte der Gesandtschaft an Bord gekommen war, musste sie sich mit dem Platz zufrieden geben, den die anderen übrig gelassen hatten. Lorrestas Diener folgte ihr mit dem Gepäck und lud es schließlich an dem Ort ab, den der Zahlmeister ihm anwies. Lea gab dem Diener eine Münze als Trinkgeld und verabschiedete ihn. Der Zahlmeister sah ihm sichtlich verwirrt nach.

»Nehmt Ihr Euren Diener nicht mit? Er könnte bei den Matrosen im Vorschiff schlafen.«

»Ich bin gewohnt, selbst für mich zu sorgen.« Lea nickte dem Mann freundlich zu und sah sich in dem engen Verschlag um, in dem sie die nächsten Tage und Wochen hausen musste. Er enthielt vier Kojen, je zwei zu zwei übereinander gebaut und nach vorne so weit geschlossen, dass die Schläfer auch bei rauem Seegang nicht hinausfallen konnten. Der Gang zwischen ihnen war zu schmal, um zwei Leute zugleich aufzunehmen, und das einfache Bettzeug deutete an, dass hier keine Herren von Stand, sondern die Diener der ranghöchsten Gesandtschaftsmitglieder schliefen. Wie es aussah, stand Roland Fischkopf als Vertreter des Bankhauses Eelsmeer und Deventer in keinem hohen Ansehen.

Lea störte es nicht. Sie war gewohnt, mit schlechten Schlafplätzen vorlieb zu nehmen, und da sie auf ihren Reisen öfter in überfüllten Kammern oder mit vielen anderen unter einem halb offenen Schutzdach hatte schlafen müssen, konnte sie auch damit gut umgehen. Wie Orlando ihr versichert hatte, gab es auf einem so großen Schiff Örtlichkeiten, in denen die Passagiere ihre körperliche Notdurft verrichten konnten, ohne sich den Blicken der Matrosen aussetzen zu müssen. Dort würde sie ihr Brustband richten und die Binden wechseln, die sie im Augenblick tragen musste.

Solange man sie nicht mit Gewalt auszog, würde sie ihr Geschlecht verbergen können, und gegen körperliche Gewalt konnte sie sich inzwischen zur Wehr setzen. Als der Zahlmeister, der ihr noch wortreich erklärt hatte, welche Bereiche des Schiffes die Passagiere betreten durften und welche nicht, endlich ging, steckte sie einen ihrer beiden Dolche zwischen die dünne Matratze und die Wand, so dass sie ihn im Liegen jederzeit erreichen konnte. Den anderen ließ sie sichtbar am Gürtel hängen.

Einen Teil ihres Gepäcks konnte sie in dem noch freien Kasten verstauen, der mit drei anderen auf der Gangseite hinter den Betten angebracht war. Die Seekiste aber musste draußen bei den anderen bleiben, war als oberste aber leicht zu öffnen. Nach einem letzten Blick auf ihr neues Domizil kletterte Lea die Leiter zum Oberdeck hoch, um sich nach dem Anführer der Gesandtschaft umzusehen.

Anders als bei ihrer Ankunft wimmelte es nun hier oben von Matrosen, die vom Kapitän hin und her gescheucht wurden und an allen möglichen Seilen zerrten und zurrten. Die Gesandten des Herzogs und ihre Diener, die es bei dem stürmischen Wetter der letzten Tage vorgezogen hatten, im »Gouden Leuw« am Marktplatz zu übernachten, kamen in kleinen Gruppen an

Bord. Obwohl Ruyters drängte und über die Trödelei schimpfte, schienen sie das Wort Eile noch nie gehört zu haben. Die meisten von ihnen warfen einen misstrauischen Blick auf das Wasser und machten ein Gesicht, als würden sie die nächsten Wochen lieber in einem französischen Kerker verbringen als an Bord dieses Schiffes.

Lea erkannte einige Mitglieder der Delegation. Es waren Männer aus dem Gefolge des Herzogs, die sie zusammen mit Orlando in der Nähe von Vesoul getroffen hatte. Einige Augenblick kämpfte sie mit der Angst, man könne sie als den Juden entlarven, der Maximilians Zeche ausgelegt hatte, doch niemand schenkte ihr Beachtung. Frans van Grovius, der die Delegation anführte, stieß sie im Vorbeigehen achtlos beiseite, stach auf den Kapitän zu und herrschte ihn an, ob dieser verdammte Fischkopf endlich angekommen sei.

Lea trat auf van Grovius zu. »Léon de Saint Jacques, zu Euren Diensten, edler Herr. Ich bedaure, Euch mitteilen zu müssen, dass Herr Fischkopf leider verhindert ist und ich seine Stelle als Vertreter der Bankiers Eelsmeer und Deventer einnehme.«

Van Grovius drehte sich zu Lea um, starrte sie empört an, ohne dass Erkennen in seinen Augen aufblitzte, und schlug mit seiner behandschuhten Rechten gegen die Reling. »Es war der Wille des Herzogs, dass Roland Fischkopf uns begleiten soll. Was könnte ihn daran hindern, meinem Herrn zu gehorchen?«

»Ein gebrochenes Bein«, log Lea ungerührt. »Ich bedauere die Verspätung, aber die Nachricht erreichte mich erst vor wenigen Tagen.«

Van Grovius winkte verächtlich ab. »Meinem Herrn kann es gleichgültig sein, welcher Bankknecht an unserer Reise teilnimmt. Du wirst dich in Spanien im Hintergrund halten und uns das Reden überlassen, hast du mich verstanden? Ich habe es von Anfang an für überflüssig gehalten, deinesgleichen mitzunehmen.«

Lea fand van Grovius unerträglich arrogant. Sein Auftreten hatte keine Ähnlichkeit mehr mit dem Mann, der sich an jenem Abend bei Vesoul als angenehmer Gesprächspartner erwiesen hatte. Wie viele Menschen, die in der Gegenwart ihrer Herren den Kopf gesenkt hielten, behandelte er, wenn er sich als Ranghöchster fühlte, jene, die unter ihm standen, schroff und herablassend. In gewisser Weise war Lea seine Haltung ganz lieb, denn wenn sie in Spanien nicht gebraucht wurde, konnte sie ihre oder vielmehr Roland Fischkopfs Pläne ungehindert verfolgen.

Der Kapitän verließ seinen Platz auf dem Heckkastell und forderte die Passagiere barsch auf, das Deck für die arbeitenden Matrosen zu räumen und nach unten zu verschwinden. Van Grovius schüttelte abwehrend den Kopf. »Ich bleibe hier und sehe zu, wie das Schiff ablegt«, erklärte er in einem Ton, der eigentlich keinen Widerspruch zuließ.

Bei Ruyters geriet er damit jedoch an den Falschen. »Das ist mein Schiff, und auf meinem Deck halten sich beim Ablegen nur die Männer auf, die arbeiten müssen, und niemand, der ihnen vor den Füßen herumstolpert, verstanden?«

Van Grovius sah einen Moment so aus, als wollte er den Kapitän niederschlagen, doch dann drehte er sich um und stieg zähneknirschend die steile Leiter ins Zwischendeck hinab. Seine Begleiter folgten ihm wie eine Herde Schafe, unter die Lea sich wie selbstverständlich mischte.

Als sie ihre Kabine betrat, war von ihren Mitbewohnern niemand zu sehen. Lea nahm an, dass sie ihre Herren bedienen mussten, und sah kurz darauf mehrere in Livreen steckende Männer mit Platten voller Speisen, Weinkannen und Körben mit Brot und Obst durch den Gang eilen. Anscheinend hatten van Grovius und die anderen Edelleute beschlossen, ihr unterbrochenes Mittagsmahl auf dem Schiff fortzusetzen. Lea erinnerte sich nur mit Grausen an ihre Erfahrungen auf der Rheinbarke und wünschte den Herren im Stillen guten Appetit.

Gleichzeitig schüttelte sie sich, denn sie fürchtete, selbst wieder der Seekrankheit zum Opfer zu fallen. Wenn sie hier so schwach und elend wurde wie auf der »Marijkje«, würde es ihr kaum möglich sein, in der Enge des Zwischendecks ihre wahre Identität zu verbergen.

Oben steigerte sich das Gebrüll des Kapitäns zu einem schier ohrenbetäubenden Dröhnen. Das Schiff schaukelte stärker und legte sich auf die Seite, während das Klatschen der Wellen auf der Bordwand zeigte, dass es Fahrt aufnahm. Die Reise, die sie bis ins ferne Spanien führen sollte, hatte begonnen.

7

*I*m Gegensatz zu Marinus van Duyl, dessen ganzes Bestreben einer möglichst raschen Fahrt gegolten hatte, zählte Jan Ruyters zu den eher vorsichtigen Kapitänen. Er ließ nicht mehr Segel setzen, als es brauchte, um die »Zwaluw« in gemütlicher Fahrt die Schelde hinabzusteuern, und so machte das Schiff seinem Namen, der Schwalbe bedeutete, keine Ehre. Lea war froh um die gemächliche Reise, denn so konnte sie sich besser an die Tücken des Seegangs gewöhnen. Da die »Zwaluw« um einiges größer war als die »Marijkje«, bewegte sie sich gemächlicher und schüttelte ihre Passagiere auch nicht so durch. Trotzdem fühlten sich die meisten von Leas Mitreisenden schon kurz nach der Abfahrt hundeelend, allen voran die Herren um Frans van Grovius, die zu Anfang kräftig getafelt hatten. Die Edelleute stöhnten und jammerten zum Steinerweichen, während ihre ebenfalls grüngesichtigen Diener ihnen Schüsseln hinhalten mussten, in die sie sich erleichtern konnten.

Die »Zwaluw« beherbergte mehr als hundert Menschen, die auf engstem Raum zusammengepfercht waren, und die Seekrankheit machte das Schiff für etliche Stunden zu einer ganz eigenen Art von Hölle. Die weniger angesehenen Mitglieder der Gesandtschaft und die Bediensteten wurden von den Matrosen unbarmherzig an Deck getrieben, wo sie an der Reling stehend unter dem Gelächter der Seemannschaft die Fische fütterten. Zwei von Leas Kabinengenossen gehörten zu den Opfern, während der Dritte zwar verschont blieb, sich aber ständig um seinen leidenden Herrn kümmern musste. So hatte Lea zu ihrer Erleichterung die Kabine den Rest des Tages für sich allein.

Als es dunkelte, ließ Ruyters den Anker werfen, um sein Schiff nicht durch eine nächtliche Fahrt durch die von Untiefen durchzogene Westerschelde zu gefährden. Das sanfte Wiegen der »Zwaluw« schläferte Lea bald ein, und sie erwachte am Morgen mit dem sicheren Gefühl, auf dieser Fahrt von der Seekrankheit verschont zu bleiben.

Im Gegensatz zu den anderen Passagieren ließ sie sich das Frühstück schmecken und ging dann an Deck. Der Himmel war noch immer düster, doch der Wind hatte abgeflaut und wehte nun mehr von Norden, so dass die »Zwaluw« auf ihrem westlichen Kurs nicht mehr dagegen ankreuzen musste. Lea sah zu, wie das Bugspriet des Schiffes in der Dünung kreisende Bewegungen vollführte, und schmeckte das Salz in der Luft. Es konnte nicht mehr weit sein bis zum offenen Meer. Bevor sie es jedoch erreichten, legte Ruyters noch einmal in Vlissingen an, um einen Lotsen an Bord zu holen. Erst am nächsten Tag wagte sich die »Zwaluw« auf die offene Nordsee hinaus. Jetzt sah Lea zum ersten Mal Wasser, das ohne Grenzen bis zum Horizont reichte, und bekam nun doch Angst vor der grauen, wogenden Masse um sich herum.

Zu ihrer anfänglichen Erleichterung dachte Ruyters nicht daran, den Bug einfach in die See hinauszurichten und bis Spanien zu fahren. Er segelte in Sichtweite der Küste nach Südwesten, steuerte für die erste Übernachtung Brügge an und ließ dort frische Lebensmittel und Wasser an Bord bringen. Die zweite Nacht verbrachte die »Zwaluw« im Hafen Gravelingen. Als der Kapitän sich dann gezwungen sah, den Machtbereich des Burgunderherzogs zu verlassen, steuerte er auf England zu, um der französischen Küste nicht zu nahe zu kommen.

In diesen Tagen lernte Lea die übrigen Mitglieder der burgundischen Gesandtschaft kennen. Es waren allesamt Herren von Stand, Ritter, Barone und Grafen in Gewändern aus Samt und Seide, die vor goldenen Stickereien und aufgenähten Edelsteinen nur so strotzten. Die Barette und Hüte der Herren waren mit unzähligen Reiherfedern geschmückt, und die Finger ihrer behandschuhten Hände verschwanden fast unter protzigen Ringen. Lea kam sich vor wie ein Rebhuhn, das unter eine Schar von Pfauen geraten war. Die Herren benahmen sich auch wie diese Vögel, denn sie prunkten ständig mit ihren Namen und den Stammbäumen ihrer Familien. Frans van Grovius, ihr Anführer, war Flame, doch die meisten von ihnen sprachen Französisch oder Deutsch, denn das Herzogtum Burgund umfasste Gebiete aller drei Sprachkreise.

Da Lea nicht zu den Bediensteten zählte, aber von den Edelleuten auch nicht als gleichberechtigtes Mitglied der Gesandtschaft angesehen wurde, wusste man zunächst nichts mit Léon de Saint Jacques anzufangen. Ihre Kajütengenossen und die anderen Diener begegneten ihr mit einer gewissen Scheu und bemühten sich, ihr nicht zu nahe zu treten, und der engere Kreis um Frans von Grovius sah über sie hinweg, als wäre sie Luft. Die restlichen Begleiter der Gesandten, die als Schreiber und Archivare fungieren sollten, waren zumeist Angehörige des Kleinadels, die weniger Vorurteile pflegten und den Bankmenschen allmählich akzeptierten.

Zu ihrem Entsetzen bemerkte Lea bald, dass man sie wegen des Namens, den Roland Fischkopf ihr aufgezwungen hatte, für einen Mann von niederem Adel hielt, aber zumindest wunderte sich niemand über ihr schlechtes Französisch. Es gab genügend andere an Bord, deren Namen auf eine Sprache hinwies, die sie kaum beherrschten, denn in einem Land wie Burgund zählte nur der Stand eines Mannes.

Lea hatte sich nach kurzer Zeit so in ihre Rolle hineingesteigert, dass sie sich beleidigt fühlte, als ein paar der jungen Herren darüber spotteten, dass im Heiligen Römischen Reich Deutscher Nation jeder geadelt werden konnte, der Kaiser Friedrich III. ein paar tausend blanke Gulden auf die Hand zählte. Damit spielten sie in erster Linie auf die italienischen Geschlechter der Gonzaga und Visconti an, die erst kürzlich eine Erhöhung ihrer

Titel und Würden vom Kaiser erhalten hatten, ließen aber durchblicken, dass sie den Adel derer de Saint Jacques ebenfalls als gekauft ansahen.

Lea reagierte nicht auf diese Provokationen, denn sonst hätte sie sich fragen lassen müssen, wieso ein Bankiersbote ein Adelsprädikat trug und sich nicht einfach Léon Saint Jacques nannte. Jetzt ärgerte sie sich, weil sie sich von Orlando nicht hatte erklären lassen, warum er sie als Mann von Stand auftreten ließ, denn dann hätte sie sich etwas wohler gefühlt.

Vier junge Männer in ihrem Alter schienen keine Abneigung gegen Bankiers zu haben, denn sie nahmen sie in ihren Kreis auf und speisten mit ihr zusammen, als wären sie seit jeher Kameraden gewesen. Der Ranghöchste von ihnen war Laurens van Haalen aus Gent, der van Grovius als Sekretär diente, und um ihn herum scharten sich die beiden Freunde Thibaut de Poleur und Hérault de la Massoulet aus der Grafschaft Hainault und der Schwabe Heimbert von Kandern. Jeder der drei hatte ein spezielles Aufgabengebiet, das ihnen an Bord der »Zwaluw« jedoch nur wenig Arbeit verschaffte. So saßen sie meist an Deck, blickten aufs Meer hinaus und unterhielten sich über Gott, die Welt und Spanien. Für Lea hatte die Bekanntschaft den Vorteil, dass sie ihr Französisch verbessern konnte und mehr über die Absichten des Burgunderherzogs erfuhr.

Natürlich sollten Maximilians Pläne streng geheim gehalten werden, aber sowohl die Spitzen der Gesandtschaft wie auch ihr Gefolge hatten kaum etwas anderes zu tun, als darüber zu diskutieren, ob die ins Auge gefassten Verlobungen Wirklichkeit werden konnten. Darüber hinaus schien der Herzog sich Hoffnungen auf eine kräftige militärische Unterstützung durch Kastilien und Aragon zu machen und hatte seinem Botschafter aufgetragen, Soldaten und Ausrüstung nach Möglichkeit gleich mitzubringen. Lea zweifelte am Erfolg der Mission, zumindest, was diesen Teil betraf, denn sie hatte von Orlando erfahren, dass

Königin Isabella und ihr Gemahl vor allem den Krieg gegen Granada und die endgültige Niederwerfung der Mauren im Sinn hatten, aber sie durfte sich ihre Skepsis nicht anmerken lassen.

Da das müßige Geschwätz nicht dazu geeignet war, den unbeschäftigten jungen Herren die Langeweile zu vertreiben, stachelten sie sich gegenseitig zu immer neuen Mutproben an. Kapitän Ruyters musste sie mehr als einmal von den Masten herunterjagen lassen, auf denen sie in ihrem Übermut herumkletterten und die Matrosen behinderten. Den Vogel schoss jedoch Thibaut de Poleur ab. Für die Mitglieder der Delegation standen vier kleine, wie Schwalbennester am Heck klebende Verschläge für ihre Notdurft zur Verfügung, während die Schiffsbesatzung ungeniert an der windabgewandten Seite des Schiffes über die Reling urinierte. Für das große Geschäft kletterten die Matrosen auf ein unter dem Bugspriet gespanntes Netz und ließen dort die Hosen herunter. Nach vollbrachter Tat holten sie an einem Seil ein im Wasser hängendes zerfleddertes Tauende ein, mit dessen Hilfe sie sich den Hintern putzten, bevor sie auf das feste Deck zurückkehrten.

Nach dem Genuss etlicher Becher burgundischen Weines kam de Poleur auf den Gedanken, es den hartgesottenen Seeleuten gleichzutun. Unter dem johlenden Beifall seiner Freunde kletterte er auf das Netz hinaus, wobei er sich nicht nur des Weines wegen um einiges schwerer tat als die Matrosen, und löste, während er sich mit der linken Hand krampfhaft an einer Leine festhielt, mit der Rechten seinen Gürtel. Weiter kam er nicht, denn die Ledersohlen seiner Schuhe rutschten auf dem glitschigen Tauwerk ab, und er stürzte über den Rand des Netzes ins Wasser.

Um nicht Zeuge von de Poleurs verrücktem Vorhaben werden zu müssen, hatte Lea sich zum Schiffsheck zurückgezogen. Der erschreckte Aufschrei der anderen ließ sie an die Reling eilen, und als sie über die Bordwand blickte, sah sie de Poleur hilflos mit den Armen schlagend auf sich zutreiben. Ohne nachzudenken griff sie nach einer Taurolle, die neben ihr hing, und warf de Poleur ein Ende zu. Der junge Mann, der im eisigen Nordseewasser auf einen Schlag nüchtern geworden war, packte das Seil und war kaltblütig genug, es mehrmals um den Arm zu wickeln, damit es ihm nicht aus den Händen gerissen wurde.

Lea hatte das andere Ende um einen Belegnagel geschlungen, der in einer Halterung steckte, und versuchte, den Mann an Bord zu ziehen, doch ihre Kräfte waren zu gering. Zum Glück hatten mehrere Matrosen den Zwischenfall bemerkt und eilten ihr zu Hilfe. Kurz darauf stand de Poleur wieder auf dem trockenen Deck. In seinem durchnässten Wams und den auf den Knien hängenden Strumpfhosen wirkte er lächerlich, und das war ihm durchaus bewusst. Trotzdem bedankte er sich zuerst überschwänglich bei seinem Freund Léon, bevor er seine Hose hochzog, um seine Blöße zu bedecken.

»Das war wirklich Hilfe in höchster Not! Ich werde es dir nie vergessen und dir in ewiger Freundschaft verbunden bleiben, glaube mir! Aber eins ärgert mich gewaltig.«

»Was denn?«, fragte Lea verblüfft.

De Poleur deutete nach achtern, wo in der Ferne ein bunter Gegenstand auf den Wellen schaukelte. »Bei dem Ganzen habe ich meinen Hut verloren. Er hat mich fünf Gulden gekostet – und das war noch ein guter Preis. Jetzt wird Neptun ihn aufsetzen und sagen, dass Thibaut de Poleur einen ausgezeichneten Geschmack hat.«

Hérault de la Massoulet musste lachen. »Sei doch froh, dass er nur deinen Hut bekommt und nicht auch noch deine Schuhe, Hosen und dein Wams und dich gleich mit dazu. Nimm in Zukunft den Abtritt, wie es sich für einen Edelmann gehört.«

De Poleur nickte leicht geknickt. »Du hast Recht. Ein Bad im Salzwasser reicht mir. Es brennt abscheulich in den Augen.«

Lea tippte ihn auf die Schulter. »Du solltest unter Deck gehen und dich umziehen, sonst holst du dir in dem kalten Wind noch den Tod.«

»Ach, Léon, du hast wie immer Recht. Manchmal denke ich, durch deine Adern rinnt Salzwasser, denn du wirkst immer so kühl und beherrscht.« De Poleur konnte schon wieder lächeln, wenn es auch noch kläglich wirkte.

»Danke Gott dafür, denn sonst könntest du jetzt deinen Charme an Neptuns Töchtern erproben.« De la Massoulet gab ihm einen freundschaftlichen Klaps und schob ihn unbarmherzig auf die Leiter zu, die ins Zwischendeck führte.

Diese Begebenheit vertiefte die Freundschaft zwischen Lea und den vier jungen Männern und stärkte auch ihre Position an Bord. Thibaut de Poleur überschüttete sie förmlich mit seinem Dank, und selbst van Grovius ließ ihr durch Laurens von Haalen seine Anerkennung aussprechen. Der Einzige, den der Zwischenfall nicht zu kümmern schien, war der Kapitän. Als die englische Küste in Sicht kam, steuerte er als Erstes den Hafen von Sandwich an, in dem sie die Nacht verbrachten, und segelte dann in gemütlichen Etappen den Kanal entlang. Rhye, Portsmouth, Torquay und Plymouth waren seine nächsten Ziele. Lea und ihre Begleiter nutzten die Zeit in den Häfen, um sich die Füße zu vertreten und das Angebot der englischen Tavernen zu erproben. Während de Poleur und die anderen über die einheimische Küche spotteten, war Lea sehr damit zufrieden. In Wasser gekochtes Gemüse sowie gekochtes oder gebratenes Rind- und Lammfleisch machten es ihr leichter, wenigstens halbwegs nach den Regeln ihres Glaubens zu leben, ohne dabei aufzufallen. Die Tiere waren zwar nicht geschächtet worden, wie es für fromme Juden vorgeschrieben war, doch in ihren Augen war das das kleinere Übel.

Nachdem mit Falmouth der letzte englische Hafen hinter ihnen zurückgeblieben war, richtete Jan Ruyters den Bug seines

Schiffes nach Südwesten und ließ alle Segel setzen, so dass die »Zwaluw« mit einem Mal über das Wasser zu fliegen schien. Vom Zahlmeister erfuhr Lea, dass der Kapitän sowohl den bedrohlichen Herbststürmen im Golf von Biscaya wie auch den von Brest und Saint Malo aus operierenden französischen Kaperschiffen entgehen wollte. Gelänge es Karl VIII. von Frankreich, die Gesandten seines Feindes Maximilian in die Hände zu bekommen, besäße er nicht nur ein Faustpfand, sondern würde auch versuchen, ihnen die Kriegspläne des Burgunderherzogs zu entreißen.

Bis dahin hatte Lea die Seereise eher für einen vergnüglichen Ausflug gehalten und war überzeugt gewesen, frühestens in Spanien Gefahren begegnen zu können. Nach dieser Auskunft aber machte ihr jedes Segel Angst, das der Mann im Ausguck meldete. Auch zeigten ihr die hohen Wogen des Atlantischen Ozeans, die sich im Golf von Biscaya auftürmten und die »Zwaluw« wie eine Nussschale auf dem Wasser tanzen ließen, dass auch dieses große Schiff dem Wüten der Naturgewalten hilflos ausgeliefert war. Jetzt verstand sie, warum die Matrosen, die sie für eisenharte Kerle gehalten hatte, bei jeder Gelegenheit ihre Heiligen anriefen und um Schutz anflehten. Sie selbst konnte den Gott ihrer Väter nur in Gedanken bitten, sie unversehrt an ihr Ziel zu bringen.

8.

Um die »Zwaluw« von Frankreichs Küsten fern zu halten, musste Jan Ruyters sein Schiff etliche hundert Meilen über die offene See steuern, und daher war kein anderer an Bord so erleichtert wie er selbst, als im Süden die Berge Asturiens über der Kimm erschienen. Er umrundete Kap Ortegal im ehrfurchtsvollen Abstand und lief auf die galizische Stadt La Coruña zu, den nächstgelegenen spanischen Hafen im Norden.

Die Aufregung an Bord steigerte sich mit jeder Meile, die sich die »Zwaluw« der Küste näherte. Als das Schiff schließlich im Hafen lag, erwartete nicht nur Lea, dass sie von Bord gehen und von La Coruña aus über Land weiterreisen würden. Doch vor dem Schiff zogen Soldaten auf, und deren Kommandant verbot jedermann, das Schiff zu verlassen. Einige der Edelleute, die gehofft hatten, auf dem Weg zu den spanischen Königen den Wallfahrtsort Santiago de Compostela besuchen und dort am Grab des heiligen Jakobus beten zu können, beschwerten sich zunächst höflich, aber als man ihnen schroffe Antworten gab, vergaßen sie, was sie ihrem Stand schuldig waren, und zeterten wie Marktweiber.

Die Flüche halfen ihnen jedoch ebenso wenig wie ihre Bitten. Der Offizier erlaubte dem Kapitän nur, Frischwasser zu fassen, und schickte ihm einen Lotsen mit zwei Gehilfen an Bord, der die »Zwaluw« auf ihrer weiteren Fahrt begleiten sollte. Dieser befahl Ruyters auf der Stelle abzulegen. Lea stellte schnell fest, dass die Augen des angeblichen Lotsen sich mehr mit den Menschen an Bord als mit dem Schiff selbst beschäftigten, und seine Fragen deuteten ebenfalls darauf hin, dass er die Aufgabe hatte, die Gesandtschaft zu überwachen.

Jan Ruyters blieb nichts anderes übrig, als den Bug der »Zwaluw«

wieder auf die See hinauszurichten. Am späten Nachmittag umrundeten sie Kap Finisterre und segelten in die Nacht hinein. Obwohl die Küste zu ihrer Linken immer in Sichtweite blieb, untersagte ihnen der Lotse, in einen der Häfen einzulaufen, und nachdem sie die Mündung des Minho hinter sich gelassen hatten, befahl er einen größeren Abstand zum Land, da das Verhältnis zwischen den Spanischen Reichen und ihrem Nachbarn Portugal nicht ohne Spannungen war und die Gefahr bestand, dass König João II. die »Zwaluw« abfangen ließ.

Für Ruyters hieß dies, dass er die Häfen Portugals ebenso meiden musste wie die französischen. Sein einziger Trost war das gute Wetter und der günstig stehende Wind. Hatte die »Zwaluw« im Norden schon die ersten Ausläufer der gefürchteten Biskaya-Stürme abgeritten, so segelte sie jetzt in einem sich sanft wiegenden, blauen Meer, und schon bald blieben die Kaps von da Roca und São Vicente backbord zurück.

Die Stimmung an Bord sank mit jedem Reisetag, und sie hellte sich auch nur kurz auf, als die »Zwaluw« nach einer schier endlos erscheinenden Reise in die Mündung des Guadalquivir einlief und im Hafen von Sanlúcar de Barrameda festmachte. Hatten die Mitglieder der Delegation erwartet, dort als Gäste empfangen und auf schnellstem Weg zu Königin Isabella und ihrem Gemahl geleitet zu werden, wurden sie bitter enttäuscht. Zuerst verbot man ihnen, von Bord zu gehen, und als man es ihnen endlich gestattete, waren überall Soldaten aufgezogen.

Dann tauchte ein hoch gewachsener Edelmann mit langem, scharf geschnittenem Gesicht und durchdringenden dunklen Augen auf. Sein grünes, reichlich mit Goldstickereien verziertes Brokatwams, die roten Kniehosen aus Seide und der an einen Blumentopf erinnernde Samthut, der steif auf dem lockigen, blonden Haar saß, verblüfften die Gäste, und alle Augen folgten ihm, während er den Führer der Gesandtschaft herablassend, aber so freundlich begrüßte, als wäre Frans van Grovius ein willkommener Gast. Der Burgunder verlieh seinem Ärger über diesen seltsamen Empfang in gestelzten Worten Ausdruck, doch der Spanier, der sich ihm als Manuel Alonzo de Coronera, Herzog von Montoya, vorgestellt hatte, erklärte ihm lächelnd, dass die vereinigten Reiche von Kastilien und Aragon sich im Krieg befänden und daher gewisse Maßnahmen unumgänglich seien.

»Der tut so, als wären wir alle Spione der Franzosen oder – noch schlimmer – der Mauren«, raunte Thibaut de Poleur seinen Freunden zu.

Lea gab ihm Recht. Die Spanier behandelten sie trotz ihrer freundlichen Worte wie ungebetene Gäste, die von einer gefährlichen Seuche befallen waren, und trieben die Delegation mitsamt der Dienerschaft wie eine Herde Schafe zum Kloster San Isidro, das eine halbe Stunde außerhalb von Sanlúcar de Barrameda lag. Die Spanier hatten einen Teil der Anlage von den Mönchen geräumt und setzten die burgundische Abordnung nun dort fest. Niemand, nicht einmal Frans van Grovius, durfte das schwer bewachte Gelände verlassen. Zu Leas stiller Freude waren die Zellen so klein, dass nur eine Person darin hausen konnte, und so genoss sie zum ersten Mal, seitdem sie Antwerpen verlassen hatte, wieder ihre ungeteilte Privatsphäre. Allerdings bedauerte sie, dass die »Zwaluw« nicht in Palos de la Frontera gelandet war, denn dort hätte man sie im Kloster La Rábida unterbringen müssen, dessen Abt Juan Perez Orlando als einen der Männer bezeichnet hatte, von denen sie Hilfe erwarten konnte.

Leas Freunde de Poleur, de la Massoulet, van Haalen und von Kandern bewohnten die Zellen neben ihr, doch im Gegensatz zu ihr kamen die jungen Männer weder mit den beengten Verhältnissen noch mit der Langeweile zurecht, die sich schon bald wie eine ansteckende Krankheit ausbreitete. Daher begrüßten die vier den Befehl der Spanier, dass sich die Gesandten mit ihrem Gefolge und den Bediensteten auf dem Klosterhof auf-zustellen hätten, als willkommene Abwechslung nach dem wo-chenlangen Eingesperrtsein im Klostergebäude.

Als sie wie Rekruten in Reih und Glied standen und Frans van Grovius vor Wut bereits purpurrot angelaufen war, erschien der Herzog von Montoya. Er war auch diesmal so prächtig ge-kleidet, dass sein Aufzug das Sonnenlicht wiederspiegelte und die Augen blendete, und trug zudem ein juwelengeschmücktes Schwert an der Seite. Zwei Mönche im schwarzen Habit der Dominikaner begleiteten ihn. Ihre dunklen Augen sogen sich an den Gesichtern der Burgunder fest, als wollten sie jedem von ihnen bis in die Tiefen seiner Seele schauen.

Frans van Grovius trat vor, um gegen die entwürdigende Be-handlung zu protestieren. Der Herzog hob die Hand und deu-tete auf die Burgunder. »Es wäre mir eine Freude, wenn Ihr mir die Mitglieder Eurer Gesandtschaft persönlich vorstellen wür-det«, sagte er in einem Ton, der keinen Widerspruch zuließ.

Lea konnte van Grovius' Zähneknirschen nahezu hören, doch der Flame wagte keinen Widerstand. Während er die hohen Herren vorstellte, verbeugten sie sich der Etikette gemäß so, wie es ihrem Rang zukam. Der Spanier erwiderte die Verbeugungen in einer lässigen Art, die zeigen sollte, dass er niemandem Vor-rang vor sich selbst einräumte.

Montoyas Interesse galt jedoch weniger den hochrangigen Edel-leuten, sondern dem Schwarm von Begleitern, und die beiden Mönche wirkten, als sie an den jungen Edelleuten vorbeischrit-ten, wie Geier, die auf ein verendetes Wild lauerten. Bei Frans van Haalen stutzten sie, und einer nahm prüfend eine seiner blonden, bis auf die Schultern fallenden Locken zwischen die Finger, um festzustellen, ob die Farbe echt war.

Dann blieben sie vor de la Massoulet stehen, der etwas größer war als Lea und dunkles Haar und einen schmalen Oberlippen-bart hatte. Während die Mönche ihn eingehend musterten und sogar um ihn herumgingen, blieb der Herzog ein wenig zurück und versammelte etliche Soldaten in seiner Nähe. Lea musste ein Lachen unterdrücken, denn sie hatte längst begriffen, wen die Spanier suchten. Niemand, der Orlando einmal gesehen hatte, würde ihn mit de la Massoulet verwechseln, denn gegen den verwegenen Handelsagenten wirkte der Wallone höchstens durchschnittlich.

Die Mönche schienen zu dem Schluss zu kommen, dass de la Massoulet nicht der Gesuchte sein konnte, sie schüttelten unmerklich den Kopf und gingen zum Nächsten weiter. Heimbert von Kandern und seiner vierschrötigen Gestalt schenkten sie nur einen flüchtigen Blick, aber de Poleur weckte für einen Moment ihr Interesse. Doch auch er entsprach nicht Orlandos Beschreibung.

Die Mönche ließen einen leisen Ausruf der Enttäuschung vernehmen und wandten sich Lea zu, der vor Angst das Herz in die Hose rutschte. Für einen Moment fürchtete sie, die Leute hätten von Rolands Plan erfahren und besäßen ihr Signalement. Während die Mönche sie musterten, hörte sie ihr Blut in den Ohren rauschen und raffte ihren ganzen Mut zusammen, um die Blicke der Kuttenträger frech zu erwidern. Einer der Mönch winkte verächtlich ab und zog seinen Gefährten weiter, und Lea hörte noch, wie er sie ein Milchgesicht nannte. Dann wandten die Mönche ihre Aufmerksamkeit den Dienern und Knechten der Edelleute zu, wurden bei ihnen aber ebenso wenig fündig.

Die Prozedur dauerte länger als eine Stunde, und danach wurde die Gesandtschaft ohne Angabe von Gründen in ihre Quartiere zurückgeschickt. In den nächsten Tagen brachten Soldaten die Mitglieder der burgundischen Delegation einzeln in die Gemächer des Priors, die Montoya für die Verhöre beschlagnahmt hatte. Während man die hohen Adeligen ihrem Rang gemäß höflich behandelte, nahm man bei ihren Begleitern keinerlei Rücksicht auf irgendwelche Empfindlichkeiten. De Poleur und de la Massoulet wurden jeweils mehr als drei Stunden lang befragt und mussten beinahe über jeden Augenblick Rechenschaft ablegen, den sie auf der »Zwaluw« verbracht hatten.

Als Lea zum Verhör gerufen wurde, fühlten sich ihre Knie so weich an wie feuchte Schwämme, und ihre Ängste gaukelten ihr vor, der berüchtigte Großinquisitor Tomás de Torquemada, von dem es hieß, er entlarve Ketzer und heimliche Juden auf den ersten Blick, würde schon auf sie warten. Aber der Mann, der sie aufforderte, sich auf den bereitstehenden Stuhl zu setzen, war ein ihr unbekannter Dominikanermönch. Er starrte sie eine Weile stumm an, forderte sie dann schroff auf, sich auszuweisen, und kontrollierte jeden einzelnen ihrer Geleitbriefe und Handschreiben so gründlich, als bezweifle er ihre Echtheit. Im Stillen dankte Lea Orlando für seine Voraussicht, denn keines der Schreiben war mit der gleichen Tinte geschrieben oder mit dem gleichen Wachs gesiegelt, und die Herkunft des Papiers und der Grad der Vergilbung waren ebenfalls unterschiedlich.

Lea erklärte dem Mönch, der sie mit abwechselnd sanfter und scharfer Stimme vernahm, dass sie Léon de Saint Jacques hieße, ursprünglich französischer Herkunft sei und sich nun in den Diensten der Herren Eelsmeer und Deventer, der Bankiers Herzog Maximilians, befände. Der Mönch verglich ihre Aussagen mit dem Inhalt ihrer Schreiben und fragte sie dann, ob sich auf der »Zwaluw« noch ein weiterer Passagier befunden hätte, der unterwegs verschwunden sei. Lea wusste nicht, dass Montoya diese Frage bereits dem Lotsen gestellt hatte, der die »Zwaluw« von La Coruña hierher geleitet hatte. Da der Mann sich sicher war, dass niemand während seiner Anwesenheit das Schiff verlassen hatte, wollte man wissen, ob die bewusste Person die »Zwaluw« bereits vor dem ersten Aufenthalt in einem spanischen Hafen verlassen haben könnte.

Lea konnte ihm nicht sagen, ob sich eine weitere Person an Bord befunden hätte, wollte es aber auch nicht ausschließen, da sie weder sämtliche Mitglieder der Gesandtschaft noch die Besatzung des Schiffes persönlich kannte. Der Mönch gab sich schließlich damit zufrieden und winkte ihr, zu gehen. Sie konnte nicht wissen, dass ihre Aussage wie die einiger anderer Mitreisender dazu führte, dass Jan Ruyters und seine Besatzung einem scharfen Verhör unterworfen wurden. Da niemand wusste, wen die Spanier suchten, trugen deren Aussagen noch mehr zur Verwirrung bei. Lea, die eifrig den Gesprächen der anderen Delegationsmitglieder lauschte, entnahm ihnen, dass der Name Roland Fischkopf oder Orlando Terasa kein einziges Mal gefallen war, und lächelte in sich hinein. Hätten die Spanier mit offenen Karten gespielt und den Namen des Gesuchten genannt, wüssten sie längst, dass er die »Zwaluw« nicht betreten hatte. So aber verfingen sie sich im Netz ihrer eigenen Geheimniskrämerei und suchten nach einem Gespenst.

9

Gefolgt von einem seiner engsten Vertrauten schritt der Herzog von Montoya den langen, nur von wenigen Talglampen erhellten Korridor entlang, der zu seinen Gemächern führte, und zog dabei ein Gesicht, als hätte man ihn mit einem Schlag aller Preziosen beraubt. Dabei war er auch an diesem Tag so prächtig gekleidet, als ginge er zu einem Empfang bei Hof. Diego de Arandela hingegen wirkte in seiner dunkelgrauen Tracht wie eine Krähe neben einem Goldfasan. Doch auch sein Gesicht zeigte deutlich, dass der Misserfolg ihn wurmte.

»Wie konnte es nur passieren, dass uns dieser schleimige Fisch entschlüpft ist, Euer Gnaden? Ich kann mir nicht erklären, wie er das Schiff verlassen konnte, bevor es La Coruña erreichte. Es ist doch jedes Fischerboot im weiten Umkreis kontrolliert worden.«

»Orlando Terasa ist ein Dämon, ein Sohn des Satans, und kennt tausend Schliche. Ich fürchte, die ehrwürdigen Brüder der heiligen Inquisition haben ihn unterschätzt.« Montoya blieb stehen, ballte die Fäuste und starrte Arandela dabei so zornig an, als mache er seinen Gefolgsmann für den Fehlschlag verantwortlich. Gleich aber entspannte sein Gesicht sich wieder und der Anflug eines spöttischen Lächelns huschte über seine Lippen.

»Ganz gleich, welchen Weg Orlando Terasa nimmt, er wird uns in die Hände fallen. Ich hatte die Hoffnung gehegt, ihn unter den Burgundern ausfindig machen und ihn ohne große Mühe gefangen nehmen zu können, doch Satan muss ihn gewarnt haben. Aber er wird seiner gerechten Strafe nicht entrinnen, denn unsere Gebete und die der frommen Brüder des Heiligen Offiziums werden die Zaubermacht dieses Teufels brechen.«

Arandela stimmte seinem Herrn beflissen zu, seine Miene drückte jedoch Zweifel aus. »Orlando Terasa wird mit Sicherheit in Eure Falle tappen, Euer Gnaden. Aber ich fürchte, Baramosta und seine Leute könnten den Aufruhr nützen, den die Gefangennahme Terasas hervorrufen wird, und uns entkommen. Sollten wir sie nicht vorher wegschaffen lassen?«

Montoya musterte seinen Gefolgsmann mit einem beinahe mitleidigen Blick. »Nehmt Ihr den Speck aus der Falle, bevor die Maus hineingegangen ist?«

»Gewiss nicht, Euer Gnaden«, würgte Diego de Arandela hervor und verwünschte seine Unvorsichtigkeit, dieses Thema überhaupt angesprochen zu haben.

»Ihr solltet die Stellung berücksichtigen, die der Abt von San Juan de Bereja immer noch einnimmt. José Albañez mag zwar nicht mehr so viel Einfluss besitzen wie noch vor zwanzig Jahren, doch er steht immer noch hoch in der Gunst der Königin, und sie würde einen Übergriff auf sein Kloster missbilligen.«

Arandela schüttelte ungläubig den Kopf. »Auch dann noch, wenn wir den Abt als Helfer von Ketzern und Juden entlarven?«

»Albañez wird behaupten, er habe Baramosta und seine Begleiter durch sein Gebet von allen Anfechtungen der Ketzerei reinigen wollen, und Königin Isabella reicht ihm die Hand zum Kuss.« Montoya winkte verärgert ab, öffnete die Tür zu seinen Gemächern und trat ein. Arandela zögerte, ihm zu folgen, doch eine ungeduldige Geste seines Herrn zeigte ihm, dass er noch nicht entlassen war.

Ein Diener erschien, um nach den Wünschen des Herzogs zu fragen. Montoya wies ihn an, Wein zu servieren, und führte Arandela in eine kleine Kammer, in der ein von Papieren überquellender Tisch und mehrere bequeme Stühle standen. Ein mit Büchern gefülltes und von einem jetzt offen stehenden Vorhang verdecktes Regal nahm die gesamte Längswand ein, und an der Stirnseite des Raumes gab es ein schmales, von Kniehöhe bis zur

Decke reichendes Fenster aus bemaltem Glas. Es zeigte den Apostel Jakobus als gewappneten Ritter, der den Emir von Sevilla in den Staub warf.

»Ich werde Sanlúcar morgen verlassen und an den Hof zurückkehren«, erklärte Montoya ansatzlos. »Der Feldzug gegen Granada steht unmittelbar bevor, und es ist meine heilige Pflicht, die Maden, die sich am Fleisch des christlichen Spaniens mästen, in ihre Schranken zu weisen.«

»Dafür werdet Ihr andere Waffen benötigen als Worte, Euer Gnaden, denn die Königin vertraut diesen Leuten.«

»Sie sind Nachkommen von Mauren und Juden, die sich nach außen eine christliche Haut übergestreift haben, und eine Beleidigung für die Edlen Kastiliens und Aragons, denn ihre Falschheit schreit zum Himmel! Trotz ihres scheinheiligen Gehabes sind sie Ketzer und Heiden geblieben, die heimlich ihren dämonischen Riten frönen.« Der Herzog schlug mit der geballten Faust auf den Tisch und erschreckte den Diener, der Don Diego eben den Wein einschenken wollte, so dass ein Teil der roten Flüssigkeit über Arandelas Ärmel floss.

»Kannst du nicht aufpassen, du Tölpel?«, schrie Montoyas Vertrauter den Lakaien an und trat ihm gegen das Schienbein, so dass der Mann vor Schmerz aufstöhnte.

Der Herzog schenkte dem Zwischenfall keine Beachtung, sondern starrte düster auf den von der Abendsonne erleuchteten Sankt Jakobus und wünschte sich, mit den Feinden Spaniens und der heiligen Kirche, wie er seine persönlichen Gegner bezeichnete, ebenso umspringen zu können wie der heilige Ritter mit den Mauren.

»Orlando Terasa ist der Schlüssel zu der Ketzerei, die uns umgibt. Er kennt all die Heuchler und Götzenanbeter, die unser Land den höllischen Heerscharen ausliefern, und wird uns unter der Folter ihre Namen nennen. Dann, Don Diego, kommt unsere große Stunde.«

Arandela hegte gewisse Zweifel an den Visionen seines Herrn und wechselte daher schnell das Thema. »Was soll mit den Burgundern geschehen, Euer Gnaden? Wollt Ihr sie in ihre Heimat zurückschicken?«

Montoya überlegte kurz. »Nein, nein, sie werden erst einmal hier bleiben. Ich entscheide später, was mit ihnen geschehen soll. Ihr werdet Euch in der Zwischenzeit ihrer annehmen.«

Arandelas Miene war anzusehen, wie wenig es ihm behagte, sich von seinem Herrn trennen zu müssen. So wie es verschiedene Gruppen gab, die am königlichen Hof miteinander um die Gunst des Königspaars wetteiferten, stritten auch die Gefolgsleute der Großen um Macht und Einfluss, und er befürchtete nicht ganz zu Unrecht, dass seine Konkurrenten um die Gunst des Herzogs versuchen würden, ihn in seiner Abwesenheit auszustechen. Doch der einzige Weg, sich das Wohlwollen seines Herrn zu erhalten, war, Montoyas Befehle strikt auszuführen und nicht zu versagen. Daher beugte er schicksalsergeben das Haupt und bat den Herzog um letzte Instruktionen.

10

*A*m nächsten Tag verließ Manuel Alonzo de Coronera, Herzog von Montoya, das Kloster San Isidro bei Sanlúcar, um an den Hof zu reisen. Für Lea und ihre Begleiter änderte sich dadurch nichts, außer dass es keine quälenden Verhöre mehr gab und die Aufregung wieder einer lähmenden Langeweile Platz machte. Frans van Grovius und die anderen hohen Herren, die erwartet hatten, in Spanien wie hochgeehrte Gäste empfangen zu werden, fühlten sich in San Isidro eingekerkert wie unerwünschte Eindringlinge oder gar Spione.

Stellte diese Behandlung schon eine kaum mehr zu entschuldigende Beleidigung dar, so drehte Diego de Arandela noch den Dolch in der Wunde herum, indem er über das zweite Ansinnen des Burgunderherzogs spottete und den Gesandten gegenüber keinen Zweifel daran aufkommen ließ, dass Herzog Maximilian keinen einzigen Spießträger erhalten würde. Die Kräfte von Kastilien und Aragon seien im Kampf gegen die Mauren gebunden, erklärte er van Grovius hochfahrend und wischte dessen Gegenargumente wie die Worte eines aufmüpfigen Dieners beiseite.

Lea erfuhr von van Haalen, der als van Grovius' Sekretär an den Verhandlungen teilnahm, was hinter den verschlossenen Türen vor sich ging, und machte sich ihre eigenen Gedanken. Während ihre Freunde außer sich vor Zorn waren, weil die Spanier ihnen gegenüber einen so überheblichen Stolz an den Tag legten, verstand sie die Haltung der kastilischen und aragonischen Edelleute. In einer Zeit, in der die Heere unter dem Halbmond das mehr als tausendjährige Byzantinische Reich niedergeworfen und den Balkan überrannt hatten und nun Ungarn und das Römische Reich der Deutschen bedrohten, waren die Spanier die

Einzigen, die den Kriegern des Islam erfolgreich die Stirn boten und sich anschickten, das letzte Maurische Reich auf spanischem Boden zu vernichten. Die Soldaten, die die Gesandtschaft bewachten, sprachen über kaum etwas anderes als ihre Hoffnung, noch am Krieg teilnehmen zu können und zu erleben, wie die Mauern Granadas brachen und die Schätze der märchenhaften Stadt ihren Eroberern in die Hände fielen.

»Was glaubst du, Léon, werden die Spanier mit uns machen?«, fragte de Poleur eines Abends, als die Sonne das Meer im Westen wie ein riesiger, blutroter Ball berührte und den ganzen Horizont in Flammen zu setzen schien.

»Ich weiß es nicht«, antwortete Lea mit hochgezogenen Schultern.

»Sie werden uns wieder auf die ›Zwaluw‹ stecken und nach Hause schicken«, sagte Heimbert von Kandern so bestimmt, als hätte er den Befehl schon vernommen.

»Das will ich nicht hoffen!« Leas Stimme klang so panikerfüllt, dass ihre Freunde sich spöttisch ansahen. Ein Fehlschlag musste wohl einen herben Verlust für das Bankhaus darstellen, welches ihr kühler Freund vertrat.

Tatsächlich aber galt Leas Sorge ihrem wahren Auftrag. Wenn die Delegation zurückgeschickt wurde, konnte sie nichts für die Conversos tun, die verzweifelt auf Hilfe warteten. Vor ihrem inneren Auge zogen die Leute wie eine geisterhafte Prozession an ihr vorbei, ausgezehrte Männer, Frauen und Kinder, die auf Scheiterhaufen gebunden wurden und sich im Angesicht einer grölenden Menschenmenge in den Flammen wanden. So weit durfte es nicht kommen, schwor sie sich, und wenn sie aus dem Kloster fliehen und sich auf eigene Faust durch das ganze Land schlagen musste. Ihr wurde bewusst, dass sie das wohl bald würde tun müssen, denn sie war auf die Schiffer angewiesen, die gegen gemünztes Gold das Risiko auf sich nahmen, Flüchtlinge aus dem Land zu schmuggeln.

Orlando hatte ihr zwei Kapitäne genannt, denen sie vertrauen konnte. Den Ersten von ihnen, den Genueser Filippo Ristelli, würde sie wohl verpassen, denn er sollte Orlandos Informationen zufolge im November oder Dezember den Hafen von Alicante anlaufen. Die Zeit reichte einfach nicht mehr, Baramosta und seine Verwandten zu finden und Verbindung zu dem Schiffer aufzunehmen. Also musste sie auf Angelo Scifo aus Palermo warten, dessen Ankunftszeit noch ungewisser war als die von Ristelli. Er konnte ebenso gut im Februar auftauchen wie im April.

Während Leas Gedanken um ihre Aufgabe und die Probleme kreisten, die sich vor ihr auftürmten, diskutierten ihre Freunde ebenfalls, was sie tun konnten, um dieser unwürdigen Situation ein Ende zu bereiten. Der leicht entflammbare de Poleur schlug vor, den nächsten spanischen Edelmann, der ihnen nicht passte, zum Zweikampf zu fordern. Van Haalen, der etwas schwerfällig wirkte, gab zu bedenken, dass es nicht ihre Aufgabe sei, die Ritter Spaniens zu dezimieren, die sich zum Sturm auf Granada bereitmachten. Ein paarmal sprachen die vier auch Lea an, doch diese saß mit angespanntem Gesicht auf einer Mauerkante und starrte blicklos in die Ferne.

»Léon träumt mal wieder«, spottete Heimbert von Kandern gutmütig. Kaum hatte er es ausgesprochen, schweiften auch seine Gedanken ab. Er musste an den heimatlichen Schwarzwald denken, in dem jetzt, Anfang November, bereits der erste Schnee fiel.

Auch Lea dachte an zu Hause und fragte sich, wie ihre Familie während ihrer langen Abwesenheit zurechtkam. Sie konnte nur hoffen, dass Elieser und Rachel ihre Aufgaben erfüllten und sich wenigstens um das Notwendigste kümmerten, denn wenn die beiden den Markgrafen verärgerten, würde sie bei ihrer Rückkehr nur noch einen Trümmerhaufen vorfinden.

II.

Der Winter war in diesem Jahr früher als sonst eingetroffen. Zu St. Martin hatte noch die Sonne geschienen, wenn es auch bereits kalt gewesen war, doch in den Tagen danach schneite es ununterbrochen, und die bewaldeten Hänge des Schwarzwalds färbten sich weiß. In Hartenburg lag der Schnee kniehoch, und die Leute mühten sich ab, um die Gassen der Stadt begehbar zu halten.

Elieser ben Jakob berührte der Wechsel der Jahreszeiten nur wenig. Er saß in seiner warmen Stube und las den Brief, den Ruben ben Makkabi ihm geschrieben hatte. Eigentlich war der Brief an Samuel gerichtet, doch da seine Schwester schon seit etlichen Wochen in der Ferne weilte, hatte er das Siegel erbrochen. Von den geschäftlichen Dingen, die in dem Schreiben angesprochen wurden, verstand er nicht viel, aber der persönliche Teil, dem der Absender mehrere Seiten gewidmet hatte, interessierte ihn umso mehr. Ruben drängte auf die seit langem ins Auge gefasste Doppelhochzeit zwischen seinem Sohn Jiftach und Lea sowie seiner Tochter Hannah und Samuel, und er zeigte sich enttäuscht, weil Samuel immer noch Ausflüchte hatte.

Elieser kicherte, als er sich vorstellte, wie Lea sowohl mit Jiftach als auch mit dessen Schwester unter den Hochzeitsbaldachin trat. Ruben ben Makkabi würde aus allen Wolken fallen, wenn er die Wahrheit erfuhr. Um seinen Spaß mit einem vertrauten Menschen zu teilen, rief Elieser Rachel zu sich und reichte ihr das Schreiben. Sie überflog es und warf es mit einer Geste des Abscheus zu Boden.

»Lea muss meschugge gewesen sein, einen ehrenwerten Mann wie Rabbi Ruben auf so erbärmliche Weise zu hintergehen. Hannah und Jiftach vergeuden ihre besten Jahre, während Lea durch die Welt zieht, Reichtümer scheffelt und uns wie Gefangene hält.«

In ihrer Wut auf die Schwester unterschlug sie, dass sie ein besseres Leben führte als die meisten christlichen Mädchen in Hartenburg und Elieser die Stadt in Jochanans Begleitung jederzeit verlassen konnte, um nach Sulzburg, Freiburg oder Straßburg zu reisen, wo es bedeutende jüdische Gemeinden gab.

Elieser hob das Schreiben wieder auf und las es noch einmal. Anders als Lea, die genau wusste, dass es kein bindendes Eheversprechen gab, nahm er Ruben ben Makkabis Worte für bare Münze. Da es jedoch keinen Samuel mehr gab, den Hannah hätte heiraten können, war es geradezu seine Pflicht, dieses Verlöbnis einzugehen. Auch wenn Merab von Zeit zu Zeit bereit war, seine männlichen Bedürfnisse zu befriedigen, so war sie doch nur ein Dienstbote. Er war der eigentliche Erbe seines Vaters, auch wenn Lea derzeit die Geschäfte für ihn führte, und deswegen verpflichtet, einen Sohn zu zeugen, der seinen Namen weiterführte, und den konnte ihm keine Magd gebären. Zudem zeigte Merab auch nach etlichen Monaten regelmäßigen Verkehrs keine Neigung, schwanger zu werden.

»Ruben ben Makkabi darf es niemals erfahren.« Rachel deutete auf das Blatt in Eliesers Händen, und ihre Stimme klang schrill vor Aufregung.

»Was denn?«, fragte Elieser verblüfft.

»Die Sache mit Lea und Samuel.«

Elieser sah seine Schwester an, als hätte er ein unverständiges Kind vor sich. »Wie stellst du dir das vor? Samuel existiert nun einmal, auch wenn Lea ihn nur spielt. Ruben ben Makkabi hat ihn ja schon öfter als Gast in seinem Haus empfangen.«

»Dann wird Samuel eben sterben! Wenn Lea nach Hause kommt, muss sie ihre Männersachen verbrennen und darf nicht mehr als Mann herumlaufen. Unseren Bekannten sagen wir, unser Bruder sei auf seiner letzten Reise gestorben.«

Elieser schüttelte lachend den Kopf. »Und das, nachdem genügend Leute gesehen haben, dass Samuel wohlbehalten nach Hartenburg zurückgekehrt ist? Liebe Rachel, das nimmt uns keiner ab.«

»Sollen wir denn ewig wie Fliegen in einem Spinnennetz in Leas Schlichen gefangen sein?«

Elieser lehnte sich zurück und blickte seufzend zu ihr auf. »Natürlich nicht. Sie wird, wie vereinbart, Jiftach ben Ruben heiraten und ich an Samuels Stelle dessen Schwester Hannah. Samuel selbst wird es danach nicht mehr geben. Doch dazu benötigen wir Ruben ben Makkabis Hilfe. Er ist ein kluger, erfahrener Mann und wird wissen, was zu tun ist.«

Rachel hob entsetzt die Hände. »Du wirst unser Gesicht schwärzen, wenn du ihm sagst, wie unsere Familie gegen die Sitten und Gesetze unseres Volkes verstoßen hat!«

»Unsinn. Ruben ben Makkabi wird schon aus eigenem Interesse dafür sorgen, dass unser Gesicht weiß bleibt.« Elieser lächelte versonnen, denn seine Gedanken galten bereits den Freuden der Ehe, die er so bald wie möglich mit Rubens Tochter Hannah teilen wollte.

Rachel stampfte mit dem Fuß auf und verließ wütend das Zimmer. In ihren Augen war Elieser ein eingebildeter Narr, schlimmer noch als Lea, die zwar dreist und unverschämt war, aber wenigstens noch Verstand besaß, was man von Elieser nicht behaupten konnte. Es war eine hanebüchene Dummheit, einen Fremden in das Familiengeheimnis einweihen zu wollen. Sie stieg die Treppe hinab zur Küche, um sich eine Leckerei aus der Speisekammer zu holen, stutzte aber, als sie den dicken, langen Fellmantel sah, den Jochanan griffbereit neben die Tür zum Hof gehängt hatte. Der Anblick brachte sie auf eine Idee.

Bisher war es ihr noch nicht gelungen, den Markgrafen so zu reizen, dass er sie angesprochen oder ihr eine Botschaft gesandt hätte. Das mochte daran liegen, dass er bisher ständig von

Leuten umgeben gewesen war, deren Treue mehr der Markgräfin galt als ihm. Aber Frau Ursula hatte Hartenburg vor einer Woche verlassen, um sich in ein Kloster zurückzuziehen, weil sie, wie es hieß, das sündhafte Leben ihres Gemahls nicht länger ertragen konnte. Ernst Ludwig hatte sie leichten Herzens ziehen lassen, zumal sie ihm erst vor kurzem einen zweiten Sohn geboren hatte, so dass die Erbfolge Hartenburgs nunmehr gesichert war. Rachel war sich sicher, dass der Markgraf es nicht lange ohne Beischläferin aushalten würde, und beschloss zu handeln.

Sie war überzeugt davon, dass Leas falsches Spiel über kurz oder lang auffliegen und die Familie ins Unglück stürzen musste, so dass sie alle als Bettler von dannen ziehen oder vielleicht sogar von den Männern eines beleidigten Landesherrn erschlagen wurden, und sie glaubte, den einzig gangbaren Weg gefunden zu haben, das zu verhindern. Sie, Rachel Goldstaub, würde den Markgrafen so becircen, dass er alles tat, was sie von ihm verlangte. Auf diese Weise würde sie sich und ihren Angehörigen endlich die Sicherheit verschaffen, von der ihre Schwester immer nur redete.

Es war ein offenes Geheimnis in der Stadt, dass Ernst Ludwig sich in seine Jagdhütte zurückgezogen hatte, die eine gute Wegstunde außerhalb Hartenburgs an der Südflanke des Rauchbergs stand. Dort wartete er, bis sich die Hektik der Abreise seiner Gemahlin gelegt hatte und das Schloss wieder in den Zustand versetzt worden war, der seinen Vorstellungen entsprach. Rachel war im letzten Sommer einmal in der Nähe des gar nicht wie eine Hütte wirkenden Gebäudes spazieren gegangen, um den wuchtigen, ganz aus Holz errichteten Bau zu betrachten, und sie traute sich zu, das Haus trotz des hohen Schnees zu Fuß zu erreichen.

Kurz entschlossen schlüpfte sie in Jochanans Filzstiefel und seinen Fellmantel, der ihr bis zu den Füßen reichte, setzte sich die warme Kappe auf und lief schnell zur Tür, um nicht entdeckt zu werden. Als sie ins Freie trat, biss die Kälte in jedes blanke Stück Haut und kroch unter ihre Kleidung. Sie schüttelte sich und wollte im ersten Impuls ins Haus zurückkehren, doch ihr war klar, dass es vielleicht die einzige Gelegenheit war, ihrem Ziel näher zu kommen. Wenn sie wartete, bis es wärmer wurde, hätte längst ein anderes Kebsweib den Platz an der Seite des Markgrafen eingenommen. Rachel zog den Mantel eng um sich, schob die Kappe tiefer ins Gesicht und stapfte über den Hof. Bevor sie durch das Tor auf die Gasse trat, warf sie einen letzten Blick auf das Haus, in dem sie geboren worden war, und schwor sich, es um jeden Preis für Elieser und dessen Nachkommen zu erhalten.

Als sie das Stadttor erreichte, hockten die Wächter in ihrer Stube am Feuer und warfen ihr nur einen flüchtigen Blick zu. Rachel wurde klar, dass man sie für Jochanan hielt, und fröstelte mit einem Mal, obwohl ihr durch die Bewegung warm geworden war. Vor der Stadt fegte der Wind ungehindert über die Felder, wirbelte den Schnee hoch, trieb ihn vor sich her und türmte ihn zu mannshohen Verwehungen auf. Rachel senkte das Gesicht bis in den Kragen und wanderte tief gebeugt wie eine alte Frau auf den Spuren, die Schlitten und Karren zwischen den Schneewänden hinterlassen hatten.

Zunächst kam sie rasch vorwärts, aber als sie den Wald erreichte, von dessen Wipfeln es der Wind immer noch schneien ließ, sank sie bei jedem Schritt bis zum Knie ein, und als die Turmuhr von St. Koloman das dritte Mal die Stunde schlug, ohne dass ihr Ziel in Sichtweite kam, wurde ihr angst und bange. Sie befürchtete, sich verlaufen zu haben, und sah sich schon erfroren am Fuß einer der mächtigen Eichen liegen oder zum Opfer der Wölfe werden, die bei einer solchen Kälte bis vor die Stadtmauern kamen, um dort auf leichtsinnige Beute zu lauern.

Sie blieb stehen, drehte sich um und wollte auf ihrer langsam verwehenden Spur zurückkehren, als in der Ferne ein leises Klingeln ertönte, das sich rasch näherte. Wenig später sah sie einen von zwei Rappen gezogenen Schlitten in rasender Fahrt auf sich zukommen. Sie stolperte zwei Schritte zurück, zog dann aber die Kappe ab, schwenkte sie und rief um Hilfe. Für einen Moment kamen ihr die Pferde so nahe, dass sie sie beinahe umgerissen hätten, doch der Kutscher lenkte das Gespann im letzten Moment zur Seite und brachte es zum Stehen. Gleichzeitig erhob sich eine in flauschige Pelze gehüllte Gestalt von der weich gepolsterten Bank des prachtvollen Schlittens und wandte sich ihr zu.

»Wen haben wir denn da?«

Rachel erkannte die Stimme des Markgrafen und atmete erleichtert auf, ließ ihre Stimme jedoch sehr jämmerlich klingen. »Ich bin Rachel, Jakob Goldstaubs Tochter.«

Ernst Ludwig schob die Kapuze zurück und starrte Rachel verblüfft an. »Die schöne Jüdin?«

Seine Augen verrieten Rachel, dass er angebissen hatte, und es war ihr bewusst, dass sie jetzt all ihre Sinne zusammenhalten musste, um nicht wie die Mägde zu enden, die er einmal zu sich genommen und dann weggejagt hatte.

»Ja. Ich wollte nur einen kleinen Spaziergang machen und bin immer weiter in den Wald hineingeraten. Wenn ich die Gnade erflehen dürfte, Euer Durchlaucht, mit Euch zur Stadt zu fahren, würde ich Euch auf ewig als meinen Lebensretter preisen.«

»Steig ein, mein schönes Kind!« Der Markgraf streckte ihr die Hand entgegen, half ihr auf den Schlitten und legte einen Teil der Pelze, die ihn wärmten, über sie. Dabei versuchte er, ihre Formen abzutasten, was ihm wegen ihres unförmigen Mantels jedoch nicht gelang.

»Fahr los«, fuhr er den Kutscher an.

Der Mann machte keine sehr intelligente Miene. »In die Stadt, Euer Durchlaucht?«

»Nein! Zurück zum Jagdhaus, du Trottel.«

Rachel protestierte so vehement, als hätte sie diesen Befehl nicht vorhergesehen. »Aber, Euer Durchlaucht, das geht doch nicht.«

»Bis in die Stadt ist es zu weit. Du bist ja völlig durchgefroren und musst dich erst aufwärmen und erholen, sonst wirst du noch krank.« Ernst Ludwig strich ihr über die Wange. Sein Lächeln sollte wohl zärtlich wirken, erinnerte Rachel jedoch an das Zähnefletschen eines Raubtiers über seiner Beute.

Während der Kutscher die Pferde antrieb, zog der Markgraf Rachel mit einer besitzergreifenden Geste an sich. Er hatte seit der Geburt seines jüngsten Sohnes keine Frau mehr besessen und würde sich dieses Mädchen nicht mehr entgehen lassen. Seine Gier fegte die Bedenken, die er wegen ihres Bruders gehegt hatte, beiseite. Wenn der Jude aufmüpfig wurde, würde er ihn mit Peitschenhieben zur Stadt hinaustreiben lassen.

Sie erreichten das Jagdhaus in so kurzer Zeit, dass Rachel begriff, wie nah sie ihrem Ziel bereits gewesen war. Die Begegnung im Schnee war ihrem Vorhaben jedoch dienlicher gewesen als eine Diskussion mit einem misstrauischen Pförtner. Der Markgraf zitterte geradezu vor Gier, sie zu besitzen, das verrieten ihr sein Blick und seine Hände.

Ein Diener riss die Tür auf, kaum dass der Schlitten vor der Tür hielt, und starrte Rachel, die in ihrem Fellmantel und der über die Ohren hängenden Kappe wie ein geschlechtsloser Waldgeist wirkte, verstört an. Der Markgraf scheuchte ihn mit einer Handbewegung aus dem Weg, führte sie in einen geheizten Vorraum und befahl dem Diener grob, ihr aus der Winterkleidung zu helfen und ihnen einen großen Krug warmen Würzweins in sein Gemach zu bringen. Der Lakai schien die unfreundliche Behandlung gewohnt zu sein, denn er pellte Rachel mit geschickten Bewegungen aus den warmen Hüllen und verschwand gleich darauf wie ein Schatten, während Ernst Ludwig sie durch einen mit Jagdtrophäen geschmückten Gang führte.

Er öffnete die Tür zu einem großen Raum, der halb wie ein Arbeitszimmer und halb wie ein Schlafgemach wirkte, obwohl mindestens zehn Personen an dem grob gezimmerten Tisch in der Mitte hätten tafeln können. Das große Bett in der Ecke war einem bäuerlichen Alkovenbett nachempfunden, und das Stehpult in der anderen Ecke glich jenen, die in den klösterlichen Schreibstuben üblich waren. Daneben stand jedoch ein zweiter Tisch, auf dem wie auf dem Pult allerlei Schreibutensilien ausgebreitet waren und zu dem ein ledergepolsterter Stuhl mit Armlehnen gehörte. Im Kamin flackerte ein frisch geschürtes Feuer, und über einer Kanne auf dem großen Tisch kräuselte sich Dampf.

Der Markgraf füllte die beiden Becher, die neben dem Gefäß standen, und reichte Rachel einen davon. »Hier, trink das, dann wird dir gleich wieder warm.«

Rachel fror zwar nicht mehr, nippte aber gehorsam an dem Getränk, während der Markgraf seinen Becher in einem einzigen Zug leerte und ihn dann einfach fallen ließ. Er zog sein Wams aus, als wäre es ihm zu heiß geworden, und schleuderte es in eine Ecke.

»Deine Füße müssen halb erfroren sein. Ich werde sie ein wenig kneten.« Ohne Rachels Antwort abzuwarten, hob er sie auf und trug sie zum Bett hinüber, dessen Vorhänge noch hochgebunden waren, so dass man das geschnitzte und sorgfältig bemalte Wappen des Markgrafen in der Decke des Alkovens sehen konnte. Er hielt sich nicht damit auf, ihr vorsichtig die Strümpfe auszuziehen, sondern riss sie ihr schnaufend samt Kleid und Unterröcken vom Leib.

Rachel wurde einen Moment starr vor Angst, denn auf so eine gewaltsame Behandlung war sie nicht gefasst gewesen. Sie beruhigte sich aber sofort wieder und lachte, als gefiele es ihr. Sie gönnte dem Markgrafen jedoch nur einen kurzen Blick auf das lockige Dreieck zwischen ihren Schenkeln, dann bedeckte sie es mit beiden Händen und sah mit weit aufgerissenen Augen zu ihm auf. »Herr, was tut Ihr? Meine Jungfräulichkeit ist mein einziges Gut. Kein jüdischer Mann wird mich noch ansehen, wenn Ihr sie mir jetzt raubt.«

Der Markgraf entledigte sich seiner eigenen Kleidung und ging dabei so hastig vor, dass er einige Knöpfe von Hemd und Hose riss. Rachels Einwand beantwortete er mit einer wegwerfenden Handbewegung. »Pah, für eine Hand voll Gold sieht jeder Jude über dein fehlendes Jungfernhäutchen hinweg.«

Über Rachels Gesicht huschte ein triumphierender Ausdruck. Der Markgraf war also bereit, für ihre Gunst zu zahlen. »Ich muss Euch zu Willen sein, denn Ihr seid stärker als ich und mein Herr. Doch mein Bruder wird mich umbringen, wenn er davon erfährt. Ihr müsst mich vor seiner Wut schützen!«

Rachel dachte dabei an Lea, die sie wohl eigenhändig erwürgen würde, wenn sie erfuhr, dass sie die Geliebte des verhassten Landesherrn geworden war. Der Markgraf trat so dicht vor das Bett, dass sein Glied direkt vor Rachels Gesicht aufragte, und schien sich an ihrem bestürzten Blick zu weiden. Der Gedanke, dass sich diese Masse in ihren Körper senken würde, versetzte sie in Panik. Doch sie zwang sich zu einem bittenden Lächeln.

Ernst Ludwig lachte sie aus. »Dein Bruder wird nicht wagen, dich anzurühren, denn schließlich bin ich nicht nur dein Herr, sondern auch der seine.«

»Bitte gebt mir schriftlich, dass Ihr mich vor ihm beschützen werdet, damit ich seiner Wut begegnen kann. Und versprecht mir auch, für mich zu sorgen, wenn Ihr meiner müde geworden seid, denn mein Bruder wird mich wie einen räudigen Hund von seiner Schwelle stoßen.«

Spannung knisterte im Raum. Halb ärgerlich über ihr Ansinnen und von einem schon schmerzhaft werdenden Verlangen erfüllt, wollte Ernst Ludwig sich auf sie stürzen. Doch dann wurde ihm klar, dass die schöne Jüdin bereit war, ihm weiterhin als Geliebte zu dienen. Er bezwang seine Erregung, wankte zum Schreibpult und riss ein frisches Blatt Papier von dem Bord dahinter. Mit fliegenden Händen setzte er ein kurzes Schreiben auf, in dem er versprach, Rachel Goldstaub zu beschützen und bis an ihr Lebensende gut zu versorgen, setzte sein Siegel darunter und drückte ihr das Blatt in die Hand. Während sie einen Blick darauf warf und ihre Anspannung einem beinahe triumphierenden Lächeln wich, zog der Markgraf an einem Seil, das die Vorhänge im Innern des Alkovens zurückzog und den Blick auf ein Relief mit nackten, vergoldeten Mädchen in verführerischen Posen freigab. Keine von ihnen konnte sich mit der Schönheit des Wesens messen, das ihn mit einem bangenden und gleichzeitig anbetenden Blick erwartete.

»Bist du jetzt zufrieden?«, fragte er, wartete ihre Antwort jedoch nicht ab, sondern stürzte sich auf sie.

12

Der Herzog von Montoya hätte seinen Ärger über den Fehlschlag, diesen Teufel Orlando Terasa nicht in die Hände bekommen zu haben, am liebsten an der burgundischen Delegation ausgelassen. Doch trotz seiner Verachtung für diese Leute durfte er zwei Dinge nicht außer Acht lassen. Zum einen würde Herzog Maximilian als Nachfolger seines Vaters Friedrich III. einmal den Thron Karls der Großen besteigen und damit der ranghöchste Herrscher der Christenheit werden, und zum anderen wusste er von früheren Verhandlungen bezüglich der beiden Hochzeiten, dass das Königspaar dieser doppelten Verbindung durchaus nicht abgeneigt war.

Wenn nichts Schwerwiegendes dazwischenkam, würde Maximilian von Burgund sowohl der Schwiegervater des Infanten Don Juan wie auch der der Infantin Doña Juana werden, so dass einer seiner Enkel einmal die Throne von Kastilien und Aragon auf sich vereinen konnte. Unter diesem Gesichtspunkt erschien es ihm nicht ratsam, sich diesen Mann zum Feind zu machen, indem er seine Gesandten unverrichteter Dinge heimschickte. Daher sandte der Herzog von Montoya ein Schreiben an seinen Gefolgsmann Diego de Arandela, in dem er ihm befahl, Frans van Grovius und seine Begleiter zu Isabella und Fernando zu geleiten, die sich wegen des Krieges gegen Granada mit dem gesamten Hofstaat an den Grenzen des Emirats niedergelassen hatten.

Lea und die übrigen Mitglieder der Gesandtschaft erfuhren von der veränderten Haltung der Spanier bereits beim nächsten Abendessen nach der Ankunft des herzoglichen Boten. Hatte man ihnen bislang nur karge Kost zukommen lassen, so bogen sich nun die Tische unter den köstlichsten Leckerbissen. Frans van Grovius wurde zu dem mit geschnitzten Heiligenfiguren geschmückten Stuhl des Abtes geleitet, und für jeden Edelmann, Gelehrten und Sekretär stand ein eigener Diener bereit, der in einer mit den Wappen Kastiliens geschmückten Livree steckte. Im Gegensatz zu de Poleur und den anderen war Lea mit den Mahlzeiten, die aus ein wenig Gemüse, einem Stück Brot und Fisch oder gelegentlich auch einmal Hammelfleisch bestanden hatten, sehr zufrieden gewesen. Doch wie es aussah, würde es ihr nun nicht mehr möglich sein, die Speisevorschriften ihres Glaubens halbwegs einzuhalten. Als Erstes wurden mit Honig und süßen Mandeln kandierte Spanferkel aufgetragen und jedem Mitglied der Gesandtschaft ein großes Stück vorgelegt, während mehrere Dominikanermönche die Gäste scharfäugig beobachteten. Lea war klar, dass das ein Versuch der Spanier war, einen heimlichen Juden unter den Gesandten zu entlarven, und sie folgte dem Beispiel Thibaut de Poleurs, der bereits beim ersten Bissen Laute des Entzückens ausstieß.

»Köstlich! Wirklich köstlich!«, jubelte sie, während sie auf dem Fleisch herumkaute, das ihren Mund wie schmierige Asche füllte.

Da auch die anderen alle des Lobes voll waren, schwand das Misstrauen der durch den Raum schleichenden Dominikanermönche, und Don Diego, den sie bisher nur hochfahrend und verletzend erlebt hatte, lobte in höchsten Tönen die in Wahrheit nicht existierende spanisch-burgundische Waffenbrüderschaft und verkündete laut, dass die Delegation in den nächsten Tagen weiterreisen würde, um den Königen von Kastilien und Aragon die besten Wünsche ihres Herzogs für den bevorstehenden Krieg überbringen zu können. Nach der Art und Weise zu urteilen, mit der er das Wort Kastilien hervorhob und Aragon halb verschluckte, musste er ein eifriger Gefolgsmann Königin Isabellas sein. Lea nickte versonnen, denn nun bemerkte sie zum ersten Mal die Spannungen, von denen Orlando ihr berichtet hatte. Die beiden Spanischen Reiche waren erst zwei Jahrzehnte vorher durch die Heirat der kastilischen Königin Isabella mit Fernando von Aragon vereint worden, aber die Granden pflegten genauso wie die einfachen Bürger ihre Eigenständigkeit und hüteten eifersüchtig die überkommenen Privilegien. So kam es, dass die alte Rivalität der Kastilier und Aragonier zumindest im Geheimen weiterkochte.

»Endlich tut sich was«, sagte Thibaut de Poleur und blickte dabei mit so hungrigen Blicken auf Leas Teller, dass sie ihm mit säuerlicher Miene, aber leichten Herzens einen Teil ihres Spanferkels opferte.

Lea war so erleichtert über diese Wendung, dass sie den Rest ihres Fleisches leichter herunterbrachte. Die Angst, gescheitert zu sein, hatte wie Mehltau auf ihrer Seele gelegen. Aber nun sah es so aus, als hätte sie nicht vergebens all die Wochen gegen die Furcht vor Entdeckung und – noch schlimmer – vor dem eigenen Versagen angekämpft, während sie tiefer und tiefer in die Rolle des Léon de Saint Jacques geglitten war, so dass sie beinahe schon gelernt hatte, wie ein christlicher Edelmann zu denken.

Während sie noch überlegte, was sie auf einen nur halb verständlichen Scherz von de Poleur antworten sollte, öffnete sich der Eingang des Speisesaals, und ein Mönch im braunen Habit des Franziskanerordens trat ein. Er war nur mittelgroß, hatte aber einen stattlichen Bauchumfang und ein rundes, offenes Gesicht, das kindliche Naivität auszudrücken schien, doch seine dunklen, flinken und durchdringenden Augen verrieten einen wachen Geist. Der Verbeugung nach, die Diego Arandela sich abrang, musste er eine bedeutende Stellung einnehmen. Ihm folgte ein Mann, der ein einfaches dunkelgraues Wams, Hosen aus festem braunem Stoff und eine schlichte schwarze Kappe ohne jeden Schmuck auf dem Kopf trug. Seinem Auftreten nach war er kein einfacher Bürger, denn er schien so sehr von seiner

Wichtigkeit überzeugt zu sein, dass er Don Diego nur mit einer knappen Verbeugung grüßte.

»Das ist Señor Cristoforo Colombo«, stellte der Mönch ihn vor. Don Diego verzog angewidert das Gesicht. »Der verrückte Genuese?«

»Genau der, mein Herr! Aber es wird sich bald erweisen, ob ich verrückt bin oder die Narren, die mich so bezeichnen«, antwortete Colombo mit einer Stimme, die Lea an die der Kapitäne van Duyl und Jan Ruyters beim Herumkommandieren ihrer Matrosen erinnerte.

Don Diego fuhr wütend auf. »Damit beleidigt Ihr Seine Durchlaucht, den Herzog von Montoya, den ehrwürdigen Dekan der Universität von Salamanca und viele andere weise und mächtige Herren in Spanien!«

»Dummheit macht auch vor den höchsten Kreisen der Gesellschaft nicht Halt«, antwortete der Genuese ungerührt.

Der ihn begleitende Mönch legte ihm lächelnd die Hand auf die Schulter. »Señor Colombo, Ihr hattet mir doch versprochen, etwas verbindlicher zu sein.«

»Hast du eine Ahnung, wer der Kerl ist?«, wisperte de Poleur Lea zu.

Sie schüttelte den Kopf, ohne Colombo aus den Augen zu lassen. Er musste etwa vierzig Jahre alt sein und war von mittelgroßer, untersetzter Gestalt und seinem ständig wechselnden Mienenspiel zufolge von heftigem Temperament. Sein Gesicht wirkte etwas rundlich und wies tiefe Kerben neben seinen Mundwinkeln auf, die von vielen Enttäuschungen und Nackenschlägen zeugten. Seine Augen aber strahlten einen ungebrochenen Optimismus und eine Verachtung für die Welt aus, von der er sich offensichtlich verkannt fühlte. Die Haare, die unter seiner Kappe hervorragten und gerade lang genug waren, um die Ohren zu bedecken, leuchteten so weiß wie die eines alten Mannes.

Don Diego beschloss, den Genuesen zu ignorieren, und wandte sich an den Mönch. »Ehrwürdiger Vater, Ihr seid doch gewiss nicht nur gekommen, um uns Señor Colombo vorzustellen.«

Lea fiel das seltsame Lächeln auf den Lippen des Mönches auf und winkte den Lakaien heran, der sie bediente. »Wer ist der geistliche Herr, der eben gekommen ist?«

»Das ist Juan Perez, der ehrwürdige Abt von La Rábida und frühere Schatzmeister der Königin«, erhielt sie zur Antwort.

Lea wurde starr vor Erregung. Das war einer der Männer, die Orlando ihr genannt hatte, und sie überlegte, was sie tun konnte, um in Juan Perez' Nähe zu kommen und ihn unauffällig anzusprechen. Leider schien der Abt sich nicht für die burgundische Delegation zu interessieren, denn er warf den Männern an der Tafel nur einen beinahe mitleidigen Blick zu und wandte sich wieder an Diego de Arandela.

»Es ist der Wille Ihrer Majestät, Königin Isabella, Señor Colombo noch einmal zu empfangen. Da Ihr, wie ich erfahren habe, in Kürze an den Hof reist, bitte ich Euch, Euch meines Gastes anzunehmen.«

Obwohl Juan Perez sein Anliegen sehr höflich formuliert hatte, war Don Diego klar, dass es sich um einen Befehl handelte. Er schluckte seinen Ärger hinunter und verneigte sich mit einem verkniffenen: »Es wird mir eine Freude sein«.

Juan Perez' Miene spiegelte nur sanfte Freundlichkeit. »Das hoffe ich, Don Diego.«

Diego de Arandela beschloss, nicht weiter auf dieses Thema einzugehen, und verbeugte sich erneut vor dem Abt von La Rábida. »Ihr werdet doch an diesem Abend mein Gast sein?«

Sein Gegenüber schüttelte den Kopf. »Leider nein. Ich bedauere, mich sofort wieder verabschieden zu müssen, aber wichtige Geschäfte erfordern meine sofortige Abreise. Señor Colombo wird es jedoch eine Ehre sein, an Eurem Tisch zu speisen. Er hat sich bereits beklagt, dass er heute noch nicht zum Essen gekommen ist.«

Don Diego nickte schicksalsergeben, winkte einen Diener herbei und befahl ihm, den Genuesen an einen freien Platz zu führen und ihm aufzuwarten.

Juan Perez reichte Colombo zum Abschied die Hand und klopfte ihm auf die Schulter. »Ich wünsche Euch mehr Glück als beim letzten Mal, Señor. Ihr werdet es brauchen.«

»Die Königin wird sich der Kraft meiner Argumente letztendlich nicht entziehen können«, antwortete der Genuese selbstbewusst und sah dem Abt nach, bis dieser den Saal verlassen hatte.

Orlando hatte Lea zwar erklärt, dass es zwischen den Brüdern des heiligen Franziskus, die der heiligen Inquisition eher ablehnend gegenüberstanden, und den Mönchen des Dominikanerordens, denen ebendiese Inquisition besondere Macht verlieh, eine gewisse Feindschaft herrschte, aber sie hätte sich nicht vorstellen können, dass Juan Perez die Einladung, hier zu speisen, so schroff und fast schon beleidigend ablehnen würde. Am liebsten wäre sie aufgesprungen und ihm gefolgt, doch damit hätte sie nur unnötiges Aufsehen erregt. So konnte sie nur hoffen, dass sich ihr noch eine andere Gelegenheit bieten würde, mit einem von Orlandos Gewährsleuten zu sprechen. Während ihre Gedanken sich noch mit ihrem Auftrag beschäftigten, führte der Diener Colombo auf den einzigen freien Platz, den es am Tisch noch gab, und der war neben ihr.

De Poleur richtete sich auf, so dass er den Genuesen über Leas Kopf hinweg anblicken konnte. »Welches weltbewegende Anliegen führt Euch denn zur Königin von Kastilien?«

»Ich will nach Indien segeln«, antwortete der Genuese so laut, dass die Gesichter ringsum sich ihm zuwandten.

»Indien?« Die meisten Mitglieder der burgundischen Delegation konnten mit diesem Begriff nicht viel anfangen. Sie hielten ihn für die Bezeichnung eines Phantasielands, von dem ein paar wichtigtuerische Händler faselten, um den Preis für ihre Waren hochzutreiben. Auch Lea wusste nicht mehr, als dass einige der kostbarsten Waren, die sie für den Hartenburger Hof beschaffte, aus Indien stammen sollten, aber sie hatte sich nie dafür interessiert, wo es lag.

»Was ist an diesem Indien denn so wichtig?«, fragte de Poleur verblüfft.

Colombo maß den Wallonen mit einem verächtlichen Blick. »Indien ist das reichste Land der Welt. Die Häuser dort sind mit Gold gedeckt, und das Pflaster seiner Straßen besteht aus Silber. Es gibt dort Gewürze, von denen eine Unze mehr wert ist als manches Schloss.«

Der Genuese brachte es fertig, gleichzeitig zu essen und ohne Pause von den Wundern jenes sagenumwobenen Landes zu berichten. Dabei verstieg er sich zu Lobreden, die Lea gleichzeitig als schwülstig und kindisch empfand. Ihren Freunden schien das Gerede eher lächerlich vorzukommen, denn Heimbert von Kandern grinste zu Laurens van Haalen hinüber und tippte sich an die Stirn, während de la Massoulet den Genueser mit unverhohlenem Spott musterte. »Wenn dieses Indien wirklich so herrlich ist, warum ist dann noch niemand dorthin gefahren?«

»König João von Portugal schickt einen Kapitän nach dem anderen aus, um das riesige Reich auf dem Seeweg zu erreichen. Aber sie fangen es falsch an, denn sie versuchen, Afrika zu umrunden. Das ist eine viel zu weite und gefahrvolle Reise. Ich werde nach Westen segeln und weniger als die halbe Strecke benötigen, die die Portugiesen für ihre Fahrt veranschlagen.«

Colombos Fell war entweder zu dick, um die Reaktionen der anderen Gäste zu bemerken, oder er war so sehr von sich überzeugt, dass alle Anzüglichkeiten an ihm abprallten. Lea imponierte der Genuese, der so selbstbewusst auftrat, als wäre er von älterem Adel als die anwesenden Edelleute. Gleichzeitig sagte sie sich, dass ein Mann, der von Juan Perez eingeführt worden war,

Verbindung zu anderen Freunden Orlandos haben mochte, und sie beschloss, ihre Bekanntschaft mit ihm zu vertiefen. Daher gab sie sich Mühe, seinen mathematischen Ausführungen zu folgen, mit denen er seine skeptischen Zuhörer davon überzeugen wollte, dass er Indien auf dem westlichen Weg übers Meer in weniger als dreißig Tagen erreichen konnte. Während die anderen schon bald das Interesse an der Sache und dem Mann verloren, ließ Lea sich von Cristoforo Colombo einspinnen und überquerte in ihrer Phantasie selbst das Meer in Richtung der untergehenden Sonne.

13

*I*n den nächsten zwei Tagen sah man Don Diego wie gehetzt herumeilen, und so war niemand erstaunt, dass am Morgen des dritten die Schiffe bereitlagen, die Frans von Grovius und seine Begleiter samt dem Genueser den Guadalquivir hoch bis nach Peñaflor bringen sollten. Von dort aus würde die Delegation auf dem Landweg über Écija nach Puente Genil gebracht werden, dem Ort, an dem sich die Heere Kastiliens und Aragons für den Marsch auf Granada rüsteten.

Da kein anderer die Gesellschaft des redseligen Genuesen lange ertrug, musste Lea ihren Verschlag auf dem Boot mit Colombo teilen. Auch sie stöhnte manches Mal innerlich über seinen unaufhörlichen Redestrom, doch sie erkannte rasch, dass sie in den Gesprächen mit ihm ihr Kastilisch verbessern konnte, denn für jemand, der aus einem fremden Land stammte, beherrschte er die Sprache ausgezeichnet. Da er gerne und lange erzählte, erfuhr sie auch viel über die Männer, die ihm den Weg zur Königin von Kastilien geebnet hatten. Mehrere von ihnen gehörten zu Orlandos Freunden und Gewährsleuten, und sie rechnete fest damit, dass Colombo sie bei einem von ihnen einführen konnte.

Colombos Selbstbewusstsein war jedoch zu groß, um sich auf Dauer mit einem jungen Bankier als einzigem Gesprächspartner zu begnügen. Er hatte von den burgundischen Hafenstädten Brügge und Antwerpen gehört und wollte von van Grovius wissen, ob dessen Herr bereit wäre, seine Fahrt zu finanzieren, falls Königin Isabella wider Erwarten doch ablehnen würde.

Frans van Grovius unterbrach die Aufzählungen der Schätze, die Herzog Maximilian beim Erfolg seiner Expedition erwerben würde, in einem so rüden Ton, als hätte der Genueser eben von ihm und dem Sohn des Kaisers verlangt, die Füße ihres französischen Feindes zu küssen. Colombo machte noch einen Versuch, van Grovius die Vorteile eines schnellen Seewegs nach Indien zu erklären, wurde aber keiner Antwort mehr gewürdigt. So kehrte er mit einem Schulterzucken zu Lea zurück.

»Es war nur eine theoretische Frage«, erklärte er ihr. »Die Königin ist gewillt, auf meine Vorschläge einzugehen, denn sie hat mir zwanzigtausend Maravedis für die Reise an den Hof anweisen lassen. So viel verbrauche ich natürlich nicht, und daher nehme ich das Geld als erste Anzahlung für die Ausstattung, die ich für die Fahrt nach Indien benötige. Als Stellvertreter der königlichen Majestäten von Kastilien und Aragon kann ich doch nicht in Lumpen vor den Herrschern Indiens, Chinas und Zipangus erscheinen.«

»Von China habe ich schon einmal gehört, aber das dritte Land ist mir unbekannt.« Mit dieser Bemerkung öffnete Lea erneut die Schleusen von Colombos Beredsamkeit.

»Beides sind reiche und mächtige Länder. Der berühmte venezianische Reisende Marco Polo hat Kunde von ihnen gebracht. Es soll dort Wunder geben, die das Auge keines anderen Europäers bisher erblickt hat.« Colombo zählte ihr alle die sonderbaren Dinge auf, die in China und Zipangu auf ihn warten würden, und ließ auch Indien nicht aus. Dank seiner Erzählungen verflogen die Tage für Lea wie im Flug, während ihre Gefährten, die sich auf dem engen Schiff und dem träge dahinfließenden Strom wie Vieh eingepfercht vorkamen, sich noch erbärmlicher langweilten als im Kloster von San Isidro.

Die Reizbarkeit der Männer steigerte sich noch, als die Schiffe sich Sevilla näherten und man ihnen die Erlaubnis verweigerte, die Stadt aufzusuchen. Ihnen blieb nicht anderes übrig, als die Mauern und die über sie hinausragenden Türme der Kirchen von San Clemente, San Luis und der noch unvollendeten Kathedrale von Bord aus zu betrachten und ihren Kommentar zu den prächtig verzierten Dächern des ehemaligen maurischen Palastes abzugeben.

De Poleur und die anderen waren froh, als sie fünf Tage später die kleine Stadt Peñaflor erreichten und die schwimmenden Särge, wie sie die Schiffe getauft hatten, endlich verlassen durften. Hatten die jungen Edelleute gehofft, ihre Reise nun standesgemäß auf feurigen andalusischen Hengsten fortsetzen zu können, wurden sie bitter enttäuscht, denn man sperrte sie in plumpe Kutschen, in denen die Fahrt auf den holprigen Straßen zur Tortur wurde. Selbst Cristoforo Colombo murrte, weil er lieber ein Maultier benutzt hätte, anstatt sich in dem ungefederten Wagen die Knochen wund stoßen zu lassen.

Lea war als Einzige froh über diese Fügung, denn Orlando hatte bei all seinen Plänen nicht bedacht, dass sie nicht reiten konnte. Da man sie für einen Edelmann hielt, durfte sie anders als der bürgerliche Seefahrer Colombo der spanischen Sitte gemäß keinen Esel und kein Maultier besteigen, und im Sattel eines Pferdes hätte sie ein so beschämendes Bild abgegeben, dass ihr niemand mehr den Herrn von Stand abgenommen hätte.

Trotz aller Geduld und der Bereitschaft, Strapazen zu ertragen, empfand auch Lea die Fahrt bald als Zumutung. Sie saßen jeweils zu acht in einem Wagen, mit dem Rücken zur Seitenwand auf einer ungepolsterten Bank, so dass sie wegen der herabgezogenen und festgezurrten Planen kaum etwas von der Landschaft sahen.

Thibaut de Poleur war es schnell leid und verrenkte sich, um ein Loch in den geteerten Stoff hinter sich zu bohren. Doch gerade, als er hinausschauen wollte, stürzte das linke Vorderrad in ein besonders tiefes Schlagloch. De Poleur verlor den Halt, fiel über de la Massoulet und schlug sich die Lippen am Holz der gegenüberliegenden Sitzbank blutig.

»Verdammt noch mal, gleich steige ich dem Kutscher aufs Dach!«, brüllte er und fluchte dann gotteslästerlich.

De Massoulet schob ihn auf seinen Platz zurück. »Sei froh, dass du dir nicht die Zähne ausgeschlagen hast, du Trottel.«

»Wie nennst du mich? Diese Beleidigung wirst du mir bezahlen, sobald dieser Schinderkarren steht.«

»Gerne.« De la Massoulet hatte die Reise so aufgebracht, dass er bereit war, sich mit jedem zu schlagen, und wäre es auch sein bester Freund. Er stieß Heimbert von Kandern an. »Ich wähle dich zum Sekundanten.«

»Und ich wähle Léon«, rief de Poleur mit geballten Fäusten.

»Seid doch vernünftig«, beschwor Laurens van Haalen die beiden Streithähne.

Heimbert von Kandern verzog sein Gesicht zu einer abschätzigen Grimasse. »Vernunft müsste man diesen beiden Streithähnen wohl erst einprügeln. Der Streit ist so müßig wie das Gegacker einer Henne.«

»Noch ein Wort – und ich fordere dich ebenfalls«, schäumte de Poleur auf.

Lea atmete tief durch und hob die Hände. »Ihr seid doch die besten Freunde. Wie könnt ihr euch da schlagen wollen?«

De Poleur ballte die Fäuste. »Nach all dem Ärger, den ich in diesem verdammten Land erlebe, muss ich einfach jemand zur Ader lassen, und de la Massoulet hat sich ja freiwillig angeboten!«

Sein Gegner bleckte kampfeslüstern die Zähne. »Ich wollte dieses Großmaul schon lange auf die ihm zustehende Größe zurechtstutzen. Also seid still und haltet euch heraus, sonst wird mein Schwert noch durstiger.«

Es klang so böse, dass Lea zurückwich. Von Kandern und van Haalen zuckten mit den Schultern und blickten so gleichgültig ins Land hinaus, als wäre nichts gewesen, während die beiden Streithähne ihren Groll weiterpflegten.

Als der Wagen in der Dämmerung anhielt, sprang Thibaut de Poleur vom Wagen und zog blank. »Komm herunter und stelle dich mir, Hérault, damit ich dir deine Frechheiten austreiben kann.«

Er war so wütend, dass er nicht einmal merkte, dass er gegen das Reglement verstieß, indem er seinen Duellgegner mit Vornamen ansprach. De la Massoulet folgte ihm auf dem Fuß und stieß Colombo dabei rüde beiseite. Der Genuese fluchte und drohte dem jungen Adeligen mit der Faust. Doch der beachtete ihn nicht, sondern behielt de Poleur im Auge, während er sein Schwert zog.

Lea drehte sich zu Heimbert von Kandern um. »Gibt es denn keine Möglichkeit, diese beiden Kindsköpfe zur Vernunft zu bringen?«

»Lass sie sich doch schlagen, wenn sie unbedingt Blut sehen wollen!« Von Kandern hatte der Streit so verärgert, dass er kein Interesse an einer Schlichtung hatte. So unternahm Lea es, die beiden Kampfhähne zum Frieden zu bewegen, erntete dafür aber nur rüde Flüche. So trat sie beiseite und überließ es von Kandern, das Zeichen zum Beginn des Zweikampfes zu geben.

Der Lärm rief van Grovius herbei. Er musterte die beiden Duellanten grimmig, während van Haalen ihm den lächerlichen Anlass zu dem Streit schilderte, doch statt dazwischen zu fahren, zuckte er nur mit den Schultern. »Wenn die beiden sich schlagen wollen, sollen sie es tun. Wird einer von ihnen jedoch so verletzt, dass er die Reise nicht mehr fortsetzen kann, werde ich ihn ohne Begleitung hier zurücklassen.« Brüsk drehte er sich um und folgte einem spanischen Bediensteten in ein flaches, staubiges Gebäude mit winzigen Fenstern, in dem das Abendessen für die Delegation bereitstand.

Leas Magen knurrte, aber sie war gezwungen, als de Poleurs Sekundant so lange im Freien zu bleiben, bis der Kampf entschieden war. Zum Glück waren die beiden jungen Herrn mit ihren Flüchen treffsicherer als mit ihren Schwertern. Der Schweiß rann ihnen in Strömen über die Gesichter, aber selbst als die letzten Sonnenstrahlen erloschen, war immer noch kein Blut geflossen. Mit einem Mal stolperte de Poleur, als er einem Streich de la Massoulets auswich, und setzte sich auf dem Hosenboden. Sein Gegner hob das Schwert, um den Vorteil auszunützen. Dann aber schüttelte er den Kopf und schleuderte seine Waffe zu Boden. »Verdammt, Thibaut, wir sind beide Narren, uns hier zu streiten, während die anderen sich drinnen den Wanst voll schlagen. Unserer beider Ehre ist genug getan. Also steh auf und komm mit.«

De Poleur starrte seinen Freund einen Augenblick so finster an, als wollte er den Streit fortsetzen, doch dann hörte auch er seinen Magen knurren und kam mit einem missglückten Lachen auf die Beine. »Ein Loch in einer spanischen Straße ist es nicht wert, meinen besten Freund zu erschlagen.«

Die beiden Streithähne reichten einander die Hände und wanderten Arm in Arm auf die Herberge zu, ohne ihren Sekundanten einen einzigen Blick zu schenken.

Von Kandern sah ihnen kopfschüttelnd nach. »Wegen dieser beiden Narren mussten wir auf unser Essen warten. Komm, Léon, schauen wir, dass wir auch noch etwas bekommen.«

14.

Am nächsten Tag führte der Weg durch das Tal des Rio Genil immer weiter auf die Berge zu. Die vor ihnen aufragenden Bergkämme unterschieden sich stark von denen des Schwarzwalds, in dem Lea zu Hause war, denn die steil in den blauen, nur von wenigen weißen Wolken durchzogenen Himmel ragenden Grate wirkten kahl und abweisend.

Gewitzt durch den Zwischenfall am Vortag hatte de Poleur die Leinen der Plane vor der Abfahrt gelöst und das schwere Tuch hochgebunden, so dass die Passagiere mehr von der Landschaft sahen. Die Einwände eines spanischen Trossknechts hatte er mit einer Flut klangvoller französischer Flüche beantwortet und den Mann zuletzt mit einem Griff zum Schwert in die Flucht geschlagen. Doch kaum einer der acht Reisenden wollte die Veränderung so recht genießen, denn nun waren sie den Wolken feinen Staubes ausgesetzt, den die Hufe der Pferde und die Räder der vor ihnen fahrenden Wagen aufwirbelten.

Leas Kleidung machte der Schmutz nicht viel aus, denn sie war für strapaziöse Reisen gemacht und ließ sich leicht reinigen. Die bunten Gewänder der jungen Edelleute mussten am Abend von den Dienern kräftig ausgeklopft und gebürstet werden, wobei der eine oder andere kleine Edelstein seine Fassung verlor und in fremde Taschen wanderte. Als es am nächsten Morgen weiterging, entdeckten de Poleur und die anderen ihre Verluste und überboten sich in ihren Verwünschungen.

Lea beteiligte sich nicht an den Klagen über das diebische Gesinde, sondern zog ein Tuch vor Mund und Nase, um besser atmen zu können, und betrachtete das Land, durch das sie fuhren. Das breite Flusstal wirkte fruchtbar, wurde jedoch kaum bewirtschaftet. Nur selten tauchte ein Gehöft in der Ferne auf oder einer der Unterstände für die Hirten, die ihre Schafherden auf den grasbewachsenen Hügeln weiden ließen.

Nach einer schier endlos langen Reise kündeten einige niedergebrannte Gebäude an, dass die Reisenden sich Puente Genil und damit der Grenze zum Emirat Granada näherten. Die Stadt zeigte kaum Spuren des Krieges, wirkte aber wie tot. Die spanischen Truppen, die hier liegen sollten, hatten, wie man von einem Soldaten erfuhr, nach ersten erfolgreichen Scharmützeln die fliehenden Feinde bis Loja verfolgt. So mussten Lea und ihre Reisegefährten noch einige weitere Tage in den unbequemen Wagen verbringen.

Kaum war Puente Genil hinter ihnen zwischen den Hügeln verschwunden, passierte der Wagenzug eine Säule am Wegesrand, auf der in arabischen Schriftzeichen eingemeißelt war, dass hier das Reich Emir Mohammeds XII. von Granada begann. Vorrückende Spanier hatten versucht, die Inschrift herauszuschlagen, ohne sie jedoch auslöschen zu können, und zu Leas Verwunderung übersetzte Cristoforo Colombo die Inschrift für sie und ihre Begleiter. Ihren fragenden Blick beantwortete er mit einem spitzbübischen Lächeln und nahm eine Landkarte aus der Ledertasche, die er stets bei sich trug. Als er sie auseinander rollte, sah Lea, dass sie arabische Bezeichnungen trug.

»Das ist die getreue Kopie einer Karte, die arabische Seefahrer gezeichnet haben. Leider beherrsche ich weder die Schrift noch die Sprache in genügendem Umfang. Doch mein Freund Luis de Torres, der ausgezeichnet Arabisch spricht, hat mir so viel beigebracht, dass ich die wichtigsten Worte erkennen kann. So habe ich die Inschrift auf der Säule bis auf den Namen Mohammed entziffert, aber da die Zahl zwölf neben dem Namen stand, konnte es sich nur um den jetzigen Emir von Granada handeln.«

Für einen Augenblick sah es so aus, als wollte der Genueser das Pergament wieder einstecken, doch dann breitete er es auf Leas Schoß aus und begann seinen Inhalt zu erklären. »Hier siehst du Kairo, hier Tunis, und hier Spanien. Und hier« – sein Finger wanderte ein ganzes Stück nach Westen, wo einige Linien den Verlauf einer unbekannten Küste darstellen sollten – »das ist die Insel Antillas, die vor der Küste Indiens liegt!«

Lea nickte lächelnd, obwohl sie genau wusste, dass sie sich nun eine mehrstündige Wiederholung seiner Pläne würde anhören müssen. Wie sie es sich mittlerweile angewöhnt hatte, lauschte sie seinen Ausführungen mit halbem Ohr und versuchte, an den richtigen Stellen verständnisvoll zu nicken, während sie die Landschaft ringsum im Auge behielt.

Zunächst waren nur die Reste niedergebrannter Dörfer zu sehen, die diese Gegend wohl zu Dutzenden bedeckt hatten. Am späten Abend erreichten sie jedoch einen unversehrten Ort, der aus einem Kreis einfacher Häuser bestand, die ein größeres, von einer weißen Kuppel gekröntes Bauwerk umgaben. Ein schmaler, hoch aufragender und oben spitz zulaufender Turm ließ Lea an eine Art Gotteshaus denken, ein Eindruck, der von dem mannshohen, hölzernen Kreuz auf vergoldetem Stumpf verstärkt wurde, das die Kuppel krönte.

Colombo folgte Leas Blick. »Das war einmal eine Moschee der Mauren, die man zu einer Kirche des einzigen und wahren Gottes gemacht hat.«

Lea interessierte sich jedoch weniger für die Moschee als vielmehr für die Menschen, die das Dorf bevölkerten. Die Männer trugen lange, kaftanartige Hemden in hellen Farben sowie um den Kopf gewickelte Tücher, die Frauen weite, bis zum Boden fallende Gewänder, die ihre Gestalt völlig verhüllten, und Kopftücher, die ähnlich wie die Kopfbedeckungen frommer Jüdinnen keine einzige Haarsträhne sehen ließen. Einige der besser gekleideten Frauen trugen dazu noch Schleier vor den Gesichtern, so dass man von ihnen nur dunkle, furchtsam blickende Augen erkennen konnte.

Einige Männer kamen scheu näher und boten den Burgundern

Orangen und Wassermelonen an. Lea sah, wie sich in ihren Gesichtern die Angst vor den Eroberern mit der Hoffnung paarte, dass die christliche Herrschaft nicht allzu drückend werden würde. Dem wohlbestellten Land nach zu urteilen mussten die Leute hier gute Bauern sein, denn auch jetzt im Winter, der auf Lea und ihre Begleiter eher wie ein milder Frühling wirkte, trugen die Felder und Haine verschiedene Früchte. Im weiteren Umkreis um das Dorf sah man, wohin man auch blickte, große Gruppen von Olivenbäumen und zwischen ihnen Orangenhaine, die gleichzeitig Blüten und Früchte trugen. Lea sagte sich, dass die Könige Kastiliens und Aragons sich glücklich preisen mussten, weil ihnen mit Granada ein so herrliches Land in den Schoß fiel.

Dieser Meinung war auch Laurens van Haalen, der als van Grovius' Begleiter alle Provinzen des Herzogtums Burgund von den Niederlanden über Luxemburg bis an die Grenzen der Eidgenossenschaft bereist hatte. »Schönere Ländereien als in diesem Granada gibt es selbst in Burgund nicht.«

De Poleur zuckte mit den Schultern. »Von einem schönen Anblick haben wir aber nichts. Ich für meinen Teil bin froh, wenn wir endlich am Ziel sind.«

Die mürrisch dahingeworfenen Worte erinnerten Lea daran, wie viel Zeit sie schon verloren hatte. Sie stand immer wieder Höllenängste aus, dass Baramosta und seine Familie sich schon in den Händen der Inquisition befinden und ihr nichts anderes übrig bleiben würde, als sich Gewissheit über das Schicksal der Conversos zu beschaffen und mit leeren Händen zu Orlando zurückzukehren. Trübsinnige Gedanken verdrängten das Staunen über das schöne Land, durch das sie reisten, und als sie einmal durch ein besonders tiefes Schlagloch aufgeschreckt wurde, bemerkte sie, dass sich auf Cristoforo Colombos Miene ebenfalls Zweifel und Missstimmung breit machten.

In Loja erfuhren sie, dass die Truppen Kastiliens und Aragons bereits auf die Hauptstadt des Emirats vorrückten. Erst in einem Ort, den die Spanier Santa Fee nannten und der nur wenige Leguas westlich der Stadt Granada lag, erreichten sie das Heer. Kaum hatte der vorderste Wagen das Lagertor passiert, eilte ihnen der Herzog von Montoya entgegen. Er hatte die höfische Tracht mit einem goldpunzierten Harnisch, reich verzierten Achselstücken und einem federgeschmückten Helm mit Spangenvisier vertauscht. Lea musterte diesen Aufzug verblüfft. In den Augen der spanischen Damen mochte Montoya damit Eindruck schinden, aber für den Kampf schien ihr seine Ausrüstung nur wenig geeignet zu sein.

Montoya wartete ungeduldig, bis Frans van Grovius ausgestiegen war, trat dann mit ausgebreiteten Armen auf ihn zu und umarmte ihn wie einen alten, lange vermissten Freund. »Bienvenido, Don Franco. Ihre Majestäten Isabella und Fernando waren sehr erfreut, zu hören, dass Euer durchlauchtigster Herr seinen besten Berater geschickt hat, um ihnen seine Glückwünsche zur Eroberung Granadas zu überbringen.«

»Noch ist es nicht so weit«, raunte de Poleur Lea ins Ohr.

Als hätte Montoya es gehört, streckte er seine Rechte nach Osten aus, wo sich hinter den Hügeln die Stadt Granada befinden musste, und lächelte. »Ihr kommt zu einer glücklichen Stunde, Don Franco, denn der Emir von Granada verhandelt bereits mit uns über seine Kapitulation.«

»Das ist wirklich eine gute Nachricht.« Frans van Grovius strahlte Montoya an, als hätte dieser ihm gerade von einem großen Sieg Maximilians von Burgund über die Franzosen berichtet. Nun umarmte er den Spanier und lobte wortreich die Fürsorge, die dieser ihm und seinen Begleitern hatte angedeihen lassen.

Lea glaubte zuerst, kein Spanisch mehr zu verstehen, denn so viele Lügen und Verdrehungen auf einmal hatte sie noch nie vernommen. Dann aber begriff sie, warum van Grovius auf Montoyas Heuchelei einging. Er hatte sich wohl entschlossen, all die

Kränkungen und die heimlichen und offenen Beleidigungen zu vergessen, um seinem Herrn in Burgund berichten zu können, dass er in Spanien auf das Artigste empfangen worden sei. Schließlich ging es ja nicht nur um seine persönliche Befindlichkeit, sondern um die erhoffte Verlobung der Kinder seines Landesherrn mit den Erben Spaniens. Würde van Grovius seiner verletzten Gefühle wegen die Verhandlungen gefährden, bestand die Gefahr, dass sein Herr ihm die Schuld am Scheitern der Gesandtschaft zuschrieb und ihn fallen ließ. Also musste der flämische Adlige alles tun, um sein Gesicht und damit auch seinen Einfluss auf den künftigen Kaiser zu wahren.

Während Lea die beiden Herren noch beobachtete, stiegen ihre Begleiter aus dem Wagen. De Poleur stupste sie schließlich von draußen an. »He, Léon, bist du eingeschlafen? Ich für meinen Teil bin froh, diesem rumpelnden Ungetüm endlich entkommen zu sein, und hoffe, wir können die Rückreise standesgemäßer antreten.«

Dabei zeigte er auf die spanischen Rosse, die sich in einem großen Pferch am Rande des Heerlagers tummelten. Lea sah ihm an, dass er darauf brannte, eines der rassigen Tiere zu erproben, und dachte mit Schrecken an ihre fehlenden Reitkünste.

Montoya führte die Mitglieder der Delegation in ein großes, seidenes Zelt, das wohl extra für die erwarteten Gäste errichtet worden war, und ließ ihnen einen Imbiss reichen. Ganz anders als im Kloster bei Sanlúcar war der Herzog so gut gelaunt, dass er sich von van Grovius ausfragen ließ. Lea spitzte die Ohren, um nichts zu verpassen, langweilte sich aber zunächst bei den Berichten über den Kriegszug. Ihr Interesse wurde erst wieder geweckt, als Montoya seinen Gästen erklärte, dass die Königin, der König und ein Teil ihres Hofstaats ihr Quartier in dem malerischen Schlösschen aufgeschlagen hatten, welches man durch den offenen Zelteingang am gegenüberliegenden Hang bewundern konnte.

Es war einer der Landsitze, die Mohammed XII. an verschiedenen Stellen seines Reiches besessen hatte, ein in Leas Augen fremdartiges Bauwerk mit schlanken Säulen, weiß und schwarz eingefassten Rundbögen und Fenstern aus geschnitztem Rankenwerk, durch die man hinausblicken konnte, ohne von außen gesehen zu werden. Die über dem Gebäude wehenden Banner Kastiliens und Aragons verrieten, dass die Majestäten diese Eroberung ebenso wenig aus der Hand zu geben gedachten wie das Land, das ihre Truppen nun besetzt hielten.

»Wenn ihr die Güte hättet, jetzt das Mahl zu beenden«, bat Montoya seine Gäste nach einer Weile. »Ihre Majestät hat befohlen, am Nachmittag eine Feldmesse abzuhalten, um Gott für den bisherigen Erfolg des Krieges zu danken. Es wäre mir eine Ehre, wenn ihr daran teilnehmen würdet.«

Alle nickten und standen sofort auf, denn diesem Befehl durfte sich keiner entziehen, wenn er nicht die Königin erzürnen wollte. Lea hatte nun schon so oft an christlichen Gottesdiensten teilgenommen, lateinische Worte nachgeplappert und Inbrunst geheuchelt, dass es ihr nur noch wenig ausmachte, einen Christen zu spielen. Bei dieser Messe aber musste sie mehr als sonst darauf achten, keinen Fehler zu begehen, denn neben den Augen ihrer Majestäten waren auch die der Inquisition auf die Neuankömmlinge gerichtet. So kniete sie im Staub des Feldlagers nieder und lächelte dabei über die Eitelkeit der hochrangigeren Teilnehmer, für die einige Diener bunte Seidentücher ausbreiteten, damit sie ihre Knie nicht beschmutzten.

Da Lea sich in ihrer schlichten Tracht von den anderen Edelleuten unterschied, wurde ihr ein Platz ganz hinten angewiesen, so dass sie das Königspaar und seinen Hofstaat nur aus der Ferne betrachten konnte. Ihre Majestäten saßen auf zwei nebeneinander und in gleicher Höhe aufgestellten Sesseln unter einem goldbestickten Baldachin und hatten die Großen ihres Reiches um sich versammelt. Die Messe hielt ein schlanker Priester mit entrücktem Gesicht und glühenden Augen, der in eine schlichte, weiße Kutte gehüllt war. Die Bischöfe, die auf mit goldenen Tüchern bedeckten Bänken hinter dem Prediger saßen, wirkten in ihren prunkvollen Roben wie Goldfasane, die sich um eine schlichte, weiße Taube versammelt hatten. Ein junger Spanier, der neben Lea kniete, raunte ihr zu, dass es sich bei dem Priester um Don Diego de Deza handele, den Beichtvater und Erzieher des Infanten Don Juan.

Orlando hatte Lea auf der gemeinsamen Rheinfahrt beigebracht, wie sie an katholischen Messen teilzunehmen hatte, und bisher hatte sie sich innerlich gegen die Götzendienerei abschotten können, auch wenn sie alles mitmachte. Doch hier waren die Inbrunst und Verzückung der Menschen so stark zu spüren, dass sie in jeder Faser ihres Körpers vibrierte. Am liebsten wäre sie aufgesprungen und davongelaufen, um den Gott ihrer Väter in einer stillen Ecke um Verzeihung für ihr Tun zu bitten. Aber die Kutten der Mönche, die überall in der Menge der Betenden verstreut waren, mahnten sie, sich zusammenzureißen und nicht aufzufallen. Sie stand mit den anderen auf und kniete mit ihnen nieder, bekreuzigte sich sorgfältig, wenn es erforderlich war, und heuchelte den erwarteten Glaubenseifer.

Dazu verhalfen ihr nicht nur Orlandos Lehren, sondern auch die Tatsache, dass ihr Bruder Samuel und sie sich als Kinder in die St. Kolomanskirche von Hartenburg geschlichen und die christlichen Gottesdienste beobachtet hatten. Erst Jahre später war ihr aufgegangen, in welcher Gefahr sie dabei geschwebt hatten, denn wären sie entdeckt worden, hätten die christlichen Priester dies als Hinwendung zu ihrem Glauben angesehen, sie ihrer Familie entrissen und in Klöster gesteckt, um aus Samuel einen Mönch und aus ihr eine Braut Christi zu machen.

Lea schüttelte die peinigende Erinnerung ab und konzentrierte sich darauf, so zu tun, als erhebe sie bei den Gesängen ihre Stimme. Die Feldmesse zog sich ungewöhnlich lange hin, und zuletzt wusste sie nicht mehr, wie oft sie ihr Knie gebeugt und sich bekreuzigt hatte. Als Diego de Deza mit dem letzten Amen dem versammelten Heer seinen Segen erteilte, war sie schweißgebadet und sehnte sich danach, sich irgendwo zu waschen und umzuziehen. Aber auch dabei würde sie sich noch mehr in Acht nehmen müssen als bisher, denn Leute, die sich zu sauber hielten, wurden von den Spaniern verdächtigt, heimliche Juden oder Ketzer zu sein. So würde sie sich wieder darauf beschränken, die Hände mit Wasser zu netzen und sich damit über den Mund zu fahren. Eines wusste sie: wenn sie nach Hause zurückkehrte, würde sie sich die Haut vom Leibe scheuern und wochenlang fasten, um all den innerlichen und äußerlichen Schmutz loszuwerden, dem sie auf dieser Reise ausgesetzt war. Für einen Moment wünschte sie sich, sie zöge wieder in einem einfachen Kaftan gekleidet über die Straßen des Reiches, wo sie sich heimlich, aber umso gründlicher in fließenden Quellen hatte waschen können.

Die Soldaten kehrten nun zu ihren Stellungen oder Quartieren zurück. Lea und ihre Begleiter glaubten sich ebenfalls entlassen, als Montoya seine behandschuhte Rechte auf Frans van Grovius' Arm legte.

»Ihre Majestäten wünschen Euch und Eure Caballeros zu sehen.«

Van Grovius war sichtlich geschmeichelt, so rasch vom spanischen Königspaar empfangen zu werden, und begleitete Montoya nach vorne. Als Lea zögerte, sich den burgundischen Edelleuten anzuschließen, kamen de Poleur und Heimbert von Kandern auf sie zu und nahmen sie mit. Van Grovius und seine hochrangigsten Begleiter wurden bis vor das Königspaar geleitet, während Lea und die anderen gut zehn Schritte vor den Thronen durch einen Höfling aufgehalten wurden. Es war jedoch nahe genug, um die hohen Herrschaften betrachten zu können. Beide waren um die vierzig Jahre alt, doch während die in ein schlichtes rotes Gewand gekleidete kastilische Königin in anmutiger Hoheit die burgundischen Gäste begrüßte, saß ihr Gemahl Fernando von Aragon eingefallen und mit sauertöpfischem Gesicht neben ihr. Er hatte einen braunen, mit Zobel besetzten Mantel um seinen Leib geschlungen und sah aus, als sehnte er in dieser nicht einmal allzu winterlichen Landschaft die Hitze des Sommers herbei.

»Die Königin ist wunderschön, aber ihrem Gemahl scheint es das Korn verhagelt zu haben«, wisperte der ewige Spötter de Poleur Lea zu.

Laurens van Haalen musste ein Grinsen unterdrücken. »Das wundert mich nicht. Es weiß doch jeder, wer in dieser Ehe die Hosen anhat. Herr Ferdinand ist es gewiss nicht.«

Poleur schüttelte ungläubig den Kopf. »Aber die Königin sieht gar nicht so herrschsüchtig aus.«

»Sie war drei Jahre alt, als ihr Vater Juan II. starb, und verdrängte zwanzig Jahre später ihren Bruder König Enrique vom Thron. Im selben Jahr heiratete sie Fernando von Aragon, um Spanien unter ihrem Willen zu vereinen. Wenn das nicht für ihre Herrschsucht spricht, will ich ein Franzose sein.«

Lea betrachtete die Königin genauer und musste van Haalen Recht geben. Isabella war gewiss keine Frau, die sich das Heft aus der Hand nehmen ließ. Da hätte der König schon aus härterem Holz geschnitzt sein müssen.

Die kurze Audienz war rasch vorbei. Frans von Haalen und seine Kavaliere verneigten sich mehrfach vor dem Königspaar und verließen den Kreis rückwärts gehend. Die Königin stand auf, hob noch einmal die Hand zum Gruß und stieg eine kleine Treppe hoch, die wie von Zauberhand neben ihr aufgetaucht war, und setzte sich auf ihren Zelter. Der König wartete, bis sie gut im Sattel saß, und schwang sich dann vom Boden aus mit einer kraftvollen Bewegung auf den Rücken eines unruhig stampfenden andalusischen Hengstes.

Lea sah dem Königspaar und der Schar ihrer Begleiter nach, bis sie den Hang zu dem kleinen Schloss hinaufritten, und blickte sich dann nach ihren Freunden um. Doch die waren inzwischen zu dem Pferch hinübergelaufen, um sich die Pferde anzusehen. Einzig Colombo weilte noch in ihrer Nähe. Er winkte eben einem der Edelleute zu, den Lea in der Begleitung des Königspaares gesehen hatte und der ebenfalls zurückgeblieben war. Der Mann erwiderte Colombos Gruß und kam mit sichtlicher Freude auf ihn zu.

Lea eilte an die Seite des Genuesen. »Wer ist der Herr?«

Colombo lächelte ungewohnt fröhlich. »Seine Durchlaucht, der Herzog von Medicaneli, einer der angesehensten Männer am spanischen Hof und einer der wenigen Höflinge, die ihren Kopf zum Denken benutzen und nicht nur, um ein schmuckes Hütchen darauf zu setzen.«

Lea atmete innerlich auf, und bevor der Genuese ihr mit einer sicherlich wortreichen Begrüßung zuvorkommen konnte, beugte sie ihr Haupt und sprach den Herzog an.

»Eure Durchlaucht, es ist mir eine Freude, Euch von einem gemeinsamen Freund grüßen zu dürfen.«

15

Etwa um die gleiche Stunde, in der Lea dem Herzog von Medicaneli begegnete, stieg Orlando Terasa de Quereda y Cunjol in London an Bord des Handelsschiffs »Seagull«, das mit dem nächsten Ebbstrom die Themse hinabfahren wollte, um nach Spanien zu segeln. Oben an Deck drehte er sich um und starrte das Ufer an. Er wusste, dass es Wahnsinn war, was er tat, und die Stimme der Vernunft drängte ihn dazu, das Schiff sofort wieder zu verlassen und die Geschäftspartner aufzusuchen, bei denen er um diese Zeit hätte ankommen müssen. Doch sein Herz trieb ihn in eine andere Richtung, immer näher auf das Land zu, das er seinem Vater zufolge nie wieder betreten durfte und in dem, wenn er nicht übermenschliches Glück hatte, ein qualvoller Tod auf ihn wartete.

Orlando war sich bewusst, dass er sein Wort hätte halten können, wenn er nicht den Fehler begangen und ausgerechnet Lea dorthin geschickt hätte. Seit ihrer Abfahrt aus Antwerpen vor mehr als vier Monaten hatte er nichts mehr von ihr gehört, und es war ihm auch nicht gelungen, von den noch existierenden Handelspartnern seines Vaters eine Nachricht von ihr oder über sie zu bekommen. Dafür hatte er sichere Kunde, dass sein Onkel Baramosta mit seiner Familie immer noch im Kloster San Juan de Bereja lebte, und das hieß für ihn nichts anderes, als dass Lea gescheitert war und sich nun in den Händen der Inquisition befand.

Seit Wochen verfolgten ihn nachts die schrecklichsten Albträume, in denen Lea in düsteren Kellern gemartert wurde, bis nur noch ein zuckendes, blutiges Bündel von ihr übrig blieb, das unter dem Gejohle des Volkes an einen Pfahl gebunden und langsam verbrannt wurde. Wenn er aufwachte, hallten ihre Schreie noch in seinem Ohr, und er ekelte sich vor sich selbst. Er vermochte sich kaum noch zu rasieren, weil er seinen eigenen Anblick nicht mehr ertrug, so sehr verachtete er sich dafür, dass er eine Frau Gefahren ausgesetzt hatte, denen er sich selbst nicht hatte stellen wollen. Nein, nicht irgendeine Frau, korrigierte er sich, sondern die Frau, die er liebte.

Der Kapitän tippte ihm auf die Schulter und riss ihn für einen Augenblick aus seiner Selbstzerfleischung. »Die Flut steht hoch, Master Fischkopf. Wir werden einen starken Ebbstrom haben, der uns sicher auf das Meer hinaustragen wird.«

»Das wollen wir hoffen, Master Horne.« Orlando zwang sich zu einem gequälten Lachen. Zu anderen Zeiten hätte er das Gespräch mit dem Kapitän genossen und über dessen Scherze gelacht. Doch in seinem ganzen Sinnen und Fühlen war nur Platz für Lea. Er musste Gewissheit haben, was mit ihr geschehen war, und vor allen Dingen wollte er sie, wenn er sie gegen alle Wahrscheinlichkeit noch lebend und wohlbehalten antraf, so schnell wie möglich aus Spanien wegbringen.

Während Orlando dem Matrosen, der sein Gepäck aufgenommen hatte, unter Deck folgte, zog der am Fockmast lehnende Zahlmeister, der ihn die ganze Zeit nicht aus den Augen gelassen hatte, ein zerfleddertes Blatt Papier aus einer Innentasche seines Wamses, las den Text noch einmal aufmerksam durch und grinste breit. Mit den dreitausend goldenen Reales, die die Spanier für die Gefangennahme eines gewissen Orlando Terasa, auch genannt Roland Fischkopf, zahlen würden, konnte er sich ein eigenes Schiff kaufen oder sich an mehreren großen Handelsseglern beteiligen.

SECHSTER TEIL

•◆•

Für den Ruhm Kastiliens

I.

Lea zitterte bei jedem Schritt der Stute und saß so stocksteif im Sattel, als könnte er sich samt dem Pferd jeden Moment unter ihr auflösen. Fast drei Wochen hatte sie darauf gewartet, zu Medicaneli gerufen zu werden, doch als sein Reitknecht ihr am Morgen die Einladung zu einem Ausritt überbracht hatte, hatte sie erschrocken abgewehrt und ihm erklärt, dass sie nicht reiten könne. Der Mann hatte nur gelacht und gesagt, der Herzog erwarte den Señor. Danach hatte Lea sich den ganzen Vormittag Vorwürfe gemacht, denn eigentlich hätte sie wissen müssen, dass es so kommen würde, denn Medicaneli war schon mit einer Reihe burgundischer Edelleute ausgeritten, angefangen bei Frans van Grovius und seinem engeren Stab bis zu ihren Freunden de Poleur und de la Massoulet. Zu ihrer Erleichterung war der Reitknecht am Nachmittag mit einer lammfrommen Stute erschienen und hatte mit einer völlig regungslosen Miene gewartet, bis sie in den Sattel geklettert war.

Der Herzog war ein schlanker, hoch gewachsener Mann mit schmalem, hochmütigem Gesicht und blondem Haar, zu dem seine fast schwarzen, wachsamen Augen einen scharfen Kontrast bildeten. Eine Weile sah er über Leas mangelnde Reitkünste hinweg, aber als sie scharf Luft holte, weil die Stute den Kopf hochwarf und den Hang ein wenig schneller hinablief, begann er schallend zu lachen. »Keine Sorge, Saint Jacques, Cereza beißt nicht.«

Cereza, die Kirsche, war ein passender Name für die hübsche Rotfuchsstute. Zuerst hatte Lea ihn nicht richtig verstanden und sich gewundert, wieso man ein solches Pferd Bier nennen konnte. Dann hatte sie begriffen, dass sie unwillkürlich ein V in das Wort Cereza geschmuggelt und »cerveza« verstanden hatte. Dabei gab es im spanischen Heerlager kein Bier, sondern Wein, der in Kastilien und Aragon gekeltert wurde und zu den besten der Welt zählte. Dieser Wein war es auch, der in ganzen Schiffsladungen nach Flandern gebracht wurde und ihr zurzeit ein kleines Vermögen bescherte. Lea erinnerte sich noch gut daran, wie verblüfft sie gewesen war, als Orlando ihr anhand der Abrechnungen gezeigt hatte, wie viel sie an ihrem Weinmonopol verdiente.

Der Gedanke an ihren Reichtum verlieh ihr nun ein gewisses Selbstbewusstsein. Männer wie Medicaneli oder auch Montoya mochten durch ihre Kleidung und ihr Auftreten glänzen und große Ländereien besitzen. Lea war sich jedoch sicher, mehr Geld flüssig machen zu können als beide zusammen, und bald würde sie genug besitzen, um Hartenburg mit der ganzen Familie verlassen und sich woanders ansiedeln zu können, ohne dass sie jeden Heller aus dem Geschäft herausziehen musste.

Ein wenig von der Erleichterung, die sie bei diesem Gedanken empfand, musste sich in ihrer Haltung widergespiegelt haben, denn Medicaneli nickte zufrieden. »So sieht es schon besser aus.«

»Gott sei Dank. Ich wusste nicht, dass es so schwierig ist, sich auf einem Pferd zu halten.«

Die Lippen des Herzogs bebten vor unterdrückter Heiterkeit. »Mein lieber Saint Jacques, Ihr wärt der Erste, den Cereza abwirft. Sie ist, um es offen zu sagen, das Lamm unter meinen Pferden. Man kann auf ihren Rücken setzen, was man will, sie trägt es mit unendlicher Geduld.«

»Meint Ihr nicht eher, sie erträgt es?«, antwortete Lea mit dem Anflug eines Lächelns.

»Es freut mich, dass Ihr Euren Humor wiedergefunden habt, und hoffe, er verlässt Euch nicht sogleich wieder, denn wir werden etwas hurtiger traben müssen, um unser Ziel zu erreichen.«

»Welches Ziel?«

»Nun, welches denn wohl? Granada natürlich!«

»Aber die Stadt ist doch noch in der Hand der Mauren«, wandte Lea verblüfft ein.

»Noch haben wir die Stadt nicht eingenommen, das ist richtig, aber es lohnt sich, sie aus der Ferne zu betrachten. Wer weiß, was von ihrer Pracht übrig bleibt, wenn der Krieg in ihren Mauern tobt.«

Der Herzog ritt einen makellos schwarzen Hengst, der auf die geringste Bewegung seines Herrn reagierte und nun in einen schnellen Trab fiel. Cereza versuchte, an seiner Seite zu bleiben, und ließ Lea wie einen Ball im Sattel hüpfen.

»Stellt Euch in den Steigbügeln auf!«, rief der Herzog ihr zu.

Lea versuchte es, konnte sich aber nicht halten und klatschte so heftig auf den Sattel, dass sie den Schlag noch im Genick spürte. Gleichzeitig ärgerte sie sich über Orlando, der doch hätte wissen müssen, dass sie die für Juden unübliche Kunst des Reitens nie gelernt hatte und in Spanien nicht umhinkommen würde, ein Pferd zu besteigen. Sie wünschte, er hätte ihr wenigstens die Grundzüge beigebracht, denn sie fühlte sich vor dem Herzog bis auf die Knochen blamiert, und zudem wurde ihr langsam klar, dass sie ein Pferd benötigen würde, um ihren geheimen Auftrag zu erfüllen.

Während Cereza Medicanelis Hengst mehr von sich aus folgte, als von ihr gelenkt zu werden, badete Lea sich in einem See aus Selbstmitleid und Vorwürfen gegenüber Orlando. Ein Teil ihres Gehirns fragte sie jedoch, wie es ihm hätte gelingen sollen, ihr auf der schnellen Rheinbarke van Duyls das Reiten beizubringen. Er war auch nur ein Mensch und zudem in größter Sorge um Baramosta gewesen. Die Überlegungen beschäftigten sie so, dass sie die Beschwerden des Rittes ein wenig vergaß und ihr Körper sich instinktiv den Bewegungen der Stute anpasste. Dennoch war sie schließlich heilfroh, als Medicaneli seinen

Rappen auf einer Hügelkuppe zügelte und ins Tal hinabwies, wo die maurische Stadt lag.

Granada wirkte wie ein Bild aus einer verzauberten Welt. Die hellroten Ziegeldächer der Häuser und Paläste inmitten der Olivenhaine und Palmengärten leuchteten wie der Spiegel eines Sees, den der Sonnenaufgang färbt, und die Mauern und Stadttore wirkten wehrhaft und verspielt zugleich. Lea konnte sogar die Menschen erkennen, die durch die Straßen hasteten, hauptsächlich Mägde mit Krügen auf den Schultern und Männer mit Turbanen in weiten Kaftanen. Einen Augenblick später rannte eine große Anzahl gepanzerter Krieger aus einem der Gebäude und stürmte auf das Tor zu, das sich genau in Leas Richtung öffnete.

»Wenn wir nicht rasch von hier verschwinden, werden uns die Mauren gefangen nehmen«, sagte sie besorgt.

Medicaneli schüttelte lächelnd den Kopf. »Man hat nicht unseretwegen Alarm gegeben, Saint Jacques, sondern wegen der Soldaten dort.«

Er deutete auf eine Kompanie Arkebusiere, welche das persönliche Wappen Königin Isabellas auf ihren Röcken trugen, ein Bündel aus blutroten Pfeilen über dem Turm Kastiliens, und die auf die Stadt zurückten. »Ihre Majestät hält eine gewisse Demonstration ihrer Macht für nötig, um Boabdils Bereitschaft zur Kapitulation zu erhöhen.«

Lea hatte inzwischen erfahren, dass die Spanier Mohammed XII. verachteten, weil er sich mit seinen Truppen in Granada verschanzt hielt, anstatt dem Gegner auf freiem Feld zu begegnen. Da sie mittlerweile drei Wochen im Feldlager des spanischen Königspaars verbracht hatte, verstand sie die Haltung des Emirs. Sie hatte nie ein raueres Kriegsvolk gesehen als die Männer, die hier um Granada versammelt waren. Jeder von ihnen achtete ein Leben weniger als einen Maravedi, und alle gierten danach, die Muslime in Granada abzuschlachten und sich ihre Reichtümer anzueignen.

Die Arkebusiere entdeckten jetzt die beiden Reiter. Ihr Hauptmann, der mit dem blanken Schwert in der Hand auf einem kräftigen Falben ritt, befahl seinen Männern, weiter vorzurücken. Er selber scherte aus und kam mit hochmütiger Miene näher, aber als er den Herzog erkannte, nahm sein Gesicht einen beinahe lächerlich devoten Ausdruck an. Er steckte sein Schwert in die Scheide und versuchte, sich im Sattel zu verbeugen. »Verzeiht, Euer Gnaden, ich wusste nicht, dass Ihr den Angriff persönlich überwachen wollt.«

Der Herzog hob beschwichtigend die Hand. »Ich will Euren Angriff nicht überwachen, Redonzo. Ich kam nur zufällig in die Gegend, um unserem burgundischen Freund die Stadt zu zeigen.«

Redonzo schien nicht viel von Bankiers zu halten, denn er maß Lea mit einem verächtlichen Blick und schien sich zu fragen, wieso ein spanischer Grande sich mit einem so unbedeutenden Wesen abgab.

Medicaneli schien seine Gedanken lesen zu können. »Ihr solltet die Macht der Bankleute nicht unterschätzen, Redonzo. In ihren Truhen liegt mehr Geld als in denen der Könige und Kaiser. Man sagt, Don Carlos von Burgund habe seine Tochter Marie nicht zuletzt deswegen dem Habsburger Maximilian zur Gemahlin gegeben, weil sich dessen Bankiers als großzügiger erwiesen als jene seines französischen Konkurrenten.«

Man konnte sehen, dass das über den Horizont des Hauptmanns ging. Er blickte sich hastig um und bat den Herzog, sich verabschieden zu dürfen, da er den Angriff leiten müsse. Medicaneli gestattete es gnädig und lenkte seinen Rappen ein wenig zu Seite. »Er wäre besser, wenn Ihr Cereza fester am Zügel nehmt, Saint Jacques. Es wird gleich etwas laut werden.«

Lea befolgte den Rat, ohne die Augen von den Soldaten zu lassen, die den Hang bis fast zur Hälfte hinabstiegen, dort stehen blieben und ihre Arkebusen schussfertig machten. In dem

Moment waren die Straßen Granadas wie leer gefegt. Einen Augenblick später öffnete sich das Tor, und der Kriegertrupp, den Lea gesehen hatte, machte einen Ausfall. Da befahl Redonzo seinen Männern zu feuern.

Es knallte ohrenbetäubend, gleichzeitig wurden die spanischen Soldaten von einer dichten Qualmwolke eingehüllt, die der Wind auf Lea zutrieb. Der Pulverdampf setzte sich beißend in Mund, Nase und Augen fest, und erst als die letzten Schwaden sich verzogen hatten, konnte Lea wieder auf Granada hinabblicken. Die Mauren hatten sich inzwischen zurückgezogen und das Tor hinter sich geschlossen.

Medicaneli zuckte verächtlich mit den Schultern. »Granada wird sich nicht mehr lange halten. Boabdil wagt es ja nicht einmal, eine einzige Kompanie angreifen zu lassen.«

»Hätte er den Angriff befohlen, wären die Soldaten dort wohl in arge Schwierigkeiten geraten und wir mit ihnen.«

Der Herzog winkte ab. »Nicht wir, sondern Boabdil, denn hinter den Hügeln warten mehrere tausend unserer Männer darauf, dass die maurischen Feiglinge endlich ihre Nasen zeigen.«

»Vielleicht wissen die Mauren das und bleiben deswegen zu Hause.«

Medicaneli maß sie mit einem grimmigen Blick. »Das ist kein ehrenhaftes Verhalten. Wenn man mit dem Rücken zur Wand steht, muss man kämpfen und hoffen, doch noch irgendwie zu siegen. Sonst kann man nur die Schläge hinnehmen wie ein Sklave, und wie es aussieht, hat Boabdil sich für Letzteres entschieden. Aber mich interessiert der Maure im Augenblick weniger als Ihr, Saint Jacques. Ich bin mir immer noch nicht sicher, ob ich Euch helfen soll.«

Leas Gedanken überschlugen sich. Wenn Medicaneli sie nicht unterstützte, hatte sie wertvolle Zeit verloren. Jetzt ärgerte sie sich, weil sie die letzten Wochen nicht dazu genutzt hatte, weitere Kontakte zu knüpfen. Allerdings hatte es auch kaum

Gelegenheit dazu gegeben, denn bisher war keiner der anderen Gewährsleute, die Orlando ihr genannt hatte, im Kriegslager aufgetaucht. Sie wusste daher immer noch nicht, ob Baramosta sich überhaupt noch in seiner Zuflucht befand. Vielleicht lebten er und die Seinen schon längst nicht mehr, und ihr Auftrag war gescheitert.

»Ich verstehe Euch nicht, Euer Ehren. Ich habe angenommen, Orlando Terasa wäre Euer Freund.«

»Orlando ist ein Narr! Genau wie sein Vater und sein Onkel will auch er nicht einsehen, dass es für einen konvertierten Juden in Spanien nur einen Platz gibt, an dem er sicher ist, nämlich am Hof der Könige. Don Manuel und Don Rodrigo haben sich eingebildet, sie könnten genauso weiterleben wie ihre Ahnen und mit dem Handel Geld verdienen. Damit haben sie solch fanatischen Kreaturen wie Montoya und seinem Anhang aber erst die Möglichkeit gegeben, gegen sie vorzugehen.«

Lea holte tief Luft. Orlando war Jude – das war alles, was sie den Worten des Herzogs zunächst entnahm. Wie blind war sie gewesen! Sie hatte Tage und Wochen in seiner Gesellschaft verbracht, und es war ihr nicht aufgefallen. Zwar hatte er gelegentlich Schweinefleisch gegessen, aber nur in Gesellschaft fremder Menschen, in der er das Angebot des Wirts nicht hatte zurückweisen können, ohne sich verdächtig zu machen. Sein Wissen über jüdische Bräuche und die Leichtigkeit, mit der er mit konservativen Juden vom Schlag eines Ruben ben Makkabi umgangen war, hätten ihr die Augen öffnen müssen.

Eigentlich sollte sie sich über diese Nachricht freuen, stattdessen aber benötigte sie alle Kraft, die sie aufbringen konnte, um nicht in Tränen auszubrechen. Nun würde sie sich in Orlandos Gegenwart noch mehr in Acht nehmen müssen, damit er ihr wahres Geschlecht nicht entdeckte, oder besser noch ihn für immer meiden. Jüdische Männer achteten sorgfältig darauf, dass ihre Frauen keinen Fingerbreit von Sitte und Brauch abwichen, und ein Mädchen, das sich für einen Mann ausgab, war nicht nur in Rachels Augen ein Gräuel vor dem Herrn.

Medicaneli sah sie scharf an. »Passt es Euch nicht, was ich über Terasa gesagt habe, oder wusstet Ihr nicht, dass er ein Converso ist? Ich hoffe, Ihr steht noch zu Eurem Plan, Saint Jacques, denn ich habe mich gerade entschieden, Euch beizustehen. Doch sagt Orlando Terasa de Quereda y Cunjol, es ist das letzte Mal gewesen, und nennt ihm auch meinen Preis für diese Unterstützung. Er hat hier in Spanien viel Geld von geflohenen Juden und Conversos verborgen, das er für seine Pläne benutzen will. Aber dieses Geld hätten Ihre Majestäten für den Feldzug gegen Granada gut gebrauchen können, und es ist mein Wille, dass es den vereinigten Reichen Spaniens zugute kommt. Unter dieser Bedingung bin ich bereit, Euch zu unterstützen.«

Lea überlegte scharf, was sie antworten sollte. Darauf hatte Orlando – oder vielmehr Don Orlando – sie nicht vorbereitet. Ihr Quälgeist war also nicht nur ein konvertierter Jude, sondern überdies noch ein Mann von Stand, ein Adliger, dem ein Herold vorangehen durfte, um seinen Wappenschild zu tragen. Jetzt wunderte es sie nicht mehr, dass er mit einem Souverän wie dem Herzog von Burgund beinahe wie von gleich zu gleich umgegangen war, während sie selbst wie ein Häufchen Elend daneben gesessen und sich an das andere Ende der Welt gewünscht hatte.

Medicaneli schnaufte verärgert. »Ihr zögert mir zu lange mit einer Antwort«

»Verzeiht, Euer Gnaden, aber Ihr seht mich verblüfft. Wie kann es sein, dass ein Jude in diesem Land in den Adelsstand erhoben wurde?«

»Als Jude gewiss nicht!«, spottete der Herzog. »Orlando Terasas Großvater entsagte dem mosaischen Glauben und ließ sich taufen. Als eifriger Diener König Juans II. wurde er später in den Adelsstand erhoben, und Orlando würde heute zu den Granden Kastiliens zählen, hätte Don Manuel, sein Vater, nicht die

Tochter eines heimlichen Juden zum Weib genommen und wäre wieder ein Händler geworden.«

»Ihr seid doch auch der Nachkomme eines konvertierten Juden.« Diesen Pfeil musste Lea einfach abschießen.

Medicaneli lächelte immer noch, aber nun wirkte es hochmütig. »Meine Großmutter war Jüdin. Sie starb bei der Geburt meiner Mutter, und mein Großvater, der sehr an ihr gehangen hatte, wurde daraufhin Christ. Da seine Tochter ein reiches Erbe zu erwarten hatte, warb mein Vater um sie und führte sie heim. Doch seid versichert, Saint Jacques, dass in meinen Adern das edelste Blut Spaniens fließt und keine jüdischen Irrlehren mich davon abbringen können, meinem Vaterland mit aller Kraft zu dienen.«

Aus diesen Worten sprach eine schier grenzenlose Verachtung. Um den Herzog nicht zu erzürnen, äußerte Lea sich nicht dazu, sondern kehrte zu seiner Forderung zurück. »Ich wusste nicht, dass Orlando noch so viel Geld in Spanien verborgen hält.«

»Aber es ist so. Dieses Geld ist der Preis für meine Hilfe.«

»Ich werde Eure Forderung Orlando überbringen und ihn bitten, sie zu erfüllen.«

»Gebt mir Euer Ehrenwort, dass das Geld in die Hände Ihrer Majestäten kommt. Orlando wird sich daran halten.«

Lea nickte dem Herzog kurz zu. »Mein Wort habt Ihr. Ich werde alles daransetzen, das Gold in die Hände des Königspaars gelangen zu lassen. Könnt Ihr mir nun sagen, was Ihr über Baramosta wisst? Befindet er sich noch in Freiheit?«

»Freiheit ist nicht ganz das richtige Wort. Er versteckt sich noch immer im Kloster San Juan de Bereja, aber seine Häscher liegen keine tausend Schritt entfernt auf der Lauer.«

Lea bohrte nach. »Wo genau befindet sich das Kloster, und wie kann man ihn von dort wegholen?«

»Das Kloster liegt etwa zehn Leguas nordwestlich von Alicante in der Nähe der Stadt Almansa. Gewöhnt Euch besser an den

Sattel, denn Ihr werdet einige Tage reiten müssen, um dorthin zu kommen. Wie Ihr Baramosta von dort wegbringt, bleibt Eurer Findigkeit überlassen. Wenn Ihr Glück habt, hilft Euch José Albañez, der Abt des Klosters, dabei.«

Lea sah Medicaneli an, dass er zu keinen weiteren Auskünften bereit war, obwohl er sicher viel mehr wusste. Sie fragte ihn auch nicht, denn sie erinnerte sich an Orlandos Rat, von seinen spanischen Gewährsleuten nicht zu viel zu erwarten.

Medicaneli schien ihr anzusehen, dass sie nicht ganz zufrieden war. »Um Euren Wissensdurst zu stillen, will ich Euch noch mitteilen, dass Capitano Ristellis Schiff vor kurzem in den Hafen von Alicante eingelaufen ist. Es hat unterwegs im Sturm gelitten und wird daher mindestens vier Wochen in Alicante bleiben müssen. Bis dorthin solltet Ihr Euer Vorhaben abgeschlossen haben.«

Lea ärgerte sich erneut über den unverhohlenen Spott in seiner Stimme und musste sich zwingen, freundlich zu bleiben. »Ich danke Euch für diese Botschaft, Euer Gnaden.«

Sie stellte sich in den Steigbügeln auf und verbeugte sich geziert, verlor dabei jedoch das Gleichgewicht und konnte sich nur mit Mühe auf der Stute halten.

Medicaneli gluckste vor Vergnügen, wurde aber schnell wieder ernst. »Lasst Euch dabei aber nicht von meinem Freund Montoya erwischen, Saint Jacques. Er wäre sonst versucht, Euch als Waffe gegen mich einzusetzen.«

Lea verstand den Mann immer weniger. Wenn der Herzog Angst hatte, dass ein Feind die Situation ausnützen und ihm schaden könnte, sollte er doch alles tun, um der Sache ein Ende zu machen. Sie kam jedoch nicht dazu, ihm das zu sagen, denn Medicaneli trieb sein Pferd an, und sie hatte alle Hände voll zu tun, sich auf dem ihren zu halten. Erst als Santa Fee vor ihnen auftauchte, nahm er das Tempo zurück und wies lächelnd auf die Stute.

»Ihr werdet ein Pferd brauchen, Saint Jacques. Erlaubt mir, Euch Cereza zur Verfügung zu stellen. Mich würde allerdings interessieren, wie Ihr das Feldlager verlassen wollt, ohne dass Herr de Grovius Einspruch erhebt?«

Lea tätschelte den Hals der Stute und betete stumm, dass das Geschöpf seine Geduld mit ihr auch dann nicht verlieren würde, wenn sie allein unterwegs waren. »Ich danke Euer Gnaden für Eure Großzügigkeit. Was Mijnheer van Grovius' Erlaubnis zu einem Abstecher nach Alicante betrifft, so dürfte sie zu erhalten sein, denn er weiß bereits, dass ich den dortigen Repräsentanten meines Bankhauses aufsuchen muss.«

»Dann tut das aber auch, und vergesst es nicht.« Der Herzog lüpfte lächelnd den Hut und ritt sichtlich gut gelaunt auf sein Quartier zu. Während er abstieg, berichtete er den Höflingen, die sich um ihn sammelten, mit weithin hallender Stimme von dem Angriff der kastilischen Arkebusiere und dem feigen Rückzug der Mauren.

2

Es war leichter, das Kriegslager zu verlassen, als Lea erwartet hatte. Frans van Grovius, der mittlerweile fast täglich an die königliche Tafel geladen wurde, hörte nicht einmal richtig zu, als sie ihm erklärte, nach Alicante reisen zu müssen, sondern wünschte ihr nur uninteressiert gute Reise und ließ sie stehen. Erleichtert machte sie sich auf den Weg in ihr Quartier, als ihr einfiel, dass sie ihre Abreise ja auch noch ihren Freunden plausibel machen musste. Das, dachte sie, würde um einiges schwieriger werden. Sie hatte das Zelt, das sie mit de Poleur, da la Massoulet und von Kandern teilte, jedoch noch nicht erreicht, als ihr Thibaut freudestrahlend entgegeneilte.

»Schön, dass du kommst, Léon. Es gibt wunderbare Neuigkeiten.«

»Haben die Mauren sich ergeben?«, fragte Lea spöttisch.

De Poleur schüttelte lachend den Kopf. »Das noch nicht. Aber unser spanischer Freund Raúl de Llorza hat uns auf das Gut seiner Familie eingeladen. Es liegt etwas nördlich von Albacete am Rio Júcar. In der Nähe soll es Menschen geben, die ihre Häuser in die Bergwände hineingegraben haben. Kannst du dir das vorstellen?«

Lea konnte sich derzeit überhaupt nichts vorstellen, und sie kannte auch keinen Raúl de Llorza. De Poleur war ein Meister darin, neue Bekanntschaften zu schließen, das wusste sie, aber dennoch fragte sie sich, aus welchem Grund einer der bis zum Übermaß stolzen und zurückhaltenden spanischen Edelleute den jungen Burgunder und sie zu sich nach Hause einlud. Als sie ihre Verwunderung äußerte, schlug de Poleur ihr grinsend auf die Schulter.

»Natürlich sind nicht nur wir beide eingeladen. De la Massoulet und von Kandern kommen natürlich mit. Van Haalen wäre auch gerne dabei, aber van Grovius will nicht auf seine Dienste verzichten. Morgen früh geht's los. Du hast ja jetzt deine Cereza. Das Stutchen ist gerade das Richtige für einen Stubenhocker wie dich, der lieber Gulden und Dukaten zählt, als einen herzhaften Ritt zu wagen.«

Lea war nicht beleidigt, denn seine Freundschaft zu ihr oder besser gesagt zu Léon de Saint Jacques war tief und ehrlich. Es war die Art, wie de Poleur sich Luft machen musste, denn hier im Feldlager lungerte er genauso beschäftigungslos herum wie im Monasterio San Isidro, und so war er außer sich vor Freude, endlich mehr von dem sagenumwobenen Land sehen zu können, in dem sie sich befanden.

Leas Begeisterung hielt sich eher in Grenzen. »Ich weiß nicht, ob ich mit Euch kommen kann. Ich muss dringend nach Alicante reisen.«

De Poleur wischte diesen Einwand mit einer weit ausholenden Geste beiseite. »Ich weiß, ich weiß! Bankiersgeschäfte gehen für deinereinen ja vor. Aber unser Freund de Llorza hat schon gesagt, das sei kein Problem. Wir haben bis Murcia den gleichen Weg, und du solltest nachkommen, wenn du deinen Auftrag erledigt hast.«

Lea stellten sich die Haare auf. Wie konnte dieser Raúl de Llorza von ihrer Absicht wissen, nach Alicante zu reiten? Steckte Montoya dahinter? Hatte er sie entlarvt und wollte sie auf diese Weise unauffällig in die Hand bekommen? Sie schalt sich wegen ihres Kleinmuts. Wahrscheinlich hatte der Herzog von Medicaneli unauffällig eingegriffen, um ihr auf diese Weise weiterzuhelfen. Auf jeden Fall lenkte die Einladung auf die Güter der Familie de Llorza Neugierige von ihrem Ausflug nach Alicante ab, dachte sie zufrieden.

Als sie kurz darauf im Zelt die Karte von Spanien aufschlug, die Orlando ihr mitgegeben hatte, presste sie die Hand auf den

Mund, um einen Freudenruf zu unterdrücken. Don Raúl de Llorzas Gut lag keine zehn Leguas vom Monasterio San Juan de Bereja entfernt. Unauffälliger als in der Begleitung des ihr jetzt noch unbekannten Edelmanns hätte sie nicht in die Nähe ihres Ziels gelangen können.

3

Während Lea Pläne wälzte, wie sie die geradezu ideale Situation ausnutzen konnte, erreichte Orlando mit dem englischen Handelssegler »Seagull« die Küste Spaniens. Von Bilbao aus, dem Ziel Kapitän Hornes, wollte er ein Stück über Land bis zum Ebro reisen, mit einem Boot bis nach Tortosa fahren und dort auf einen Küstensegler umsteigen, der ihn nach Alicante bringen würde. Spätestens in dieser Stadt hoffte er, von seinen Gewährsleuten etwas über Leas Schicksal zu erfahren.

Orlando war so nervös, dass er die »Seagull« am liebsten schon in dem Augenblick verlassen hätte, in dem das Schiff an der Hafenmole festgezurrt wurde, doch er wollte Master Horne keinen Ärger bereiten. Der Kapitän musste zuerst sein Schiff samt Passagieren und Ladung bei den Behörden anmelden. War die Bürokratie in den meisten Häfen schon ein Ärgernis, so stellten Spaniens Beamte eine besondere Plage dar. Ohne Stempel und Siegel des Hafenmeisters durfte, wie ein Matrose spottete, nicht einmal eine Ratte an Land.

Horne blieb mehrere Stunden weg, und als er wiederkam, glänzte sein Gesicht verdächtig. Auch sein schwankender Gang deutete darauf hin, dass er sein Augenmerk weniger auf die spanischen Beamten als auf den hiesigen Wein gerichtet hatte. Dryer, der Zahlmeister, der ihn begleitet hatte, wirkte hingegen nüchtern und abgehetzt. Während Horne in seine Kajüte taumelte, kam er auf Orlando zu.

»Sie können jetzt von Bord gehen, Sir.«

Auf diese Worte hatte Orlando gewartet. Er warf sich seinen Reisesack über die Schulter und verabschiedete sich herzlich von dem Zahlmeister.

»Bis zum nächsten Mal, Master Dryer. Richtet Master Horne einen schönen Gruß von mir aus.«

»Das werde ich tun.« Die Stimme des Zahlmeisters klang gepresst. Er blieb stocksteif stehen und sah Orlando nach, bis dieser festen Boden unter den Füßen hatte und in das bunte Gewimmel der Matrosen, Huren und Handelsleute eintauchen wollte. In dem Moment kam wieder Bewegung in den Mann. Er lief Orlando nach und hielt ihn am Ärmel fest.

»Sorry, Sir, ich habe etwas vergessen. Master Horne musste dem Stellvertreter des Hafenmeisters hundert Maravedis versprechen, damit er Euch erlaubte, das Schiff bereits heute zu verlassen, aber er war leider nicht mehr in der Lage, Euch das mitzuteilen.«

»Das war er wirklich nicht.« Orlando, der schon einige Male mit Horne gefahren war und ihn zu kennen glaubte, fand es eigenartig, dass der Kapitän sich gleich nach der Ankunft hatte voll laufen lassen. Wenigstens hatte Horne vorher noch dafür gesorgt, dass sein Passagier das Schiff verlassen durfte, das war Orlando die hundert Maravedis wert. Während er nach seiner Geldbörse griff, zog der Zahlmeister ihn ein wenig beiseite. Dabei stießen sie gegen einen Mönch im schwarzen Habit des Dominikanerordens.

»Pérdone usted, Padre«, entschuldigte Orlando sich.

Im gleichen Moment wich der Zahlmeister zurück, und ein Dutzend Soldaten schienen um Orlando herum aus dem Boden zu wachsen und richteten ihre Speere auf ihn.

»Buenos dias, Don Orlando Terasa de Quereda y Cunjol! Oder sollen wir besser Señor Cabeza de Pez sagen?« Der Dominikaner hatte sich hinter den Soldaten aufgestellt und betrachtete Orlando wie eine Katze die gefangene Maus.

Orlando starrte auf die Speerspitzen und ließ die Schultern sinken. Sein Glück hatte ihn nun endgültig verlassen, und er musste an seinen Vater denken, der ihn wohl noch im Grabe verfluchen würde. Während vier der Bewaffneten ihn packten und seine Arme auf den Rücken bogen, warf er dem Zahlmeister, der neugierig hinter den Soldaten stehen geblieben war, einen bösen Blick zu. »Judas!«

Dryer wurde blass und zog sich ein paar Schritte zurück, als fürchte er, verhext zu werden. Auch die Männer, die Orlando fesselten, warfen sich ängstliche Blicke zu, die ihre grimmigen Mienen Lügen straften, und der Dominikaner murmelte Gebete, mit denen böse Dämonen gebannt werden sollten.

»Nehmt den Kerl in die Mitte. Wir werden ihn heute Nacht im Kerker unseres Klosters unterbringen«, befahl der Mönch, nachdem man Orlando so viele Stricke um den Leib gebunden hatte, dass er kaum noch Luft bekam. »Morgen holt ihr diesen Dämon heraus, steckt ihn in den eisernen Karren und bringt ihn nach Santa Pola. Seine Gnaden, der Herzog von Montoya, will ihn dort persönlich verhören.«

Auf den fragenden Blick des Hauptmanns reagierte der Mönch mit einem Kreuzzeichen über dem Mann. »Sei unbesorgt. Ich werde Euch zusammen mit zwei meiner Brüder begleiten.«

Der Hauptmann nickte zufrieden und gab seinen Männern den Befehl, Orlando Terasa zwischen sich zu nehmen und ihn mit den Speeren in Schach zu halten.

Der Zahlmeister der »Seagull« wagte es nun, sich dem Mönch zu nähern. »Dispénseme, Padre, doch habt Ihr nicht etwas vergessen?«

Als der Mönch ihn fragend ansah, machte Dryer das Zeichen des Geldzählens.

»Ach so, du willst deine Belohnung, Inglés. Keine Sorge, sowie mein Bericht, den ich heute noch aufsetze, das Heilige Offizium erreicht hat, wirst du dein Geld erhalten. Am besten machst du dich sofort auf den Weg nach Valladolid, um deine Reales dort abzuholen.« Er sprach einen kurzen Segen über den Zahlmeister, drängte sich durch die Menge, die bei Orlandos Verhaftung

zusammengelaufen war und den Zwischenfall nun heiß disku-
tierte, und eilte hinter den Soldaten her.

Dryer wusste nicht, ob er sich auf die Belohnung freuen oder
über diese kurze Abfertigung ärgern sollte. Bis Valladolid war es
ein weiter Weg, und er würde seinen guten Posten an Bord der
»Seagull« aufgeben müssen, um dorthin zu reisen. Dabei stand
zu befürchten, dass die Herren der Inquisition ähnlich langsam
reagierten wie die königlichen Behörden und er ein halbes Jahr
oder länger warten musste, bis man sich gnädigerweise herabließ, ihm sein Geld auszuzahlen.

Eine innere Stimme sagte ihm, dass er das Gold wohl nie erhalten werde und der Verlust seiner Stellung die Strafe für seinen
Verrat sei, und für einen kurzen Moment wünschte er sich
selbst zum Teufel. Dann aber sah er die dreitausend goldenen
Reales vor sich und beschloss, sie sich zu holen, und wenn er Tag
und Nacht vor der Tür des Großinquisitors ausharren musste,
um sie zu bekommen. Es ging schließlich nicht nur um dreißig
lächerliche Silberlinge, für die Jesus Christus verraten worden
war.

4.

Als Lea sich am Morgen für den Ritt nach Alicante fertig machte, erhielt sie Besuch von Cristoforo Colombo. Leas Freunde nahmen sich kaum Zeit für einen kurzen Gruß, sondern verschwanden unter fadenscheinigen Vorwänden aus dem Zelt, denn ihnen graute, wie sie ihr mehrfach versichert hatten, vor den endlos langen Vorträgen des Genuesen. Colombo gönnte ihnen nicht einmal einen Blick, sondern kam auf Lea zu und ergriff ihre Hand.

»Ich habe gehört, dass Ihr das Feldlager verlasst, Saint Jacques, und will mich von Euch verabschieden, für den Fall, dass wir uns nicht wiedersehen.«

Lea sah ihn neugierig an. »Habt Ihr es geschafft? Geht es nun bald nach Indien?«

Colombos Gesicht verdüsterte sich. »Nein, ich habe es noch nicht geschafft. Die Königin ist meinem Vorhaben gewogen, und edle Männer wie der Herzog von Medicaneli und Luis de Santangel, der Verwalter der Privatschatulle König Fernandos, haben mich nach Kräften unterstützt, aber wie ich gehört habe, werden die ehrwürdigen Herren der Universität von Salamanca mein Ansuchen ablehnen. Meine Berechnungen seien falsch, behaupten sie, denn die Erde wäre viel größer, als ich es angegeben habe, und der Weg nach Westen so lang, dass kein Schiff ihn je würde zurücklegen können. Dabei habe ich ihnen Toscanellis Briefe vorgelegt, in denen er meine Ausführungen in allen Punkten bestätigt, und ihnen die Karten gezeigt, auf denen die Insel Antillas eingezeichnet ist, die auf dem Weg nach Indien liegt. Die Karthager haben dieses sagenumwobene Eiland bereits vor mehr als anderthalbtausend Jahren erreicht, denn seit dieser Zeit wird seine Lage überliefert.«

Colombo hatte sich angewöhnt, Lea im Abstand von ein paar Tagen sein Leid zu klagen, da sie die Einzige war, die ihm jederzeit geduldig zuhörte. Heute aber fiel er sogar ihr lästig, denn all ihre Gedanken waren auf den weiten Ritt gerichtet, der vor ihr lag. Zu allen anderen Problemen hatte sich noch ein weiteres gesellt, denn sie bekam ihre unreinen Tage. Bisher war es ihr immer gelungen, die Blutung geheim zu halten, aber sie fürchtete, dass das Werg, das sie als Ersatz für das gewohnte Moos in Binden gewickelt hatte, dem Druck des Sattels nachgeben und ihre Hose sich rot färben würde. Während sie noch überlegte, was sie tun konnte, um sich nicht auf diese Weise zu verraten, redete Colombo ununterbrochen weiter.

»… gibt noch die Chance, dass Ihre Majestäten den Vorschlag Don Luis de Santangels annehmen. Er ist nämlich bereit, meine Reise aus seinem Privatvermögen zu bezahlen.«

»Das würde mich freuen, Señor Colombo, denn ich bin überzeugt, dass Eurem Unternehmen Erfolg beschieden sein wird. Doch jetzt entschuldigt mich. Meine Gefährten warten bereits, und wir haben einen weiten Weg vor uns.«

»Buen viaje, Saint Jacques. Ich hoffe, Ihr könnt mir dasselbe wünschen, wenn Ihr zurückkommt.« Colombo klopfte Lea auf die Schulter und verließ etwas fröhlicher das Zelt.

»Ebuena suerte, Señor Colombo, viel Glück!«, rief sie ihm auf Spanisch und Deutsch nach, griff nach ihrem Gepäck und folgte ihm ins Freie.

Im Pferch musste sie den Kuss einer feuchten Pferdeschnauze über sich ergehen lassen und Cereza erst einmal an einer kitzligen Stelle ihrer Mähne kraulen, bevor sie ihr den Sattel auflegen konnte. Als sie die Satteltaschen und ihre Gepäckrolle befestigt hatte, holte sie noch einmal tief Luft und stieg steifbeinig auf.

»Dort kommt de Llorza«, rief de Poleur und deutete hinter Lea.

Lea zog die Stute herum, damit sie dem Ankömmling entgegensehen konnte. Raúl de Llorza war ein schlanker Mann Mitte zwanzig in engen schwarzen Hosen und einem dunkelgrauen Wams. Auf dem Kopf trug er einen hellgrauen Hut, dessen Krempe kaum breiter war als ein Finger und Lea an den Fez des Osmanen erinnerte, dessen Skizze sie vor kurzem bei einem der Maler aus dem burgundischen Stab gesehen hatte. Obwohl de Llorza kaum älter war als seine Gäste, bewegte er sich so bedächtig und geziert, dass Leas Begleiter neben ihm wie Lausbuben wirkten.

»Buenos dias, Señores.« De Llorzas Gruß fehlte jede Herzlichkeit. Lea kam es so vor, als fasste er diesen Ausflug als lästige Pflicht auf, zu der ihn jemand genötigt hatte, und sie fragte sich, wer die Macht besaß, diesem arroganten jungen Mann seinen Willen aufzuzwingen und sie und ihre Freunde in die Nähe des Ortes zu bringen, der ihr Ziel war. Das konnte nur Medicanelis Werk sein.

Während de Poleur ihren Gastgeber lärmend begrüßte, hielt Lea sich zurück. Der Blick, den der Spanier ihr zuwarf, zeigte nur allzu deutlich, dass er keinen Wert auf ihre Bekanntschaft legte, denn er zuckte verächtlich mit den Schultern und murmelte etwas wie »comerciante«, was ihres Wissens nach Händler bedeutete. Hier mochte es die Bedeutung von »Pfeffersack« haben, wie die Ritter auf ihren Burgen die Kaufherren in den Städten beschimpften, deren Reichtum ihnen ein Dorn im Auge war.

De Llorzas Haltung kam Lea gerade recht, denn je weniger er sie beachtete, umso freier konnte sie sich bewegen. Sie ließ ihre Freunde voranreiten und sah lächelnd zu, wie sie den Spanier in ihrem schlechten Kastilisch nervten. Solange die drei mit ihrem Gastgeber beschäftigt waren, konnten sie nicht über Saint Jacques' mangelnde Reitkünste lästern.

Allerdings ritten die vier Bediensteten, die auf ihren plumpen braunen Pferden den Schluss der Gruppe bildeten, auch nicht besser, wie Lea erleichtert feststellte. Für eine Weile beschäftigte sie der Kontrast zwischen den vier bäuerlichen Gestalten hinter ihr und dem Edelmann, der einen halbwilden und auf maurische Weise gezäumten Grauschimmel ritt. Die Zügel und Riemen des Pferdes trugen einen hellen Samtüberzug und waren mit flatternden roten Tressen geschmückt, der Sattel mit Silberfiligran beschlagen und die Satteldecke dicht mit Rankenwerk bestickt. Cerezas Zaumzeug wirkte dagegen schlicht, war aber im Gegensatz zu dem der Reittiere hinter ihr von guter Qualität. Das Schwert, das Lea am Abend zuvor von einem Boten erhalten hatte, konnte sich auch neben der Waffe de Llorzas sehen lassen. Zwar war sein Griff nicht so reich verziert und es trug auch keine Juwelen auf der Scheide, aber die Klinge war aus dem besten Stahl. Es war in Toledo geschmiedet worden und ungewöhnlich scharf, wie de Poleur ihr bestätigt hatte. Thibaut war beim Anblick der Waffe direkt neidisch geworden und hatte sie eine Weile geschwungen, ehe er sie in die Scheide zurückgesteckt und Lea geholfen hatte, das Schwertgehänge anzupassen.

Zu Leas Erleichterung war das Schwert um einiges kleiner und leichter als die Waffen ihrer Freunde und lag ihr wunderbar in der Hand; und doch fühlte sie sich damit nicht so sicher wie mit dem Dolch. Sie hatte nie gelernt, mit einer Waffe zu kämpfen, und wusste, dass sie sich schon beim ersten Hieb blamieren würde. Das war jedoch nicht der einzige Grund, warum das Schwert ihr Kopfzerbrechen bereitete. Wer auch immer es ihr geschickt hatte, schien überzeugt zu sein, dass ein gefährlicher Weg vor ihr lag.

5.

Eine knappe Woche später hielt Lea Cereza zurück, als diese wie gewohnt den anderen Pferden folgen wollte. Hinter ihr lag eine ereignislose Reise durch ein felsiges Land, das jetzt im Winter grün schimmerte, im Sommer jedoch, wie sie von de Llorzas Diener erfahren hatte, unter einer sengenden Sonne lag, die einem das Mark aus den Knochen brannte. Die Gruppe hatte Granada im weiten Bogen umgangen und war zunächst zwei Tage lang durch das ehemalige Emirat geritten.

Lea war bald klar geworden, dass Raúl de Llorza neben seinem Hochmut noch über weitere ihr unsympathische Charaktereigenschaften verfügte. Mauren, die ihnen unterwegs begegnet waren, hatte er wie Sklaven behandelt und sich so benommen, als wäre allein der Anblick dieser Menschen schon eine Beleidigung für ihn, und einmal hatte er einen Juden, der ihm nicht schnell genug ausgewichen war, über den Haufen geritten und sich hinterher noch seiner Tat gebrüstet. Selbst Thibaut de Poleur, der sonst für jeden schlechten Scherz zu haben war, hatte sich in dem Moment abgewandt und angewidert das Gesicht verzogen.

Die unangenehmen Zwischenfälle waren der Grund, dass Lea es eine Weile genoss, das erste Mal seit Monaten allein zu sein. Doch als sie einem Soldatentrupp begegnete, der ihr den Weg versperrte und sie zum Ziel geschmackloser Witze machte, wurde ihr doch mulmig zumute, und sie wünschte sich, de Poleur wäre noch bei ihr, denn er hätte die Situation sicher mit ein, zwei Scherzworten entspannt. Zu ihrem Glück hatte der Anführer der Rotte es eilig und befahl seinen Männern mit scharfen Worten weiterzumarschieren.

Als Lea ihnen nachblickte, musste sie an Orlando denken. Mit ihm an der Seite hätte sie eben keine Furcht empfunden, denn er hätte den Soldaten allein durch seine Haltung Respekt einge-flößt. Sie erinnerte sich noch gut, wie sie sich gefragt hatte, wo-her ein einfacher Handelsagent eine so große Selbstsicherheit und eine Leichtigkeit im Auftreten hernahm, aber wenn man ein spanischer Edelmann mit dem klangvollen Namen Orlando Terasa de Quereda y Cunjol war, fiel es einem wahrscheinlich leicht, sich jedermann gegenüber richtig zu verhalten und gleich-zeitig die Welt mit einem gewissen Spott zu betrachten.

An ihrer Stelle hätte Orlando auch genau gewusst, wie er die vor ihr liegende Aufgabe lösen konnte, während sie im Ungewissen tappte und von Selbstzweifeln zerfressen wurde. Eine Weile überlegte sie, ob sie zuerst nach Alicante reiten oder lieber gleich das Monasterio von San Juan de Bereja aufsuchen sollte. Ehe sie sich entschieden hatte, brach die Nacht herein, und weit und breit waren kein Dorf und keine Herberge zu sehen.

Da es um sie herum auch keine anderen Menschen gab, nutzte sie die Gelegenheit, sich am Ufer eines von dichtem Gebüsch umgebenen Rinnsals gründlich zu waschen und frische Brustwi-ckel anzulegen. Dann rastete sie an einem noch glimmenden Feuer, das wohl Bauern auf einem Feld entzündet hatten, und nutzte die Gelegenheit, ihre gebrauchten Monatsbinden zu ent-sorgen, die sich als erstaunlich zuverlässig erwiesen hatten. Zu-frieden sah sie zu, wie das verräterische Päckchen mit dem Werg zu Asche zerfiel. Es hatte seine Schuldigkeit getan. Als die Glut erloschen war, kuschelte Lea sich an ihre Stute, die sich ebenfalls niedergelegt hatte, und verbrachte eine ungestörte Nacht.

Trotz des unbequemen Lagers erwachte sie am Morgen so er-frischt wie schon lange nicht mehr, und als sie sich noch einmal in dem nahe gelegenen Bach gewaschen und Cereza getränkt hatte, fühlte sie sich zuversichtlicher als in den letzten Wochen. Sie beschloss, zuerst nach Alicante zu reiten, und folgte einer schlecht instand gehaltenen Straße nach Osten. Nach einer

Weile stellte sie fest, dass es mit ihrem Mut doch nicht ganz so weit her war, wie sie gedacht hatte, denn ihre rechte Hand wanderte immer wieder zum Knauf ihres Schwertes und blieb darauf ruhen, als biete der kühle Griff ihr Sicherheit. Im Feldlager hatte sie viel von Räubern und Briganten gehört, die die Wege unsicher machen sollten, und schalt sich im Nachhinein über ihren Leichtsinn, die Nacht auf freiem Feld verbracht zu haben.

Als sie auf Reisende traf, die ebenfalls Alicante zum Ziel hatten, nahm sie deren Einladung, sich ihnen anzuschließen, dankbar an. Die Gruppe bestand aus Händlern und Hausierern, die mit Eseln und Maultieren unterwegs waren und sich über die Gesellschaft eines jungen Edelmanns mit einem scharfen Schwert an der Seite freuten. Lea blieb nur zu hoffen, dass die Männer nicht erfuhren, wie wenig sie diese Wertschätzung verdiente. Wenigstens hatte sie sich in den letzten Tagen so weit an den Sattel gewöhnt, um vor nicht allzu kritischen Augen als passabler Reiter erscheinen zu können. Das war vor allem Cerezas Verdienst, dachte Lea und tätschelte der Stute dankbar den Hals. Jetzt, wo die Innenseiten ihrer Oberschenkel nicht mehr wie Feuer brannten und sie beim Traben nicht mehr wie ein nasser Sack auf den Sattel klatschte, machte ihr das Reiten sogar ein wenig Spaß.

Da ihre neuen Begleiter achtungsvoll Abstand hielten und Cereza von allein der Straße folgte, spann Lea sich wieder in ihre Gedanken ein und schreckte erst hoch, als einer der Händler die bevorstehenden Festtage zu Ehren eines Heiligen erwähnte und dabei das Datum nannte. Beschämt erinnerte sie sich daran, dass in dieser Zeit das Chanukka-Fest gefeiert wurde. Zu Hause in Hartenburg würden die Chanukka-Lichter brennen und Sarah darauf achten, dass etwas besonders Gutes auf den Tisch kam. Sie fragte sich, ob Elieser diesmal das Hanerot sprechen oder ob Jochanan weiterhin die Rolle des Vorbeters einnehmen würde. Bei dem Gedanken an das Chanukka-Fest fiel ihr ein, dass sie auf dieser Reise bereits Rosch ha-Schanah, Jom Kippur und das Laubhüttenfest versäumt hatte, und machte sich Vorwürfe, weil sie wenigstens in Gedanken ihre Gebete sprechen hätte können. Sie war jedoch zu aufgewühlt gewesen, um sich an ihre religiösen Pflichten zu erinnern. Jetzt aber schwor sie sich, im neuen Jahr während der Feste zu Hause zu bleiben und sie so zu feiern, wie es sich für eine fromme Jüdin gehörte. Um ihr Gewissen zu beruhigen, bekräftigte sie ihr Vorhaben mit einem lautlosen Gebet.

Alicante lag etwa zwanzig Leguas westlich von Murcia, dem ersten Ziel ihrer burgundischen Freunde. Ein guter Reiter hätte den Weg, den Lea gewählt hatte, in zwei Tagen zurücklegen können, die Reisegruppe kam jedoch nur so schnell voran, wie es die widerspenstigen Tragtiere zuließen, und erreichte ihr Ziel erst am frühen Nachmittag des vierten Tages. Auf der Plaza Mayor verabschiedeten die Männer sich wortreich voneinander, und jeder dankte de Saint Jacques im Namen irgendeines Heiligen für seine Begleitung, so als hätte Lea sie vor Pestilenz und Feuer bewahrt. Während sie sich noch fragte, was an der von keinem Zwischenfall getrübten Reise so gefährlich gewesen war, löste sich die Gruppe auf und ließ sie allein zurück.

Für ein paar Augenblicke blieb Lea starr auf ihrem Pferd sitzen, denn es war ihr bewusst geworden, dass ihr nun der Moment bevorstand, in dem ihre Maske einer harten Bewährungsprobe unterzogen wurde. Bankiers ließen sich nicht so leicht täuschen wie Edelleute, und sie achteten viel genauer auf die Papiere, die man ihnen vorlegte. Von den nächsten Stunden würde es abhängen, ob sie eine Chance bekam, Baramosta und die Seinen aus Spanien herauszubringen. Sie holte tief Luft und sprach einen beleibten Mann in derber Kleidung an.

»Entschuldigen Sie, Señor. Können Sie mir sagen, wo ich die Calle de San Justo finde?«

Der Dicke musterte ihre Stute, der man ansah, dass sie keinem armen Mann gehören konnte, und deutete eine Verneigung an. »Nehmt den Weg da drüben, Euer Ehren, und biegt in die dritte Gasse ein, die zur linken Hand abgeht.«

»Muchas gracias, Señor.« Lea wollte dem Mann zum Dank eine kleine Münze reichen, doch er war schon wieder im Gewimmel der Menschen verschwunden. Vorsichtig lenkte sie Cereza, deren Brust die Menge teilte wie ein Schiffsbug die Wellen, durch das Gewimmel und erreichte bald die gesuchte Gasse. Das Haus, in dem der spanische Kompagnon der Bankiers Eelsmeer und Deventer aus Antwerpen lebte, war ein moderner Bau aus sorgfältig behauenen und mit einfachen Basreliefs geschmückten Sandsteinquadern. Er war zwar nicht höher als die schmalbrüstigen Häuser, die ihn umgaben, schien sie jedoch alle zu erdrücken. Lea ritt durch ein mehr als zwei Manneslängen hohes Tor in den Hof, stieg ab und warf einem herbeieilenden Knecht die Zügel zu.

»Ist Señor Barillo zu sprechen?«

Der Knecht nickte. »Si, Señor. Wenn Sie so gut wären, sich ins Oficina zu begeben und sich dort anzumelden. Ich kümmere mich inzwischen um Ihr Pferd.«

Lea wandte sich so hastig dem Eingang zu, dass ihr die Schwertscheide schmerzhaft gegen die Waden schlug, und fluchte leise über ihre innere Unruhe und Unsicherheit. Als sie das Vorzimmer des Bankiers betrat, hatte sie sich jedoch wieder in der Gewalt. »Buenos dias, Señor«, grüßte sie den am vordersten Schreibpult stehenden Kommis. »Mein Name ist Léon de Saint Jacques. Ich wollte fragen, ob Post für mich hier angekommen ist.«

Der Angestellte, ein hagerer Mann unbestimmbaren Alters, blickte auf und musterte sie mit blass schimmernden Augen. Er war kein Spanier, sondern eher ein Flame, den es hierher verschlagen hatte, und obwohl er vermutlich schon seit Jahren hier lebte, war sein Kastilisch um einiges schlechter als das ihre.

»Buenos dias, Don Léon. Wir haben Euch schon erwartet. Ich melde Euch sogleich bei Señor Barillo an.« Mit diesen Worten verließ er sein Pult und verschwand durch eine Tür in der Rückwand.

In den nächsten Minuten stand Lea Höllenängste aus. Jeden Moment erwartete sie, einen Inquisitor des Dominikanerordens mit seinen Männern hereinkommen und blanke Klingen aufblitzen zu sehen. Stattdessen kehrte der flämische Kommis in Begleitung eines untersetzten Spaniers in hellblauen Hosen und einem gleichfarbenen Wams zurück. Der Mann segelte auf Lea zu und begrüßte sie überschwänglich.

»Welch eine Freude, Euch zu sehen, Don Léon! Eure Ankunft wurde uns schon vor Monaten angekündigt, und wir waren sehr in Sorge um Euch. Es macht so viel Gesindel unsere Straßen unsicher, dass auch ein tapferer junger Herr wie Ihr seines Lebens nicht sicher ist. Und dann der Krieg mit diesen schrecklichen Mauren! Wer denen in die Hände fällt, wird einen Kopf kürzer gemacht, bevor er noch einmal Atem holen kann.«

Um Leas Lippen spielte ein nervöses Lächeln. »Wie Ihr seht, Señor Barillo, habe ich alle Gefahren gut überstanden. Ein Brief soll hier für mich angekommen sein.«

»Nicht nur ein Brief«, antwortete Barillo in einem Ton, als würde er die Wichtigkeit der Leute nach der Anzahl der Schreiben messen, die er für sie empfing. Er strich sich mit den Handflächen über sein Wams und bat Lea, ihm in sein Arbeitszimmer zu folgen.

»Ich habe alles vorbereitet«, erklärte er, während er einladend die Tür aufhielt.

Als Lea an Barillo vorbeiging, berührte ihre rechte Hand unwillkürlich den Schwertknauf. Es befand sich jedoch niemand sonst in dem Raum, der mit einem großen Tisch und vier bequemen Stühlen, einem Schrank, einem Schreibpult und zwei mit kräftigen Schlössern versehenen Truhen möbliert war. Die

Fenster waren vergittert und die Außenwand an dieser Stelle mehr als eine Armspanne dick.

»Einen Moment bitte.« Barillo trat an den Schrank, öffnete ihn und holte ein mit einem roten Band umwickeltes Bündel heraus, das er an Lea weiterreichte. »Hier sind Eure Schreiben.«

Lea riss mit bebenden Händen das Band herunter und atmete auf, als sie sah, dass zwei der Briefe von Orlando stammten. Ohne auf den Bankier zu achten, brach sie die Siegel auf und faltete die Blätter auseinander. In dem ersten, den er ihr wohl schon von Antwerpen aus nachgesandt hatte, gab er ihr in dem von den jüdischen Händlern im Reich verwendeten Code eine Beschreibung, wie sie am besten zum Monasterio von San Juan de Bereja gelangte, und warnte sie dabei eindringlich vor allen möglichen Gefahren. Der andere Brief war eine Geldanweisung auf eine Summe von eintausend Gulden, mit denen sie ihre Auslagen begleichen sollte. Lea reichte dieses Schreiben an Señor Barillo weiter. Der warf einen Blick darauf und befahl dann dem Kommis, der ihnen gefolgt war, die Summe bereitzustellen. Dann wandte er sich wieder Lea zu.

»Ihr könnt über noch höhere Summen verfügen, Don Léon. Ich habe ebenfalls einen Brief von Don Orlando Terasa erhalten, in dem er Euch seine sämtlichen Einlagen in unserem Bankhaus zur Verfügung stellt.«

Konnte es sich um jene Vermögen handeln, welche der Herzog von Medicaneli für seine Hilfe von ihr gefordert hatte? fragte Lea sich. Die Summe, die ihr Barillo auf ihre Frage hin nannte, war atemberaubend hoch. Da kamen all die Gelder nicht mit, die sie sich in den letzten sechs Jahren erarbeitet hatte.

»Wenn ich mehr brauche, werde ich es Euch wissen lassen, Señor Barillo«, sagte sie, nachdem sie sich gefasst hatte. »Zum jetzigen Zeitpunkt wäre mir jedoch mehr mit Auskünften gedient. Wisst Ihr, ob sich ein genuesischer Schiffer mit Namen Ristelli noch in Alicante befindet?«

»Sí, das tut er. Wenn Ihr jetzt aus dem Fenster blickt, könnt Ihr ihn sogar kommen sehen.«

Lea eilte ans Fenster und sah hinaus. Der einzige Passant, der auf das Haus zusteuerte, war ein breitschultriger Mann mit Hosen, die um die Hüften und die Oberschenkel flatterten, unter dem Knie jedoch zusammengebunden waren, einem bis knapp über die Taille fallenden braunen Wams und einer fleckigen Filzkappe, deren ursprüngliche Farbe nicht mehr zu erkennen war. Sein Gesicht war von der Sonne verbrannt, und über die Wange zog sich eine fingerlange, rote Narbe. Mit seinem kurz gehaltenen, ergrauenden Bart und flinken Augen, denen nichts zu entgehen schien, wirkte er eher wie ein Pirat als wie ein ehrlicher Handelskapitän. Lea schob dieses Vorurteil sofort beiseite. Um Flüchtlinge aus Spanien hinauszuschmuggeln, brauchte es Männer, die bereit waren, dem Teufel in die Suppe zu spucken. Orlando hielt Ristelli für zuverlässig, und bisher hatte er sich Leas Erfahrung zufolge noch nie geirrt.

»Ich würde mich freuen, ein paar Worte mit dem Capitán sprechen zu können.«

»Señor Ristelli wird sich noch mehr freuen. Seit er hier in Alicante eingelaufen ist, hat er fast jeden Tag nach Euch gefragt, Don Léon.« Barillo hatte die Worte kaum ausgesprochen, als es im Vorraum laut wurde.

»Saint Jacques ist hier? Ich will ihn sofort sprechen!«, vernahm Lea eine harte, abgehackt klingende Stimme. Sie machte einen Schritt nach vorne, um in den Vorraum zurückzukehren, doch Barillo hielt sie zurück und eilte selbst hinaus. Lea hörte, wie er Ristelli schmeichelnd zu beruhigen suchte, dann öffnete sich die Tür erneut, und der Seekapitän stampfte breitbeinig hinein. Beim Anblick von Léon de Saint Jacques riss er die Augen auf. »Seit wann schickt Orlando Kinder, um Männerarbeit zu tun?«

Es war nicht gerade die Begrüßung, die Lea erwartet hatte. Sie verbeugte sich knapp und musterte den Kapitän dann – wie sie hoffte – etwas von oben herab. »Buenos dias, Señor. Ihr seid Ristelli, der Genuese?«

»Genau und das in eigener Person. Hier, ich habe einen Brief für Euch.« Mit diesen Worten griff Ristelli in eine Tasche und holte einen schmutzigen Fetzen Papier heraus, der so aussah, als habe er als Untersetzer für einen Weinbecher gedient.

Lea ergriff das Papier, klappte es auf und erkannte Orlandos Handschrift. Er wies sie an, dem Kapitän bei ihrem ersten Zusammentreffen sofort zweihundert Dukaten auszuzahlen. Ristelli starrte sie so böse an, als wolle er den Raum ohne dieses Geld nicht mehr verlassen.

»Señor Barillo, würdet Ihr bitte so gut sein, dreihundert Dukaten für den Capitán zu holen.« Lea erhöhte die Summe aus eigenem Antrieb, um Ristelli bei Laune zu halten. Das Gesicht des Genuesen hellte sich sofort auf. Während Barillo den Raum verließ, um das Geld zu besorgen, trat er auf Lea zu.

»Ich kann jederzeit lossegeln, wenn es nötig sein sollte.«

»Und die Schäden an Eurem Schiff?«

Der Genuese zeigte ein verschlagenes Grinsen. »Manche Schäden lassen sich eben schneller beheben, als es aussieht. Wo soll ich die angekündigte Fracht an Bord nehmen?«

Orlando hatte Lea während der Reise nach Antwerpen einige Wege genannt, auf denen sie seinen Onkel und dessen Familie zur Küste schmuggeln konnte. Wegen der zu erwartenden Verfolgung hatte er die Flucht auf dem nahen Fluss als die aussichtsreichste angesehen. Lea hatte mehrfach die Karten studiert und war zu dem gleichen Schluss gekommen. »Don Orlando hat Cullera an der Mündung des Rio Júcar als Treffpunkt vorgeschlagen. Allerdings habe ich bis jetzt noch nichts in die Wege leiten können.«

»Dann wird es aber höchste Zeit!« Ristelli dachte kurz nach. »Bei gutem Wind brauche ich zwei Tage bis Cullera, bei schlechtem vier, je nachdem, wie gut meine Aquilone das Cabo de la Nao umschifft. Ihr solltet diese Zeit im Auge behalten.«

»Dann ist es das Beste, Ihr segelt spätestens übermorgen in aller Frühe los, denn ab jetzt muss alles sehr schnell gehen.«

Ristelli nickte zustimmend. Zu einer Antwort kam er jedoch nicht mehr, da Barillo mit dem Geld zurückkehrte. Er händigte Lea den Beutel aus, die den Inhalt kurz abschätzte und ihn dann an Ristelli weiterreichte. »Wir sind uns also einig, Kapitän.«

Ristelli ergötzte sich an dem Glanz der Goldstücke und grinste breit. »Ihr könnt auf mich zählen, Messer Léon de Saint Jacques. Ich werde dort sein. Ach ja, eines hätte ich beinahe vergessen. Da ist noch ein Paket bei mir an Bord, das ich Euch aushändigen soll. Ich werde es Euch durch einen meiner Matrosen überbringen lassen.«

»Muchas gracias.« Lea wusste zwar nicht, um was es sich handeln konnte, war jedoch um jede Kleinigkeit dankbar, die ihr diese Aufgabe erleichtern konnte.

Als der Kapitän sich zum Gehen wandte, hielt sie ihn auf. »Halt, ich weiß noch nicht, wo ich heute Nacht einkehren werde. Daher ist es wohl besser, ich begleite Euch und hole das Paket selber ab.«

Der Genuese hob abwehrend die Hände. »Nein! Ich will nicht, dass man Euch bei mir an Bord sieht.«

Barillo trat lächelnd dazwischen. »Ihr seid selbstverständlich mein Gast, Don Léon. Ich habe Felipe bereits zu meiner Esposa geschickt, damit sie den Mägden befiehlt, Euch ein Zimmer zu richten. Also könnt Ihr Euer Paket hier in Empfang nehmen.«

Lea dankte ihm mit einer höflichen Verbeugung. »Ich bin Euch sehr verbunden, Señor Barillo. Und Ihr, Capitán, könnt mir Euren Matrosen senden.«

Ristelli brummte zufrieden und verließ mit einem recht freundlichen Arrivederci das Bankhaus, während Lea Barillo in das Obergeschoss folgte, in dem sich seine Privaträume befanden.

Die Hausfrau empfing den so lange erwarteten Gast mit Ehrerbietung und führte Lea in das für sie vorbereitete Zimmer. Es war nur eine Kammer, deren Fenster nicht größer war als eine Schießscharte, aber ein stabiles Bett und ein Nachttisch standen darin. Während Lea sich noch umsah, eilte Señora Barillo in die Küche und richtete ihr eine Mahlzeit her, die sie einen kleinen Imbiss nannte, von der aber eine halbe Kompanie hungriger Soldaten hätte satt werden können.

Zwei Stunden später saß Lea auf der Kante ihres Bettes und wickelte das Paket aus, das einer der genuesischen Matrosen ihr gebracht hatte. Die Hülle bestand aus festem Leinen, das mit Bändern zusammengehalten wurde, und war etwa so groß wie ein Reisesack. Als sie die Knoten gelöst hatte und das Tuch aufschlug, sah sie einen Haufen Kleidungsstücke vor sich liegen. Es handelte sich um verschiedene Trachten, von denen ihr besonders die bunten, abgetragenen Lumpen einer Hausiererin, eine Mönchskutte vom Orden des heiligen Bernhard und das malerische Gewand eines kastilischen Edelmanns ins Auge stachen. Alle Stücke waren sauber und verströmten den Duft von Kampfer und Mottenkraut, und zwischen den Kleidern kamen ein Beutel mit Gold- und Silberstücken spanischer Prägung, ein Säckchen mit eisernen Haken und Feilen und ein weiteres mit mehreren kleinen Döschen zum Vorschein, die verschiedene Pasten und Pulver enthielten.

Zunächst wusste Lea nicht, was sie damit anfangen sollte, doch dann begriff sie, was Orlando geplant hatte. Der Inhalt des Pakets hatte ihm vermutlich selbst schon bei seinen kühnen Abenteuern geholfen, sich in eine andere Person zu verwandeln. Ein Lächeln huschte über Leas Gesicht, als sie sich Orlando in Frauenkleidern vorstellte. Wenn er sein Bärtchen abrasierte, sein Gesicht mit einer der Pasten dunkler färbte und die in die Bluse eingewickelte Perücke aufsetzte, würde er durchaus glaubhaft eine Frau darstellen können.

Nachdenklich blickte sie aus dem Fensterschlitz, durch den man nur auf ein anderes Dach sehen konnte. Trotz seines christlichen Namens und der Tatsache, dass ihn ein Priester getauft hatte, war Orlando ein Jude geblieben, der der Gewalt der Mächtigen mit Scharfsinn und List zu begegnen wusste. Das war auch die einzig wirksame Waffe, über die sie selbst verfügte, und sie würde sie einsetzen. Mit diesem Vorsatz packte sie die Kleidungsstücke wieder ein und machte es sich gemütlich.

6.

Zwei Tage später erreichte Lea die kleine Stadt Almansa und bog dort nach Westen auf den Karrenweg ab, der in das Dorf Bereja und das in der Nähe liegende Kloster von San Juan führte. Die Berge, die den Ort umgaben, waren etwa so hoch wie die Gipfel des heimischen Schwarzwalds, wirkten jedoch wie viele andere hier schroffer und abweisender, und die Wege waren kaum besser als Ziegenpfade. Am Vortag hatte es heftig geregnet, und es kamen noch immer Schauer herunter, so dass Cerezas Hufe bis zu den Knöcheln im Schlamm versanken und sie nur im Schritt gehen konnte.

Lea hatte sich in den festen Mantel gehüllt, der bei besserem Wetter an den Sattel geschnallt wurde, und war doch bis auf die Haut nass geworden. Hemd und Wams klebten ihr am Körper, so dass ihr Busen in dem Moment, in dem sie den Mantel auszog, trotz des Bandes und der Stoffschichten darüber zu erkennen sein würde. Für einige Augenblicke war sie nicht sicher, wie sie weiter vorgehen sollte. Vor allem im Kloster wäre es fatal für sie, wenn man sie als Frau entlarven würde. San Juan de Bereja war ein Männerkloster und weiblichen Personen der Zutritt bei strenger Strafe verboten. Lea ging noch einmal ihre Möglichkeiten durch und schüttelte ihre Verzagtheit mit einer entschlossenen Geste ab. So lange wie diesmal hatte sie ihre Maske noch nie aufrechterhalten, und sie würde ihr Vorhaben nicht durch eine Dummheit oder Unvorsichtigkeit gefährden.

Als sie in einem kleinen Weiler unweit Berejas eine bescheidene Osteria entdeckte, kehrte sie ein und stellte ihr Pferd unter. Für eine Hand voll Maravedis bekam sie ein Schlafzimmer für sich allein, in dem sie sich trockenreiben und umziehen konnte. Dann bestellte sie sich ein Mahl aus scharf gewürztem

Lammfleisch und Weizenmehlklößen und spülte es mit frischem Wein aus dieser Gegend hinunter. Sie schlief lange in dieser Nacht und wurde zum ersten Mal seit langem nicht von Albträumen gequält. So wachte sie wohlgemut auf und zog sich rasch an, um so schnell wie möglich aufbrechen zu können. Doch ein heftiger, lang anhaltender Schauer hielt sie in ihrer Unterkunft fest, so dass sie sich erst im Lauf des Nachmittags auf den Weg zum Kloster machen konnte. Zum Glück nieselte es jetzt nur noch ganz leicht, und so blieb das Bündel, das sie unter dem Arm trug, trocken.

Oberhalb von Bereja erstreckte sich ein Pinienhain, der ihr die Gelegenheit gab, sich umzuziehen. Als kastilischer Edelmann betrat sie den Schatten der Bäume, als Bernhardinermönch verließ sie ihn wieder. Sie stellte erleichtert fest, dass ihre Verkleidung gut gewählt war, denn in den Gassen des Ortes lungerten Männer in den Farben Montoyas herum und beäugten misstrauisch jeden Fremden. Um keine Aufmerksamkeit auf sich zu ziehen, wanderte Lea ganz gemächlich die Straße entlang und machte sich, da alles so gut ging, schließlich den Spaß, dem Soldaten, der auf sie zukam, mit salbungsvoller Stimme den Segen zu erteilen. Der Mann schlug unwillkürlich das Kreuzzeichen und vergaß ganz, den Fremden nach seinem Woher zu fragen.

Das Kloster befand sich kaum mehr als einen Steinwurf vom Ort entfernt am anderen Ufer des Rio Grande, einem ruhig fließenden Gewässer, das seinem Namen keine Ehre machte. In Leas Plänen spielte der kleine, aber mit Booten zu befahrende Fluss eine wichtige Rolle, denn er mündete etwa zwölf Leguas weiter in den Rio Júcar, der nach weiteren elf oder zwölf Leguas bei Cullera ins Meer floss. Mit etwas Glück und Gottes Hilfe würden die Flüchtlinge die Küste eher erreichen als die Nachricht von ihrer Flucht. Doch vorher musste Lea mit Baramosta sprechen und vor allem herausfinden, wie sie Montoyas Soldaten übertölpeln konnte. Mit der hier lauernden Meute auf den Fersen war ein Entkommen unmöglich.

Während Lea noch überlegte, hatte sie die alte, steinerne Brücke überquert und die vor dem eigentlichen Kloster gelegene Kirche erreicht, welche dem Apostel Johannes geweiht war. Da sie immer noch keine Ausrede gefunden hatte, die ihr den Zutritt zum Kloster und zu seinem Abt verschaffen konnte, betrat sie das Gotteshaus und fand sich in einem düsteren Gemäuer wieder, das nur durch ein paar schmale, bemalte Fenster hoch unter dem Dach erhellt wurde. Die dicken Mauern und das schwere Tor zeigten, dass San Juan de Bereja in einer Zeit errichtet worden war, in der die Macht der Mauren noch weit nach Norden und Osten gereicht hatte. Lea beugte am Eingang ihr Knie, bekreuzigte sich und sah sich dabei unauffällig um. Zu ihrer Erleichterung hielten sich nur ein paar ältere Frauen und zwei junge Mädchen im Kirchenschiff auf, die in ihren dunklen Kleidern und den über dem Kopf gezogenen Mantillas wie dunkle Schatten im Kirchengestühl knieten. Als sie tiefer in das Kirchenschiff hineinging, nahm sie noch einen beleibten Mönch wahr, der in einer Nische vor dem Bildnis der Jungfrau Maria kniete und inbrünstig betete.

Als er Leas Schritte hörte, hob der Mann den Kopf, starrte sie einen Augenblick lang an, als wollte er durch ihre Kutte hindurchsehen, und stand auf. Er bekreuzigte sich noch einmal vor dem Madonnenbild und kam mit einer freudigen Miene auf den Neuankömmling zu, als hätte er ihn erwartet.

»Buenos dias, Bruder. Du kommst wohl von weit her«, begrüßte er Lea leise. Dabei streckte er die Hand nach ihrer Kutte aus und strich über einen Riss an der Schulter, der von kunstfertiger Hand geflickt worden war. »Beim heiligen Orlando, du kommst wohl nicht zufällig in diese Gegend?«

Lea horchte auf. Den Namen hatte der Mönch gewiss nicht ohne Grund erwähnt. Konnte sie ihm vertrauen, oder war er mit Montoyas Soldaten im Bund? Sie betrachtete sein rundes, offenes Gesicht mit den dunklen, besorgt blickenden Augen und lächelte.

»Da keine andere Kutte zur Hand war, hat Bruder Orlando mir seine geborgt.«

Die Pupillen des Mönches weiteten sich. »Gesegnet sei der heilige Orlando und natürlich auch die Jungfrau Maria.« Er fasste Lea am Arm und zog sie in eine dunkle Ecke. »Bei der heiligen Dreifaltigkeit, Ihr wisst nicht, wie sehnsüchtig wir auf Nachricht warten. Die Situation ist kaum noch zu ertragen.«

»Das kann ich mir vorstellen, denn ich habe die Soldaten im Ort gesehen.«

Der Mönch seufzte. »Sie sind vor mehr als einem halben Jahr nach Bereja gekommen, kurz nachdem einige Leute erfahren haben, welche Gäste das Kloster beherbergt.«

Er ist vorsichtig, dachte Lea anerkennend. Da sie während ihrer vielen Reisen und über ihre ausgedehnten Geschäftsbeziehungen gelernt hatte, Menschen einzuschätzen, nahm sie an, dass der Mönch vertrauenswürdig war, und beschloss, mit offenen Karten zu spielen.

»Don Orlando hat mich geschickt, um Baramosta und die Seinen außer Landes zu bringen.«

»Der Madonna und allen Heiligen sei Dank! Wir haben gehofft, dass er uns nicht im Stich lässt. Kommt, ich bringe Euch zu meinem Abt. Bei San Juan, wie wird er sich über Eure Ankunft freuen.«

Er sah sich vorsichtig um und führte Lea durch eine Seitentür in einen Gang, der Kirche und Kloster verband. Schon nach wenigen Schritten erreichten sie eine weitere Pforte, durch die man die Klostermauer passieren konnte. Dahinter öffnete sich ein Flur, der mit Szenen aus der christlichen Mythologie bemalt war und von dem Relieftüren abgingen. Vor einer von ihnen, auf der christliche Heilige wie grimmige Höllenwächter abgebildet waren, blieb ihr Begleiter stehen und klopfte an.

Ein leises »Adelante« antwortete ihm. Der Mönch öffnete die Tür kaum mehr als einen Spalt, schob Lea hindurch und schlüpfte so eilig hinter ihr her, als hätte er Angst, mit einem unbekannten Bruder gesehen zu werden.

Das Zimmer war sehr groß, aber mit Schränken, Regalen und anderen Möbeln so voll gestopft, das man kaum einen Schritt vor den anderen setzen konnte. Lea stieg über mehrere vom Alter dunkel gefärbte Truhen, wich einem mit Büchern beladenen Stuhl aus und stand vor dem Abt, den sie sich beim Anblick der geschnitzten Wächterfiguren ganz anders vorgestellt hatte. José Albañez war ein alter Mann mit einem faltigen, von einem inneren Feuer erleuchteten Gesicht. Seine gebeugten Schultern schienen das Gewicht seiner weißen Kutte kaum tragen zu können, und doch strahlte er eine innere Kraft und eine Güte aus, die Lea sofort Vertrauen fassen ließen. Für einen Augenblick erinnerte Lea sich an Juan Perez, den weitaus robuster wirkenden Abt von La Rábida, das fast am anderen Ende Spaniens lag, und fragte sich, wie Orlando das Vertrauen zweier so unterschiedlicher Kirchenmänner hatte gewinnen können. Pablos mahnendes Hüsteln löste sie wieder aus ihren Gedanken. Sie verbeugte sich, ergriff aber nicht die Hand des Abtes, um sie zu küssen, wie ein echter Mönch es getan hätte.

Albañez warf Leas Begleiter einen fragenden Blick zu. »Willst du mir unseren Besucher nicht vorstellen, Pablo?«

»Er kommt von Don Orlando. Mehr weiß ich nicht.«

Lea verneigte sich noch einmal auf die Art eines Edelmanns. »Mein Name ist Léon de Saint Jacques, und ich bin ein Freund von Orlando Terasa. Er hat mich geschickt, um Rodrigo Baramosta und den Seinen zur Flucht aus Spanien zu verhelfen.«

Albañez blickte zweifelnd an ihr hoch. »Ihr seid noch sehr jung.«

»Ich glaube nicht, dass Orlando älter war, als er seine ersten Leute rettete.«

Der Abt starrte sie einen Augenblick durchbohrend an, aber als er erkannte, dass sein Gast keine Anspielung hatte machen wollen, lächelte er wehmütig. »Bei Gott, das war er wirklich nicht. Verzeiht, ich wollte Euch nicht kränken. Doch unsere Situation wird von Tag zu Tag kritischer, und ich sehe keinen Ausweg mehr. Die Soldaten des Herzogs von Montoya bewachen das Kloster und werden niemanden entkommen lassen. Selbst wenn es unseren Gästen gelänge, San Juan de Bereja ungesehen zu verlassen, würden die Posten, die weiter unten am Fluss Wache halten, sie bald entdecken und dafür sorgen, dass die Verfolger sie nach kurzer Zeit einholen. Man müsste Baramosta und den Seinen einen Vorsprung von mindestens einem halben Tag verschaffen und für ein Schiff sorgen, das bei Cullera auf sie wartet.«

»Das Schiff steht bereit«, antwortete Lea. »Doch wegen der Soldaten zerbreche ich mir ebenfalls den Kopf.«

Der dickliche Mönch schlug mit der Faust in die offene Hand. »Ihr Auftrag ist es, Don Orlando zu fangen! Sie haben oft genug in der Fonda von Bereja geprahlt, was sie mit ihm machen werden, wenn sie ihn in die Finger bekommen.«

»Sie sollen aber auch verhindern, dass Señor Baramosta entkommt«, setzte der Abt mit einem bitteren Lächeln hinzu.

»Wie geht es ihm? Ich wollte ihn schon lange kennen lernen.« Erst, als sie die letzten Worte ausgesprochen hatte, begriff Lea, dass sie noch vorsichtiger sein musste, denn aus ihr hatte nicht der christliche Edelmann de Saint Jacques gesprochen, sondern der jüdische Kaufmann Samuel ben Jakob, der der persönlichen Bekanntschaft mit einem langjährigen Geschäftspartner interessiert entgegensah.

»Bitte, bringe unseren Gast unauffällig zu mir«, bat der Abt den Mönch. Während Pablo sich eifrig nickend entfernte, hob der Abt bedauernd die Hände. »Es tut mir Leid, Saint Jacques, dass ich Euch nicht wie einen hochgestellten Gast behandeln und meinen Mitbrüdern vorstellen kann. Meine Stellung im Kloster ist leider nicht mehr unangefochten wie früher, denn man hat mir Mitbrüder aufgenötigt, die mit dem Gedankengut der Inquisition konform gehen und für den Herzog von Montoya spionieren. Von ihnen wird Alvaro de Arandela, der Anführer unserer Bedränger in Bereja, über alles auf dem Laufenden gehalten, was hier drinnen vorgeht.«

Lea hob interessiert den Kopf. »Arandela? Ist der Mann mit Don Diego de Arandela verwandt?«

»Er ist sein jüngerer Bruder und genau wie jener einer von Montoyas Bluthunden.« Albañez schüttelte seufzend den Kopf, als verstände er die neue Zeit nicht mehr, und fragte Lea nach Orlando. In dem Moment erkannte Lea, wie wenig sie über ihren einstigen Quälgeist wusste, und schämte sich, weil sie den Abt mit ein paar belanglosen Floskeln abspeisen musste. Dabei sah sie Orlando so deutlich vor ihrem inneren Auge, als stünde er vor ihr. Er lächelte, als wollte er ihr Mut zusprechen, und mit einem Mal erschien ihr die Bedrohung durch Arandelas Soldaten weniger bedrohlich.

Kurz darauf klopfte es leise an der Tür. Bevor der Abt zum Eintreten auffordern konnte, wurde sie geöffnet, und Pablo schob einen groß gewachsenen Mann herein, dem eine Kutte wie ein Sack um die hagere Gestalt schlotterte. Baramostas Augen waren vor Angst weit aufgerissen, und seine Züge waren unnatürlich bleich, als erwarte er das Schlimmste. Als er einen Fremden vor sich sah, atmete er sichtlich auf. »Gott sei gedankt. Der Junge war klug genug, nicht selbst nach Spanien zu kommen. Er wäre Montoyas Falle gewiss nicht entgangen.«

Lea ärgerte das mangelnde Vertrauen in ihren Freund und bedachte Baramosta mit einem bösen Blick. »Don Orlando ist klüger als Montoyas Wachhunde und alle, die ihm sonst noch nachstellen.«

Baramosta schüttelte traurig den Kopf. »Irgendwann nützt auch die beste List nichts mehr.«

Albañez lächelte begütigend. »Verzeiht meinem Gast, Don Léon. Die Monate, die er hilflos in unserem Kloster verbringen musste, haben seinen Mut erschüttert.«

»Fasst Euch, Señor Baramosta. Spätestens übermorgen wirft das Schiff, das Euch und Eure Leute an Bord nehmen soll, vor Cullera Anker. Wir müssen nur noch einen Weg finden, Euch dorthin zu schaffen, ohne dass Don Alvaros Soldaten Euch abfangen können.«

»Das ist unmöglich«, erwiderte Baramosta düster. »Alvaro de Arandela gilt als treuer Diener seines Herrn und wird seine Befehle unter allen Umständen befolgen.«

»Welche Befehle sind das?«, fragte Lea scharf.

»Uns als Köder für meinen Neffen hier im Kloster festzuhalten. Bei Gott, wenn es nur um mich, meinen Sohn, meinen Schwiegersohn und unsere Knechte ginge, wäre alles ganz einfach. Wir wären bereit, uns auf ewig unter den Schutz des ehrwürdigen Abtes zu stellen und die Kutten der Mönche des heiligen Bernhards überzustreifen. Doch mein armes Weib, meine Töchter und die anderen Frauen wären dann der Gnade Gottes und der Barmherzigkeit der Mildtätigen anheim gegeben.«

»Wo sind die Frauen jetzt?«

»Wir haben sie in unserem Vorwerk untergebracht«, antwortete der Abt an Baramostas Stelle. »Es liegt zwar nicht hinter schützenden Mauern, doch die Soldaten haben sich bisher damit begnügt, die Damen über den Fluss hinweg mit Spott und üblen Reden zu belästigen.«

»Gibt es genug Boote, um alle zugleich den Fluss hinabzuschaffen?«

Albañez nickte bedrückt. »Die Boote reichen aus. Doch sobald ich den Befehl gebe, sie aus dem Bootshaus zu holen, läuft einer von Montoyas Spionen zu Arandela und berichtet es ihm. Die Soldaten würden den Fluss sofort absperren.«

Lea legte die Hand an die Wange und überlegte. »Die Soldaten müssen wir ausschalten, ganz gleich, auf welchem Weg Eure Schützlinge das Kloster verlassen. Gibt es eine Möglichkeit, den Männern ein starkes Abführmittel oder eine große Dosis Schlafpulver ins Essen zu mischen?«

»Nein. Dazu müssten wir nämlich den Wirt der Fonda einweihen, und der verdient an Montoyas Männern zu gut, als dass er mitmachen würde.«

Pablo lachte auf und schnalzte mit den Fingern. »Vielleicht gibt es doch einen Weg. Wie ich gehört habe, sind die Weinvorräte des Wirtes zu Ende gegangen, und er wartet dringend auf eine Lieferung aus Almansa. Da die Straße durch den Regen aufgeweicht ist, kann es noch Tage dauern, bis die Karren ihn passieren können. Die Soldaten sind jedoch nicht gewöhnt, Wasser zu trinken, und Arandela hat bereits anfragen lassen, ob wir nicht aushelfen können.«

Lea nickte zufrieden. »Also könntet Ihr den Soldaten mit Schlafmittel versetzten Wein zukommen lassen.«

Der Abt hob abwehrend die Hände. »Nein, das geht nicht. Arandela wäre sofort klar, wer für diesen Streich verantwortlich ist, und sein Herr würde sich in seiner Wut an uns rächen. Die meisten meiner Mitbrüder sind brave Leute, die ich nicht schuldlos leiden sehen will.«

Lea spann den Gedanken jedoch weiter. »Der Wein muss ja nicht aus dem Kloster kommen. Ich habe unterwegs Hausierer gesehen, Männer und Frauen, die mit einem Esel und einem Fässchen unterwegs waren, um ihren Wein an Reisende und Hirten zu verkaufen.«

Albañez schüttelte den Kopf. »Ein Mann darf es auf keinen Fall sein. Arandela würde mit Sicherheit beschwören, dass sich einer meiner Mönche verkleidet und seine Leute vergiftet hätte, schon um seinem Herrn gefällig zu sein, dem ich schon lange ein Dorn im Auge bin.«

Plötzlich grinste Pablo über das ganze Gesicht. »Don Orlando hat sich schon öfter als Frau verkleidet, und ich kann mir vorstellen, Don Léon wäre ebenfalls in der Lage, in die Rolle eines Hausiererweibs zu schlüpfen.«

Natürlich wäre ich das, dachte Lea, die ihre plötzlich aufwallende Heiterkeit verbergen musste. »Damit ist klar, was wir tun müssen. Jetzt brauche ich nur noch den Wein, einen Esel und ein Mittel, um die Soldaten auszuschalten.«

Pablos Mundwinkel verzogen sich fast bis zu seinen Ohrläppchen. »Eine gute Wegstunde talaufwärts liegt ein Meierhof, der zu unserem Kloster gehört, und dort gibt es sowohl Wein als auch Esel. Zum Glück sind die uns aufgezwungenen Mönche nicht so begierig, die schwere Feldarbeit zu verrichten, daher sind dort oben nur Freunde von mir. Den Mohnsaft kann ich aus der Klosterapotheke nehmen. Aber wie wir an geeignete Frauenkleider kommen, weiß ich nicht. Nichts von dem, was die Damen im Vorwerk tragen, ist für unsere Zwecke geeignet.«

Lea lachte wie befreit auf. »Orlando hat mir seine Ausrüstung zur Verfügung gestellt, und darunter ist auch die Kleidung einer armen Frau. Also steht unserem Befreiungsschlag gegen Montoyas Leute nichts mehr im Wege.«

Baramosta schüttelte zweifelnd den Kopf. »Ich weiß nicht, ob ...«

Pablo fuhr ihm ärgerlich über den Mund. »Wollt Ihr Spanien verlassen oder samt Eurer Familie und Eurem Gesinde zur Belustigung des Pöbels auf einem Scheiterhaufen enden?«

»Pablo, mäßige deine Stimme. Wenn dich jemand hört ...«, wies Albañez den Mönch zurecht.

»Ist doch wahr«, brummte dieser mürrisch.

Baramosta wandte sich Hilfe suchend an Lea. »Glaubt Ihr wirklich, es könnte gelingen, Señor?«

»Dieser Herr ist kein Señor, sondern Don Léon de Santiago.« Der Abt betrachtete den eifernden Mönch nachsichtig. »Unser mutiger junger Freund ist wohl ein Edelmann, aber kein

Spanier. Er stammt aus dem Heiligen Römischen Reich und heißt de Saint Jacques.«

»Genauer gesagt stamme ich aus Burgund«, verbesserte Lea ihn. Langsam hasste sie diese Lügen und Verstellungen und wünschte sich auf einmal nichts sehnlicher, als bald wieder sie selbst zu sein. »Es wäre mir lieb, die Sache bald hinter mich zu bringen. Bitte, Pablo, besorge mir das Schlafmittel und bring mich zum Meierhof.«

Der Abt winkte ab. »Nicht so hastig, mein junger Held. Gleich beginnt die Abendmesse. Kein Mönch verlässt zu dieser Zeit das Kloster, und danach werden die Pforten geschlossen. Ihr werdet bis morgen früh mein Gast bleiben müssen. Ich bitte Euch jedoch, auf die Teilnahme an der Messe zu verzichten, denn wenn Ihr die Kirche betretet, werden die falschen Leute Fragen stellen. Wenn es Euch recht ist, würde ich nachher gerne noch ein wenig mit Euch plaudern. San Juan de Bereja ist so abgelegen, dass nur selten Neuigkeiten aus der fernen Welt den Weg hierher finden.«

Diesen Wunsch durfte Lea ihm nicht abschlagen. So sah sie sich nach einem Stuhl um, und Albañez, der ihren suchenden Blick bemerkte, wies Pablo an, die Bücher von einem der Stühle zu räumen.

»Verzeiht, dass ich Euch noch keinen Platz angeboten habe, aber ich war zu sehr in Gedanken«, entschuldigte er sich und schien sich auch daran zu erinnern, dass sein Gast hungrig und durstig sein musste. So schickte er Pablo mit einigen Ermahnungen in die Küche.

Der dicke Mönch war empört, dass sein Abt ihm zutraute, leichtsinnig zu sein. »Die Krähen, die Montoya uns ins Nest gesetzt hat, werden nichts bemerken.«

Baramosta verließ ebenfalls das Zimmer des Abtes, um die Messe zu besuchen. Echte oder vorgetäuschte Frömmigkeit und Glaubensinbrunst waren der einzige Schutz, den er und seine

Leute in dieser Umgebung besaßen. Würden sie den anderen Mönchen durch gleichgültiges Verhalten oder gar jüdische Sitten auffallen, könnte selbst Albañez ihnen nicht mehr helfen.

Der Abt wartete, bis Pablo Wein, Brot und ein Stück Lammbraten gebracht hatte, und entschuldigte sich dann, weil die Pflicht ihn rief. Als er die Tür hinter sich geschlossen hatte, flüsterte Lea ein hebräisches Gebet. Jetzt benötigte sie alle Kraft, die Gott ihr geben konnte, um das Notwendige zur richtigen Zeit zu tun.

7

Als der Abt zurückkehrte, dunkelte es bereits. Lea hatte nicht gewagt, eine der Wachskerzen auf dem Schreibtisch anzuzünden, da sie niemand auf sich aufmerksam machen wollte. José Albañez entschuldigte sich, sie in der Dämmerung sitzen gelassen zu haben, schlug Feuer und hielt es an einen Docht. Das Wachs zischte und knallte leise, verbreitete aber sofort einen angenehmen Duft.

»So ist es besser«, sagte er lächelnd. »Ich habe Pablo angewiesen, uns frischen Wein zu bringen. Bei einem guten Schluck unterhält man sich besser.«

»Ich würde meinen Wein lieber mit Wasser verdünnen, denn ich muss einen klaren Kopf bewahren. Schließlich habe ich morgen so einiges zu tun.«

»Ihr haltet es wohl wie die alten Griechen, die jeden für einen Barbaren ansahen, der seinen Wein unvermischt trank.« Albañez nickte Lea lächelnd zu und sah in den noch fast vollen Krug, der auf dem Tisch stand. »Ihr habt ja kaum etwas getrunken. Dabei ist der Wein wirklich gut.«

»Das gebe ich gerne zu. Don Alvaro de Arandela würde ihn sicher zu schätzen wissen. Doch ich bin nicht nach Spanien gekommen, um seine Weine zu probieren, sondern um Baramosta zu retten.«

»Was Euch mit Gottes Hilfe auch gelingen wird.« Albañez atmete tief durch und blickte durch das Fenster ins Freie. Plötzlich erinnerte er sich daran, dass Arandelas Soldaten sein Fenster unter Beobachtung hielten, und schloss rasch die Vorhänge. »Wir müssen alles tun, um Eure Anwesenheit geheim zu halten.«

Pablos Erscheinen enthob Lea einer Antwort. Der Mönch

schenkte ihr und dem Abt nach und brachte auf Leas Wunsch noch eine Kanne mit frischem, kühlem Wasser. Dann wünschte er eine gute Nacht und verließ das Zimmer wieder.

Albañez trank einen Schluck und starrte dann geistesabwesend in die Flüssigkeit.

»Ihr tragt einen klugen Kopf auf Euren Schultern, Don Léon«, sagte er nach einer Weile. »Orlando Terasa hätte keinen besseren Mann schicken können, um seinen Oheim zu retten.«

Lea blickte überrascht auf. »Baramosta ist Orlandos Onkel? Das wusste ich gar nicht.«

»Er erzählt wohl nicht viel über seine Vergangenheit?« Albañez nahm Leas Nicken als Antwort. »Orlando ist ein anständiger Junge, an dem sich die meisten Edelleute in seinem Alter, die sich stolz Spanier nennen, ein Beispiel nehmen müssten.«

Lea erinnerte sich an Raúl de Llorza und wusste, was der Abt meinte. Ganz anders als Orlando war de Llorza ein aufgeblasener Dummkopf, der fest davon überzeugt war, sein Name und seine Abkunft würden ihn weit über die weniger vom Schicksal begünstigten Menschen stellen.

»Spanien wurde mit der Heirat Rey Fernandos und Reina Isabellas vereint, aber es hat dabei seine Seele verloren«, klagte der Abt. »Narren wie der Herzog von Montoya oder Francisco de Cisneros geben heutzutage den Ton an, Männer, denen ihr eigenes Wort schon nichts mehr gilt, wenn es ihre Lippen verlassen hat, und denen es eine Freude ist, andere zu knechten und in den Staub zu treten.«

Lea wusste nicht, was sie darauf antworten sollte. Als Albañez weitersprach, begriff sie, dass er keinen Kommentar von ihr erwartete. Es schien ihm gut zu tun, seine geheimsten Gedanken jemandem mitzuteilen, von dem er annahm, dass er ihn verstand. »Wisst Ihr, wie wenig es braucht, um einen guten Christen, dessen Großvater ein Jude war, in die Fänge der Inquisition zu treiben? Bei Orlandos Vater Don Manuel Terasa genügten das Wort eines ehrlosen Schurken und ein Fetzen Papiers mit ein paar hebräischen Schriftzeichen, die man in einem Winkel seines Speichers fand. Zum Glück bewahrte Orlando kühles Blut und benachrichtigte mich, so dass ich intervenieren und seinen Vater retten konnte. Damals stellte man mir noch die Bedingung, dass er und seine Familie Spanien sofort verlassen müssten. Heute wäre es mir nicht mehr möglich, ihnen zu helfen, so wie ich so vielen anderen nicht helfen konnte, wie Orlandos Großvater, dem Vater seiner Mutter. Er wurde ebenfalls denunziert, und als man sein Haus durchsuchte, fand man einen Chanukka-Leuchter aus Messing. Obwohl Gil Varjentes bei allen Heiligen und unserem Herrn Jesus Christus schwor, diesen Leuchter nie gesehen zu haben, wurde er zum Tod durch Verbrennen verurteilt und bei einem Autodafé hingerichtet.« Albañez schwieg einen Moment, um die Wirkung seiner Worte auf seinen Gast abzuschätzen. Leas Gesicht war starr vor Entsetzen. Eben hatte sie noch geglaubt, Orlando verachten zu müssen, weil er sich vom Glauben seiner Vorväter abgewandt hatte, doch angesichts der Schicksalsschläge, die er bereits in jungen Jahren erlitten hatte, verstand sie seine Haltung. Auch sie war nicht zur Märtyrerin geboren, wie die Begegnung mit dem Judenjäger Holzinger ihr gezeigt hatte, und angesichts der Tatsache, dass Orlando viele Juden und Conversos gerettet hatte, die in anderen Ländern wieder für das Volk Judas gewonnen werden konnten, war Gott ihm bestimmt nicht gram. Von diesem Standpunkt aus gesehen war es für sie geradezu eine heilige Pflicht, Baramosta und den Seinen zur Flucht zu verhelfen.

Der Abt bemerkte nichts von ihrer Geistesabwesenheit, sondern erzählte weiter. »Cisneros, Montoya und ihre Speichellecker haben dem Königspaar mittlerweile so zugesetzt, dass die beiden geschworen haben, zum Dank für einen baldigen Sieg über Granada alle Juden aus Aragon und Kastilien zu vertreiben. Damit aber schlagen sie Spaniens fleißigste und kunstfertigste Hände ab. Ich habe etliche Briefe an Reina Isabella geschickt und sie angefleht, von diesem Vorhaben abzusehen, aber vergebens. Zuletzt schlug ich sogar vor, alle Juden Spaniens in einem Teil des eroberten Emirats anzusiedeln, um sie nicht heimatlos zu machen, doch auch diesen Wunsch verweigert man mir.« Albañez seufzte tief und kämpfte gegen die Tränen an, die ihm in die Augen stiegen.

»Versteht mich nicht falsch, Don Léon. Auch ich bin dafür, die Juden und Mauren Spaniens dem einzig wahren Glauben zuzuführen, doch sollte die Bekehrung mit Liebe geschehen und durch gutes Beispiel, nicht aber mit Drohungen und durch Gewalt. Mir wird ganz kalt im Herzen, wenn ich an die so genannte heilige Inquisition denke. Im Namen Jesu, der doch Gnade und Barmherzigkeit predigte, verurteilen sie Menschen zum Tod auf dem Scheiterhaufen und sind damit nicht besser als die Heiden von Karthago, die ihre eigenen Kinder zu Ehren des Götzen Moloch verbrannten.«

»Du sollst nicht töten.« Lea sprach diese Worte aus, ohne es eigentlich zu wollen.

Albañez nickte. »So steht es in der Bibel, aber auch in der Thora der Kinder Israels. Wir haben so viel gemeinsam, und doch verachten wir einander, als wäre der jeweils andere eine Ausgeburt Satans.«

»Was gewiss nicht die Schuld der Juden ist«, wandte Lea ein und vergaß dabei ganz, dass sie einen christlichen Edelmann darstellte.

Albañez schüttelte unwillig den Kopf. »Haben nicht die Pharisäer die ersten Christen verfolgen lassen, als die Gruppe der Gläubigen noch klein und schwach war? Haben sie nicht Saulus aus Tarsus ausgesandt, um die Christen zu töten?«

»Wie wollt Ihr das aufwiegen? Einhundert tote Juden für einen toten Christen, oder umgekehrt? Ist es Gott gefällig, ein Volk nach anderthalbtausend Jahren noch immer für etwas büßen zu

lassen, was damals geschehen ist? Selbst der Gott Israels erlässt die Sünden der Väter nach vier oder sieben Generationen.«
Albañez blickte Lea mit neuem Interesse an. »Offensichtlich seid Ihr in den alten Schriften wohl bewandert, Don Léon. Daher freut es mich doppelt, mit Euch plaudern zu können. Seid versichert, dass ich keinen Juden hasse. Selbst wenn Baramosta wieder zum mosaischen Glauben zurückkehrt, nachdem er mein Kloster verlassen hat, wird dies nichts an meiner Wertschätzung für ihn ändern. Die Schuld an einem solchen Schritt würde nämlich auf die zurückfallen, die ihn bedrängt haben.«
Der Abt freute sich sichtlich, einen Menschen gefunden zu haben, dem es Vergnügen zu bereiten schien, sich mit seinem Verstand zu messen, und so entspann sich ein langes Gespräch. Mitternacht war bereits vorüber, als Albañez Lea anbot, sein Bett mit ihr zu teilen. Lea wollte erschrocken ablehnen, denn sie fürchtete, entdeckt zu werden, und ihr war nur zu sehr bewusst, dass die Anwesenheit einer Frau, noch dazu einer bekennenden Jüdin, eine nicht wieder gutzumachende Beleidigung für den frommen Mann darstellte. Da das Kloster überfüllt war, gab es jedoch sonst keinen Raum, in dem sie nicht Gefahr lief, als fremder Eindringling entlarvt zu werden. So stimmte sie beklommen zu, legte sich aber mit der Kutte hin und drückte sich ganz an die Wand. Der Abt nahm es mit Wohlgefallen zur Kenntnis, und so konnte sie sich ein wenig entspannen.
Als sie am nächsten Morgen erwachte, saß Albañez bereits wieder auf seinem Stuhl und las in seinem Brevier. Neben ihm stand Pablo mit dem Frühstück für sie und einer Kürbisflasche, die seinen Worten zufolge bis zum Rand mit Mohnsaft gefüllt war. »Du musst dich stärken, Bruder Léon, denn es liegt ein anstrengender Tag vor uns.«

8.

Etwa zu derselben Zeit, in der Lea und Pablo das Kloster verließen, starrte Alvaro de Arandela fassungslos auf einen schmalen Streifen Papier, den er gerade einer Brieftaube abgenommen hatte. Die Nachricht stammte von seinem Bruder Diego und besagte nicht weniger, als dass der Teufelsknecht Orlando Terasa endlich in die Hände der Verteidiger des wahren Glaubens gefallen war. Für Don Alvaro bedeutete die Nachricht, dass er seinen Posten in diesem von Gott verlassenen Winkel Spaniens bald würde räumen dürfen. Er musste an sich halten, um seine Erleichterung nicht hinauszuschreien, denn er sah sich schon an der Seite seines Herrn in die letzte Schlacht um Granada reiten und großen Ruhm erwerben.

Arandelas Blick schweifte zum Kloster hinüber, das mit seinen grauen Mauern mehr einer Festung als einem Bauwerk zur Ehre Gottes glich. Dicht neben den Klostermauern lag das kleine Vorwerk, in dem die Weiber Baramostas und seiner Ketzerbrut Zuflucht gefunden hatten. Jetzt, wo der Fuchs gefangen war, brauchte man den Köder nicht mehr, sagte er sich und beschloss, die Frauen noch am gleichen Tag gefangen nehmen zu lassen und die Männer mit ihnen zu erpressen, damit sie freiwillig herauskamen.

Vorher aber wollte er seinen Männern die gute Nachricht mitteilen, und so schickte er seinen Stellvertreter Vasco los, um alle zusammenzurufen. Es waren insgesamt vierzig Krieger, die er persönlich aus der Garde des Herzogs ausgewählt hatte. Sie würden ihm in die Hölle folgen und notfalls auch in ein Kloster, um es von den Feinden Spaniens zu befreien. Als die Soldaten erwartungsvoll auf dem Platz vor der Fonda Aufstellung genommen hatten, konnte Alvaro sich ein triumphierendes Lachen nicht verkneifen. »Der Zweck unserer Wache ist erfüllt. Orlando Terasa wurde gefangen genommen.«

Zuerst herrschte ungläubiges Schweigen, dann fluchte einer der Männer. »Verdammt noch mal, ich wollte, wir hätten ihn erwischt und nicht irgendwelche anderen Kerle.«

Arandela war mit dieser Reaktion zufrieden. Selbst nach den ermüdenden Monaten, die sie hier auf der Lauer gelegen hatten, gierten seine Männer noch nach Taten. Vielleicht sollte er ihnen zum Dank die Weiber der Conversos überlassen. Dem Teufel war es schließlich egal, wenn sie benutzt bei ihm ankamen.

»Auch wenn andere den Schuft gefangen haben, ist es doch ein Grund zu feiern«, brüllte einer der Soldaten von hinten.

»Womit denn? Mit Wasser?«, fragte einer seiner Kameraden bissig. »Der Keller der Fonda ist so trocken wie meine Kehle, und in den anderen Häusern ist auch nichts mehr zu holen. Die Einzigen, die noch zum Saufen haben, sind die Weißkittel im Kloster, und die wollen uns ja nichts abgeben.«

»Man sollte den Mönchen die Bude ausräumen«, forderte ein Dritter seine Kameraden auf.

Für einen Augenblick sah es so aus, als würden die Männer auf der Stelle zum Kloster marschieren, um dort ihre Wut an den ungastlichen Bernhardinermönchen auszulassen, und Arandela machte sich schon bereit, einzugreifen. Doch da lenkte sein Stellvertreter Vasco den Zorn der Männer auf ein anderes Opfer. Er wies auf die Fonda. »Schauen wir lieber nach, ob der Wirt nicht doch noch ein Fässchen Wein vor uns versteckt hält, um es selbst zu saufen. Der Kerl hat mir ein zu großes Schurkengesicht.«

Dieser Vorschlag wurde mit Jubel aufgenommen. Drei, vier Soldaten eilten in die Fonda und stiegen in den Weinkeller hinab. Man hörte von draußen durch das winzige Schachtfenster, wie sie darin herumrumorten. Kurz darauf kehrten sie mit einem Fässchen zurück.

»Der Kerl hat uns tatsächlich belogen. Dafür bezahlen wir diesen Wein auch nicht«, riefen sie den Wartenden zu.

Der Wirt folgte ihnen händeringend. »Nicht doch, Señores. Dieser Wein ist nur noch als Essig zu verwenden.«

Vasco funkelte ihn spöttisch an. »Das werden wir ja sehen, du Schuft. Wenn der Wein zu trinken ist, erhältst du eine Tracht Prügel, die dich lehren wird, in Zukunft ehrlich zu sein.« Er schlug das Spundloch mit dem Knauf seines Schwertes ein, goss den hellroten Wein in einen Becher und nahm einen Schluck. Sofort lief sein Gesicht hochrot an, und er spie die Flüssigkeit mit einer Geste des Abscheus aus.

»Terrible! Das Zeug ist wirklich nicht zu trinken.«

»Verdammt, wir wollen Wein!«, brüllte ein Soldat den Wirt an. »Also schaff welchen her, und wenn du ihn den Mönchen aus der Nase ziehst. Wir wollen feiern.«

Der Wirt eilte hastig davon und klopfte an mehrere Häuser, von denen er hoffte, dass ihre Besitzer ihm doch noch einmal helfen würden. Zu seinem Schrecken schüttelten jedoch alle bedauernd die Köpfe. Sie hatten den meisten Wein schon an die Soldaten abgegeben und wollten das wenige, das ihnen geblieben war, für sich behalten. Als der Wirt sich gerade schweren Herzens zum Kloster aufmachen wollte, gellte ein scharfer Pfiff durch das Dorf. Ein Soldat deutete auf eine Frau, die einen schreiend bunten Rock trug und mit einem Esel am Zügel den Hügel herunterkam. Die beiden Fässchen auf dem Packsattel des Tieres ließen die Soldaten aufjubeln.

»Da kommt genau das, was wir brauchen.« Vasco eilte Lea entgegen und hielt ihr fordernd seinen Becher hin. »Schenk ein, Weib, ich habe Durst.«

Der Empfang überrollte Lea. Ihre Ängste hatten ihr schon vorgegaukelt, dass man ihr den mit Mohnsaft versetzten und daher nicht besonders gut schmeckenden Wein über den Kopf schütten und ihr schlimmstenfalls sogar aus Ärger über das schlechte

Gesöff Gewalt antun würde. Doch die Soldaten umringten sie und rissen ihr vor Gier beinahe die Fässer vom Esel. Sie konnte gar nicht so schnell einschenken, wie man ihr die Becher entgegenstreckte. Selbst der in grünem Samt und schimmernden Stahl gekleidete Edelmann mit dem scharf geschnittenen Gesicht und den krausen, schwarzen Haaren, der nur Alvaro de Arandela sein konnte, trank in großen Schlucken. Er war auch der Einzige, der ihr eine Münze zuwarf. Die anderen tranken, ohne zu bezahlen. Lea warf dem Anführer einen auffordernden Blick zu, so als wollte sie hinterher bei ihm kassieren, dankte aber innerlich dem Gott ihrer Väter, weil er die Feinde in ihre Hand gegeben hatte.

Gerade, als sie den letzten Tropfen in einen Becher rinnen ließ, begannen die ersten Soldaten zu gähnen. Lea warf einen raschen Blick in die Runde, und stellte fest, dass die Männer, die lachend und singend am Boden saßen, einer nach dem anderen in sich zusammensanken. Nun wurde es höchste Zeit zu verschwinden. Zu ihrer Erleichterung hielt sie niemand auf. Während hinter ihr die trunkenen Stimmen der Soldaten erlahmten, zerrte sie den Esel hinter sich her, um so bald wie möglich die Stelle zu erreichen, an der Pablo und einer seiner Mitbrüder vom Meierhof auf sie warteten. Als Lea die Mönche vor sich auftauchen sah, schlang sie die Mantilla enger um sich, um ihren von keinem Band gehaltenen Busen zu verbergen.

»Wie ist es gelaufen?«, fragte Pablo, der ihr aufgeregt entgegenkam.

Über Leas Gesicht huschte ein Lächeln. »Excelente, Brüder. Die Soldaten haben den Wein getrunken, als hätten sie eben die Wüste durchquert. Baramosta und die Seinen können aufbrechen.«

Der andere Mönch gab einen Seufzer von sich, als wäre alle Last der Welt von seinem Herzen genommen. »Dann wird endlich wieder Ruhe in unserem Tal einkehren.«

»Wollen wir es hoffen.« Pablo nahm Lea die Zügel aus der

Hand und reichte sie seinem Mitbruder. »Du weißt, was du zu tun hast?«

»Ich muss den Esel und die Fässchen verschwinden lassen. Das ist wohl die leichtere Aufgabe. Gott befohlen, Brüder, und lasst Euch nicht erwischen.«

»Ich gewiss nicht, und unser junger Bruder wird ebenso gut auf sich aufpassen«, antwortete Pablo lachend.

Er hatte den Mönchen im Meierhof erklärt, sein Begleiter sei ein Mitbruder aus einem befreundeten Kloster, und sie hatten seine Worte nicht in Zweifel gezogen. Sollte ein Teil der Wahrheit durchsickern, wollte der Abt versuchen, jeden Verdacht von dem burgundischen Edelmann Léon de Saint Jacques abzulenken. Lea war froh über die weise Voraussicht, denn aus dem gleichen Grund hatte sie vor, in die Höhle des Löwen, also zu dem bei Granada versammelten Hof zurückzukehren. Sie bedankte sich noch einmal bei dem Mönch aus dem Meierhof und streichelte zum Abschied den Esel, der brav mitgemacht hatte. Als der Mann gegangen war, wandte sie sich besorgt an Pablo. »Soll ich nicht doch besser bis Cullera mitkommen?«

Der Mönch winkte ab. »Nein, nein, das schaffe ich allein. Schließlich kenne ich Ristelli von Don Orlandos letztem Streich her. Sei unbesorgt, lieber Bruder Léon, ich bringe Baramosta und die Seinen sicher zum Schiff. Ihr solltet Euch beeilen, um nicht zu spät auf de Llorzas Gut anzukommen. Wenn alles vorbei ist, werde ich Euch dort aufsuchen und Euch berichten, wie es gelaufen ist.«

Lea schüttelte zweifelnd den Kopf. »Ich weiß nicht … Ich habe das Gefühl, meine Aufgabe ist noch nicht erfüllt.«

Pablo legte ihr die Hand auf die Schulter und zog sie an sich, was etwas eigenartig aussah, da Lea noch in Frauenkleidern steckte und er seine Mönchskutte trug. »Beruhigt Euch, Don Léon. Ihr habt mehr als genug getan. Würde man Euch jetzt bei den

Flüchtlingen sehen, könntet Ihr die Aufmerksamkeit unserer Feinde auf Euch ziehen.«

»Also gut, Pablo. Ich lege das Schicksal Baramostas und der Seinen in deine Hände. Aber geh jetzt, denn ihr dürft keine Zeit verlieren. Und pass auf, dass Montoyas Spione im Kloster nicht noch alles verderben.«

»Die haben derzeit anderes zu tun. Als ich in der Klosterapotheke war, um den Schlafsaft zu holen, fiel mir ein starkes Abführmittel in die Hände. Das habe ich als Gottes Zeichen angesehen und es in den Kessel mit dem Morgentrunk eingerührt. Ich fürchte, die Latrinen des Klosters werden schon überfüllt sein. Meine wahren Mitbrüder werden mir vergeben, und Montoyas Spione haben es verdient. Doch nun Gott befohlen. Grüßt Don Orlando und besonders seinen Vater von mir.« Pablo schniefte, wischte sich eine Träne von der Wange und stiefelte mit langen Schritten auf das Kloster zu.

Lea sah ihm noch einen Augenblick nach, dann eilte sie zu dem Pinienwäldchen, in dem sie ihre Sachen versteckt hatte, und verließ es kurz darauf wieder in der Tracht eines kastilischen Edelmannes, die sie für ihren weiteren Weg behalten wollte. Das Frauenkleid und die Mönchskutte hatte sie fest eingepackt, damit man nicht erkennen konnte, was sie unter dem Arm trug. Eine gute Stunde später erreichte sie die Osteria, in der Cereza untergestellt war.

»Buenos dias, Señor. Wir haben uns bereits Sorgen um Euch gemacht«, begrüßte der Wirt sie.

Lea neigte ihr Haupt und setzte eine verklärte Miene auf. »Ich habe die Nacht und einen Teil des Vormittags betend am Altar der heiligen Jungfrau verbracht und fühle mich nun wunderbar getröstet.«

»Dann dürftet Ihr müde sein und schlafen wollen«, schloss der Wirt aus ihren Worten.

»Aber nein! Gott hat mich mit neuer Kraft erfüllt. Packt mir etwas Brot, ein Stück Lammbraten und eine Kürbisflasche mit Wein ein und sagt, was Ihr von mir bekommt. Ein Knecht soll meine Stute satteln, denn ich will gleich aufbrechen.«

Keine halbe Stunde später blieb der kleine Ort hinter Lea zurück. Am nächsten Kreuzweg verließ sie den Fahrweg und ritt den steilen Hang hoch, der das Tal des Rio Grande an dieser Stelle begrenzte. Oben angekommen lag eine leicht gewellte Hochebene vor ihr. Nachdem die Stute sich ein wenig vom Aufstieg erholt hatte, ließ Lea sie rasch ausgreifen. Sie schnitt den Bogen ab, den der Fluss machte, und erreichte den Rio Grande erst wieder nach gut zwei Leguas. Während sie Cereza zügelte, beobachtete sie die beiden Boote, die sich unten auf dem Fluss näherten. Zusammen mit Baramosta befanden sich fünfzehn Personen darin, dazu kam noch Pablo, der am Heck des vorderen Bootes saß und das Steuer hielt. Gerade als sie ihn auf sich aufmerksam machen wollte, blickte er auf und winkte ihr zu.

Lea winkte zurück, nahm dann das Bündel mit der Kutte und dem verräterischen Kleid und schleuderte es über den Steilhang hinab ins Wasser. Einer von Baramostas jungen Begleitern holte es mit einer Stange ins Boot und verstaute es unter seinem Sitzbrett. Auf diesem Weg würden die Sachen wieder in Ristellis Besitz kommen. Das schien Lea sicherer, als die Kleidung irgendwo unterwegs zu vergraben oder sie bei sich zu behalten.

»Muchas gracias«, rief Orlandos Onkel zu ihr hoch. Seine Frau stand neben ihm und betete, während die drei jungen Frauen, bei denen es sich um die Töchter und die Schwiegertochter des Paares handeln musste, ihrem Retter Kusshände zuwarfen.

»Fahrt mit Gott«, flüsterte Lea erleichtert und besorgt zugleich. Pablo hatte Recht. Sie konnte jetzt nicht mehr für die Flüchtlinge tun, als ihnen ihre besten Wünsche mitzugeben. Sie selbst musste zu Frans van Grovius und den Burgundern zurückkehren, um deren Gesicht vor dem spanischen Königspaar und deren Höflingen zu wahren und aus dem unbestimmten Gefühl heraus, dass sie in diesem Land noch eine Aufgabe zu erfüllen hatte.

9

Als Lea das Gut der Familie de Llorza erreichte, begrüßte Thibaut de Poleur sie so überschwänglich, als hätte er einen lange verschollenen Verwandten wiedergefunden. Offensichtlich hatte er sie auf dem letzten Stück der Reise vermisst und berichtete ihr nun wortreich von den Wundern, die ihnen unterwegs begegnet waren. Da die Gruppe die Höhlenwohnungen bei Peñas de San Pedro besucht und dort ein wenig gefeiert hatte, war sie erst am Vortag bei de Llorzas Eltern aufgetaucht. Als de Poleur seinen Bericht endlich abgeschlossen hatte und seinen guten Freund Léon fragte, wie es ihm ergangen sei, lächelte Lea wehmütig.

»Ich war bei einem Geschäftspartner meiner Dienstherren und hatte dort einige Aufträge zu erledigen und nach der Post zu schauen. Es war jedoch nichts Wichtiges dabei. Das einzig Gute an dem Ritt ist die Tatsache, dass ich den nächsten Teil meiner Spesen abholen konnte und endlich wieder flüssig bin.«

»Da geht es dir besser als mir«, antwortete de Poleur mit einem säuerlichen Lachen. »Mein Beutel ist so leer, dass ihn der Wind davontragen könnte.«

»Ich kann durchaus ein paar Maravedis erübrigen und dir einen Kredit bei mir einräumen. Vergiss nicht, ich bin Bankier.«

De Poleur überlegte kurz und schüttelte dann den Kopf. »Führe mich nicht in Versuchung. Ich habe nämlich bei einem Waffenschmied in Murcia ein Schwert gesehen, das mir ausgezeichnet gefallen hat. Aber das kostet einige Maravedis mehr, als du mir leihen dürftest.«

Lea hörte aus der Stimme des Burgunders eine gewisse Hoffnung heraus, das Schwert doch noch erwerben zu können. Aber sein Stolz ließ nicht zu, dass er sich eine Abfuhr holte. Da sie sich de Poleurs Wohlwollen erhalten wollte, machte sie eine wegwerfende Geste. »Kauf dir die Waffe ruhig. Ich lege dir das Geld aus und warte, bis du es mir eines Tages zurückzahlen kannst.«

»Damit machst du aber ein schlechtes Geschäft, Léon. Mir fließt das Geld nämlich nur so zwischen den Fingern hindurch, und es bleibt nie genug übrig, um meine Schulden bezahlen zu können, geschweige denn, etwas zu sparen.«

»Dann nimm die Waffe als Geschenk.«

»Im Ernst? Ich nehme dich beim Wort!« Auf de Poleurs Gesicht machte sich ein zufriedenes Lächeln breit. »Du bist wirklich der beste Freund, den ein Mann haben kann, Léon. Aber jetzt muss ich dich endlich unseren Gastgebern vorstellen.«

Er wies einen Knecht an, Cereza in den Stall zu bringen und abzureiben, fasste Lea am Arm und führte sie auf das flache, wenig imposant wirkende Hauptgebäude des Gutes zu. Die aus Bruchsteinen errichteten Mauern waren mit Lehm bestrichen und weiß gekalkt und die kleinen Fenster kaum größer als Schießscharten, während die Tür so wirkte, als sei sie aus dicken, kaum bearbeiteten Brettern zusammengenagelt worden. Die wohnliche Einrichtung des Hauses machte das abweisende Äußere jedoch mehr als wett.

Don Esteban, Raúl de Llorzas Vater, empfing sie in einem großen Zimmer, das trotz der kleinen Fenster hell und luftig wirkte. An der Wand standen große Truhen, die mit Teppichen und Decken bedeckt waren und als Sitzgelegenheiten dienten. Bequeme Stühle aus dunklem Holz, ein großer Tisch mit Intarsien, ein gemauerter Kamin, dessen wohlige Wärme das klamme Winterwetter fernhielt, und ein reicher Wandschmuck aus Teppichen, Waffen und Jagdtrophäen vervollständigten die Einrichtung.

»Seid mir willkommen, Don Léon«, begrüßte Don Esteban Lea in der hier gebräuchlichen Mundart Aragons, die sich von der kastilischen Sprache, die sie gelernt hatte, so stark unterschied, dass sie ihn kaum verstand. Da sie nicht gleich antwortete, wiederholte Raúl de Llorza die Worte seines Vaters auf Kastilisch. Don Esteban verzog das Gesicht, als hätte er auf etwas sehr Bitteres gebissen. Offensichtlich ärgerte er sich darüber, dass sein Sohn sich als Mann von Welt gab und ihn zum Provinzler degradierte.

»Ich danke Euch!« Lea verbeugte sich vor ihrem Gastgeber und wandte sich dann dessen Gemahlin zu. War der Hausherr ein großer, breit gebauter Mann mit dunkelbraunen Haaren, so wirkte Doña Estrella klein und puppenhaft. Sie hatte ihr pechschwarzes, leicht blau schimmerndes Haar mit einem geschnitzten Elfenbeinkamm aufgesteckt und trug ein dunkelgrünes Kleid, das eher bequem als modisch wirkte. Vor allem aber war sie eine Hausfrau, die alles daransetzte, ihre Gäste zu verwöhnen. Sie wartete kaum, bis Lea auch sie begrüßt hatte, sondern eilte mit einer Entschuldigung in die Küche, um, wie sie sagte, der Köchin auf die Finger zu sehen.

»Ich hoffe, Ihr hattet eine schöne Reise durch Aragon«, begann Don Esteban die Konversation.

»Wir sind nur zu einem kleinen Teil durch Aragon geritten, der größte Teil unseres Weges führte durch Kastilien«, berichtigte Don Raúl seinen Vater.

Das Gesicht des alten Herrn färbte sich dunkel. »Unser Sohn hat ganz vergessen, woher er stammt, und ist ein Castellano geworden.«

Seine Stimme verriet den Grimm, der in ihm wühlte.

»Es ist Kastilien, das in Spanien den Ton angibt!«, verteidigte sein Sohn sich.

Don Esteban bedachte ihn mit einem vernichtenden Blick. »Ich glaube nicht, dass es unsere Gäste interessiert, wer in Spanien den Ton angibt. Hier in Aragon ist es jedenfalls Rey Fernando und nicht die Königin Kastiliens.«

»Bitte streitet euch nicht schon wieder!« Doña Estrella war ins

Zimmer zurückgekehrt und bedachte Gemahl und Sohn mit tadelnden Blicken. »Was sollen unsere Gäste von euch halten?«

»Es ist nicht mein Streit«, brummte Don Esteban.

Doña Estrella ließ nicht locker. »Wir sollten lieber daran denken, dass wir uns auf das Weihnachtsfest vorbereiten müssen. Es sind nur noch wenige Tage bis dorthin.«

Es klang so mahnend und feierlich, dass Lea am liebsten in Tränen ausgebrochen wäre. Sie hatte die Festtage ihres Glaubens nicht begehen können, wie es sich gehörte, und sah sich nun gezwungen, an einer Feier zu Ehren des Mannes teilzunehmen, dessen Religion die Juden zu einem gejagten, erniedrigten und ständig gefährdeten Volk gemacht hatte. Am liebsten wäre sie noch vor Beginn der Festlichkeiten abgereist, doch wenn sie ihre Maske aufrechterhalten wollte, musste sie hier bleiben, in die Gebete der Christen einstimmen und ihr Knie beugen, wann immer der Priester es von ihr forderte.

Um mit sich ins Reine kommen zu können, schützte sie Erschöpfung vor und bat, sich zurückziehen zu dürfen. Zum Glück erhielt sie einen Raum für sich allein, eine winzige Kammer, gerade groß genug für ein Bett und einen Stuhl. Doña Estrella entschuldigte sich, weil sie dem Herrn de Santiago nichts Besseres anbieten konnte. Es waren jedoch so viele Freunde und Verwandte erschienen, um das Weihnachtsfest mit dem Sippenoberhaupt zu feiern, dass alle anderen Schlafräume besetzt waren.

Lea versuchte, die Hausherrin zu beruhigen. »Das Zimmer ist schön, und ich werde mich hier wohl fühlen.«

Doña Estrella wirkte nicht sonderlich erleichtert. Offensichtlich glaubte sie es dem Rang des Gastes schuldig zu sein, ihn besser zu behandeln. »Wenn Ihr etwas benötigt, so ruft. Eine der Mägde wird sofort kommen und Eure Wünsche erfüllen.«

»Ich danke Euch.« Lea neigte lächelnd den Kopf, atmete aber auf, als ihre gluckenhaft besorgte Gastgeberin sie endlich allein ließ.

Lea wartete, bis die Magd ihr einen Krug Wasser und eine Schüssel gebracht hatte, und versperrte dann die Tür. Diese hatte zwar weder Schloss noch Riegel, doch Lea stellte den Stuhl so unter die Klinke, dass niemand unaufgefordert eintreten konnte. Danach machte sie sich bereit, ins Bett zu gehen. Es war erst später Nachmittag, doch sie fühlte sich nach dem langen Ritt und der Anspannung durch das Abenteuer in Bereja wie erschlagen.

In der Nacht träumte sie wirr und sah nacheinander Baramosta, Orlando und sich selbst als Gefangene Montoyas. Der Herzog schäumte vor Wut und ließ diese vor allem an ihr aus. Während die Folterknechte der Inquisition sie mit glühenden Zangen quälten, verfluchte Lea sich, weil sie nicht mit an Bord von Ristellis Schiff gegangen war und Spanien verlassen hatte. In dem Moment schreckte sie auf und fand sich hellwach. Sie presste die Hand auf ihr rasendes Herz, starrte auf die im ersten Schein der Dämmerung dicht herangerückten Wände und glaubte sich tatsächlich im Kerker gefangen. Erst als die ersten Sonnenstrahlen durch das Fenster in die kleine Kammer fielen, vermochte sie ihre Angststarre abzuschütteln und sich zu entspannen.

Die Sonne verblasste bald in Dunstschleiern, und am späten Vormittag zogen dunkle Wolken über die Berge heran und hüllten das ganze Land in tristes Grau. Kurz darauf stürzte der Regen mit einer solchen Wucht vom Himmel, dass die Tropfen kniehoch von den Pfützen aufstoben. Don Esteban starrte grimmig hinaus und prophezeite, dass das schlechte Wetter noch etliche Tage anhalten würde.

Raúl de Llorza schnaubte wütend, denn die Pläne, die er für seine Gäste geschmiedet hatte, lösten sich in den vom Himmel fallenden Fluten auf. Ihm und den anderen jungen Herren blieb nichts anderes übrig, als sich um den Kamin zu versammeln und einander von ihren tatsächlichen oder eingebildeten Abenteuern zu berichten, mit denen sie sich eifrig zu übertrumpfen versuchten. Zu Don Raúl hatte sich dabei eine Gruppe von jungen Edelleuten aus der Gegend gesellt, die seinen geschliffenen kastilischen Dialekt und seine modische Kleidung bewunderten und ihm im Duell der Worte gegen Thibaut de Poleur und dessen Freunde beistanden.

Lea beteiligte sich nicht an diesem Wettstreit, sondern spielte mit ihrem Gastgeber Schach. Sie hatte das Spiel früher öfter mit Samuel gespielt, in den letzten Jahren aber keine Gelegenheit dazu gehabt. So gewann Don Esteban die ersten Partien. Bald aber wendete sich das Blatt. Auch wenn Lea ihren Gastgeber nicht jedes Mal übertrumpfen konnte, so war sie ihm, wie Don Esteban anerkennend sagte, ein würdiger Gegner.

Am Morgen des Christtags regnete es immer noch, und es sah so aus, als müssten alle den Weg zur Kirche in einer Kutsche zurücklegen. Um die Mittagszeit klarte es jedoch auf, und die Straße trocknete so weit ab, dass sie reiten konnten. Lea schloss sich dem Zug mit wenig Begeisterung an und war froh, als der Padre in der Kirche nach einer viel zu langen Predigt das letzte Amen sprach. Die feierliche Stimmung begleitete die Gruppe, bis sie das Gut erreicht und sich im Wohnraum versammelt hatten.

Während die Gäste dem Wein zusprachen, der von Don Estebans eigenen Weinbergen stammte, und sich an den Leckerbissen labten, die Doña Estrellas Küchenmägde auf großen Tabletts in den Raum trugen, lockerte die Atmosphäre sich auf und es fiel immer wieder das Wort Corrida. Zuerst glaubte Lea, es handele sich dabei um einen Wettlauf, den einige der Gäste abhalten wollten. Später, als der Zusatz de Toros fiel, dachte sie an ein Stiertreiben. Doch auf das, was am nächsten Tag unter einem strahlend blauen Himmel abgehalten wurde, war sie nicht vorbereitet. Nach einem reichlichen, wenn auch recht spät gereichten Frühstück führte Don Raúl die Gäste zu einer Stelle des Gutes, an der ein kreisrunder Platz mit festen Balken umzäunt worden war. Ein sich nach innen öffnendes Gattertor war der einzige Zugang zu diesem Pferch.

Zuerst wurde ein halbwüchsiger Stier hineingetrieben, an dessen Hörnern zwei rote Quasten befestigt waren. Zwei junge Burschen unter Don Estebans Knechten stiegen über den Zaun, tanzten um den Stier herum und versuchten, ihm die Quasten von den Hörnern zu reißen. Ihr Spiel war nicht ungefährlich, denn der Bulle war gereizt und stieß immer wieder zu.

Schließlich gelang es einem der Burschen, die erste Quaste zu erhaschen. Während er zum Zaun floh und blitzschnell darüber kletterte, schlich sich sein Kamerad an den Stier und zupfte die zweite Quaste los. Er verlor sie jedoch auf der Flucht, zögerte einen Augenblick und wollte sie aufheben, doch da war der Bulle schon über ihm, trampelte ihn zu Boden und nahm ihn auf die Hörner.

Lea stockte der Atem, als der junge Bursche durch die Luft geschleudert wurde und benommen auf dem Boden liegen blieb. Bevor der Bulle erneut auf ihn losgehen konnte, wurde das Gattertor aufgerissen. Zwei Reiter galoppierten auf Pferden hinein, die mit dicken Strohmatten gepanzert waren, und drängten den Stier ab, während ein paar beherzte Kerle den Verletzten herausholten.

»Das war erst der Anfang«, erklärte Don Raúl, der ungerührt zugesehen hatte. An diesem Tag hatte er sein gewohntes schwarzes Gewand gegen ein hauteng sitzendes rotes vertauscht und ließ sich nun von seinem Diener in eine leichte Rüstung helfen.

Zwei Knechte führten derweil ein mit Strohmatten und Lederpolstern behangenes Pferd heran. Raúl de Llorza stieg auf und lenkte das Tier in den Pferch. Dort verbeugte er sich und ließ sein Pferd dabei eine Pirouette auf der Hinterhand drehen. Noch während aller Augen auf ihn gerichtet waren, trieben einige berittene Knechte einen ausgewachsenen schwarzen Stier in die Arena. Das Tier warf mit seinen Hufen den Sand hoch und schnaubte zornig.

Die Damen kreischten auf, als das Tier aus dem Stand lospreschte und sich auf den Reiter stürzte. Don Raúl ließ sein Pferd mit einer geschickten Drehung ausweichen und trabte fast beleidigend gemächlich zum Zaun, an dem sein Diener stand und ihm zwei kurze Spieße reichte. De Llorza wartete, bis der Stier ihn fast wieder erreicht hatte, lenkte sein Pferd dann mit einem Schenkeldruck zur Seite und stieß gleichzeitig beide Spieße in den gewölbten Nacken des Bullen. Ein zorniges Brüllen erfüllte die Luft, und der Stier verfolgte seinen Peiniger mit animalischer Wut. Don Raúls Pferd wich ihm jedoch mit scheinbar mühelosen Bewegungen aus. Der Reiter hielt nun eine lange Lanze in der Hand, mit der er dem Bullen beinahe nach Belieben schmerzhafte Wunden zufügte.

Lea wusste nicht, wie lange sie dieses in ihren Augen ekelhafte Schauspiel noch ertragen konnte, wollte sich aber nicht sichtbar abwenden, um nicht aufzufallen. Auch Don Esteban sah nicht so aus, als würde er es genießen, denn auf seinem Gesicht spiegelten sich Zorn und Verachtung. Die jüngeren Gäste aber brachen jedes Mal, wenn Raúl de Llorza den Bullen mit seiner Lanze traf, in Begeisterungsrufe aus. Zuletzt umrundete Don Raúl das Rund im Galopp, ergriff dabei ein Schwert, das sein Diener ihm hinhielt, und setzte sich an die Flanke des erschöpften Bullen. Die Klinge blitzte in der Sonne auf und bohrte sich tief in den Rücken des Tieres.

Der Bulle blieb stehen, als wäre er gegen eine Wand gerannt, schrie noch einmal klagend auf und stürzte dann wie ein gefällter Baum zu Boden. Don Raúl ritt um das tote Tier herum und lenkte sein Pferd dabei nur mit den Schenkeln. »So feiert man die Corrida de Toros in Kastilien«, rief er den Anwesenden triumphierend zu.

Lea erinnerte sich an José Albañez' Ausspruch, dass man Gott in

diesem Land nach der Art der Karthager Menschenopfer darbringen würde. Das blutige Gemetzel, dessen Zeuge sie eben geworden war, kam ihr auch so vor wie ein heidnisches Ritual.

Don Esteban schüttelte angewidert den Kopf. »Einem Bullen
die Quasten von den Hörnern zu holen, ist ein fröhlicher Spaß
für mutige Burschen, aber einen guten Stier sinnlos abzuschlachten, halte ich für Verschwendung.«

Ihm war anzusehen, wie sehr ihn die Entfremdung seines Sohnes schmerzte. Auch einige andere ältere Gäste murrten über
diese neuen kastilischen Sitten, die Jungen waren jedoch begeistert und ließen Don Raúl hochleben. Leas Freunde de Poleur, de
la Massoulet und von Kandern wirkten hingegen verstört. Sie
waren die Jagd in den dichten Wäldern der Ardennen und des
Schwarzwalds gewöhnt, und diese Art von Stierhatz war nicht
nach ihrem Sinn. An diesem Abend sprachen sie denn auch zum
ersten Mal davon, bald nach Granada zurückzukehren. Lea hatte nichts dagegen einzuwenden.

So schnell, wie sie es beabsichtigt hatten, konnten Lea und ihre
Freunde nicht aufbrechen, denn nach Weihnachten schlug das
Wetter erneut um. Wieder regnete es heftig, und die Wege
wurden für Reiter und Wagen unpassierbar. Ein Mann trotzte
jedoch den Elementen – Pablo, der Mönch aus San Juan de
Bereja. Er kam an einem späten Vormittag zum Gut, um mit
Léon de Saint Jacques zu sprechen, was zum Glück niemanden
zu Fragen veranlasste. Sein Bericht war kurz, aber zufrieden
stellend. Rodrigo Varjentes de Baramosta und seine Begleitung
hatten Ristellis Schiff Aquilone unbehelligt erreicht und waren
bereits auf dem Weg nach Genua.

Lea dankte Pablo für die Botschaft, bat ihn, Albañez die besten
Grüße zu übermitteln, und verabschiedete sich erleichtert von
ihm. Lange sah sie ihm noch nach, während er durch den Regen
stapfte, dabei immer kleiner wurde und sich schließlich im Grau
eines neuen Schauers auflöste. Ihr war um einiges leichter ums

Herz, und sie hätte sich am liebsten in den Sattel geschwungen, um zu der Delegation der Burgunder zurückzukehren und damit dem Ende der Reise ein wenig näher zu kommen. Neujahr und Dreikönigstag vergingen jedoch mit starken Unwettern, und es dauerte noch eine weitere Woche, bis der Himmel aufklarte und die Erde trocknete.

Den Rückweg mussten sie ohne Raúl de Llorza antreten, denn der junge Edelmann hatte andere Pläne, als in die Schlacht um Granada zurückzukehren. Sein kühler Abschied zeigte, wie froh er war, die vier burgundischen Gäste loszuwerden, und die drei jungen Männer rätselten noch eine Weile, warum er sie überhaupt eingeladen hatte. Lea erfuhr von Thibaut de Poleur, dass Don Raúl in den Diensten Luis de Santangels stand, des Verwalters der Privatschatulle König Fernandos von Aragon. Santangel gehörte zum Kreis um Medicaneli, das bestätigte Leas Vermutung, der Herzog habe seine Fäden gezogen, um ihr eine längere Abwesenheit von der burgundischen Gesandtschaft zu ermöglichen.

Das unwirtlich kühle Wetter weckte in keinem von Leas Begleitern besonderes Interesse an der Landschaft, darüber war sie froh, denn ihr Kopf schwirrte zu sehr, um sich für bizarre Felsformationen oder malerische Herrensitze zu begeistern. Die Städte auf ihrem Weg blieben hinter ihnen zurück wie Schatten. Nur in Murcia verweilten sie einen Tag, damit de Poleur das Schwert kaufen konnte, nach dem er sich so sehr gesehnt hatte. Danach ging ihre Reise ohne Unterbrechung weiter.

Als die kleine Gruppe sich bis auf zwanzig Leguas der Stadt Granada genähert hatte, kam ihnen eine andere Reisegesellschaft entgegen. Sie bestand aus zwei Männern, die zu Fuß gingen, und einem Knaben von vielleicht drei oder vier Jahren auf einem alten Maulesel, der auch das Gepäck der Leute trug. Leas Begleiter ritten an den Reisenden vorbei, ohne sich um sie zu kümmern. Sie selbst zügelte ihre Stute und starrte die Leute, die sich gegen die winterliche Kühle und den gelegentlichen Regen mit festen Mänteln gewappnet hatten, verwundert an.

»Buenos dias, Señor Colombo. Das ist aber eine unerwartete Begegnung.«

Der Genuese hielt das Maultier an und sah zu ihr hoch. »Ihr seid es, de Saint Jacques! Es freut mich, Euch zu sehen, auch wenn ich Euch adiós sagen muss, statt Euch einen guten Tag zu wünschen.«

»Es sieht aus, als kehrtet Ihr dem Hof den Rücken. So hattet Ihr keinen Erfolg?«

Colombo lachte bitter auf. »Die Herren der ehrenwerten Universität von Salamanca lehnten meinen Plan wie erwartet ab, und Königin Isabella war nicht bereit, Luis de Santangels Angebot anzunehmen, mir die Fahrt im Gegenzug für die Gewährung einiger Privilegien zu finanzieren. Wahrscheinlich deshalb, weil er ein Mann aus Aragon ist und keiner ihrer eigenen kastilischen Edelleute.«

Das glaubte Lea weniger. Wie sie die Königin einschätzte, waren ihr Santangels Forderungen zu hoch gewesen. Ihr tat der Genuese Leid; er hatte sein Herz und sein ganzes Schicksal an die Fahrt nach Indien gehängt und war, nachdem er zuerst in Portugal, das seine Kapitäne auf den Weg um Afrika herum schickte, keinen Erfolg gehabt hatte, nun auch in Spanien abgewiesen worden.

»Was wollt Ihr jetzt tun, Señor Colombo?«

Der Genuese stocherte mit der Stiefelspitze im Straßenschlamm und zuckte mit den Schultern. »Ich verlasse Spanien, wo ich so viele nutzlose Jahre vergeudet habe, und reise nach Frankreich, in der Hoffnung, dass Karl VIII. mir gewogener ist, als es die spanischen Majestäten waren.«

»Ich wünsche Euch dafür sehr viel Glück.« Lea beugte sich im Sattel nieder, um Colombo die Hand zu reichen. Ein letzter Wink noch, dann musste sie Cereza antreiben, um ihre Gefährten einzuholen. Als sie aufgeschlossen hatte, drehte sie sich noch einmal um und blickte auf die immer kleiner werdende Gestalt eines Mannes, der nicht bereit war, sich dem Schicksal zu beugen, und der viele Jahre seines Lebens opferte, um einen einzigen großen Plan Wirklichkeit werden zu lassen.

10

Manuel Alonzo de Coronera, der Herzog von Montoya, war wütender als ein verwundeter Stier. Gerade hatte er sich noch in dem Triumph gesonnt, Orlando Terasa endlich gefangen zu haben, da erreichte ihn die Nachricht von Baramostas Flucht aus dem Kloster von San Juan de Bereja. Montoyas rechte Hand Diego de Arandela schlich um ihn herum wie ein geprügelter Hund und überlegte verzweifelt, wem er die Schuld an diesem Desaster in die Schuhe schieben konnte, um den Zorn des Herzogs von sich und seinem Bruder Alvaro abzulenken.

»Dahinter stecken gewiss diese Marranos, die getauften Judenschweine, die sich um die Majestäten geschart haben«, wisperte er seinem Herrn ins Ohr.

Montoya maß ihn mit einem vernichtenden Blick. »Was Ihr nicht sagt! Natürlich hatten Medicaneli, Santangel und deren heuchlerische Judenbrut ihre Hand im Spiel. Doch solange ich keine hieb- und stichfesten Beweise in den Händen halte, wird die Königin weiterhin ihre Hand über dem gotteslästerlichen Gesindel halten.«

»Vor einigen Wochen sind mehrere burgundische Edelleute in Raúl de Llorzas Begleitung in die Richtung gereist, in der auch San Juan de Bereja liegt. Sie könnten Baramosta geholfen haben.«

Montoya winkte unwirsch ab. »Daran habe ich auch schon gedacht. Aber ein vager Verdacht ist ein zu brüchiges Schwert in meinen Händen. Da müsstet Ihr mir schon einen handfesteren Beweis beschaffen.«

»Wenn Ihr mir erlaubt, einen der jungen Herren etwas strenger zu befragen, wird mir dies möglich sein.«

»Ihr seid doch nicht ganz richtig im Kopf«, fuhr Montoya seinen Gefolgsmann an. »Es ist eine Sache, die Burgunder für eine Weile im Monasterio de San Isidro festzuhalten, aber ließe ich einen von ihnen verhaften und foltern, würde Frans van Grovius sich bei Ihren Majestäten beschweren, und erführe sein Herr, der Herzog von Burgund, davon, würde er von der Königin Genugtuung fordern und dafür sorgen, dass ich in Ungnade falle.«

Arandelas Miene verzog sich zu einem bösen Lächeln. »Dann muss man den Kerlen, die Baramosta befreit haben, eben eine Falle stellen. Wir haben ja einen unwiderstehlichen Köder!«

»Ihr meint Orlando Terasa?« Montoya strich sich mit dem Zeigefinger der rechten Hand über den Bart und dachte nach. »Ihr habt Recht! Bis jetzt habe ich Terasas Gefangennahme noch geheim gehalten, aber jetzt scheint es mir an der Zeit, das zu ändern. Sorgt dafür, dass Euer Bruder diesen Sohn des Satans scharf bewacht, und warnt ihn eindringlich davor, ein zweites Mal zu versagen.«

Arandela verbeugte sich tief und beglückwünschte den Herzog zu seinem Plan. Gleichzeitig aber überlegte er, was er von Alvaro dafür fordern konnte, weil er den Zorn des Herzogs so meisterlich von ihm abgelenkt hatte.

11

*B*ei der Abreise hatte es in Santa Fee nur so von Soldaten ge-
wimmelt, aber als Leas Reisegruppe zurückkehrte, war das
Feldlager bis auf eine einzige Kompanie Arkebusiere leer. Auch
das Königspaar hatte die Stadt verlassen und war in Granada
eingezogen. Es war bezeichnend für Colombo, dass er eine so
wichtige Nachricht wie die Kapitulation des Emirs nicht erwähnt hatte. Außer Indien hatte im Kopf des Genuesen nichts
anderes Platz.

Von einem Beamten, den das Königspaar in Santa Fee zurückgelassen hatte, erfuhren Lea und ihre Begleiter, dass auch die
burgundische Gesandtschaft nach Granada umgezogen war.
Daher machten sie sich nach einer kurzen Rast auf den Weg
und erreichten die Stadt im Lauf des Nachmittags. Als Lea
durch die Straßen ritt, konnte sie kaum fassen, dass sich eine so
wehrhafte Stadt den Spaniern ohne größeren Widerstand ergeben hatte. Der Emir war inzwischen mit seiner Familie und den
letzten Getreuen zur Küste gezogen, um nach Marokko überzu-
setzen, wo er hoffte, von dem dortigen Sultan aufgenommen zu
werden. Auf der großen Moschee hatte das Kreuz den Halbmond ersetzt, und die Bewohner Granadas schienen erleichtert
zu sein, dass der Krieg vorüber war.

Laurens van Haalen, der zurückbleiben hatte müssen, sonnte
sich jetzt in dem Ruhm, bei der Übergabe der Stadt dabei gewesen zu sein, und berichtete seinen Freunden haarklein, wie alles
vor sich gegangen war. In der Tat hatte das Königspaar Isabella
und Fernando den Mauren annehmbare Bedingungen gewährt.
Sie sollten den größten Teil ihres Besitzes und vor allem ihren
Glauben behalten dürfen. Der Vertrag war durch Hernando de
Talavera, dem zum ersten Erzbischof von Granada ernannten

spanischen Unterhändler, ausgehandelt und von ihren Majestäten unterzeichnet worden. Lea konnte sich jedoch nicht vorstellen, dass all diese Versprechen auf Dauer eingehalten werden würden, denn sie erinnerte sich an die Worte von José Albañez über die Macht der heiligen Inquisition. Für die Juden Kastiliens und Aragons zog schon jetzt nach dem Fall Granadas eine Katastrophe herauf, da das Königspaar den Eid geleistet hatten, sie im Falle eines Sieges über den Emir des Landes zu verweisen.

Lea beschäftigte sich in Gedanken immer noch mit dem Unglück, das ihre Glaubensgenossen nun heimsuchen würde, als sie das Quartier betrat, in dem sie untergebracht worden war. Wie das Zelt im Feldlager musste sie sich den Raum mit de Poleur und den anderen drei Freunden teilen. Die jungen Edelleute waren froh, wieder bei der Gesandtschaft zu sein, und machten sich sofort auf den Weg, Granada zu erkunden. Sie forderten auch ihren Freund Léon wortreich auf, sie zu begleiten, doch Lea schützte Müdigkeit vor und erklärte, sie wolle zu Bett gehen. Sie kam jedoch nicht dazu, sich hinzulegen, denn kaum waren ihre Begleiter verschwunden, klopfte es an der Tür. Lea schlüpfte rasch wieder in ihre Kleider und öffnete. Vor ihr stand ein Mann in der schlichten, wetterfesten Tracht eines Reitknechts und verneigte sich.

»Seid Ihr Santiago?«

Lea war es gewöhnt, ihren von Orlando erhaltenen Namen auf Spanisch zu hören und nickte.

Der Knecht verneigte sich erneut. »Eure Stute steht wie befohlen zum Ausritt bereit.«

»Ich habe nichts dergleichen befohlen!«

»Mein Herr wünscht es.«

Lea sah dem Knecht an, dass er nicht weichen würde, bis sie der Aufforderung Folge leistete. Es war zwar erst später Nachmittag und damit noch über eine Stunde hell, aber dennoch war es eine ungewöhnliche Zeit für eine solche Einladung. Verwirrt fragte sie sich, wer sie unbedingt sehen wollte. Höchstwahrscheinlich war es der Herzog von Medicaneli, der an ihrem Bericht interessiert war, aber es konnte auch Montoya sein, der bereits herausgefunden hatte, wer Baramosta die Flucht ermöglicht hatte, und nun versuchte, sie unauffällig aus dem Haus zu locken. Lea spürte, wie ihr Herz sich vor Furcht zusammenpresste, und wünschte sich nicht zum ersten Mal, sie hätte Spanien auf Ristellis Schiff verlassen. Aber jetzt war es zu spät für Selbstvorwürfe. Sie griff nach ihrem Mantel und dem Schwert und folgte dem Knecht ins Freie.

»Reitet zu dem Hügel, von dem aus Ihr Granada zum ersten Mal gesehen habt«, rief der Mann ihr zu und verschwand grußlos im Gewirr der Gassen.

Lea streichelte Cereza, die gesattelt vor ihr stand, und überlegte, ob sie die Aufforderung nicht besser ignorieren sollte. Sie konnte hundert Gründe vorschieben, und Müdigkeit war nicht der schlechteste davon. Dann aber siegte ihre Neugier. Sie stieg in den Sattel und lenkte Cereza durch das Gewimmel der Menschen zum Tor.

Im Schatten eines Ölbaumhains wenige hundert Schritt hinter dem Tor gesellte sich ein Reiter auf einem pechschwarzen Ross zu ihr. Lea atmete erleichtert auf, als sie Medicaneli erkannte, aber als sie sein furchtverzerrtes und graues Gesicht sah, erschrak sie.

»Was ist geschehen, Euer Gnaden?«

»Montoya hat Orlando Terasa gefangen genommen«, sagte er mit ersterbender Stimme.

»Orlando hier in Spanien? Aber das ist unmöglich.« Lea schüttelte ungläubig den Kopf.

Medicaneli lachte bitter auf und stieß einen groben Fluch aus. »Es ist die Wahrheit. Orlando Terasa wurde in Bilbao gefangen gesetzt, als er an Land gehen wollte. Meine Gewährsleute haben es mir bestätigt.«

»So ein Idiot! Wieso musste er nach Spanien kommen, wo er

doch genau wusste, was für ein hoher Preis auf seinen Kopf ausgesetzt war und dass in allen Häfen Spione auf ihn lauerten!«

Hätte Lea Orlando in diesem Moment vor sich gehabt, sie hätte ihn mit beiden Händen geohrfeigt, so kochte die Wut in ihr hoch. Gleichzeitig aber fühlte sie sich zum Sterben elend. Warum hast du das getan, Orlando?, schrie sie tief in ihrem Innern auf. Warum hast du gegen alle Vernunft gehandelt, obwohl dir klar sein musste, dass Montoya und seine Kreaturen dir hier eine Falle gestellt hatten?

»Wenn Terasa unter der Folter spricht, sind meine Freunde und ich verloren, denn dann erfährt Montoya genug über uns, um uns vernichten zu können.« Aus Medicanelis Worten sprach schiere Panik.

Lea interessierte sich jedoch kaum für das Schicksal des Herzogs. »Wir müssen Orlando befreien.«

Medicaneli wirkte auf einmal wie ein alter Mann, dessen Stolz man mit einem einzigen Hieb gebrochen hatte. »Glaubt Ihr, Saint Jacques, man würde Terasa so nachlässig bewachen, dass man ihn mit einem Fingerschnippen aus seinem Gefängnis herausholen kann? Montoya hat ihn in die Festung von Santa Pola bringen lassen, und deren Tore sind weder mit Gewalt noch mit List zu öffnen.«

»Woher wisst Ihr das? Montoya hätte doch mehr Erfolg, wenn er Euch und Eure Freunde weiterhin in Sicherheit wiegen könnte.«

Sie sagte ihm nicht, welcher Gedanke ihr gerade durch den Kopf schoss. Die Nachricht von Orlandos Gefangennahme musste gezielt gestreut worden sein, um Montoya die Chance zu geben, die Leute in die Hand zu bekommen, die Baramostas Flucht ermöglicht hatten. Gelang ihm das nicht, war sein Erfolg nur ein halber Sieg. Vielleicht wollte er auch, dass Medicaneli, Santangel und andere Edelleute, die von konvertierten Juden abstammten, einen verzweifelten Versuch unternahmen, Orlando zu befreien, und sich dabei bloßstellten. Eine kopflose Tat würde den Einfluss zerstören, den sie sich am Hof erarbeitet hatten, und ohne den Schutz der Königin würden sie bald in den Kerkern der Inquisition oder auf dem Scheiterhaufen enden.

Medicaneli schien keines klaren Gedankens mehr fähig zu sein, denn er jammerte wie ein altes Weib und rang hilflos die Hände.

»Uns bleibt nur die Flucht. Doch wohin sollen wir gehen, wovon sollen wir leben? Unsere Besitztümer bestehen aus Ländereien, aus Vieh und Leibeigenen. Die können wir nicht in die Tasche stecken wie die Juden ihr Gold. Und als Edelleute können wir auch nicht mehr auftreten, denn das Königspaar wird uns aller Ehren und Titel entkleiden und wahrscheinlich sogar unsere Auslieferung fordern, egal, wohin wir uns wenden werden.«

»Ihr seht, es gibt nur einen Weg für Euch. Ihr müsst mir helfen, Orlando zu befreien.«

Lea wusste selbst, dass das so gut wie unmöglich war. Gewalt schied von vorneherein aus, und Orlandos Bewacher würden sich gewiss nicht so leicht übertölpeln lassen wie Alvaro de Arandela. Medicaneli achtete auch nicht auf ihre Worte, sondern beklagte weiterhin das böse Geschick und machte Orlando Terasa persönlich dafür verantwortlich, dass seine Tage als Edler von Spanien gezählt waren.

Lea nahm ihm die Weinerlichkeit ebenso übel wie seine Vorwürfe gegen Orlando und fuhr ihn wütend an. »Haltet endlich den Mund und lasst mich nachdenken. Jammern könnt Ihr zu Hause!«

Der Herzog machte ein Gesicht, als wollte er aufbrausen, fiel aber sofort wieder in sich zusammen. »Versteht Ihr denn nicht? Wir sind alle verloren!«

»Wenn Ihr so denkt, denn legt Euch doch gleich einen Strick um den Hals und rutscht auf Knien zu Montoya.« Lea holte tief Luft, um nicht noch mehr zu sagen, denn sie hatte mehr Verständnis für den Mann, als sie sich selbst eingestehen mochte.

Sie fürchtete zwar weniger für ihre eigene Sicherheit, aber sie kam fast um bei dem Gedanken, was man Orlando gerade antun mochte. Die Vorstellung, dass man ihm in diesem Moment auf der Folterbank die Glieder ausrenkte oder Feuer seine Haut zerfraß, bereitete ihr Übelkeit. So durfte er einfach nicht enden, und wenn sie den Herzog von Montoya eigenhändig umbringen musste, um es zu verhindern.

Bei dieser eher lächerlichen Vorstellung rief sie sich zur Ordnung, denn aus Verzweiflung oder Spinnereien entstanden nur selten gute Pläne. In dem Augenblick musste sie an ihre Begegnung mit Colombo denken, der nach Frankreich unterwegs war. Er war kein Spinner, den sonst wäre die Königin nicht von seinen Plänen angetan gewesen. Soviel sie wusste, hatte Isabella nur aus Geldmangel und übergroßem Stolz darauf verzichtet, Colombos Schiffe auszurüsten und ihn nach Westen zu schicken. Lea dachte, dass es im Leben zuging wie in einer Schachpartie. Solange der König nicht matt gesetzt war, gab es immer noch einen Zug, und in dieser Partie war die Königin die entscheidende Figur.

Medicaneli zuckte zusammen und verstummte, als Lea im Sattel herumfuhr und die Hand auf seinen Arm legte. »Seid Ihr in der Lage, mir so schnell wie möglich eine Privataudienz bei der Königin zu verschaffen?«

Der Herzog starrte sie verblüfft an. »Was wollt Ihr von Isabella? Sie wird uns auch nicht helfen können. Im Gegenteil, Ihr würdet die Sache noch schlimmer machen.«

»Haltet Euch nicht mit Schwarzseherei auf, sondern tut es einfach. Die Zeit drängt!«

Lea sah, wie es an seiner spanischen Herzogsehre nagte, von einem einfachen Edelmann, noch dazu dem Angestellten eines Wucherers, herumkommandiert zu werden. Er würgte jedoch seinen Stolz hinunter und nickte. »Ich lasse Euch wissen, ob und wann die Königin Euch empfangen wird.« Damit zog er seinen Rappen herum und ritt im Galopp nach Granada zurück. Lea folgte ihm in leichtem Trab und legte sich noch auf dem Weg die Gründe zurecht, mit denen sie Isabella überzeugen wollte, ihren Vorschlag anzunehmen.

12

Als Lea ihr Quartier erreichte, war die Nacht hereingebrochen, zu ihrem Glück aber waren ihre Begleiter noch nicht zurückgekehrt. Sie zog sich so weit aus, wie sie es verantworten konnte, und schlüpfte ins Bett. Schlaf stellte sich jedoch nicht ein, denn sie musste an Orlando denken und das, was ihm bevorstand, wenn ihr Plan misslang. Es waren Bilder des Grauens, die wieder und wieder in ihrem Kopf entstanden und sich nur mühsam verdrängen ließen. Wenn sie jetzt einen Fehler machte, würde sie sich ihr Leben lang Vorwürfe machen, das war ihr klar, und nicht nur das. Sie würde Orlando vermissen. Seine spöttische, schulmeisterhafte Stimme würde ihr ebenso fehlen wie seine Art, sie anzufassen und herumzukommandieren. Jetzt erinnerte sie sich mit einem Gefühl von Sehnsucht an die Wochen, in denen er ihr fremde Sprachen beigebracht und sie gelehrt hatte, mit viel mehr Selbstbewusstsein aufzutreten, als es einem Juden gut tat.

Er ist trotz allem ein Schuft, sagte sie sich, ein Mann, der den Glauben seiner Väter verraten hatte, ein … Es half ihr nicht, ihn schlechter darzustellen, als er war, denn sosehr sie sich auch dagegen wehrte, sie konnte sich nicht mehr vor der Erkenntnis verschließen, dass sie Orlando liebte.

Es musste schon an jenem Tag passiert sein, an dem er sie vor Medardus Holzinger gerettet hatte. Seitdem hatte sie immer wieder an ihn denken müssen, ihre Gefühle für ihn aber als Hass und Verachtung interpretiert. Nun gesellte sich zu der Angst um sein Leben eine tiefe Traurigkeit. Selbst wenn es ihr gelingen sollte, Orlando zu befreien, würde sie ihre Liebe zu ihm tief im Innern begraben müssen, denn nie, niemals würde sie ihm gestehen dürfen, wer sie in Wirklichkeit war. Erfuhr er, dass sie eine

Frau war, musste er sie für eine Verworfene halten, ein Weib, das alle Scham und alle seinem Geschlecht gebotene Zurückhaltung vergessen hatte, und sich von ihr abwenden wie von einer Hure – und das mit Recht, hatte sie doch schon mit Männern im selben Bett gelegen, wie neulich mit dem Abt eines christlichen Klosters.

Als de Poleur und die anderen kurz nach Mitternacht zurückkehrten, stellte Lea sich schlafend, denn sie wollte sich weder das betrunkene Gerede ihrer Freunde anhören noch deren Fragen beantworten. Aber sie konnte nur ihre Augen schließen und ruhen, denn die quälenden Bilder ihrer Phantasie ließen sie keinen Schlaf finden.

Am nächsten Morgen verließ Lea ihr Quartier nur für die Morgenmesse, an der sie teilnehmen musste, und für das Frühstück, das sie mit den anderen in einem mit bunten Säulen und Bögen geschmückten Saal einnahm, denn die Angst, Medicanelis Boten zu versäumen, trieb ihr trotz der Kühle in den Räumen den Schweiß auf die Stirn. Um die Mittagszeit brachte ihr ein Bote in den Farben der Königin ein Gewand, damit Don Santiago, wie er sagte, Ihrer Majestät in angemessener Kleidung gegenübertreten konnte. Es handelte sich um die höfische Gewandung eines kastilischen Edelmanns, die aus dunkelgrünen Strumpfhosen, einem schwarzen, silberbestickten Samtwams, einem passenden Hut und einem hellbraunen, bis zu den Knien reichenden Umhang aus feinster Merinowolle bestand. Dazu bekam sie Schuhe mit großen, silbernen Schnallen, die ihr jedoch etwas zu groß waren.

Lea zerschnitt eines ihrer Hemden, um die Schuhe auszupolstern, und zog sich um. Als sie sich in dem Spiegel betrachtete, den seine frühere Besitzerin, die Haremsdame eines hohen maurischen Edelmanns, zurückgelassen hatte, erkannte sie sich im ersten Augenblick selbst nicht, so prächtig sah sie aus. Während sie auf den Ruf der Königin wartete, zählte sie noch einmal alle

Argumente auf, mit denen sie die Herrin Kastiliens überzeugen wollte.

Dann ging alles sehr schnell. Ein Diener mit dem Wappen der Königin auf seinem Wams klopfte an die Tür und überreichte ihr die mit goldener Tinte geschriebene Einladung zur Audienz, und die diskrete Haltung seiner Hand wies darauf hin, dass er Lohn für sein Erscheinen erwartete. Lea reichte ihm mehrere Münzen, ohne auf ihren Wert zu achten. Der zufriedenen Miene des Mannes zufolge mussten es goldene Reales gewesen sein.

Der Diener verbeugte sich so tief wie vor einem Herzog und bat sie geradezu devot, ihm zu folgen. Trotz ihrer Sorgen und ihrer Anspannung freute Lea sich ein wenig darauf, den ehemaligen Palast des Emirs, die Alhambra, betreten zu dürfen, in dem nun das Königspaar residierte. Das, was sie sah, übertraf ihre Erwartungen bei weitem. Sie schritt durch einen Traum aus filigranen Mauern, schlanken Säulen und zierlichen Innenhöfen mit Wasserspielen, Palmen und kunstvollen Mosaiken, und es gelang ihr, das phantastische Bild einer versinkenden Epoche in sich aufzunehmen. Während der Diener sie an den Wachen vorbei durch luftige Korridore führte, wurde ihr klar, dass sie diesen Tag, ganz gleich wie er enden mochte, niemals vergessen würde.

Die Tür zu den Gemächern der Königin wurde von vier Gardisten bewacht, die das Wappen Kastiliens auf ihren Harnischen trugen. Auf einen Wink des Dieners öffneten sie die Türflügel und ließen Lea eintreten. Der Diener eilte ihr voraus, und sie hörte, wie er sie bei Isabellas Kammerfrau ankündigte. »Don Léon de Saint Jacques, Mitglied der Gesandtschaft des Herzogs von Burgund.«

Die Dame winkte dem Diener zu gehen und trat auf Lea zu. »Kommt! Doch was auch immer Ihr von Ihrer Majestät begehrt, fasst Euch kurz. Ihre Majestät hat viel zu tun.«

Lea verbeugte sich und spähte dabei in den hinteren Teil des Raumes, in dem die Königin auf einem bequemen Sessel vor dem Fenster saß und Akten studierte. Isabella war eine schöne Frau mit frischen, gesunden Farben, blauen Augen und langem, nussbraunem Haar. Sie trug ein einfaches, dunkelrotes Kleid und als einzigen Schmuck eine dünne Goldkette mit einer großen Perle. Lea erinnerte sich daran, dass es hieß, die Königin habe den größten Teil ihres Schmucks bei ihren Bankiers für die Finanzierung des Feldzugs gegen Granada verpfändet. Natürlich hatten diese Herren die Juwelen nicht an sich genommen, sondern sie in den Schatzkammern der Königin gelassen. Trotzdem verzichtete Isabella darauf, Schmuck zu tragen, der nach Recht und Gesetz nicht mehr ihr gehörte.

Die Kammerfrau führte Lea zu Isabella, die jedoch nicht von ihrer Akte aufsah, bis sie sie durchgesehen und zur Seite gelegt hatte. Als sie sich endlich dem Neuankömmling zuwandte, verbeugte Lea sich so tief, wie sie nur konnte. Ihr Blut rauschte so laut in ihren Ohren, dass sie beinahe überhörte, wie die Königin sie aufforderte zu sprechen. Mit gebeugtem Rücken blieb Lea stehen und kämpfte gegen ihre Schwäche an.

»Ich bin Eurer Majestät sehr dankbar, vor Euch erscheinen zu dürfen.«

»Ihr seht verstört aus, Saint Jacques.« Es war nicht zu erkennen, ob die Königin sich darüber amüsierte oder sich ärgerte, weil man ihr die Zeit stahl.

»Als ich von meiner Reise zurückkehrte, traf ich kurz vor Granada auf Señor Colombo. Er sagte mir, dass er auf dem Weg nach Frankreich sei, um Karl VIII. um Schiffe zu bitten.« Das war keine sehr diplomatische Einleitung, aber Lea hatte keine bessere gefunden.

Die Königin wirkte leicht verärgert. »Wie kommt Ihr gerade auf ihn?«

»Ich weiß, dass Eure Majestät ihn gerne nach Indien geschickt hätte, aber …« Lea brach ab und prüfte die Wirkung ihrer Worte.

Isabellas Lippen wurden schmal wie ein Strich. »Ich habe nicht das Geld, um seine Fahrt bezahlen zu können, und das Angebot Luis de Santangels war nicht mit der Ehre Kastiliens vereinbar.« Es klang ablehnend, ja sogar feindselig. Jeder andere wäre nun mit einer Verbeugung gegangen und hätte mit seinem Begehren gewartet, bis die Königin besserer Laune wäre.

Lea glaubte jedoch, die Königin genau dort zu haben, wo sie es wünschte. »Was forderte Don Luis denn von Euch?«

Diese Frage zu stellen grenzte an Unverschämtheit, doch die Königin wirkte eher verwirrt als wütend. Sie musterte Lea, die in ihrer Tracht wie ein hübscher Bursche von achtzehn Jahren wirkte, und entschied sich für ein nachsichtiges Lächeln. »Santangel wollte Rechte am Handel und an Land, die nur der Krone zustehen. Da war unakzeptabel.«

Lea war nicht ganz dieser Ansicht, doch sie hatte oft genug gehört, dass die Königin bei aller Liebenswürdigkeit streng und unduldsam sein konnte. Auch nahm sie es als gegeben an, dass der Herzog von Montoya und seine Verbündeten alles getan hatten, um Isabella gegen Santangels Vorschläge einzunehmen. »Ich wäre bereit, Colombos Fahrt ohne solche Forderungen zu finanzieren, nur für die Gewährung einer kleinen Gunst.« So klein war die Gunst zwar nicht, die Lea im Sinn hatte, doch sie musste der Königin den Köder erst schmackhaft machen.

»Ihr? Wie wollt Ihr denn das Geld für diese Expedition aufbringen?« Es lag ebenso viel Verwunderung wie Spott in Isabellas Worten.

Lea zog die Anweisung, die sie von dem Bankier Barillo in Alicante erhalten hatte, unter ihrem Wams hervor. Dabei sah sie den Schatten eines in der Nähe stehenden Gardisten, der sich bereitmachte, einzugreifen, falls ihre Hand einen Dolch halten sollte. Der Mann zog sich jedoch wieder etwas zurück, als er sah, dass der Besucher der Königin ein Stück Papier überreichte.

»Euer Majestät, für dieses Schreiben erhalten Eure Bankiers

vierzigtausend Reales in Gold. Das dürfte reichen, Cristoforo Colombo mehr als einmal nach Indien zu schicken.« Lea lächelte bei diesen Worten in sich hinein, denn ihr war bewusst, dass es sich bei dieser Summe um das Geld handelte, das der Herzog von Medicaneli von ihr oder besser von Orlando für seine Hilfe gefordert hatte, nämlich um den Gegenwert jener Schätze, welche die geflohenen Juden und Conversos hatten zurücklassen müssen und die bislang nicht außer Landes geschafft werden konnten.

Die Königin las das Schreiben aufmerksam durch, faltete es vorsichtig wieder zusammen und legte es unter ein Stück spiegelnd blank geschliffenen, grünen Marmor, das zwischen den Akten auf dem kleinen Tisch neben ihr lag und ihr als Briefbeschwerer diente. »Welche Gunst fordert Ihr von mir?«

»Das Leben eines Mannes.«

Im gleichen Augenblick wurde Lea klar, dass es ab jetzt nicht mehr allein um Orlando ging, sondern auch um sie selbst, von Medicaneli und seinen Freunden ganz zu schweigen. Wenn Isabella ablehnte, dann war auch sie in höchster Gefahr. Als die Königin zögerte, sah sie sich schon auf demselben Scheiterhaufen brennen wie Orlando. Auch gut!, sagte eine Stimme in ihr. Dann sind wir wenigstens im Tod vereint.

Isabella schien den seltsamen Bittsteller vor ihr im eigenen Saft schmoren zu wollen, denn sie ließ sich Zeit.

»Wessen Leben?«, fragte sie nach ein paar Atemzügen hörbar misstrauisch.

»Das eines spanischen Edelmanns, der sein Heimatland verlassen musste und so unglücklich war, sich den Zorn Seiner Gnaden, des Herzogs von Montoya, zuzuziehen.« Nun gab es kein Zurück mehr, dachte Lea und fühlte sich trotzdem erleichtert.

»Ihr sprecht von Orlando Terasa, den man früher auch de Quereda y Cunjol nannte? Der Mann ist ein Bandit, der den

Tod hundertfach verdient hat.« Isabellas Miene verhieß nichts Gutes.

Lea war zu weit gegangen, um sich einschüchtern zu lassen. »Euer Majestät, Orlando Terasa hat im Kleinen doch nichts anderes getan, als was Ihr im Großen plant, nämlich Spanien von den Juden zu befreien.«

Isabella sah Lea einen Augenblick fassungslos an, denn so unverschämt offen hatte schon lange niemand mehr mit ihr geredet. Dann aber zuckten ihre Mundwinkel, und sie lachte laut auf. »Mut habt Ihr für zwei, Saint Jacques, und noch mehr Frechheit. Orlando Terasa ist jedoch ein Dorn im Fleisch Spaniens, ein ...«

»Wohl eher ein Dorn im Sitzfleisch des Herzogs von Montoya«, fiel Lea der Königin ins Wort. »Ist Euch die Rache dieses Mannes mehr wert als der Ruhm Kastiliens?«

»Was dem Ruhm Kastiliens nützt, bestimme immer noch ich!« Isabella sah in diesem Moment so aus, als wollte sie die Wache rufen und das unverschämte Geschöpf vor sich abführen lassen.

Lea raffte all ihren Mut zusammen und blickte ihr ins Gesicht. »Wollt Ihr wirklich zusehen, wie Colombo Indien im Auftrag Frankreichs erreicht und die Schätze dieses Landes die Truhen Karls VIII. füllen? Euer Majestät, ich bitte Euch, die Folgen zu bedenken, die das für Euch und vor allem für Eure Kinder haben könnte.«

»Welche Folgen?« Die Königin wirkte überrascht, aber auch neugierig.

»Wenn Frankreich seinen Reichtum stärker mehren kann als seine Nachbarn, hat das Auswirkungen auf Spanien und den Rest Europas. Nicht lange, dann wird Frankreichs Schatten den Ruhm der vereinigten Königreiche von Kastilien und Aragon verdunkeln, und Euer Sohn Don Juan, der Euch hoffentlich auf dem Thron nachfolgen wird, steht einem Nachbarn gegenüber, der die Mittel besitzt, seinen Willen gegen jedermann durchzusetzen. Denkt auch an Eure Tochter Juana, die, wie es heißt, eines Tages mit Philipp, dem Sohn des Herzogs von Burgund, vermählt werden soll. Damit könnte einer Eurer Enkel dereinst die Krone des Heiligen Römischen Reiches Deutscher Nation tragen. Doch was wird das für ein Reich sein, wenn Frankreich den Krieg gegen Herzog Maximilian durch die Schätze Indiens gewinnen und ihm Burgund wegnehmen kann? Weiß man, ob Frankreich sich damit zufrieden geben würde, oder ob es dann nicht plant, das Reich Karls des Großen wieder zu errichten und über ganz Europa zu herrschen?«

Lea schleuderte diese Worte der Königin so leidenschaftlich entgegen, als wäre der Franzose ihr persönlicher Feind, und nahm erleichtert wahr, dass Isabella sich der Wirkung ihrer Argumente nicht entziehen konnte. Frankreich war nicht nur der Rivale Burgunds und des Reiches, sondern auch Spaniens. Jede Vergrößerung seiner Macht beschnitt die Souveränität der Nachbarreiche. Lea wusste, dass sie ein gefährliches Spiel spielte. Würde die Königin sich überzeugen lassen? Oder lag ihr der mögliche Aufstieg Frankreichs so fern, dass ihr die Sache nicht wert war, einem dem Tod geweihten Gefangenen die Freiheit zurückzugeben?

»Orlando Terasa de Quereda y Cunjol muss sterben!«

Isabellas Miene wurde hart, und ihre Worte klangen so bestimmt, dass Lea schon alles verloren gab. Sie wusste nicht, wie sie reagieren sollte, und suchte verzweifelt nach Worten. Isabella schien jedoch keine Antwort zu erwarten, denn nach einer kurzen Pause entspannten sich ihre Züge, und sie lächelte.

»Der Edelmann Don Orlando muss sterben, doch ob ein Orlando Cabeza de Pez irgendwo in einer kalten Stadt im Norden lebt, wird Kastiliens Ruhm nicht schmälern. Fischkopf ist ein passender Name für diesen Schurken, findet Ihr nicht auch, Saint Jacques?«

Lea nickte verwirrt, denn sie begriff nicht ganz, was die Königin damit sagen wollte. Isabella kümmerte sich auch nicht um ihren fragenden Blick, sondern klatschte in die Hände. Ein Diener eilte herbei und schob das an der Wand stehende Schreibpult zum Sessel der Königin. Diese wählte ein Blatt Papier aus, tauchte die Feder in die Tinte und begann zu schreiben.

»Dies ist eine Anweisung an Don Julio Vasquez de Frugell, den Kommandanten der Festung von Santa Pola. Er wird den Tod Don Orlando Terasa de Quereda y Cunjol bestätigen und Euch den Gefangenen Orlando Fischkopf übergeben. Ihr beide werdet Spanien mit dem nächsten Schiff verlassen und es nie mehr betreten. Habt Ihr mich verstanden, Saint Jacques?«

Lea fühlte sich zu erschlagen, um Erleichterung zu empfinden. »Ja, Eure Majestät. Ich danke Euch und verspreche Euch von ganzem Herzen, dass wir Spanien in Zukunft meiden werden.«

Die Königin nickte wie uninteressiert, während ihre Feder kratzend über das Papier fuhr. Plötzlich hielt sie inne und hob den Kopf. »Es gibt noch andere wichtige Dinge, die getan werden müssen. Sanchez!« Sie winkte ihren Leibwächter heran und deutete mit der Hand zur Tür. »Sanchez, sendet sofort Boten aus, die Señor Colombo folgen und ihn auffordern sollen, zurückzukehren. Lasst ihm ausrichten, ich sei jetzt gewillt, ihm die Reise nach Indien zu gestatten.«

Während der Gardist salutierte und eilig den Raum verließ, wandte die Königin sich Lea zu. Um ihre Lippen spielte ein verächtliches Lächeln. »Frankreichs Glorie wird den Ruhm Kastiliens nicht überschatten. Wenn Señor Colombo Erfolg haben sollte, werden die Schätze Indiens meine Truhen füllen, und nicht die des französischen Königs.« Für einen kurzen Moment schien die Königin in eine Zukunft zu blicken, die für das vereinigte Spanien goldene Zeiten versprach. Sie atmete tief durch und lächelte so selbstzufrieden, als würde diese Zukunft bereits morgen anbrechen. Lea wollte Isabella bereits an Orlandos Freilassung erinnern, als die Königin weitersprach.

»Ihr habt mir einen mehrfachen Gefallen getan, Saint Jacques. Señor Colombo wird seine Reise unter dem Banner Kastiliens unternehmen und dabei für mein Reich hoffentlich Ruhm und Reichtümer erringen, die Frankreich vorenthalten bleiben. Zum anderen gebt Ihr mir die Möglichkeit in die Hand, den Frieden an meinem Hof zu bewahren. Auch wenn die Juden ein verderbtes Geschlecht sind, kann der Glaube an Christus sie doch zum Licht und zur ewigen Seligkeit führen, und in gewisser Weise sind mir ehrenhafte Conversos lieber als die alten Geschlechter Kastiliens, denn sie kennen nur eine Treue, nämlich die zur Krone. Sie wissen, dass ihr Leben und ihre Stellung allein von der Gnade der Könige abhängen.«

Lea holte tief Luft. Von dieser Seite hatte sie die Situation am spanischen Königshof noch nicht betrachtet. Die Königin gab Orlando also nicht nur für das Gold frei, mit dem sie Colombo nach Westen schicken konnte, sondern auch für die Bewahrung ihrer eigenen Macht. Wie es schien, hatte sie bereits nach einer Möglichkeit gesucht, Montoya die Waffe gegen Medicaneli und dessen Verbündete aus der Hand zu schlagen. Medicaneli, Talavera, aber auch der Aragonier Santangel waren Stützen ihres Thrones, die sie nicht verlieren wollte, und Orlandos angeblicher Tod sollte das Gesicht des Herzogs von Montoya wahren. Doch was war, wenn der Herzog sich damit nicht zufrieden gab? Der Weg von Granada nach Santa Pola war weit. Wenn Montoyas Leute ihr unterwegs auflauerten, hatte sie keine Chance, ihnen zu entkommen.

Die Königin schien ihre Gedanken lesen zu können, denn ihr Lächeln erstarrte, und sie winkte die nächststehende Wache heran. »Gonzales, sorgt dafür, dass eine Eskorte für Saint Jacques bereitgestellt wird. Er wird Granada morgen früh verlassen.«

Und was ist, wenn diese Leute auf der Seite Montoyas stehen

und seine Befehle befolgen?, fuhr es Lea durch den Kopf. Ein Unfall ist leicht arrangiert, deswegen brauchte sie einen anderen Schutz als ein paar spanische Gardisten.

Sie trat einen Schritt vor und verbeugte sich. »Eure Majestät sind zu gütig. Erlaubt mir, noch eine kleine Bitte zu äußern.«

»Noch eine?« Isabellas Stimme klang ungläubig.

»Gestattet meinen Freunden de Poleur, de la Massoulet, von Kandern und van Haalen, mich nach Alicante zu begleiten. Eine einzelne Person kann zu leicht verloren gehen.«

»Ihr traut meinen Männern nicht und hofft, dass es nicht einmal Montoya wagt, fünf burgundische Edelleute verschwinden zu lassen. Ihr seht, ich durchschaue Euch. Aber Eure Bitte sei gewährt. Und nun Gott befohlen, Saint Jacques.« Die Königin wandte sich ab und setzte ihren Namenszug unter das Dokument.

Lea nahm es entgegen, verbeugte sich ein letztes Mal und zog sich rückwärts gehend aus dem Raum zurück, wie sie es beim Markgrafen von Hartenburg gelernt hatte.

13

Ruben ben Makkabi blieb stehen und musterte die vor ihm liegende Stadt interessiert. Gegen seine Heimat Augsburg war Hartenburg kaum mehr als ein befestigtes Dorf, aber es schien groß genug zu sein, mehr als eine jüdische Familie zu beherbergen. Wenn nichts dagegen sprach, würde er um eine Audienz beim Markgrafen ersuchen und diesen von der Ansiedlung weiterer Juden überzeugen. Er hatte eine Reihe von Argumenten, die er vorbringen konnte, und alle bestanden aus Gold. Ernst Ludwig von Hartenburg war, wie er gehört hatte, dem Klang dieses Metalls besonders zugänglich.

Als Ruben ben Makkabi und seine Leute das Tor erreichten, stellte er fest, dass nicht nur der Markgraf an Gold interessiert war. Die Wachen drangsalierten die jüdischen Reisenden zwar nicht, erteilten ihnen aber erst gegen eine erkleckliche Steuer die Erlaubnis, die Stadt zu betreten. Als sie kurz darauf Samuel ben Jakobs Haus erreichten, nahm er mit Bedauern wahr, dass es sich nicht von den umstehenden Gebäuden unterschied. Es gab in seinen Fenstern keine religiösen Symbole, wie es in den jüdischen Gemeinden sonst üblich war, und es gab auch keine hohe Mauer, die es von den anderen trennte.

Auf sein Klopfen hin öffnete ein junger Knecht das Tor und starrte die Ankömmlinge mit offenem Mund an. »Rabbi Ruben, welcher Wind weht Euch denn nach Hartenburg?«

»Gottes Segen sei mit dir, Jochanan. Ich will deinen Herrn sprechen, oder besser gesagt, Elieser ben Jakob. Allerdings wäre ich froh, wenn wir vorher unsere Kleider wechseln und uns aufwärmen könnten. Das letzte Stück Weg war doch recht beschwerlich.«

»Kommt herein.« Jochanan rief nach Gomer, die sich um Hannah kümmern sollte. Er selbst führte das Maultier in den Stall und legte ihm etwas Heu vor.

»Meine Schwester wird sich gleich um das Tier kümmern«, versprach er Ruben ben Makkabi und bat ihn, ihm ins Haus zu folgen.

»Deine Schwester?«, fragte Ben Makkabi erstaunt. »Habt ihr denn keine Knechte für diese Arbeit?«

»Ein so kleiner Haushalt wie der unsrige benötigt keinen zweiten Knecht.« Jochanan lächelte etwas ängstlich, denn das war ja kaum die halbe Wahrheit, und er war froh, als Eliesers Erscheinen den Besucher von ihm ablenkte.

Leas Bruder hatte einen mit Kaninchenfell besetzten Hausmantel um die Schultern geschlungen und stützte sich schwer auf seine Krücke. Als er sah, welche Gäste da gekommen waren, straffte er die Schultern und verbarg den klobigen Stock hinter seinem Rücken. »Friede sei mit dir, Ruben ben Makkabi.«

»Friede auch mit dir, Elieser ben Jakob. Wie du siehst, bin ich so schnell gekommen, wie es mir möglich war.«

»Dafür bin ich dir sehr dankbar.« Elieser war tatsächlich so erleichtert, wie es der Klang seiner Stimme verriet. Den ganzen Winter über hatte ihn die Angst gequält, Lea könnte vor Ruben ben Makkabi in Hartenburg eintreffen. Doch sie war nun schon seit über einem halben Jahr wie vom Erdboden verschluckt, und mittlerweile war er zu dem Schluss gekommen, dass ihr etwas zugestoßen sein musste. Daher war er doppelt froh, dass sein sehnlichst erwarteter Gast endlich eingetroffen war. Ruben ben Makkabi würde ihm helfen, sich in dem Gewirr der Handelsverbindungen, die Lea aufgebaut hatte, zurechtzufinden. Aber zunächst galt es, sich um die Bequemlichkeit der Gäste zu kümmern.

»Jochanan, bring warmes Wasser ins Waschhaus, damit der Rabbi und sein Sohn sich säubern können, und sage deiner Mutter, sie soll einen Imbiss für die Gäste bereitstellen und auch den Knecht versorgen. Rabbi Ruben, bitte folgt Jochanan. Wir werden über alles reden, wenn du dich ein wenig erholt hast.«

Eine knappe Stunde später hatten Ruben ben Makkabi und seine Kinder sich mit Elieser in der guten Stube des Hauses versammelt. Während Hannahs Vater und ihr Bruder wie ihr Gastgeber auf bequemen Stühlen am Tisch saßen, hatte die junge Frau auf einem Hocker in der Ecke am Fenster Platz genommen und stickte. Elieser konnte kaum die Augen von Hannah abwenden. Sie war zwar ein paar Jahre älter als er und nicht so hübsch wie Merab, aber als Tochter eines angesehenen jüdischen Kaufmanns die passende Ehefrau für ihn.

Ruben ben Makkabi saß auf dem Ehrenplatz, genoss einen ausgezeichneten Wein, der von den Hängen des nahen Kaiserstuhls stammte, und betrachtete seinerseits die Einrichtung des Zimmers. Die Möbel wirkten auffallend schlicht und stammten gewiss nicht von der Hand eines jüdischen Schreiners, und außer einem Wandbehang mit einem von hebräischen Schriftzeichen eingerahmten siebenarmigen Leuchter deutete zu seinem Leidwesen nichts darauf hin, dass hier Juden lebten.

Da Elieser so stumm blieb wie ein Fisch, schenkte Ruben ben Makkabi sich noch einmal nach und blickte den jungen Mann über den Becherrand hinweg an. »Nun, willst du mir nicht erzählen, warum ich dich aufsuchen und sogar meine Kinder mitbringen sollte? Außerdem frage ich mich, wieso deine Schwestern und dein Bruder Samuel uns noch nicht begrüßt haben.«

Elieser zog den Kopf ein. »Nun ja, ich … Es ist schwer zu erklären …«

Er atmete ein paarmal kräftig durch, und dann quollen die Worte schrill aus ihm heraus. »Es gibt keinen Samuel. Mein Bruder ist damals bei dem Pogrom in Sarningen ums Leben gekommen. Während ich schwer verletzt daniederlag, hat Lea sich für ihn ausgegeben und die Geschäfte in seinem Namen weitergeführt.«

»Das ist unmöglich. Ich habe Samuel schon früher einmal gesehen, als dein Vater noch lebte, und ihn später einige Male bei mir zu Gast gehabt. Nein, nein, ein so scharf geschliffener Verstand, wie er ihn besitzt, kann niemals einem Weib gehören.« Noch während Ruben ben Makkabi die Worte aussprach, überfielen ihn Zweifel. Nur zu gut erinnerte er sich an Samuels Sträuben, mit anderen Männern zusammen die Mikwe zu benützen, und an seine Bartlosigkeit. Auch war seine Stimme nicht tief genug für einen Mann gewesen. Trotzdem konnte er nicht glauben, was Elieser da behauptete.

»Es ist unmöglich. Eine Frau kann niemals so viel geschäftlichen Erfolg erringen wie Samuel. Beim Gott unserer Väter, er hat mit uns verhandelt, als besäße er die Erfahrung von Jahrzehnten.« Elieser beugte sich zu ihm und sprach so leise, dass die beiden anderen ihn nicht verstehen konnten. »Das hat meine Schwester ja auch. Es ist nicht die wahre Lea, die Ihr kennen gelernt habt, Rabbi. Ich bin zu dem Schluss gekommen, dass der Geist unseres Vaters in sie gefahren ist, um die Familie zu retten. Das erklärt nämlich auch, warum sie sich geweigert hat, mir die Geschäfte zu übergeben, als ich alt und vor allem gesund genug war, sie selbst zu führen.«

»Der Geist eures Vaters, sagst du? Das würde die Sache erklären.« Ruben ben Makkabi lehnte sich zurück, sprach ein kurzes Gebet gegen die Dämonen, die sich in diesem Haus eingenistet haben mochten, und überlegte, was zu tun war. Er kannte die Gebete und Riten, mit denen Geister gebannt werden konnten, und traute sich zu, Lea von ihrer Besessenheit zu heilen. Doch bevor er ans Werk ging, musste er Klarheit über die gesamte Situation gewinnen und sehen, was er aus ihr machen konnte. Er blickte Elieser stirnrunzelnd an. »Du hast in deinem Brief angedeutet, dass die Hochzeit meiner Tochter stattfinden könnte. Doch Samuel existiert nicht mehr.«

»Aber ich existiere, und ich bin bereit, den Bund mit Hannah einzugehen.«

Merab, die eben ins Zimmer trat, um frischen Wein zu bringen, ließ bei Eliesers Worten die Kanne fallen und starrte ihn mit weit aufgerissenen Augen an. Ruben ben Makkabi erfasste sogleich, was hier vorging. Wenn seine Tochter Herrin dieses Hauses werden sollte, musste die Magd fortgeschafft werden. Er beschloss, sie mit nach Augsburg zu nehmen. Da sie es gewohnt war, bei einem Mann zu liegen, und er die Sittsamkeit seiner Gemeinde nicht gefährden durfte, würde er sie verheiraten müssen. Das war nicht so einfach, denn ein Knecht brachte das Geld für die Heiratserlaubnis nicht auf. Für einen Augenblick schwankte er, denn er hatte nicht vor, einem seiner Knechte die Hochzeit zu finanzieren. Dann fiel ihm Kaleb ben Manoach ein, dessen Weib im letzten Jahr gestorben war. So ein hübsches Ding würde die Männlichkeit seines Nachbarn gewiss reizen und ihn seinen Geldbeutel öffnen lassen.

Nachdem Ruben ben Makkabi dieses Problem für sich geklärt hatte, ging er sofort das nächste an. »Ich bin bereit, deinen Antrag zu überdenken. Du wirst jedoch erlauben, dass ich dich vorher prüfe. Ich gebe meine Tochter nur einem Mann zum Weibe, der den Talmud studiert hat und die Gesetze unseres Volkes kennt. Kannst du mir die Lehrer nennen, an deren Weisheit du dich gelabt hast?«

Elieser breitete hilflos die Arme aus. Es war jetzt mehr als sechs Jahre her, seit der letzte Lehrer hier in Hartenburg gewesen war. Er hatte zwar in der Zwischenzeit neben der Thora auch den Talmud studiert und einige gelehrte Kommentare gelesen, aber er war nicht das, was sein Gast unter einem schriftenkundigen Mann verstand. »Ich bitte dich, mir zu verzeihen, doch Hartenberg liegt sehr abgelegen, und der Markgraf hat uns nicht erlaubt, gelehrte Rabbis zu uns einzuladen.«

Ruben ben Makkabi nickte verständnisvoll. »So hast du also die Talmudschule einer anderen Gemeinde besucht.«

»Das hätte ich ja gerne getan, doch Lea hat es mir nicht gestattet.

Sie war ja meist auf Reisen, und so musste ich hier bleiben und sie vertreten.« Die Lüge kam Elieser so leicht über die Lippen, dass Ruben ben Makkabi keinen Verdacht schöpfte, sondern ihn verstört anblickte. »Soll das heißen, dass du nie eine Talmudschule besucht hast?«

Elieser schien vor Scham den Tränen nahe zu sein. »Wie hätte ich das tun können? Ich durfte Hartenberg doch nicht verlassen.«

»Dann wirst du es schnellstes nachholen. Am besten, du begleitest mich nach Augsburg. Dort verschaffe ich dir die besten Lehrer. Sie werden dich prüfen und uns sagen, ob du schon das nötige Wissen besitzt, oder wie lange du brauchen wirst, um es zu erwerben. Sobald sie mit dir zufrieden sind, darfst du mit meiner Hannah unter den Traubaldachin treten. Ich hoffe, du wirst sie nicht allzu lange warten lassen, denn sie sollte längst verheiratet und Mutter sein.«

Elieser blickte bewundernd zu Hannah hinüber, die sich scheu gab, ihm aber im Schutz ihrer gegen das Licht gehaltenen Handarbeit verheißungsvoll zulächelte.

Ruben ben Makkabi trommelte mit den Fingerspitzen auf den Tisch. »Wenn ich dich richtig verstanden habe, kann Lea nicht hier sein, weil sie als Samuel unterwegs ist. Ich vermisse aber auch deine andere Schwester, Rachel. Warum begrüßt sie uns nicht? Ist sie so krank, dass sie nicht aufstehen kann, oder gibt es noch mehr Dinge, die ich erfahren müsste?«

Elieser hatte schon seit Ruben ben Makkabis Ankunft überlegt, wie er ihm beibringen konnte, was Rachel trieb, ohne dass der Rabbi empört das Haus verließ. Er beschloss, nichts zu beschönigen. »Meine Schwester Rachel lebt nicht mehr bei uns. Sie ist die Mätresse des Markgrafen geworden.«

Ruben ben Makkabi hatte das Gefühl, der Boden würde sich unter seinen Füßen öffnen. Für einen Augenblick glaubte er noch, sich verhört zu haben, doch der peinlich berührte Gesichtsausdruck des jungen Mannes verriet ihm, dass es die Wahrheit war.

»Beim Gott unserer Väter, wie konnte das geschehen? Wieso hat Samuel ... ich meine, Lea das zugelassen?«

Elieser verbarg sein Gesicht in den Händen. Jetzt lag es in seiner Hand, Lea so unmöglich zu machen, dass der Rabbi ihre Herrschaft in diesem Hause mit allen Mitteln beenden würde. »Als der Markgraf an Rachel Interesse zeigte, hat Lea ihr sogar dazu geraten, sich ihm an den Hals zu werfen, weil sie hoffte, ein paar Privilegien mehr für uns herausschlagen zu können.«

»So viel Verworfenheit ist mir noch nie untergekommen!«, rief Ruben ben Makkabi erbittert, ließ aber nicht erkennen, ob er Lea oder Rachel damit meinte. »Da sieht man, was alles geschieht, wenn Juden ihre Gemeinden verlassen. Das schlechte Beispiel der Christen verdirbt sie, so dass sie die Sitten und Gebräuche des Volkes Juda vergessen und sich von Gottes Gesetzen abwenden. Was aus solchen Leuten werden kann, sieht man ja an Medardus Holzinger, dem Judenschlächter. Sein Vater wurde in Trient als Joschia ben Isai geboren, trat aber später zum Christentum über und wurde der schlimmste Ankläger unserer Brüder in Trient. Er unterstützte die infame Beschuldigung, die Juden dort hätten einen christlichen Knaben namens Simon getötet und sein Blut getrunken. Zahllose unseres Volkes verloren daraufhin ihr Leben, nicht nur in Trient, sondern auch in vielen anderen Städten des Reiches. Dabei wurde schon bald bekannt, dass der Bischof von Trient den Knaben durch einen seiner Handlanger ermorden und die Leiche in das Haus eines unserer Brüder schaffen ließ, um diesen zu verderben.«

Elieser hob erschrocken die Hände. »Rabbi, ich ..., wir sind gute Juden, glaube mir. Bitte hilf uns, auf dem rechten Weg zu bleiben!«

Ruben ben Makkabi strich sich über den Bart und musterte Elieser so eindringlich, dass dieser in sich zusammenkroch. Dann nickte er. »Ich werde es versuchen. Für Rachel kann ich wohl nichts mehr tun, denn sie ist eine Verworfene. Doch auch sie kann noch etwas Gutes bewirken. Ich werde versuchen, ihren Einfluss auf den Markgrafen auszunützen, um die Erlaubnis für die Ansiedlung einer lebensfähigen jüdischen Gemeinde zu erhalten. Was Lea betrifft, so wird sich auch für sie ein Weg finden lassen. Wenn der Geist, der sie beherrscht, ausgetrieben worden ist, kann sie, wenn sie noch als Ehefrau taugt, mit Jiftach unter den Hochzeitsbaldachin treten. So oder so werde ich sie auf den Platz verweisen, auf den sie als Weib gehört.«

Elieser entnahm diesen Worten, dass Ruben ben Makkabi von nun an die Zügel in die Hand zu nehmen gedachte, und verzog das Gesicht. Seine Befreiung von Lea hatte er sich anders vorgestellt, aber er tröstete sich damit, dass er von nun an offiziell das Haupt der Familie war und seine Schwester ihm in Zukunft gehorchen musste.

SIEBTER TEIL

• ◆ •

Heimkehr

I.

Als Lea Hartenburg verlassen hatte, war es Spätsommer gewesen und die Landschaft hatte von der langen Hitze staubig gewirkt, bei ihrer Rückkehr aber prangten Wald und Flur in den frischen Farben des Frühlings. Diese Jahreszeit hatte Lea immer besonders geliebt und war dann gerne auf Reisen gegangen. Diesmal aber schenkte sie weder dem zarten Grün des Weinlaubs noch den mit weißen Blüten überzuckerten Apfelbäumen einen Blick, und sie hatte auch kein Ohr für den Gesang der Vögel in den Zweigen. Je näher sie der Heimat und damit der Trennung von Orlando kam, umso tiefer kroch sie in sich hinein, bis sie sich wünschte, sie wäre tot. Dabei hätte sie glücklich sein müssen, dass ihr Spanienabenteuer ohne größere Probleme zu Ende gegangen war.

Auf dem Ritt nach Santa Pola hatte sie sich immer wieder zu der Idee beglückwünscht, um die Begleitung ihrer vier burgundischen Freunde gebeten zu haben, denn sie waren einige Male Reitern begegnet, die so aussahen, als hielten sie die Reisegruppe unter Beobachtung, und kleinere Trupps von Bewaffneten hatten ebenfalls ein verdächtiges Interesse an ihnen gezeigt. Eingedenk des Streichs, den sie Alvaro de Arandela gespielt hatte, hatte sie ihren Begleitern gleich zu Beginn der Reise vorgeschlagen, nur von den eigenen Vorräten zu leben und den mitgeführten Wein mit Wasser aus Quellen zu verdünnen, um nicht hereingelegt zu werden.

Van Grovius hatte de Poleur, de la Massoulet, van Haalen und von Kandern nur mitgeteilt, Königin Isabella selbst habe den Wunsch geäußert, dass sie Léon de Saint Jacques begleiten und unterwegs beschützen sollten, und so erfuhren die vier erst während des Ritts, um was es ging. Lea hatte sich nicht lange mit Erklärungen aufgehalten, sondern ihren Freunden nur gesagt, sie müssten einen Mann abholen und beschützen, der sich den Herzog von Montoya zum Feind gemacht hatte. Da die vier Burgunder sich nur allzu gut an die Gefangenschaft im Kloster San Isidro bei Sanlúcar erinnerten, fragten sie nicht weiter, sondern setzten kampflustige Mienen auf und hielten die Hände in der Nähe ihrer Schwertgriffe.

Jetzt, nachdem alles vorbei war, vermochte Lea nicht zu sagen, ob ihre Vorsicht oder die Bereitschaft ihrer Freunde, sie zu verteidigen, sie heil in der Festung von Santa Pola hatte ankommen lassen. Damals war sie innerlich auf alles vorbereitet gewesen, aber es war glatter gegangen, als sie es sich hatte vorstellen können. Don Julio Vasquez de Frugell, der Kommandant der Festung von Santa Pola, hatte dem Befehl der Königin widerspruchslos gehorcht und ihr Orlando ohne Zögern übergeben, obwohl Alvaro de Arandela, der kurz vor ihnen dort eingetroffen sein musste, scharf protestiert und ihm Vorhaltungen gemacht hatte. Zu seinem Pech hatte Montoyas Wachhund den burgundischen Edelmann de Saint Jacques nicht mit der Weinhändlerin von Bereja in Verbindung gebracht, daher hatte ihm das einzig handfeste Argument gefehlt, welches ihm beim Kommandanten der Festung hätte Gehör verschaffen können.

Bei der Erinnerung an Arandelas zornrotes Gesicht musste Lea viele Wochen später noch lächeln. Der Mann hatte sich ihr und dem freigelassenen Orlando mit blanker Klinge in den Weg gestellt, war aber angesichts der drohend erhobenen Schwerter der jungen Burgunder zurückgewichen und hatte sich mit hilflos obszönen Gesten und Beschimpfungen begnügt. Wäre es den Flüchen nach gegangen, die er der Gruppe nachgebrüllt hatte, hätte sich die Hölle zu ihren Füßen auftun und Satans Dämonen sie bei lebendigem Leib zerreißen müssen.

An jenem Tag war Lea so glücklich gewesen wie noch nie in ihrem Leben, und sie hatte keinen weiteren Gedanken an Montoyas Kreaturen und die Gefahren verschwendet, die von ihnen ausgingen, sondern nur Augen für Orlando gehabt. Er war zwar stark abgemagert gewesen und hatte sich vor Schwäche kaum auf seinen Füßen halten können, war aber sonst unverletzt geblieben. Lea erinnerte sich selbst nach all den Wochen der Reise noch gut an den Augenblick, in dem er von zwei Wächtern in das Arbeitszimmer des Festungskommandanten geschoben wurde, und sie wusste, sie würde dieses Bild bis an das Ende ihrer Tage wie einen kostbaren Schatz hüten.

Orlando hatte offensichtlich erwartet, zum Verhör gebracht zu werden, vielleicht sogar zu der ersten Konfrontation mit dem Herzog von Montoya, auf dessen Befehl er in Ketten gelegt und in eine winzige Kammer gesperrt worden war, in die kein Lichtstrahl fiel und in der kein Ton aufklang. Seine Miene hatte trotzig, ja geradezu herausfordernd frech gewirkt, als wollte er zumindest verbal die Klinge mit seinem Gegner kreuzen. Aber als er Lea in dem ihm nur allzu gut bekannten Gewand eines spanischen Edelmanns neben dem Kommandanten der Festung stehen gesehen hatte, war er zunächst schier in Panik ausgebrochen, wohl weil er angenommen hatte, dass sie ebenfalls in die Hände seiner Feinde geraten war. Als er dann begriff, was vor sich ging, hatten seine Gesichtzüge Fassungslosigkeit und eine geradezu komische Verblüffung widergespiegelt. In keinem Augenblick seiner Befreiung aber war ein Ton über seine Lippen gekommen, und er hatte auch in all den Wochen danach kein Wort über seine Befreiung verloren.

An Bord des überfüllten genuesischen Seglers, der schon zum Auslaufen bereit gewesen war und dessen Kapitän sie für einen Wucherpreis mitgenommen hatte, hatte er nur einmal »Danke« zu ihr gesagt, ihr aber keine einzige Frage gestellt. Lea war immer noch leicht beleidigt, denn in der Folgezeit hatte Orlando sich wie ein eifersüchtiger Liebhaber aufgeführt und nicht wie ein Mann, den sie der Folter und dem Tod entrissen hatte. Die Anwesenheit der vier burgundischen Edelleute hatte ihn offensichtlich gestört, und er änderte seine Haltung auch nicht, als Lea ihm klar machte, dass sie ihn ohne ihre Freunde nie hätte befreien können. Auch später in Genua hatte er die vier übermütigen Burschen genauso wie in der Enge des Schiffes höflich, aber distanziert behandelt, ganz ohne die Herzlichkeit und die professionelle Leichtigkeit im Umgang mit anderen, die ihm früher zu Eigen gewesen war.

Sein Benehmen wurde noch abweisender, als Baramosta und seine Leute sich ihnen in Genua anschlossen. Der Kaufmann wollte Orlando nach Hamburg begleiten, um dort seine Schwester Léonora und seinen Schwager Manuel wiederzusehen. Da die jetzt mehr als zwanzig Personen umfassende Reisegruppe weder über Frankreich noch über den stürmischen Atlantik ins Reich gelangen konnte, musste sie einige Wochen in Genua warten, bis das Wetter sich so weit beruhigt hatte, dass sie den mühsamen und gefährlichen Weg nach Mailand und Lugano und weiter über die Alpenpässe antreten konnte.

Schon in der Stadt hatte Lea die Anwesenheit von Orlandos Verwandten als störend empfunden, und ihr war dann auch die schier unverwüstliche Fröhlichkeit de Poleurs und seiner Freunde auf die Nerven gegangen. Unterwegs aber begriff sie, dass die Anwesenheit so vieler Menschen sogar ihr Glück war, denn sie half ihr, eine Wand zwischen sich und Orlando zu errichten, hinter der sie ihre in Unordnung geratenen Gefühle verbergen konnte.

Nach einer langen und unbequemen Reise, in der Lea den leichten Schritt ihrer Stute Cereza schmerzlich vermisst hatte, die bei dem überstürzten Aufbruch in Spanien hatte zurückbleiben müssen, war die Gruppe nun am Oberrhein angekommen, wo sich die vier Burgunder von ihr trennen wollten. Während Leas

Blick nach Osten schweifte, wo der Gipfel des Blauen über die ihn umgebenden Berge aufragte, trat de Poleur auf sie zu. »Willst du uns nicht doch zu Heimberts Besitz begleiten, Léon?«

Lea schüttelte den Kopf. »Es geht nicht, Thibaut. Ich bin nun einmal nicht mein eigener Herr, und es wartet ein Auftrag auf mich, den ich längst hätte erfüllen müssen. Andernfalls wäre ich gerne mitgekommen.«

»Das ist schade«, antwortete Heimbert von Kandern an de Poleurs Stelle. »Ich hätte dir gerne meine Heimat gezeigt. So schön Flandern und Spanien auch sein mögen, mit dem Schwarzwald lassen sie sich doch nicht vergleichen. Nirgends anders kann man sich so wohl fühlen wie dort.«

De Poleur protestierte vehement, denn er ließ nichts auf seine Heimat Hainault kommen, und de la Massoulet und van Haalen beteiligten sich augenblicklich mit lebhaften Beschreibungen ihrer Heimatorte an dem kleinen Streitgespräch und versuchten, auch Lea mit einzubeziehen. Sie hörte ihnen jedoch nur lächelnd zu.

Schließlich schlug Heimbert von Kandern mit der geballten Rechten in die linke Hand. »Wenn wir noch lange diskutieren, werden wir meines Vaters Burg heute nicht mehr erreichen. Also lasst uns aufbrechen.«

De Poleur nickte bedrückt und drehte sich zu Lea um. »Ich hoffe, wir sehen uns bald wieder, Léon.«

»So Gott es will, wird es geschehen«, antwortete Lea diplomatisch.

Der junge Burgunder umarmte sie und hatte dabei Mühe, die Tränen zu unterdrücken. »Du bist der beste Freund, den ich je hatte, Léon. Danke für alles.«

Dann ließ er sie abrupt los und schwang sich in den Sattel des Pferdes, das er am Vortag in Basel mit einem kleinen Kredit Leas erworben hatte.

»Bis zum nächsten Mal, Léon!« Er schwenkte seinen Hut und

gab dann dem Tier die Sporen. Seine drei Freunde winkten Lea ebenfalls ein letztes Mal zu und folgten ihm etwas weniger ungestüm.

Orlando blickte den vier jungen Männern mit unverhohlener Erleichterung nach. Ihre Gegenwart hatte immer wieder seine Eifersucht entfacht, auch wenn Lea sie eher wie jüngere Brüder behandelt hatte, die man nicht ganz ernst nehmen konnte. Mit ihm war sie jedoch nie so locker und fröhlich umgegangen, und das ärgerte ihn. Gleichzeitig bewunderte er sie, dass es ihr gelungen war, mehr als ein halbes Jahr ununterbrochen in einer Männergesellschaft zu leben, dabei ihr wahres Geschlecht vor so vielen neugierigen Blicken zu verbergen und gleichzeitig Aufgaben zu erledigen, an denen alle anderen einschließlich seiner eigenen Person gescheitert wären. Er sehnte sich danach, sie in die Arme zu nehmen, ihr zu sagen, dass er sie liebte und nie mehr loslassen wollte, doch die Gegenwart seiner Verwandten hinderte ihn daran.

Nachdem die burgundischen Edelleute sich verabschiedet hatten, rückte der Zeitpunkt näher, an dem auch Lea die Reisegruppe verlassen musste. Orlando hätte sie am liebsten bis Hartenburg begleitet und seinen Onkel und dessen Leute alleine weiterreisen lassen. Baramosta hatte sich jedoch immer noch nicht von der Verfolgung und dem langen Eingesperrtsein im Kloster erholt; er war ängstlich und unbeholfen wie ein kleines Kind, und da es seinen Angehörigen kaum besser ging und keiner von ihnen der deutschen Sprache mächtig war, musste Orlando bei ihnen bleiben. Aus diesem Grund versuchte er Lea zu überreden, ihn zu begleiten.

»Bitte, Samuel, überleg es dir noch einmal. Ich wünsche mir nichts mehr, als dich mit nach Hamburg zu nehmen und dich meiner Mutter vorzustellen. Sie würde sich riesig freuen, den Lebensretter ihres Bruders und ihres Sohnes kennen zu lernen.«

Lea lachte hart auf. »Was die Rettung betrifft, Señor Cabeza de Pez, so sind wir jetzt quitt.«

Orlando hob beschwörend die Hände. »Nein, Samuel, das sind wir nicht. Du hast weitaus mehr für mich getan als ich für dich. Bei der Sache mit Holzinger war ich keinen Augenblick in Gefahr, während du monatelang unter dem Schatten des Todes gelebt und zuletzt noch Kopf und Kragen riskiert hast, um mich zu befreien. Bitte, tu mir ... Du machst so ein abwehrendes Gesicht? Nun, ich will dich nicht bedrängen oder dich zwingen, mit mir zu kommen. Sag mir nur, ob ich noch etwas für dich tun kann. Du bekommst jede Hilfe von mir, die du brauchst, und müsste ich den Teufel aus der Hölle holen.«

»Du kannst mir jetzt schon helfen. Sag mir, wie ich unauffällig an jüdische Kleidung kommen kann. Ich darf Hartenburg nicht in diesem Gewand betreten.« Leas Stimme klang so kühl, als wäre er ein beiläufiger Bekannter und nicht mit ihr durch mehr als ein gefährliches Abenteuer verbunden.

Orlando seufzte innerlich und fragte sich, ob er den Panzer, der Lea seit Spanien umgab, je würde durchbrechen können. Er war wirklich versucht, sie in die Arme zu reißen, ihr Gesicht mit Küssen zu bedecken und ihr zu sagen, dass sie die mutigste, schönste und beste Frau auf der ganzen Welt war. Ihn schauderte jedoch vor der Kälte, die sie ausströmte, und er war schon so weit, dass er sich über einen Ausbruch ihrer früheren Bissigkeit und Spottlust gefreut hätte.

»Mein Onkel Rodrigo würde sich ebenfalls freuen, wenn du uns begleiten würdest. Er hält sehr viel von dir und hat mich sogar gefragt, ob ich nicht den Vermittler machen könnte, denn er möchte dich als Schwiegersohn gewinnen.« Noch während Orlando die Worte aussprach, wusste er, dass er einen Fehler begangen hatte, denn mit dieser Bemerkung hatte er Lea erst recht einen Grund gegeben, seine Bitte abzulehnen.

Sie warf den Kopf hoch, und ihre Miene wurde noch starrer.

»Sage dem guten Baramosta, dass ich zwischen den Beinen … – wie nanntest du es einmal? – etwas beschädigt bin und daher kein geeigneter Ehemann für seine Tochter wäre.«

Jetzt hat meine Dummheit den Graben zwischen uns noch tiefer aufgerissen, dachte Orlando bedrückt. Er sah, wie sie in die Richtung blickte, in die de Poleur und seine Freunde vor kurzem geritten waren. »Du bedauerst es wohl, dass unsere Begleiter uns verlassen haben?«

Lea zog eine Schulter hoch. »Bedauern? Nein. Sie waren angenehme Reisegefährten …«

»Im Gegensatz zu mir, willst du sagen.«

»Das kann man nicht vergleichen. Uns beide verbindet ein tieferes Gefühl, als ich es für de Poleur und die anderen je empfinden könnte.«

Orlando holte tief Luft. So ein Geständnis hatte er nicht erwartet. Zu seinem Leidwesen gab sie ihm jedoch keine Chance, einen weiteren Blick in ihr Inneres zu werfen, sondern klappte ihren Eispanzer wieder zu. »Wir sollten zum Schiff zurückkehren. Der Kapitän wird schon ungeduldig sein, und mich drängt es auch, nach Hartenburg zurückzukehren. Ich war schon viel zu lange weg, und meine Geschäfte schließen sich nicht von selbst ab.« Sie drehte ihm den Rücken zu und stieg den Hang hinab zum Rhein.

»Wenn ich dir Kleidung besorgen soll, werden wir einen Tag in Breisach bleiben müssen«, rief Orlando ihr nach, doch sie antwortete nicht mehr.

Seufzend folgte er ihr. Der Tag in Breisach würde ihre Meinung auch nicht mehr ändern, das spürte er deutlich. Er konnte es ihr auch nicht verdenken, dass sie nach Hause wollte, denn genau wie er hatte sie ihre Pflichten schon viel zu lange vernachlässigt. Vielleicht würde sie zugänglicher sein, wenn sie ihr gewohntes Leben wieder aufgenommen hatte. Er beschloss, in dem Moment, in dem er seinen Onkel und dessen Familie gut untergebracht hatte, Lea aufzusuchen und noch einmal zu versuchen, mit ihr zu reden, und wenn er so lange vor ihrer Tür sitzen bleiben musste, bis sie bereit war, ihm zuzuhören. Dann konnte er ihr endlich sagen, dass er ohne sie nicht mehr leben wollte.

2

Nach einem herzlichen Abschied von Baramosta und den Seinen und einem erheblich kühleren von Orlando verließ Lea das Schiff in der Nähe der Sarnmündung und folgte dem Fluss, ohne sich noch ein einziges Mal umzudrehen. Nach drei Leguas oder vielmehr zwei deutschen Meilen würde sie Sarningen erreichen. Je näher sie der Stadt kam, die ihr so viel Leid gebracht hatte, umso weniger hatte sie Lust, deren Mauern zu betreten. In der kastilischen Tracht, die sie immer noch trug, würde sie dort noch stärker auffallen als in Kaftan und Judenhut. Kurz vor Sarningen entschied sie sich, den Ort zu meiden, und bog von der Straße ab. Als sie nach einem beschwerlichen Weg wieder die Hauptstraße erreichte, drehte sie sich zu der Stadt um, von der jetzt nur noch die Mauerkrone und die Kirchtürme zu sehen waren, und sprach ein stummes Gebet für ihre Lieben, die sie dort verloren hatte. Dann musste sie kräftig ausschreiten, denn die nächste Herberge lag noch zwei Stunden Fußmarsch entfernt, und sie wollte nicht auf freiem Feld übernachten.

Der dichte Wald, der kurz hinter Sarningen begann und der sie auf jener unglückseligen Reise damals geängstigt hatte, bot ihr nun die Gelegenheit, sich von Léon de Saint Jacques in den Juden Samuel Goldstaub zurückzuverwandeln. Die spanischen Kleider legte sie sorgfältig zusammen und stopfte sie in ihren Tragsack, denn sie wollte sie weder wegwerfen noch irgendwo zurücklassen, wo sie Aufsehen hätten erregen können. Sie würde sie zu Hause säubern und in ihre Kleidertruhe legen, denn es waren bittersüße Erinnerungen mit diesem Gewand verbunden.

Tief in ihren Kummer und in die Vorstellung verstrickt, ein

Leben ohne Glück und ohne Liebe vor sich zu haben, verschwendete sie kaum einen Gedanken an die Tatsache, wie gefährdet ein allein reisender Jude in diesen Gegenden war. Es mochte jedoch an ihrer verschlossenen Miene liegen oder an ihrem festen, ausgreifenden Schritt, den sie sich in ihrer Rolle als Christ angewöhnt hatte, dass den Schimpfworten, die ihr hinterherflogen, weder Drohungen noch Handgreiflichkeiten folgten. Trotzdem fiel es ihr schwer, sich wieder damit abzufinden, dass ihr die Wirtsknechte beim Anblick ihres abgetragenen, fleckigen Kaftans und des aus der Form geratenen gelben Huts eine Abstellkammer oder eine schmutzige Ecke im Stall zuwiesen und ihr für teures Geld einen Napf schlechten Essens hinstellten. Zu ihrer Erleichterung verzichteten die Leute jedoch darauf, ihr Schweinefleisch vorzusetzen. Das half ihr ein wenig, sich wieder an das Leben zu gewöhnen, welches sie jahrelang geführt hatte, machte ihr aber auch klar, wie stark der Aufenthalt in Spanien sie verändert hatte. Es war keine Selbstverständlichkeit mehr für sie, eine demütige Haltung einzunehmen, und sie musste oft an sich halten, um nicht die von Unwissenheit und Dummheit strotzenden Bemerkungen einiger Leute mit scharfen Worten zurückzuweisen.

Als das Tal sich weitete und Hartenburg im hellen Sonnenschein vor ihr lag, wich ihre Trauer, und sie freute sich sogar, nach Hause zu kommen. Sie sog den Anblick der Stadt in sich auf und ließ ihren Blick über die rasch fließende Sarn gleiten, die die Mauern mit ihrer engen Schleife umschloss und sich dann durch grüne Wiesen und frisch geackerte Felder schlängelte, ehe sie zwischen Eichen und Tannen wieder in den Wald eintauchte. Sie blickte zum Rauchberg hoch, dessen Flanken mit dichtem Grün überzogen waren und von dessen Gipfel auch heute wieder jene Dunst- und Nebelschwaden aufstiegen, die ihm seinen Namen gegeben hatten.

Die Wächter am Sarntor grüßten Lea freundlich und ließen sie ohne Fragen passieren. Das rief in ihr das Gefühl hervor, endlich heimgekehrt zu sein, und so schritt sie wohlgemut durch die Gassen, ohne die neugierigen Blicke der Nachbarn und das Geflüster zu bemerkten, welches ihren Weg begleitete. Das Tor zum Hof ihres Anwesens stand offen, und zu ihrer Überraschung stapelten dort zwei fremde Knechte Fässer unter einem neu errichteten Vordach. Obwohl sie nur einfache Kittel trugen, konnte Lea sehen, dass es sich um Männer ihres Volkes handelte.

»Friede sei mit euch«, grüßte sie sie verwundert.

Die Knechte musterten sie nicht weniger erstaunt. »Friede sei auch mit dir, Bruder. Wen dürfen wir dem Herrn melden?«

Lea wollte schon sagen, dass sie der Herr hier sei. Doch in dem Moment sah sie Eliesers Gesicht hinter einem Fenster auftauchen, und fast im gleichen Moment erschollen drinnen laute Stimmen. Zwei Männer und zwei kräftige Mägde kamen aus dem Haus gerannt und umringten sie. Zu ihrer Überraschung erkannte sie Ruben ben Makkabi und dessen Sohn Jiftach, die Frauen aber waren ihr ebenso fremd wie die beiden Knechte.

Ruben ben Makkabi grüßte sie nicht, sondern packte sie bei der Schulter und wollte sie aufs Haus zuschieben. »Herein mit dir, aber sofort!«

Lea schüttelte seine Hand ab und sah ihn empört an. »Was soll das?«

Statt einer Antwort packten die beiden Mägde sie und zerrten sie in den Vorraum. Unter der Tür zum Gästezimmer starrte Elieser ihr mit einem so angespannten Gesicht entgegen, als könnte sie sich jeden Moment in eine giftige Schlange verwandeln.

»Was hat das zu bedeuten, Elieser? Wo kommen all die Fremden her?«, fuhr Lea ihn an und versuchte, sich aus dem Griff der Mägde zu befreien, ohne ihnen wehzutun.

Elieser kniff die Lippen zusammen und sah Ruben ben Makkabi

Hilfe suchend an. Der Augsburger Kaufmann baute sich vor Lea auf und maß sie mit einem vernichtenden Blick. »Elieser hat vor kurzem meine Hannah geheiratet und ist somit mein Schwiegersohn. Jetzt werde ich dafür sorgen, dass er auch Herr im eigenen Haus wird.«

Leas Blick irrte zwischen ihrem Bruder und Ben Makkabi hin und her, und es dauerte einen Augenblick, bis sie begriff, was der Mann da eben gesagt hatte. Ehe sie reagieren konnte, packten die beiden Mägde fester zu, schleiften sie mit Jiftachs Unterstützung die Treppe hinauf und stießen sie in das Zimmer ihres Vaters.

Hier erst ging Lea auf, wie ernst Ruben ben Makkabi seine Drohung meinte. Die Briefe, die sonst immer auf einem Bord auf sie gewartet hatten, lagen geöffnet in mehreren Stapeln auf dem Tisch, und die Truhe, die die Wertpapiere und die Geschäftsbücher enthielt, stand mit geöffnetem Deckel mitten im Raum. Kratzspuren an den eisernen Riegeln und den Schlössern der inneren Fächer zeigten ihr, dass jemand versucht hatte, die Sicherheitsvorrichtungen zu umgehen, um an den Inhalt zu kommen.

Elieser war ebenfalls mit nach oben gekommen und unter der Tür stehen geblieben. Mit einem heftigen Ruck löste Lea sich aus den Händen der Mägde und stemmte die Arme in die Hüften. »Darf ich endlich wissen, was hier gespielt wird?«

Auch jetzt antwortete Ruben ben Makkabi anstelle ihres Bruders. »Es ist an der Zeit, dich zu lehren, welcher Platz dir gebührt, Lea Jakobstochter. Die Zeit, in der du deine Geschwister ungestraft tyrannisieren konntest, ist vorbei!«

Lea zuckte zusammen wie unter einem Schlag. Ihr sorgsam gehütetes Geheimnis war aufgedeckt, und Eliesers schuldbewusste Miene zeigte ihr, dass er sie verraten hatte. Er schien die in ihr aufwallende Wut zu spüren und hob die Hände, als müsse er sich vor einem Schlag schützen.

»Du bist so lange weggeblieben, dass wir angenommen haben, du seiest unterwegs verunglückt. Da wusste ich mir nicht anders zu helfen und habe mich an den Rabbi gewandt.«

Eliesers Stimme klang jämmerlich und verriet gleichzeitig, dass er log. Lea sah Gomer hinter ihm vorbeihuschen und für einen Moment mit einem verängstigten Gesicht in den Raum starren. Nun verstand sie ohne weitere Erklärungen, was passiert war. Ruben ben Makkabi hatte mit Hilfe des mitgebrachten Gesindes die Herrschaft über ihr Haus ergriffen und war nicht bereit, sie wieder herzugeben.

Das bestätigten die nächsten Worte des Rabbis. »Du wirst dieses anstößige Gewand auf der Stelle ablegen und dich kleiden, wie es einer Frau geziemt. Danach wirst du mir alles erklären, was in den Briefen steht, denn vieles ist so verschlüsselt, dass selbst ich es nicht entziffern kann, und natürlich wirst du mir auch die Truhe öffnen und mir deine Geschäftspapiere übergeben.«

Lea verschränkte die Arme. »Darauf kannst du lange warten!«

»Ich sehe schon, es steht genauso schlimm um dich, wie ich befürchtet habe. In deinem Körper, Lea, sitzt ein Dämon, der dich aufsässig macht, deinen Verstand verzerrt und deine Familie beinahe in den Untergang getrieben hätte. Dieser böse Geist war es, der Rachel zur Hure gemacht und Elieser seine Rechte geraubt hat, so dass der arme Junge wie ein kleines Kind im Haus festgehalten wurde und keine Talmudschule besuchen durfte, wie es sich für jeden frommen Aschkenasi geziemt. Aber keine Sorge, ich werde dir den Teufel austreiben und dich in ein gehorsames Weib verwandeln.«

Lea verstand nur eines: Rachel musste etwas zugestoßen sein. »Was ist mit meiner Schwester?«

»Frag doch nicht so dumm. Du warst doch selbst dafür, dass sie die Mätresse des Markgrafen wird.« Eliesers Stimme zitterte so, dass er stotterte.

Diese Lüge verschlug Lea die Sprache, und ihr wurde so übel, dass sie glaubte, ihr Inneres wolle sich nach außen kehren. Sie sollte Rachel einem Mann in die Arme getrieben haben, für den eine Frau nicht mehr war als eine Öffnung, in der er seinen Geschlechtstrieb abreagieren konnte? Das war absurd. Seit dem Pogrom von Sarningen hasste Rachel Christen mehr als alles andere auf der Welt. Nie, niemals, davon war Lea fest überzeugt, hatte ihre Schwester sich diesem Mann freiwillig hingegeben. Sie konnte noch nicht einmal vermuten, was wirklich geschehen war, und sah auf einmal alle Ängste bestätigt, die sie seit langem gehegt hatte. Mehr als sonst bereute sie, Hartenburg damals, als der Markgraf seine ersten, unverschämten Forderungen gestellt hatte, nicht verlassen zu haben. Es wäre wirklich besser gewesen, sie hätten von den Almosen anderer Juden gelebt, als erfahren zu müssen, dass die arme Rachel durch den Markgrafen in Schande geraten war.

Ruben ben Makkabi schien Leas Schreckensstarre und ihre Ratlosigkeit für Unterwerfung unter das von ihm bestimmte Schicksal zu halten, denn er sprach eine kurze Beschwörungsformel und legte seine Hand auf Leas Stirn. »Weiche aus diesem Weib, Dämon, und gehe dorthin, wo du hingehörst.«

Lea schüttelte sich und trat zurück »Ich bin von keinem Dämon befallen. Den, fürchte ich, hat mein Bruder ins Haus gerufen!«

Als sie sich zu Elieser umdrehen wollte, war dieser verschwunden. Statt seiner kam Jiftach wieder ins Zimmer und warf den Tragsack, den Lea im Hof hatte fallen lassen müssen, in eine Ecke.

Ruben ben Makkabi brachte seine Augen dicht vor die ihren. »Wirst du mir jetzt gehorchen und mir mitteilen, was ich wissen will?«

Lea wandte sich ab, verschränkte die Arme vor der Brust und antwortete ihm mit einem verächtlichen Auflachen. »Fahr zur Hölle!«

Eine der Mägde spreizte die Finger, als müsse sie sich gegen den bösen Blick schützen. Ruben ben Makkabi aber nickte nur, als sähe er sich bestätigt. »Nun, so werden wir dich mit Hunger gefügig machen müssen und so den Dämon in dir schwächen, damit meine Gebete ihn vertreiben können. Wenn du dann wieder du selbst bist, Weib, wirst du mit Jiftach unter den Traubaldachin treten. Dein Bruder und ich haben bereits den Heiratsvertrag ausgehandelt und unterschrieben.«

»Wie bitte? Ich soll Jiftach heiraten? Oh nein, das kannst du dir aus dem Kopf schlagen!«

Ruben ben Makkabi warf den Kopf hoch und murmelte eine weitere Beschwörungsformel. Dann wandte er sich an die beiden Mägde. »Bringt sie nach oben und sperrt sie in die Dachkammer. Passt aber auf, dass ihr das alte Gesinde nicht heimlich etwas zum Essen zusteckt.«

Ohne sie noch eines Blickes zu würdigen, verließ er den Raum. Jiftach blieb zurück und half auch jetzt den beiden Mägden, ihre Gefangene zu bändigen.

Lea war außer sich vor Wut und hätte nun jede Waffe benützt, um sich zu befreien. Doch ihr spanisches Schwert hatte sie bei Orlando zurückgelassen, und der Dolch steckte in ihrem Gepäck. Auch fiel es ihr immer noch schwer, Menschen ihres eigenen Glaubens wehzutun, und so besann sie sich zu spät auf die Tricks, die Orlando ihr beigebracht hatte. Als sie sich beinahe schon befreit hatte, packte Jiftach ihre Füße und verdrehte ihren Körper so schmerzhaft, dass sie sich die Treppe hochschleppen lassen musste wie ein Schaf, das geschächtet werden soll. Die drei warfen sie in einer Dachkammer zu Boden, rannten hinaus, als wäre der Teufel selbst hinter ihnen her, und schlossen die Tür von außen, ehe Lea sich aufgerichtet hatte. Sie hörte, wie der Riegel mit einem Ruck vorgeschoben wurde, und kam sich vor wie ein gefährliches wildes Tier, das man in einen Käfig gesteckt hatte.

»In der Kammer liegt ein Gewand, das einer Frau geziemt«, rief Jiftach noch ganz außer Atem durch die Tür. »Zieh dich um, Weib, sonst werden die Mägde dich dazu zwingen.«

Sollen sie doch kommen, dachte Lea wütend. Noch einmal würde sie sich nicht überraschen und wie ein Schlachttier behandeln lassen. Sie stand auf und sah sich nach etwas um, das sie als Waffe benutzen konnte. Doch außer einer dünnen Decke, die auf dem Boden zusammengefaltet lag und ihr wahrscheinlich als Lager dienen sollte, und ein paar ihr unbekannter Kleidungsstücke gab es keinen anderen Gegenstand im Zimmer, noch nicht einmal einen Krug mit Wasser oder einen Topf, in den sie ihre Notdurft verrichten konnte. Sie hob nacheinander das Leinenhemd, die Bluse, den Rock und die Schürze auf, die aus gutem Stoff gefertigt waren und zusammen die Tracht bildeten, die wohlhabende Jüdinnen in den großen Städten trugen, schleuderte sie in eine Ecke und setzte sich dann auf die Decke, um ihre innere Ruhe zurückzugewinnen und einen klaren Kopf zu bekommen.

Sie hatte sich auf alle möglichen Katastrophen vorbereitet, die von außen auf ihre Familie hätten niederstürzen können, doch sie hatte nicht damit gerechnet, in ihrem eigenen Haus Glaubensgenossen vorzufinden, die sie wie ein widerspenstiges Kind behandelten und kurzerhand einsperrten. Sie war sich nicht sicher, ob sie ohne Hilfe wieder aus diesem Loch herauskam, und überlegte, wem an ihrer Freiheit gelegen sein könnte. Rachel schied aus, nicht nur, weil sie nicht mehr im Haus wohnte, sondern weil Ruben ben Makkabi genau das tat, was sie sich immer gewünscht hatte, nämlich sie, Lea, auf den Platz zu verweisen, auf den sie in ihren Augen gehörte. Sarah wurde, wie sie einer Bemerkung hatte entnehmen können, von den anderen Mägden überwacht, also konnte sie nur hoffen, dass Jochanan und Ketura einen Weg fanden, sie zu befreien.

Darauf durfte sie sich jedoch nicht verlassen, denn Sarahs Kinder waren gewiss guten Willens, aber List war nicht ihre Stärke, und sie ließen sich viel zu leicht einschüchtern. Also blieb ihr nichts anderes übrig, als sich selbst zu helfen. Ruben ben Makkabi würde alles tun, um ihren Willen zu brechen, und sie musste sich etwas einfallen lassen, wie sie ihn überlisten konnte. Aber ihr Kopf war wie leer gefegt. Lea empfand auf einmal das Lächerliche ihrer Situation und lachte bitter auf. Man hatte sie, die einen so mächtigen Mann wie den Herzog von Montoya übertölpeln hatte können, im eigenen Haus eingesperrt wie ein kleines Mädchen, das sich am Kuchen für den Sabbat vergriffen hatte.

Unwillkürlich musste sie daran denken, mit welch harschen Worten sie Orlandos Angebot, sie nach Hause zu begleiten, abgelehnt hatte. Jetzt sehnte sie sich nach seinem Zuspruch, selbst wenn er nur aus spöttischen Bemerkungen bestanden hätte. Eine Welle der Verzweiflung schwappte über sie hinweg, nahm all das Selbstbewusstsein mit sich, das sie in den letzten Jahren erworben hatte, und verwandelte sie in ein heulendes Bündel Elend.

3.

*E*s war so still im Haus, als würde das Leben darin den Atem anhalten, aus Furcht vor dem, was die Zukunft barg. Ruben ben Makkabi hatte sich in das Zimmer zurückgezogen, das er seit seiner Ankunft bewohnte, und las noch einmal die Gebete, mit denen er den bösen Geist aus Lea austreiben wollte. Eine seiner beiden Mägde bewachte unterdessen die Dachkammer, in der man Lea eingesperrt hatte, während die andere Sarah und Gomer in der Küche beaufsichtigte. Ketura und Jochanan arbeiteten draußen auf dem Hof und bissen die Zähne zusammen, weil Ruben ben Makkabis Knechte sich als ihre Herren aufspielten und sie schikanierten.

Elieser empfand Leas Anwesenheit trotz der Tatsache, dass sie ihm nichts mehr anhaben konnte, wie einen Albtraum und hatte sich zu Hannah geflüchtet, die seit wenigen Tagen sein Weib war. Sie saß in ihrem Zimmer und strickte Strümpfe für ihn, damit sein beschädigtes Bein die Kälte des nächsten Winters nicht mehr so spüren sollte. Elieser sah sie bewundernd an. Eine bessere Frau hätte er nicht bekommen können, denn sie war gutwillig, ständig um ihn besorgt und in allen Dingen darauf bedacht, es ihm recht zu machen.

Noch immer war es ihm ein Rätsel, wie sie ihren widerstrebenden Vater trotz aller Sanftheit dazu gebracht hatte, ihnen die Heirat ohne einen Besuch der Talmudschule oder sonstige Vorbedingungen zu erlauben. Ihr Temperament im Bett und ihre Lust an der Liebe waren nicht mit Merabs Leidenschaft zu vergleichen, dafür aber vermittelte sie ihm das Gefühl, ein vollwertiger Mann zu sein, der seinem Weib alles geben konnte, was sie auf dem ehelichen Lager erwartete. Bei diesem Gedanken spürte Elieser, dass sich etwas an ihm regte. Nach all der

Aufregung war er zwar nicht in der Stimmung für eine Balgerei im Bett, doch es mochte ihm helfen, Leas vorwurfsvolle Blicke zu vergessen. Aber gerade, als er Hannah bitten wollte, sich für ihn auszuziehen, klopfte jemand an die Tür.

»Kann ich hereinkommen?«, hörte er Jiftach fragen.

Elieser wollte ihn schon wegschicken, aber dann sagte er sich, dass ein Gespräch mit seinem Schwager ihn ebenfalls für eine Weile ablenken würde.

»Tritt ein!« Er rückte beiseite, so dass sein Schwager neben ihm Platz nehmen konnte.

Jiftach wirkte verstört und fahrig. Er ließ sich mit seinem nicht unbeträchtlichen Gewicht auf die Bank plumpsen, starrte Elieser an wie ein Ertrinkender den rettenden Zweig und seufzte zum Gotterbarmen. »Ich habe mir das alles ganz anders vorgestellt. Warum kann Lea sich nicht in ihr Schicksal fügen, wie es einer frommen Frau geziemt? Stattdessen benimmt sie sich wie eine Rasende. Reagiert sie immer so aufbrausend und bösartig? Dann möchte ich sie lieber nicht heiraten.«

Elieser erschrak. Wenn Jiftach sich weigerte, Lea zur Frau zu nehmen, würde sie im Haus bleiben und ihn bald wieder so beherrschen wie früher. Das musste er unter allen Umständen verhindern. Er holte tief Luft, setzte eine leicht belustigte Miene auf und winkte ab. »Nein, nein, früher war sie ganz anders. Sie ist nicht sie selbst, glaub mir. Aus ihr spricht der Dämon, aber den wird dein Vater bald austreiben. Du wirst sehen, bald frisst Lea dir aus der Hand und ist so sanft und nachgiebig wie meine Hannah.«

Hannah hörte ihren Namen und blickte von der Handarbeit auf. »Soll ich euch Wein bringen?«

Jiftach leckte sich die Lippen. Einen so guten Tropfen wie hier gab es zu Hause nicht. »Das wäre lieb von dir.«

Sie stand auf, ging zur Tür, blieb aber dort stehen und warf Elieser einen fragenden Blick zu. Als er nickte, verließ sie das

Zimmer und kehrte mit einem vollen Zinnkrug und zwei Bechern zurück. Elieser nahm sie ihr ohne Dank aus den Händen und schenkte Jiftach ein.

»Hier, Schwager! Trinken wir auf deine baldige Heirat.«

Jiftach nahm den Becher und trank ihn in einem Zug leer. Besonders glücklich wirkte er dabei nicht. »Vater würde sich freuen, wenn Lea mein Weib würde. Aber …« Er brach kurz ab und schüttelte den Kopf. »Als ich letztens Rachel gesehen habe, hoffte ich, Lea würde ihr gleichen. Aber sie wirkt hart und abstoßend, und ich fürchte, sie wird ein zänkisches Mannweib bleiben.«

Elieser lächelte, denn er musste daran denken, wie Jiftach bei Rachels Anblick die Augen aus dem Kopf gequollen waren. Sie hatte ein durchscheinendes Kleid mit einem Dekolleté getragen, das ihren Busen schamlos enthüllte, und auch sonst einen Anblick geboten, der selbst einen heiligen Mann in Versuchung geführt hätte. Mit ihr verglichen hatte Lea nichts Frauliches an sich, denn sie besaß harte Muskeln, wo weiches Fleisch hätte sein sollen, und ihr Busen war nicht größer als der Gomers, die immer noch so zierlich wirkte wie ein Kind. Ein wenig bedauerte er Jiftach, der den Bund mit einem so wenig anziehenden Wesen eingehen sollte, doch wenn er sein eigener Herr werden wollte, musste er dafür sorgen, dass Lea Jiftachs Weib wurde und in einer weit entfernten Stadt lebte.

»Du kannst Lea ebenso wenig mit Rachel vergleichen wie eine Pflaume mit einem Pfirsich. Auf ihre Weise schmecken diese Früchte jedoch beide gut. Wenn Lea einmal unter dir liegt und sich ihr Schoß einladend öffnet, werden deine Zweifel verfliegen.« Elieser spürte, wie der Gedanke an das eheliche Beilager seines Schwagers sein Verlangen nach Hannah schürte, und machte eine unauffällige Geste, die ihr sagte, dass er heute noch nach ihr verlangen würde. Im Schein der untergehenden Sonne konnte er sehen, wie ihr Gesicht dunkler wurde und ihre Augen in Vorfreude aufleuchteten.

Jiftach schüttelte bedrückt den Kopf. »Ich fürchte, deine Schwester wird eine arg saure Pflaume sein.«

Elieser lächelte wie ein Mann im Bewusstsein reicher Erfahrung. »Da irrst du dich gewaltig. Schließlich ist sie nur eine Frau, und Gott hat ihr Geschlecht mit dem Verlangen nach einem Mann erfüllt. Zeig ihr, wer der Herr ist, und vernachlässige niemals deine ehelichen Pflichten, dann hast du ein friedliches, gehorsames Weib.«

»Ich hoffe, du behältst Recht.« Jiftach versuchte, sich selbst Mut einzuflößen, und schenkte sich zu dem Zweck noch einen Becher mit Eliesers Wein voll. Doch als er wieder beginnen wollte, seine Befürchtungen bei Elieser abzuladen, kam eine der Mägde herein und bat sie zu Tisch. Ruben ben Makkabi hatte sich das Essen in seine Kammer bringen lassen, um sein Studium der Gebete nicht unterbrechen zu müssen, und so speisten Jiftach, Elieser und Hannah allein. Die beiden Männer hielten sich an die Regel, die zweideutige oder gar schmutzige Bemerkungen während der Mahlzeit verbot, und so verflachte das Gespräch.

Elieser hoffte, nach dem Essen mit Hannah alleine bleiben zu können, doch sein Schwager folgte ihm wie ein Hund und leerte den letzten Rest des Weins in seinen Becher. Während Elieser noch überlegte, wie er ihn wegschicken konnte, ohne ihn zu beleidigen, legte ihm Jiftach plötzlich die Hand auf den Arm und zog ihn zu sich heran. »Bist du dir sicher, dass Lea nur so hart ist, weil der Geist eines Mannes in ihren Körper gefahren ist? Meinst du wirklich, sie wird sich ändern, wenn der Dämon vertrieben ist?«

»Ja, ganz sicher! Das hat dein Vater doch schon gesagt«, beteuerte Elieser eindringlich.

»Dann weiß ich ein gutes Mittel, ihr zu helfen. Ein Gast meines Vaters hat von einer jungen Frau berichtet, die ebenfalls vom Geist eines Mannes besessen war. Sie war mit einem vortrefflichen jungen Mann verlobt, von dem sie jedoch nichts wissen wollte. Kam er in das Haus ihres Vaters, beschimpfte sie ihn und warf ihm sogar Teller an den Kopf. Alles Zureden half nichts, und die Gebete der Rabbis blieben ohne Wirkung. Da hat ein Fremder dem jungen Mann geraten, sich des Nachts zu seiner Braut zu schleichen und den Geschlechtsverkehr mit ihr zu vollziehen, auch wenn sie sich noch so sehr dagegen sträuben sollte. Der männliche Geist könne es nicht ertragen, hat der Mann gesagt, wenn ein anderer Mann den Körper in Besitz nimmt, in den er gefahren ist, und würde entfliehen, um der Sünde der Sodomie zu entgehen. Der Bräutigam befolgte den Rat, überwältigte das Mädchen und machte es zur Frau. Am nächsten Morgen war sein Gesicht zwar ein wenig zerkratzt, dafür aber hatte er das gehorsamste Weib gewonnen, das man sich denken kann.«

Für Jiftach war das eine ungewöhnlich lange Rede. Elieser sah ihm an, dass er lange darüber nachgedacht haben musste, wie er sie vortragen sollte. Sein nächster Blick galt Hannah, die bedrückt, aber auch ein wenig ratlos wirkte. Ihr behagte offensichtlich nicht, dass eine Frau zum Geschlechtsverkehr gezwungen worden war. Andererseits ging es um ihren Bruder, der schon so lange auf die eheliche Vereinigung mit Lea hatte warten müssen. Auch jetzt konnte es noch Wochen und sogar Monate dauern, bis die Gebete ihres Vaters den Trotz des Mädchens gebrochen und den Geist aus ihr vertrieben haben würden.

Sie blickte auf und sah den fragenden Blick ihres Mannes auf sich ruhen. »Was meinst du dazu, Elieser? Wäre das tatsächlich ein Weg, deine Schwester aus der Gewalt des Dämons zu befreien?«

Elieser strich mit der Rechten nachdenklich über seinen schütteren Kinnbart und wiegte den Kopf. Eine Vergewaltigung war ohne Frage ein schlimmes Verbrechen. Andererseits hatten Ruben ben Makkabi und er die Ketuba unterzeichnet und damit die Hochzeit zwischen Jiftach und Lea festgeschrieben. Wenn er jetzt vor seiner Schwester kapitulierte, würde er sich ihr auf alle Zeiten unterwerfen müssen und nie den ihm zustehenden Platz als Oberhaupt der Familie einnehmen können. Er zwinkerte Hannah aufmunternd zu und legte nun seinerseits Jiftach die Hand auf den Arm. »Es wäre einen Versuch wert. Wenn der störrische Geist Lea verlassen hat, wird sie sich glücklich schätzen, deine Frau geworden zu sein.«

Hannah musste kichern. Sie hatte sich seit Jahren danach gesehnt, einen Bräutigam zu bekommen, der ihr die Jungfernschaft nehmen und sie zur Frau machen würde, und war mit dem Ergebnis sehr zufrieden. Daher fiel es ihr leicht, sich vorzustellen, dass es einer geheilten Lea genauso gehen würde. Sie sah ihren Bruder in einem verklärten Licht und war fest davon überzeugt, dass sie, wenn Jiftach sein Vorhaben in die Tat umsetzte, Lea schon am nächsten Tag als ihre Schwägerin in die Arme schließen konnte. Daher nickte sie ihrem Bruder auffordernd zu. »Geh zu deiner Braut und zeige ihr, was für ein Mann du bist.«

Elieser hatte so seine Zweifel, aber einerseits schien es der einzige Weg zu sein, Lea zu bändigen, und zum anderen sah er darin jetzt eine gute Gelegenheit, den störenden Schwager loszuwerden. Er stand auf, humpelte zu Tür und öffnete sie. »Nimm dein Glück selbst in die Hand und zeige Lea, dass du ihr Herr bist. Meine Gedanken und Gebete werden dich begleiten!«

Mit diesen Worten schob er seinen immer noch zögernden Schwager aus dem Zimmer. Beide übersahen dabei den Schatten, der draußen vorüberhuschte und hinter der angelehnten Tür eines anderen Zimmers verschwand.

Jiftach sog tief die Luft ein und starrte Elieser an, als wollte er sich noch einmal seiner Zustimmung versichern. »Gut, ich werde dem Weib da oben zeigen, dass sie mir zu Willen zu sein hat!« Mit diesen Worten drehte er sich um und ging schnaufend zur Treppe. Als er sich noch einmal zu Hannahs Zimmertür wandte, hörte er, wie der Riegel vorgelegt wurde.

4

Diese Heimkehr war für Orlando noch bitterer als die letzte. Weder die Freude seiner Mutter, ihren Bruder und dessen Familie gesund und unversehrt vor sich zu sehen, noch das überschwängliche Lob seines Onkels vermochten seine trübe Stimmung zu heben. Er machte sich Vorwürfe, weil er Lea so einfach hatte gehen lassen, und war fest entschlossen, nach Hartenburg zu reisen und mit ihr zu reden. Vielleicht gelang es ihm dort, den Panzer zu durchdringen, hinter dem sie sich versteckte.

Am Abendbrottisch war er noch immer so stark in seinen Überlegungen eingesponnen, wie er Lea überzeugen und endlich für sich gewinnen konnte, dass er nicht zuhörte, wie sein Onkel über die Flucht aus Spanien berichtete. Baramosta erzählte nämlich, dass ihr Retter Léon de Saint Jacques nicht nur ihn und die Seinen, sondern auch Orlando befreit hatte.

Don Manuel fragte noch einmal nach und lief dabei rot an. Dann kniff er die Augenbrauen zusammen, warf seinem Sohn einen finsteren Blick zu und schlug mit der flachen Hand so heftig auf den Tisch, dass Teller und Näpfe hochsprangen.

Jetzt erst sah Orlando auf und bemerkte, dass der Wutausbruch ihm galt. Ehe er etwas sagen konnte, schrie sein Vater ihn an.

»Du hast also meinen ausdrücklichen Befehl missachtet und bist nach Spanien gefahren. Das wird Folgen für dich haben. Ich …«

Doña Léonora legte ihrem Mann die Hand auf den Arm und sah ihn bittend an. Don Manuel brummte etwas in den Bart und lehnte sich zurück. »Wir werden hinterher darüber reden, mein Sohn, unter vier Augen!«

»Bitte, Manuel, sei nicht zu streng mit unserem Jungen. Es hat sich doch alles zum Guten gewendet.«

Don Manuel schob das Kinn vor, und sein Bart zitterte vor Erregung. »Aber nicht durch seinen Verdienst! Dein Sohn ist nicht nur ungehorsam, Weib, sondern handelt auch immer wieder so unverantwortlich wie ein kleines Kind. Das werde ich ihm ein für allemal austreiben.«

Obwohl sich sein Schwager ebenfalls für Orlando verwandte, blieb Don Manuel bei seinem Standpunkt. Er wartete gerade so lange, bis seine Gäste sich satt gegessen hatten, befahl dann Orlando, ihm zu folgen, und ließ sich von Alisio in sein Zimmer führen. Er hatte sich noch nicht gesetzt, da ergoss sich sein Zorn über seinen Sohn. »Ich hatte dich schon letztens gewarnt, mit diesen unsäglichen Abenteuern aufzuhören. Doch anscheinend bist du auf diesem Ohr taub. Deswegen wirst du dieses Haus nicht eher verlassen, als bis du ein verheirateter Mann bist, und du wirst mir einen Eid leisten, dich nie mehr auf ein so gefährliches Vorhaben einzulassen.«

»Auf was soll ich denn schwören, auf das Kreuz oder den Talmud?«

Sein Vater verzog sein Gesicht zu einer Miene des Abscheus. »Sarkasmus steht dir nicht, mein Sohn. Du wirst mir dein Wort geben und es diesmal nicht mehr brechen. Und was deine Braut betrifft, so überlasse ich dir sogar eine gewisse Auswahl. Wie wäre es mit Baramostas Tochter Blanca? Schließlich hast du sie selbst ins Haus gebracht.«

Der Tonfall seines Vaters zeigte Orlando, wie ernst es Don Manuel war. Ich hätte mit Lea reden sollen, dachte er verzweifelt. Sie hätte ich sofort geheiratet. Doch jetzt war es zu spät. Sein Vater würde ihn nicht mehr nach Hartenburg reisen lassen, und Lea einen Boten zu senden, dafür fehlte ihm der Mut. Wie er sie kannte, würde sie dem Mann doch nur zornig die Tür weisen.

»Was ist? Gefällt dir Blanca?«, fragte Don Manuel ungeduldig. Orlando lachte bitter auf. Ausgerechnet seine Kusine sollte er heiraten, für die ein gewisser Léon de Saint Jacques beinahe ein Gott war? Nähme er sie zur Frau, würde Leas Schatten ihn bis an sein Lebensende verfolgen.

Don Manuel sah ihn missbilligend an. »Ich finde deine Situation nicht zum Lachen, mein Sohn. Doch wenn du Blanca nicht magst, musst du sie nicht nehmen. Wie wäre es dann mit Lorrestas Tochter Marita? Sie hat viel für dich übrig, und ich könnte beide zu uns einladen.«

Marita Lorresta würde ihm zwar nie sagen, dass ein anderer und noch dazu in Wirklichkeit gar nicht existierender Mann in allen Dingen besser war als er, wie Blanca es sicher tun würde, dafür aber mit ihrer Geschwätzigkeit innerhalb eines Monats den Wunsch in ihm hervorrufen, sie zu erwürgen. Orlando schauderte bei dem Gedanken, mit ihr verheiratet zu sein.

»Sie gefällt dir also auch nicht. Dann wirst du eben eine der einheimischen Flachsköpfe heimführen. Ich werde dir Imma Barkmann zur Frau geben. Du kannst dich vielleicht noch an die Tochter eines meiner hiesigen Geschäftspartner erinnern.«

Mutter wird mir nie verzeihen, wenn ich ein christliches Mädchen heirate, fuhr es Orlando durch den Kopf. Außer einer Jüdin würde Léonora höchstens eine Annussi akzeptieren, eine Converso, die zum christlichen Glauben gezwungen worden und willens war, die jüdischen Traditionen in der Familie an die nächste Generation weiterzugeben.

Orlando hob in hilfloser Verzweiflung die Hände. Wenn er seinen Vater zu sehr aufregte, wäre das sein Tod. Aber er konnte Lea nicht einfach aus seinem Herzen reißen. »Bitte, Vater, lass mir Zeit, mich zu entscheiden.«

»Nun gut. Zeit kannst du haben. Du gehst jetzt auf dein Zimmer und wirst es erst wieder verlassen, wenn du dich für eines der drei Mädchen entschieden hast.«

Orlando hätte seinem Vater am liebsten gesagt, dass er darauf lange würde warten müssen, aber Don Manuels Miene ließ keinen Zweifel aufkommen, dass es nur noch nach seinem Willen zu gehen hatte.

5

Schwere Schritte auf der Treppe rissen Lea aus ihren quälenden Gedanken.

»Du kannst zu Bett gehen, Abischag. Ich übernehme jetzt die Wache«, hörte sie Jiftach draußen sagen.

Kurz darauf verrieten ihr knarzende Geräusche, dass jemand versuchte, die Stufen leise hinunterzugehen. Noch dachte sie sich nichts dabei und wollte schon wieder in das Meer aus Selbstvorwürfen und unausgegorenen Plänen in ihrem Inneren eintauchen, als der Riegel zurückgeschoben wurde. Das spärliche Mondlicht, das durch das handgroße Dachfenster hereinfiel, reichte nicht aus, um etwas erkennen zu können. Der Schritt und der schwere Atem verrieten Lea jedoch, dass es sich bei dem Eindringling um Jiftach handeln musste. Sie spürte, wie sich ihre Haare auf den Armen vor Wut sträubten, doch sie rührte sich nicht.

Jiftach blieb stehen, blinzelte in die Dunkelheit und ärgerte sich, weil er vergessen hatte, eine Lampe mitzubringen. Jetzt würde er sein Vorhaben bei Dunkelheit durchführen müssen. Vielleicht war es auch besser so, fuhr es ihm durch den Kopf, denn er wollte gar nicht wissen, ob Leas Gestalt seinen Vorstellungen entsprach oder nicht, denn sein Vater hatte sich diese Heirat in den Kopf gesetzt und würde ihm keine andere Braut suchen. So schloss er die Tür hinter sich und verschränkte die Arme vor der Brust.

»Höre mir gut zu, Lea. Ich habe ein Mittel gefunden, wie ich dir den Dämon austreiben kann. Es wird dir vielleicht ein wenig wehtun, doch morgen früh wirst du mir für meine Hilfe danken.«

Lea begriff nicht, was er wollte. »Wie oft soll ich euch noch erklären, dass ich nicht besessen bin? Verschwinde und lass mich in Ruhe!«

Er stieß ein beinahe kindhaftes Kichern aus und drehte sich in die Richtung, aus der ihre Stimme gekommen war. »Oh nein, das werde ich nicht tun. Heute Nacht, meine Liebe, werde ich dich zu meinem Weib machen.«

Lea sprang auf, als hätte man ihr einen Peitschenhieb übergezogen. Jiftachs Stimme klang angetrunken, und in dem Zustand waren Männer am gefährlichsten, denn sie waren noch im Vollbesitz ihrer Kräfte, hatten aber schon ihre Hemmungen verloren. Lea glaubte nicht, dass es Sinn hatte, um Hilfe zu rufen, denn sie war sich sicher, dass Jiftach mit dem Wissen seines Vaters zu ihr gekommen war. Wie es aussah, wollte Ruben ben Makkabi sich die Macht über ihre Familie mit einer Vergewaltigung sichern.

Heißer Zorn wallte in ihr auf. Sie hatte jahrelang unter Männern gelebt und war nie in Gefahr zu geraten, ihre Jungfernschaft zu verlieren, und jetzt kam da so ein Tölpel wie Jiftach daher und wollte ihr Gewalt antun. Vorhin war sie zu schockiert gewesen, um die Verteidigungstricks, die Orlando sie gelehrt hatte, wirkungsvoll anzuwenden. Jetzt war es, als flösse das Wissen um die eigene Stärke wie rote Glut durch ihre Adern. Sie atmete tief durch, hörte Jiftach näher kommen und machte sich bereit, ihn abzuwehren.

Im Vollgefühl seiner männlichen Überlegenheit streckte der junge Mann die Hände aus, um nach Lea zu greifen, streifte etwas Warmes, Weiches und wurde dann schmerzlich überrascht. Zwei Schläge trieben seine Arme hoch und ein weiterer traf mit beträchtlicher Wucht jene Stelle zwischen seinen Beinen, an der es einem Mann besonders wehtut. Stöhnend brach er in die Knie und schnappte nach Luft. Sein ganzes Empfinden bestand nur noch aus Schmerz, aber er bekam nicht genug Luft, um zu schreien. Sein Gesicht streifte etwas, das sich wie ein Frauenkörper anfühlte, dann schien sein Schädel unter einem weiteren Hieb zu platzen, und er fiel in ein tiefes, schwarzes Loch.

Als Jiftachs Jammern verstummte und er wie ein prall gefüllter Sack auf den Boden aufschlug, schüttelte Lea sich vor Schreck und Erleichterung, auch wenn ihre Hände sich anfühlten, als hätte sie auf einen Baumstamm eingedroschen. Für einen Augenblick blieb sie regungslos stehen und horchte, ob sich im Haus etwas rührte. Da alles still blieb, atmete sie erleichtert auf und schlich auf Zehenspitzen zur Tür. Wie es aussah, konnte es ihr jetzt gelingen, heimlich das Haus zu verlassen. Aber als sie die Klinke berührte, verriet ihr das Knarren der Treppenstufen, dass sich jemand der Dachkammer näherte. Sie drückte sich neben die Tür und ballte die Fäuste. Noch einmal würde sie sich nicht einfangen lassen, schwor sie sich. In dem Moment fiel Licht in die Kammer und blendete sie. Durch die tanzenden Flammen vor ihren Augen sah sie Sarah in der Öffnung stehen, in der einen Hand die Lampe und in der anderen einen Schürhaken. Erleichtert trat Lea ins Helle.

Sarah deutete auf den regungslosen Jiftach und zeigte grinsend ihre Zahnlücken. »Ich habe zufällig gehört, wie Jiftach davon sprach, dir Gewalt antun zu wollen, und bin gekommen, um dir beizustehen. Aber wie es aussieht, bist du auch so mit ihm fertig geworden.«

Ihre Stimme klang bewundernd, aber auch ein wenig unsicher, denn sie wusste nicht, was sie von einer jungen Frau halten sollte, die einen kräftigen Mann wie Jiftach mit blanken Händen niederschlagen konnte.

Lea ging nicht auf sie ein, sondern packte das Hemd, das man ihr hingelegt hatte, riss einen Teil davon ab und steckte es Jiftach als Knebel in den Mund. »Ich brauche Zeit zur Flucht. Hilf mir, den Kerl zu fesseln, damit er nicht das ganze Haus aufwecken kann, wenn er wieder zu sich kommt.«

Sarah schien die Wendung, die das Schicksal genommen hatte, nicht begreifen zu können, denn sie blieb wie erstarrt stehen und blickte ihre Herrin mit offenem Mund an. Lea kümmerte sich nicht um sie, sondern benutzte die restlichen Teile des Gewands, um Jiftach Hände und Füße zu fesseln und ihn an einen der Pfosten zu binden, die den Dachstuhl trugen.

Es ging so schnell, dass Sarah erst zum Luftholen kam, als Lea schon fertig war. Die alte Frau senkte die Lampe und leuchtete Jiftach, der langsam aus seiner Bewusstlosigkeit erwachte, ins Gesicht. »Das wird dich in Zukunft lehren, einer unschuldigen Jungfrau Gewalt antun zu wollen.«

Lea prüfte Jiftachs Fesseln und wandte sich dann mit einem zufriedenen Auflachen zur Tür.

»Wer schläft in meinem Zimmer?«, fragte sie Sarah und nahm ihr den Schürhaken aus der Hand, der eine durchaus wirkungsvolle Waffe darstellte.

Die alte Frau winkte ab. »Niemand. Ruben ben Makkabi hat entschieden, dass es das Zimmer des Hausherrn sei, in dem nur Elieser schlafen dürfe. Dein Bruder aber zieht sein altes Zimmer vor, weil es dort wärmer ist.«

»Das ist gut.« Lea lauschte, ob sich etwas im Haus rührte, verließ dann vorsichtig die Dachkammer und schlich zu ihrem Zimmer. Als sie die Klinke hinunterdrückte, fand sie die Tür zu ihrer Erleichterung nicht abgeschlossen. Sie schlüpfte in den Raum, zündete eine der Kerzen an und sah sich um. Die Geschäftsbriefe lagen noch dort, wo sie sie am Nachmittag gesehen hatte, und die Schlüssel zu den Geheimfächern in der Truhe hatte ebenfalls niemand weggeräumt. So viel Leichtsinn angesichts des fremden Gesindes im Haus ärgerte Lea, denn so hätte jeder im Haus an den Schlössern herumspielen und den Inhalt des Kastens vernichten können.

Mit einem Mal überwog ihre Neugier die Vorsicht. Sie überflog die Briefe und steckte diejenigen ein, die ihr wichtig erschienen. Sie würde die Schreiben später noch einmal genauer lesen müssen, doch schon der erste Blick hatte ihr verraten, dass sie nun genug Geld besessen hätte, um sich in einer jener Reichsstädte, die Juden gewogen waren, als reicher Kaufmann ansiedeln zu können. Diese Möglichkeit hatten Ruben ben Makkabi und ihr Bruder, der den Augsburger Händler in ihre Geheimnisse eingeweiht hatte, nun genommen.

Lea hatte sich so von ihren Geschäften ablenken lassen, dass sie nicht merkte, wie die Tür hinter ihr aufging. Als Sarahs Stimme neben ihr erklang, zuckte sie zusammen und griff nach dem Schürhaken, ließ ihn jedoch sogleich wieder los.

Sarah hob flehend die Hände, aber ihre Stimme war so zittrig und leise, dass Lea sie kaum verstand. »Nimmst du Jochanan, Ketura und mich mit, wenn du gehst? Wir können hier nicht länger bleiben.«

Lea sah Sarah an, wie schwer es ihr fiel, diese Bitte zu äußern. Hier in diesem Haus hatte sie ihren Mann Gerschom kennen gelernt und ihre Kinder geboren, und es war ihr immer als ein sicherer Hort in einer feindseligen Welt erschienen. Doch man hatte ihr, wie sie nun berichtete, die Schlüsselgewalt genommen und die Arbeiten einer niederen Magd zugewiesen. Nur der Respekt vor ihrem Alter hatte die neuen Dienstboten bisher daran gehindert, sie genauso herumzustoßen wie ihre Kinder oder Gomer. Da Lea nicht sogleich antwortete, brach Sarah in Tränen aus. »Bitte Lea, lass uns nicht hier zurück!«

Lea war gerade dabei, die große Truhe zu öffnen, und war sich gar nicht bewusst, auf Sarahs Frage nur in Gedanken geantwortet zu haben. »Natürlich nehme ich euch mit. Packt ganz leise zusammen, so dass die anderen nicht aufwachen.«

»Wir werden so lautlos sein wie eine Spinne an der Wand«, versprach Sarah und verschwand erstaunlich leise.

Bis jetzt hatte Leas ganzes Sinnen und Trachten sich nur darauf konzentriert, Ruben Ben Makkabi und einer aufgezwungenen Heirat zu entkommen. Jetzt aber wurde ihr bewusst, dass sie weiterdenken musste. In diesen Stunden hatte sie ihre Heimat verloren, und das noch nicht einmal, wie sie immer gefürchtet hatte, durch eine Laune des Markgrafen. Nein, ihr eigener Bruder und ein Mann ihres eigenen Volkes hatten sie ihr genommen. Ruben ben Makkabi war gewiss überzeugt, recht zu handeln, doch er berücksichtigte dabei nicht, was sie für ihre Geschwister getan hatte. Mit seinem Eingreifen hatte er alles zerstört, was sie sich mühsam aufgebaut hatte, und erwartete überdies noch, dass sie sich seinem Willen beugte. Aber das würde sie niemals tun.

Um überleben und wenigstens ihrer treuen Sarah und deren Kindern Schutz bieten zu können, brauchte sie Geld. Sie nahm das Säckchen mit dem letzten Flussgold aus der Truhe, stellte die geprägten Hartenburger Zwölfergulden daneben, die sie als eiserne Reserve zurückbehalten hatte, und griff nach ihren Geschäftspapieren. Als sie sie in der Hand hielt, wurde ihr klar, dass die meisten für sie nun wertlos waren, denn Ruben ben Makkabi hatte bestimmt schon denjenigen ihrer jüdischen Geschäftspartner, mit denen auch er Handelsbeziehungen unterhielt, mitgeteilt, dass Elieser ben Jakob das neue Haupt der Familie war und die Geschäfte führte.

Wenn sie sich an diese Leute wandte und ihr Geld einforderte, würde man sie abweisen und im schlimmsten Fall sogar festhalten, um sie Ruben ben Makkabi zu übergeben. Sie konnte nur noch über jene Summen verfügen, von denen ihr Bruder und sein Schwiegervater nichts wussten, wie die Einzahlungen, die Orlando für sie bei der Banco San Giorgio in Genua getätigt hatte und ihre Einlagen bei Eelsmeer und Deventer in Antwerpen, auf die auch der Gewinn aus dem flandrischen Weinmonopol floss.

Lea sortierte die für sie wertlosen Papiere aus und legte sie in die Truhe zurück. Für einen Augenblick überlegte sie, ob sie nicht wenigstens versuchen sollte, an das Geld zu kommen, das sie bei Zofar ben Naftali in Worms stehen hatte, gab aber den Gedanken sofort wieder auf. Als einer der wichtigsten Bankiers der

Juden im Reich war Zofar gewiss als Erster von Ruben ben Makkabi informiert worden, auch durfte sie keine Spuren hinterlassen, die ihre Verwandten zu ihr führen konnten. Dank ihrer jahrelangen Arbeit würde Elieser nun mehr als das Doppelte von dem Kapital besitzen, das sie von ihrem Vater übernommen hatte. Lea besänftigte die in ihr aufsteigende Wut jedoch schnell wieder, denn trotz allem war Elieser ihr Bruder und hatte ein Anrecht auf das Erbe, und Rachel musste ja auch noch versorgt werden. Ihr selbst blieb noch genug, um irgendwo neu anfangen zu können.

Mit diesem beruhigenden Gedanken packte sie das Geld und die Unterlagen ein und wandte sich zur Tür, gerade als Sarah, Ketura und Jochanan ins Zimmer quollen. Die drei sahen aus, als würden ihre Herzen vor Worten überlaufen, doch hier im Haus mussten sie stumm bleiben, um niemand auf ihre Flucht aufmerksam zu machen. Lea reichte Jochanan das Paket mit dem Flussgold, Ketura einen Teil der geprägten Münzen und lud den Rest sich selbst auf. Als sie einen letzten Blick in das Zimmer warf, das sechs Jahre lang ihr Refugium gewesen war, fiel ihr Blick auf ihren Reisesack, der unter anderem die kastilische Männertracht enthielt, die noch aus Orlandos Vorrat an Verkleidungen stammte. Wenn sie ihre Spuren gründlich verwischen wollte, durfte sie nicht als Samuel Goldstaub reisen, sondern musste sich außerhalb von Hartenburg wieder in Léon de Saint Jacques verwandeln.

Auf dem Hof wartete Gomer auf sie. Die junge Magd zitterte vor Angst, doch sie ergriff Leas Hand und küsste sie. »Ich bleibe bei dir, Herrin, ganz gleich, wohin du gehst.«

»Das tun wir alle«, antwortete Sarah an Leas Stelle und stellte dann die Frage, die Lea sich noch nicht beantwortet hatte. »Wohin wenden wir uns?«

Lea hörte die Turmuhr Mitternacht schlagen und winkte ihre Schützlinge mit ungeduldigen Gesten zur Hoftür hinaus.

»Erst einmal müssen wir Hartenburg verlassen«, erklärte sie, während sie sie durch die vom Mondlicht nur sehr spärlich erhellten Gassen zum Straßburger Tor führte.

Jochanan griff nach Leas Ärmel. »Sobald man unsere Flucht bemerkt, wird Elieser zu Rachel laufen, und die wird den Markgrafen dazu bringen, uns verfolgen zu lassen.«

Lea klopfte ihm beruhigend auf die Schulter. »Hartenburg ist nur ein Staubkorn im Heiligen Römischen Reich Deutscher Nation. Seine nächste Grenze liegt keine zwei Stunden Weges von hier, und weiter wird man uns nicht folgen.«

»Dafür müssten wir um die Stadt herum und über die Berge gehen. Auf der Handelsstraße erreichen wir die Grenze nicht vor morgen Nacht, und die Reiter des Markgrafen sind schnell.«

»Ich hoffe, sie suchen uns auf der Handelsstraße. Wir aber werden genau das tun, was du eben gesagt hast, und lange vor dem Morgengrauen außer Reichweite sein. Jetzt aber schweigt und beeilt euch.«

Als sie das geschlossene Tor erreichten, stöhnte Jochanan auf, als hätte man ihn geschlagen. »Ich habe gar nicht daran gedacht, dass wir ja warten müssen, bis die Stadttore am Morgen geöffnet werden. Jetzt ist alles aus! Wir werden niemals entkommen.«

Lea ging an ihm vorbei zum Haus des Türmers und klopfte laut an die Tür.

»Was machst du da, Mädchen?«, rief Sarah erschrocken.

Im selben Augenblick wurde im Obergeschoss ein Fenster geöffnet. Der Türmer steckte den Kopf heraus und leuchtete missmutig die kleine Gruppe an.

»Was soll denn das, ihr Judenschweine? Macht, dass ihr verschwindet.«

Vor ihrem Aufenthalt in Spanien hätte Lea den Kopf eingezogen und wäre davongelaufen, in der Hoffnung, sich bis zum Morgen irgendwo verstecken zu können. Jetzt aber verschränkte

sie die Arme vor der Brust und warf dem Mann einen spöttischen Blick zu.

»Wenn du uns nicht aufmachst, werde ich Seine Durchlaucht,
den Markgrafen, wecken lassen und ihm sagen müssen, dass ich
seinen Auftrag nicht erfüllen kann. Dann erhältst du eine
Tracht Prügel, die dich lehren wird, das nächste Mal gefälliger
zu sein.«

»Warum sagst du nicht gleich, dass du im Auftrag unseres
markgräflichen Hurenbocks kommst?« Der Türmer schnaubte
ärgerlich und zog seinen Kopf zurück.

Wenig später kam er im Nachthemd aus dem Haus und schloss
die kleine Pforte auf, die dazu diente, einzelne Leute passieren
zu lassen, ohne dass man gleich das ganze Tor öffnen musste.
Eine Münze wechselte ihren Besitzer, dann standen Lea und
ihre Begleiter im Freien.

Als sie in die Nacht hineinwanderten, schenkte Lea im Gegensatz zu ihren Schützlingen Hartenburg keinen Blick mehr, sondern konzentrierte sich darauf, in der spärlichen Helligkeit die
schlimmsten Schlaglöcher zu umgehen und trotzdem so schnell
wie möglich aus der Sichtweite der Stadt zu kommen. Als das
erste Waldstück hinter ihnen lag, bogen sie auf einen Pfad ab,
der sich zwischen den Wiesen und Feldern auf die Berge zu-
schlängelte. Lea sah mehrfach sorgenvoll zu den Wolkenfetzen
hoch, die an der zu zwei Dritteln sichtbaren Mondscheibe vorbeizogen, denn wenn der Himmel sich zuzog, würden sie rasten
müssen. Zu ihrem Glück blieb es weiterhin klar, auch wenn die
Gruppe nicht so schnell vorankam, wie es allen lieb gewesen
wäre. Mit jeder Stunde aber, die sie dahintrotteten, stieg die
Hoffnung, dass sie unentdeckt entkommen konnten.

Zunächst war keinem der fünf Reisegefährten zum Reden zumute, denn der holprige Untergrund erforderte alle Aufmerksamkeit, und der Schock, den die Ereignisse des letzten Tages in
ihnen allen ausgelöst hatte, wirkte noch nach. Lea quälte sich

mit Gewissensbissen. Sechs Jahre lang hatte sie gerackert und gekämpft, um ihren Geschwistern die Heimat zu erhalten, und jetzt kam sie sich wie eine Verräterin vor, weil sie Elieser und Rachel einfach zurückließ. Nach einer Weile hielt sie das Schweigen nicht mehr aus und versuchte, Sarah ihre Sorgen anzuvertrauen.

»Ich fühle mich so schlecht, denn ich laufe einfach mit den Taschen voller Gold davon, während die arme Rachel sich in der Gewalt des Markgrafen befindet, der sie gezwungen hat, seine Hure zu werden. Am liebsten würde ich umkehren und versuchen, ihr auch zur Flucht zu verhelfen …«

Sarah stieß ein meckerndes Lachen aus. »Gezwungen? Wer hat dir denn das gesagt? Wahrscheinlich dein feiner Bruder, für den die Wahrheit nur zählt, wenn sie ihm nützt. Nein, Lea, vergiss Rachel. Sie war es, die dem Markgrafen aufgelauert und sich ihm an den Hals geworfen hat, um so schnell wie möglich in sein Bett springen zu können.«

Lea hob abwehrend die Hand. »Das glaube ich nicht. Seit Sarningen hat sie die Christen aus tiefster Seele gehasst.«

»Die markgräfliche Gunst war ihr wichtig genug, all das zu vergessen. Und bedauere sie ja nicht! Sie hat unseren Landesherrn aus eigenem Antrieb dazu gebracht, deine Privilegien auf Elieser zu überschreiben, und ihm auf Ruben ben Makkabis Wunsch die Erlaubnis abgebettelt, weitere Juden in Hartenburg ansiedeln zu dürfen. Du warst zu oft und zu lange auf Reisen und kennst deine Schwester daher nicht so gut wie ich. Ich weiß, dass sie seit Jahren auf eine Gelegenheit gelauert hat, dich loszuwerden und Elieser zum Herrn des Hauses zu machen. Und auch sie hätte Jiftach nicht davon abgehalten, dich zu vergewaltigen.«

»Was hat Jiftach getan?«, fragte Jochanan ebenso erschrocken wie wütend.

Lea zuckte mit den Schultern, obwohl Jochanan die Geste ja gar nicht sehen konnte. »Er hat versucht, mir Gewalt anzutun, und sich als Paket an einem Tragbalken gefesselt wiedergefunden.«

»Ich wollte Lea beistehen, doch es war nicht mehr nötig«, setzte Sarah immer noch erstaunt hinzu.

Sie schloss zu Lea auf und legte ihr die Hand auf die Schulter. »Trauere nicht zu sehr um deine Geschwister. Sie ruhen jetzt in den Betten, die sie sich selbst bereitet haben. Elieser ist auch nicht besser als Rachel, denn er hat Ruben ben Makkabi schon im letzten Herbst zu sich eingeladen, kaum dass du das Haus verlassen hattest. Jochanan musste seinen Brief nach Straßburg zu Rabbi Rubens Geschäftsfreunden bringen, die ihn weitergeleitet haben. Dein Bruder hat schon lange nach einem Weg gesucht, dich von deinem Platz zu verdrängen, ohne dafür einen Finger rühren zu müssen. Heute Abend hat er Jiftach noch Glück gewünscht, als dieser zu dir hochging.«

Lea wollte Sarah zuerst nicht glauben, aber nun redeten alle auf sie ein, und sogar die sonst so stille Gomer tat alles, um Lea die Augen zu öffnen. Vieles von dem, das die vier vorzutragen hatten, war Lea durchaus bewusst, doch bisher hatte sie alles Unangenehme im Verhalten ihrer Geschwister darauf geschoben, dass sie noch halbe Kinder waren. Nun aber wurde ihr schmerzhaft klar, dass sie als Erzieherin völlig versagt hatte und ihr wirklich nichts anderes übrig blieb, als die beiden ihrem Schicksal zu überlassen. Sie konnte nur hoffen, dass es Ruben ben Makkabi gelang, ihre Geschwister zu beschützen, und schickte ein stilles Gebet zum Himmel.

Sarah humpelte eine Weile neben der verbissen schweigenden Lea her und räusperte sich dann ein paarmal, und als ihre Herrin immer noch nicht reagierte, hielt sie sie kurzerhand fest. »Bitte Lea, willst du uns nicht sagen, wohin du uns bringen willst?«

»Ich weiß es noch nicht. Zunächst müssen wir Hartenburg weit hinter uns lassen.«

»Wir sollten den ehrenwerten Zofar ben Naftali in Worms aufsuchen. Er ist ein Großer unter den Juden im Reich und wird uns gewiss sagen können, wo wir eine neue Heimat finden.«

Lea entzog sich Sarahs Griff. »Rabbi Zofar ist ein glaubensstrenger Mann und wird eher auf Ruben ben Makkabis Seite stehen als auf meiner, und in gewisser Weise sind sie auch im Recht. Wir hätten damals, als Vater, Samuel und dein Mann tot waren, in einer jüdischen Gemeinde Zuflucht suchen sollen. Das bei Ruben ben Makkabi und Zofar ben Naftali hinterlegte Geld hätte ausgereicht, uns das Ansiedlungsrecht zu erkaufen und ein schmales Häuschen zu pachten. Vielleicht wäre sogar genug übrig geblieben, um einen kleinen Handel aufzumachen, so dass wir nicht auf die Mildtätigkeit der anderen Gemeindemitglieder angewiesen gewesen wären. Doch ich wollte das Werk meines Vaters fortsetzen, um es ungeschmälert in Eliesers Hände zu geben.«

Jochanan stieß die Luft zwischen den Zähnen heraus, so dass es sich wie das Zischen einer Schlange anhörte. »Mach dir deswegen kein schlechtes Gewissen, Herrin. Du wolltest uns damals vor der Vertreibung retten, und das hast du getan. Hätten wir die Stadt ohne Erlaubnis verlassen, wären wir mit dem schwer verletzten Elieser keine Meile weit gekommen, denn die Reiter des Markgrafen hätten uns eingeholt und zurückgeschleppt. Was dann passiert wäre, können wir uns alle lebhaft vorstellen.« Jochanan schüttelte sich, denn er musste an den Tag denken, an dem Medardus Holzinger Lea und ihn auf den Scheiterhaufen hatte bringen wollen. Die damalige Kebse des Markgrafen, jene Wirtstochter, hätte ebenfalls diesen Tod für sie gefordert und ihn genossen wie ein Schauspiel.

Ketura stimmte ihrem Bruder eifrig zu. »Du hast das einzig Richtige getan, Lea. Schuld daran, wie es gekommen ist, tragen deine Geschwister.«

»Nur selten ist jemand allein für so eine Situation verantwortlich«, wandte Lea ein. »Einen Teil meiner Schuld dürfte ich mittlerweile jedoch abgetragen haben. Elieser verbleibt ein hübsches Vermögen, mit dem er, wenn er es geschickt einsetzt, seinen Reichtum vermehren kann. Nur um Rachel tut es mir Leid. Ich hätte ihr rechtzeitig einen Mann suchen müssen.«

Sarah schnaubte. »Glaubst du, sie hätte dir gehorcht? Deine Schwester zog es vor, eine große Dame zu spielen. Eine fromme und arbeitsame Frau zu werden, danach stand ihr nie der Sinn. Wo sie jetzt ist, dürfte sie glücklicher sein denn als Ehefrau eines braven Juden.«

Während des Gesprächs hatten sie den Grenzstein erreicht, der das Ende der Hartenburger Herrschaft anzeigte. In der Dunkelheit war das Wappen ebenso wenig zu erkennen wie das auf dem Grenzstein, der dahinter auftauchte. Lea wusste jedoch, dass sie die habsburgische Herrschaft Ortwil erreicht hatten.

Sie wandte sich zu ihren Begleitern um und wies auf die beiden schattenhaften Stelen. »Der erste Teil unserer Flucht ist gelungen. Wir werden bis zum Morgengrauen weitergehen und uns dann im Wald ein Versteck suchen. Dort werde ich mich umziehen und in der nächsten Stadt andere Kleidung für euch besorgen oder wenigstens Stoff und Nähzeug, damit ihr euch etwas anfertigen könnt. Denkt daran: Keiner von uns darf als Jude erkannt werden.«

Sarah war entsetzt. »Aber Lea, sollen wir uns etwa als Christen verkleiden?«

»Ja!« Lea wusste, dass sie auf die Gefühle der anderen keine Rücksicht nehmen durfte, wenn ihre Flucht glücklich enden sollte. »Ab dem heutigen Tag sind wir keine Juden mehr, sondern Ausgestoßene, die die Gesellschaft unserer Glaubensgenossen meiden müssen. Kämen wir zu einer jüdischen Gemeinde, würden die Ältesten uns sofort zu Ruben ben Makkabi zurückschicken oder uns sogar wie Diebe behandeln, weil ich einen Teil meines sauer verdienten Geldes mitgenommen habe. Uns wird nichts anderes übrig bleiben, als unter Christen zu leben.

Wir werden den Sabbat nicht mehr so ehren können, wie es unsere Pflicht wäre, und unsere Festtage nur noch heimlich feiern dürfen.«

Ketura und Jochanan stimmten bedrückt zu, während Sarah und Gomer aufschluchzten und abwehrend die Hände hoben. Doch nach einer kurzen, aber heftigen Diskussion war allen klar, dass Lea die Wahrheit sprach. Es gab keinen Weg zurück.

Als eine verbissene Stille eintrat, hob Jochanan den Kopf. »Vielleicht kann Herr Fischkopf uns helfen. Er hat doch schon Leute unterstützt, die sich neu ansiedeln mussten.«

Lea atmete tief durch. Mit genau diesem Entschluss hatte sie in der letzten Stunde gerungen. »Du hast Recht, Jochanan. Wir werden zu Orlando gehen.«

6.

Orlando starrte durch das Fenster auf den Hafen, ohne die Schiffe zu sehen, die dort lagen. Er fühlte sich leer und entschlusslos und hatte überdies ein schlechtes Gewissen, weil er seinem Vater einfach nicht gehorsam sein konnte. Ein paarmal hatte er sogar schon überlegt, auf und davon zu gehen, Lea aufzusuchen und sie zu überreden, ein neues Leben mit ihm anzufangen, irgendwo in einem fernen Land, wo sie keiner kannte. Aber wenn er seine Familie verließ, würde sein Vater ihn verstoßen, und er musste als heimatloser Bettler und als ein ehrloser, pflichtvergessener Sohn, der seinen Eltern die gebührende Achtung und die Unterstützung im Alter verweigerte, vor die Frau treten, die er liebte. Lea war eine fromme Jüdin und würde ihm diesen Schritt höchst übel nehmen, selbst wenn es ihm gelang, sie von seinen ehrlichen Absichten zu überzeugen. Blieb er aber hier, konnte ihn nur ein Wunder vor einer Ehe mit einer ungeliebten Frau bewahren.

Das ihm aufgezwungene Weib tat ihm jetzt schon Leid, denn es würde höchstwahrscheinlich kein gutes Leben an seiner Seite haben. Für ihn konnte eine andere Frau niemals mehr sein als ein Gefäß, in das er seinen Samen legte, um einen Sohn oder, besser gesagt, einen Enkel für seinen Vater zu zeugen. Je länger er hier oben eingesperrt war, umso stärker sehnte er sich nach Lea und umso sicherer war er, dass sie die Einzige war, mit der er sein Leben teilen wollte.

Orlando war nicht bereit, seinem Vater nachzugeben, und verharrte wochenlang in brütendem Selbstmitleid. Eines Tages aber spürte er, wie sein Widerstand bröckelte. Die Enge seines Zimmers begann ihn in den Wahnsinn treiben und ließ es ihm besser erscheinen, seinem Vater den Gefallen zu tun und mit einer der ihm angebotenen Frauen den erwarteten Enkel zu zeugen. Gleichzeitig aber schwor er sich, an dem Tag, an dem er ihm ein gesundes Kind in die Arme legen konnte, auf und davon zu gehen und als einfacher Matrose auf einer Kogge oder Karacke anzuheuern, die möglichst weit weg fuhr, vielleicht sogar zu den wilden Küsten Afrikas, von denen viele Schiffe nicht zurückkamen. Gerade, als er sich ausmalte, wie er dort im Kampf mit einem der sagenhaften Ungeheuer fiel, die jene Landstriche besiedeln sollten, entfernte jemand den Balken, mit dem man seine Tür versperrt hatte. Alisio trat mit einem Gesicht ein, als hätte er alle Sabbatküchlein gestohlen.

»Ich weiß nicht, ob Don Manuel billigen wird, was ich hier tue, junger Herr, doch es sind Gäste für Euch angekommen.«

Orlando verzog das Gesicht. »Gäste? Nein, danke. Sag ihnen, sie sollen sich zum Teufel scheren.«

Der Diener zog den Kopf ein, ließ sich aber nicht verscheuchen. »Sie wollen Euch unbedingt sprechen, Don Orlando, und behaupten, es wäre dringend.«

Orlando zuckte mit den Schultern. Wahrscheinlich waren es irgendwelche Conversos, die sich auf eigene Faust ins Reich durchgeschlagen hatten und nun seine Hilfe benötigten. Vielleicht war es gut so, denn dieser Zwischenfall würde das Unvermeidliche noch ein wenig aufschieben. Er verließ seinen Platz am Fenster und folgte Alisio nach unten.

Seine Eltern standen auf dem Treppenabsatz über der Eingangshalle und starrten sichtlich verwirrt auf die Fremden, die am Fuß der Treppe warteten. Als Erstes entdeckte Orlando eine junge, breit gebaute Frau mit einem etwas derben Gesicht, die ein ebenso schlecht sitzendes Kleid trug wie ihre zierliche Begleiterin, die sich ängstlich an sie klammerte. Hinter ihnen tauchten eine ebenso verschreckt wirkende, ältere Frau auf und zwei Männer, von denen Orlando von seinem Standort aus jedoch nur die Beine sehen konnte.

Sein Vater warf ihm einen fragenden Blick zu. Orlando zuckte irritiert mit den Schultern. Inzwischen hatten auch Baramosta und dessen jüngere Tochter die Halle betreten. Blanca warf nur einen Blick auf die Besucher und stieß einen Jubelruf aus. Zu Don Manuel gewandt zeigte sie auf einen der Männer. »Das, Onkel, ist Don Léon de Santiago, unser Retter!«

Orlando riss es beinahe von den Füßen. Ungläubig stürmte er die Treppe hinab und sah Lea mitten in der Halle stehen. Sie trug immer noch die kleidsame Tracht eines kastilischen Edelmanns. Einen Moment starrte er sie fassungslos an. »Bei Gott, Lea! Du bist es wirklich.«

Er riss sie an sich und presste seinen Mund auf ihre Lippen.

Lea wusste nicht, wie ihr geschah. Einen Moment lag sie regungslos in seinen Armen und kämpfte gegen das Chaos aus Gefühlen an, die sie überfluteten. Während sie versuchte, sich auf den Beinen zu halten, die unter ihr nachzugeben drohten, begriff sie erst, dass er sie mit ihrem richtigen Namen angesprochen hatte.

Orlando spürte Leas Widerstreben, aber auch eine ihr wohl selbst nicht bewusste Bereitschaft, sich seinen Umarmungen hinzugeben, und jubelte auf. »Mein Liebes! Jetzt hast du mir zum zweiten Mal das Leben gerettet.«

Dann drehte er sich zu seinen Eltern um, die sich in Salzsäulen verwandelt zu haben schienen und ihn entgeistert anstarrten. Blanca kreischte auf, warf Orlando einen giftigen Blick zu und machte eine Bewegung, als wollte sie ihren Léon de Saint Jacques aus seinen Armen reißen.

Orlando schob Lea auf seine Eltern zu. »Das ist Lea Samuel Goldstaub, das mutigste und beste Mädchen der Welt und die einzige Frau, die ich heiraten werde!«

Für einen Augenblick war es so still, dass man eine Stecknadel hätte fallen hören können. Dann redeten alle durcheinander. Orlando hob abwehrend die Hand. »Lasst unsere Gäste sich doch erst einmal frisch machen. Ich werde euch später alles erklären. Dir auch, mein Schatz.« Er küsste Lea noch einmal und gab sie dann frei.

Sie musterte ihn kopfschüttelnd und begann dann zu lachen. »Das bist du mir auch schuldig, du hinterhältiger Kerl! War ich so unvorsichtig, dass du mich durchschaut hast?«

Ihre eher komische Empörung veranlasste Orlando zu einem beinahe mädchenhaften Kichern. »Das warst du gewiss nicht. Aber weißt du, mir ist vor sechs Jahren euer Saul in Worms über den Weg gelaufen und hat geplaudert.«

Lea schnappte nach Luft. »Vor sechs Jahren? Willst du damit sagen, du hast die ganze Zeit gewusst, wer ich bin?«

Als er nickte, holte sie mit der Hand aus. »Du bist ein Schuft! Ein widerwärtiger Heuchler, ein …«

Orlando hielt ihr die Wange hin. »Schlag zu, Lea. Ich habe es verdient.«

Lea starrte ihn zweifelnd an und ließ ihre Hand wieder sinken. »Wir beide reden noch miteinander.«

Es klang nicht nach einer Drohung.

Inzwischen hatte Doña Léonora sich wieder gefasst, wenn sie auch noch sehr blass wirkte. Ohne Lea aus den Augen zu lassen, stieg sie die Treppe hinunter und trat auf sie zu. Das kurze Haar und die Männerkleidung irritierten sie offensichtlich, forderten aber auch ihre Neugier heraus. Sie ging um Lea herum, packte sie dann am Arm und zog sie mit sich auf den Gang zu, der zum Waschraum führte.

»Du wirst dich gewiss säubern wollen. Alisio, sage deiner Frau, sie soll heißes Wasser in die Waschstube bringen.« Während der Diener in Richtung Küche verschwand, führte Doña Léonora Lea in einen schlichten Raum mit einem Steinfußboden und gekachelten Wänden. Ein steinerner Trog mit kaltem Wasser, eine Kupferwanne und mehrere Schüsseln und Kannen auf einem Bord deuteten darauf hin, dass hier nicht nur Wäsche gewaschen wurde. Lea hatte sich kaum umgesehen, da schleppte eine kleine, dickliche Frau mit runden Wangen und schwarzen Knopfaugen einen Holzeimer mit dampfendem Wasser herein.

»Bleib hier, Elmira, und hilf mir, unseren Gast zu baden«, forderte ihre Herrin sie auf.

Elmira starrte abwehrend auf Leas Männerkleidung und sah ihre Herrin dann ganz verwirrt an. »Wäre das nicht Alisios Aufgabe?«

»Ich hoffe nicht. Also mach schon, richte unserem Gast das Bad!«

Während die Köchin das heiße Wasser in die Wanne schüttete und es mit dem kühlen Wasser aus dem Trog mischte, öffnete Doña Léonora resolut die Knöpfe von Leas Wams und ihrem Hemd. Ihre verkniffene Miene entspannte sich, als ihre Finger prüfend über das Band glitten, das Leas Brüste flach presste, und ohne die abwehrende Haltung der jungen Frau zu beachten, zog sie ihr die restliche Kleidung aus. Als Lea splitternackt vor ihr stand, seufzte sie wie befreit auf, trat mit einem zufriedenen Lächeln zurück und überließ das Mädchen Elmiras Fürsorge.

Sie selbst sammelte Leas Kleidungsstücke auf und nickte ihr aufmunternd zu. »Ich hole dir etwas Frisches zum Anziehen. Meine Kleider sind dir wahrscheinlich ein wenig zu weit und um einiges zu kurz, aber für heute muss es gehen. Morgen werde ich Stoff besorgen, und wir nähen dir ein passenderes Gewand.«

Mit diesen Worten verließ sie durchaus vergnügt die Badestube und kehrte nach einer Weile mit einem Bündel Kleider zurück. Nicht lange danach stand Lea frisch gewaschen und mit etwas römischen Rosenöl parfümiert vor der Hausherrin und starrte auf die bestickte Leinenbluse und den blauen Wickelrock, der ihr gerade bis zu den Waden reichte, aber so geschickt gebunden war, dass er ihre schlanke Taille betonte.

Orlandos Mutter nickte zufrieden. »Du bist ein wenig groß für eine Frau, aber du hast eine gute Figur. Ich glaube, mein Sohn hat eine gute Wahl getroffen.«

»Noch habe ich ihn nicht erwählt«, antwortete Lea leise, aber mit einer gewissen Schärfe.

Doña Léonora ließ sich nicht beirren. »Deine alte Dienerin hat erzählt, dass ihr jüdischen Glaubens und die Überlebenden eines Pogroms seid. Hier bei uns seid ihr nun in Sicherheit.«

Orlandos Mutter hatte Sarahs hastigem Bericht nur mit einem Ohr gelauscht und offensichtlich einiges durcheinandergebracht, doch für sie zählte nur eines: Die künftige Frau ihres Sohnes entstammte ihrem eigenen Volk. Damit war sie ihr als Schwiegertochter von Herzen willkommen.

Genau das sagte sie auch eine gute Stunde später zu ihrem Gemahl, der beobachtete, wie Lea und Orlando sich nach einem zunächst recht heftig verlaufenen Gespräch verliebt ansahen und schließlich umarmten. »Sie ist zwar keine Sephardin, aber mit unseren Sitten gewiss besser vertraut als Blanca oder Marita Lorresta«, schloss sie ihren begeisterten Vortrag.

Don Manuel schenkte seiner Frau einen nachsichtigen Blick. »Ob die Kinder ihre Gebete in Zukunft in hebräischer oder lateinischer Sprache zu Gott erheben wollen, sollen sie getrost selbst entscheiden.«

»Gewiss, mein Salomo«, antwortete Doña Léonora mit geheuchelter Demut. Dann erinnerte sie daran, dass genau dies der geheime jüdische Name war, den die Mutter ihres Mannes ihrem Sohn gegeben hatte, und lächelte versonnen.

7.

*A*n einem schönen Sommertag saß Lea auf ihrem Stuhl, den sie mit zwei Kissen gepolstert hatte, und schrieb Zahlen in ihr Rechnungsbuch. Sie war so beschäftigt, dass sie nicht wahrnahm, wie die Tür geöffnet wurde.

Auf Alisio gestützt trat ihr Schwiegervater ein. Als Lea aufblickte, blickte er sie erwartungsvoll an. »Wie laufen denn die Geschäfte? Haben sich deine letzten Investitionen schon ausgezahlt?«

Lea nickte mit leuchtenden Augen. »Oh ja! Allein unser Anteil an der Kogge, die aus Riga kam, hat uns einen Reingewinn von mehr als zweitausend Gulden eingebracht.«

Don Manuel lächelte zufrieden. »Also hast du wieder einmal Recht behalten, mein Kind. Mit so einem hohen Gewinn habe ich wirklich nicht gerechnet. Du bist eine noch geschicktere Geschäftsfrau, als Orlando es damals behauptet hat.«

Lea freute sich ehrlich über die Anerkennung ihres Schwiegervaters, gleichzeitig aber fühlte sie sich niedergeschlagen, denn Orlando war schon seit fast drei Monaten unterwegs und hatte keine Ahnung, dass es eine wichtigere Neuigkeit gab als den Gewinn aus dem Handel mit Pelzen aus dem Osten. Sie legte die Handflächen auf ihren schon leicht gewölbten Leib und seufzte. »Ich hoffe, Orlando kommt bald zurück. Sonst wird er noch Vater, ohne es zu wissen.«

Don Manuel lachte so gelöst wie schon lange nicht mehr. »Bis zur Geburt gehen ja noch etliche Monate ins Land, und bis dahin ist er längst zu Hause. Deswegen bin ich ja auch gekommen und nicht, weil ich mich nach den Geschäften erkundigen wollte. Vor kurzem ist die Meerjungfrau in den Hafen eingelaufen, auf der dein Gatte meines Wissens zurückkehren sollte.«

Lea schoss von ihrem Stuhl hoch. »Du meinst, Orlando kommt heute nach Hause?«

»Hoffen wir es.«

In dem Moment drangen laute Stimmen aus der Vorhalle hoch. Lea lief aus dem Kontor und sah Orlando unten in der Halle stehen. Mit wenigen Schritten flog sie ihm entgegen und fiel ihm um den Hals. »Orlando, es ist so schön, dich wiederzusehen.«

Er küsste sie, schob sie ein wenig zurück und betrachtete sie von Kopf bis Fuß. »Ich glaube, du hast ein wenig zugenommen.«

Lea kicherte und wurde rot wie ein junges Mädchen, aber erst, als sie über ihren Bauch strich, begann er zu begreifen.

»Sag bloß, du bist schwanger.«

»Natürlich bin ich schwanger.« Lea blickte ihn leicht gekränkt an, weil er es nicht sofort erkannt hatte. Dann bemerkte sie die Schatten auf seinem Gesicht. »Was ist los? Du siehst aus, als wäre dir etwas Schlimmes zugestoßen.«

Orlando nickte bedrückt. »Nicht mir. Ich habe zwei Nachrichten mitgebracht, eine, die dich freuen wird, und leider auch eine sehr unangenehme.«

»Spann mich nicht auf die Folter!«

»Die gute Nachricht ist, dass Alban von Rittlage, der ja seine Herrschaft Elzsprung nicht aufgeben wollte, in einer offen angetragenen Fehde Leben und Besitz verlor.«

Lea atmete tief durch. »Rittlage ist tot. Damit sind mein Vater und mein Bruder nun endlich gerächt. Wie lautet nun die schlechte Nachricht?«

»Sie kommt aus Hartenburg. Ursula, die Ehefrau des Markgrafen, setzt Himmel und Hölle in Bewegung, um deine Schwester Rachel aus dem Bett ihres Gemahls zu vertreiben, und hat sogar an den Papst geschrieben, damit dieser dem Hartenburger wegen seiner jüdischen Kebse den Kirchbann androht. Damit aber nicht genug lässt sie Medardus Holzinger suchen, damit er – wie sie gesagt haben soll – mit dem Judengezücht, das sich in Hartenburg eingenistet hat, ein für alle Mal aufgeräumt.«

Lea erstarrte. Mehr als ein Jahr lang hatte sie nichts mehr von ihren Geschwistern gehört und war überzeugt gewesen, sie hätte mit jenem Teil ihres Lebens abgeschlossen. Jetzt aber überfiel sie die Erinnerung an ihre eigene Begegnung mit dem Judenschlächter, und sie spürte, wie sich jedes Härchen auf ihrer Haut aufstellte.

»Ich muss ihnen helfen, Orlando. Holzinger wird sie und all jene auf den Scheiterhaufen bringen, die Ruben ben Makkabi nach Hartenburg gelockt hat.«

Ohne eine Antwort abzuwarten, drehte Lea sich zu Alisio um. »Sag Jochanan, er soll alles für die Reise vorbereiten. Wir werden Hamburg noch heute verlassen.«

Orlando zog sie tröstend an sich, streichelte ihren Bauch und schüttelte den Kopf. »Nein, das wirst du nicht tun. Du musst an unsere Tochter denken.«

»Es wird ein Sohn«, schnappte Lea.

Orlando küsste sie auf die Wange. »Du bist noch schöner, wenn deine Augen mich so anfunkeln. Aber ich wünsche mir dennoch, dass unser erstes Kind eine Tochter sein wird.«

In diesem Moment interessierte sich Lea jedoch nicht dafür. Sie packte den Kragen seines Wamses. »Verstehst du mich denn nicht? Auch wenn meine Geschwister nicht gut an mir gehandelt haben, kann ich sie doch keinem solchen Schicksal ausliefern! Und ich muss auch an jene anderen denken, die guten Glaubens nach Hartenburg gekommen sind. Haben sich viele Juden dort angesiedelt?«

»Soweit ich weiß, nur zwei Familien ohne viel Gesinde.« Orlando warf seinem Vater einen Hilfe suchenden Blick zu und nahm dessen unmerkliches Nicken wahr. »Sei vernünftig, mein Schatz. Du hast meine Verwandten gerettet, und jetzt werde ich mich dafür revanchieren.«

Um sie vollends zu überzeugen, fasste er ihre Hände und küsste sie. »Keine Sorge, ich schaffe das schon.«

Lea nickte nach kurzem Zögern und lächelte dann versöhnt. »Davon bin ich überzeugt. Gib aber gut Acht auf dich. Ich möchte nicht, dass unser Kind ohne Vater aufwächst.«

Orlando und Don Manuel sahen sich erleichtert an, denn sie hatten sich schon auf eine Auseinandersetzung mit ihr eingestellt, und der alte Herr nickte ihr aufmunternd zu. »Bis mein Enkel oder meine Enkelin« – er warf seinem Sohn dabei einen spöttischen Blick zu – »geboren wird, hat Orlando deine Leute und die anderen Hartenburger Juden in Sicherheit gebracht und ist längst wieder zu Hause.«

»Das walte der Gott Israels«, sagte Doña Léonora, die einen Teil des Gesprächs gehört hatte.

8

Die nächsten Monate wurden für Lea zur Qual. Während ihre Schwangerschaft fortschritt, beschäftigten sich ihre Gedanken mehr mit Orlando als mit ihrem ungeborenen Kind, und immer wieder musste sie gegen die Furcht ankämpfen, er könne sich zu weit vorwagen und selbst ein Opfer Holzingers werden. Um sich abzulenken, stürzte sie sich in die Arbeit und saß Tag für Tag von Sonnenaufgang bis zur Dämmerung an ihrem Schreibtisch und lenkte die Geschicke des Handelshauses Fischkopf. Doch sie konnte sich nicht so recht über ihre Erfolge freuen, und das Lob ihres Schwiegervaters war ihr nun eher lästig, denn sie wollte nur über Orlando sprechen, ganz gleich, ob sie zur Abwechslung einmal Doña Léonora bei der Vorbereitung für ein besonderes Festmahl half oder ihren Schwiegereltern bei den Mahlzeiten Gesellschaft leisten musste.

Sie machte ihre Schwiegermutter so nervös, dass diese sie zuletzt nicht mehr aus den Augen ließ, aus Angst, Lea könne doch noch auf die Idee kommen, Orlando nachzureisen. Sarah und Ketura teilten die Befürchtungen der Hausherrin und halfen ihr ebenso wie Gomer, die seit kurzem mit Jochanan verheiratet war, Lea unauffällig im Auge zu behalten

Als der Sommer sich neigte, war Lea immer noch ohne Nachricht. In ihren Träumen sah sie Orlando sich in Flammen winden und hörte seine Todesschreie. Die Bilder verfolgten sie auch noch im Wachen, und sie betete beinahe stündlich, dass ihr Kind nicht vaterlos aufwachsen möge.

Anfang September saß Lea wie gewohnt in ihrem Arbeitszimmer, obwohl ihr aufgewölbter Leib ihr das Schreiben schwer machte. Als das Kind sie besonders heftig trat, stand sie auf und presste die Hände gegen ihren schmerzenden Rücken. In dem

Moment drang jener Lärm zu ihr hoch, der gewöhnlich Besucher ankündete.

Sie holte tief Luft, verwünschte die Störung, watschelte aber dennoch zur Tür und blickte neugierig hinaus. In dem Moment kam Orlando die Treppe hinauf. Er stürmte auf sie zu, umarmte sie aber so vorsichtig, als bestände sie aus hauchfeinem Glas, und bedeckte ihr Gesicht mit Küssen.

»Wie du siehst, bin ich doch noch vor der Geburt unserer Tochter zurückgekommen«, sagte er und streichelte dabei ihren Leib. Leas Lippen zuckten. »Ich hoffe, du bist nicht allzu enttäuscht, wenn es doch ein Sohn wird.«

Dann klammerte sie sich an ihn, als wollte sie ihn nie mehr loslassen, und fragte ihn ängstlich: »Hast du Elieser und Rachel noch retten können?«

Die Art, wie sie es sagte, verriet Orlando, dass ihre Liebe ihm auch einen Fehlschlag verzeihen würde. Er kitzelte sie mit der Nasenspitze unter dem Ohrläppchen, was seine Antwort nicht verständlicher machte. »Ich habe sie und alle anderen Juden rechtzeitig aus Hartenburg weggebracht. Da Ernst Ludwig von Hartenburg kaum eine seiner Zusagen Ruben ben Makkabi gegenüber eingehalten hatte, gab es außer deinen Verwandten dort nur die beiden Kleinhändlersippen, von denen wir schon gehört hatten.«

»Hattest du größere Probleme?«

Orlando konnte Lea ansehen, dass sie jede Einzelheit erfahren wollte. »Ganz und gar nicht. Ich brauchte nur noch die Flucht zu organisieren, denn die Leute waren schon vorgewarnt, und zwar durch deine Schwester. Rachel hat ein Gespräch zwischen ihrem markgräflichen Liebhaber und dessen Sekretär Frischler belauscht, in dem die beiden ehrenwerten Herren beschlossen, sie ebenso wie die anderen Juden Holzinger zu überlassen. Ich traf sie und die Oberhäupter der beiden anderen Familien bei deinem Bruder an, gerade als sie ihre scheinbar hoffnungslose

Situation beklagten. Die markgräflichen Gardisten hatten zwar den Befehl, die Juden an der Flucht zu hindern, aber ich fand einen Torwächter, der goldenen Argumenten zugänglich war und mir half, die Leute einzeln aus der Stadt zu schmuggeln.

So brauchte ich die Flüchtlinge nur noch draußen zu sammeln und auf dem gleichen Weg aus dem Land zu führen, den du damals genommen hast. Bis der Markgraf feststellen konnte, dass ihm seine Juden abhanden gekommen waren, befanden wir uns bereits auf habsburgischem Gebiet. Ich möchte nun nicht in seiner Haut stecken, denn der gute Ernst Ludwig wird seiner Gemahlin und Holzinger einiges zu erklären haben. Die beiden dürften annehmen, dass er die Leute selbst gewarnt und fortgeschickt hat.«

Anders als Orlando konnte Lea keine Schadenfreude empfinden. »Ich wünsche allen dreien die Pest an den Hals!«

Sie wollte noch etwas hinzusetzen, blickte dann aber verwundert in die leere Vorhalle hinab. »Wo sind denn Rachel und Elieser? Hast du sie nicht mitgebracht?«

Orlando schüttelte nachsichtig den Kopf. »Nein, das ging wirklich nicht. Du weißt doch selbst, dass hier in Hamburg keine Juden geduldet werden, und beide wären nicht bereit gewesen, ihren Glauben zu verleugnen. Würde man uns nicht für spanische Christen halten, erginge es uns ebenfalls schlecht.«

Lea musste nun doch lächeln. »Ja, es ist ein Glück, dass man hier nicht ganz so glaubensstreng ist wie anderswo. Zumindest scheint es den Leuten nicht aufzufallen, dass wir nur an den heiligsten Feiertagen der Christen in die Kirche kommen und am Sabbat ruhen. Aber sag, was hast du mit Rachel und Elieser gemacht? Wie hat mein Bruder den Weg über die Berge geschafft?«

»Mit Hilfe seiner Frau. Sie hat ihn gestützt, ja beinahe getragen, und wollte sich dabei noch nicht einmal von den Knechten helfen lassen. So ein tapferes Weib hat Elieser meiner Meinung nach gar nicht verdient.« Orlando ließ sich von Gomer, die stumm mit einem Tablett hinter ihnen gewartet hatte, einen Schluck Wein reichen, um sich die Kehle anzufeuchten. »Ich habe deine Verwandten zu Ruben ben Makkabi nach Augsburg gebracht, aber ich fürchte, ich habe mir keine Dankbarkeit bei ihm erworben. Kaum hatte Jiftach Rachel gesehen, da fragte er sie schon, ob sie ihn heiraten wolle – und ob du es glaubst oder nicht, sie ist ihm in die Arme gefallen.«

Leas Gesicht drückte allen Unglauben der Welt aus. »Rachel und Jiftach? Nein, das ist unmöglich!«

»Ich habe meinen Augen auch nicht getraut, aber es ist so. Sie ließen sich von Ruben ben Makkabi nicht einschüchtern, sondern bestanden darauf, ein Paar zu werden. Der Alte war so entsetzt, dass er sie beide aus dem Haus gewiesen hat.«

»Du hast sie doch nicht etwa auf der Straße stehen lassen?«

Orlando verdrehte die Augen. »Für was für ein Ungeheuer hältst du mich? Ich habe Jiftach und Rachel genug Geld gegeben, damit sie sich in Polen ansiedeln können, und sie sogar bei einem Handelszug untergebracht, der sie fast bis ans Ziel bringen wird. Elieser und Hannah wollen ihnen bei nächster Gelegenheit folgen und sich wie sie in Kosów ankaufen. Das ist weit genug weg von Rzeszów, wo euer Onkel Esra ben Nachum nun lebt. Die beiden Pärchen haben nämlich die Nase voll von Verwandten, die sie bevormunden wollen.«

Lea nickte nachdenklich und wünschte Elieser und Rachel im Stillen alles Gute. Sie merkte, dass sie sogar ein wenig traurig war, weil sie ihre Geschwister nie mehr wiedersehen würde, und gleichzeitig wurde ihr bewusst, wie glücklich sie mit Orlando geworden war und dass sie sich unbändig auf ihr Kind freute. »Ich danke dir, mein Schatz! Du bist der Beste aller Männer.«

»Das will ich auch hoffen«, rief er und bedeckte ihr Gesicht mit Küssen.

9

Ein kalter, stürmischer Herbst zog vom Meer die Elbe hoch, wälzte düstere graue Wolken über die Stadt und tauchte sie in einen feinen, nebelähnlichen Regen. Die Schiffe blieben nun im Hafen, und das bunte Völkergemisch der Matrosen suchte Wärme und Zuneigung in den Schenken und Hurenhäusern des Hafenviertels. Im Haus zum Fischkopf achtete man an diesem Tag jedoch weder auf das Wetter noch auf das, was in der Stadt vor sich ging. Don Manuel und Orlando saßen in der guten Stube und zuckten bei jedem Schrei zusammen, den Lea von sich gab.

»Mein Gott, ist das entsetzlich«, stöhnte Orlando schließlich auf. »Es hört sich an, als läge Lea im Sterben.«

»Das solltest du nicht einmal denken«, tadelte ihn sein Vater. »Es ist nun einmal von Gott gewollt, dass Frauen unter Schmerzen gebären, da Eva die Hand nach dem Einzigen ausstreckte, das ihr und Adam im Paradies verboten war.«

Orlando fuhr zornig aus seinem Stuhl hoch. »Was ist das für ein Gott, der für einen einzigen Apfel die Frauen so bestraft?«

»Diese Lästerung will ich nicht gehört haben.« Don Manuel blickte ihn tadelnd an, dann aber wurde seine Miene weich, und er forderte seinen Sohn auf, sich wieder zu setzen. »Komm, nimm Platz und fasse Hoffnung. Lea ist eine Frau mit einem starken Willen. Sie lässt sich von den Schmerzen nicht besiegen und wird dir einen prächtigen Sohn schenken.«

»Es wird eine Tochter«, antwortete Orlando leise, aber mit einer gewissen Schärfe.

Sein Vater lachte leise in sich hinein. Orlando hatte sich so in die Vorstellung einer Tochter verbohrt, dass es einem Sohn schwer fallen würde, die ihm gebührende Freude in seinem

Vater zu wecken. Bei diesem Gedanken schüttelte Don Manuel den Kopf. Nein, Orlando würde sich gewiss auch über einen Knaben freuen. Noch während er darüber nachdachte, welchen der vielen Namen beiderlei Geschlechts, die Lea und Orlando überlegt hatten, für seinen ersten Enkel oder seine erste Enkelin passend wäre, kam Jochanan herein. An seinem Gesicht war zu erkennen, dass er mit seiner Herrin litt. Er blickte scheu nach oben, doch die Türen dort waren alle fest verschlossen, und keine der Frauen des Haushaltes ließ sich sehen. Erst, als er hilflos die Hände ringen wollte, erinnerte er sich an das in festes Leinen gehüllte Paket, das er wie einen Feind gepackt hatte, und wandte sich Orlando zu.

»Das hat eben ein Bote gebracht. Es soll aus Spanien kommen.«

»Aus Spanien?« Orlando sah verwundert auf, ergriff dann das Paket und schnitt die Umhüllung mit dem scharfen Messer auf, das Jochanan ihm reichte. Schließlich hielt er mehrere kleine Säckchen, ein kleines Kästchen und etliche dicht beschriebene Blätter in der Hand. Als er zu lesen begann, kratzte er sich verwundert am Kopf, wurde dann aber von der Lektüre derart in ihren Bann gezogen, dass er alles um sich herum vergaß. Erst nach einer Weile merkte er, wie still es im Haus geworden war. Voller Sorge drehte er sich zu seinem Vater um, der ihn mit einem seltsamen Lächeln musterte.

»Nun mein Sohn, du dürftest wohl der erste Ehemann sein, der die Geburt seines Erben verpasst hat.«

»Was?«, rief Orlando verdattert. »Lea hat …«

»Dir einen Sohn geschenkt«, unterbrach Don Manuel ihn lachend. »Hattest du etwas anderes erwartet? Du weißt doch, es geht immer nach ihrem Kopf. Sie wollte einen Knaben, also hat sie ihn auch bekommen.«

Orlando hörte ihm schon nicht mehr zu, sondern raste die Treppe hoch, um zu Lea zu kommen. Fast schon oben angekommen, hielt er inne, kam noch einmal herab und ergriff das eben eingetroffene Schreiben und das Kästchen und machte sich erneut auf den Weg. Sein Vater wunderte sich und winkte Jochanan heftig, ihm nach oben zu helfen.

Als sie Leas Zimmer erreichten, kniete Orlando neben ihrem Bett und hielt die Hände seiner Frau in den seinen. Sein Blick wanderte von ihr zu dem Kind, das Sarah eben in warme Tücher wickelte, und wieder zurück.

»Es tut mir Leid, dass es keine Tochter geworden ist, Orlando«, sagte Lea eben etwas kläglich.

Orlando schüttelte lächelnd den Kopf. »Dummchen, ich bin doch genauso glücklich über unseren Sohn.«

Lea erwiderte sein Lächeln. »Beim nächsten Mal wird es eine Tochter, das verspreche ich dir.«

»Ganz gewiss«, stimmte ihr Don Manuel zu und tippte Orlando dann mit seinem Gehstock an. »Nun, was hast du für eine so wichtige Botschaft erhalten, dass sie dich selbst die Geburt deines Sohnes vergessen machte?«

Orlando stand auf und wedelte mit einem der Blätter vor Leas Gesicht herum. »Du wirst es nicht glauben, von wem dieser Brief stammt. Er ist an einen Léon de Saint Jacques gerichtet und wurde über das Bankhaus Eelsmeer und Deventer an uns weitergeleitet.«

»Los, sag schon!«, rief Lea drängend.

Orlando öffnete das kleine Kästchen, brachte einen daumengroßen Gegenstand aus Gold zum Vorschein und reichte ihn Lea. Es war die Figur eines Menschen, aber von so einer seltsamen Art, wie Lea sie noch nie gesehen hatte.

»Es ist ein Geschenk von Don Cristobal Colón an einen Freund, der ihm Mut zusprach in dunklen Stunden.«

»Ich kenne keinen Colón«, antwortete Lea verständnislos.

Orlandos Lächeln verstärkte sich. »Du hast ihn als Cristoforo Colombo kennen gelernt. Er hat Indien erreicht und ist als hochgeehrter Mann nach Spanien zurückgekehrt. Dieses

Schmuckstück enthielt er der Königin vor, um es dir, oder besser gesagt, Léon de Saint Jacques zu schenken.«

»Er hat es also geschafft. Ich freue mich für ihn!«, Leas Gedanken flogen zu dem genuesischen Kapitän, der nie aufgegeben hatte, an sein Ziel zu glauben.

»Das Schmuckstück ist noch nicht alles, was er dir geschickt hat. Die anderen Dinge sind wohl nicht so viel wert, aber gewiss sehr interessant und selten.«

»Ich will sie sehen«, bettelte Lea. Orlando wollte schon das Zimmer verlassen, um alles zu holen, doch da trat ihm seine Mutter in den Weg.

»Das hat bis morgen Zeit. Jetzt muss Lea sich um unseren kleinen Samuel kümmern, und danach sollte sie ein wenig ruhen.«

»Aber …«, begann Orlando, doch da zog ihn sein Vater zur Seite. » Mein Sohn, eines, was du noch lernen musst, ist, Frauen in gewissen Situationen nicht zu widersprechen.«

Epilog

A. D. 1485 – Die Juden im Heiligen Römischen Reich Deutscher Nation sind seit Jahrhunderten Verfolgungen und Vertreibungen ausgesetzt. Wohl sehen sich verschiedene Kaiser, so auch der derzeit herrschende Friedrich III., als Schutzherren der Juden und versuchen, sie vor Verfolgungen zu bewahren. Aber dem religiösen Hass eines Teils des Klerus, dem Aberglauben des Volkes und den gewissenlosen Hetzreden von Leuten, die auf billige Weise ihre Schulden bei den jüdischen Bankiers und Pfandleihern oder deren unliebsame Konkurrenz loswerden wollen, kann auch Friedrich III. nicht Einhalt gebieten, gelingt dies doch nicht einmal den Landesherren und Stadtmagistraten, die die Juden als belebendes Element ihrer Wirtschaft schätzen.

Oft genug werden Anlässe konstruiert, um die Juden loszuwerden. Mörder werfen die Leichen ihrer Opfer nachts heimlich in jüdische Gärten, um den Hass der Leute auf sie zu lenken, und 1475 wird in Trient sogar ein Kind ermordet und die Tat den Juden angelastet. Obwohl sich bald die Unschuld der Trienter Judenschaft herausstellt, läuft eine Welle der Verfolgung durch das Reich. Unzählige Juden werden ermordet und noch mehr vertrieben.

Viele Juden wenden sich nach Polen, wo König Kasimir IV. sein Land durch ihre Ansiedlung wirtschaftlich in Schwung bringen will. Doch bald werden sie auch dort Opfer gnadenloser Pogrome.

Nicht nur im Reich und in Osteuropa sind die Juden Verfolgungen ausgesetzt. In England werden sie bereits um 1290 durch ein

Dekret König Edwards I. vertrieben. Auch in Spanien wird ihre Lage immer schlimmer. Für die Ritter der Reconquista gelten sie als Christusmörder und als Verbündete der Mauren. Wer sich nicht zum christlichen Glauben bekehren will, muss das Land verlassen oder fällt einer gnadenlosen Justiz zum Opfer.

Doch auch jene Juden und ihre Nachkommen, die selten freiwillig, aber oft gezwungen den christlichen Glauben annehmen, sind vor Verfolgungen nicht sicher. Die meisten dieser Annussim, der Gezwungenen, halten heimlich an ihren überlieferten Bräuchen fest und werden damit zu einem bevorzugten Opfer der heiligen Inquisition. Wer nicht auf den Scheiterhaufen der Autodafés enden will, dem bleibt nur die Flucht. Die meisten wandern, wie auch viele der 1492 aus Spanien und 1498 endgültig aus Portugal vertriebenen Juden, in das Osmanische Reich aus, wo sie unter dem Schutz der Sultane halbwegs unbehelligt leben können.

Etliche der zum Christentum gezwungenen Juden wählen jedoch den Weg zu den großen Hafenstädten an der Nordsee, wo sie sich als angebliche spanische und portugiesische Christen ansiedeln und viel zum wirtschaftlichen Aufstieg ihrer neuen Heimat beitragen. Die meisten dieser Familien halten insgeheim an ihren Überlieferungen fest und bekennen sich mehrere Generationen später wieder zum jüdischen Glauben. Sie begründen damit die großen jüdischen Gemeinden Antwerpens, Amsterdams und Hamburgs, die bis weit ins zwanzigste Jahrhundert hinein blühen.

1492 ist nicht nur das Jahr der Eroberung Granadas und der Vertreibung der Juden aus Spanien. Im Lauf dieses Jahres wird der genuesische Seefahrer Cristoforo Colombo (Christoph Kolumbus), wahrscheinlich der Nachkomme von aus Mallorca vertriebenen Juden, auf der Suche nach den Schätzen Indiens eine neue Welt entdecken. Bis heute weiß niemand, wieso Königin Isabella trotz des kostspieligen Krieges gegen die Mauren, für den sie sogar ihren persönlichen Schmuck verpfänden musste, in dem Moment das Geld für diese Expedition aufbringen und Colombo zurückrufen konnte, als dieser bereits auf dem Weg nach Frankreich war, um den dortigen König Karl VIII. für seine Idee zu gewinnen.

Kaiser Friedrichs Sohn Maximilian, der später als Kaiser »der letzte Ritter« genannt wird, heiratet 1477 die burgundische Erbin Maria, die jedoch bereits 1482 nach einem Reitunfall stirbt. Maximilian regiert in Folge das Herzogtum für seinen unmündigen Sohn Philipp (den Schönen), der 1496 Juana (Johanna die Wahnsinnige), die Tochter Isabellas von Kastilien und Fernandos von Aragon, heiratet. Beider Sohn geht als Karl V. in die Geschichte ein.

Die Geldverlegenheiten Maximilians sind zu dieser Zeit allseits bekannt, und auf seinen Reisen werden öfter die Herbergstore vor ihm und seiner Begleitung geschlossen und erst wieder geöffnet, nachdem er seine Schulden bei den Wirten beglichen hat.